BASTEI
LÜBBE

Von Elisabeth Chadwick erschienen bei
BASTEI-LÜBBE:

11763 Die wilde Jagd
11844 Die Füchsin
12010 Die Leopardin
12289 Schicksalsgefährten

Elizabeth Chadwick

# Die Halbbrüder

Aus dem Englischen
von Ekkehart Reinke

BASTEI
LÜBBE

BASTEI-LÜBBE-TASCHENBUCH
Band 12371

Deutsche Erstveröffentlichung
Titel der englischen Originalausgabe:
Shields of Pride

Printed in France August 1995
Einbandgestaltung: Manfred Peters
Titelfoto: Michael Joseph
Satz: Fotosatz Manfred Schöning, Wiehl
Druck und Bindung: Brodard & Taupin, La Fleche
ISBN 3-404-12371-9

# 1

*Sommer 1173*

Joscelin de Gael zügelte sein Roß an der Spitze der Söldner und quetschte einen saftigen Fluch durch die Zähne. Wütend starrte er auf den umgestürzten überdachten Gepäckwagen, der die Clerkenwell-Straße versperrte. Seit Tagesanbruch saß er im Sattel. Jetzt war es spät am Nachmittag, und es hatte den ganzen Tag über geregnet. Bis zum behaglichen Londoner Haus seines Vaters waren es noch acht Kilometer, aber dazwischen lag das Verkehrshindernis.

Wie Zeugen, die sich um einen frischen Leichnam drängen, umgab eine Ansammlung von Rittern und Soldaten den Wagen. Mittendrin untersuchte ein Mann das beschädigte Rad. Es war ein Edelmann, denn sein Mantel war mit Zobelpelz verbrämt, und das Pferd, das sein Knappe hielt, war von elegantem Wuchs, das Fell schimmerte seidenweich, und das Zaumzeug war aus feinem Ziegenleder. Eine kleine Anzahl Frauen, durch schwere Wintermäntel und Kopftücher fast unkenntlich, hatten sich unter einer überhängenden Esche, die ihnen allerdings nur unzureichend Schutz bot, zusammengedrängt und schauten den Männern zu.

Joscelin stieg vom Pferd, warf die Zügel dem Knappen zu und näherte sich dem verunglückten Fahrzeug. Die Soldaten wurden aufmerksam. Ihre Hände senkten sich zu den Schwertgriffen und schlossen sich fester um die Schäfte ihrer Speere. Der Edelmann hatte sich sofort umgedreht, als er Hufschlag hörte. Nun erkannte er Joscelin, und seine Augen verengten sich.

Joscelin musterte ihn ebenso mißfällig. Giles de Montsorrel war ein junger Baron. Da er entfernt mit dem Earl von Leicester verwandt war, zählte er sich zum hohen Adel. Joscelin dagegen war nur der uneheliche Sohn eines Kriegers, der seinen Adelstitel durch das Schwert erworben hatte. So betrachtete ihn Giles wie Mist an seinen Stiefeln. Sie waren sich gelegentlich bei französischen Turnierserien begegnet, doch Freunde waren sie nie geworden. Montsorrel würde es ihm nie verzeihen, daß er ihn mit der stumpfen Turnierlanze aus dem Sattel gehoben hatte.

Durch die Umstände gezwungen, wenigstens äußerliche Höflichkeit zu bewahren, begrüßte ihn Montsorrel mit einem knappen, eisigen Nicken. Seine Lippen wurden dabei zu einem dünnen Strich, und eine dunkle Röte stieg ihm ins Gesicht.

Joscelin nickte ebenso kurz und wandte dann seine Aufmerksamkeit dem gebrochenen Wagenrad zu. Er sah gleich, daß es nicht nur einfach gebrochen, sondern unreparierbar zerstört war. Der schlecht angepaßte Eisenring hatte das Rad völlig zertrümmert. »Eher hält sich ein Schneeball in der Höhe, als daß Sie das Rad wieder flicken können«, sagte er ungeduldig. »Sie müssen sich einen Wagen in der nächsten Ortschaft leihen. Clerkenwell ist nicht weit.« Langsam ging er um das unbrauchbare Fahrzeug und betrachtete es aufmerksam von allen Seiten. Schließlich blieb er vor den drei kräftigen kleinen Zugpferden stehen, die noch zwischen den Deichseln angeschirrt waren. »Wieviel wiegt Ihre Ladung?«

»Das geht Sie gar nichts an!« Der schnelle Puls seiner Schlagader ließ Montsorrels goldene Halskette zittern. Mit einer zornigen Kopfbewegung schüttelte er den Regen aus dem blonden Haar und sah Joscelin finster an.

»Und ob es mich etwas angeht!« widersprach Joscelin. »Denn solange Ihr Wagen die Landstraße versperrt, komme ich mit meinem Wagen nicht durch. Falls die Ladung nicht zu schwer ist, bin ich deshalb gern bereit, Ihren Wagen zur Seite zu ziehen.«

Montsorrels Gesicht wurde jetzt puterrot. »Sie bilden sich doch nicht etwa ein, daß ich solchem Abschaum, wie Sie es sind, den Weg freimache!« brachte er mit Mühe heraus.

Eine der Frauen flüsterte rasch ihrer Begleiterin etwas zu, löste sich dann von den anderen und trat zwischen die beiden Männer. So war Joscelin gezwungen, sich von Montsorrel abzuwenden und sich ihr zu widmen. Ihr Kopftuch aus grün und braun gestreifter Wolle war vom Regen durchnäßt. Feuchte kleine braune Haarlocken hingen ihr in die Stirn. Sie hatte weiche graublaue Augen und feingezeichnete Gesichtszüge, die ihn an ein verirrtes Kind denken ließen. Ohne den Blick von ihm zu lassen, zeigte sie auf den defekten Wagen.

»Bis wir einen Stellmacher gefunden oder einen anderen Wagen geliehen haben, werden die Stadttore für die Nacht geschlossen sein.« Sie hielt inne und biß sich auf die Lippen, wie um zu verhindern, daß sie zu beben begannen. »Ich sehe, daß Ihr Wagen doppelt so groß wie unser, aber nur leicht beladen ist. Wenn Sie ihn uns zur Verfügung stellen, wird Sie mein Mann sicherlich für alle Unannehmlichkeiten entschädigen.«

Joscelin starrte sie offenen Mundes wie ein Kabeljau an. Er fand keine Worte. Sie begegnete seinem Blick mit verdächtig feuchten Augen und faßte nach dem nassen Kopftuch unterm Kinn.

»Linnet!« Montsorrel hob die Faust. Sein Zorn verlagerte sich von Joscelin auf die Frau. »Wie kannst du es wagen, dich hier einzumischen?«

Sie zuckte ein wenig zurück. Doch als sie sich umwandte, klang ihre Stimme so ruhig wie zuvor. Sie antwortete: »Ich dachte nur an Ihren Sohn, Mylord. Er soll sich nicht erkälten.«

Montsorrel warf einen ärgerlichen Blick auf die anderen Frauen. Joscelin folgte dem Blick. Aus einem Mantel- und Deckenbündel ragte eine kleine Hand hervor und klammerte sich an das Kindermädchen. Joscelin sah kurz weitaufgerissene, verängstigte Augen und eine Stupsnase in einem bleichen, schmalen Gesicht. Er saß in der Falle. Er konnte sich den Bitten der Frau nicht verschließen, ohne sich mit Schande zu bedecken. Trotz seines Zorns darüber empfand er Mitleid mit ihrem aus Angst geborenen Mut. Zugleich erinnerte er sich voller Kummer an seinen eigenen Sohn, den er vor zehn Jahren in der Normandie verloren hatte.

In kaltem Ton sagte Montsorrel zu Joscelin: »Nun gut. Da Sie ein Söldner sind, werde ich Sie dafür bezahlen, daß Sie die Ladung zu meinem Haus befördern.«

Joscelin hätte beinahe laut aufgelacht. Doch er verkniff es sich ebenso wie die Entgegnung, die ihm auf der Zunge lag – so ein Söldner sei er nun doch nicht, daß er sich von einem Kerl wie Giles de Montsorrel gegen Bezahlung in Dienst nehmen ließe. Er beschränkte sich darauf, ihm spöttisch zu erwidern: »Bezahlen lasse ich mich nicht. Aber Ihre Lady sprach von einer angemessenen Entschädigung. Vielleicht können wir uns darauf einigen.«

Montsorrel ballte die Fäuste und sah ihn aus blutunterlaufenen hellen Augen zornig an.

»Also nicht?« Achselzuckend wollte Joscelin sich abwenden.

»Verdammt noch mal, nun machen Sie doch schon!« brummte Montsorrel.

Joscelin nickte ihm ironisch zu, schlenderte zu seinen Männern und befahl ihnen, seinen stabilen Wagen zu entladen und die Ladung des anderen zu übernehmen.

Linnet de Montsorrel kehrte zu den anderen Frauen zurück. Die Angst bereitete ihr Magenschmerzen. Alles hatte seinen Preis. Sie wußte, daß sie später für ihr Auftreten büßen mußte, wenn sie mit Giles allein sein würde.

»Mama, mir ist kalt«, wimmerte ihr Sohn. Er ließ das Kindermädchen los, rannte zu ihr und hängte sich an ihre Röcke.

Sie bückte sich, rieb seine Hände trocken und bemerkte, wie trübe seine Augen und wie blaß und erschöpft sein Gesicht waren. »Es dauert nicht mehr lange, mein Süßer«, sagte sie tröstend und zog ihn unter ihren Mantel wie eine Glucke, die den Flügel über ein Kücken breitet, um es an ihrem Körper zu wärmen.

Ella, die Zofe, deutete mit dem Kinn auf den Söldner, den Linnet eben bewogen hatte, ihnen zu helfen. »Madam«, sagte sie, »ich kenne diesen Mann. Es ist Joscelin de Gael, der Sohn von William Eisenherz.«

»Ach ja?« Sie kannte William Eisenherz vom Hörensagen. Man sagte, er sei so hart, daß er Eisennägel pißte, daß er ein sturer, verbitterter Mann sei und daß es gefährlich sei, ihm zu widersprechen. Linnet sah Ella an und danach de Gael. Mit ausdruckslosem Gesicht erkundigte sie sich: »Und wie kommt es, daß du mit so einem bekannt bist?«

Die Zofe errötete. »Ich kenne ihn ja nur vom Sehen, Madam. Er war Gast bei der Hochzeit meiner Schwester, weil er mit dem Bräutigam befreundet war. Sie hatten beide als Soldaten in der Garnison von Nottingham gedient.«

»Ach so.« Linnet musterte de Gael nachdenklich. Sie schätzte ihn auf Mitte oder Ende zwanzig. War er der jüngste Sohn des Mannes, der sich durch das

Schwert einen Namen gemacht hatte? »Wie kam er dazu, sich als Söldner zu verdingen, wenn er der Sohn von Eisenherz ist?«

»Er ist nur Lord Williams' unehelicher Sohn. Seine Mutter war die Tochter eines gewöhnlichen Söldners. Sagt jedenfalls meine Mutter.« Ella kreuzte die Arme, zog den Schal um ihren Körper und trat von einem Bein aufs andere. »Als Gaels Mutter im Kindbett starb, wurde Lord William offenbar verrückt vor Trauer und beging einen Selbstmordversuch. Doch dabei brach sein Schwert ab, und er wurde nur verwundet. Danach gaben ihm die Männer den Beinamen Eisenherz, weil seine Brust stärker war als Stahl. Meine Mutter sagte aber immer, zutreffender wäre die Bezeichnung ›Gebrochenes Herz‹.« Ella schaute wider Willen zu ihrem Helfer hinüber. Er war jetzt von dem Wagen zurückgetreten, hatte eine Hand auf das Schwert an seiner Hüfte gelegt und strich sich mit der anderen das regennasse Haar aus der Stirn.

Linnet sagte nichts. Ihre sechs Ehejahre mit Giles hatten alle romantischen Regungen in ihrem Herzen abgetötet. Jetzt war sie eher verwirrt, als daß sie Mitleid gefühlt hätte. Sie wußte, was es bedeutete, wenn eine andere Frau ihren Platz im Burgsaal an sich riß, aber auch, wie sehr der Status dieser anderen von der Laune eines arroganten Mannes abhing.

Keuchend arbeiteten sich zwei Soldaten aus dem umgekippten Wagen heraus. Sie schleppten eine große, mit Eisen beschlagene Kiste.

»Beeilt euch!« fuhr Giles sie an. Linnet sah, wie finster er de Gael anstarrte, der die Geldkiste mit unverhohlener Neugier betrachtete.

Der Söldnerführer ließ sich dadurch nicht einschüchtern. »Ah, jetzt sehe ich genau, was für eine Ladung Sie mit sich führen«, bemerkte er. »Kein Wunder, daß das Rad zusammengebrochen ist.« Als er meinte, genug gesehen zu haben, näherte er sich den Frauen.

Rasch senkte Linnet die Lider. Sie wußte ja, daß nur sie darunter zu leiden hätte, wenn de Gael sich weiter so unverfroren aufführte. Giles würde es sich zweimal überlegen, ehe er einen Mann von so unbezweifelbaren Fähigkeiten wie den Söldnerführer angriff. Doch nichts würde ihn daran hindern, sie zu schlagen. Sie hörte die Männer, die die Kiste auf de Gaels Wagen schafften, schnaufen und fluchen. Ungeduldig und übelgelaunt schrie Giles sie mit schriller Stimme an. Linnet begann zu verzagen.

De Gael hockte sich vor ihr auf die Fersen, zog vorsichtig ihren durchnäßten Mantel auseinander und fragte: »Wen haben wir denn hier?«

»Das ist mein Sohn Robert«, sagte sie mit trockener Kehle und schaute rasch zu ihrem Mann hinüber. Noch war er damit beschäftigt, seine Männer zu beschimpfen. Aber er konnte sich jeden Augenblick umdrehen.

De Gael entging ihr verstohlener Blick nicht. »Sie haben viel Mut, Mylady«, flüsterte er. »Ich will es für Sie nicht schwerer machen, als es schon ist.« Damit holte er das Kind unter ihrem Mantel hervor und hob es auf seine Arme. »Nun komm, mein kleiner Soldat! In meinem Wagen gibt es extra für dich ein trockenes Eckchen.«

Mit einem unwillkürlichen Aufschrei streckte Linnet die Arme nach ihrem Sohn aus. Aber es war alles so schnell gegangen, daß er gar nicht dazu kam zu weinen. Und als er schließlich doch zu jammern anfing, wurde er schon auf eine trockene Decke in dem heilen Wagen gelegt, und de Gael breitete eine Lammfelldekke über ihn aus, die ihm bis ans Kinn reichte.

Linnet war de Gael auf den Fersen gefolgt. Jemand packte sie am Ellbogen und half ihr zu ihrem Sohn hinauf. Sofort hörte Robert zu jammern auf und streichel-

te die Lammwolle, als wäre sie ein Kätzchen. Linnet fuhr ihm über die Stirn und sah de Gael an. »Ich danke Ihnen«, sagte sie. »Nochmals vielen Dank.«
Achselzuckend erwiderte de Gael mit sachlicher Stimme: »Hat doch keinen Zweck, ihn weiter diesem prasselnden Regen auszusetzen, wenn er hier drin ein warmen Plätzchen haben kann. Ich erwarte nun die Entschädigung Ihres Mannes dafür, daß ich mich seiner Güter so annehme.« Dann zog er sich zurück, setzte aber noch hinzu: »Es ist auch noch Platz für Ihre Frauen da, Mylady. Ich werde es ihnen sagen, ja?«

Der Regen pladderte auf das Wagendach. Sie sah durch eine bogenförmige Öffnung in der seitlich angebrachten Plane in das dunstige Grün und Braun hinaus. Der Geruch ihrer nassen Kleidung drang ihr unangenehm in die Nase. Sie sah, wie Joscelin de Gael auf ihre Frauen zuging. Er bewegte sich mit der unbeholfenen Eleganz eines Wolfes, und sie hatte das Empfinden, daß seine Ähnlichkeit mit diesem Raubtier sich nicht allein auf den Gang beschränkte. Und doch hatte er mehr Fürsorge an den Tag gelegt als alle Männer, die sie kannte.

Draußen schrie und schimpfte Giles immer noch. Hinter ihr schoben die Soldaten ihre Kleidertruhe unter viel Gepolter und Fluchen zur anderen Wagenseite herein. Robert fielen die Augenlider zu. Linnet legte ihren Kopf an den ihres Sohnes, schlang den Arm um ihn und schloß müde die Augen.

## 2

»Joscelin, du Schuft!« rief Maude de Monsart voller Freude und umarmte ihren Neffen, wie er es aus seiner Kinderzeit von ihr gewohnt war. Ein kräftiges Duftgemisch aus Lavendel, Schweiß und ihrem Lieblingsmarzipan, das die meisten ihrer Zähne bis auf die Stümpfe hatten verfaulen lassen, stieg ihm in die Nase. Sie war seit fünf Jahren verwitwet, und da sie keine eigenen Kinder hatte, lebte sie als Gefährtin und Haushälterin von Lady Agnes, der Frau seines Vaters, im Haus der de Rochers. »Was führt dich nach London?«

Lächelnd erwiderte er ihre Umarmung. »Ich bin zum Pferdemarkt hergekommen. Ich muß einiges Kriegsgerät ersetzen und denke daran, mir bei dieser Gelegenheit einen Zelter* zu kaufen.«

»Und ich habe geglaubt, du wärst schon in Frankreich und nähmst an der Turnierserie teil.« Sie übergab seinen nassen, schweren Mantel einer Dienerin und zog ihn dann durch den Saal zu der niedrigen Empore, wo ein Weinkrug und einige schönglasierte Becher auf dem Tisch standen. Sie goß ihm ein und sah ihm beim Trinken zu. Er nahm rasch hintereinander vier große Schlucke, atmete dann tief aus, ließ die Schultern entspannt fallen, und jetzt war sein Lächeln inniger.

»In dieser Saison nicht. Ich habe einen Vertrag mit dem Justitiarius de Luci, der mich mindestens bis zum Michaelisfest am 29. September bindet. Es kann auch sein, daß er mich und meine Männer in die Normandie schickt, um die Truppen des Königs zu verstärken. Aber wahrscheinlicher ist es, daß man uns in Nottingham behält.« Er füllte wieder sein Glas und sah sich in der Halle um.

Zwei Dienerinnen zündeten die Kerzen an und schlossen die Fensterläden vor der einbrechenden, ruhigen Dunkelkheit draußen. Vor einer Stunde hatte es aufgehört zu regnen, und kurz vor ihrem Untergang war die Sonne noch einmal durch die Wolken gebrochen. Eine andere Frau rührte im Suppentopf auf dem

* Paßgänger

mittleren Herd, und der Rauch, der vom Feuer aufstieg, vermischte sich mit dem Duft von Knoblauch und Zwiebeln.

Zuletzt war er vor einem Jahr hier zu Besuch gewesen. Seitdem hingen einige neue Gobelins an den Wänden, und sein Vater hatte sich endlich einen neuen Lehnsessel gekauft. Der alte war nahezu lebensgefährlich gewesen, denn er hatte hauptsächlich nur noch aus Splittern und Holzwürmern bestanden. Auch die Becher waren neu. Auf rotem Grund waren mit dicken weißen Strichen lustige Reiterszenen gemalt, ganz nach Maudes Geschmack.

Maude kreuzte die Arme unter dem fülligen Busen und schnalzte mit der Zunge. »Es ist schlimm, daß sich die Söhne des Königs gegen ihren eigenen Vater wenden. Ich bin immerhin schon so alt, daß ich mich noch daran erinnern kann, wie es war, bevor Heinrich auf den Thron kam, und so etwas möchte ich nicht noch einmal erleben. Was hat er sich nur dabei gedacht, seinen ältesten Jungen schon vorzeitig salben zu lassen? Damit hat er ihm doch nur Flausen in den Kopf gesetzt.«

»Er hat nie etwas anderes im Kopf gehabt, dieses verzogene Balg.« Joscelin trank noch einen Schluck Wein, fühlte ihn die Kehle hinabrinnen und empfand dann einen leichten Stich in den Nasenlöchern. »Der Kerl wurde nur gekrönt, damit er Ruhe hält. Inzwischen hat er festgestellt, daß er trotz allen Pomps und aller Versprechungen der Macht nicht näher gekommen ist als zu der Zeit, als er noch ein Säugling in Windeln war. Sein Vater meint, von ihm aus kann er König sein, soviel er will, vorausgesetzt, er herrscht über nichts, und ich bin geneigt, ihm zuzustimmen.« Er zog eine Grimasse und rollte mit den Schultern. Der Regen hatte ihn bis auf die Haut durchnäßt, und im Nacken spürte er eine unangenehme feuchte Kälte. »Was sagt mein Vater dazu?«

»Dasselbe wie du, nur in nicht so höflichen Worten.« Joscelins haselnußbraune Augen funkelten vor Vergnügen.

»Wo ist der alte Wolf überhaupt? Ich hatte erwartet, daß er mich gleich anheulen wird.«

»Er speist mit dem Justitiarius zu Abend.«

»Tatsächlich?« Joscelin hob die Brauen und setzte sich auf den neuen Sessel seines Vaters. Richard de Luci regierte offiziell England, solange sich der König in der Normandie aufhielt. Er diente Heinrich mit unwandelbarer Treue, ein Beamter höchsten Ranges und voll glänzender Fähigkeiten. Joscelins Vater und Richard de Luci waren seit langer Zeit befreundet und verbanden oft das Staatsgeschäft mit dem Vergnügen.

»Offenbar«, sagte Maude, »sind der Earl von Leicester und andere nach London gekommen, um von de Luci die Erlaubnis zu erwirken, daß sie mit Truppen und Geld zu Heinrichs Armee stoßen dürfen.« Sie winkte einen Diener herbei und trug ihm auf, etwas zu essen zu bringen.

Joscelins Augenbrauen ruckten noch etwas höher. Robert von Leicester war ein hochmütiger Egoist und unehrlich bis auf die Knochen. Wenn er in den Krieg zog, so tat er es nur, um auf Kosten anderer, schwächerer Männer, Macht zu gewinnen. König Heinrich aber war mit Sicherheit kein schwacher Mann – im Gegensatz zu seinem Sohn.

»Einen Teil dieses Geldes habe ich heute zu Gesicht bekommen«, sagte er nachdenklich, kippte sein Glas ein wenig und betrachtete den dunklen Bodensatz. »Ich habe sogar dabei geholfen, es in die Stadt zu bringen. Es befand sich im Gewahrsam von einem der Stiefellecker Jung-Heinrichs, und daß ich hier nicht mit Giles de Montsorrels Blut an den Händen sitze, dann verdanke ich das nicht mir, sondern Gottes Gnade.« Seine Augen glitzerten plötzlich kampflustig.

Maude nahm neben ihm Platz, stellte die Ellbogen auf den Tisch und lauschte aufmerksam dem Bericht über sein Zusammentreffen mit Giles de Montsorrel. Im Verlauf der Erzählung wurde seine Stimme vor Abneigung gegen diesen Mann immer lauter. »Er hat mich angesehen, als wäre ich ein stinkender Furz und als spräche er das nur nicht aus, weil er zu gut erzogen ist. Ich sage dir, wenn da nicht die Frauen und der kleine Junge gewesen wären, dann hätte ich ihm die Zähne ausgeschlagen und ihm jede Hilfe verwehrt. Du hättest mal sehen sollen, wie sich seine Männer mit der Geldkiste abgeschleppt haben! Da war erheblich mehr drin als die paar Schilling, die er braucht, um sich in Smithfield einige Klepper und irgendwelchen Krimskrams für seine Frau zu kaufen.«

»Wenn ich mich recht erinnere, hat er kürzlich eine Erbschaft gemacht«, sagte Maude, und ihr konzentrierter Gesichtsausdruck zeigte, daß sie in ihrem Gedächtnis kramte. »Ja, richtig. Der alte Lord Raymond ist zu Ostern einem Schlaganfall erlegen. Im letzten Jahr hatte er schon einige leichtere Anfälle überstanden.«

»Ja, davon habe ich gehört.« Joscelin verkniff es sich, ihr zu sagen, bei welcher Gelegenheit Raymond den tödlichen Schlaganfall erlitten hatte. Das war am Ostersonntag kurz vor der Messe geschehen, und zwar im Augenblick der höchsten Wonne zwischen den Beinen der Tochter eines Dieners. Der Fall hatte in den Bierhäusern und Kasernen von Nottingham zu vielen derben Scherzen Anlaß gegeben. Giles de Montsorrel mußte irgendwie den guten Ruf seiner Familie zu retten versuchen, aber auch sein Lebenswandel war nicht dazu angetan, das zu erreichen. Dabei mußte Joscelin an seine eigenen Halbbrüder denken, und ohne es selber zu merken, zog er wieder eine Grimasse.

»Sind Ragnar und Ivo hier?«

In diesem Augenblick kam der Diener zur Empore und setzte einen dampfenden Topf Bohnensuppe mit Schweinefleisch vor Joscelin ab, dazu ein rechteckiges Brot, in dessen Kruste das Kreuzzeichen eingeschnitten war.

Die feinen Linien um Maudes Mund vertieften sich. »Ja, sie sind hier. Allerdings bekommen wir sie nicht gerade häufig zu sehen, weil sie den größten Teil der Zeit in Bordellen und Tavernen verbringen. Dein Vater sagt, sie stoßen sich nur die Hörner ab und werden bald ruhiger werden.«

»Du bist davon aber nicht überzeugt.«

Sie sah ihn aus den Augenwinkeln an. »Du etwa?«

Joscelin schnitt einen Kanten vom Brot und tunkte ihn in die Suppe. »Du weißt doch, wie die Dinge zwischen meinen Halbbrüdern und mir stehen«, antwortete er leise, weil der Diener sich noch in Hörweite befand. »Ich bin der uneheliche Sohn, Ragnar ist der Erbe, und er wird nicht müde, mir das bei jeder Gelegenheit unter die Nase zu reiben.« Seine Miene verdüsterte sich plötzlich, während er kaute und hinunterschluckte. »Und Ivo ist wie ein Schaf – wenn Ragnar ihm sagen würde, er solle sich von einer Klippe in den Abgrund stürzen, würde er es tun. Gott sei Dank werde ich kaum länger als eine Woche hierbleiben.«

»Du bist doch gerade erst angekommen!« wandte Maude ein.

»Ich habe eben ein schlechtes Gedächtnis«, sagte er zerknirscht. »Erst wenn ich wieder zu Haus bin, fällt mir ein, warum ich hier fortgegangen bin, und dann ist es zu spät.«

# 3

Linnet de Montsorrel starrte auf ein Spinnennetz an einem eichenen Dachbalken. Die Spinne saugte einer Fliege das Leben aus, die sich noch schwach in der tödlichen, vampirhaften Umarmung regte. Indessen verbiß sich Giles in das weiche Fleisch zwischen ihrem Hals und der Schulter. Mit den Fingern packte er ihr Hinterteil und preßte ihren Unterleib an sich, während er die letzten Stöße zum Höhepunkt seiner Wollust führte. Sie fühlte klebrigen Schweiß und empfand rohen, stechenden Schmerz. Stöhnend biß er heftiger in ihr Fleisch. Linnet wand sich in stummen Schmerzen. Sein Gewicht hielt sie gefangen. Dann ließen die Zähne sie los, und er fiel schwer auf sie. Seine Zunge glitt über ihre Schulter, leckte das Blut, und sein noch steifes Glied verblieb bebend in ihr.

Sie lag regungslos unter ihm. Wie gern hätte sie ihn weggewälzt! Aber ihr war klar, daß sie es nicht fertigbrachte. In dem Spinnennetz hatte die Fliege ihr Leben ausgehaucht. Diese Gnade war ihr verwehrt. Sie würde immer Giles' Opfer bleiben, das er nach seiner Laune auszog, um sich an ihr zu vergnügen.

Von ihrer Schulter rutschte sein Kopf tiefer und suchte wie ein monsterhaftes Kind nach ihrem Brustnippel. Sein Gewicht preßte sie tief in die Matratze. In schläfrigem Vergnügen saugte er an ihrem Nippel. Die Rippen taten ihr weh, und kleine Farbflecken tanzten vor ihren Augen. »Bitte«, sagte sie halb erstickt. »Bitte, Giles, du erdrückst mich ja!«

Mit einem Ruck wurde er hellwach, hob den Kopf und sah sie vorwurfsvoll an. »Meine Güte, kannst du denn nichts anderes als jammern?« Er zog das Glied heraus. Sie wandte den Blick von dem roten, funkelnden Schaft und schloß die schmerzenden Schenkel. Ihre Schulter tat weh.

»Lieg nicht so faul rum!« schnauzte er sie ungeduldig an. »Hol mir lieber einen sauberen Waffenrock! Ich bin heute abend in Leicesters Haus verabredet.«

»Ja, Mylord«, sagte sie mit schwacher Stimme. Innerlich empörte sie sich gegen ihn, ließ sich aber nichts anmerken. Sie setzte sich auf, zog ihr Hemd herunter und ging dann schweigend zum Kleiderständer. Auf dem Fußboden lagen sein Hemd und der Waffenrock, den er beim hastigen Ausziehen eingerissen hatte. Natürlich würde er von ihr erwarten, daß sie ihn bis morgen früh ausgebessert hätte.

»Wenn dir das hier nicht gefällt, dann solltest du dich beeilen, schwanger zu werden«, sagte Giles kalt und riß ihr die frischen Kleider aus den Händen. »In sechs Jahren hast du mir ein einziges Kind geboren, und das ist ein weiches Muttersöhnchen. Du weißt, was ich von ihm halte!«

Linnet schluckte schwer. Dann drehte sie sich um und holte ihm Gürtel und Degen. Die Geburt Roberts hatte sie fast das Leben gekostet, denn ihr Becken war noch fast kindlich schmal gewesen. Giles hatte den Hebammen gesagt, sie sollten das Kind retten – er konnte ja jederzeit eine andere Frau heiraten, und was hatte eine gebärunfreudige Frau überhaupt für einen Sinn? Aber sie war am Leben geblieben, und die Hebammen hatten sie mit Ratschlägen versorgt, wie sie eine baldige neue Schwangerschaft vermeiden könne. Zu den Mitteln gehörten Essigduschen, kleine Stücke von zurechtgeschnittenen Schwämmen oder im Schwamm aufgeweichtes Moos. In letzter Zeit benutzte sie diese Mittel nicht mehr, weil sie wieder schwanger zu werden hoffte. Doch bisher hatten sich die Monatsblutungen immer pünktlich eingestellt.

Giles schlüpfte in die Hosen und schüttelte sein jetzt schlaffes Geschlechtsteil in eine angenehme Lage. Dabei beschimpfte er seine Frau, und seine blauen Augen sprühten Blitze. »Meinst du etwa, es macht mir Spaß, auf dir rumzureiten, wenn du wie eine lebende Leiche daliegst? Du machst so wenig mit, daß ich ebensogut einer Puppe die Beine breit machen könnte!«

Sie wagte einen kurzen verängstigten Blick auf seinen schlanken, gespannten Körper. Dann schaute sie wieder zu Boden. Sollte sie ihm etwa antworten: Wenn du mich nur berührst, möchte ich am liebsten tot sein oder mich in Stein verwandeln? So war es ihr bei Giles immer ergangen. Doch hatte es einmal einen Mann in ihrem Leben gegeben, der sie die sündige Wonne der Lust gelehrt hatte.

»Vielleicht träumst du von jemand anders«, sagte er finster, während er Hemd und Waffenrock anlegte. »Ich muß dir sagen, daß mir dein freches Benehmen heute nachmittag sehr mißfallen hat.«

»Ich bitte um Entschuldigung, Mylord. Aber ich habe nur an Roberts Wohlergehen gedacht.«

»Ja, wirklich? Ich habe gesehen, mit welchen Blikken de Gael dich betrachtet hat, nachdem du mit ihm gesprochen hattest. Ein Mann von seiner Art braucht wenig Ermunterung.«

Ein kalter Angstschauer lief Linnet über den Rükken. »Ich schwöre, daß ich ihn nicht im geringsten ermuntert habe, Mylord. Ich schwöre es bei meinem Seelenheil.«

Giles riß ihr den Gürtel aus den Händen. Sie zuckte zurück. »Bei deinem Seelenheil?« fragte er leise. »Oder sollte es nicht besser heißen: um deine Haut zu retten?« Er zog das Lederband durch die Finger einer Hand, bis sie auf den Drachenkopf des Verschlusses trafen.

Linnet sah auf die komplizierten Schnörkel auf dem kalten, soliden Messing – norwegische Handarbeit. Ihr war nur zu gut bekannt, was für Schmerzen es bereitete, wenn er sie damit schlug.

»Ich schwöre es bei meiner Haut«, sagte sie furchtsam. »Ich schwöre es!«

Giles kostete den Augenblick aus. Er spielte mit ihrer Angst, als stäche er ihr mit der Nadel ins Fleisch und zöge einen Faden hindurch. »Früher hätte ich dir vielleicht geglaubt«, sagte er mit rauher Stimme, und ein Anflug von Kummer zeichnete sich in den starren Augen ab. »Aber inzwischen weiß ich, daß eine läufige Hündin es sich vom ersten besten Rüden besorgen läßt!« Er legte sich den Gürtel um die schlanke Taille, sicherte den Verschluß an einem Haken und verknotete das freie Ende. »Wenn du mir noch einmal Veranlassung zum Tadel gibst, weißt du, was dir blüht.«

Linnet senkte die Lider und starrteauf den Fußboden. So sah sie nur seine Beine. Das rechte, in goldbesticktes weiches Leder gekleidet, hatte er kampflustig vorgestellt. »Ja, Mylord«, flüsterte sie, vor Angst bebend.

Er hob den anderen Fuß und ging zur Tür. »Zieh dich endlich an!« befahl er grob. »Du hast einen Haushalt zu beaufsichtigen. Zeig, daß du wenigstens dazu zu gebrauchen bist!« Dann ging er rasch zur Tür hinaus. Sie hörte noch, wie er die Treppe hinunterstieg und einen seiner Knappen anschrie, er solle einen Bootsmann holen, der ihn flußabwärts zu Leicesters Haus rudern konnte.

An den Innenseiten ihrer Oberschenkel rann schleimige Flüssigkeit herab. Schaudernd setzte sie sich auf die Bettkante. Dann nahm sie einen Narwalkamm aus ihrer Truhe und kämmte sich die Haare. Sie verzichtete darauf, ihre Zofe zu rufen. Sie mußte eine Zeitlang allein sein, um ihre Ruhe wiederzufinden, damit sie den Bedienten später mit äußerlicher Gelassenheit gegenübertreten konnte. Wer das Gesinde beherrschen wollte, mußte zunächst sich selbst beherrschen. Als die Frisur wieder saß, legte sie den Kamm in die Truhe zurück und trug aus einem Tondöschen Dotterblumensalbe auf ihre wunden Stellen.

Es war nicht das erstemal, daß Giles ihr Bißwunden zugefügt hatte, und manchmal hatte er ihr dabei schon weher getan. Aber als sie das cremefarbene Bienenwachssiegel des Döschens erbrach und etwas Salbe mit der Fingerspitze aufnahm, füllten sich ihre Augen mit Tränen. Mein Gott, wie sie es haßte, von seiner Gnade so abhängig zu sein wie die Fliege im Spinnennetz!

Die Tränen verschleierten ihren Blick. Sie setzte sich auf die Geldkiste, die vor seiner Kleidertruhe stand. Die Knöpfe auf den soliden Eisenbändern, die das Gehäuse verstärkten, drückten gegen ihre Pobakken, die von Giles' wildem Griff noch empfindlich waren. Von den Doppelschlössern verwahrt, lag in der Kiste der ganze Erlös aus ihrer Wollschur, dazu alle Mieten und Pachtgelder aus ihren Dörfern. Auch das Silbergeschirr aus ihrem Bestand in Rushcliffe lag darin. Es war ein Teil ihrer Mitgift, und Giles hatte kein Recht, es Robert von Leicester zu schenken, damit er irgendwelche zweifelhaften Pläne in der Normandie ausführen könnte. Giles hätte das Geld viel nötiger gehabt, um sich seine Gläubiger vom Leibe zu halten. Versprechungen allein lieferten nicht das tägliche Brot, und Giles hatte seine leibeigenen Pächter schon bis an die Grenze ihrer Möglichkeiten geschröpft. Wenn es in diesem Jahr eine schlechte Ernte gab, würden manche seiner Leute wegen der Großmannsillusionen eines sechzehnjährigen Knaben Hunger leiden müssen.

Es hieß, das Giles im Gefolge Leicesters nach der Normandie übersetzen wollte, angeblich, um König Heinrich gegen seine aufrührerischen Söhne beizustehen. Doch Linnet ahnte, daß Verrat geplant war. Giles war scharf gegen die Vorschriften, mit denen König Heinrich die Rechte der Barone eingeengt hatte. Also würde er sich bestimmt nicht aller seiner Mittel entblößen, um dem König zu Hilfe zu eilen. In den Augen ihres Mannes eröffnete die Aussicht, einen unerfahrenen Jüngling auf den Thron zu heben, zahllose Möglichkeiten, vor allem für jene Männer, die ihm dazu verhalfen. Es war ein gewagtes Verräterspiel, und noch nie hatte sie Giles so aufgeregt gesehen – zornig und begeistert zugleich. Und sie war es, die die Hauptlast seiner dauernden Stimmungsumschwünge zu tragen hatte.

Ungeduldig stand Linnet auf und wischte sich mit dem Handrücken die Tränen ab. Tränen, die sie im Augenblick erleichtert hatten. Mehr war es nicht. Giles konnte sie dadurch nicht weicher stimmen, und sie hätte sie schon längst aus ihrem weiblichen Waffenarsenal verbannt, wenn sie nicht entdeckt hätte, daß andere Männer eher dadurch zu rühren waren. Erst heute nachmittag hatten der Anblick zitternder weiblicher Schwäche und die Drohung von Tränen den Söldnerführer Joscelin de Gael bewogen, ihnen trotz seiner deutlichen Abneigung gegen Giles seine Hilfe zu gewähren. Doch sie hatte dafür büßen müssen.

Sie biß die Zähne zusammen, rief ihre müde Zofe zu sich und bewahrte auch dann noch eiserne Gelassenheit, als sie sah, wie Ellas Blicke mit verständnisvollem, aber unausgesprochenem Mitleid auf die häßlichen blutunterlaufenen Male an ihrer Schulter fielen.

»Sie werden zunächst warmes Wasser und ein Handtuch brauchen«, sagte sie mit praktischem Sinn und ging, um das Gewünschte zu holen.

Linnet nahm ein abgeteiltes Stück von der dicken weißen Nachtkerze zur Hand und ging quer durchs Zimmer zu dem tragbaren kleinen Wandschirm am anderen Ende. Dahinter schlief in dem kleinen Rollbett ihr von der Reise erschöpfter Sohn. Die blonden Haare sträubten sich wie bei einem Gassenjungen auf dem

Kopfkissen. Er hatte feine, zierliche Knochen, die so leicht wie Distelwolle waren, und sie liebte ihn mit inbrünstiger, schuldbewußter Verzweiflung. Zarte Kinder starben oft in jungen Jahren. Daher beobachtete sie ihn ständig besorgt, um ihn beim ersten Husten oder Niesen oder beim geringsten Anzeichen beginnenden Fiebers in warme Decken einzuwickeln und ihm mit Kräutern gewürzte Molke einzuflößen. Sollte er tatsächlich das Erwachsenenalter erreichen, was für ein Mann würde er dann werden? Sie schwor sich, daß er nie so wie sein Vater werden durfte. Aber Gott allein wußte, wie er sich entwickeln würde, wenn er ihre Schürzenbänder verließ, um draußen in die Welt der Männer einzutreten.

»Niemals!« sagte sie laut, die Hand vor die Kerzenflamme haltend, damit kein heißer Wachstropfen auf ihr Kind fallen konnte. Wäre es doch ebenso leicht, ihn vor den Gefahren der Zukunft zu schützen!

## 4

Richard de Luci lehnte sich im pelzbezogenen Sessel zurück und betrachtete seinen Gast mit den düsteren Augen eines Bluthundes. Das Weinglas hielt er auf seinem wohlgerundeten Bauch. »Was halten Sie von den letzten Nachrichten aus der Normandie?«

William de Rocher, der den Beinamen Eisenherz trug, schmiegte sich mit den Schultern in den Armsessel und saugte mit der Zunge an den ihm verbliebenen Zähnen. Im Gegensatz zu de Lucis übermäßig fleischigen Wangen war die Haut über seinen hageren, vorstehenden Gesichtsknochen straff gespannt. Daher pflegte de Luci oft im Scherz zu sagen, daß William de Rocher, wenn man ihm nur ein schwarzes Gewand und eine Sense gäbe, wie der grimmige Gevatter Tod aussehen würde.

»Sie meinen, daß man Königin Eleanor geschnappt hat, als sie nach Paris fliehen wollte, um zu ihren rebellischen Söhnen zu gelangen?« fragte William brummig. »Bei ihr überrascht mich überhaupt nichts mehr. Nicht einmal, daß sie bei der Gefangennahme als Mann verkleidet war. Das war ja nicht das erstemal.« Er warf einen feindseligen Blick auf seine eigene Frau. Mürrisch und häßlich wie ein aufgehender Hefeteig saß sie neben de Lucis eleganter Frau. Doch wußte sie wenigstens, daß sie in seiner Gegenwart nichts zu sagen hatte, und wenn sie sich je weiter vorwagte, dann genügten ein kurzer Anschnauzer und eine geballte Faust von seiten ihres Mannes, um sie in ihre Schranken zurückzuweisen, wo sie ergeben mit niedergeschlagenen Augen und zitternden Lippen verblieb. Andere Frauen dagegen, die nicht an solche wohltätige Disziplin erzogen waren, neigten dazu, aufzubegehren und die Hand, die sie nährte, zu beißen. »Ich hoffe doch, daß sie jetzt sicher hinter Schloß und Riegel verwahrt ist?«

»Oh ja, durchaus. Aber dadurch wird die Rebellion nicht weniger gefährlich.«

Eisenherz blickte de Luci unter wirren silbrigen Brauen scharf an, während er mit dem Messergriff Muster auf das leinene Tischtuch malte. »Ich habe erfahren, daß der Earl von Leicester Sie um Erlaubnis gebeten hat, zur Normandie überzusetzen und dem König seine Unterstützung anzubieten? Gerüchten zufolge soll er eine nicht geringe Masse an Silberbarren zusammengebracht haben, um seine Expedition zu finanzieren.«

De Luci erwiderte seinen Blick und schüttelte dann lachend den Kopf. »Bei Gott, William, Sie wissen oft mehr als ich!«

»Weil ich an den richtigen Schlüssellöchern horche«, erwiderte Eisenherz grinsend. »Im übrigen macht Leicester nicht gerade ein Geheimnis aus seinem Vorhaben, oder?«

»Ihr habt noch nie eine gute Meinung von Leicester gehabt, ist es nicht so?«

Das Grinsen verschwand allmählich. »Sein Vater war so verläßlich wie Granit. Man konnte ihm sein Leben anvertrauen. Aber seinem Erben würde ich nicht einen Lanzenwurf weit trauen. Bevor Sie mich danach fragen, sage ich Ihnen lieber gleich, daß ich keine Beweise für seine unehrenhafte Gesinnung habe. Ich verlasse mich da auf mein Gefühl. Ein Soldat spürt so was in den Eingeweiden.« Dabei klopfte er sich auf die Gegend zwischen Herz und Gürtel.

Listig fragte ihn de Luci: »Aus Ihnen spricht also nicht die Eifersucht, weil Ihre Söhne mehr Zeit in seiner als in Ihrer Gesellschaft verbringen?«

Eisenherz warf das Tranchiermesser in die Luft, fing es wieder auf und schaute die glänzende Klinge an. »Warum sollte ich eifersüchtig sein?« sagte er verächtlich. »Schließlich bin ich ihr Vater, und was ist er? Nichts als eine in goldenes Tuch gehüllte Kröte. Sollen sie doch bei ihm ihr Vergnügen suchen! Eines Tages werden sie Earl Roberts Gehabe durchschauen, und dann werden sie sich schnell genug von ihm zurückziehen.«

De Luci kräuselte die Lippen. Er war sich dessen nicht so sicher. »Ich habe mich entschlossen, Leicester eine Chance zu geben«, sagte er. »Wie Ihr verlasse ich mich da auf mein Gefühl.« Etwas beschämt klopfte er auf seinen prallen Bauch. »Ein Diplomat spürt so etwas auch in den Eingeweiden.«

Eisenherz ließ ein unhöfliches Knurren hören und hielt sein leeres Weinglas zum Nachfüllen hin. »Ich weiß jedenfalls, wozu ich mehr Vertrauen habe.«

De Luci zog es vor, die Bemerkung zu überhören, und wechselte das Gesprächsthema. Er nahm einen Schluck Wein und behielt ihn genießerisch eine Weile im Mund, bevor er ihn herunterschluckte. Lauernd sah er Eisenherz an. »Wissen Sie auch schon, daß ich Joscelin bis zum Ende des Sommers in Dienst genommen habe?«

»Nein, aber ich habe unter den gegebenen Umständen damit gerechnet.«

»Wenn sich die Gelegenheit ergibt, würde ich ihm gern das Amt eines Burgvogts auf einer der königlichen Burgen übertragen. Er hat in den letzten anderthalb Jahren in meinem Dienst wieder und wieder bewiesen, daß er ein fähiger Mann ist.«

William schaute auf seine narbigen, knotigen Hände und murmelte: »Ich vergesse immer, wie alt der Junge schon ist – und wie alt ich bin.« Dann lachte er laut, aber es klang eher spöttisch als vergnügt. »Ihr Wein hat es heute abend in sich. Ich werde schon sentimental. Ja, er würde einen guten Burgvogt abgeben, einen der besten.«

Nichts von dem, was bisher ausgesprochen war, sondern die allgemeine Stimmung war es, die de Luci veranlaßte, einen Blick auf die beiden Frauen zu werfen, die sich aus der Unterhaltung herausgehalten hatten. Hinter ihrem ausdruckslosen teigigen Äußeren verbarg Agnes de Rocher eine Wut, die wie aufgehende Hefe in ihr hochstieg. Hektische rote Flecke zeigten sich an ihrem Hals, und ihre geballten Fäuste lagen wie Felssteine auf der Tischplatte. Daß er mit William über Joscelins Beförderung sprach, mußte natürlich diese Wirkung auf Agnes haben. Es war, als richtete sie eine Mauer aus nacktem Stahl um sich auf.

Um seinen undiplomatischen Fehler wiedergutzumachen, sagte er rasch zu seiner Frau: »Rohese, du könntest doch mit Agnes nach oben gehen und ihr die Stoffballen zeigen, die gestern angekommen sind.«

»Das tue ich gern, Mylord«, sagte Rohese halb verwirrt, halb mitfühlend fast im Flüsterton. Dann winkte sie dem Diener, ihr die Fingerschale zu bringen.

De Luci erwiderte ihren Blick. Stumm bat er sie um Verzeihung. Ihm war klar, daß er ihr jetzt aus Dankbarkeit den pfauenfarbenen Ballen Seide kaufen mußte, nach der es sie schon seit einiger Zeit gelüstete.

Als die Frauen mit einem Hofknicks die Halle verließen, stieß William einen langen Seufzer der Erleichterung aus, und seine Nervosität ließ sichtbar nach. Den Blick auf den Rücken seiner hinausgehenden Frau gerichtet, sagte er: »Wenn Martyn im nächsten Jahr bei Ihnen als Knappe eintritt«, sagte er, »werde ich ihr eine Pension aussetzen und sie in einem Nonnenkloster unterbringen.«

De Luci rieb sich das Kinn. »Weiß Agnes das schon?«

»Noch nicht«, erwiderte Eisenherz achselzuckend. »Ich glaube aber nicht, daß sie etwas dagegen haben wird. In Arnsby hält sie sich ja sowieso die meiste Zeit in ihren Gemächern auf. Ich hätte sie schon lange ins Kloster stecken sollen.«

De Luci schwieg dazu. Er sah seinen Freund nur forschend von der Seite an. Agnes mochte wohl kaum die ideale Ehefrau sein, aber mit Sicherheit war William de Rocher auch alles andere als ein vollkommener Ehemann. Richard war vor fast dreißig Jahren bei ihrer Hochzeit Trauzeuge gewesen und hatte seitdem verfolgt, wie sie sich unter dem Joch der verfehlten Ehe abgequält hatten, wobei jeder nach der anderen Richtung zog. Und als Joscelins Mutter in ihr Leben trat, war jede Möglichkeit, zu ehelicher Harmonie zu gelangen, ein für allemal zerstört.

William steckte sein Fleischmesser in die Scheide, ergriff das Weinglas und trank einen langen Schluck. »Auf meine zukünftige Freiheit!« rief er. »Und jetzt genug von Agnes! Sprechen wir von anderen Dingen!«

Der Knappe von William Eisenherz hob Agnes aus der Sänfte und setzte sie auf dem Hof hinter dem Haus ab. William stieg vom Pferd. Der Duft regennassen Grases und feuchter Blätter wehte aus den Obstgärten hinter den Stallungen herüber und vermischte sich mit dem satten Geruch von Pferdekot und Stroh. Am Ende des Gartens glitzerte die Themse im letzten grünen Schein der Abenddämmerung. Aus den Ställen kam ein Pferdepfleger mit seinem Lehrling, der eine Kerzenlaterne am Stock mit sich trug. Bei ihrem Licht sah William, daß die Boxen voller Pferde standen, von denen die wenigsten ihm gehörten.

Er übergab dem Jungen die Zügel des Zelters, ging gebückt unter dem Türsturz durch und besah sich, die Hände in die Hüften gestemmt, die neuangekommenen Pferde. Ein hübscher kastanienbrauner Hengst mit auffallenden weißen Fesseln drehte den Kopf vom Futtertrog und betrachtete ihn mampfend aus klugen, feuchten Augen. Er kannte Whitesocks gut, denn er hatte ihn im eigenen Gestüt gezüchtet und ihn als staksbeiniges, noch nicht dressiertes Fohlen vor einigen Jahren Joscelin geschenkt.

Agnes schnüffelte wütend umher und wollte wissen: »Wie lange sollen uns diese Tiere noch die Haare vom Kopf fressen?« Normalerweise trat sie nie so frech auf, aber jetzt machte ihr Mißmut sie kühn.

»Nur ein paar Tage«, sagte William, der mit den Gedanken ganz woanders war. »Danach wird die Krone für den Unterhalt seiner Pferde sorgen.«

Seine zurückhaltende Reaktion machte Agnes Mut weiterzubohren. »Du weißt, daß Ragnar und Joscelin einander nicht ausstehen können«, nörgelte sie. »Wenn sie beide im Haus sind, kommt es unweigerlich zum Krach.«

»Ich bin immer noch Herr im Haus«, sagte er kalt, während er Whitesocks seidenweiches braunes Fell streichelte. »Außerdem hält Ragnar sich gar nicht hier auf. Er vergeudet seine Zeit irgendwo in Gesellschaft von Dummköpfen.«

Zornig sah Agnes auf den langen, geraden Rücken ihres Mannes und die vom Wind zerzauste bibergraue Mähne. Als sechzehnjährige Braut hatte sie ihn so sehr geliebt, daß allein sein Anblick sie in einen Freudentaumel versetzte. In diesen ersten Monaten hatte er sich ihr gegenüber auch so nett benommen, daß sie sich vormachte, er liebte sie auch ein wenig. Sie hatte ihm rasch hintereinander zwei Töchter geboren und war drei Monate nach Katharines Geburt schon wieder schwanger. Erschöpft, krank und elend hatte sie William in den Krieg reiten sehen. Tag für Tag betete sie für ihn und holte sich dabei auf dem kalten Steinfußboden der Kapelle Beulen an den Knien.

Vielleicht hatte Gott ihre Gebete erhört, denn drei Monate später kehrte er unversehrt heim. Er brachte ein Kontingent bretonischer Söldner zum Schutz ihrer Burg mit. Und außerdem eine Frau, die Tochter eines der Söldner, der die ersten Monate der Schwangerschaft eine strahlende Schönheit verliehen. Im Vergleich zu den üblichen leichten Mädchen wirkte sie wie eine helle Flamme. Sie hatte dunkle Haare, grüne Augen und besaß eine königliche Haltung. Sie schenkte William seinen ersten Sohn. Agnes dagegen hatte einen totgeborenen Sohn zur Welt gebracht. Als sie damals die überströmende Freude, den Triumph und die unverhohlene Liebe in Williams Augen sah, lernte Agnes zu hassen.

Seitdem hatte sie ihm drei Söhne geschenkt, aber die Freude darüber blieb getrübt. Die Schatten Morwennas und ihres Bastards senkten sich über sie und vereitelten den Erfolg ihrer Mühen. Jetzt sagte sie mürrisch: »Sobald Joscelin hier auftaucht, gibt es immer Ärger.«

William fuhr herum und sah sie so böse an, daß sie glaubte, er würde sie schlagen. »Hüte deine Zunge«, sagte er grob, »oder ich binde dir einen Maulkorb um!«

Sie preßte die Lippen aufeinander, wandte sich ab und marschierte über den Hof und die Außentreppe ins Obergeschoß ihres Hauses. Durch den Saal wollte sie nicht gehen, denn dann hätte sie ja Morwennas Bastard begrüßen müssen. Ein Hausmädchen öffnete die Tür, aber es war Agnes, die sie so heftig hinter sich zuschlug, daß der Knall laut durch die milde Sommerdämmerung schallte.

Williams Blick wurde hart. »Mürrische Ziege«, murmelte er. Dabei war er sich bewußt, daß sein Urteil nicht gerecht war, doch das war ihm gleichgültig. Es wäre ihm nie in den Sinn gekommen, Agnes zu besänftigen oder sich gar bei ihr zu entschuldigen.

Als er in den Saal kam, rekelte sich Joscelin in seinem Armsessel vor der mittleren Feuerstelle. Sein Knappe saß ihm zu Füßen auf dem mit Binsen ausgelegten Fußboden, den Kopf über einen Dolchgriff gebeugt, den er mit neuen Lederstreifen umwand. Und wie ein Dolch bohrte sich der Kummer in Williams Herz, als er sich dem Feuer näherte und sein Sohn den Kopf hob. Bei Gott, wie er seiner Mutter ähnlich sah! Der Ausdruck der grünen Augen mit dem Braunschimmer ließ ihn an sie denken und erweckte bittersüße Erinnerungen in ihm.

Joscelin sprang auf die Beine und schloß seinen Vater in eine so stürmische Umarmung, als wollte er ihm die Rippen brechen. Sie waren von gleicher Größe und Figur, denn William hatte sich einen zähen, muskulösen Körper bewahrt, der keine Weichheit kannte. Nur die granitharten Züge seines Gesichts verrieten, daß er schon über fünfzig Jahre alt war.

»Von Mal zu Mal wirst du stärker«, sagte er, noch

keuchend von der Umarmung. »Du hast einen Körper wie ein Zugochse!« Dann schob er den Sohn beiseite und ging zum Kamin. Der flachshaarige Knappe war ehrerbietig aufgestanden und beobachtete ihn aus wachsamen blauen Augen.

»Hol Wein her!« befahl ihm William. »Zwei Becher.« Er schaute auf den dicken Umhang, der über dem Sessel lag und bis zum Fußboden reichte. »Du wirst doch wohl einen tüchtigen Zug mit deinem Vater trinken?«

Joscelin errötete. »Selbstverständlich, Sir. Ich habe ja auf Sie gewartet.«

Williams Blick sprach Bände. Aber er brummte nur und sagte nichts dazu. Wenn Joscelin heute abend in die Stadt ausgehen wollte, so ging ihn das nichts an. Aber seine Neugier war geweckt. Im allgemeinen frönte Joscelin nicht dem Laster, sich noch nach dem Schließen der Stadttore in den Bierhäusern herumzutreiben.

Der Knappe kam mit dem Wein.

»Ging deine Reise ohne Gefahren ab?«

Joscelin grinste, schaute eine Weile kopfschüttelnd zu Boden und hob dann lachend den Blick zu seinem Vater. »Wie kommt es nur, daß du immer den Nagel auf den Kopf triffst?«

»Sagen wir, aus schlechter Erfahrung.«

Zum zweitenmal an diesem Abend erzählte nun Joscelin von seinem Zusammentreffen mit Giles de Montsorrel. »Die Sache stinkt doch zum Himmel wie ein Faß voll verfaulter Fische«, schloß er. »Warum bringt er alles, was er auf der Welt besitzt, nach London?«

Aus dem Obergeschoß drangen jetzt gedämpfte Frauenstimmen und das Geräusch eines Truhendekkels, der geöffnet und wieder zugeworfen wurde. William warf einen ärgerlichen Blick nach oben. »Er ist schließlich mit Robert de Leicester verwandt, nicht wahr? Und Leicester hat von de Luci die Erlaubnis erhalten, in der nächsten Woche oder etwas später mit seinen Männern und viel Geld zur Normandie zu segeln, um König Heinrich Hilfe zu bringen... Jedenfalls will Leicester uns das weismachen. Doch ehe ich das glaube, halte ich lieber alle Lieder fahrender Spielleute für reine Wahrheit.«

Joscelin nickte nachdenklich. »Und Montsorrel stellt seinen Anteil Leicester für dessen Pläne zur Verfügung. Über Giles weiß ich aber, daß er kein leidenschaftlicher Parteigänger des Königs ist. Wenn er sich für eine Seite entscheiden wird, dann für die Jung-Heinrichs.«

Eisenherz knurrte verächtlich: »Ich würde jedenfalls nicht mein ganzes Hab und Gut auf einen unerfahrenen sechzehnjährigen Milchbart setzen, von dem bekannt ist, daß er sich auf dem Schlachtfeld und anderswo so wankelmütig verhält wie eine schlampige Hure aus Southwark. Natürlich ist es leichter, einen eitlen, verzogenen Knaben zu beeinflussen als einen bewährten Staatsmann, der seit zwanzig Jahren den Thron innehat.« William trank einen Schluck Wein. »Giles de Montsorrel ist ein Schwachkopf.«

»Aber ein reicher Schwachkopf«, sagte Joscelin, »nachdem er kürzlich die Rushcliffe-Erbschaft eingesackt hat.«

»Nicht mehr lange«, brummte Eisenherz. »Die Mitgift, die ihm seine Frau ins Ehebett gelegt hat, hat er schon zum großen Teil verschwendet, ganz zu schweigen von dem, was sie von ihrem Vater geerbt hat.«

»Ihr Vater?«

»Robert de Courcelles. Er war weicher, als ihm gut getan hat, aber immerhin ein anständiger Mensch. Die Ländereien der Familie liegen hauptsächlich in Derbyshire – soweit Giles sie nicht schon verkauft hat, um seinem Turnierehrgeiz zu frönen.«

»Ich erinnere mich an Robert de Courcelles«, sagte Joscelin. »Er war mit dem Sheriff* befreundet und kam oft nach Nottingham. Die beiden gingen dann zusammen auf die Jagd.« Nach einer kleinen Pause fügte er beiläufig hinzu: »Linnet de Montsorrel sieht ihm sehr ähnlich.«

Doch gerade weil er es so nachlässig dahinsagte, horchte Eisenherz auf. Mit schlauem Grinsen erkundigte er sich: »Sie hat dir wohl gefallen, was?«

Joscelin errötete womöglich noch mehr. Hastig trank er von seinem Wein und sah seinen Vater herausfordernd an. »Sie hat mir nur leid getan, und ich war auch ein wenig neugierig. Du würdest wohl auch von mir sagen, daß ›ich weicher bin, als mir gut tut‹, was?«

Eisenherz grinste immer noch. So leicht ließ er sich nicht hinters Licht führen. Joscelins hochroter Kopf war für ihn Beweis genug, daß die Frau ihm den Kopf verdreht hatte. »So ist es«, sagte er. »Denn Giles de Montsorrel ist als eifersüchtiger Ehemann bekannt.«

»Ich habe ihm nicht den geringsten Grund zur Eifersucht gegeben.«

»Reg dich nicht gleich auf! Ich meine es nur gut mit dir.«

»Das ist völlig unnötig.«

Eisenherz betrachtete seinen Sohn. Der Ton gefiel ihm nicht. Doch dann brach er unvermittelt in Gelächter aus und ließ das Thema fallen. »Na schön, dann ist es eben unnötig. Sprechen wir von anderen Dingen! De Luci hat mir mitgeteilt, daß er dich den ganzen Sommer über behalten will.«

Joscelin beruhigte sich, blieb aber auf der Hut. »Bei der Turnierserie läßt sich mehr Geld verdienen, aber

* Oberster Verwaltungsbeamter eines Bezirks

die Risiken sind auch größer. Der Garnisondienst ist im allgemeinen zwar langweilig, aber solange ich genügend zu essen bekomme und Geld im Beutel habe, brauche ich mich nicht zu beklagen.«

Das gab William einen Stich. Joscelin hatte ohne jeden Groll gesprochen und ihm keinen Vorwurf gemacht. Trotzdem empfand er ein starkes Schuldgefühl. Es traf ihn mit voller Wucht wie das Gegengewicht beim Lanzenstechen, dem sogenannten Quintanrennen. Joscelin war sein erstgeborener Sohn, das einzige Kind, das Morwenna ihm geschenkt hatte, aber da er unehelich war, durfte er nichts von den Ländereien der de Rochers erben. Statt dessen mußte er seinen eigenen Weg in der Welt suchen, entweder als Priester oder durch das Schwert. In dieser Hinsicht hatte William aufs beste vorgesorgt, indem er Joscelin eine Ausbildung für beide Berufe zukommen ließ, so daß er, wie immer er sich entschied, gut ausgerüstet war. Doch das alles verhinderte nicht, daß ihn Gewissensbisse plagten.

»Ich bezweifle, daß du dich dort langweilen wirst«, sagte er trocken. »Richard hat zwar nicht viel darüber gesprochen, aber ich vermute, daß er dich nicht nur für den Garnisondienst engagiert hat.«

Joscelin trank sein Glas aus und zwängte dann die Mantelzwinge durch den guten blauen flämischen Stoff. »Wie zum Beispiel?«

»Das mußt du dir von de Luci selber sagen lassen.«

Joscelins schmale Augenbrauen zuckten ungeduldig. Mit einer weit ausholenden Handbewegung sagte er: »Dann werde ich meine freie Zeit bis dahin nach Möglichkeit gut ausnutzen. Wie du siehst, ist der Saal leer. Meine Männer haben sich also schon davongemacht, um ihr Vergnügen zu suchen.«

Eisenherz spürte den Unterton von Unruhe in Joscelins Stimme. Wahrscheinlich kam das noch von seinem

Zusammentreffen mit Montsorrel am Nachmittag. Eine Nacht in einer Taverne oder eine Frau, die ihr Gewerbe gut verstand, würde ihm jetzt gut tun. Aber London war nach Dunkelwerden kein ungefährlicher Ort. »Sei nur vorsichtig, Josce!« mahnte er ihn und runzelte dabei die Stirn.

»Wie immer.« Nach Ansicht seines Vaters nahm Joscelin die Warnung viel zu leicht. Und schon war er mit kurzem Abschiedsgruß in die Nacht hinaus verschwunden.

William seufzte schwer auf. Er schickte den großäugigen Knappen zu seinem Strohsack und setzte sich dann selber auf die Bank vor dem mittleren Kamin, um in Ruhe seinen Wein auszutrinken. Wie starrköpfig sie alle ihren Willen durchsetzten! Unwillkürlich mußte er wieder an Joscelins Mutter denken. Morwenna... Er flüsterte ihren Namen, und erneut schien sich ein Messer in sein Herz zu bohren.

Sie war die Tochter eines Söldners, und er hatte sich während des Feldzugs von 1146 an einem Frühlingsabend ihre Gunst erkauft. Bis dahin hatten Frauen keine große Rolle in seinem Leben gespielt, aber sie stand jenseits aller Regeln und Konventionen und hatte schließlich sein Herz erobert. Fünf Jahre lang war er glücklich gewesen. Von der Nacht an, in der sie an einem Lagerfeuer des Hauses ihr Haar für ihn gelöst hatte, bis zu dem Augenblick, da er es über die stumme, kalte Brust ihres Leichnams kämmte, dem in der Armbeuge noch die in Decken gehüllte tote Tochter lag. Nichts war von ihr zurückgeblieben als ein bestürzter vierjähriger kleiner Junge und ein Mann von zweiunddreißig Jahren, der unendlich betroffen war.

O Gott, wie hatte er in den Monaten nach Morwennas Tod Agnes gehaßt! Mit seiner Geliebten war in ihm auch jede Duldsamkeit und Sanftheit gestorben. Dabei hätte er doch darüber froh sein können, wie schnell Agnes immer wieder schwanger wurde, wie leicht die Geburten erfolgten. Doch ihm war, als läge ein Fluch auf ihm. Es war ihm durchaus bewußt, daß er sogar seine Hunde besser behandelte als seine Frau, aber er konnte nicht anders. Immer wenn er Agnes ansah, schob sich das Bild von Morwennas leblosem grauen Körper davor, und er mußte große Mühe aufwenden, um es zu verdrängen. Die anderen sagten, ihr Tod sei die Folge eines fatalen Unglücksfalls gewesen: Als Hochschwangere war sie auf der Treppe ausgerutscht und gestürzt. Die Nachgeburt war ausgeblieben, Blutungen hatten eingesetzt, und zwei Tage später waren die Frau und ihr Säugling tot. Und da er gerade weg gewesen war, konnte er nicht einmal von ihr Abschied nehmen.

Die Kerze auf dem Halter neben ihm flackerte vorwurfsvoll. Mit einem Ruck fuhr er aus seinen traurigen Erinnerungen auf. Außerhalb des Lichtscheins schlummerte die Dienerschaft im Dunkel der Halle auf ihren Strohsäcken. Normalerweise bereiteten sie ihre Schlafstätten näher am Kaminfeuer. Doch heute hatte niemand gewagt, den einsamen Mann zu stören. Eisenherz stemmte sich hoch, schüttelte die letzten Tropfen aus dem Glas ins Feuer, wo sie zischend verdampften, und begab sich zu Bett.

Ein Stück weiter entfernt hielt der Earl von Leicester offenes Haus, bis es völlig dunkel geworden war. Er bewohnte einen neuen Bau, der traditionell aus Holz und Gips errichtet war, aber ein rotes Ziegeldach besaß. Ziegel kosteten mehr als das übliche Strohdach. Sie waren ein Statussymbol und zudem weniger feuergefährdet. Sowohl drinnen wie draußen brannten in hoch angebrachten Wandstützen Fackeln und beleuchteten die feiernden Gäste, die entweder an langen Tischen auf dem mit Pfützen übersäten Hof saßen oder sich mit Ellbogengewalt in den Saal drängten. Über Feuergruben im Hof zischte fettglänzendes, mit Kräutern gewürztes Hammelfleisch. Die Bratspieße bediente ein Küchenjunge, der vom Apfelwein schon halb betrunken war. Den Trinkkrug in der einen, den Schöpflöffel für das Begießen mit Fett in der anderen Hand, wankte er, kaum seiner Sinne mächtig, zwischen den toten Hammeln umher.

Joscelin zögerte. An einem Tisch entdeckte er ein paar Männer des Justitiarius – Männer seiner Bekanntschaft, die ihn in ihrer Mitte willkommen heißen würden. Licht und Gelächter lockten. Und es lockte auch eine Dirne mit dunklen Schlafzimmeraugen und wieselschlankem Körper. Sie lächelte den unentschlossenen Joscelin an und bewegte einladend die Hüften. Dadurch verführt, trat er gegen sein besseres Wissen über die Schwelle und zwängte sich in den überfüllten Saal.

An den Tischen entlang der Wände saßen dicht bei dicht Leicesters Ritter und Soldaten. Er erblickte einen flämischen Söldnerhauptmann, den er von den Turnierserien her kannte, und zwei berühmte Turnierkämpfer, die bei freier Kost und Unterkunft beim Earl überwintert hatten. Auf der Empore an der hinteren Wand des Saals saß unter gekreuzten, goldverbrämten Bannern Leicester selbst. Er war ein frühzeitig dick gewordener, schwerer Mann Anfang dreißig, bei aller Korpulenz noch gutaussehend. Doch war vorauszusehen, daß die derben Muskeln, die er jetzt noch besaß, bald unter Fett begraben sein würden.

Einen Arm hatte er seinem Ehrengast um die Schulter gelegt. Es war Giles de Montsorrel, der mit dem zerbrochenen Wagenrad. Nach seinen übertriebenen Gesten und der überlauten Stimme zu urteilen, war er auf dem besten Wege, sich besinnungslos zu betrinken. An seiner anderen Seite saß ein weiterer Verwandter

Leicesters, Hubert de Beaumont. Vorgebeugt, um nichts von der Unterhaltung zu verpassen, nagte er an einem Hühnerbein. Auch bei ihm zeigte sich die ererbte Neigung zum Dickwerden in Form eines ballonförmigen Bauchs und einem fetten Hals. Joscelin kannte ihn oberflächlich – ein übel beleumdeter Krakeeler, der die letzten drei Jahre in der zweifelhaften Gesellschaft der aufrührerischen Königssöhne verbracht hatte.

Joscelin fand, daß das bereitwillige Mädchen es nicht wert war, ihretwegen in dieser stinkenden Höhle mit Rebellen zu trinken, auch wenn einige Männer de Lucis darunter waren. Schon wandte er sich wieder dem Ausgang zu.

Da krächzte eine spöttische Stimme, die er nur zu gut kannte: »He, Bauer!« Gleichzeitig schlug ihm jemand mit übertriebener Härte auf die Schulter. »Willst dich wohl auch auf anderer Leute Kosten satt essen, wie?«

Langsam drehte Joscelin sich um. Vor ihm stand sein Halbbruder.

»Elflin«, rief Ragnar de Rocher mit ironischer Geste, »hol Wein für unseren erlauchten Gast!«

Das dunkeläugige Mädchen verschwand unter lautem Gekicher. Ragnar setzte sich wieder und schaffte auf der vollbesetzten Bank etwas Platz für Joscelin, was aber weniger als Ausdruck freundlicher Gesinnung denn als Herausforderung wirkte. An diesem Tisch saß unter anderen jungen Rittern und Knappen auch Ivo, der zwei Jahre jünger als Ragnar und ein blasses Ebenbild seines rotblonden Bruders mit dem Falkengesicht war.

»Bist du hergekommen, um dich und dein Schwert zu verkaufen?« erkundigte sich Ragnar. »Leicester zahlt guten Lohn, und du siehst aus, als brauchtest du dringend Geld.« Aus schmalen hellblauen Augen musterte er mißbilligend Joscelins Gewand, das zwar aus Wolle von guter Qualität war, aber deutliche Spuren langen Gebrauchs aufwies und kaum irgendwelche Stickereien oder anderen Zierat besaß.

»Ich habe schon einen anderen Vertrag«, sagte Joscelin. »So arm bin ich nun doch nicht, daß ich mir nicht einen anständigen Zahlmeister wählen könnte.«

»Oho!« Ragnars Mund verzog sich zu einem wilden Grinsen. »Ein Mann mit Grundsätzen, wie?« Er steckte einen Finger in den Hals und tat, als müßte er sich übergeben.

Ivo ließ ein schrilles, nervöses Lachen hören. »Hast du je einen Söldner mit Grundsätzen gekannt?« Sein verschlagener Blick wanderte zwischen Ragnar und Joscelin hin und her. Hinter den spärlichen rötlichen Wimpern glomm Vorfreude auf.

Verächtlich erwiderte Joscelin: »Du weißt doch gar nicht, was Grundsätze sind, Ivo.«

In diesem Augenblick kam das Mädchen mit einem gelbglasierten Krug zurück und füllte die leeren Becher am Tisch mit herbem Rotwein. Ragnar packte sie am Handgelenk und zog sie auf seinen Schoß. Sie quietschte auf, leistete aber keinen Widerstand, als sein harter Arm sich um ihre Taille legte und seine Hand sich Freiheiten an ihrem Busen nahm.

»Du bist also schon vertraglich gebunden?« fragte Ragnar.

»Bis Michaelis beim Justitiarius«, antwortete Joscelin und trank einen Schluck. Er ahnte, daß es Ärger geben würde. Sein Blut war erhitzt vor Zorn, nicht mehr weit vom Siedepunkt entfernt. Auch Ragnars verkniffene Augen und Ivos spöttisch verzogener Mund verhießen nichts Gutes.

Ragnar zog dem Mädchen Rock und Hemd tiefer und pflanzte ihr einen Kuß zwischen die Brüste. Noch mit dem Mund auf dem weißen Fleisch der Dirne fragte er Joscelin: »Glaubst du denn, daß du noch so lange lebst?«

»Länger als du«, entgegnete Joscelin und schaute voll Verachtung auf die dicht besetzten Tische. »Wenn du dir einbildest, daß der Treck zur Normandie dir leichten Ruhm einbringen wird, mußt du Dreck im Gehirn haben.«

Ivo gackerte. Ragnar riß den Kopf vom Busen der Dirne und schob kampflustig das Kinn vor. Seine feingeäderte Haut war weiß vor Wut. »Das nimmst du zurück!«

»Warum sollte ich? Es ist die Wahrheit.«

Ragnar holte aus, als wolle er zuschlagen. Doch dann entspannte er sich wieder. Sein Blick war auf einen stämmigen Ritter gefallen, der gerade an ihrem Tisch vorbeischlenderte. Er hielt den Mann am Ärmel fest. »Hubert, kennst du meinen Bruder Joscelin?«

Hubert de Beaumont fummelte an der vorderen Verschnürung seiner Hose, woraus hervorging, daß er sich auf dem Weg nach draußen befand, um dort zu pinkeln. Er nickte Joscelin kurz zu und sagte: »Ihr Gesicht kommt mir bekannt vor. Habe ich Sie nicht zu Ostern in Paris gesehen?«

»Nein, das war voriges Jahr beim Mittsommertagsturnier in Toulouse.«

Beaumont runzelte die Stirn. Er bewegte die Lippen und wiederholte für sich leise Joscelins Worte. Plötzlich änderte sich sein Gesichtsausdruck. »Ja, ich erinnere mich«, sagte er nicht gerade in höflichem Ton. Dann wandte er sich an Ragnar. »Das ist dein Bruder, sagst du?«

»Nur mein Halbbruder«, antwortete Ragnar und fuhr mit boshafter Freude, jedes Wort auskostend, hinzu: »Er ist der uneheliche Sohn meines Vaters, den er mit einer Turnierhure gezeugt hat. Als sie zu ihm ins Bett stieg, hatte sie schon mehr Lanzen in ihrem Schoß gehabt als ein ausgedienter Quintanschild auf der Zielscheibe.«

Die Bedienerin wurde zur Seite geschubst und kreischte. Dann krachten die beiden Brüder auf den Tisch. Oben lag Joscelin mit erhobener Faust. In alle Richtungen flogen Gläser und verspritzten ihren Inhalt meterweit. Der Weinkrug fiel um und zerplatzte in zwei Teile. Auf dem polierten Eichenholz bildete sich ein See von Wein. Eine Zeitlang wälzten die Brüder sich noch auf dem Tisch. Der rote Anjou hinterließ auf Ragnars Waffenrock Spuren, die wie ein großer Blutfleck aussah. Dann stürzten die beiden auf den Boden und rangen zwischen den Binsen weiter miteinander.

Offenen Mundes betrachtete Hubert de Beaumont das Schauspiel. Der Druck der vollen Blase war vergessen. Ivo wischte sich mit der Hand Wein vom Waffenrock und setzte sich so, daß er die Rauferei besser verfolgen konnte. Sein sonst so blasses Gesicht färbte sich vor Vergnügen rosarot.

Diesmal lag Ragnar oben. Seine Hand fuhr zum Dolchgriff. Gleich darauf funkelte die 23 Zentimeter lange geölte Klinge im Licht. Joscelin stieß mit dem Knie zu und traf Ragnar hart. Der wurde auf den mittleren Kamin zu geschleudert und geriet beinahe mit dem Kopf an den gemauerten Vorsatz. Er rappelte sich aber schnell wieder auf, rollte zur Seite ab und kam wieder auf die Beine. Von der Hüfte aus zielte er mit dem Dolch auf den Unterleib des Gegners. Joscelin tauchte unter der Waffe durch und stieß Ragnar wiederum zurück. Jetzt griff auch er nach seinem Dolch, schloß die Hand fest um den Griff, griff an und blieb plötzlich stehen. Denn Ragnar war dort liegengeblieben, wo er hingefallen war. Der rauhe Lederstiefel eines Soldaten stand auf seinem Handgelenk und seiner Waffe und nagelte ihn am Boden fest.

Der Stiefel gehörte zu einem hochgewachsenen

Mann von kräftigem Körperbau mit elegant frisierten blonden Haaren und klugen grauen Augen, von denen feine Falten ausgingen, vorzeitige Linien in einem wettergegerbten Gesicht. Joscelin erkannte in ihm Brien FitzRenard von Ravenstow, einem aus de Lucis handverlesener Mannschaft von Kurieren und Kundschaftern.

»Genug!« sagte FitzRenard, bückte sich und wand Ragnar die drohende Waffe aus den Fingern. Durch den dunstigen Rauch blickte er leicht verärgert, aber nicht unfreundlich Joscelin an. »Am besten, Sie gehen jetzt, bevor es zum Schlimmsten kommt.« Seine Bewegungen waren ebenso gemessen wie seine Stimme, aber keineswegs langsam.

Joscelin schaute sich im Saal um. Nach der plötzlichen Stille hatten die Gespräche wieder eingesetzt. Überall wurde leise miteinander geredet, aber er merkte auch, daß man ihn mit einem Gemisch aus Feindseligkeit, Verachtung und unverhüllter Neugier musterte. Auf der Empore verriet Leicesters kalte Miene seinen unterdrückten Zorn. Giles war ein Opfer des Weingenusses geworden. Sein Kopf lag auf der Tischplatte, und die blonden Haarspitzen tunkten in die Fingerschale.

FitzRenard nahm den Fuß hoch und gab Ragnar frei. Er machte aber keine Miene, ihm den Dolch zurückzugeben. Schweratmend setzte Ragnar sich auf. Ein ausgedehnter Weinfleck verunzierte seinen teuren Waffenrock, an dem außerdem zahlreiche Binsenstükke hingen. Sein Gesicht war vor Wut leichenblaß.

»Eines Tages bringe ich dich um!« drohte er Joscelin.

»Dann werde ich von jetzt an aufpassen, daß du mich nicht hinterrücks überfällst«, gab Joscelin zurück. »Denn von vorn wagst du dich bestimmt nicht an mich heran.« Er wischte sich einen dünnen Blutfaden aus dem Mundwinkel und stürmte in den feuchtwarmen Sommerabend hinaus. Sein Atem kam in unregelmäßigen Stößen, und Tränen der Wut und der Demütigung traten ihm in die Augen. Er war sich bewußt, daß er versagt hatte. So sehr er sich auch einredete, daß ihm das gleichgültig wäre, so sehr wurmte ihn das.

## 5

Die Maus saß aufrecht da und hielt eine Kornähre zwischen den Vorderpfoten. Eifrig knabberte sie mit scharfen Zähnen an der Hülse, um zu dem süßen Kern zu gelangen. Durch den Spalt der Stalltür drang die Sonne herein, warf ein leuchtend gelbes Muster auf die Bodenstreu, verschönerte die schmierigen Boxenwände und überzog das Fell des schlummernden kastanienbraunen Rappen mit einem Goldschimmer.

Joscelin war soeben erwacht. Aus halb geöffneten, leicht glasigen Augen beobachtete er das emsige Nagetier. In seinem Kopf pochte leichter Schmerz, seine Zunge war knochentrocken, und im Mund hatte er den Geschmack von Stalldreck. Das war der Lohn für die Sünden der Nacht, die er nach dem Kampf mit Ragnar begangen hatte und an die er sich kaum noch erinnern konnte. Und er wollte es auch gar nicht.

Plötzlich schoß ein weiß-braun geschecktes Etwas an seiner Nasenspitze vorbei und landete in einem Haufen aufstiebender Spreu. Mit einem Ruck richtete Joscelin sich auf und riß den Dolch aus der Scheide. Das Herz hämmerte ihm heftig an die Rippen. Aber es war nur die gestreifte Stallkatze, die ihn mit einer Mischung von Vorsicht und Herablassung aus juwelengrünen Augen musterte. Im Maul trug sie wie einen braunen Schnurrbart die eben gefangene Maus. Ohne ihn aus den Augen zu lassen, schlich die Katze seitwärts durch den Stall und zwängte sich dann durch den Türspalt auf den Hof.

Beruhigt ließ Joscelin unter leisem Stöhnen den Kopf auf die Knie sinken. Von draußen hörte er die Geräusche eines schönen Sommermorgens. Sein Vaterhaus erwachte gerade zum Leben. Am Wassertrog schwatzten zwei Hausmädchen, ein Soldat ließ ein freches Pfeifen hören und erhielt eine gutmütige Antwort. Joscelin stieg der Qualm einer im Freien gelegenen Feuerstelle in die Nase, er hörte das Gackern und Scharren der Hühner. Dann vernahm er Schritte vor der Stalltür, und gleich darauf legten sich Schatten über die Sonnenstreifen auf dem strohbedeckten Boden. Leise unterhielten sich zwei männliche Stimmen, eine jugendliche und ein reifer Bariton.

»...ich muß mich jetzt um die Pferde kümmern, Sir, aber er schläft noch da drin.«

»Kein Wunder bei dem Zustand, in dem er nachts zurückgekommen ist«, bemerkte der Bariton. »Na schön, dann geh ich jetzt frühstücken! Ich werde inzwischen versuchen, ihn wach zu kriegen.«

»Nicht mehr nötig«, sagte Joscelin und schob die Stalltür auf. Draußen empfing ihn der volle Glanz des sonnigen Morgens. Seine trüben Augen sahen blinzelnd den Pferdepfleger und dessen Lehrling an, der die Augen weit aufgerissen hatte. Er fuhr sich mit der Hand durch das zerzauste Haar und zupfte ein paar Strohhalme heraus. »Ich wollte eigentlich mein Bett im Saal aufsuchen. Aber ich wußte nicht, ob mich meine Beine noch so weit tragen würden. Da bin ich in den Stall gegangen. Der lag näher.«

Ein Grinsen machte sich im wettergebräunten Gesicht des Pferdepflegers breit. »Ihr wart etwas unsicher auf den Beinen, Meister Joscelin«, bestätigte er.

»Ich war voll wie eine Radehacke«, knurrte Joscelin. »Und jetzt brummt mir der Schädel.«

Der Lehrling machte, daß er davonkam. Konnte ja sein, daß der Pferdepfleger ihn jetzt drängen würde, vor dem Frühstück mit der Arbeit zu beginnen, da das Hindernis beseitigt war.

Joscelin löste die vordere Verschnürung der Hose und erleichterte sich in den Abwasserkanal, der draußen an den Stallungen entlang lief.

»Meister Ragnar ist überhaupt nicht nach Hause gekommen«, vertraute ihm der Pferdepfleger an, nahm die Mistgabel zur Hand und schaute sich vergeblich nach seinem jungen Helfer um. »Euer Vater, der Lord, ist nicht gerade erfreut darüber.«

Joscelin beendete sein Geschäft, brachte seine Kleidung in Ordnung und ging, um sich die Hände und das Gesicht in dem Wasserfaß unter der Regenrinne zu waschen. Die aufgeplatzte Lippe schmerzte, und die Rippen taten ihm weh. Wenn sein Vater, der Lord, von dem Kampf erfuhr, würde er noch weniger erfreut sein. Vielleicht wußte er schon Bescheid. Ivo war ein großes Klatschmaul.

»Was ist mit Ivo?« fragte er.

»Fühlt sich sterbenselend«, sagte der Pferdepfleger, und in seinen Augen leuchtete boshafte Schadenfreude auf.

Joscelins Lippen zuckten. Vielleicht war es möglich, der unvermeidlichen Standpauke seines Vaters noch so lange zu entgehen, bis er sich wieder allem gewachsen fühlte.

»Joscelin!« Jemand war ihm auf den Rücken gesprungen. Wie ein Äffchen schlang er dünne Arme und Beine um ihn, und ein kleiner Kopf schaute ihm über die Schulter. »Gehst du mit mir auf den Jahrmarkt in Smithfield? Ich möchte so gern den Tanzbär sehen!« Ein sommersprossiges Gesicht schaute ihn unter einem Schopf rötlichbrauner Locken an. Als er mühsam zu ihm hinaufschielte, wurde ihm beinahe übel. Joscelin hob die Arme, packte den drahtigen kleinen Körper, ließ ihn einen Purzelbaum über seine Schulter schlagen und stellte ihn dann vor sich auf die Beine.

Sein jüngster Halbbruder Martyn sah zu ihm empor, ein Gassenjungen-Grinsen im Knabengesicht. Mit acht Jahren war er gerade flügge geworden und würde demnächst das Nest verlassen, um seinen Dienst als Knappe im Hause de Lucis anzutreten. Er besaß die ganze Selbstsicherheit der de Rochers, doch seine Unschuld überdeckte noch jeden Hochmut.

Amüsiert erkundigte sich Joscelin: »Warum in aller Welt sollte ich mit dir irgendwohin gehen?«

Der Pferdepfleger lachte in sich hinein und machte sich auf die Suche nach seinem gewitzten Lehrling.

»Ich verspreche dir auch, mich anständig zu benehmen!«

»Das habe ich schon einmal gehört!«

»Bitte«, flehte Martyn mit dem seelenvollen Blick eines treuen Jagdhunds, und Joscelin mußte sich auf die Lippen beißen, um nicht lauthals zu lachen.

»Ich muß erst mal zu mir kommen«, sagte er. »Dann sehen wir weiter.« Damit ging er aufs Haus zu. Martyn hüpfte wie ein Früphjahrslamm neben ihm her und plapperte wie aufgezogen über die zweifelhaften Vergnügungen, die der Jahrmarkt am Ortsrand von Smithfield bot.

»Da gibt es auch eine echte Nixe zu sehen!« berichtete er, als sie gemeinsam die Halle betraten. »Sie ist von hier ab obenrum ganz nackig. Aber wer sie sich ansehen will, muß einen ganzen Penny dafür bezahlen.«

Joscelin kannte die »Nixe« gut, denn der Jahrmarkt reiste oft mit der Turnierserie von Ort zu Ort. Mit einem Fisch hatte sie höchstens insofern etwas zu tun, weil sie mal in einem Bordell in Southampton Seeleute bedient hatte. Ihre lange blonde Haartracht war in Wirklichkeit eine Perücke, und ihr »Schwanz« bestand aus zusammengenähten Schlangenhäuten, in die sie für die Vorstellungen hineinschlüpfte. Wenn man sonst keine Gelegenheit hatte, ein Paar nackte Frauenbrüste zu sehen, so mochten ihre wohl angehen, aber einen ganzen Penny waren sie wohl kaum wert. »Ingwerbrot ist besser«, sagte er mit ernster Miene und verstummte dann urplötzlich.

Mit ausdrucksloser Miene blieb er stehen.

Denn gerade kam Lady Agnes die Treppe herab, Zornesfalten im Gesicht. »Wo hast du gesteckt?« fragte sie Martyn streng und packte seinen Arm wie ein Schraubstock. »Los, zieh dich rasch um! Wir müssen in einer Stunde in der Halle des Justitiarius sein. Du siehst aus wie irgendein Dreckspatz in einem Söldnertroß!« Dann ließ sie ihn los und gab ihm einen groben Schubs.

So selbstsicher Martyn auch war, ein Dummkopf war er keinesfalls. Daher gehorchte er widerspruchslos und entfernte sich im Laufschritt. Doch als er am anderen Ende der Halle angelangt war, drehte er sich noch einmal zu Joscelin um und schnitt eine vielsagende Grimasse.

Die Beleidigung in Agnes' Worten reichte Joscelin. Gestern abend hatte er auf Ragnars Spott mit Gewalttätigkeit reagiert. Jetzt beherrschte er sich und verbeugte sich artig, aber mit abweisender Miene vor Lady Agnes. Mochte sie nur behaupten, er wäre in der Gosse gezeugt worden! Sie war es jedenfalls, die sich dazu herabließ, ihn mit Schmutz zu bewerfen.

Er setzte sich an einen Tisch, nahm aus dem flachen Brotkorb in der Mitte einen kleinen Laib und goß sich Bier in einen Lederbecher. Er hätte auch einen Platz auf der Empore einnehmen und feines Weißbrot und guten Wein bestellen können. Doch das hätte vielleicht Streit gegeben, und dem fühlte er sich heute morgen nicht gewachsen.

»Wo ist mein Vater?« fragte er. Ein Rundblick durch den Saal zeigte ihm eine Handvoll seiner eigenen Männer, die mit trüben Augen und Leidensmienen frühstückten, außerdem den Hausverwalter und die Dienerschaft, aber kaum einen Mann de Rochers. Einen Augenblick schien es, als wollte sie ihn keiner Antwort würdigen. Ihre kleinen Augen verengten sich noch mehr, und ihr hochmütiger Mund zuckte. Ihre Miene besagte, daß ihn das nichts angehe. Doch sie war so sehr daran gewöhnt, sich der männlichen Überlegenheit zu beugen, daß sie ihm keinen offenen Trotz bot. Sie sagte nur frostig: »Er holt Ragnar aus Leicesters Haus ab.« Dann drehte sie ihm den Rücken zu und trieb die Diener zur Eile an.

Joscelin hob die Brauen und fing zu essen an. An Ragnar wird mein Vater heute wenig Freude haben, dachte er. Immerhin war sein von Neid und Zorn zerfressener Halbbruder mit dreiundzwanzig Jahren schon zu alt und zu gefährlich geworden, als daß er ihn wie einen Jüngling herumkommandieren konnte. Joscelin besah sich die abgeschürften Knöchel der rechten Hand, bewegte sie prüfend und zuckte vor Schmerz leicht zusammen.

Mit fest aufeinandergepreßten Lippen und steinhartem Blick fegte Agnes an dem Tisch vorbei. Die Diener mußten ihre schlechte Laune ausbaden. Joscelin überlegte, ob er sich der unvermeidlichen Schelte seines Vaters aussetzen sollte. Doch das schien ihm wenig ratsam. Es war besser, ihm vorläufig aus dem Wege zu gehen. Darum nahm er den Becher mit nach draußen, um dort das Bier in Ruhe auszutrinken. Doch gerade als er in den warmen Morgen hinaustrat, kam sein Vater, gefolgt von Ragnar, in den Hof geritten. Beide waren in übler Stimmung.

Eisenherz stieg ab, versetzte dem Lehrling des Pferdepflegers eine Ohrfeige, weil er ein kleines bißchen zu spät den Zügel entgegengenommen hatte, und stampfte zur Halle. Als er Joscelin erblickte, zögerte er eine Sekunde. In der langen Höhlung unter dem Bakkenknochen zuckte ein Muskel. In steifer Haltung kam er dann zornig auf ihn zu.

»Ausgerechnet in Leicesters Haus!« begann er grollend, als er auf Joscelins Höhe war. »In ganz London hättest du keinen geeigneteren Platz finden können, um in aller Öffentlichkeit eine Schlägerei vom Zaun zu brechen! Du hast mir und meiner Familie Schande gemacht!«

Joscelin duckte sich unter dem wütenden Blick seines Vaters und sah zu Ragnar hinüber, der immer noch auf seinem Pferd saß. Seine Faust verkrampfte sich um den Henkel des Bechers. »Ich habe den Streit nicht angefangen«, sagte er leise zu seiner Vereidigung.

»Leicester sagt, du warst betrunken«, entgegnete Eisenherz, keineswegs besänftigt. »Er hat mir mit hämischer Freude die ganze Geschichte in allen Einzelheiten erzählt. Und dann mußte ich noch Ragnar von einer Schlampe wegholen, auf der er eingeschlafen war. Hätte ich doch nur den Keuschheitseid geschworen, statt mir eine Brut von halbirren Söhnen zuzulegen, die mir das Leben schwer machen!«

»Ich war nicht betrunken«, sagte Joscelin, »sondern nur sehr wütend.«

»Du warst doch schon streitlustig aufgelegt, bevor du heute nacht von mir weggingst. Ein Dutzend Augenzeugen haben mir bestätigt, daß du angefangen hast!«

Joscelin verkantete das Kinn, als hätte er einen Schlag darauf bekommen. Doch er sagte nichts, sondern starrte nur regungslos vor sich hin.

»Ach, laß mich doch in Ruhe!« schnaubte Eisenherz. »Ich muß etwas trinken, sonst ersticke ich noch!«

Er schritt an Joscelin vorbei ins Haus, wo er seine Frau wie ein verwundeter Bär anbrüllte.

Ragnar ritt auf Joscelin zu. Absichtlich ließ er das Pferd gefährlich dicht an ihm vorbeitänzeln. »Ich dachte, du wärst schon lange weg, um deine Haut in Sicherheit zu bringen«, sagte er hämisch.

»Wie üblich hast du falsch gedacht«, sagte Joscelin achselzuckend. Er war noch zu müde, um seine Abneigung gegen den Bruder deutlicher zum Ausdruck zu bringen.

Ragnar sah blaß und verschwitzt aus. Eine häßliche Beule verunzierte den Bereich um sein linkes Auge. Dort hatte ihn in der Nacht Joscelins Faust getroffen. »Eines Tages werde ich alles erben, was meinem Vater gehört«, sagte er, und jedes Wort gab seine Verbitterung wider. »Dann bin ich hier der Herr, und du bist nichts!« Das Pferd stapfte weiter. Sein Schwanz wedelte und wischte dabei über den Becher in Joscelins Hand.

Joscelin ließ sich aber nicht einschüchtern. »Es besteht immer noch ein Unterschied zwischen einem Habenichts und einem, der nichts ist«, sagte er verächtlich. »Aber davon verstehst du ja nichts, stimmt's, Ragnar?« Er goß den Rest im Becher in den Sand, der zu Klumpen gerann und in der Sonne glitzerte. »Mag ja sein, daß ich mich und mein Schwert für Geld verkaufe. Aber niemals werde ich meine Ehre verkaufen!«

Einen Augenblick lang sah es so aus, als würde es zu einer erneuten Schlägerei kommen. Doch da dröhnte die zornige Stimme von Eisenherz durch die offenen Türen der Halle. Das mahnte die beiden Gegner zur Vorsicht. Ragnar warf Joscelin nur noch einen flammenden Blick zu, der mehr aussagte, als Worte ausdrücken konnten. Dann riß er sein Pferd herum, wo der Pfleger schon mit besorgter Miene bereit stand.

Dabei stieß das Tier mit der Schulter Joscelin an, und der trat hastig einen Schritt zurück. Der nächste Huftritt wühlte den dunklen Fleck im Sand auf, wo Joscelin den Becher ausgegossen hatte. Er wandte den Blick ab und sah seinen Bruder an, der ihm jetzt den Rücken zukehrte. Es war ein langer und breiter Rücken, und es war wohl viel blauer Samtstoff nötig gewesen, um für ihn den prächtigen Waffenrock zu schneidern. Das mußte Lady Agnes' Haushaltskasse um allerhand Schillinge erleichtert haben.

Ragnar hatte keine Ahnung von den Strapazen, die Joscelins Leben bestimmten. Oft hatte er unter freiem Himmel neben der Straße übernachtet, weil er kein Obdach hatte. Ragnar wußte nicht, wie einem zumute war, wenn man sich jeden Bissen Nahrung mühsam erkämpfen mußte, wenn man trotz lähmender Müdigkeit im Eisregen des Winters Feuerholz sammeln mußte, weil man Verantwortung für seine ebenso müden Männer trug. Nie hatte Ragnar den Hunger kennengelernt.

Unruhig ging Ragnar durch das Gemach seiner Mutter. Wahllos faßte er mal diesen, mal jenen Gegenstand an. Bekümmert verfolgte Agnes das Hin- und Hergehen ihres Sohnes. Sie spürte noch seinen gleichgültigen Kuß auf ihrer Wange. Er stank nach Wein, Schweiß und dem billigen Levkojenparfüm der Huren. Sie war enttäuscht, aber nicht überrascht, und sie machte ihm keinen Vorwurf. An allem war nur William schuld.

»Soll ich dir Salbe für dein Auge holen, mein liebster Sohn?«

Ragnar schüttelte den Kopf und nahm eine Klöppelarbeit hoch, die auf einem Tablett auf ihrem Handarbeitskorb lag. »Nein«, sagte er, »es tut ja nicht mehr weh.«

»Wirklich nicht?«

»Nein, Mama«, sagte er mit ausdrucksloser Stimme.

Agnes trocknete sich die feucht gewordenen Hände an ihrem weiten Rock ab. Er stellte die Klöppelarbeit wieder hin und ging ans Fenster. Bewundernd betrachtete sie seine kräftige Figur. Wie hell sein Haar glänzte! Sie hatte norwegische Vorfahren, und bei ihm erinnerte nicht allein sein Name an diese Ahnen. Er war strahlend hell und wild, und sie hatte ihm das Leben geschenkt. Ihre Töchter hatten ähnlich ausgesehen, doch waren sie leider schon als Kinder gestorben.

»Joscelin gehört ins Gefängnis«, sagte sie in aufflammendem Zorn. »Er hätte dir das Auge ausschlagen können.«

Er gab ein nichtssagendes Brummen von sich, drehte sich aber nicht um, sondern beobachtete, was unten auf dem Hof vor sich ging. Schließlich sagte er: »Ich brauche Geld. Papa will ich nicht darum bitten. Er gibt mir ja doch nichts.«

»Wieviel?«

»So viel, daß ich mein Auskommen habe, wenn ich mit Leicesters Truppen in der Normandie bin.«

Ihr Herz hämmerte. »Du gehst wirklich mit?«

Er gab keine Antwort. Doch nach einiger Zeit drehte er sich um und sah sie mit einem Blick an, in dem seine ganze Unzufriedenheit und Verzweiflung lag. Er hatte ihre schmalen, hellbraunen Augen. Wenn die Sonne schräg einfiel, tanzten darin goldene Flecken. Wie schön er war! Nur die lilafarbene Schwellung unter dem Auge hätte nicht sein dürfen.

»Hast du es schon deinem Vater gesagt?«

»Nicht direkt. Aber er weiß Bescheid.«

Und trotzdem wird er ihm nichts geben, dachte Agnes, weil er Robert von Leicester nicht leiden kann. Auch sie war gegen Ragnars Teilnahme an der Expedition, aber nur, weil sie Angst um ihn hatte. Doch war ihr klar, daß sie ihn ebensowenig davon abbringen konnte, wie sie Williams wilden Norwegerfalken zu bändigen vermochte. So blieb ihr gar nichts anderes übrig, als Ragnar mit allem auszustatten, was er für seinen Lebensunterhalt brauchte.

»Wieviel?« fragte sie noch einmal und suchte schon aus dem Schlüsselbund an der Taille den passenden Schlüssel für ihre emaillierte Schmuckkassette. Zar mußte sie William für jeden Penny, den sie ausgab, Rechenschaft ablegen, aber sie besaß immer noch Schmuckstücke aus ihrer Mitgift, und mit denen konnte sie nach Belieben verfahren. William nahm nie davon Notiz, ob sie Schmuck angelegt hatte oder nicht, und sie spürte auch selten das Verlangen danach. Sie würde sich gern von einigem trennen, wenn sie Ragnar dadurch vor der geringsten Entbehrung bewahren konnte.

Als sie den Deckel der Kassette anhob, verließ Ragnar den Platz am Fenster und trat neben sie. Da waren Ringe und Broschen, juwelenbesetzte Gurtschnallen und ein mit Klöppeleien und kleinen Süßwasserperlen verzierter Gürtel, der nach einem Dutzend Schwangerschaften längst nicht mehr um ihre Taille paßte. Für dies alles hatte Ragnar jedoch keinen Blick. Er beugte sich vor und legte die Hand auf ein Reliquienkreuz an einer schweren Goldkette.

»Das würde mir ausreichen«, sagte er und hielt es ans Licht. Besitzergreifend hielt er die Kette in der Faust. Amethyst und Mondstein, Achat und Beryll blitzten zwischen all dem Gold.

Agnes hielt den Atem an und wollte protestieren. Das Kreuz gehörte zu den wenigen Stücken, die sie gern trug. Und mit Sicherheit war es auch das kostbarste. Doch als sie das Lächeln auf Ragnars Lippen sah, stieß sie mit einem leisen Seufzer die angehaltene Luft aus und wurde durch einen weiteren Kuß belohnt, der diesmal weniger oberflächlich ausfiel.

»Ich danke dir, Mama«, sagte er. »Ich wußte ja, daß ich mich immer auf dich verlassen kann.« Damit hängte er sich die Kette um den Hals und ging zur Tür.

An der Schwelle begegnete er seiner Tante Maude, die einen Teller voll Datteln mit Marzipanüberzug in der Hand trug. Auch ihr gab er einen Kuß, stibitzte ihr mehrere der Süßigkeiten vom Teller und polterte dann laut pfeifend die Treppe hinunter.

Neugierig blickte Maude zu Agnes hin, die errötend ihre Schmuckkassette zuklappte und abschloß.

Sie stellte den Teller auf die Kleidertruhe und biß gierig in eine der Datteln. »Ragnar hat erzählt, daß William ihm heute morgen beinahe das Fell über die Ohren gezogen hat«, sagte sie. »Ganz schön frech von ihm, so etwas zu behaupten. Hast du ihm wieder mal ausgeholfen?«

Muß diese gefräßige Kuh sich denn in alles einmischen? dachte Agnes und antwortete mit abweisender Kälte: »Das geht dich gar nichts an.« Das Schlüsselbund an ihrer Hüfte klirrte, als sie den Kassettenschlüssel wieder anhängte.

»Nimm dich in acht! Ich glaube nicht, daß William das recht ist.«

Agnes kniff die Augen zusammen. »Willst du es ihm etwa sagen?«

Maude zuckte die Achsel, leckte sich die Finger ab und warf ihrer Schwester einen scharfen Blick zu. »Das geht mich doch nichts an, oder?«

## 6

Linnet sah den Tanzbär im Kreis herumwatscheln. Das geschah zu den Tönen einer Knochenflöte, die sein Besitzer spielte. Der Mann trug ein mottenzerfressenes Bärenfell, das mit einer trüb gewordenen Silberbrosche an seiner Schulter befestigt war, und eine Halskette mit Bärenzähnen und langen, gekrümmten Klauen von dem klaren Gelb eines Schildkrötenpanzers. Zweifellos, dachte sie, sind das die Überbleibsel von einem früheren Tier des Schaustellers.

Dann wandte sie ihre Aufmerksamkeit der starken Kette zu, die den Bären mit einem Pfahl verband. Hoffentlich, dachte sie, ist kein schwaches Glied darunter. Der Bär selbst sah todmüde aus. Sein Fell war von Räude zerfressen, die kleinen Augen schauten teilnahmslos drein, und er stank so sehr, daß sie sich den Schleier vor die Nase halten mußte. Armes Tier! Sie wußte ja, was es heißt, gefangen zu sein und nach dem Willen eines anderen tanzen zu müssen, bis man jedes Selbstbewußtsein eingebüßt hatte.

Sie schaute sich um. In der Nähe des Jahrmarkts probierten Giles und einige andere junge Ritter aus Leicesters Gefolge die Gänge der Schlachtrösser, die ein Pferdehändler feil bot. Sonderbar – wenn er etwas brauchte, war immer Geld dafür da, aber selten, wenn sie etwas benötigte. Heute morgen hatte sie ihn fast anbetteln müssen, ehe er ihr die paar Münzen gab, von denen sie Nadel, Faden und etwas Leinenstoff kaufen wollte, um daraus einen Sommeranzug für Robert anzufertigen. Es machte sie krank, wenn sie daran dachte, daß er das ganze Silber in ihrer Schatzkiste dazu verwenden wollte, einen blöden Krieg zu finanzieren.

Robert hatte sich hinter ihren Röcken versteckt, von wo aus er mit staunenden, angstvollen grauen Augen zu dem Bär hinüberspähte. In einer Hand hielt er eine mit Honig überzogene Feige fest, und Linnet sah schon voraus, daß ihr Kleid im Laufe des Vormittags mit klebrigen Fingerabdrücken übersät sein würde.

Da rief eine schrille Kinderstimme: »Schau, Joscelin, hier ist der Bär, von dem ich dir erzählt habe!«

Linnet wandte den Kopf und erblickte einen aufgeregten, etwa acht Jahre alten kleinen Jungen. Mit einer Hand zeigte er auf den Bären, an der anderen hatte er einen Mann, der sich lachend von ihm ziehen ließ. Heute hatte Joscelin de Gael das Kettenhemd mit einer Jacke aus rotbrauner Wolle vertauscht. Lohfarbene Klöppelspitzen an den Ärmeln waren auf die Farbe des enganliegenden Hemdes und der Beinkleider abgestimmt. Das Fehler jeder weiteren Verzierung unterstrich nur die ausgezeichnete Qualität des Stoffs und des Gürtels zwischen Taille und Hüfte, der allerdings schon etwas abgetragen aussah. Das Gewicht eines handlichen Degens zog den Gurt an einer Seite herunter. Er und das Kind wiesen in Stirn- und Kinnpartie sowie in der stolzen Körperhaltung eine solche Ähnlichkeit auf, daß ihre Neugier erweckt wurde.

Fasziniert sah der Junge dem Bären zu. Er war noch zu jung, als daß ihm der räudige Zustand seines Fells aufgefallen wäre. De Gael schüttelte den Kopf und lächelte nachsichtig. Dann schaute er zur Seite, und sein Mienenspiel wechselte zu freudiger Überraschung.

»Lady de Montsorrel!«

Sofort schob sich Linnets Zofe dazwischen, und die beiden Soldaten, die ihr Mann ihr zur Begleitung und als Schutz mitgegeben hatte, musterten ihn mit säuerlichem Mißbehagen. Ihre Hände schwebten verräterisch nahe an den Griffen ihrer Waffen im Gurt.

»Sir Joscelin«, murmelte sie und senkte betreten den Blick. Sie wußte ja, daß Giles ihr jede Vertraulichkeit übel nehmen würde. Und doch schuldete sie de Gael eine höfliche Antwort. »Ich muß mich nochmals für gestern bedanken.«

»Mir blieb ja gar nichts anderes übrig, oder?« sagte er mit fröhlicher Stimme, die einen leichten bretonischen Akzent verriet.

Linnet brannte das Gesicht wie Feuer. Sie mußte puterrot geworden sein. Sie wagte nicht aufzublicken oder auf seine halb bewundernde, halb spöttische Anrede einzugehen. Joscelin de Gael pflegte an allen Turnierserien teilzunehmen, also war er auch mit der Kunst des Flirtens wohlvertraut. Das lernte man bei diesem Handwerk. Wenn man sie hier an seiner Seite sah, so war das abträglich für ihren Ruf, besonders nach dem gestrigen Vorfall.

Plötzlich hockte de Gael sich hin und ließ die Arme zwischen den gebeugten Knien pendeln. »Und du siehst schon viel fröhlicher aus, junger Mann«, sagte er zu Robert. »Gefällt dir der Bär?«

Robert drückte ihre Hand fester und drängte sich schutzsuchend an sie.

De Gael rümpfte die Nase. »Ich muß zugeben, mir gefällt er nicht, aber man hat mich seinetwegen hergeschleppt«, sagte er leise zu dem Jungen. Doch in Wirklichkeit waren seine Worte an Linnct gerichtet.

Mit einem Nicken deutete sie auf das ältere Kind in seiner Begleitung. »Ist das Ihr Sohn?«

»Mein Halbbruder Martyn. Meine Lebensweise lädt nicht gerade zu Hochzeit und Familiengründung ein.« Ein Schatten huschte kurz über sein Gesicht. Dann lächelte er wieder, aber jetzt war es ein zynisches Lächeln. »Die Wahrsagerin da drüben hat mir prophezeit, daß ich eine reiche, schöne Erbin heiraten und danach bis an mein Ende in süßem Müßiggang leben werde. Aber es ging ihr natürlich nur um ein paar Münzen aus meiner Geldbörse. Sollte ich wirklich einmal eine reiche Erbin heiraten, ob sie nun schön sein wird oder nicht, so würde ich meine Tage damit verbringen, das neu erworbene Vermögen, wenn's not tut, durch gerichtliche Verfügungen oder mit dem Schwert zu verteidigen.«

»Statt dessen verteidigen Sie das Vermögen anderer Leute«, sagte Linnet. Wider Willen berührte sie seine Aufrichtigkeit angenehm.

»Oh ja, ganze Schatzkisten voll, für welchen Zweck sie immer gedacht sein mögen.« Er warf ihr einen schrägen Blick aus grünbraunen Katzenaugen zu. Linnet verstand die schlaue Anspielung und trat erschrokken einen Schritt zurück.

»Komm, mein Süßer!« sagte sie zu Robert. »Es wird Zeit zu gehen.« Sie ergriff die kleine, klebrige Hand und neigte den Kopf vor dem Söldnerführer. Es war ein knapper, förmlicher Gruß. Er richtete sich aus der Hocke auf und erwiderte mit gebührendem Ernst den Gruß. Doch in seinen Augenwinkeln vertieften sich die Lachfältchen.

Linnet machte, daß sie aus seiner gefährlichen Nähe kam. Sie hörte, wie de Gaels kleiner Bruder ihn fragte, ob er jetzt Ingwerbrot haben könne, und die gutmütige, bejahende Antwort des Söldnerführers. Sie wagte noch einen Blick über die Schulter und sah, daß de Gael ihr sinnend nachschaute. Vor Angst schnürte sich ihr die Kehle zu.

»Was hat er von dir gewollt?«

Abrupt blieb Linnet stehen. Ihr Mann versperrte ihr den Weg. Er saß auf einem prächtigen braunen Schlachtroß, dessen Gänge er gerade probiert hatte. Das Tier rollte böse mit den Augen, und Giles mußte, um es in der Gewalt zu haben, so scharf die Zügel anziehen, daß die Fingerknöchel weiß hervortraten.

»Nichts«, sagte sie mit belegter Stimme und mußte erst schlucken, bevor sie weitersprechen konnte. »Er hat nur guten Tag gesagt.«

»Warum bist du dann so rot geworden? Was hat er zu dir gesagt?«

»Nichts, ich schwöre es. Er hat nur mit Robert gesprochen.«

»Was? Mit dem Muttersöhnchen?« Das Pferd schlug aus, und sie mußte rasch einen Schritt zur Seite machen, sonst hätte es sie mit der mächtigen Schulter über den Haufen gerannt. »Und das soll ich dir glauben?«

»Er hatte auch ein Kind bei sich, einen jüngeren Bruder. Bitte, Mylord, es gucken schon alle her. Es war gar nichts, und wir erregen nur Aufsehen.«

Mit finsterer Miene schaute Giles um sich. Hubert de Beaumont und Ragnar de Rocher beobachteten den Auftritt und machten aus ihrem Vergnügen darüber keinen Hehl. Richard de Luci, der ebenfalls hergekommen war, um die Schlachtrösser zu besichtigen, sah aus Höflichkeit woandershin, aber er hatte die Stirn in so tiefe Falten gelegt, daß er mehr denn je einem Bluthund ähnlich sah. William Eisenherz, der in Begleitung des Justitiarius hier war, starrte sie beide, die Hände am Schwertgurt, mit unverhohlener Neugier an. In drohendem Ton fuhr Giles fort: »Ich hoffe um deinetwillen, daß es wirklich nichts war.« Dann senkte er die Stimme. »Ist es denn ein Wunder, daß ich keine Lust mehr habe, dich irgendwohin mitzunehmen, wenn du mich so blamierst? Du bist nicht besser als eine Hure!«

Das letzte Wort traf sie, als hätte er sie mit der Reitpeitsche geschlagen, die er aufgerollt in der Hand hielt. Sie begann zu zittern. Sie haßte ihn. Doch aus lauter Angst stand sie in ergebener Haltung vor ihm. Sie wußte ja, daß sie nichts gegen ihn ausrichten konnte. Die allgemeine Stimmung, das Ausschlagen des Pferdes und die wütende Miene seines Vaters hatten Robert so erschreckt, daß er sich ganz in ihre Röcke verkroch.

»Geh nach Haus und warte dort auf mich!« zischte Giles durch die schmalen Lippen.

Linnet verbeugte sich. Ob der Konvent der St. Mary in Southwark wohl seine Tore auftun würde, um eine Frau aufzunehmen, die ihrem Mann davongelaufen war? Vielleicht sollte sie sich lieber dem Troß der

Söldnertruppen anschließen, die sich für die Einschiffung zur Normandie versammelt hatten. Das Leben unter ihnen konnte bestimmt nicht schlimmer sein als das, was sie jetzt führte.

Giles riß das Pferd herum und ließ es zu den anderen zurücktänzeln. Sein prahlerisches Gehabe und die Gesichter der Zuschauer zeigten ihr, daß sie vor allen Leuten gedemütigt worden war. Mit dem Rest ihrer Würde nahm sie Robert auf den Arm und ging an den Feldrand, wo das Pferd mit ihrer Tragsänfte auf sie wartete.

Neben der Schaubude der Nixe Melusine kaufte Joscelin einen viereckigen Streifen goldgelben Ingwerbrots für Martyn. Mit diesem Mittel gelang es ihm, das Kind von den zweifelhaften Attraktionen des Jahrmarkts zu einem ernsthafteren Geschäft zu locken. Es galt, unter den Dutzenden von angebotenen Pferden eines auszusuchen und zu kaufen, das allen Ansprüchen genügte.

Joscelin war ein ausgezeichneter Pferdekenner. Das hatte er auf den Schlachtfeldern der Bretagne, der Normandie, von Anjou und Aquitaine unter der Anleitung seines Vaters und später seines Onkels Conan gründlich gelernt. In der Hitze der Schlacht war es manchmal allein ein gutes Pferd, das einen vor dem sicheren Tode retten konnte. Mit kritischem Auge betrachtete er die verschiedenen Tiere, die zur Auswahl standen. Einige feurige Pferde mit schimmerndem Fell kamen für ihn von vornherein nicht in Betracht, da konnte der Händler noch so sehr ihre hervorragende Abstammung und ihre vortrefflichen Eigenschaften rühmen.

Martyn war besonders von einer hübschen Schimmelstute angetan. Doch Joscelin schüttelte den Kopf. »Auf guten Straßen und im Sommer wird sie sich wohl bewähren. Aber wenn es wirklich hart auf hart kommt, fehlt es ihr an der Kraft der Lungen und des Herzens. Außerdem hat sie zu dünne Beine. Und vor einer Flußüberquerung wird sie immer zurückschrecken. Siehst du, wie nervös sie ist?«

Martyn verzog den Mund. »Sie sieht aber sehr hübsch aus.«

Joscelin lachte verhalten. »Hübsch sind auch viele Frauen. Das ist noch keine Empfehlung, sie zu kaufen.«

»Lady de Montsorrel ist hübsch.«

Joscelin beschäftigte sich angelegentlich damit, die Zähne eines stämmigen Fuchshengstes zu begutachten. »Ja, hübsch ist sie«, sagte er, mit den Gedanken halb bei den Pferden und halb bei Linnet de Montsorrel mit ihren sanften grauen Augen und den elfenhaften Gesichtszügen. Im allgemeinen zog er grobknochige Frauen mit großen Brüsten vor. Sie wurden am besten mit den Wechselfällen des Lebens im Troß einer Söldnertruppe fertig. Doch gelegentlich verspürte er auch Sehnsucht nach einem hübscheren Gesicht. Breaca war zierlich und schlank wie ein Vogel gewesen, mit schnellen Bewegungen und rabenshwarzen Haaren und Augen. Noch immer dachte er manchmal in frostkalten Winternächten an sie zurück, wenn seine eigene Körperwärme zum Wohlbefinden nicht ausreichte. Noch öfter aber dachte er an seinen toten Sohn Juhel. Der lebte ständig in seinen Gedanken.

Abrupt wies er den Pferdehändler an, den Fuchs auf und ab traben zu lassen, um kritisch seinen Gang überprüfen zu können.

An seinem Ingwerbrot knabbernd, spähte Martyn neugierig über das ausgedehnte Feld, das von farbigem Leben nur so brodelte. Der Pferdemarkt fand an jedem sechsten Wochentag statt, und Martyn besuchte ihn immer mit großer Freude, wenn die Familie in London war. Die heitere Atmosphäre sprach alle seine

Sinne an. Hier war alles vertreten, der Reiche wie der Arme, der Lord, der Kaufmann, der Soldat und der Bauer. Sie alle vereinte das gemeinsame Interesse an den Tieren. Hier konnte man alles kaufen, vom Ackergaul bis zum edlen Zelter, vom ersten Kinderpony bis zum voll ausgebildeten Schlachtroß, für das mehr als siebzig Mark zu zahlen waren. Es wurden auch Rennen zwischen schnellen, schlankbeinigen Pferden veranstaltet, bei denen man wetten konnte und Araber- und Berber-Vollblütler aus den Wüten anderer Kontinente zu sehen bekam. Und wer es müde war, immer nur Pferde zu betrachten, für den gab es auch Rinder und Schafe, Schweine und Geflügel jeder Art zu sehen. Hier konnte man landwirtschaftliche Geräte kaufen und Handwerker bei der Arbeit beobachten. Und das Schönste von allem war der Jahrmarkt.

»Von den Schlachtrössern drüben kommt ein Reiter auf uns zugeritten«, sagte Martyn auf einmal. »Ich glaube, er will zu dir.«

Der Pferdehändler setzte plötzlich eine besorgte Miene auf, brach die Vorstellung seines Tieres ab und führte es eilig weg. Joscelin fuhr herum und sah, wie Giles de Montsorrel auf ihn zusprengte. Er saß auf einem schweißbedeckten braunen Schlachtroß, das er kaum zügeln konnte. Es schlug nach vorn und hinten aus und bäumte sich zuweilen auf. Giles ritt es auf einem Packsattel, dessen Steigbügel zu kurz waren. Sie waren für einen viel kleineren Mann eingestellt. Der Ritter war blutrot im Gesicht, und seine Miene war so sauer, daß sie frische Milch zum Gerinnen bringen konnte.

»Wenn ich Sie noch einmal mit meiner Frau zusammen sehe, dann ziehe ich Ihnen bei lebendigem Leibe die Haut ab!« rief er zornig.

Joscelin sah ihm in die blutunterlaufenen Augen. »Wir haben nur Höflichkeitsformeln ausgetauscht. Soll ich sie denn beleidigen, indem ich sie keines Blickes würdige?«

»Sie sind ein gewöhnlicher Söldner. Ich weiß nur zu gut, was Sie im Sinne hatten.«

Joscelins anfängliches Erstaunen verwandelte sich rasch in Zorn. »Dann sitzt bei Ihnen das Gehirn unter der Gürtellinie«, erwiderte er.

»Joscelin...«, flüsterte Martyn erschrocken.

Giles stieß dem Pferd die reich verzierten Sporen in die Weichen, worauf es vorn aufstieg und mit den tödlich drohenden Vorderhufen auf den Mann und den Knaben eindrang. Martyn wurde von ihm zur Seite geschleudert und begann laut zu schreien. Als er hart auf dem Boden aufschlug, fiel ihm das Ingwerbrot aus der Hand. Giles beugte sich im Sattel vor und schwang die Peitsche gegen Joscelin. Die schweißdunkle Flanke des Hengstes traf Joscelin und brachte ihn ins Wanken. Die Peitsche in der rechten Hand, die linke in die Zügel gekrallt, drang Giles erneut auf ihn ein.

Martyn rappelte sich vom Boden auf und rannte davon, so schnell ihn seine Beine trugen. Joscelin erkannte, daß ihn der wildgewordene Ritter über den Haufen reiten wollte. Angesichts der drohenden eisenbewehrten Hufe packte Joscelin den dreibeinigen Schemel des Pferdepflegers, holte weit aus und schlug ihn mit aller Kraft an den Kopf des anstürmenden Schlachtrosses. Beim Aufprall auf dem wildäugigen Pferdekopf mit den geflochtenen Locken zersprang der Schemel in viele Stücke, und das gereizte Tier ging durch.

Giles hatte größte Mühe, sich im Sattel zu halten. Jetzt griff er auch mit der rechten Hand in den Zügel und zog ihn straff an. Aber es war schon zu spät. Er konnte das Schlachtroß nicht mehr bändigen. Halb geblendet, toll vor Schreck und Wut, bäumte es sich auf. Als es wieder auf allen vieren dastand, begann es zu bocken. Dann warf es sich vor den entsetzten Augen der angesammelten Menge auf die Erde und wälzte sich in voller Absicht auf den Reiter.

Giles schrie laut auf und hörte nicht auf zu schreien. Man vernahm das entsetzliche Geräusch brechender Knochen, und Giles schrie immer weiter. Joscelin warf die Reste des Schemels weg, rannte auf das Tier zu und packte es am Halfter. Andere Männer eilten hinzu und warfen sich auf das Pferd, um es daran zu hindern, sich weiter herumzuwälzen. Der Pferdehändler und ein Kollege von ihm zogen Giles unter ihm hervor. Jemand kam mit einem Seil, um das Pferd zu fesseln.

Keuchend ließ sich Joscelin neben Giles auf die Knie nieder und sah, daß er noch lebte. Aber es war nicht abzusehen, wie lange noch. Bei jedem Ausatmen quoll ihm Blut aus dem Mund. Das deutete darauf hin, daß mindestens eine der gebrochenen Rippen sich in die Lunge gebohrt hatte.

»Laßt mich durch!« rief eine Frau. Die Angst verlieh ihrer Stimme die Macht eines Befehls. »In Gottes Namen, laßt mich durch! Ich bin seine Frau!«

Entschlossen bahnte sich Linnet de Montsorrel einen Weg durch die Menge, die zum großen Teil vom Jahrmarkt hergelaufen war, weil es hier ein spannenderes Schauspiel zu begaffen gab. Sie gelangte in die Mitte des Kreises und kniete neben ihrem Mann nieder. »Giles…« Ungläubig fuhr sie ihm mit der Hand übers Haar. Dann hob sie den Blick und sah Joscelin vor sich.

Der schüttelte mitleidig den Kopf. »Er hat sich die Rippen gebrochen, und die haben sich in die Lunge gebohrt. Jemand ist schon unterwegs, um einen Priester zu holen. Es tut mir so leid, Mylady.«

Ein Schauer überlief sie. »Ich habe gesehen, daß Sie sich mit ihm gestritten haben.«

»Er wollte Martyn und mich über den Haufen reiten. Da blieb mir nichts anderes übrig, als einen Schlag gegen das Pferd zu führen.« Bei einem schnellen Rundblick über die Menge sah er Martyn neben seinem Vater stehen und seufzte erleichtert auf. Das Kind war blaß, die großen Augen nahmen fast das ganze Gesicht ein, und sein Anzug war schmutzig und zerrissen. Doch sonst schien er heil zu sein. Eisenherz hatte schützend den Arm um ihn gelegt. Tiefe Falten durchzogen seine Stirn, aber es waren offenbar keine Zornesfalten. Vielmehr sah es so aus, als wäre ihm plötzlich eine interessante Idee gekommen.

»Gestern habe ich mir noch gewünscht, von ihm befreit zu sein«, flüsterte Linnet. »Aber nicht auf solche Weise.«

Ihr Gesichtsausdruck erfüllte Joscelin mit einem unangenehmen Gemisch aus Mitleid und Schuldbewußtsein. »Er ist selber daran schuld, und ein wenig Schuld habe ich auch«, sagte er und legte seine Hand auf ihre. »Glauben Sie nur nicht, daß Sie daran schuldig sind!«

Sie schüttelte den Kopf und entzog ihm ihre Hand. »Und doch bin ich es«, antwortete sie. »Sie haben mich nicht richtig verstanden.«

Die Männer des Justitiarius forderten die Menge auf auseinanderzugehen, und sie folgten der Anordnung. Kurze Zeit später beugte sich Robert de Luci selbst über Giles, Er sah sofort, daß der Mann innere Verletzungen erlitten haben mußte, und zog eine Grimasse. »Ich habe das Pferd vorhin gesehen und mir gleich gedacht, daß mit ihm nicht zu spaßen ist«, bemerkte er düster. Er musterte Joscelin mit einem kurzen, durchdringenden Blick, verlor aber kein Wort über den menschlichen Konflikt, der bei diesem tragischen Vorfall eine entscheidende Rolle gespielt hatte.

Danach trat de Luci beiseite, um einem Geistlichen mit Tonsur Platz zu machen. Er half Linnet auf die Beine, nahm höflich ihren Arm und sagte: »Dies ist mein persönlicher Kaplan, Pater Adam. Er wird Ihrem Mann in seiner höchsten Not die Tröstungen Gottes zuteil werden lassen. Ich sorge dafür, daß Sie sicher nach Hause gelangen.«

»Vielen Dank, Mylord, ich bin Ihnen sehr verbunden«, murmelte Linnet mechanisch, denn sie stand noch immer unter Schock. Ihr Kleid wies in der Kniegegend jetzt zwei braune Staubflecken auf.

De Luci tätschelte ihr die Hand. Dann wandte er sich ab und traf Vorkehrungen, Giles heimzuschaffen. Joscelin wurde beauftragt, eine Begleitmannschaft zu holen.

Joscelin sah de Luci fragend an und berührte vielsagend den blutroten Striemen auf der rechten Gesichtshälfte. Indessen erteilte der Kaplan Giles vorsorglich die Absolution, für den Fall, daß er auf dem Heimtransport sterben sollte. Linnet übernahm aschfarbenen Gesichts von der Zofe ihren Sohn und schloß ihn fest in die Arme.

»Wollen Sie wirklich, daß ich diese Aufgabe übernehme?«

Wieder sah der Justitiarius Joscelin durchdringend an. »Sie glauben mir jetzt vielleicht nicht, aber ich halte Sie für den besten Mann, den ich zur Verfügung habe. Ich könnte zwar auch Brien schicken. Er ist ein hervorragender Diplomat, aber ich brauche ihn jetzt an anderer Stelle.« Nachdenklich grub er die Zähne in die Knöchel der Hand. »Vor dem Abendgebet werde ich jemand hinschicken, der Euch ablöst. Nach Montsorrels schwerem Unfall halte ich es für besser, sein Haus durch befreundete königliche Soldaten bewachen zu lassen.«

»Ja, Mylord«, sagte Joscelin mühsam und fügte sich de Lucis Befehl.

# 7

Im Schlafzimmer über dem großen Saal lauschte Linnet den Atemzügen ihres Mannes. Sie hörten sich an wie der Klang einer stumpfen Baumsäge. Ich werde verrückt, dachte sie. Am liebsten hätte sie Giles ein Kissen aufs Gesicht gepreßt. Um dieser Versuchung zu entgehen, wandte sie sich ab und ging mit geballten Fäusten im Zimmer hin und her. Vor einer weißangestrichenen Wand aus Dung und Mörtel blieb sie stehen. Draußen rüttelte der Sturm an den Fensterläden, als wollte er gewaltsam ins Zimmer dringen. Doch auch in ihrem Inneren tobte ein Sturm der Gefühle. »Mein Gott«, flüsterte sie und schloß die Augen.

Stöhnend rief Giles sie beim Namen, und sie kehrte rasch an sein Bett zurück. Er warf den Kopf von einer Seite zur anderen, um seine Benommenheit loszuwerden. Sie hatte ihm vorher Wein mit Mohnsaft zu trinken gegeben. Beruhigend legte sie ihm die Hand auf die Stirn. Da riß er die Augen weit auf und starrte sie an. Wie schwarze Stecknadelköpfe lagen die Pupillen in der verschwommenen blauen Iris.

»Die Schatzkiste!« stieß er hervor und packte ihr Handgelenk. Sein Griff war noch immer von wütender Kraft.

»Still liegen, Mylord!« sagte sie besänftigend. »Sie müssen Ihre Kräfte schonen.«

Sein Griff verstärkte sich schmerzhaft. »Die Schatzkiste...«, preßte er wieder zwischen den blutverschmierten Zähnen hervor. »Gib sie... Leicester!« Dann fiel er in die Kissen zurück. Sein Atem rasselte, und sein Griff lockerte sich. Sie entzog ihm das Handgelenk und massierte es. In ihrer seelischen Qual atmete nun auch sie laut. Wenn sie zuließ, daß Leicester ihr ganzes Geld an sich nahm, würde sie zum Ruhm eines anderen Mannes ihrem Sohn das Erbe nehmen und ihn zum Bettler machen. Das durfte nicht geschehen. Sollte Jung-Heinrichs Aufstand allerdings zum Erfolg führen, so würde er fürchterliche Rache an ihr nehmen, weil sie ihm wertvolle Geldmittel vorenthalten hatte.

»Wie steht es mit ihm, Madam?«

Mit einem unterdrücken Aufschrei fuhr sie herum. Vor ihr stand Hubert de Beaumont. Vor Schreck hätten beinahe ihre Knie nachgegeben. Beaumont war ein untersetzter, aber kräftiger und zäher Mann. Sein häßliches Aussehen hatte sie immer an einen Hund bei der Stierhetze erinnert, und tatsächlich war er für seine Grausamkeit bekannt. »Mein Mann braucht äußerste Ruhe«, brachte sie mühsam heraus. Dann mußte sie sich an die Wand lehnen, um nicht vor Schwäche umzufallen.

Beaumont musterte sie scharf und schnalzte mit der Zunge. »Eine schlimme Sache ist das. Der Pferdehändler sitzt schon im Kerker. Er kann sich glücklich schätzen, wenn er dem Galgen entgeht. Denn er muß gewußt haben, was das Tier für Macken hat.« Dann ging er ans Bett und beugte sich über den Sterbenden.

Linnet nahm alle Kräfte zusammen. Ihre Knochen schienen aus Pudding zu sein. Von Beaumonts Kleidern ging ein Geruch nach Schweiß und Qualm aus. Über einer großen, kahlen Stelle auf seinem Schädel standen ihm die Haare wie Teufelshörner zu Berge.

Im Flüsterton sagte sie: »Ich flehe Sie an, ihn nicht zu stören.«

Beaumont richtete sich auf und drehte sich nach ihr um. In seinen Wangen erschienen zwei Grübchen – er grinste. Seine Augen waren kalt wie Kieselsteine. »Sobald ich im Besitz des Silbers bin, das Ihr Mann Lord Leicester für seine Normandie-Expedition versprochen hat, lasse ich Sie beide in Ruhe.« Ohne den Blick von ihr zu wenden, zog er ein Pergament aus der Tasche.

»Hier ist mein Beglaubigungsschreiben. Der Earl hat es selbst ausgestellt.«

Am Pergament hing, mit Bändern befestigt, das bedeutungsschwere und verpflichtende Siegel des Hauses Beaumont. Linnet konnte es nicht in die Hand nehmen, es war ihr viel zu schwer. »Von einem solchen Versprechen hat mir mein Mann nichts gesagt. Tut mir leid, aber ich kann Ihrer Bitte nicht entsprechen.« Sie reckte das Kinn und erwiderte ruhig seinen Blick.

Huberts Brauen schoben sich über der breiten Nase zusammen. »Warum sollte Giles Ihnen darüber etwas sagen?« erwiderte er verächtlich. »Das ist Männersache. Sie täten gut daran, der Aufforderung nachzukommen.«

Linnet verschlang die Hände, und ihre Augen weiteten sich in unschuldiger Bedrängnis. »Da haben Sie recht. Dies ist Männersache. Darum habe ich auch nichts damit zu tun. Wenn sich Giles' Zustand bessern sollte...«

»Wie soll sich sein Zustand bessern?« knurrte Beaumont. Dann fiel die übertünchte Höflichkeit von ihm ab. »Scheiße, er ist schon so gut wie eine Leiche. Lord Leicester will das Silber sofort haben!« Sein Blick fiel auf die Schatzkiste, die neben dem Bett stand.

Linnet biß sich auf die Lippen. »Lord Leicester muß warten, bis der Justitiarius darüber entscheidet«, sagte sie, begab sich zu der Kiste und setzte sich trotzig darauf.

Giles gab ein schauerliches Geräusch von sich, als er mit aller Macht versuchte, sich im Bett aufzurichten. Beaumont fielen beinahe die geröteten Augen aus dem Kopf. Mit zwei Schritten war er an der Schatzkiste, schubste Linnet herunter und verlangte scharf: »Geben Sie mir den Schlüssel!«

Sie landete auf den Binsen des Fußbodens. Unter Tränen erhob sie sich, rieb sich die schmerzende Hüfte und sagte: »Ich weiß nicht, wo er ist.«

Beaumont drehte sich zum Bett um und fragte Giles: »Schlüssel?« Der murmelte halb erstickt den Namen seiner Frau und zeigte anklagend auf sie.

Linnet wich vor Beaumonts aufflackerndem Zorn zurück, bis sie mit dem Rücken an die Wand stieß. Weiter konnte sie nicht.

Beaumont stieß den Arm heraus und packte sie am Hals. »Wo ist er, du Aas?« Er schüttelte sie und preßte ihr den Daumen auf die Gurgel.

Linnet wehrte sich gegen ihren Griff, aber er war zu stark für sie.

Plötzlich erschien Ella auf der Schwelle und blieb schreckerstarrt stehen. Sie hatte ihrer Herrin unten einen Molkentrunk mit Muskatnuß zubereitet und brachte ihn jetzt herauf. Mit einem erstickten Aufschrei drehte sie sich um und rannte wieder die Treppe hinunter. Der Trunk ergoß sich über den Becherrand und lief ihr in weißen Streifen über den Rock.

»Sag es mir!« brüllte Hubert, und seine langen, ungepflegten Fingernägel bohrten sich in Linnets Haut. In panischer Angst trat sie ihm vors Schienbein und gab ihm keine Antwort. Doch inzwischen hatte er beim Zudrücken mit den Fingerspitzen eine starke Lederkordel gefühlt. Er sah hin und bemerkte, daß sie zwischen Kleid und Untergewand verschwand. Was an ihr hing, war also nicht zu sehen. Triumphierend, aber auch vor Anstrengung keuchend, legte er die Hand um die Kordel und zerrte an ihr.

Joscelin hörte die Glocken der Westminster-Abtei zum Abendgebet läuten, als er gerade seine Blase in die Latrinengrube am unteren Rand des Hofs entleerte. Der Regen klatschte auf ihn nieder, und der Wind blies ihn an – es war viel zu kalt für die Jahreszeit. Bis zum Dunkelwerden war es noch eine Stunde. Doch der Himmel über der Kathedrale war von düsteren Wolken bedeckt und ließ nur einen dünnen, silbrigen Streifen über der Themse frei.

Er ordnete seine Kleidung und ging zum Haus zurück. Irgend jemand hatte in dem verwilderten Garten hastig etwas Ordnung gemacht. Aber es gab keine sauber geplanten und gutgepflegten Kräuterbeete wie beim Haus seines Vaters, sondern nur verstreute Büsche von halbwildem Salbei. Hier und da lugten grüne Flächen von Rosmarin hervor. Wahrscheinlich nutzte Giles das Haus vornehmlich als Stützpunkt für junggesellenhafte Ausflüge, wenn er in London war, und nur selten diente es einem ordentlichen ehelichen Haushalt.

Er sah zu dem mit Läden verschlossenen Fenster über dem Saal hinauf, hinter dem Giles langsam verblutete. Er sagte sich, daß das Pferd schon wild ausgeschlagen hatte, bevor er ihm den Schemel auf den Kopf zertrümmert hatte. Doch das nagende Schuldgefühl wollte nicht weichen.

Giles' Erbe war ein schwacher kleiner Junge von fünf Jahren. Mindestens zehn Jahre lang würde ein Vertreter der Krone seine Ländereien verwalten. Oder die Krone würde sie laut Eherecht demjenigen verkaufen, der das höchste Angebot abgab, und ihm auch die Fürsorge für das Kind übertragen. Nach allem, was er gesehen hatte, war Giles kein guter Ehemann und Vater gewesen. Sein Nachfolger mußte aber nicht unbedingt besser sein.

Er wurde in seinen Gedankengängen von einem rothaarigen jungen Soldaten aus Galway gestört, der unter seinem Kommando stand und seinerseits auf dem Weg zur Latrinengrube war.

»Lady Montsorrel hat einen Besucher«, meldete er ihm im breiten irischen Dialekt. »Ein dickbäuchiger Taugenichts aus Leicesters Haus. Sagte, er sei ein Freund der Montsorrels. Aber mir gefiel sein Auftreten nicht, und deshalb habe ich ihm das Schwert abgenommen, bevor ich ihn raufgehen ließ.«

»Wie ist sein Name?«

»Beaumont, Sir. Hubert de Beaumont.«

Joscelin nickte. »Dickbäuchiger Taugenichts – das trifft ziemlich genau auf ihn zu. Es war richtig von dir, ihm das Schwert abzunehmen.« Er schlug dem jungen Soldaten auf den muskulösen Arm und strebte weiter dem Hause zu. Gerade wollte er die Halle betreten, um sich am Wasserbecken Gesicht und Hände zu waschen, als Linnet de Montsorrels Zofe ihn verstört am Ärmel anhielt. Sie zeigte hektisch auf die Treppe, die zum Obergeschoß führte, und ließ einen verworrenden Wortschwall vom Stapel, aus dem er entnahm, daß der Besucher im Begriff sei, ihre Herrin zu ermorden. Joscelin wirbelte herum und rannte, immer zwei Stufen auf einmal nehmend, die Treppe hinauf. Schon unterwegs riß er das Schwert heraus. Dann schob er den bestickten Vorhang beiseite und stürzte in das Schlafzimmer.

Giles de Montsorrel lag in einer immer größer werdenden Blutlache im Bett, gab gurgelnde Laute von sich und versuchte, mit ausgestreckten Fingern an sein Schwert zu gelangen, das mitsamt der Scheide an der Wand abgestellt war. Er konnte es aber nicht ganz erreichen. Auf der anderen Seite lag seine Frau auf dem Fußboden und rang nach Luft. Der Besucher hatte sich über sie geworfen.

Kurzentschlossen sprang Joscelin quer über das Bett, packte Beaumont an den öligen Haaren, riß ihn von seinem Opfer weg, warf den Ritter zu Boden und setzte ihm die Schwertspitze an die Kehle.

»Beim Blute Christi, was geht hier vor?«

Linnet de Montsorrel faßte sich an den gequetschten Hals und holte in kurzen Stößen Luft, was sich nicht weniger verzweifelt anhörte als die mühsamen Atemzüge ihres Mannes.

Beaumonts häßliches Gesicht war rot wie eine Tomate. An der Blutrinne von Joscelins Schwert entlang blinzelte er zu ihm auf und rief böse: »Das ist eine private Angelegenheit und geht Sie, verdammt noch mal, nichts an.«

Joselin hatte es satt, daß ihm dauernd jemand sagte, dies und das ginge ihn nichts an. Er sah Beaumont in die Augen, hielt ihn mit der Stahlklinge weiter in Schach und versetzte: »Mir kommt es eher wie ein privater Mord vor. Keine Bewegung!«

Da mischte sich Linnet ein. »Nein, lassen Sie ihn gehen!« brachte sie mühsam heraus. Bei dem Kampf war ihr der Rock bis zu den Oberschenkeln hinaufgerutscht. Schamhaft strich sie ihn wieder über die Beine.

Joscelin starrte sie ungläubig an. Diesen Augenblick mangelnder Konzentration nutzte Beaumont aus. Er glitt zur Seite, sprang auf und floh dann am Bett vorbei zur Tür hinaus. Fluchend drehte Joscelin sich um und wollte die Verfolgung aufnehmen.

»Ich bitte Sie, lassen Sie ihn gehen!« flehte Linnet. »Bitte!«

»Aber, Mylady, er wollte Sie doch umbringen!« wandte Joscelin ein. Doch dann stieß er nach kurzem Zögern das Schwert in die Scheide und half ihr auf die Beine.

»Ich danke Ihnen für Ihre Fürsorge. Aber es handelt sich, wie er gesagt hat, um eine private Angelegenheit.«

Zweifelnd zog Joscelin die Brauen in die Höhe. Auf der weißen Haut an ihrem Hals zeichneten sich rote Fingermale ab. Wo Beaumont versucht hatte, die Lederkordel abzureißen, die sie immer noch umklammert hielt, war eine häßliche Schramme zu sehen. Joscelin vermutete, daß unter ihrer Kleidung der Schlüssel zur Geldkiste an ihrem Busen hing.

»Ich glaube Ihnen nicht«, sagte er und sah sie scharf an.

Sie vermied seinen prüfenden Blick, huschte an ihm vorbei, kniete sich neben dem Bett hin, ergriff die Hand ihres Mannes und begann, mit heiserer Stimme zur heiligen Jungfrau zu beten. Doch Joscelin verstand kein Wort, weil Giles' rasselndes Keuchen alles übertönte. Offenbar lag er in den letzten Zügen. Sein Körper streckte sich. Ein Blutstrom schoß aus seinem Mund. Dann hörte er auf zu atmen. Er sank auf die Matratze, die sich unter einem See von Blut rot färbte.

Linnet ließ den Kopf sinken. Statt der Tränen, die sie nie weinen würde, peitschte der Regen von draußen an die Läden. Jetzt war sie frei, ihrer Fesseln ledig. Und doch meinte sie, um nichts besser dazustehen. Ihr war, als triebe sie unaufhaltsam auf eine tödliche Felswand zu – ihr Schuldbewußtsein.

Leise trat de Gael an ihre Seite. Er bückte sich, schloß behutsam Giles' blind gewordene Augen und murmelte die bei einem Todesfall üblichen Worte des christlichen Rituals. Dann rief er die Zofe und trug ihr auf, Pater Adam zu holen, der in der Halle beim Essen saß.

»Sie sprechen Latein?« fragte sie, nur um ihre schrecklichen Gedanken zu verdrängen.

»Ich habe mehr gelernt, als nur mein Schwert zu verdingen«, sagte er knapp, und sie spürte, wie unbehaglich ihm zumute war. Ihn drängte es, Hubert de Beaumont zu verfolgen. Er konnte nicht begreifen, warum sie ihn davon zurückhielt. Er fühlte sich wie ein Bluthund, der vergebens an seiner Kette zerrt. Abrupt stand sie auf, ging zum Fenster und stieß die Läden auf, um frische Luft hereinzulassen, die den Geruch nach Blut und Tod verjagen würde. Über den Türmen der Westminster-Abtei und des Palastes flammte ein Blitz auf. Aber hier hörte man nur das regelmäßige

Plätschern des Regens, der den verwahrlosten Garten in einen grauen Schleier hüllte. Unwillkürlich fuhr ihre Hand zu der Lederkordel, die sie um den Hals trug.

»Ich nehme an, er wollte den Inhalt der Geldkiste abholen«, sagte de Gael.

Seine Hartnäckigkeit ärgerte Linnet. Sie ließ die Kordel so schnell los, als hätte sie sich daran verbrannt. »Sie können annehmen, was Sie wollen«, sagte sie in kaltem Ton. »Er war Giles' Freund und nicht meiner.«

Brummig gab er zurück: »Hubert de Beaumont hat überhaupt keine Freunde.«

Ein kurzes Schweigen folgte. Linnet warf einen Blick über die Schulter und sah, daß er jetzt an dem Vorhang stand, hinter dem Robert in seinem Rollbettchen schlief. Nun zog er ihn ein wenig auf und schaute auf ihren schwächlichen schlafenden Sohn hinab, auf Giles' Erbe, der ihr so wertvoll war wie die Schatzkiste, die neben seinem toten Vater Wache hielt. Der Mann lächelte. Doch dann glitt für kurze Zeit ein so rührender Ausdruck von Besorgnis über seine Züge, daß Linnet ihrem ersten Impuls widerstand, ihm den Vorhang aus der Hand zu reißen und sich wie eine Wölfin, die ihr Junges verteidigt, schützend vor Robert zu stellen.

Schließlich merkte er, daß sie ihn beobachtete, zog behutsam den Vorhang wieder vor und wandte sich ihr zu. »Ich verstehe, daß Sie meine Fragen nicht beantworten wollen«, sagte er, nun mit gelassener Miene, »aber Sie werden mir gestatten, einen Wachposten vor die Tür zu stellen und den Justitiarius zu benachrichtigen.«

Das war durchaus höflich gesprochen, ließ aber auch keinen Zweifel daran, daß er hier zu befehlen hatte und von ihr Gehorsam erwartete. Sie hatte auch gar nicht die Absicht, ihm Trotz zu bieten, denn sie fühlte sich wie erschlagen, und außerdem war ihr kalt.

Er nahm ihren Mantel von der Sessellehne und hängte ihn ihr um die Schultern. »Sie brauchen jemand, der Ihnen Gesellschaft leistet. Ich denke an eine Frau Ihres Ranges, die Ihnen mehr helfen kann als Ihre Zofe. Kennen Sie jemand?«

Linnet schüttelte den Kopf und schnitt eine klägliche Grimasse. »Mein Mann hat mir nicht gestattet, mit den Ehefrauen oder Schwestern anderer Männer Verkehr zu pflegen, außer bei offiziellen Anlässen, wo es nicht zu vermeiden war. Ich nehme an, daß die Gräfin von Leicester entfernt mit mir verwandt ist. Aber an sie möchte ich mich nicht wenden.«

»Nein«, sagte er, und seine Stimme verriet, daß seine Meinung über Petronilla von Leicester sich kaum von ihrer unterschied. »Aber ich habe eine Tante hier in der Stadt. Sie wohnt keine halbe Meile entfernt. Auch sie ist verwitwet, und ich kann mich für ihren einwandfreien Charakter verbürgen.«

»Sie soll meine Gefangenenbewacherin sein?«

Über seinem knochigen Nasenrücken flatterten die Brauen auf und nieder. Dann sagte er würdevoll: »Ich kann Ihnen den Argwohn nicht verübeln. Aber mein Angebot war ehrlich gemeint. Meine Tante könnte Sie ein wenig trösten.«

Die Außentür schwang auf. Peter Adam kam ins Zimmer, gefolgt vom Rauschen des Regens. Linnet faßte sich an den verletzten Hals und überlegte rasch. Wenn er einen Wachposten vor die Tür stellte, war sie ohnehin eine Gefangene. Leistete ihr eine andere Frau Gesellschaft, so würde sie nicht dauernd ihren trüben Gedanken ausgeliefert sein, und es bestand nicht mehr die Gefahr, daß sie eine hilflose Beute ihrer Ängste wurde. Außerdem war sie geneigt, de Gael zu glauben, wenn er versicherte, daß er ihr das Angebot aus echter Sorge um ihr Wohlergehen gemacht hatte. Als sie seine Tante als Gefangenenbewacherin bezeichnet hatte, war er fast verletzt gewesen.

Pater Adam wischte sich den Regen von der Soutane und beugte sich murmelnd über den Toten. Sie mußte sich jetzt um Giles kümmern. Es waren bestimmte Rituale für sein Seelenheil zu befolgen, und sie mußte ihn für die letzte Ruhe herrichten.

»Ich bitte Sie um Entschuldigung«, flüsterte sie Joscelin zu. »Wenn Ihre Tante bereit ist herzukommen, wird sie mir willkommen sein.«

Seine Augen gaben nicht preis, was er dachte, doch eine fast unmerkliche Mundbewegung verriet, daß er erleichtert war. Er verbeugte sich vor ihr, schlug, dem Priester zugewandt, das Kreuz und ging. Sie hörte seine Schritte auf der Treppe wie gestern die von Giles.

Diese Erinnerung war noch so frisch, daß sie fast körperlich im Raum stand. Doch ihr war, als gehörte sie zu jemand anderem.

## 8

Es war schon heller Vormittag, als Joscelin einen Traum hatte. Er ritt durch einen Birkenwald, in dem auch Büsche mit reifen Haselnüssen wuchsen. Durch das Laubwerk drang gedämpfter Sonnenschein und tauchte die Welt in leuchtendes Goldgrün. Er hörte Vögel singen, Bienen summen und in der Ferne die Axtschläge eines Waldarbeiters hallen.

An seiner Seite ritt eine Frau auf einem Rotschimmel mit einer Blesse am Kopf. Erst glaubte er, es wäre Breaca. Doch als sie ihm den Kopf zuwandte, um ihm etwas zu sagen, sah er, daß sie keine dunkelbraunen, sondern verschleierte graugrüne Augen hatte, die von ganz anderen Erfahrungen sprachen, als Breaca in der Welt gemacht hatte.

Hinter ihm begleiteten seine Männer einen Sarg ohne Deckel und Bahrtuch. Darin lag Giles de Montsorrel und starrte aus blicklosen Augen zu den grünen Zweigen empor. Zuerst glaubte Joscelin, daß der Leichnam eine Halsberge trüge. Doch dann merkte er, daß Giles mit einem Kettenhemd angetan war, das aus lauter Silberpennys bestand. Vor Grauen zog sich seine Kopfhaut zusammen. Die Münzen glänzten und rutschten dauernd durcheinander. Plötzlich war Joscelin nahe daran, einen Schrei des Entsetzens auszustoßen. Der Tote hatte den Oberkörper aufgerichtet! Die Kinnbinde löste sich, Giles' Mund stand offen, und es sah aus, als lachte er. Man sah die blutgeröteten Zähne und die angenähte Zunge. Verwesungsgeruch ging von ihm aus. »Bald wirst du so tot sein, wie ich es bin!«

Die Frau sprach mit sanfter, besorgter Stimme auf Joscelin ein. Er war aber so erschrocken, daß er kein Wort herausbrachte. Die Vögel hörten auf zu singen. Unter den Bäumen vor ihnen spiegelten sich Sonnenstrahlen im Waffenstahl. Da wurde ihm klar, daß er in einen Hinterhalt geraten war. Noch während diese Erkenntnis in sein Gehirn sickerte, brach der Angriff los. Sein Schild hing ihm an einem langen Riemen auf dem Rücken, sein Schwert steckte noch in der Scheide. Er war eben dabei, es herauszuziehen und den Schild vor die Brust zu halten, da traf ihn schon die blanke Schneide einer Streitaxt in die Brust.

Ein noch nie erlebter Schmerz zerriß ihn. Er wußte, dies war der Tod. Er schrie, er wolle nicht sterben. Zitternd und in kalten Schweiß gebadet wachte er auf. Er starrte auf rauchgeschwärzte Dachbalken und einen Ledervorhang, der sein Strohlager vom Saal trennte. Er wußte nicht, wo er sich befand. Nur das Geklapper und die Schritte geschäftiger Diener drangen ihm ans Ohr und übertönten das Echo seines Schreis.

Er fuhr auf und barg stöhnend den Kopf in den Händen. Der Traum war so lebensecht gewesen, daß er ihn immer noch lähmte und die verblassenden Bilder farbig vor seinem geistigen Auge standen und seine Gefühle in ihren Bann hielten.

»Mein Gott!« murmelte er niedergeschlagen. Noch immer in den Fängen des Entsetzens, atmete er schwer und stoßweise. Hinter den Augen tobte ein Schmerz, der ihm die Sicht benahm, bis er tanzende kreisrunde Lichter sah.

Der lederne Vorhang teilte sich, und Stephen kam in den kleinen Alkoven. Er brachte ein Horn voll mit Wasser vermischten Weins. Während er ihm das Horn reichte, meldete er: »Justitiarius Luci wartet auf Sie.«

Joscelin nahm einen Probeschluck, und in seinem Magen brannte es. Er fluchte leise.

»Stimmt irgendwas nicht, Mylord?«

Langsam griff Joscelin nach seiner Unterwäsche und dem Rock. Alles war zerknittert und noch feucht von dem gestrigen Regen. Die vielen Beulen von seinem Kampf mit Ragnar und der Striemen im Gesicht von dem Peitschenhieb taten ihm höllisch weh. »Ich habe schlecht geschlafen«, sagte er. »Mein Vater und der Justitiarius können mir heute vormittag gestohlen bleiben.« Als er die Arme hob, um sich das Hemd auszuziehen, stöhnte er vor Schmerzen durch die fast geschlossenen Zähne. Stephen beeilte sich, ihm zu helfen. Er zog ihm das Hemd herunter und hielt das Obergewand so, daß sein Herr sich beim Anziehen nicht ausrenken mußte. Trotzdem war Joscelin leichenblaß, als er sich den Gürtel umband, und schwitzte heftig. Eine Zeitlang blieb er stehen und hielt sich die Hände vor die Augen.

»Geh zu einem Hausmädchen, mein Junge!« sagte er und schluckte schwer. »Sie soll mir einen Weidenrindentrunk bringen. Mir platzt der Kopf!«

Der Junge stob im Laufschritt davon. Joscelin folgte

ihm in den Saal, aber er konnte nur langsame Trippelschritte machen. Ein dösender Schweißhund witterte die Angst, die sein Körper noch ausdünstete, und jaulte leise. Er achtete weder auf den Hund noch auf die plappernden Dienerinnen, die emsige Tätigkeit vortäuschten, als er an ihnen vorbeikam, und danach sofort weiter tratschten. An einem Tisch saßen zwei Priester und ein Angestellter bei fettem Speck und Weißbrot. Ein Schreiber hatte sein Pult auf der Empore aufgestellt und arbeitete fleißig.

Joscelin schritt äußerst vorsichtig durch die Halle zum Kamin, denn sein Magen war in Aufruhr, und in seinem Schädel war die Hölle los. Richard de Luci und sein Vater waren in ein Gespräch vertieft. Doch als sie ihn kommen sahen, brachen sie es ab und blickten einander wie zwei Verschwörer an.

»Sie wünschten mich zu sprechen, Mylord?« Joscelin hatte Mühe, die Worte zu formen. Die kreisförmigen Lichter vor seinen Augen waren größer geworden, und es fiel ihm immer schwerer, seine Umgebung zu erkennen. Er konnte nur hoffen, daß de Luci die Unterredung nicht in die Länge ziehen würde.

De Luci war tadellos gekleidet. Nicht das kleinste Staubkörnchen haftete an seinem vortrefflichen dunkelblauen Gewand. Lebhafte goldfarbene Stickereien schmückten Kragen, Ärmel und Säume der Jacke, und sein gutgenährtes Gesicht war nach scharfer Rasur glatt wie ein blanker Schild. Doch nachdem er Joscelin vom Kopf bis zu den Füßen betrachtet hatte, nahm seine Miene einen Ausdruck der Besorgnis an.

»Sie haben eine schwere Nacht hinter sich«, sagte der Justitiarius.

Joscelin massierte sich die schmerzende Stirn und unterließ eine Antwort. Erst nach Mitternacht hatte er seine Meldung an de Luci erstattet, und als er, vom Dienst abgelöst, in seines Vaters Haus eintraf, hatten unregelmäßige Windstöße schon das Morgenläuten von der Westminster-Abtei herübergetragen.

»Leicester beansprucht auf Grund seiner Blutsverwandtschaft die Vormundschaft über Montsorrels Erben«, sagte de Luci. »Gleich bei Tagesanbruch hat er mir das mitgeteilt. Ich habe ihm erwidert, daß das Anrecht der Krone vorgeht und daß entweder der König oder ich, je nach den Umständen, zu gegebener Zeit den richtigen Mann bestimmen wird.«

Joscelin hatte große Mühe, sich zu konzentrieren. In seinem Kopf herrschte ein wirres Durcheinander, er konnte de Lucis Rede kaum folgen. Erwartungsvoll sah der Justitiarius ihn an. Was sollte er aus seinen Worten schließen? Was antworten? »Und wie steht es mit dem Silber?« fragte er mit schwerer Zunge.

Um die Falten an de Lucis ausladender Kinnpartie spielte ein Lächeln. »Ach ja, das Silber. Lord Leicester hat nicht versäumt, das Thema zur Sprache zu bringen. Er hat sich auch darüber beklagt, daß sein Vertreter, der gestern abend im Hause Montsorrel Nachforschungen anstellen wollte, von einem meiner Männer einfach aus dem Haus gewiesen wurde. ›Von einem betrunkenen, Streit suchenden Krakeeler‹ – so hat er Sie mir geschildert.«

Joscelin vermied de Lucis scharfen Blick und wünschte sich, er läge hundert Meilen entfernt in traumlosem Schlaf. »Hubert de Beaumont legte ein solches Benehmen an den Tag, daß ich sein Vorgehen nicht für rechtmäßig halten konnte. Ich hätte ihn sogar festgenommen, wenn Lady de Montsorrel nicht um Nachsicht für ihn gebeten hätte.«

»Nun, ich bin überzeugt, daß Sie Ihre Pflicht getan haben«, sagte der Justitiarius. »Dieses Geld steht Leicester ebensowenig zu wie die Vormundschaft über den Jungen. Ich habe nicht die Absicht, es von ihm zur Normandie schaffen zu lassen.«

»Wieviel ist es überhaupt?« erkundigte sich Eisenherz neugierig. »Hattest du Gelegenheit, das zu erfahren?«

»O ja. Linnet de Montsorrel hat es mir bereitwillig gesagt. Einschließlich des Silbers schätze ich den Wert auf siebzigtausend.«

William stieß einen Pfiff durch die Zahnlücken aus. »Das reicht, um eine Truppe wie die Joscelins ein halbes Jahr lang zu finanzieren.«

»Ich gebe zu, daß ich selber nicht mit einer so hohen Summe gerechnet hatte, bis ich die Schatzkiste öffnen durfte.« De Luci fuhr sich mit der Hand mehrmals über das glattrasierte Kinn. Dann hielt er inne und hob den Zeigefinger, an dem ein klobiger Siegelring funkelte. »Joscelin, ich möchte, daß Sie mit Ihren Männern die Witwe und ihren Haushalt nach Rushcliffe begleiten. Danach bleiben Sie dort als Burgvogt bis zum Erhalt weiterer Befehle. Die Schatzkiste nehmen Sie mit. Sie gehört ja zur Erbschaft des Jungen, und schließlich brauchen Sie auch Geld für den Lebensunterhalt. Sie können doch Rechnungen ausstellen, nicht wahr?« Das war eine rhetorische Frage, denn de Luci waren Joscelins Fähigkeiten bekannt. »Man sagte mir, der Sarg werde übermorgen zum Abtransport bereit sein.«

Es folgte ein lastendes Schweigen. Joscelin war sich bewußt, daß der Justitiarius von ihm eine klare Antwort und den Ausdruck seiner Dankbarkeit erwartete. Doch vor seinem geistigen Auge stand wieder der offene Sarg, von dem er geträumt hatte, und er fühlte sich todelend.

De Luci zog unmutig die Brauen zusammen. »Wenn dieser Auftrag Ihnen nicht genehm ist, kann ich natürlich jederzeit einen anderen damit betrauen.«

Joscelin hatte genug damit zu tun, seine Umgebung zu erkennen. »Nein, Mylord, ich bin gern bereit, jeden

Ihrer Aufträge zu erfüllen«, sagte er mit schleppender Stimme. »Darf ich mich jetzt mit Ihrer Erlaubnis zurückziehen, um die nötigen Vorbereitungen zu treffen?«

De Luci sah ihn verwundert an. »Was in Gottes Namen ist denn mit Ihnen los? Man möchte meinen, ich hätte Ihnen die Zähne eingeschlagen. Dabei will ich Ihnen doch zu einem gehörigen Karriereschub verhelfen.«

»Das ist es nicht, Mylord. Ich bin Ihnen aufrichtig dankbar...«, Joscelin schluckte krampfhaft.

Gedankenschnell mischte sich Eisenherz ein. »Lassen Sie den Jungen gehen, Richard, sonst übergibt er sich noch auf Agnes' frisch gestreute Binsen. Ich verspreche Ihnen, daß er einige Zeit später wieder alle Sinne beisammen haben wird.«

Der Justitiarius hob argwöhnisch die Brauen, denn er wußte, daß es William, verdammt noch mal, nichts ausmachte, wenn Agnes sich einer zusätzlichen Arbeit unterziehen müßte. Seine ganze Sorge galt Joscelin. »Sehr gut«, sagte er und entließ Joscelin mit einem knappen Nicken.

Fast grußlos schwankte der junge Mann aus dem Saal.

»Würden Sie so gut sein, mir das zu erklären?« sagte de Luci frostig zu Eisenherz. »Wenn er mich im Stich lassen will, dann beauftrage ich jemand anders damit.«

»Er läßt Sie bestimmt nicht im Stich«, sagte Eisenherz ungeduldig. »Es ist nur so, daß er manchmal von Schwindelanfällen heimgesucht wird – so wie es Bekket nach einer Krise zu gehen pflegte. Dann leidet er an Übelkeit und Kopfschmerzen, die schlimmer sind, als wenn er eine ganze Flasche schlechten Weins getrunken hätte. Sobald er sich richtig ausgeschlafen hat, ist alles wieder in Ordnung. Das hat er von seiner Mutter geerbt.«

De Luci gab einen brummenden Laut von sich. Er war nun einigermaßen beruhigt, wenn auch nicht völlig überzeugt. »Dennoch kam es mir so vor, als sei er über den Auftrag bestürzt gewesen.«

Eisenherz ließ sich Zeit mit der Antwort, die er dann aber in seiner üblichen offenen Art gab. »Das liegt nur daran, daß er eine Neigung zu der Witwe gefaßt hat. Und er weiß genau, daß er Ihnen sie und ihr gesamtes Vermögen unter der Nase wegschnappen könnte, wenn er bereit wäre, Ihr Vertrauen ehrlos zu mißbrauchen.«

De Luci starrte verblüfft seinen Freund an. »Hat er Ihnen das gesagt?«

William lachte bitter auf. »Gott im Himmel, meine Söhne sagen mir nie etwas! Nein, aber ich habe doch Augen im Kopf. Joscelin ist nicht wie Ragnar. Er bumst sich nicht wahllos durch die ganze Stadt. Bei Frauen ist er wählerisch, und er verzichtet lieber auf sie, als immer gleich blank zu ziehen. Ihre junge Witwe gefällt ihm, und er braucht nur die Arme auszustrekken, um sie zu gewinnen. Er braucht sie nur zu berühren, und sie ist die seine. Aber er denkt nicht daran, seine Ehre zu beflecken.«

Wieder strich sich de Luci nachdenklich über das glattrasierte Kinn. Wahrlich, William de Rocher war ein schlauer, mit allen Wassern gewaschener Bursche und obendrein ein Realist. Und er liebte seinen unehelichen Sohn mit solcher Inbrunst, daß er eine unüberwindliche Scheu davor hatte, sich das je anmerken zu lassen. Er hatte große Hoffnungen auf Joscelin gesetzt, und nach de Lucis Meinung durchaus zu Recht.

»Im Augenblick habe ich nicht die Zeit, gründlich darüber nachzudenken, William«, sagte er nicht ohne Berechnung und lächelte verhalten. »Übrigens hätten Sie mir das auch vorher sagen können. Aber ich weiß schon, warum Sie das nicht getan haben. Sie haben befürchtet, daß ich meinen Auftrag an Joscelin dann zurückziehen würde.«

Eisenherz erwiderte das Lächeln und verzichtete darauf, weiter in ihn zu dringen, sondern sagte nur: »Ich glaube, wir kennen uns mittlerweile gut genug.«

## 9

Mit nacktem Oberkörper, nur in kurzer Hose und Unterhose, war Ragnar dabei, seine Schwertklinge zu schärfen. Mit kräftigem Schwung der langen Arme führte er den eingeölten lombardinischen Stahl über den mächtigen Schleifstein und glättete die kleinen Kerben. Das graue Metall bekam dabei einen bläulichsilbrigen Schimmer, gleich der Unterseite einer Fischhaut. Wenn Ragnar die nötige Geduld aufbrachte, war er gut in diesem Geschäft, und heute hätte es nicht mal der persönliche Waffenmeister des Earls von Leicester besser machen können.

Mit dem Unterarm wischte er sich den Schweiß von der Stirn und legte eine Pause zum Luftschöpfen ein. Im Hof herrschte reges Leben und Treiben. Die Vorbereitungen zum Abmarsch des Earls von London nach Southampton, den er für morgen früh angesetzt hatte, waren im vollen Gange. Drüben kam das Mädchen Elfin vorbei, einen großen Stapel Leinenwäsche für Gräfin Petronilla in den Armen, und sandte ihm über den Hof hinweg ein vielsagendes Lächeln zu. Doch Ragnar schaute gerade in die entgegengesetzte Richtung. Seine Aufmerksamkeit galt einem Wagen, der am Torweg in den schlammigen Karrenspuren steckengeblieben war. Mit der Dirne hatte er sich erst vor knapp einer Stunde in den Stallungen vergnügt und sich mit einem Silberpenny für ihre Bereitwilligkeit bedankt.

Ein Schatten fiel auf ihn, und als er aufblickte, sah er, daß Hubert de Beaumont vor ihm stand, die Daumen in den breiten Hirschledergürtel eingehakt. »Darf ich?« fragte er und nahm Ragnar, ohne seine Zustimmung abzuwarten, das nackte Schwert von den Knien. Er hob es hoch, prüfte das Gleichgewicht und danach die Klinge. »Ausgezeichnet«, bemerkte er und fuhr grinsend fort: »Sie könnten sich als Schwerterschmied ein Vermögen zusammenverdienen.«

Ragnar knurrte: »Sehe ich aus wie ein Handwerker?«

Beaumont musterte ihn vom Kopf bis zu den Zehen. »Nein. Wer so halbnackt wie Sie rumläuft und dazu noch ein blaugeschlagenes Auge hat, erweckt nicht gerade Vertrauen.« Er gab ihm das Schwert zurück.

Während Ragnar noch etwas Öl auf die Klinge träufelte, überlegte er, warum Beaumont ihn aufgesucht hatte. Der Ritter gehörte seit langer Zeit zu Leicesters Gefolge und pflegte sich Neulingen kaum freundschaftlich zu nähern. Also mußte er irgend etwas von ihm wollen.

»Für einen so großgewachsenen Mann ist Ihr Bruder verdammt schnell auf den Beinen«, bemerkte Beaumont.

Ragnar verzog betroffen das Gesicht und tastete nach dem angeschwollenen Auge, das ihm noch Schmerzen bereitete. »Trotzdem hätte ich gegen ihn die Oberhand behalten, wenn Brien von Ravenstow nicht seine Nase reingesteckt hätte. Er hätte sich raushalten sollen.«

»Ich habe eigentlich an gestern abend gedacht, als ich selber eine Rangelei mit Joscelin gehabt habe.«

Ragnar hielt die Schwertklinge an den Schleifstein und zog sie ab. Er schob die Unterlippe vor und grinste. Auch wenn er Joscelin mit jeder Fiber seines Herzens haßte, lag doch eine gewisse Genugtuung darin, daß einer vom Blut der de Rochers im Kampf gesiegt hatte. »Warum sind Sie denn an meinem unehelichen Bruder interessiert?«

Beaumont schwieg eine Zeitlang und verfolgte wie hypnotisiert Ragnars Armbewegungen. Dann sagte er: »Lord Leicester will das Silber der Montsorrels für sein Unternehmen haben, und Ihr Bruder bewacht es.«

»Ich verstehe.«

»Kann man ihn bestechen?«

Ragnar verschluckte sich vor Lachen, und das Schwert auf dem Schleifstein gab einen quietschenden Ton von sich. »Lieber Himmel, nein!« platzte er heraus. »Was glauben Sie denn, warum er so hoch in der Gunst des Justitiarius steht? So viel Geld können Sie ihm gar nicht bieten, daß er gegen seine Ehre handelt. Die ist ihm kostbarer als alles andere. Und er weiß ja auch, daß Sie durch und durch Leicesters Gefolgsmann sind.« Er fuhr sich über die Augen und steckte das Schwert in die Scheide. »An das Silber kommen Sie nur über Joscelins Leiche.«

Beaumont schloß die Hand über dem eigenen Schwertgriff. »Dazu bin ich bereit«, sagte er. »Aber ich bin auch neugierig. Da er mein Gegner ist, möchte ich mehr über ihn erfahren.«

Ragnar bedachte ihn mit einem düsteren Blick. »Dann gehen Sie aber ein Risiko ein, wenn Sie ausgerechnet mich befragen.«

»Das glaube ich nicht. Wie es mit Ihrer ›brüderlichen Liebe‹ bestellt ist, habe ich vorgestern abend erlebt. Hören Sie, gehen wir in den ›Pfau‹! Da können wir alles bei einem Krug Wein besprechen.«

Ragnar strich sich die feuchten rotblonden Haare aus der Stirn. »Heißt das, daß Sie mich bestechen wollen?«

»Anscheinend sind Sie vorläufig mit Ihrer Arbeit fertig, und Sie sehen ziemlich durstig aus.«

Auf einmal blitzten zwischen Ragnars etwas dünnen Lippen schneeweiße Zähne auf, denen noch nie die Zange eines Barbiers nahegekommen war. Er lächelte. »Sie haben gesagt, zum Pfau. Na schön, führen Sie mich hin. Ich bin in der Tat sehr durstig.«

»Joscelin war immer der Liebling meines Vaters«, sagte Ragnar und malte mit dem Finger in verschüttetem Wein die Figur eines Drachens auf die Tischplatte. Mit der anderen Hand stützte er seinen Kopf, der ihm gleichzeitig leicht und schwer war. Die Arbeit des Schwertschärfens auf dem heißen Hof hatte ihn sehr durstig gemacht, und die ersten beiden Becher Anjou ohne Wasserzusatz hatte er nur so heruntergegossen. Den dritten trank er schon langsamer, wobei er sich nach Beaumont richtete. Und jetzt hatte er den vierten mehr als halb geleert. »Wenn die Ländereien von Arnsby nicht mir zuständen, würde er sie bestimmt Joscelin schenken – seinem erstgeborenen Sohn.« Ohne daß er es merkte, hatten sich zwischen seinen hellblauen Augen senkrechte Falten gebildet.

»Aber vorgestern abend haben Sie doch gesagt, seine Mutter sei eine Hure gewesen.«

»War sie auch. Mein Vater hatte sie bei irgendeinem Feldzug unter den leichten Mädchen des Lagertrosses ausgesucht. Angeblich soll sie blaues Blut in den Adern gehabt haben. Aber daran glaube ich nicht. Eine anständige Frau würde sich nie den Truppen anschließen, um sich ihren Lebensunterhalt zu verdienen.«

Ragnar hob den Becher und trank hastig daraus. »Sie starb im Kindbett, und mein Vater erbaute zu ihrem Gedächtnis eine Kapelle und verpflichtete die Nonnen, regelmäßig eine Messe für sie zu halten. Verdammt noch mal, können Sie sich vorstellen, wie sich alles in mir sträubt, wenn er jeden Monat einmal dorthin reitet wie zu einer Pilgerfahrt? Sie war keine Heilige, sie war eine Hexe!«

Beaumont ließ Geräusche hören, die sein Mitgefühl bezeugen sollten. Er füllte abermals Ragnars Becher und goß dann erst den geringen Rest des Krugs in sein Trinkgefäß. Nachdenklich trank er einen Schluck, bevor er mit seinen nächsten Fragen auf das ursprüngliche Thema zurückkam. »Wenn sich das so verhält, wie kam es dann, daß Ihr Bruder ein Söldner wurde? Ihr Vater hätte für ihn doch bestimmt eine begüterte Erbin finden können?«

»Ursprünglich sollte Joscelin Priester werden. Drei Jahre lang lebte er bei den Mönchen in Lenton, bis einer von ihnen ihn zu seinem Lustknaben machen wollte. Joscelin schlug ihm sämtliche Zähne aus. Da kam mein Vater zu der Erkenntnis, daß das Schwert seine eigentliche Berufung war. Außerdem wollte ihn die Kirche auch nicht mehr haben.« Ragnar tauchte den Finger wieder in die Weinlache auf dem Tisch.

»Und dann?« fragte Beaumont.

»Da gibt es nicht mehr viel zu erzählen«, sagte Ragnar übelgelaunt. »Als Joscelin fünfzehn war, überwarf er sich mit meinem Vater. Er und ich hatten einen Streit gehabt, und Joscelin hatte seine überlegene Kraft so ausgenutzt, daß er mich fast umgebracht hätte. Ich war damals erst zehn oder elf Jahre alt. Mein Vater verdrosch ihn, worauf Joscelin seine Sattelrolle packte und ausriß. Er ging nach Frankreich, auf die Schlachtfelder und zu den Turnierserien. Vater sagte, er würde es dort keinen Monat aushalten. Wir sahen ihn aber erst nach sieben Jahren wieder. Er kehrte an der Spitze einer eigenen Söldnertruppe heim. Vater behandelte ihn wie einen Wunderknaben, stellte ihn auf einen Sockel und hielt ihn mir als leuchtendes Beispiel vor.« Ragnar schaute auf seine Hand. Die vom Wein feuchten Fingerspitzen zitterten leicht. »Und ich hatte mich sieben Jahre lang in dem Traum gewiegt, er wäre tot, ich wäre ihn für immer los. Amen!«

Beaumont kreuzte die Arme über dem ansehnlichen Bauch. »Was hatte er denn in diesen sieben Jahren erlebt?«

»Das weiß ich nicht. Er sprach nie darüber. Aber in den ersten Monaten muß er, um überleben zu können, zu meinem Onkel Conan gegangen sein. Der ist ein Söldner und ein Hurenbock. Wo sonst hätte Joscelin lernen können, sich wie ein gemeiner Räuber aufzuführen?« Ragnar hob den weinverschleierten Blick zu Beaumont. »Wie wollen Sie es denn anstellen, Joscelin zu töten?«

Beaumont schürzte die Lippen. »Ich sehe eine Möglichkeit, das Silber der Montsorrels an mich zu bringen, ohne mich direkt mit Ihrem Bruder zu messen. Das wird seinem Stolz einen viel größeren Schlag versetzen.«

Voll Verachtung fragte ihn Ragnar: »Fürchten Sie sich vor ihm?«

Der ältere Ritter errötete. »Ich fürchte mich vor niemandem«, sagte er erbost. »Sie können von Glück sagen, daß Sie betrunken sind. Sonst hätte ich Ihnen für diese Bemerkung den Arm gebrochen. Wenn Sie Ihren Bruder loswerden wollen, dann ist das Ihre Sache. Für mich geht es vor allem darum, das Geld für Lord Leicester zu sichern.« Er stand auf und warf für den Wein eine Münze auf den Tisch.

»Wo gehen Sie hin?« fragte Ragnar, blieb aber sitzen, weil er nicht wußte, ob er sich noch auf den Beinen halten konnte.

»Ein Boot mieten und flußaufwärts fahren. Ich habe Lust, einige Sehenswürdigkeiten zu besichtigen.« Lächelnd setzte er hinzu: »Ich würde Sie gern mitnehmen, aber Sie hängen ja dann nur über dem Bootrand und kotzen den ganzen Wein wieder aus.«

Ragnar hörte, wie er geräuschvoll die Taverne verließ. Eine Zeitlang sah er aus trüben Augen die weißgekalkten Wände an, die unter den Kerzenhaltern von herabtropfendem Wachs beschmutzt waren. Das Serviermädchen kam an den Tisch, strich das Geld ein und nahm den leeren Krug fort. Ragnar suchte aus der Geldbörse eine Münze heraus und bestellte noch einen Krug Wein. Es hatte doch wenig Sinn, nur halb besoffen zu sein!

Beaumonts Besichtigungstour begann damit, daß er einem Bootsmann auf der Themse drei Silberpennys zahlte und sich von Leicesters Haus flußaufwärts rudern ließ, bis sie gegenüber dem viel bescheideneren Haus der Montsorrels anlangten. Von der Bank im Bug aus betrachtete Beaumont aufmerksam den kleinen Schindelstrand und die Holztreppe, die zu dem ungepflegten Hof hinaufführte. Er hörte einen Hahn krähen und sah, wie die Hennen im hohen Gras zwischen heraubgefallenen Zweigen nach Körnern pickten. Die Gebäude waren im alten saxonischen Stil errichtet – aus Dung und Gips mit Strohdächern. Nur das Hauptgebäude wies ein teureres Ziegeldach auf. Wegen der Tageshitze hatte man an den Fenstern, die auf den Fluß gingen, alle Läden weit geöffnet.

»Soll ich Sie zum Strand hinrudern, M'lord?« fragte der Bootsmann. Er hatte Mühe, das Fahrzeug mitten im Fluß auf der Stelle zu halten.

»Nein«, sagte Beaumont. »Ich habe genug gesehen. Fahr mich ans Southwark-Ufer! Da habe ich etwas zu erledigen.«

Der Bootsmann zog fragend die Brauen in die Höhe, kam der Aufforderung aber ohne Zögern nach. Er hatte schon alle möglichen merkwürdigen Kunden an Bord gehabt, vor allem in diesen Tagen, da so viele Edelleute in die Stadt gekommen waren, um die Erlaubnis einzuholen, am Krieg in der Normandie teilnehmen zu dürfen. Das Southwark-Ufer war in letzter Zeit sehr beliebt geworden. Dort konnte man für Geld alles bekommen, was man sich wünschte, von einer vergnügten Nacht bis zu einer, die man lieber schnell wieder vergaß. In den finsteren Gassen hinter den Austernbänken von Southwark betrieben die Seelenverkäufer ihre dunklen Geschäfte. Der Bootsmann beäugte das prächtige Schwert, den langen Degen am reich verzierten Gürtel des Ritters und den gutgenährten Bauch, der sich darüber wölbte. »Wenn Sie in ein Badehaus wollen, M'lord, kann ich Ihnen ein paar gute Häuser vorschlagen. Mit netten, sauberen Mädchen vom Lande und keinen alten Säuen.«

Beaumont lächelte. »Vielleicht später. Zuerst ruderst du mich zum Landesteg am ›Maibaum‹. Den kennst du doch?«

»Ja, M'lord.« Der Bootsmann tippte mit dem Finger an die breite Krempe des Filzhuts. Den Maibaum kannte er gut. Es war eine dreckige Taverne in einer Seitengasse, die schlimmste Räuberhöhle diesseits der Normandie, bevölkert von Dieben und Halsabschneidern. »Sie wünschen wohl nicht, daß ich auf Sie warte?«

Beaumont förderte einen weiteren Silber-Penny aus seiner Geldbörse zutage und hielt ihn zwischen Daumen und Zeigefinger in die Höhe. »Ich habe da etwas zu erledigen«, sagte er. »Es dauert nicht lange, und es ist ja noch heller Tag. Den Penny bekommst du, falls du noch da bist, wenn ich zurückkomme.«

Der Bootsmann betrachtete die Münze. Ob der Mann wohl wußte, wie schlecht seine Chancen standen, lebendig aus dem Maibaum zurückzukommen? »Ich warte eine Stunde, aber nicht länger«, sagte er widerwillig und ruderte das Boot angestrengt durch die wogende graue Wasserfläche.

# 10

Cheapside, Londons größtes Marktviertel, brodelte in der Hitze des Nachmittags vor Leben. Von den vor Fliegen wimmelnden Ständen der Fleischer am äußersten Westrand bis zu den angesehenen Kiosken der Goldschmiede, Tuchhändler und Gewürzeverkäufer und weiter zu den Geflügel-, Getreide- und Fischmärktehallen, die bis zum Austerntor am Ostrand reichten, standen Hunderte von Ladeninhabern vor ihren Buden und Ständen und priesen den Stadtleuten ihre Waren an. Und es gab auch viele, die bereitwillig und ohne viel Besinnen einkauften.

Joscelin schleppte sich bereits mit einem Paket gezuckerter Pflaumen, einem Käfig mit zwei schwarzen Kaninchen, einem Strang scharlachroter Wolle und einer Schachtel grüner Pfefferkörner ab. Er fragte sich immer noch, wie schnell es seine Tante verstanden hatte, das Kommando zu übernehmen, während er sie und Linnet in getreuer Pflichterfüllung durch die Verkaufsbuden der Cheapside begleitete.

»Das arme Mädchen!« hatte sie ihn angefahren. »Ist ans Haus gefesselt und hat nichts anderes zu tun, als sich zu grämen und zu beten!« Als wäre das seine Schuld! War es vielleicht auch, aber nur im weitesten Sinn. »Sie braucht Abwechslung. Und ich ganz gewiß auch!«

Joscelin hatte den Mund aufgetan, um ihr zu widersprechen. Aber Maude schob dem einen Riegel vor. Sie ließ ihn gar nicht zu Worte kommen. Und dazu warf sie ihm einen Blick zu, der ihm deutlich zu verstehen gab: *Was verstehst du denn davon! Ich kenne dich noch, als du ein brüllendes Baby mit einem hinten offenen Hosenschlitz warst!*

»Sie muß vor der Abreise Verschiedenes einkaufen. Alles, was Frauen brauchen. Nadeln, Garn und so. Ein

Mann hat keine Ahnung davon. Der trägt seine Unterhosen ja so lange, bis sein Hintern rausguckt. Leidest du immer noch unter diesen Kopfschmerzen? Hast du die Zehrkrautmolke getrunken, die ich dir zubereitet habe?«

Ihr Widerstand zu leisten, war so vergeblich, als hätte er versucht, gegen den Strom zu schwimmen. Und so hatte er schnell kapituliert, und zwar ziemlich unrühmlich. Es war ihm nicht möglich gewesen, seine Hilflosigkeit ihr gegenüber zu verbergen. Und jetzt diente er ihnen, nach Maudes verschiedenen impulsiven Einkäufen, auch noch als Packesel, obwohl er vor Hitze fast umkam. Immerhin war es ihm gelungen, sie an einer Bude an der Ecke der Jewry Street vom Kauf eines besonders gemein stinkenden Ziegenfells bei einem Gerber zurückzuhalten.

In seinem Kopf pochte ein ständig zuckender Schmerz. Seinen Füßen erging es auch nicht besser. Jetzt waren die Frauen bei der Suche nach günstigen Gelegenheiten bei den Ständen der Kurzwarenhändler an der Sopers Lane angekommen und debattierten angelegentlich mit einem Garnverkäufer.

Joscelin lehnte sich an einen Pfeiler in der Kolonnade und sah ihnen gähnend beim Feilschen zu. Wie erwartet, gackerte seine Tante so laut wie eine dicke Henne im Hühnerhof, und der Händler gab ihr mit fröhlichem Temperament ordentlich Kontra. Was Joscelin überraschte, war Linnet de Montsorrels Verhalten. Diesmal überließ sie keineswegs Maude allein das Feilschen, sondern bestimmte selber den Preis und hielt eisern daran fest. Als der Händler nicht auf Linnets Angebot einging, riß sie die grauen Augen mit tieftraurigem Ausdruck auf und verzog schmollend die Unterlippe. Und als er sich schließlich geschlagen gab, belohnte sie ihn mit einem strahlenden und zugleich schüchternen Lächeln. Mit ihrer zurückhaltenden Art, die ihren Widerpart mal zum Lachen brachte und mal rührte, war sie erfolgreicher als Maude mit ihren lautstarken Drohungen, sich an andere Händler zu wenden.

Linnet de Montsorrel, dachte Joscelin, sieht zwar weich und leicht verletzlich aus, aber sie besitzt einen harten Kern, einen starken Überlebenswillen. Und hier auf dem überfüllten Markt geschah es, daß er allmählich dahinterkam, was ihn an ihr so anzog. Sie war wie Breaca – still und unscheinbar, bis sie wie eine Flamme aufloderte und ihr Kampfgeist hervorbrach.

Robert löste sich von Ella und kam zu Joscelin, um sich die Kaninchen anzusehen. Die meisten waren hier graubraun. Doch diese waren von dunklerer Färbung, fast schwarz, und ihr Fell glänzte wie Zobel.

»Willst du die Kaninchen essen?« fragte er Joscelin mit großem Ernst.

»Es sind ja nicht meine«, erwiderte Joscelin und hockte sich hin, um dem Kind auf gleicher Höhe in die Augen zu sehen. »Sie gehören Lady Maude. Aber da ich genau weiß, daß ihr Kaninchenfleisch nicht schmeckt, muß sie etwas anderes mit ihnen vorhaben.«

Robert steckte die Hand durch das Rohrgeflecht des Käfigs und faßte die weichen Felle an. »Ich mag auch kein Kaninchenfleisch. Papa hat mir mal vorgemacht, wie man eins schlachtet. Da wurde mir aber schlecht, und er hat mich verhauen.«

Joscelins Mund straffte sich, aber er sagte nichts. Im Monat November wurde jeder einmal Zeuge, wie mindestens ein Schwein auf dem Hof geschlachtet wurde, um später über die Wintermonate eingepökelt zu werden. Aber man brachte doch nicht einem Drei- oder Vierjährigen bei, wie man ein Kaninchen schlachtet! Für ein Kind waren diese hübschen, sanften Lebewesen ausgesprochene Kuscheltiere. Im übrigen war Robert auch jetzt noch nicht kräftig genug, ein Kaninchen mit einem Schlag zu töten.

»Jetzt ist Papa tot«, fuhr Robert fort. »Ich weiß, was das bedeutet. Er ist weggegangen und kommt niemals wieder.«

Es war eine Feststellung, die aber wie eine Frage klang. Robert wollte von ihm wissen, ob das stimmte. Es schnürte Joscelin die Kehle zu. »Nein, er kommt niemals wieder«, sagte er leise. Er beschloß, mit Linnet und Maude darüber zu sprechen. Der Junge durfte auf keinen Fall dabei sein, wenn Giles heute abend im offenen Sarg aufgebahrt wurde, bevor man ihn in Salz verpackte und in eine Hirschhaut einähte.

Nachdem Linnet und Maude den Verkäufer bis zu einem erstaunlich niedrigen Preis heruntergehandelt hatten, begaben sie sich zu einem anderen Stand, wo sie Nadeln kauften, teils aus Knochen, teils aus Messing, je nach Verwendungszweck. Von da aus ging es weiter zu einem Tuchhändler. Hier kauften sie, was sie an Leinenstoff und Zubehör brauchten. Doch jetzt schwollen Maudes Fußgelenke allmählich an, und Robert, der sich den ganzen Nachmittag über gut gehalten hatte, wurde müde und fing an zu quengeln. Joscelin nahm ihn huckepack auf die Schultern und gab die Pakete der Zofe zum Tragen. Dann kehrten sie zu den Mietställen in West Cheapside zurück, um ihre Pferde abzuholen.

Linnet händigte Joscelin die Geldbörse voll Silbermünzen wieder aus, die er ihr anfangs gegeben hatte. »Sie werden wohl für den Justitiarius eine Aufstellung über meine Ausgaben machen müssen«, sagte sie. »Jedenfalls habe ich nur zum günstigsten Preis eingekauft.«

»Das ist mir nicht entgangen.«

Woraufhin Linnet leicht errötete und die Lider senkte.

Joscelin gab ihr die Geldbörse zurück. »Sie können den Rest behalten. Ich habe vorsorglich ein Konto für Ihre privaten Bedürfnisse eingerichtet – ›zwei Mark an Lady Montsorrel für Haushaltsausgaben‹. Ich glaube, daß Sie insgesamt nicht mehr als zehn Schilling verbraucht haben.«

Sie wurde flammend rot. »Sie sind sehr großzügig, Sir Joscelin.«

Er sah sie scharf an. Hatte sie seine Erklärung ganz unschuldig so aufgefaßt, wie er sie meinte, oder vermutete sie dahinter eine verborgene Ironie? Sie hatte nicht nur den Blick auf den Boden gerichtet, sondern auch den Kopf abgewendet. Also war sie nicht ärgerlich auf ihn, sondern eher peinlich berührt. Seine Neugier war geweckt. Doch ehe er ihr weitere Fragen stellen konnte, waren sie am Mietstall angekommen, und er hatte alle Hände voll zu tun, um seine Schutzbefohlenen in die Sänften zu verfrachten. Danach stieg er aufs Pferd. Und als sie das Haus am Strand erreichten, bot sich ihren Augen ein so chaotisches Bild, daß alles Vorangegangene vergessen war.

Aus dem Küchenhaus stiegen lodernde Flammen und dichter Rauch. Zahlreiche Männer bildeten eine fieberhaft arbeitende Eimerkette vom Wassertrog auf dem Hof zum Brandherd. Andere schlugen mit langen, vorn gekrümmten Stangen auf das brennende Strohdach ein. Joscelins Söldner taten ihr Mögliches, um ein Übergreifen des Feuers auf die Stallungen zu verhindern. Auf dem Hof hatten die Pferdepfleger alle Hände voll damit zu tun, die in Sicherheit gebrachten, aber völlig verängstigten Pferde zu beruhigen.

»Lieber Gott!« stöhnte Maude. Eben hatte man sie in der Sänfte auf den Boden gesetzt. In der Hand hatte sie noch eine abgebissene gezuckerte Pflaume, die sie gerade zum Mund führen wollte.

Joscelin sprang vom Pferd und rannte quer über den

Hof zu der Eimerkette. »Was in Gottes Namen geht hier vor, Milo?« fragte er seinen dienstältesten Unterführer, der dort mit den anderen Männern schuftete.

»Feuer in der Küche, Sir!« keuchte Milo und verließ für einen Augenblick die Kette. Er war ein langer Kerl, der steif wie ein Reiher umherstakste. Das Leinen seines Anzugs war naß von den Wassereimern, die er weitergegeben hatte, und die durchgeweichten Hosen klebten an seinen Beinen. »Ist kurz nach dem Mittagsgebet ausgebrochen. Muß sich an einem Funken aus dem Brotbackofen entzündet haben. Das vermutet jedenfalls der Koch. Er war abberufen worden, um die Ware eines Austernverkäufers zu begutachten. Als er in die Küche zurückkam, stand sie schon in hellen Flammen.« Er rieb sich über das lange Kinn und hinterließ einen schwarzen Fleck. »Bei diesem starken Wind können wir von Glück reden, daß das Hauptgebäude ein Ziegeldach hat. Sonst müßten wir heute nacht alle im Armenhaus schlafen.«

Auf solche Weise waren schon viele Brände entstanden. Doch Joscelin kribbelte die Kopfhaut. Er sah an der Eimerkette entlang, und sein Argwohn verstärkte sich. »Hast du Gilbert von der Wache an der Schatzkiste abgezogen?«

»Ja, Sir«, sagte Milo. Er glaubte, diesen Beschluß verantworten zu können. »Für ihn habe ich Walter eingesetzt. Mit seiner Schulterverletzung hätte er uns in der Eimerkette wenig genutzt.«

Brüsk sagte Joscelin: »Laß das jetzt! Komm mit!« Und damit marschierte er auf das Hauptgebäude zu.

»Stimmt was nicht, Sir?«

»Wollen wir nicht hoffen.« Über die Außentreppe stieg Joscelin ins Obergeschoß. Die Tür oben war geschlossen. Ein gutes Zeichen. Aber als Joscelin den Riegel zurückschieben wollte, sah es plötzlich ganz anders aus. Der Riegel gab zwar nach, aber die Tür ließ sich nicht aufmachen. Es war, als wäre von innen irgendein Gegenstand dagegengeschoben, der das Öffnen der Tür verhinderte.

»Mach die Tür auf, Walter!« rief Milo aufgeregt und hämmerte mit der Faust dagegen. Die Tür vibrierte, aber das war auch alles. Danach warfen er und Joscelin sich mit aller Kraft dagegen. Aber sie gab nur um einen winzigen Spalt nach, durch den nichts zu erkennen war.

»Ich hole eine Axt«, sagte Milo und eilte die Treppe hinab. Noch einmal rammte Joscelin, alle Kräfte zusammennehmend, gegen die Tür. Er ließ seiner Wut und Enttäuschung freie Bahn. Doch es war vergeblich. Schweratmend bemühte er sich um Fassung.

Milo kam im Laufschritt zurück und schwang eine dänische Axt, die einem seiner Männer gehörte. Joscelin entriß ihm die Waffe, holte weit aus und schlug die Schneide dicht neben der Türangel in das Holz. Wie winzige weiße Speere sprangen Splitter heraus. Die Axt blieb in dem Holz stecken. Joscelin hebelte sie wieder heraus, schlug noch einmal mit voller Kraft zu, und diesmal hatte er Erfolg. Ein Loch klaffte in dem Eichenholz. Er vergrößerte es mit weiteren Hieben, und auf einmal lag die metallene Türangel frei. Milo warf sich mit der Schulter gegen die Tür. Sie gab nach und fiel wie eine Zugbrücke herunter. Dahinter lag ein Toter.

»Um Christi willen!« Milo sprang über die zertrümmerte Tür. Mit Joscelins Hilfe hob er den leblosen Körper hoch. Kein Zweifel, Walter war tot. Er hatte eine gräßliche Wunde am Hals. Doch sie hatte ihn nicht auf der Stelle getötet. Die blutbespritzten Wände und die Blutspur auf den Binsen deuteten darauf hin, daß er schwerverletzt noch zur Tür gekrochen war, um Hilfe zu holen. Im Zimmer stank es wie auf einem Schlachthof.

Ein schneller Rundblick belehrte Joscelin, daß die Schatzkiste nicht mehr an ihrem Platz neben dem Bett stand. Das überraschte ihn allerdings nicht. Auch andere Gegenstände waren gestohlen worden. Giles' blitzende Halsberge hing nicht mehr am Pfosten, und an den Wänden fehlten die schönen flämischen Gobelins.

Im Geist überschlug er, wieviel Zeit seit dem Ausbruch des Feuers vergangen war und wie lange der Abtransport der gestohlenen Sachen, die äußerst schwer und sperrig waren, gedauert haben mochte. »Wer es auch war«, sagte er, »er kann noch nicht weit weg sein.«

»Durch den Haupteingang ist niemand auf die Straße gekommen, das schwöre ich bei meinem Leben!« Milos Stimme klang heiser vor Entsetzen. Doch er war ein Söldner, der durch das Schwert lebte, und sein Denkprozeß war scharf wie immer. »So schwere Gegenstände lassen sich nur auf dem Fluß rasch fortschaffen!«

»Hol sofort ein paar Männer!« befahl ihm Joscelin. »Wenn nötig, zieh sie von der Eimerkette ab! Wir treffen uns dann an der Anlegestelle. Und laß hier einen Pfosten aufziehen! Ein Diener genügt. Aber du mußt ihm einschärfen, daß er auf keinen Fall die Frauen hereinlassen darf – und schon gar nicht das Kind.«

»Ja, Sir.«

Schon rannte Joscelin die Treppe hinunter und eilte dann durch den verwahrlosten kleinen Obstgarten zur Anlegestelle an der Rückseite des Grundstücks. Von Unkraut überwuchert, schlüpfrig glatte Stufen führten zum Kiesstrang hinab, wo mehrere Ruderboote in verschiedenen Stadien des Verfalls angekettet lagen.

Die Ebbe hatte eingesetzt, und zwei Männer, die sich die Röcke über die Gürtel hochgeschlagen hatten, mühten sich ab, ein auf den Holzschindeln an den Strand gesetztes flaches Themseboot ins tiefere Wasser zu schieben. Im Bootsheck saß ein dritter Mann auf der Schatzkiste und trieb sie zu größerer Eile an. Vor ihm lagen mehrere mit Wachs überzogene Leinensäcke auf einem Haufen. Darin befanden sich wahrscheinich die anderen fehlenden Gegenstände, die so kostbar waren, daß sie nur in Silber aufgewogen werden konnten. Plötzlich unterbrach er seine Anfeuerungsrufe und stieß einen Warnschrei aus. Er hatte gesehen, daß Joscelin auf sie zukam. Die Männer am Strand sahen sich um und verdoppelten ihre Anstrengungen, das Boot vom Ufer loszuschieben.

Halb rannte, halb schlitterte Joscelin über die unkrautbewachsenen Stufen. Nur die stumpfen Ledersohlen seiner Stiefel bewahrten ihn vor dem Fallen. Mit der Schuhspitze schnellte er sich von der letzten Stufe, jagte über die kurze Schindelstrecke und stürzte sich auf den Räuber zu seiner Linken. Der Aufprall geschah so hart und rasch, daß der Mann sich nicht auf den Beinen halten konnte, sondern kopfüber ins Wasser taumelte, wobei er Joscelin mit hineinriß. Das Wasser war überraschend kalt und durchdrang sehr schnell ihre Kleider, die bald so schwer wurden, daß sie stark in ihrer Bewegungsfreiheit behindert waren. Sie droschen erbarmungslos aufeinander ein. Joscelin war obenauf gelandet und nutzte diesen Vorteil, indem er den Kopf des Gegners unter Wasser drückte. Doch dann rutschte sein Griff ab, und der Dieb kam wasserspuckend an die Oberfläche. Inzwischen waren aber Joscelins Männer eingetroffen. Sie packten den Mann und zogen ihn ans Ufer.

Dem zweiten Mann war es gelungen, das Boot frei zu bekommen. Aber beim Versuch einzusteigen rutschte er ab und wurde von Milo und einem anderen schwer atmenden Soldaten überwältigt. Währenddessen legte sich der dritte aus Leibeskräften in die Riemen, um das Fahrzeug von dem gefährlichen Ufer ins tiefe Fahrwasser zu bugsieren.

Kurzentschlossen zog Joscelin den klitschnassen Rock und die durchgeweichte Hose aus, sprang in den Fluß und schwamm dem Boot nach. So kam er schneller vorwärts, als wenn er versucht hätte, durchs Wasser zu waten. Denn es reichte ihm schon bis an die Achselhöhlen, als er die Hände auf den Bug legte und sich hineinzog.

Der Räuber stand auf und hob in geduckter Haltung den triefenden Riemen zum Schlag gegen Joscelin. Das kleine Boot geriet gefährlich ins Schwanken. Als der Riemen herabsauste, nahm Joscelin den Kopf zur Seite. So verfehlte der Schlag seinen Schädel, landete aber mit großer Wucht auf dem Schulterblatt. Der Angreifer schlug zum zweitenmal zu, und das Boot wurde wie im Sturm hin und her geworfen. Wasser schwappte über Bug und Heck, und auf dem abgedichteten Boot bildete sich eine tiefe Lache.

Joscelin stieß mit dem Fuß zu. Der Ruderer taumelte zurück und fiel schwer gegen den Bootsrand. Sofort lag Joscelin auf ihm. Er packte den Riemen und preßte ihn auf die Brust des Mannes. In panischer Todesangst stieß der Dieb mit den Beinen um sich. Stöhnend nahm Joscelin die schmerzhaften Tritte entgegen, ohne seinen unerbittlichen Druck auf den Brustkorb des Gegners zu mindern. Der Dieb bekam keine Luft mehr. Sein Widerstand erschlaffte. Joscelin ließ erst nach, als der Mann dem Erstickungstod nahe war. Noch länger, und er hätte ihm die Luftröhre zugedrückt. Sein Körper fiel zusammen, und er verlor das Bewußtsein.

»Das wär's«, sagte Joscelin mit vor Ekel verzogenem Gesicht. Es hatte schon reichlich Tod und Zerstörung gegeben. Wenn er seiner Wut freien Lauf gelassen hätte, wäre es so weitergegangen. Er zog dem Bewußtlosen den Gürtel ab, rollte ihn auf den Bauch und band ihm mit dem Leder die Hände fest auf den Rücken. Zweimal noch schnürte er den Gürtel darum und führte den Dorn dann durch das letzte Loch. Der Dieb stöhnte. Er kam jetzt langsam wieder zu Bewußtsein. Mühsam drehte er den Kopf zur anderen Seite, um nicht das Wasser zu schlucken, das sich im Kiel des Bootes angesammelt hatte.

Joscelin unterstützte ihn dabei, indem er ihn an den Haaren hochzog und ihm Giles' Hauberge unter den Kopf legte, denn sonst wäre er möglicherweise in der Lache ertrunken. »Mach mir ja keine Scherereien mehr!« ermahnte Joscelin. »Sonst werfe ich dich zu den Fischen, und in deinem gefütterten Wams würdest du so schnell auf den Grund sinken wie eine ganze Kiste voll Silber, ist das klar?« Liebevoll streichelte er die Schatzkiste, setzte sich triumphierend darauf, griff nach den Riemen, legte sie in die Dollen und wendete das Boot in die Richtung des Ufers.

Es war spät geworden. Erst lange nach dem Abendläuten war Joscelin allen Verpflichtungen nachgekommen und konnte nun daran denken, sich zu den Frauen zu setzen, einen Becher Wein zu trinken und sich an einer kalten Wildpastete gütlich zu tun. Das Fleisch hatte Stephen aus einer Garküche in der King Street geholt, da das Küchenhaus der Montsorrels nur noch aus qualmenden Grundmauern bestand.

Aus den Planken eines der Ruderboote, die unten am Strand verrotteten, hatte man eine neue Tür gezimmert. Der Fußboden war wieder mit frischen Binsen ausgelegt, die man sich beim Nachbarn geliehen hatte. Sämtliche Blutflecke waren entweder entfernt oder überdeckt worden. Aus den Augen, doch nicht aus dem Sinn, dachte Joscelin, ließ sich auf einem Schemel nieder und lehnte sich mit dem Rücken an die Wand.

Hinter ihm hingen die gestohlenen Gobelins und bewahrten ihn vor der Berührung mit der frisch abgewaschenen, noch nassen Wand. Nachdem er gegessen und einige aufmunternde Worte zu den Frauen gesprochen hatte, mußte er schon wieder gehen. Wenigstens in den frühen Morgenstunden wollte er bei Walter die Totenwache halten. Seine Männer waren für ihn wie eine zweite Familie, und jeder Verlust war schmerzlich. Doch bei einigen ging ihm ihr Tod besonders nahe. Walter war ein zuverlässiger Kamerad gewesen. Als einer der ersten war er im Todesjahr Juhels seinem Banner gefolgt.

In der Abgeschlossenheit des Frauengemachs hatte Linnet den Witwenschleier abgenommen. Dichte honigbraune Haare wallten ihr über die Schultern bis fast zu dem gerillten Ledergürtel hinab. Er war erstaunt, denn er hatte gedacht, sie würde dunklere Haare haben, so dunkel wie ihre Augenbrauen. Auch die Lokken, die ihm bei ihrer ersten Begegnung ins Auge gefallen waren, hatten dunkelbraun ausgesehen, aber das hatte wohl daran gelegen, daß sie regennaß waren.

»Unten in der Halle habe ich drei Männer zur Sicherung der Schatzkiste abgestellt«, sagte er. »Und notfalls kann die Wache sofort verstärkt werden. Allerdings glaube ich nicht, daß man uns in London noch einmal behelligen wird. Soviel ich weiß, will Leicester beim ersten Tageslicht mit seinem Gefolge aufbrechen.«

»Hast du schon mit Robert de Luci gesprochen?« fragte ihn Maude.

Joscelin strich sich einige Krümel von dem Ersatzrock, den er inzwischen angelegt hatte. Er war noch abgewetzter als der andere, den er im Fluß ruiniert hatte, und gerade noch anständig zu nennen. Doch ein Söldner tat gut daran, sein Geld in den besten Waffen und Pferden anzulegen und es nicht für teure Kleidung auszugeben. »Nein. Er war nicht zu Haus. Das hat auch Zeit bis morgen vormittag. Die Feinde sind in sicherer Verwahrung. Ich bezweifle überhaupt, daß er noch viel aus ihnen herausbringen wird, bevor sie am Galgen hängen.« Er schwieg eine Zeitlang und starrte in seinen halbleeren Becher. Als er wieder das Wort ergriff, wandte er sich an Linnet und nicht an seine neugierige Tante.

»Vielleicht sind Sie jetzt bereit, mir etwas über Hubert de Beaumont und diesen privaten Streit, den Sie mit ihm hatten, zu berichten. Vielleicht ist es doch keine Privatangelegenheit gewesen.«

Linnet legte die Hand auf die zahlreichen blauen Flekken an ihrem Hals. Ein roter Brandfleck zeigte deutlich die Stelle an, wo ihr Hubert de Beaumont die Lederkordel abzureißen versucht hatte, an der der Schlüssel der Schatzkiste einmal hing. Jetzt hatte ihn Joscelin in Verwahrung. »Wenn Sie ein großes Geschrei darüber erhoben hätten, wäre es zu einem Skandal gekommen, und man hätte mich zumindest zur Hure gestempelt. Hubert de Beaumont hat einen schlechten Ruf. Es hat mehrmals Zwischenfälle mit den Ehefrauen anderer Männer gegeben. Da Sie oft an den Turnierserien teilgenommen haben, müssen Sie diesen Typ kennen.«

Die Bemerkung traf Joscelin schmerzlich. Als Turniersieger und fahrender Söldner hatte er Verbindung zu solchen Männern. Er konnte auch nicht behaupten, selbst eine lilienweiße Unschuldsweste zu haben.

»Er wollte das Silber haben. Das entsprach auch Giles' Wunsch. Ich habe es beiden abgeschlagen. Ich habe mich dazu entschlossen, weil ich in meinem und im Interesse meines Sohnes handeln mußte, dem die Schatzkiste jetzt zusteht. Ich weiß aber immer noch nicht, ob ich richtig gehandelt habe. Es ist ja nicht sicher, ob König Heinrich aus der Rebellion als Sieger hervorgehen wird. Ich habe mich weit aus dem Fenster gelegt, und das erscheint mir gefährlich.«

Joscelin verschluckte sich beinahe an seinem Wein, als er hörte, wie sie so unehrenhafte Gefühle in nachdenklichem, abwägendem Ton äußerte. Mit heiserer Stimme sagte er: »Noch gefährlicher ist es, ein Doppelspiel zu treiben.«

Sie senkte den Kopf und schaute auf ihre Hände, die die weiche blaue Wolle ihres Kleides über den Knien glatt strichen. So sah er von ihr nur die zarte Krümmung ihrer Wange und den Goldschimmer ihrer schweren Haarpracht. Nach einer Weile schien sie Mut zu schöpfen. Sie atmete tief ein und hob den Blick. »Und manchmal sicherer, meine ich. Nein, bitte, hören Sie mich an!« Mit einer Handbewegung deutete sie an, er solle sie nicht unterbrechen. »Für unsere morgige Abreise möchte ich Ihnen einen Vorschlag unterbreiten.«

Joscelin betrachtete die Hand, die sie gegen ihn ausstreckte. Sie war wohlgeformt und mit den kurzen, beschnittenen Nägeln schön anzusehen. Eine schnelle, geschickte Hand. Die Finger liefen vorn nicht spitz zu, sondern waren in ihrer ganzen Länge gleich. »Ja?« sagte er zurückhaltend.

»Offenbar hat man es auf die Schatzkiste abgesehen. Leicester weiß, daß er seinen Anspruch vor Gericht wahrscheinlich nicht durchsetzen würde. Außerdem ist ihm bekannt, daß wir die Reise nach Rushcliffe morgen antreten und dabei einige Gebiete zu durchqueren haben, in denen er ebenso großen Einfluß besitzt wie der Justitiarius.«

»J... ja«, sagte Joscelin wieder, und seine Stirn umwölkte sich.

»Um die Erbschaft meines Sohnes zu schützen, schlage ich vor...« Abrupt brach sie mitten im Satz ab und blickte auf die provisorische Tür. Von draußen hatte der Wachposten mit der Faust laut angepocht.

»Herein!« rief Joscelin.

Malcolm, der Mann aus Galway, steckte den Kopf ins Zimmer. Die abgetragene Ledermütze verbarg seinen feuerroten Haarschopf. »Sir, eben sind Ihr Vater, der Lord, und der Justitiarius gekommen«, meldete er. Sein irischer Dialekt war so dick aufgetragen, daß Linnet und Maude kein Wort verstanden.

Joscelin, der sich an seine Sprechweise schon gewöhnt hatte, sprang mit einem tiefen Seufzer auf die Beine und sagte: »In Ordnung, ich komme gleich.« Zu Linnet sagte er: »Ich bin neugierig, was Sie mir zu sagen haben, wenn ich zurückkomme.« Doch an der Tür setzte er schuldbewußt hinzu: »Falls ich es schaffe, so lange wachzubleiben.«

Joscelin ging in die große Halle hinunter, wo sein Vater und der Justitiarius ihn erwarteten. Eisenherz trug eine zufriedene Miene zur Schau, was Joscelin veranlaßte, auf der Hut zu sein. Es gereichte ihm zwar zum Verdienst, daß er die Übeltäter hinter Schloß und Riegel gebracht hatte, wo sie jetzt verhört werden konnten. Doch andererseits hatte ein Mann den Tod gefunden, und Küchenhaus und Stallungen waren nur noch qualmende Aschehaufen.

Joscelin schilderte wahrheitsgemäß den Vorfall, faßte sich aber kurz, weil er sehr müde war. Je weiter er in seinem Bericht kam, um so mehr zuckten die Mundwinkel seines Vaters. Auch de Luci lächelte, als er auf der Polsterbank an der Wand Platz nahm. Neben ihm stand ein Flechtkorb mit Stroheinlage, und darin schliefen ganz hinten eng zusammengekauert, Nase an Schwanz, zwei schwarze Kaninchen.

De Luci spähte in den Käfig und erkundigte sich: »Reiseproviant?«

»Ein Geschenk meiner Tante für Robert de Montsorrel«, antwortete Joscelin steif.

Eisenherz brummte verächtlich: »Maude benimmt sich dümmer als ein Schaf.«

»Im Gegenteil«, antwortete Joscelin scharf, »sie hat mehr Verstand als die meisten Menschen.« Als er sah, wie die beiden Männer ihn anschauten, fuhr er achselzuckend fort: »Ich habe heute einen guten Mann verloren. Außerdem habe ich, als ich ins Boot kletterte, um die Schatzkiste zu retten, einen mächtigen Schlag mit dem Ruderriemen über den Schädel bekommen. Das alles macht mich heute zu keinem guten Gesellschafter.«

De Luci wurde wieder ernst. »Einen Kameraden zu verlieren, ist immer schmerzlich. Um ihm meine Achtung zu erweisen, werde ich die Messen bezahlen, die nach Ihrer Abreise für den Toten abgehalten werden. Wir wollen Sie auch jetzt nicht lange aufhalten. Ich möchte Ihnen nur einen Vorschlag machen, der für Sie äußerst vorteilhaft sein dürfte. Er hängt mit dem Auftrag zusammen, den ich Ihnen erteilt habe.« Aus blutunterlaufenen Augen schaute er erst Eisenherz und dann Joscelin an.

Lauter Vorschläge heute abend, dachte Joscelin. Jetzt sah er seinen Vater unverhohlen grinsen. Er war so vergnügt, daß er mit Leib und Seele daran Anteil zu nehmen schien.

De Luci legte die Fingerspitzen unter dem schwammigen, kampflustig wirkenden Kinn zusammen. »Ursprünglich wollte ich, daß Sie Linnet de Montsorrel und ihren Sohn nach Rushcliffe geleiten und dort vorläufig als Burgvogt bleiben, während ich einen geeigneten Vormund für den Jungen suche. Nun, ich freue mich, Ihnen mitteilen zu können, daß ich schon einen gefunden habe.«

Joscelin sah de Luci verständnislos an. Wie konnte das von Vorteil für ihn sein, es sei denn, de Luci würde ihm eine höhere Stellung anbieten, was er stark bezweifelte? Dafür mußte man Geldmittel, Herkunft und Einfluß besitzen, und er hatte nichts davon aufzuweisen. »Mylord?« sagte er fragend, weil man anscheinend von ihm erwartete, das Spielchen mitzumachen.

»Ich bin hergekommen, um Ihnen laut Eherecht die Vormundschaft über Robert de Montsorrel anzubieten, indem Sie die Witwe heiraten.«

Diese Worte drangen wie ein unverständliches Kauderwelsch an Joscelins Ohr. Allmählich fanden sie auch Eingang in seinen Kopf. Aber da es dort ziemlich wirr zuging, ergaben sie für ihn keinen Sinn. Er riß die Augen auf, bewegte die Lippen und wiederholte stumm die letzten Worte de Lucis.

Der lächelte vergnügt und höchst zufrieden mit sich. Er liebte es, listig wie eine Schlange mit Überraschungen aufzuwarten und sich dann an der Wirkung auf seine Opfer zu weiden. Es war eins seiner wenigen Laster und entsprang eher einem Hang zum Mutwillen als einer Bosheit. »Dafür, daß Sie die Lady zur Frau nehmen, müßten Sie der Krone natürlich eine Entschädigung zahlen. Aber es bleibt Ihnen genug für einen angemessenen Lebensunterhalt, wenn Sie die Ländereien in einen guten Zustand bringen.« Er lachte in sich hinein. »Nun gucken Sie mich doch nicht so an, als wäre Ihnen die Petersilie verhagelt! Ich bin eben der Meinung, daß Sie das Format zu einem Baron haben. Sonst hätte ich Ihnen den Rushcliffe-Besitz nicht angeboten. Natürlich gehört er Ihnen nur bis zur Großjährigkeit des Sohnes. Aber dann behalten Sie immer noch die Mitgift seiner Mutter, und die ist auch ein schönes Stück Geld wert. Was sagen Sie dazu?«

Joscelin mußte erst schlucken. In seinem Kopf jagten sich widerstreitende Gedanken, und die verschiedensten Gefühle bewegten ihn. So war es ihm unmöglich, einen klaren Entschluß zu fassen und ihn dem Justitiarius zu unterbreiten. »Ich weiß nicht, was ich dazu sagen soll, Mylord.«

De Luci lachte. »Ich wollte Ihnen schon seit einiger Zeit vorschlagen, sich irgendwo seßhaft zu machen und ein paar tüchtige Söhne zu zeugen, die Ihre Nachfolger beim Dienst an der Krone sein werden.«

Joscelins Hände schlossen sich unwillkürlich zu Fäusten. Man mußte nicht unbedingt seßhaft werden, um Söhne zu zeugen. Man konnte sie mitten im Winter auf froststarrer Landstraße zwischen Paris und Nantes zur Welt kommen sehen, kein anderes Obdach in der Nähe als eine verfallene Köhlerhütte, und Hebammendienste mußte man selber samt einigen schwer mitgenommenen Söldnern leisten. Von unvergleichlicher Freude und zärtlicher Liebe bis zu untröstlichem Kummer war es nur ein kurzer, unheilvoller Schritt. Aber woher sollte de Luci das wissen!

»Frauen muß man Beschäftigung geben«, bekräftigte Eisenherz nachdrücklich, wobei er die wenigen Zahnstümpfe und großen Lücken dazwischen in breitem Grinsen entblößte. »Bett, Spinnrocken und Wiege – dort ist ihr Platz in einem gutgeführten Haushalt.«

Joscelin hatte miterlebt, was Bett, Spinnrocken und Wiege der Frau seines Vaters eingebracht hatten. Er fragte sich ernstlich, ob Eisenherz wirklich selber an seinen Ratschlag glaubte oder ob er das alles nur aus bequemer Gewohnheit von sich gab. »Ich möchte keine Wermutstropfen in deinen Wein gießen«, sagte er schroff. Dann wandte er sich an de Luci. »Mylord, ich nehme Ihr Angebot gern an, vorausgesetzt, daß die Lady ebenfalls einwilligt.«

»Sie hat in dieser Angelegenheit überhaupt nicht mitzureden«, sagte Eisenherz abweisend.

»Dann gebe *ich* ihr das Recht dazu«, sagte Joscelin und sah seinen Vater scharf an. Eisenherz senkte den Blick und spuckte mißgünstig auf die Binsen.

»Na schön«, sagte de Luci. »Also nur, wenn die Lady einwilligt.« Um seine Mundwinkel zuckte es, und er hatte Mühe, sich das Lachen zu verkneifen. Als er seine Frau heiratete, hatte sie auch nichts zu sagen gehabt. Doch er entsann sich, daß er es gern gesehen hätte, wenn sie von Herzen damit einverstanden gewesen wäre. Aber für einen Mann stand sein Stolz am höchsten. Er konnte nicht glauben, daß Joscelin sich wegen des Einspruchs einer Frau diese Gelegenheit entgehen ließe. Scherzhaft drohte er Eisenherz mit dem Finger. »Es setzt das Ansehen des Mannes herab, wenn jemand auf die Idee kommt, er müsse seine Braut zur Heirat zwingen.«

»Mein Ansehen hat dadurch keinen Schaden erlitten«, entgegnete Eisenherz grob. »Meine Güte, Agnes hat sich mir ja regelrecht aufgedrängt, das sauertöpfische Biest.«

»Und wenn du meine Mutter hättest zwingen müssen?« fragte Joscelin.

Ein Schatten flog über Williams Gesicht. »Dann wäre sie vielleicht noch am Leben«, sagte er verbittert. »Ich habe sie eindringlich ermahnt, sie soll sich in dem langen Kleid mit der Schleppe vorsichtig auf der Treppe bewegen. Aber wie üblich hat sie nicht auf mich gehört. Und ich Dummkopf habe sie nicht bis zur Entbindung ins Schlafgemach verbannt.«

Ein unbehagliches Schweigen setzte ein. Joscelin wußte, daß er verbotenes Gebiet betreten hatte, aber manchmal blieb einem nichts anderes übrig, wenn man seinen Standpunkt vertreten wollte. Es geschah selten genug, daß das Gespräch auf seine Mutter kam. Denn so sehr Eisenherz auch offene, ehrliche Worte liebte, dies war ein Thema, das er im tiefsten Inneren leidvoll verschloß. Er gab sich die Schuld an ihrem Tod, und sein Schuldgefühl war so stark, daß es noch immer wie eine offene Wunde blutete.

Joscelin holte tief Luft. Er wollte das lastende Schweigen brechen. Doch da traf ihn ein Luftzug vom

Türvorhang. Er warf einen Blick nach hinten, und seine Augen weiteten sich vor Bestürzung.

Auf der Schwelle stand Linnet de Montsorrel. Nach ihrem Gesichsausdruck zu urteilen, hatte sie jedes Wort der vorangegangenen Diskussion mitangehört. Und sie schien vor den Heiratsplänen zurückzuschrekken wie ein Kalb vor dem Blutgeruch des Metzgers.

Wie ein erprobter Heerführer ließ sich Eisenherz nicht in die Verteidigung zwingen, sondern ging unverzüglich zum Angriff vor. Mit schneidender Stimme fragte er: »Lauschen Sie immer an fremden Türen?« Dabei sah er sie von oben bis unten streng an und ließ deutlich erkennen, was er von ihrer nicht aufgesteckten Frisur und der fehlenden Jacke über dem weißen Wollkleid hielt.

Joscelin sah, wie ihr alle Farbe aus dem Gesicht wich. Doch sie hielt tapfer stand. »Nein, Mylord«, sagte sie mit Würde. Nur die leicht bebende Stimme verriet ihre Erregung. »Ich wollte nur die Kaninchen heraufholen. Mein Sohn hatte einen Alptraum, in dem sie geschlachtet wurden, und ich wollte ihm zeigen, daß sie noch gesund und munter sind. Dann hörte ich Sie sprechen. Und da sich das Gespräch um meine ureigenen Angelegenheiten drehte, habe ich ohne Gewissensbisse ein wenig gelauscht.«

William gab wütende Geräusche von sich.

Linnet wandte sich an Joscelin. »Sie wünschen, daß ich einwillige, Ihre Frau zu werden?«

»Ich bitte Sie um diese Ehre, Mylady«, antwortete er mit rotem Kopf. Er spürte, wie abgeschmackt sich seine Worte anhörten. Als wären sie der Ballade eines fahrenden Sängers entnommen. Die Verachtung in ihren Augen erschien ihm als verdienter Lohn.

»Ehre«, sagte sie müde. »Wie abgenutzt dieses Wort ist!«

Immer noch sprachlos, fuhr Eisenherz mit einer

Hand an sein Gürtelschloß. Es sah aus, als beabsichtigte er, den Gürtel abzuschnallen und sie damit zu verprügeln. De Lucis wohlgenährtes Gesicht drückte äußerstes Befremden aus, als hätte ihn hinterrücks ein Schmetterling gestochen.

»Ich muß zu meinem Sohn.« Mit schnellem Griff packte sie den Käfig neben dem Justitiarius, warf den drei Männern einen vernichtenden Blick zu und ging hinaus.

»Bei Gott, dem übermütigen Weib gehört das Fell mit der Peitsche gegerbt!« stieß William hervor. Seine Hände schlossen und lösten sich abwechselnd am Gürtel, und die große Halsschlagader trat so dick heraus wie ein Wurm.

Joscelin schaute auf den Türvorhang, der sich noch leicht bewegte. Dann sagte er: »Ich will aber keine Frau haben wie Agnes, die sich immer gleich duckt, wenn du mal die Stimme erhebst.«

»Genau so eine Frau brauchst du aber!« würgte Eisenherz hervor. Er ging quer durch den Saal zur nächsten Flasche, goß sich ein gehöriges Maß Wein in einen Becher, hob ihn hoch und prostete seinem Sohn zu. »Auf die gütige Einwilligung der Lady!« rief er spottend. Aus seinen Augen funkelte grausame Überheblichkeit. Er nahm einen langen Schluck und wischte sich den Mund am Handrücken und dem bestickten Rockärmel ab.

»Genug, William!« ermahnte ihn de Luci in scharfem Ton.

Herausfordernd blitzten Joscelins Augen den Vater an, und die Ader an seinem Hals klopfte wie ein Schlaghammer. »Ich werde ihre Einwilligung erlangen, und zwar, ohne daß ich sie prügeln muß.«

Eisenherz erwiderte den Blick mit gleichem Feuer. »Nein, das wirst du nicht. Ich kenne dich. Lieber ziehst du dir selber das Fell über die Ohren und bietest es ihr als Satteldecke an.«

»Vielleicht biete ich ihr statt dessen dein Fell an«, knurrte Joscelin. »Du kennst mich überhaupt nicht!« Damit stürmte er aus dem Saal, ehe ihn die Versuchung übermannte, Hand an seinen Vater zu legen.

Durch den Augenschein überzeugt, daß seine Kaninchen nicht geschlachet worden waren, schlief Robert mit einer Hand am Käfig wieder ein. Ein Kloß stieg Linnet in die Kehle, und ihre Augen füllten sich mit Tränen. Langsam erhob sie sich vom Bettrand, ging zur Waschgelegenheit, goß vorsichtig Wasser in das rosa- und cremefarbene Marmorbecken und rieb sich damit das erhitzte Gesicht ab. De Gaels Worte waren höflich gewesen, aber das bedeutete gar nichts. Er war so ehrgeizig und berechnend wie jeder landlose Wolf. Eine Burg, eine beruhigend schwere Schatzkiste, jemand, der ihm die Kleider flickte, Essen bereitete und für sein Vergnügen im Bett sorgte – nur darauf kam es ihm an.

Dann hatten die Dienerschaft und auch sie ihn mit »Mylord« anzureden, und er durfte sie nach Belieben hierhin und dorthin schicken. Und sie sollte sich noch geehrt fühlen! Dieser überhebliche Bastard! Was hätte sie dann noch für eine Wahl! Sagte sie nein, dann verstummten die schmeichelnden Worte, und der Knüppel kam aus dem Sack. Ihr wurde schwindlig bei diesem Gedanken. Rasch hielt sie die Hände bis zu den Gelenken ins kalte Wasser und bemühte sich, ruhig ein und aus zu atmen.

Von der anderen Seite des Zimmers, wo die Zofe sie für das Bett fertig machte, kam Maude auf sie zu. Sie trug ein Unterhemd und ihr Schlafgewand, und die grauen Zöpfe hingen ihr auf den Busen herab. »Was ist denn losgewesen?«

Linnet lachte verbittert auf. »Kaum liegt Giles im Sarg, da weist man mir schon einen neuen« – verächtlich verzog sie den Mund – »›Beschützer‹ zu.«

Maude sah sie an, ohne recht zu begreifen. »Wollen Sie damit sagen, daß de Luci einen Vormund für Robert und sein Erbe bestellt hat? Und was ist mit Joscelin? Begleitet er Sie trotzdem in den Norden?«

Unter feuchten Wimpern blickte Linnet der älteren Frau in das freundliche, leicht verwirrte Gesicht. »Joscelin«, sagte sie steif, »soll durch das Recht der Heirat die Vollmacht über alles erhalten. Über meinen Sohn, über mich und über unsere Ländereien. Alles, was er noch braucht, ist meine Einwilligung. Und um die zu erlangen, braucht er nur einem x-beliebigen Priester eine Handvoll Silber zuzustecken.«

Vor Erstaunen quollen Maude die kleinen Augen aus dem Kopf. »Richard de Luci wünscht, daß Sie Joscelin heiraten?«

»Ja.«

»So, so, so.« Maude kreuzte die Arme über dem üppigen Busen, kräuselte die Lippen und überdachte die neue Lage. »Was hat Joscelin dazu gesagt?«

»Daß die Heirat für ihn eine große Ehre sei und daß er meine Einwilligung verlange. Aber ich habe gleich gemerkt, daß es ihm nicht um mein Glück zu tun war, sondern nur darum, sich alles aneignen zu können, was er sich wünscht. Der Ehre hat er nur ein Lippenbekenntnis abgelegt. Das habe ich ihm auch unmißverständlich zu verstehen gegeben.«

Maude erschrak sichtlich. »So was haben Sie Joscelin ins Gesicht gesagt?«

»Ich habe es allen dreien gesagt«, antwortete Linnet trotzig und trocknete sich die Hände an dem rechteckigen Leinentuch ab, das neben dem Waschbecken hing. »Giles hat auch immer seine Ehre im Mund geführt.« Sie verschob den oberen Saum ihres Kleides und des Unterhemds und zeigte Maude den rot angeschwollenen Biß seiner Zähne, die gelblichen Würgemale am Hals und die abgeschürfte Brandwunde, die beim Versuch, ihr die Lederkordel abzureißen, entstanden war. »Da sehen Sie den Beweis.«

Maude ließ die Arme sinken und legte sie dann um Linnets Taille. »Nicht alle Männer sind so«, sagte sie in mitleidigem, zärtlichen Ton. »Mein Ehemann hat nie die Faust gegen mich erhoben oder mir auch nur ein einzigesmal Vorwürfe gemacht, weil mein Schoß unfruchtbar war. Wir hatten uns sehr lieb. Er fehlt mir immer noch sehr.« Die Augen liefen ihr über.

Linnet ließ sich durch die Tränen der Älteren nicht von ihrer Linie abbringen. »Und Ihr Neffe – wie geht der mit Frauen um?«

»Joscelin würde Sie nie schlecht behandeln, da bin ich ganz sicher.«

»Er hat sich wohl seinen Vater zum Vorbild genommen, wie?«

Maude drückte Linnets schlanke Gestalt an ihre fettgepolsterte Schulter. »Sie müssen William nur richtig kennenlernen. Ein weicher Kern in einer harten Schale. Ich behaupte nicht, daß es leicht ist, mit ihm gut auszukommen. Manchmal kann er wirklich unausstehlich sein. Aber sein hitziges Temperament dient ihm nur als Schutzschild. Er ist nämlich leicht verletzlich. Außerdem hat Joscelin immer die Willenskraft aufgebracht, seinen eigenen Weg zu gehen. Das ist einer der Gründe, warum William und er sich zuweilen so heftig streiten, daß die Türen aus den Angeln fliegen.« Nach kurzer Pause fuhr sie in verändertem, versöhnlichem Ton fort: »Sind Sie wegen seiner unehelichen Geburt gegen Joscelin eingenommen?«

»Giles hat das Blut der Herzöge der Normandie in den Adern und benahm sich trotzdem wie ein Schwein. Ich schere mich, verdammt noch mal, kein bißchen um die Herkunft Ihres Neffen.«

Von der Tür her rief Joscelin: »Tante Maude, würdest du so freundlich sein, mich einen Augenblick mit Lady Linnet allein zu lassen?«

Linnet löste sich von Maude und antwortete ihm an Maudes Stelle kalt: »Ich habe Ihnen nichts mehr zu sagen.« Sie sah nämlich, daß er sich nur mit Mühe beherrschte, und wollte einem möglichen Wutausbruch von seiner Seite nicht zum Opfer fallen.

Maude stellte sich schützend vor die junge Frau. »Es wäre besser für uns alle, wenn wir uns morgen darüber weiter unterhielten«, schlug sie vor.

»Nein«, sagte er mit einer ruhigen Bestimmtheit, die ihr klar machte, daß er sich vielleicht in unwichtigen Streitfragen von ihr überreden lassen mochte, aber in entscheidenden Dingen keine Einmischung duldete. Er setzte sich auf die Truhe, auf der er vorhin die Pastete verzehrt hatte, lehnte sich mit dem Rücken an die Wand und deutete damit an, daß er, falls nötig, auch bereit war, längere Zeit auszuharren.

Maude sträubte sich noch eine Weile. Dann streckte sie die Waffen. Achselzuckend und mit einem entschuldigenden Blick auf Linnet. Sie zog sich ans andere Ende des Zimmers zurück, hätte aber den Zwischenvorhang aufgelassen, wenn Joscelin ihr nicht bedeutet hätte, ihn zu schließen. Die beiden trugen einen kurzen schweigenden Kampf aus, bis Maude mit einer erbosten Handbewegung nachgab.

Linnets Hände waren eiskalt, und Übelkeit stieg in ihr auf.

»Wenn ich es nicht bin«, sagte er, »dann wird es ein anderer sein, und zwar bald. Sie können nicht als Witwe weiterleben. Das müssen Sie doch wissen.«

Sie ließ sich durch seinen sachlichen Ton nicht täuschen. Er war ebenso nervös wie sie und hatte Mühe, seinen Ärger zu verbergen. Die gleichen Anzeichen hatte sie oft bei Giles beobachtet.

»Mein Mann ist noch nicht mal anständig unter die

Erde gebracht worden, und Sie reden schon von Heirat? Bei der Mutter Gottes, Sie kommen mir sogar hierher nach und bedrängen mich! Sie müssen es wirklich eilig haben!«

»Ich hätte es mit Ihnen auch unten im Saal besprochen, aber Sie wollten ja nicht bleiben.«

»Sollte ich drei Männern Rede und Antwort stehen, die mich anstarren, als wäre ich eine besonders gute Ware?«

»Mag sein, daß Sie diesen Eindruck gehabt haben«, gab er offen zu, »aber der Justitiar hat mir dieses Angebot nicht aus reiner Großmut für ihm geleistete Dienste gemacht. Er betrachtet auch mich als erstklassige Ware.«

»Also benutzt er mich und meinen Sohn, um sich Ihrer Treue zu versichern.«

»Hölle und Teufel, Weib, gebrauchen Sie doch mal Ihren Verstand statt Ihrer spitzen Zunge!« schrie Joscelin, ließ sich auf die Truhe fallen und fuhr sich über die Augen. »Entschuldigen Sie«, sagte er gleich darauf mühsam. »Ich bin todmüde, ich habe Schmerzen, und meine Laune ist nicht die beste. Ich will Ihnen doch nicht Angst machen. Sehen Sie, de Luci hat mir etwas angeboten, was ich nie wieder erreichen könnte. Die meisten Söldner sterben im Straßengraben. Wenn sie Glück haben, bringen sie es auf einer bescheidenen Burg zum Vogt. Nun hält man mir einen strahlenden Hauptgewinn vor die Augen. Da müßte ich doch verrückt sein, wenn ich ihn nicht mit meiner ganzen Kraft in Besitz nehmen wollte.«

Zuerst war Linnet bei seinem Ausbruch zurückgewichen. Aber als er sich dann entschuldigte, faßte sie wieder Mut und ging zum Gegenangriff vor. »Nach dem Lehnsrecht ist Rushcliffe Besitz meines Sohnes. Aber Sie stellen es so dar, als würde es Ihnen als guter Happen auf dem Teller serviert, und Sie brauchten nur zuzulangen.«

Joscelin verzog angeekelt den Mund. Doch gleich darauf lächelte er wieder – beinahe, wenn auch nicht ganz. »Es stimmt«, sagte er. »Als Vormund eines kleinen Kindes, das große Ländereien geerbt hat, besitzt man einen einträglichen Posten. Ich zahle de Luci für dieses Vorrecht eine bestimmte Summe, aber danach mache ich den Verlust wieder wett und kann aus den Einkünften der Güter hoffentlich auch einen Gewinn erzielen. Ich müßte lügen, wenn ich das abstritte. Aber wenn ich mich als Verwalter nicht bewähre, wird der Gewinn unbedeutend sein und schließlich ganz ausbleiben.«

Seine Worte klangen ehrlich, waren aber noch nicht geeignet, Linnet zu besänftigen. Und sie dachte auch nicht daran, ihm Vertrauen entgegenzubringen. »Giles hat sich nichts daraus gemacht, die Erbschaft seines Kindes an die Franzosen zu verschachern«, sagte sie feindselig. »Warum sollten Sie als Stiefvater verantwortungsvoller handeln?«

»Weil...«, begann er, brach gleich wieder ab, ließ den übrigen Satz unausgesprochen, und sein Blick wirkte wieder wie gehetzt. Er deutete auf die rechte Seite der Truhe und rutschte gleichzeitig ein wenig nach links, so daß sie neben ihm Platz nehmen konnte, ohne mit ihm in Berührung zu kommen. »Setzen Sie sich! Ich werde Sie bestimmt nicht auffressen... bitte!«

Linnet folgte der Aufforderung, doch nicht ohne üble Vorahnung und schon gar nicht, weil er sie darum gebeten hatte. Sie fürchtete vielmehr, sie könnte sich nicht mehr länger auf den Beinen halten. So setzte sie sich auf die äußerste Kante und verschlang die Hände fest auf dem Schoß.

»Wenn Ihr Sohn großjährig wird und ich ihm die Ländereien übergeben muß«, fuhr er fort, »bleiben mir immer noch aus Ihrer Mitgift das Land in der Nähe von York und die Rechte an der Bleimine in Derbyshire. Und sollte ich dem Justitiarius gute Dienste leisten, wird er mich dafür auch belohnen. Warum sollte ich meine Aussichten auf eine behagliche Zukunft zerstören und statt dessen ein paar Jahre im Wohlleben alles verprassen?«

Ja, dachte sie. Mein Land, meine Rechte und ich selbst. »Und Sie halten Ihre bisherige Laufbahn bei den Turnierserien als ausreichenden Befähigungsnachweis für diese Stellung?«

Diesmal fing er nicht an zu schreien, und das kam, weil er zu wütend war. Wie sehr er sich beherrschen mußte, war ihm an den flatternden Augenlidern und dem streng zusammengekniffenen Mund abzulesen. Als er dann doch sprach, tat er es in gestelzten Worten und in eisigem Ton. »Ich habe manchmal von Brosamen gelebt und manchmal im Wohlstand, je nachdem, wie das Glück mir hold war. Aber ich bin nie so tief gesunken, daß ich in der Gosse landete und betteln mußte. Früh habe ich gelernt, mich nach der Decke zu strecken und nicht über meine Verhältnisse zu leben. Sie werden bald feststellen, daß ich gut zu wirtschaften verstehe.«

Sein Blick ruhte schwer und besitzergreifend auf ihr, fast körperlich zu spüren. Die Angst drehte ihr beinahe den Magen um. »Was bringt es mir für Vorteil, irgend jemand zum Mann zu nehmen, wenn ich als Giles' Witwe leben kann?«

»Weil de Luci auf jeden Fall einen Vormund bestimmen muß. Und Ihr Land aus der Mitgift wird viele Männer zur Heirat mit Ihnen verlocken. Manche werden es vielleicht sogar mit Gewalt versuchen.«

»Das würde Richard de Luci niemals zulassen!«

Er schüttelte den Kopf. »Das Gesetz befaßt sich zu neun Zehnteln mit Besitzrechten und zu einem Zehntel mit Geld. Wenn der Justitiarius den Eindruck gewinnt, daß Sie meinen Antrag ablehnen, weil Sie eine schwierige Frau sind, dann wird er bei der nächsten Gelegenheit weniger Mitgefühl für Sie empfinden. Das kann leicht dazu führen, daß er Ihnen eine Geldbuße auferlegt und Ihren Wünschen überhaupt kein Gehör mehr schenkt.«

Sie sah auf ihre Hände herab und achtete bewußt darauf, sie stillzuhalten. Denn seinem Blick schien nichts zu entgehen, und sie wollte sich nicht anmerken lassen, wie erregt sie war. Dann betrachtete sie die Wände. Sie saß in der Falle. Gab es hier eine Fluchtmöglichkeit? Ihr Käfig hatte zwar Türen, aber während sie sie in Augenschein nahm, wurde ihr klar, daß der Weg durch sie nur in weitere Käfige führen würde, die immer enger und tückischer wurden, bis ihr zuletzt nicht mal mehr Platz genug blieb, sich hierhin oder dorthin zu wenden.

Durch die fast geschlossenen Lider warf sie einen verstohlenen Blick auf Joscelin. Er ist immer freundlich zu Robert gewesen, fiel ihr ein, und er hat doppelt so viel Geduld an den Tag gelegt wie Giles. Aber das machte ihn noch nicht zu einem Heiligen. Wie Giles hatte er einen starken Willen, war ehrgeizig und entschlossen. Es bestand kein Grund zu der Annahme, daß solche Charakterzüge ihr Sicherheit und Glück versprachen. Aber bot sich ihr denn eine andere Wahl? Beim Gedanken an Männer wie Hubert de Beaumont hatte sie das Gefühl, daß Eis in ihre Adern flösse.

Die Neugier trieb sie, ihn zu fragen: »Was hätten Sie getan, wenn ich Ihr Gespräch nicht mitangehört hätte?«

»Dann hätte ich Ihnen morgen früh einen Antrag gemacht.« Zu ihrer Überraschung erhellte ein müdes Lächeln seine Miene. »Wahrscheinlich nach der Messe auf der Rasenbank im Obstgarten. Hinter der Mauer hätte Stephen dazu auf der Flöte gespielt, und ich hätte auf den Knien vor Ihnen gelegen.«

Sie schluckte, um sich nicht durch ein Lächeln zu verraten. »Dann hätte ich Sie bestimmt abgewiesen.«

»Und weisen Sie mich jetzt auch ab?«

Linnet sah sich um. Welche Szenerie bot sich ihren Augen jetzt? Ein nächtliches Schlafzimmer im trüben Licht einer Windlampe. Hinter dem Vorhang eine neugierige Lauscherin. Das Bett mit dem seidenen Überzug, der wie das Fell eines Pferdes glänzte und zu wilden Ritten und zu Alpträumen einlud. Ihr ganzes Leben lang war das Bett ein Symbol von Betrug, Schmerz und Tod gewesen.

Sie holte tief Luft und gab sich geschlagen. »Jetzt weise ich Sie nicht ab.«

Ein Funke loderte in seinen Augen auf. »Sie willigen also ein?«

»Ich gebe meine Zustimmung.« Was nicht dasselbe war. »Aber ich will, wie es sich gehört, die dreimonatige Trauerzeit einhalten. Das ist das mindeste, was ich Giles schuldig bin.« Der letzte Satz wurde so leise gesprochen, als habe sie ihn nur für sich gesagt.

Sie sah, wie sich seine Haltung versteifte, als er Ton und Inhalt ihrer Antwort begriff. Auch er schaute das Bett an. Leise sagte er: »Ich bezweifle, daß Sie ihm überhaupt etwas schuldig sind.« Dann kehrte sein Blick zu ihr zurück, und er fügte achselzuckend hinzu: »Immerhin kann ich im Augenblick wohl nicht mehr erreichen, und der Lohn ist einen Kompromiß wert.« Er unterließ jeden Versuch, sie zu berühren, und stand einfach auf. »Sind Sie einverstanden, mir morgen, bevor wir die Stadt verlassen, vor Zeugen das Eheversprechen zu geben?«

Linnet zögerte. Sie hatte den Nacken für das Halsband gebeugt. Jetzt sollte sie an die Leine gelegt werden. Sie nickte stumm.

»Sie werden es nicht bereuen, das verspreche ich Ihnen«, sagte er mit großem Ernst.

Sie erinnerte sich, daß einst Raymond de Montsorrel in schmeichelndem Flüsterton die gleichen Worte gesprochen hatte. Er hatte gelogen. O du gekreuzigter Christus, wie er gelogen und sie seelisch zerstört hatte!

Joscelin blieb unschlüssig stehen. Doch da sie das Gesicht abwandte und keine Antwort gab, ging er mit einem Seufzer zur Tür. Als er die Schwelle erreichte, schien ihm etwas einzufallen. Rasch drehte er sich um und sagte: »Vorhin wollten Sie mir doch irgend etwas darüber sagen, wie die Schatzkiste besser gesichert werden kann?«

Unsicher erhob sich Linnet. Sie hatte gerade ein stummes Gebet gesprochen, daß er gehen sollte. Offenbar war sie keine gute Christin, denn es war nicht erhört worden. Es wäre einfach, ihn abzulenken. Sie brauchte ja nur zu sagen, es wäre nichts besonderes gewesen, nur der dumme Einfall einer Frau, den er sich auch morgen noch anhören konnte. Er würde ihr sicherlich nicht widersprechen. Seine dunklen Augenränder sagten ihr, daß er müde war, und er mußte ja noch an der Bahre des ermordeten Soldaten die Totenwache halten. Aber morgen galt es, an so vieles andere zu denken, daß dann keine Zeit mehr dafür sein würde. Außerdem war ihr Einfall durchaus nicht dumm. Im Gegenteil, er war außerordentlich gescheit.

Und so setzte sie ihm ihre Idee auseinander und erntete einen bewundernden Blick und ein verhaltenes Lächeln. »Das erledige ich sofort, bevor ich zum Gebet gehe«, versprach er. Und mit federnden Schritten ging er hinaus, als sähe er in ihrer Bereitschaft, in der Angelegenheit des Silbers mit ihm zusammenzuarbeiten, schon die Bereitschaft zur Gemeinsamkeit auch in anderen Bereichen. Eigentlich hätte sie ihn dafür hassen müssen. Statt dessen geschah ihr etwas Seltsames: Sie fühlte tiefe Zufriedenheit.

## 11

An einem sonnigen Sommernachmittag näherte sich Joscelin auf der alten Kanalstraße Rushcliffe. Diese Landstraße verläuft östlich des Flusses Trent und der Stadt Nottingham über die wellige Hochebene und mündet dann auf den häufig benutzten Handelsweg, der Rushcliffe mit Southwell und Newark verbindet.

Robert de Montsorrel lehnte sich, in seinen Mantel gehüllt, an ihn. Joscelin hatte das Kind auf seinen Sattel gehoben, um Linnet und ihre Zofe eine Zeitlang zu entlasten. Außerdem fühlte er sich jetzt für den kleinen Jungen verantwortlich wie ein Vater. Wenn sich der warme Körper an seine Rippen schmiegte, spürte Joscelin nicht mehr so stark die Leere in seinem Herzen.

Lächelnd blickte er auf den verschlafenen blonden Kopf Roberts und stellte sich vor, wie sein Vater reagieren würde, wenn er Zeuge dieser Szene wäre. Brummig würde er voraussagen, daß er sich selber Schwierigkeiten für die kommenden Jahre auflud, daß die Leute ihn für weich halten und ihm deshalb weniger Respekt entgegenbringen würden. Ein Kind gehörte zur Mutter, und die Mutter gehörte an den Herd – dafür hatte ein richtiger Mann zu sorgen. Joscelins Lächeln war undurchschaubar. Er hatte nie behauptet, sich besonders feinfühlend gegenüber Frauen und Kindern zu verhalten.

Sie ritten um eine Biegung der staubigen Straße, und dahinter kam die Burg Rushcliffe in Sicht. Stolz stand sie vor ihm. Ihr Anblick nahm ihm vorübergehend den Atem. Der strahlendweiße Kalkanstrich schützte die Mauersteine vor Wind und Wetter. Dreißig Meter hoch ragte der Burgfried in den Himmel, ein Denkmal der Macht und des Übermuts der normannischen Lords von Montsorrel. Und das alles gehörte jetzt ihm!

Er tat sein Mögliches, um sich von dem heißen Besitzerstolz nicht überwältigen zu lassen. Denn Rushcliffe war ihm ja nur so lange überlassen worden, bis das Kind in seinen Armen großjährig wurde. Und es war unklug, sich nach so vielen Jahren der Entbehrung an reich gedeckten Tischen den Bauch vollzuschlagen. Zu seinem eigenen Guten mußte er sparsam wirtschaften.

Im sicheren Schatten der mächtigen Burg war eine kleine Stadt entstanden. Und als sie jetzt die Hauptstraße hinunter und um das Marktkreuz herumritten, kamen die Menschen aus ihren schmutzigen, aus Flechtwerk errichteten Behausungen, um sich den Vorbeimarsch der Soldaten und des Leichenzugs anzuschauen. Zwischen ihren Beinen rannten Hunde, Hühner und Kinder umher. Eine riesige gefleckte Sau hielt den Zug eine Zeitlang auf. Sie lag quer mitten auf der Straße und säugte ihren Wurf. Schließlich brachte man sie dazu, Platz zu machen.

In den Türen erschienen Mütter mit Kindern, die sich an ihre Röcke klammerten, und mit Säuglingen auf dem Arm. Vor seiner Werkstatt stand mit nacktem Oberkörper ein Tischler, mit Sägemehl bestäubt. Von dem Hobel in seiner Hand rieselten die Späne. Bald nahm Joscelin die kalten Blicke wahr. Niemand begrüßte sie mit einem Lächeln. Nur ganz wenige bekreuzigten sich, als der Sarg vorübergefahren wurde. Doch die meisten starrten nur mit unbewegten Mienen auf den Zug, und eine kampflustige Alte vor dem Bierhaus wagte es sogar, auszuspucken und mit der Faust zu drohen.

Joscelin lenkte seinen hochbeinigen Braunen neben Linnets Apfelschimmelstute und bemerkte trocken: »Giles war nicht gerade ein beliebter Lord.«

Linnet verzog den Mund. »Sie haben ihn gehaßt«, sagte sie leise. »Er verlangte Respekt von ihnen, hat aber nie begriffen, daß er sich ihn erst zu verdienen hatte. Mit Steuern plünderte er sie bis aufs Hemd aus und hatte nie ein Ohr für ihre Beschwerden.«

Er sah sie forschend an. »Haben Sie ihn auch gehaßt?«

Sie senkte die Lider. »Er war mein Ehemann. Ich habe wohl schon zuviel gesagt.«

Er schnitt eine Grimasse. »Ein pflichtbewußtes Weib!«

Die Röte stieg ihr in die Wangen. »Haben Sie Beschwerden vorzubringen?«

»Nur eine. Ich würde gern wissen, was Sie wirklich denken, und nicht, was Sie meinen, sagen zu müssen.«

Sie sah ihn erschrocken an.

Joscelin zuckte die Achseln. »Ich bin eben an die Weiber in den Kasernen und Feldlagern gewöhnt. Die scherten sich wenig um anständiges Benehmen, und das war wohl auch besser so.«

Sie überlegte einen Augenblick, und er sah, wie ihre Hände sich fester um die Zügel spannten. Dann sagte sie mit kühler, ruhiger Stimme: »Lassen Sie uns unter allen Umständen aufrichtig zueinander sein! Aber über Giles möchte ich nicht mehr sprechen.«

Als erfahrener Stratege konnte Joscelin gut beurteilen, wann es an der Zeit war, nachzugeben. Sie hatte das Kinn energisch vorgeschoben, und daran erkannte er, daß weitere hartnäckige Fragen nur auf sture Feindseligkeit stoßen würden. Er blickte auf den verschlafenen blonden Kopf, der in seiner Armbeuge ruhte. »Dann wollen wir statt dessen über diesen kleinen Mann hier sprechen. Sobald sich die Gelegenheit ergibt, werde ich ihm ein Pony schenken. Er hätte schon längst reiten lernen sollen.«

Sie nickte bereitwillig, und ihre Laune besserte sich zusehends. Es war, als hätte er sie aus einer Falle freigelassen.

Um das Kind nicht zu wecken, unterhielten sie sich

im Flüsterton weiter. Sie ritten an der Wassermühle vorbei, in der das Getreide sowohl für den Ort wie für die Burg gemahlen wurde. Von den rotierenden Schaufelrädern tropften silberne Wasserbögen und wurden anschließend wieder hochgeschöpft. Die Mühle trug ein neues Rietdach, und an der Südwand waren Schilfbündel angehäuft. Die Familie des Müllers und seine Gehilfen hatten sich vor der Tür ihrer Behausung aufgestellt, um die Reisegesellschaft vorbeiziehen zu sehen. Neben einer üppigen jungen Frau stand ein kleiner Junge, ungefähr in Roberts Alter. Er hatte eine Lederzwille in der Hand. Unter dem unregelmäßigen Rocksaum waren nackte Beine und schmutzige Knie sichtbar. Er hatte kupferblonde Haare und wie der Müller den starken Knochenbau eines Norwegers. Doch die Augen und der schmallippige Mund bezeugten stumm, daß in seinen Adern Montsorrel-Blut floß.

Neugierig sah Joscelin den Jungen an. Er merkte, daß neben ihm Linnet wieder nervös wurde.

»Ein Sprößling Ihres Mannes?« fragte er. Es schien unmöglich, das Thema Giles de Montsorrel zu vermeiden, weil seine Gegenwart überall zu spüren war.

Sie schüttelte den Kopf. »Eins von Raymonds Kindern.«

»Ja, er stand in einem gewissen Ruf.« Joscelin schloß halb die Augen, als er sich amüsiert einiger saftiger Geschichten und Witze erinnerte, die damals in der Kaserne von Nottingham die Runde gemacht hatten. »Wie viele gibt es denn sonst noch?«

»Das weiß ich nicht«, sagte sie kalt, womit sie ihm zu verstehen gab, daß ihr das Thema unangenehm war. »Vor mehreren Jahren hatte Giles Streit mit seinem Vater, und danach lebten wir auf dem Land aus meiner Mitgift.« Sie musterte ihn mit feindseligen Blicken und fragte dann herausfordernd: »Haben Sie auch uneheliche Kinder, Sir Joscelin?«

»Wenn man selber unehelich geboren ist, überlegt man es sich zweimal, ehe man welche in die Welt setzt.« Er bewegte sich im Sattel und fuhr mit düsterer Miene fort: »Doch auch wenn man es sich zweimal überlegt, geht man manchmal das Risiko ein, weil man sich nach einem Kind sehnt. Aber soviel ich weiß, habe ich keine lebenden Sprößlinge.« *Nicht mehr.*

Danach ritten sie in unbehaglichem Schweigen weiter, bis Robert aus dem Schlummer erwachte und abgesetzt werden mußte, um seine Blase entleeren zu können. Sie befanden sich jetzt unter Bäumen. Im Unterholz standen Birken und Haselnußbäume, die dem Lord gehörten. Die Bewohner des Orts hatten ihm das Recht zum Sammeln von Feuerholz und von Nüssen abkaufen müssen. Jenseits des Waldes erstreckten sich fruchtbare Wiesen, auf denen die Rinder der Burg weideten. Höher am Hang, unter der Burg, hielten Schafe und Gänse das Gras kurz.

Robert stieg nun wieder zu seiner Mutter aufs Pferd, wo er vor ihr im Sattel saß und mit den kleinen Händen den viereckigen Sattelknopf umklammerte. Staubkörnchen tanzten im Sonnenschein, der sein Haar weißblond färbte und die graublauen Augen leuchten ließ. Nun sah er aus wie ein strahlendes Feenkind.

Von irgendwo links auf der anderen Seite des Gehölzes hörten sie Axtschläge. Joscelin hatte auf einmal ein mulmiges Gefühl. Die niedrigen Bäume kamen ihm wie die Hände eines Riesen vor, deformierte Fäuste, aus deren knorrigen Gelenken die Finger hervorwuchsen. Über die Schulter sah er sich nach dem mit einem Bahrtuch bedeckten Sarg um. Ächzend und knarrend rollte der Leichenwagen über die tief eingefahrenen Radspuren des Wegs. Joscelin überkam die gespenstische Ahnung, daß das Stoßen und Rumpeln der Räder den Toten aufwecken könnten. Eisige Schauer jagten ihm wie große Spinnen über den Rücken.

Linnet wurde aufmerksam und fragte ängstlich: »Ist etwas nicht in Ordnung?«

»Tun Sie mir den Gefallen, Mylady, und lassen Sie sich jetzt vorsichtshalber von den Soldaten in die Mitte nehmen!« sagte er. Dann nahm er den Helm vom Sattel, setzte ihn auf, holte den auf dem Rücken festgeschnallten Schild nach vorn und schob den linken Arm durch die beiden kurzen Handgriffe, um kampfbereit zu sein.

Linnet starrte ihn fassungslos an.

Joscelin drehte sich im Sattel um und rief den Männern zu: »Klar zum Gefecht! Malcolm, du bleibst bei der Lady!«

»Ja, Sir!« Der junge Mann aus Galway, dem die roten Haare unwiderstehlich unter dem Helm hervorquollen, nahm Linnets Stute am Zügel und führte sie mitten zwischen die Soldaten.

Zunächst sah der sonnenbeschienene Weg durch das Unterholz noch harmlos genug aus. Doch die Söldner machten sich bereit zum Kampf, zogen die Waffen blank und hoben die Schilde.

»Haben Sie etwas gesehen, Sir?« erkundigte sich Milo de Selsey, der neben Joscelin ritt und ihn aus seinen grauen Augen neugierig ansah.

»Intuition«, sagte er. »Ein Soldat hat das in den Eingeweiden, wie mein Vater immer sagt. Hast du gemerkt, wie still es geworden ist? Kein Vogel läßt sich mehr hören.«

De Selseys Sattel knirschte, als er sich nach hinten umdrehte und unter halb gesenkten Lidern zwischen die Bäume spähte. Dabei nickte er kurz. Er wußte genau, was Joscelin meinte.

Beim Weiterreiten hatte Joscelin das Gefühl, daß er Stielaugen und Ohren wie Hasenlöffel bekäme. Jedes Härchen an seinem Körper hatte sich aufgerichtet. Seine angespannte Aufmerksamkeit teilte sich auch Whitesocks mit, der nervös zu tänzeln begann.

Sie näherten sich dem Rand des Gehölzes. Der Weg verlief jetzt geradeaus, wurde aber schmaler. Man sah die Karrenspuren der Forstarbeiter, alte Hufabdrücke und gelegentlich einen Haufen ausgetrockneter Pferdeäpfel. Durch die ausladenden Zweige säuselte eine leichte Brise. Jetzt teilte sich der Weg wie die gespaltene Zunge einer Schlange. Doch die breitere Gabel war durch einen umgefallenen Baum versperrt, und die Truppe konnte nur noch in Zweierreihe reiten.

In den Bäumen blitzte etwas silbern auf. Joscelin sah hin und war einen Moment lang geblendet. Dann war es wieder weg und blitzte erneut auf, aber diesmal schon näher. Er hörte ein scharfes Kommando und schnelles Hufgetrappel. Ein Reitertrupp kam heran und versperrte ihnen den Weg aus dem Gehölz. Der Anführer der fremden Ritter wirbelte eine Streitaxt über dem Kopf. Von ihr waren die silbernen Blitze ausgegangen, als die Sonne darauf gefallen war. Plötzlich hielt er an, packte die Axt am runden Ende des Stiels, stieß sie wie einen Stab in die Luft und gab mit rauher Stimme den Befehl zum Angriff.

Es dauerte nur noch Sekunden, und die feindlichen Reiter fielen über Joscelins Männer her. Allerdings war ihnen der Vorteil des Überraschungsmoments genommen, und der erste Angriffsschwung wirkte sich nicht so verheerend aus, wie es sonst wohl der Fall gewesen wäre. Dennoch stand es nicht günstig für Joscelin, denn er war zahlenmäßig unterlegen und, da er zwei Gepäckwagen und den Leichenkarren zu schützen hatte, in der Manövrierfähigkeit weitgehend eingeschränkt.

Zwei der Angreifer schlugen sich durch die Wache, die Linnet und Robert umgab. Der auf dem braunen Schlachtroß erreichte Linnets Apfelschimmel, und sein

Reiter packte die Zügel, um die kleine Stute herumzureißen. Robert wurde ihr entrissen. Er kreischte wie wild.

Da schrie sie aus Leibeskräften um Hilfe. Malcolm bemühte sich tapfer, ihr beizustehen, doch er war in einen heftigen Kampf mit zwei Gegnern verwickelt, die ihn in die Mitte genommen hatten. Es war ihm unmöglich, sich zu befreien und ihr zu Hilfe zu kommen.

Schon schien die Entführung zu gelingen, da griff ein kastanienbrauner Wirbelwind ein. Joscelins Schwert sauste von oben herab durch das Schultergelenk einer Rüstung und trennte dem Mann, der darin steckte, glatt den Arm vom Rumpf. Damit war ihre Stute wieder frei. Brüllend vor Schmerz fiel der Ritter vom Pferd. Joscelin gab Whitesocks die Sporen, raste an Linnet vorbei und fing den Schwertstreich des zweiten Ritters mit dem Schild auf. Die Klinge brach am Heft ab, und nun schlug Joscelin zu. Der Ritter krümmte sich und stürzte aus dem Sattel. Joscelin hob Robert auf und brachte ihn in Sicherheit.

»Hier, übernimm du ihn!« sagte er keuchend zu Linnet.

Wie im Krampf schloß sie die Arme um ihr Kind. Da sah sie das Blut an ihm. Sie erschrak, betupfte fieberhaft mit dem Stoff ihres Kleids die Stelle, wo es am stärksten zu fließen schien, und versuchte, die Schwere der Verletzung festzustellen.

»Herrgott im Himmel, Weib, es ist doch nicht sein Blut!« schrie Joscelin sie an. »Gib dich nicht mit solchem Firlefanz ab! Es gibt genügend Verwundete, um die du dich kümmern kannst!«

Sie holte tief Luft und wollte zurückschreien. Sie wollte ihm sagen, daß dies in ihren Augen durchaus kein Firlefanz war. Immerhin war Robert beinahe entführt und außerdem roh behandelt worden. Aber Joscelin war schon weg. Wieder die Sporen einsetzend, galoppierte er auf Whitesocks zu einem der Wagen, den die Angreifer gekapert hatten. Joscelins Fahrer lag mit dem Gesicht nach unten, alle Glieder von sich gestreckt, auf dem Waldboden. An seiner Stelle hatte sich ein junger Ritter auf den Kutschbock geschwungen und lenkte mit geübter Hand die Wagenpferde in die entgegengesetzte Richtung. Zu diesem Zweck hatte er den Schild abgelegt. Das Wappen des feuerspeienden goldenen Drachens auf kobaltblauem Grund war unverwechselbar. Denn Joscelin trug dasselbe Wappen, nur mit dem nach links weisenden Winkel übermalt, dem Zeichen für einen Ritter unehelicher Geburt.

»Ragnar!« brüllte er wütend. Seine Schwertklinge wurde abgefangen. Ein dickbäuchiger Ritter mit mächtigen Arm- und Schultermuskeln hatte sie von unten mit der Streitaxt gestoppt. Joscelin preßte die Oberschenkel zusammen, um sich im Sattel zu halten, und befreite seine Waffe durch eine scharfe Drehung des Handgelenks. In dem Augenblick, da ihm das gelungen war, sah er sich Auge in Auge mit Hubert de Beaumont gegenüber. Da wußte er: Dieses Mal gab es kein Zurückweichen.

Beaumont schwang die Axt. Joscelin duckte sich. Die Klinge surrte an seinem Ohr vorbei und traf ihn scharf an der Schulter. Die Gelenke des Brustharnischs hielten. Dafür wurde er aber zurückgeschleudert. Beaumont ersah seinen Vorteil, ließ die Axt an der Lederschlaufe um das Handgelenk baumeln, um die Hände frei zu haben, falls er Joscelin aus dem Sattel zerrte, und sprengte gegen ihn an.

Hätte Beaumont den richtigen Zeitpunkt abgepaßt, dann wäre Joscelin ein toter Mann gewesen. Aber so ging sein Griff ins Leere. Und Joscelin, der an Kämpfe in den wildesten Lagern der Normandie und Flanderns gewöhnt war, ließ sich keinesfalls wie ein geduldiges

Lamm zur Schlachtbank führen. Als sie eng umschlungen beide vom Pferd stürzten, hielt er sein Schwert fest und drehte sich so herum, daß Beaumont, der fast zwei Zentner wog, wozu noch nahezu dreißig Pfund seiner Rüstung kamen, neben ihm und nicht auf ihm landete. Kaum berührte Joscelin den Boden, als er sich auch schon abrollte und zuschlug. Es war ein kurzer, blindlings geführter Schlag mit dem oberen Ende der Klinge knapp unter dem Griff. Aber er ließ ihm genügend Zeit, den zweiten, den entscheidenden Schlag zu führen.

Rittlings setzte sich Joscelin auf den toten Hubert de Beaumont. Er keuchte, schwarze Sterne tanzten vor seinen Augen und nahmen ihm teilweise die Sicht. Dennoch konnte er beobachten, wie der Gepäckwagen mit der Schatzkiste der Montsorrels auf dem Weg in Richtung der Straße nach Nottingham davonfuhr, begleitet von einem Dutzend laut schreiender, jubelnder Soldaten.

Blut rieselte aus einer Armwunde, wo sein Kettenhemd nicht standgehalten hatte. Joscelin fühlte sich, als wäre er unter den Schleifstein der Mühle geraten. Er nahm den Helm ab und machte sich daran, Whitesocks wieder einzufangen.

»Sollen wir hinterher reiten, Sir?«

Er sah hoch. Es war Milo. Der Grauschimmel seines Adjutanten hatte einige kleine Wunden davongetragen, rote Einschnitte auf dem hellen Fell. »Meine Güte, nein. Wir lassen sie reiten. Wir sind in der Minderzahl und können von Glück sagen, daß wir einigermaßen glimpflich davongekommen sind.« Er bleckte die Zähne zu einem kurzen Grinsen. »Soll Ragnar ruhig seinen Sieg feiern! Sein Jubel wird nicht lange andauern. Ich halte es für sicherer, nach Rushcliffe zu reiten, bevor es ihm in den Sinn kommt, sich die Beute näher anzusehen.« Er schaute sich auf dem Kampfplatz um.

»Legt unsere Toten auf ihre Pferde! Die Männer, die so schwer verwundet sind, daß sie nicht reiten können, sollen sich auf den Leichenwagen setzen.«

»Ja, Sir.« Milo wendete sein Pferd und erteilte die nötigen Befehle.

Joscelin sah zu, wie sich die noch unverletzten Männer seiner Truppe der grausigen Aufgabe unterzogen, ihre toten Kameraden auf den ledigen Pferden festzubinden wie erlegtes Wild nach einem Jagdtag. Insgesamt sechs Tote und vier Schwerverwundete, die nicht zu Pferd sitzen konnten – fast die Hälfte seiner Truppe. Er trat zu den Männern, sprach mit ihnen und half ihnen, bis er zu Linnet kam, die sich gerade über einen der Schwerverwundeten beugte und ihm Trost zusprach. Er mußte sich noch eine Weile gedulden, bis er an der Reihe war, auf den Wagen geladen zu werden.

»Malcolm?« Joscelin hockte sich neben dem jungen Söldner nieder und schaute auf die blutige Speerspitze, die ihm die milchweiße, sommersprossige Haut vom Schulterbein bis zum Bizeps aufgeschlitzt hatte.

»Ich war ein bißchen zu langsam, Sir...« Vor Schmerz biß Malcolm die Zähne aufeinander. Tränen strömten ihm aus den Augenwinkeln und tropften in die roten Härchen, die aus seinen Ohren wuchsen. Als er weitersprach, wurde sein irischer Dialekt immer stärker. »Zwei der Teufel tauchten links und rechts von mir auf. Ich konnte sie nicht beide erwischen.« Mit wildem Blick sah er von Joscelin zu Linnet, die ein blutüberströmtes Hemd in der Hand hielt. »Ich muß wohl sterben, wie?«

»Nein, natürlich nicht!« antwortete Joscelin. Es klang ein wenig zu optimistisch.

Ungläubig sahen ihn Malcolms angstvolle Augen an. Der junge Mann begann zu keuchen und wälzte sich in Todesangst hin und her. Immer mehr Blut trat in die Wundhöhle und tröpfelte über die gezackten Ränder.

»Es ist eine schlimme Stichwunde«, sagte Linnet mit fester Stimme, »aber sie kann genäht werden. Und wenn du dir kein Wundfieber zuziehst, bleibst du am Leben. Sieh mal, es ist doch nur eine Fleischwunde! Lebenswichtige Körperteile sind nicht betroffen.«

Ihre ruhige Bestimmtheit bewirkte, daß Malcolm wieder regelmäßiger zu atmen begann. »Sie müssen denken, ich benehme mich wie ein kleines Kind!« jammerte er.

»Das sind doch alle Männer«, sagte sie ironisch. »Sobald man dich hochhebt, wird es weh tun, aber wenn Gott will, liegst du bald gemütlich in einem weichen Bett.«

Bald darauf hoben zwei Soldaten Malcolm behutsam hoch und trugen ihn zum Wagen. Joscelin legte Linnet die Hand auf den Ärmel. »Danke«, sagte er leise. »Das haben Sie gut gemacht.«

»Ich habe die Wahrheit gesagt. Wenn die Wunde sauber bleibt und er keinen Starrkrampf kriegt, wird er überleben und kaum eine Narbe zurückbehalten.«

Ihr sachlicher Ton stand in krassem Gegensatz zu der hysterischen Angst um ihren Sohn, die sie vorhin ausgestanden hatte. Doch Joscelin war es nur zu gut bekannt, wie eng die Bande zwischen Mutter und Sohn geknüpft sein konnten. Ein Blick zeigte ihm, daß Robert, den Käfig mit den Kaninchen fest an die Brust gepreßt, von der Zofe im Arm gehalten wurde. Aus dem schmalen, blassen Gesicht leuchteten die Augen wie zwei große Mondscheiben.

»Es war nicht recht von mir, Sie so anzuschreien«, sagte er. »Aber in der Hitze der Schlacht kann das schon mal geschehen.« Er wandte sich ab, um aufs Pferd zu steigen.

Sie lächelte ihn schuldbewußt an. »Sie haben mich so zornig gemacht, daß ich meine Angst ganz vergessen habe.«

Er lächelte ebenfalls, wurde aber gleich wieder ernst. »Hubert de Beaumont war der Anführer. Also haben sie uns anscheinend auf Befehl Leicesters angegriffen.« Sein Mund wurde schmal. »Mein Bruder Ragnar war auch dabei.«

»Das tut mir leid. Es muß ein großer Schmerz für Sie sein.«

Mit einem Grunzlaut schwang er sich in den Sattel. »Eigentlich nicht. Solange ich Ragnar kenne, war er mein Feind. Wenn es für jemand ein großer Schmerz ist, dann nur für meinen Vater.«

»Sie haben die Schatzkiste erbeutet«, sagte sie.

Ihre Blicke trafen sich wie in geheimen Einverständnis. »Ja, sie haben sie erbeutet«, sagte er mit bitterem Lächeln. »Und außerdem fünf Fässer Essig und zwei mit Schmirgelsand zum Reinigen der Kettenhemden. Also nichts von Bedeutung.« Die Wandbehänge und Gobelins, Haushaltsgeräte und Schmucksacken waren alle sicher in Nottinham eingelagert und würden im Laufe der Woche auf einer langsam fahrenden Barke den Trent hinunter nachkommen. »Nichts von Bedeutung«, wiederholte er. »Nur das Leben von sechs guten Männern. Das Leben des Hubert de Beaumont wiegt diesen Verlust wohl kaum auf.«

Ungeduldig wartete Ragnar am bewaldeten Ufer des Trent, spähte scharf in die Richtung, wo der Überfall stattgefunden hatte, und lauschte auf Geräusche etwaiger Verfolger. Doch außer seinen eigenen schweren Atemzügen war nichts zu hören. Nichts Verdächtiges zeigte sich am Horizont. Er drehte sich wieder um und schaute auf die graue Wasseroberfläche. Wie ein scharzer Keil saß die Fähre eine halbe Meile entfernt am anderen Ufer. Die Fährleute ließen sich Zeit.

Ragnar biß sich auf die Fingernägel und murmelte nervös etwas vor sich hin. Er sah noch immer die ungläubig aufgerissenen Augen Hubert de Beaumont in dem Augenblick vor sich, als Joscelins Schwert ihn erschlug. Er sah das Blut und hörte die kurzen, erstickten Laute, die der sterbende Beaumont ausgestoßen hatte. Die Erinnerung ließ ihn frösteln und machte ihn unruhig.

Er sah sich nach dem Gepäckwagen um. Er hatte Anweisung, die Schatzkiste der Montsorrels in seine Gewalt zu bringen und sie dem Earl von Leicester, ihrem rechtmäßigen Besitzer, zu überbringen. Der Erfolg seiner Aktion hätte ihn eigentlich fröhlich stimmen müssen. Aber er spürte einen nagenden Zweifel im Herzen. Irgend etwas an der Sache war faul.

Mißtrauisch betrachtete er die gedrungene, schwer gesicherte Schatzkiste, die da zwischen verschiedenen Fässern stand. Man hatte Joscelin mit ihrem Schutz betraut, und wenn sie verloren ging, würde man ihn dafür belangen. Warum also hatte er sie nicht verfolgt?

Ragnars Zweifel verdichteten sich zu einem schrecklichen Verdacht. Er zog sein Schwert und kroch unter die Zeltleinwand, mit der die Beute provisorisch abgedeckt war. Es kam ihm so vor, als verspottete ihn die Schatzkiste, als funkelten die Eisenverschläge ihn boshaft an. Der Rand zwischen Kiste und Deckel erschien ihm wie ein eben noch grinsendes Maul, das jetzt über dem Geheimnis des Inhalts fest geschlossen war. Das war ja nicht zu ertragen! Wütend schlug er auf die Scharniere ein. Sie waren solide gearbeitet und sprangen nicht auf. Im trüben Licht sprühten die Funken, und das Geräusch von Stahl auf Eisen war so laut, daß es Tote erwecken konnte. Schon kamen seine Männer angelaufen und wollten wissen, was er hier machte.

Fast schluchzend vor Anstrengung und Enttäuschung, führte Ragnar einen letzten Schlag. Die Scharniere sprangen auf, aber auch sein schönes, liebevoll gepflegtes Schwert war ruiniert. Ein Metallsplitter löste sich von der Klinge und bohrte sich in sein Stirnbein. Blut strömte aus der Wunde und nahm ihm die Sicht. So war es einer der Soldaten, der den Deckel der gesprengten Schatzkiste aufklappte und die überraschende Entdeckung machte.

In der Kiste lagen viele Geldtaschen aus abgewetztem Leder. Aber sie enthielten keine Silberpennys, sondern kleine, runde Steine, von denen ein durchdringender Geruch nach Flußwasser und Unkraut ausging.

## 12

Armand de Corbette, der Burgvogt von Rushcliffe, zog die Hände unter die mit Seide gesäumten Rockärmel, faltete sie und schaukelte unruhig auf goldverzierten Lederstiefeln vor und zurück. Hacke, Spitze – Hacke, Spitze. Er hatte Sorgen. Die Augen halb zugekniffen gegen den Wind, der durch die Schießscharten des östlichen Zinnengangs fuhr, schaute er zu dem näherkommenden Soldatentrupp hinunter. Ein vorauseilender Bote hatte ihn von der Ankunft des neuen Lords unterrichtet. Gleichzeitig hatte er ihm ein Pergament mit dem Siegel des Justitiars gebracht, in dem ihm befohlen wurde, die Burg an Joscelin de Gael zu übergeben und sich ihm uneingeschränkt zur Verfügung zu stellen.

Corbette konzentrierte seine Aufmerksamkeit auf einen schlanken kastanienbraunen Hengst und dessen selbstbewußten Reiter. William de Rochers unehelicher Sohn, in einigen Kreisen ein berüchtigter, in anderen ein geachteter Mann. Der Justitiarius hatte ihn persönlich ausgewählt. Corbette kannte ihn vom Sehen. Das war noch aus der Zeit, in der er in der Garnison von Nottingham Dienst getan hatte. Diese neue

Stellung war ein bedeutender Schritt nach oben. Offensichtlich hatte sich der Justitiarius bei seiner Wahl von de Gaels Fähigkeiten bestimmen lassen. Dieser Gedanke war Corbette höchst unwillkommen. Nervös fingerte er an der vergoldeten Krause seines Rocks, als spürte er, daß sich dort eine Schlinge um ihn zusammenzog.

Halfdan, der kommandierende Sergeant der Burgbesatzung, schob die feuchte Unterlippe vor. Herausfordernd fragte er: »Warum lassen wir eigentlich nicht die Zugbrücke oben und sagen ihnen, sie sollen sich verpissen?«

»Du willst wohl als Vogelfreier in den Wäldern enden?« spottete Corbette. »Wenn du nur ein bißchen Verstand hättest, wärst du wirklich ein gefährlicher Mann. Das ist hier keine unwichtige Kleinigkeit. Es ist nicht so, daß der Lakai von irgendeinem hergelaufenen Edelmann an unserem Tor sein Beglaubigungsschreiben vorweist. Dahinter stehen William de Rocher und Richard de Luci. Dahinter steht König Heinrich selbst!« Aufgeregt fuchtelte er mit dem Pergament unter der Nase des Anglodänen herum, als enthielte es einen Fluch.

Halfdan sah ihn verständnislos an. Gereizt fauchte Corbette: »Hör zu, du hältst nachher dein Maul und kommst mir nicht in die Quere! Überlaß mir das Reden! Du willst doch wohl nicht auf den Wällen der Burg am Galgen tanzen, oder?«

Halfdan begriff das alles nicht, gehorchte aber und entfernte sich über die Treppe nach unten. Corbette tat ein paar tiefe Atemzüge. Der alte Lord Raymond hatte Halfdan gern vor seinen Besuchern zur Schau gestellt. Der Mann hatte zwar nichts im Kopf, aber seine Muskeln waren eindrucksvoll. Gelegentlich hatte Raymond auch Kämpfe zwischen Halfdan und anderen Söldnern veranstaltet. Bei manchen ging es sogar auf

Leben und Tod, und auf den Ausgang wurden Geldwetten gelegt. Nach Raymonds Tod hatte auch Corbette den wuchtigen Anglodänen nutzbringend eingesetzt. Der Bursche verstand es, widerspenstige Burgsoldaten in Zucht zu halten. Doch mit dem neuen Herrn würde sich alles ändern.

Nun stieg auch Corbette zum Burghof hinunter. In den Armhöhlen fühlte er eiskalten Schweiß, der durch das Hemd in seinen Rock drang.

Der kastanienbraune Hengst kam über die Zugbrükke in den Burghof. Eilig trat Corbette vor und beugte unter dem Steigbügel des neuen Herrn die Knie. »Willkommen, Mylord, herzlich willkommen!« Dabei betonte er den Titel besonders nachdrücklich.

Mit einem leichten Zügelruck brachte de Gael das Pferd zum Stehen. »Und wer sind Sie?« fragte er frostig.

»Armand de Corbette, zu Ihren Diensten, Mylord – ich bin der Burgvogt.«

Es entstand eine Pause. Die Atmosphäre wurde noch eisiger. Dann sagte de Gael scharf: »Stehen Sie auf!« Seine Augen waren so hart und klar wie grüne Achate. Ton und Gesten wirkten feindselig und mißtrauisch. Ein Schauer überlief Corbette. »Wie konnten Sie es zulassen, daß bewaffnete Reiter uns in dem Gehölz an der Straße nach Nottingham einen Hinterhalt legten?«

Mit niedergeschlagenen Augen erhob sich Corbette. Die Frage kam für ihn nicht unerwartet. De Gaels Bote hatte ihm von dem Überfall berichtet. Aber es war schwer, eine Ausrede für seine Nachlässigkeit zu finden. »Ich habe von diesen Reitern nichts gewußt, Mylord. Mehrere unserer Soldaten waren gestern unten im Ort, aber sie haben mir nichts davon berichtet…«

De Gael bedachte ihn mit einem Blick, der höchste Verachtung ausdrückte und nichts Gutes versprach. Er besah sich aufmerksam den Burghof, und es entging ihm nicht, in welchem unordentlichen und schmutzigen Zustand er sich befand. »Es gehört aber zu Ihren Pflichten, alles in Erfahrung zu bringen, was mit der Sicherheit dieser Burg zusammenhängt, besonders in Zeiten von Rebellion und Krieg.«

Corbette räusperte sich, bevor er antwortete: »Lord Raymond war in seinem letzten Lebensjahr ein schwieriger Herr, und Lord Giles hat sein Erbe erst zu Ostern angetreten...«

»Ihre Entschuldigungen interessieren mich nicht. Was ich hier vor Augen habe, genügt mir zu der Feststellung, daß Sie genauso untüchtig sind wie Ihre früheren Herren.«

»Mylord, ich will mich ja gar nicht herausreden...«, begann Corbette. Dann brach er erleichtert ab. Er sah nämlich eine ihm wohlbekannte Apfelstute den Hof betreten. Sie stolzierte mit ihrer Reiterin neben dem Wagen, auf dem unter einem Bahrtuch ein Sarg stand. Außerdem lagen mehrere verwundete Krieger darauf. Corbette war zwar bereit, sich unterwürfig zu geben, wenn die Lage es erforderte, aber gern tat er es wahrlich nicht. »Mylady«, murmelte er, neigte grüßend den Kopf und dankte stumm dem lieben Gott, der im passenden Augenblick für eine Ablenkung gesorgt hatte.

»Corbette!« Linnet nickte ihm kühl zu. »Würden Sie jetzt den Priester holen und dafür sorgen, daß das Schlafgemach für die Aufnahme der Verwundeten hergerichtet wird?«

Corbette kam diesem Befehl mit einem Eifer nach, der lobenswert genannt werden könnte, wenn es ihm nicht einzig und allein darum gegangen wäre, sich den Blicken des strengen neuen Herrn zu entziehen.

Joscelin sah ihm nach. Corbette hätte sich in seinen Befürchtungen bestätigt gesehen, wenn er gewußt hätte, was Joscelin seiner Begleiterin zuflüsterte. »Ich werde hier aufräumen, daß die Fetzen fliegen. Als erstes setze ich den Burgvogt an die frische Luft.«

Linnet hielt sich gerade bei den dienstuntauglichen Verwundeten von Joscelins Truppe auf, die in nebeneinanderstehenden Feldbetten lagen, als ihr Kommandeur in der Tür erschien. Es war schon spät. Ein paar Binsenlichter flackerten im Halbdunkel. Sie steckten in so minderwertigem, salzigen Talg, daß sie mehr qualmten als leuchteten. Das ganze Zimmer stank nach dem brennenden Hammelfett.

Sie nahm ihre Schere zur Hand. »Ich dachte schon, Sie würden nicht mehr kommen.«

Steifbeinig trat Joscelin ins Zimmer, schnallte den Gürtel ab und legte ihn über eine Bank. »Ich habe in der Zwischenzeit die Burg besichtigt. Das Mauerwerk ist fest, aber alles andere gleicht einer Räuberhöhle.«

»Giles' Vater hatte keine Frau, die für Ordnung gesorgt hätte.« Sie drehte unruhig die Schere in den Händen und sah auf das dunkel glühende, erhitzte Eisen. »Nachdem Giles sich im Streit von ihm getrennt hatte, haben wir ihn nicht mehr besucht, um zu sehen, wie er zurechtkam... nicht mal, als Raymond schon auf dem Totenbett lag.«

»Und was ist mit Corbettes Frau? Ich nehme doch an, er hat eine?«

»O ja«, sagte Linnet und rümpfte die Nase. »Die Lady Mabel. Sie glänzte immer durch Abwesenheit, wenn es irgendwo Arbeit gab, und daran wird sich wohl kaum etwas geändert haben. Ich habe sie und ihre Tochter nicht ein einziges Mal im Krankenzimmer gesehen. Aber wenn das Horn zum Abendessen ertönt, werden sie sich als erste an den Futtertrog drängen.«

»In meiner Truppe«, sagte er finster, »heißt es: Wer nicht arbeitet, soll auch nicht essen.« Dann ging er zu den Betten der Verwundeten. Er begrüßte nacheinander jeden einzelnen und sagte ihm aufmunternde Worte.

An seiner Haltung erkannte Linnet, daß er müde war und Schmerzen hatte. Doch seine Pflicht erfüllte er wie immer. An Malcolms Bett blieb er länger stehen. Die beiden unterhielten sich in gedämpftem Ton, und dann hörte Linnet auch fröhliches Lachen. Als Joscelin wieder zu ihr trat, grinste er immer noch übers ganze Gesicht.

Kopfschüttelnd erzählte er, indem er den Dialekt des Mannes aus Galway täuschend ähnlich nachahmte: »Malcolm sagt, ich soll mir nichts vormachen, Sie hätten die zarte Hand eines Engels.« Dann setzte er sich auf eine Kleidertruhe, über der eine ausgefranste Gobelindecke lag.

Linnet klappte die Schere auf und zu und fragte lächelnd: »Und Sie glauben ihm?«

»Natürlich nicht. Er ist nämlich ein unverbesserlicher Lügner. Aber ich nehme an, daß Sie immerhin noch zarter mit einem Verwundeten umgehen als Milo, der sonst als Wundarzt tätig ist.« Er wollte sich den Überrock ausziehen, ließ es aber nach einem unterdrückten Schmerzensschrei bleiben.

Schnell ging Linnet zu ihm, um zu helfen. Vorsichtig zog sie ihm das Gewand über den Kopf. Beim Kettenhemd wurde es schwierig, denn es war ziemlich steif und gab kaum nach, und die Ärmel saßen fest auf dem gepolsterten Wams. Sie empfand seine Nähe als störend. Seine Körperwärme, der scharfe männliche Geruch nach Kampfschweiß und die Notwendigkeit, seine Haut berühren zu müssen, lähmten sie und machten ihr angst. Dieses Zimmer war für sie voller Erinnerungen, süßer und verderbter. Sie war froh, als es ihr endlich gelang, ihm die Halsberge und das gefütterte Wams vom Leib zu ziehen.

Danach saß er mit gesenktem Kopf da. Er hatte Schmerzen, und sein Atem ging schwer. Als die Schmerzen nachließen, sah er zu ihr hoch. Verschwitzte Haare hingen ihm in die Stirn. »Bevor wir weitermachen«, fragte er zögernd, »haben wir Wein im Haus?«

Linnet breitete die Kleidungsstücke auf der Truhe aus und holte einen glasierten Krug und einen Becher von dem Tisch am Fenstersims. »Vom vorigen Jahr«, sagte sie entschuldigend und schenkte ihm das wolkig trübe Getränk ein. »Es schmeckt eher nach Traubensaft als nach Wein, aber etwas anderes haben wir im Moment nicht da... wenn man Corbettes Diener glauben darf. Sobald ich Zeit habe, sehe ich mich selber um.« Damit reichte sie ihm den Becher und bemühte sich, das bedrückende Gefühl abzuschütteln, das über sie gekommen war, als sie ihm die Kleidungsstücke auszog.

»Macht nichts.« Er trank in hastigen Schlucken und setzte dann schweratmend den Becher ab. »Meine Güte, das hat aber vorhin weh getan!«

Durch das angetrocknete Blut klebte sein Hemd an der Schulterwunde. Linnet feuchtete die Stelle vorsichtig, aber mit fester Hand an. Dabei beobachtete sie ihn scharf, um gleich aufzuhören, falls der Schmerz zu stark werden sollte. »Sie haben noch Glück gehabt«, sagte sie flüsternd. »Es hätte auch schlimmer kommen können. Sieht aus, als ob nur die Haut angekratzt ist. Alles andere sind schwere Prellungen.«

»Worum ging es bei dem Streit zwischen Giles und Raymond?«

Linnet wandte sich ab, um das nasse Leinentuch über einer Schüssel mit Wasser und Fichtennadelessenz auszuwringen. Kleine Tropfen fielen herab und wurden von der goldfarbenen Flüssigkeit aufgesogen. Ihre Finger fingen zu schmerzen an. Dann kribbelte es auch in ihrem Schoß – dort, wo eine Frau die stärksten Gefühle hat. Er hatte ihr die letzte Frage nur gestellt, um sich von den eigenen Wundschmerzen abzulenken. Doch unbeabsichtigt hatte er dadurch bei ihr seelische Wunden aufgerissen.

»Giles und sein Vater kabbelten sich ständig über alles mögliche«, sagte sie und nahm ihre Beschäftigung wieder auf. »Was Giles auch unternahm, nichts konnte er Raymond recht machen. Der kritisierte ihn bei jeder Gelegenheit. Er sagte, er könne alles viel besser machen... was natürlich auch zutraf. Giles hatte nie eine Chance bei ihm. So, nun müssen wir das Hemd vorsichtig ausziehen. Dann sehe ich mir die Wunde näher an.«

»Und weiter?« fragte er.

Linnet zog ihm das Hemd zunächst über den Kopf und den gesunden Arm. Dadurch blieb es ihr erspart, ihm in die Augen zu sehen. Seinem durchdringenden, schlauen Blick konnte man so leicht nichts vormachen. »Sie stammen doch selbst aus dieser Gegend. Haben Sie Raymond de Montsorrel denn nicht gekannt?«

»Nicht sehr gut. Ab und zu gingen er und mein Vater gemeinsam auf die Jagd. Sie waren ja Nachbarn, aber ihr Verhältnis war nicht ungetrübt. Raymond hatte eine hohe Meinung von sich – er stammte aus dem edelsten Blut der Normandie, falls man es edel nennen kann. Weil wir aber dänisches Blut in den Adern haben, neigte er dazu, auf meinen Vater hinabzusehen. Wissen Sie«, setzte er hinzu, »er war nicht gerade scharf darauf, den weniger Begünstigten etwas Gutes zu gönnen. Sein Geiz war weit und breit legendär.«

Bei diesen Worten sank Linnet das Herz. Verzweifelt holte sie tief Luft. Als sie das blutdurchtränkte Hemd auf der Truhe ablegte, schaute sie krampfhaft irgendwo hin. Nur ihn wagte sie nicht anzusehen. Erinnerungen und alte Schuld setzten ihr hart zu.

Denn es war in diesem Zimmer passiert. Raymond

de Montsorrel, der ihr übers Haar fuhr… sein nach Wein riechender Atem an ihrem Hals… sein heiseres Geflüster: *Ich hätte schon lange einen Enkelsohn haben müssen, aber mein Sohn hat ja keinen Stahl in seinem Schwert. Du brauchst einen richtigen Mann, der dich schwängert.* Und dann sein heißer Mund auf ihrem… wie er sie mit zärtlicher, erfahrener Hand zwischen den Schenkeln liebkoste… Es war unrecht, es war empörend gewesen. Aber als er sie an die Wand preßte und das Becken wieder und wieder an ihren Schoß vorstieß, hatte sie zum erstenmal in ihrem Leben diese einzigartige Lust empfunden, die alle anderen Gefühle übertraf.

Ein Schauer lief ihr über den Rücken. Ihre Knie drohten unter ihr nachzugeben. Sie merkte, daß Joscelin aufmerksam wurde. Ein Abgrund hatte sich vor ihr aufgetan. Verzweifelt suchte sie nach einer Möglichkeit, ihm zu entrinnen. »Immer wieder hat Raymond seinen Sohn verspottet«, sagte sie und schluckte. »Bis Giles es nicht mehr aushielt. Da zuckten die Schwerter, und Giles traf seinen Vater quer übers Gesicht, und die Wachen mußten ihn zurückhalten, sonst… Wir haben die Burg noch am selben Tag verlassen und kamen erst zurück, als Raymond gestorben war.«

Sie warf einen Blick auf Joscelin. Falten waren auf seiner Stirn erschienen. Sie sah, wie er hinter halb geschlossenen Augen angestrengt überlegte. Schnell erbrach sie das Wachssiegel auf dem Tontopf mit Salbe und tauchte einen zitternden Zeigefinger ein. Um dem Gespräch eine Wendung zu geben, sagte sie: »Für einen Mann Ihres Gewerbes haben Sie erstaunlich wenige Narben.« Sie wußte, daß Männer gern von ihren Taten sprechen, und hoffte, ihn von diesem gefährlichen Thema abzubringen, wenn sie seine Eitelkeit ansprach.

»Man lernt schnell, oder man kommt um.« Doch

während sie die Salbe auf seiner Schulter auftrug, behielt er diesen nachdenklichen Ausdruck bei. »Und nicht alle Narben bleiben sichtbar. Ich... au!« Er brach ab und packte die Kanten der Truhe.

»Entschuldigung«, sagte sie atemlos. »Das Schlimmste haben Sie überstanden.«

Er hatte vor Schmerzen die Augen fest zugekniffen. Jetzt schlug er sie wieder auf, und ihre Blicke trafen sich. »Ich weiß, wie es ist, wenn man die Vergangenheit nicht endgültig ruhen läßt. Mein Vater ist aus Kummer um meine Mutter alt und verbittert geworden, und ich habe eine ähnliche Dummheit begangen.« Mit düsterer Miene starrte er in das Dunkel hinter den flackernden Binsenlichtern und fuhr leise fort: »Es fällt einem eben schwer, das Vergangene ruhen zu lassen. Es ist, als strauchelte man immer wieder über unruhige Gräber.«

Linnet wischte sich die Spuren der Salbe am Finger mit einem Stück weichen Leinens ab, verband ihm dann mit dem Tuch die Schulter und befestigte es mit einer Kleidernadel. Es sind nicht die Gräber, dachte sie, es sind die Toten, die einem keine Ruhe lassen. Die Toten leben.

Als Linnet die Nadel ansteckte, berührten sich unabsichtlich ihre Fingerspitzen. Und wieder trafen sich auch ihre Blicke. In seinen Augen blitzte Verlangen auf, und er griff nach ihrer Hand. Doch in diesem Augenblick kam ein Mädchen mit einem Stapel frischer Leinentüchter auf dem Arm herein. Sofort zog Linnet ihre Hand zurück, und Joscelin griff nach dem halbvollen Weinbecher.

»Erinnern Sie sich noch an Ihre Mutter?« fragte Linnet.

»Nur schwach. Bei ihrem Tod war ich jünger, als Robert heute ist. Ich weiß, daß sie lange dunkle Haare hatte, das sie mit Rosenöl benetzte.« Jetzt schaute er an ihr vorbei. »Und ich erinnere mich, daß die Enden ihrer Zöpfe bis in meine Augenhöhe herabhingen. Sie pflegte sie mit Bändern und kleinen Schleifen zu schmücken. Sie zog sich überhaupt gern Schmuck an. Vielleicht kam das daher, weil sie ein so unsicheres Leben geführt hatte, bevor sie sich mit meinem Vater zusammentat.«

Er wirbelte den Wein im Becher. »Offen gestanden, wenn ich auf meine Kindheit zurückblicke, sehe ich immer das tröstliche Gesicht meiner Tante Maude vor mir. Sie hatte keine Kinder, und da ich keine Mutter mehr hatte, nahm sie sich meiner an. So war uns beiden geholfen.« Seine Lider zuckten. »Sie stopfte mich immer mit Süßigkeiten voll. Ein Wunder, daß ich nicht so fett wie ein Mastschwein geworden bin und noch alle meine Zähne habe!« Mit leiserer Stimme fuhr er fort: »Daß Maude sich um mich kümmerte, war sehr wichtig für mich. Sie bedeutet mir auch heute noch viel.« Unwillkürlich war er mit dem Blick dem Mädchen gefolgt, das jetzt wieder zur Tür ging. Plötzlich stutzte er und machte große Augen.

Linnet wollte gerade erwidern, daß auch ihr Maude ans Herz gewachsen sei. Doch als sie seine veränderte Miene sah, unterließ sie es und drehte sich ebenfalls um.

Auf der Türschwelle stand eine junge Frau und warf einen zögernden Blick in das Zimmer. Sie trug ein Kleid aus teurem lachsrotem Samt, das einen üppigen, aber noch nicht fetten Körper umspannte. Sie hatte einen milchweißen Teint und schimmernde rabenschwarze Zöpfe, die so dick wie eine Handspanne waren. Als sie Joscelin sah, leuchteten ihre Augen auf, und sie holte tief Luft, was ihren schwellenden Busen noch betonte. Seine Augen wurden immer größer. Lächelnd fuhr sie sich mit den Händen über die Hüften, als wollte sie das Kleid glatt streichen. Doch die Geste war voll herausfordernder Sinnlichkeit. Dann trat sie auf Joscelin zu und kniete vor ihm nieder.

Als Linnet das sah, stieg Empörung in ihr auf. In ihrer knienden Stellung bot die junge Frau Joscelin einen mehr als großzügigen Einblick auf den Spalt zwischen den Brüsten, denn sie hatte den Kragen am Kleid nicht geschlossen. Und er nutzte das weidlich aus und verschlang sie mit den Blicken. Wie benommen stand er da.

Doch schnell gewann er seine Fassung wieder und half dem Mädchen auf. Sie legte ihre Hand auf seine. An ihren langen Fingern steckten mehrere schöne Goldringe, und die Nägel waren spitz zugefeilt. Sie hob den Kopf und bedachte ihn mit einem feurigen Blick aus kohlrabenschwarzen Mandelaugen. Als sie seinen nackten Oberkörper sah, verlor sich ihr unschuldiger Ausdruck, und das Raubtier in ihr kam zum Vorschein. Begehrlich fuhr sie sich mit der Zunge über die Lippen.

»Ihr Hemd, Sir Joscelin«, sagte Linnet eisig, warf ihm das Kleidungsstück zu und schnauzte das Mädchen an: »Vorhin habe ich dich gebraucht. Wo bist du gewesen?«

»Ich... entschuldigen Sie, Madam. Ich war in der Kapelle und habe Giles... Lord Montsorrel die letzte Ehre erwiesen. Sein Tod war ein entsetzlicher Schlag für uns. Und so rasch, nachdem Lord Raymond verstorben ist! Mögen sie in Frieden ruhen!« Sie schob die feuchte Unterlippe vor und sah Joscelin flehend an.

»Kann ich mir denken, daß es ein harter Schlag für euch war«, entgegnete Linnet ironisch. Dann sagte sie zu Joscelin: »Das ist Helwis de Corbette, die Tochter unseres Burgvogts. Sie und ihre Mutter waren in den vergangenen fünf Jahren für den Haushalt verantwortlich.« Angesichts des liederlichen Zustands, in dem er sich befand, war das eine vernichtende Feststellung.

Das Mädchen schoß einen bösartigen Blick auf Linnet ab und trat näher an Joscelin heran. Sie half ihm beim Anziehen des Hemdes und sagte mit leiser, intimer Stimme: »Mylord, ich werde mich bemühen, alles zu tun, was Sie von mir verlangen... zu Ihrer vollsten Befriedigung.« Das letzte Wort hatte einen vielversprechenden Unterton.

Linnet mußte an sich halten, um nicht laut zu schreien. Die Worte »Schlampe« und »Flittchen« lagen ihr auf der Zunge. Joscelins Augen strahlten, und er war ein wenig rot geworden. Im Zimmer herrschte eine sinnliche Atmosphäre.

»Da kannst du gleich etwas für mich tun«, sagte er barsch, und seine Stimme erinnerte an den knurrigen Umgangston von William Eisenherz. »Verschwinde aus meinen Augen, und mach dich an deine Arbeit! Wenn du dich bisher deinen Pflichten entzogen hast, weil du so um das Seelenheil deines Lords besorgt warst, dann hast du jetzt Zeit, alles nachzuholen, bevor du bei ihm die Totenwache hälst.« Und er entfernte sich aus der Reichweite ihrer begehrlichen Hände.

Helwis de Corbett starrte ihn offenen Mundes an, als hätte er in einer fremden Sprache zu ihr gesprochen.

»Raus!« brüllte er wie ein verwundeter Bär.

Sie stieß einen unterdrückten Schrei aus, sah erst ihn, dann Linnet beleidigt an, wandte sich brüsk ab und rannte hinaus.

Linnet sah ihr feindselig nach und sagte voll Verachtung: »Bei ihr fand Giles immer Erquickung, als er hier Lord war. Danach zu urteilen, wie sie sich soeben betragen hat, steht sie Ihnen ebenso zur Verfügung, wenn Sie es wünschen.«

»Glauben Sie denn, ich würde den gleichen Fehler begehen wie mein Vater und mir eine Geliebte unters eheliche Dach holen?« fragte er ärgerlich. Und bevor sie sich ihm entziehen oder schreien konnte, packte er sie um den Leib, drückte sie fest an sich, und sein Mund preßte sich auf ihren.

Zuerst war Linnet wie gelähmt, so fuhr ihr der Schreck in die Beine. Eben noch hatte sie sich daran erinnert, wie sie und Raymond de Montsorrel sich in diesem Zimmer hitzig umarmt hatten. Jetzt spürte sie unter Joscelins Kuß sein kratzendes Kinn, seine heißen Hände, den scharfen Schweißgeruch. War sie vorher in den Fängen der Vergangenheit gewesen, so wurde sie jetzt von der Wirklichkeit in Besitz genommen.

Mit kraftvollem Griff fuhr seine Hand langsam über ihren Rücken. Dann packte er mit beiden Händen ihr Hinterteil und zog sie noch enger an sich. Ihr Rücken spannte sich. An ihrem Unterleib fühlte sie seine erregte, energische Männlichkeit. Jetzt ließ er ihre Lippen los und flüsterte ihr schmeichelnde, lüsterne Worte zu, knabberte an ihrem Ohrläppchen und unterhalb ihrer Wange. Dann nahm er ihre Hand und führte sie ganz langsam an sein aufgerichtetes Glied. Als ihre Finger über die Ausbeulung in der Hose strichen, begann er leise zu stöhnen.

Da wußte Linnet, was sie tun sollte. Raymond hatte es ihr einst gezeigt. Er hatte ihre Hand in seine Hose geführt, damit sie das vor Ungeduld zitternde, blindwütige Ungeheuer darin streichelte. O ja, sie wußte Bescheid. Je schneller sie ihm Erleichterung schaffte, um so eher würde er sie wieder freigeben. Aber hier war ihr das unmöglich. Nicht nur ihr Gewissen verhinderte das, sondern auch die Anwesenheit von vier verwundeten Rittern und zwei Zofen. Möglicherweise würde auch ihr Sohn in der Nische hinter dem Vorhang aufwachen.

Sie riß ihre Hand weg, als hätte sie sich verbrannt, und versuchte sich aus seinem Griff zu befreien. »Lassen Sie mich los!« rief sie unterdrückt und wehrte sich verzweifelt. »Bitte, lassen Sie mich los!« Seine einzige Reaktion bestand darin, daß er sie noch fester an sich preßte und wieder ihren Mund suchte. Sie geriet in panische Angst, vergewaltigt zu werden. Sie wand sich, und es gelang ihr, einen Arm frei zu bekommen. In ihrer Not schlug sie ihm mit voller Kraft auf die frisch verbundene Schulter.

Das hatte Wirkung. Er jaulte auf, und sein Griff lokkerte sich. Sie riß sich aus der Umarmung, stand keuchend vor ihm und sah ihn an wie eine Wilde.

Joscelin streifte sie noch mit einem enttäuschten Blick und setzte sich dann fluchend auf die Truhe. Er biß die Zähne aufeinander, atmete zischend und umfaßte mit der gesunden Hand die verwundete Schulter.

Linnet nagte an ihrer Unterlippe. Fluchtbereit beobachtete sie angstvoll sein Mienenspiel.

Seine Atemzüge wurden ruhiger. Wirr hingen ihm die dunklen Haare in die Stirn. Dann sagte er leise: »Das war dumm.«

Linnets Züge drückten äußersten Abscheu aus. Er begriff, was sie dachte, schüttelte schnell den Kopf und machte ein zerknirschtes Gesicht.

»Ich meine doch, es war dumm von mir.« Versöhnlich reichte er ihr die Hand. »Ich weiß nicht, ob Sie das verstehen, aber ich habe so lange enthaltsam gelebt, und dieses Mädchen...« Er brach ab und zog eine Grimasse. »Ich gebe Ihnen mein Ehrenwort, daß so etwas nicht wieder vorkommen wird.«

Doch Linnet blieb mißtrauisch und ließ ihn nicht aus den Augen. Sie dachte daran, wie es hätte enden können, und ihr Magen drehte sich um. Er hätte sie für ihren Widerstand verprügeln und sie danach auf den Binsen des Fußbodens vergewaltigen können. Also hatte sie noch Glück gehabt. Dennoch brachte sie für ihren Schlag auf seine Schulter nur eine schwache Entschuldigung über die Lippen. »Sie haben mir einen

Schreck eingejagt«, sagte sie. »Aber ich wollte Ihnen nicht weh tun.«

»Ich Ihnen auch nicht. Ich möchte mein Haus nicht so führen, wie es mein Vater tat.« Weiter ging er nicht darauf ein. Nach einer Weile seufzte er tief auf, schnupperte und rümpfte die Nase. »Gibt es hier eine Badewanne? Ich stinke ja zum Himmel.«

Linnet war erleichtert. Es war noch einmal gut abgegangen. »Im Waschraum müßte eine stehen. Ich sehe mal nach. Was ist mit dem Silber?«

Er schaute zu dem großen Bett hinüber. Dort ruhte jetzt die Matratze auf dem mit Stricken verschnürten Gestell. Man hatte sie nach der Ankunft unter dem Sarg hervorgeholt und hier hinaufgeschafft. In der Füllung mit Gänsefedern lagen gut versteckt vierzehn kleine Lederbeutel. Jede enthielt fünf Mark in Silbermünzen.

»Lassen Sie sie vorläufig darin, bis ich Zeit gehabt habe, bei einem Tischler und einem Schmied eine neue Schatzkiste in Auftrag zu geben!«

»Wollen Sie darauf schlafen?« fragte sie, und heiße Röte stieg ihr ins Gesicht. Bisher hatte sie noch keinen Gedanken daran verschwendet, wo sie beide während der offiziellen Trauerzeit schlafen würden.

Er lächelte mit verzerrtem Mund. »Das hieße, den Fuchs in den Hühnerstall einzulassen. Wenn ich mit Ihnen das Lager teile, könnte ich der Versuchung nicht widerstehen. Stephen wird mir in dem kleinen Zimmer bei der Kapelle ein Bett aufschlagen, damit ich bis Michaelis im Stande der Keuschheit verbleibe.«

Jetzt ritt sie der Teufel. Herausfordernd stellte sie ihm die Frage: »Und Sie vertrauen mir das ganze Silbergeld an?«

»Ja, da habe ich volles Vertrauen zu Ihnen. Sie würden doch Ihren Sohn nicht betrügen!« Anscheinend hatte er gemerkt, daß sie ihn absichtlich aufs Glatteis führte, denn er sagte es mit dem Unterton leichter Mißbilligung.

Nachdem er weg war, wanderte Linnet zum Bett und setzte sich darauf. Es wäre ihr lieber gewesen, wenn er das Geld nicht in ihrer Obhut gelassen und ihr nicht so offen sein Vertrauen ausgesprochen hätte. Nein, selbstverständlich würde sie Robert nicht betrügen. Er war ja ihr ein und alles. Aber sie hatte um seinetwillen bereits Joscelin betrogen. In jener Nacht in London hatten Maude und sie die vierzehn Geldbeutel in die Matratze eingenäht. Doch schon vorher hatte sie in der Nacht, da Giles starb, dreißig Mark aus dem Schatz beiseite gebracht und heimlich in einer anderen Ecke der Matratze eingenäht. Das war die Sicherheit für ihre eigene Zukunft, ihre geheime Schatzkammer.

Wie man sich bettet, so liegt man, dachte sie, und wenn es auf hartem Silber ist.

## 13

»Ich möchte jetzt genau wissen, in welchem Ausmaß Corbette für die Burg und den Grundbesitz verantwortlich ist«, sagte Joscelin, als sie sich später zum Abendessen am Tisch setzten. Das Hauptgericht war Hammelfleisch. Es war so zäh wie Sattelleder und an manchen Stellen schwarz verbrannt. Der Bratspießwender mußte sehr unaufmerksam gewesen sein. Joscelin nahm nur ein paar Bissen zu sich, spülte reichlich mit Wein nach, schob das Fleisch weg und machte sich über einen Teller mit Krabben und in der Schale gekochten Muscheln her.

»Ich weiß nicht. Ich bin lange nicht mehr in Rushcliffe gewesen... seit dem Streit.« Linnet beobachtete ihn aus den Augenwinkeln. Er benahm sich, als wäre überhaupt nichts passiert. Doch sie spürte noch immer seinen

Mund auf ihrem, obwohl es schon einige Stunden her war. Es war ein verwirrendes Gefühl, und so konnte sie nicht so gelassen sein wie er.

Sie hatte die Badewanne gefunden, und er hatte sich ausgiebig darin aufgehalten. Jetzt roch er nach billiger Waschseife, ein Geruch, der ihr Niesreiz verursachte. Es wird Zeit, dachte sie, daß ich mich mit den Dienerinnen an die Arbeit mache und eine angenehmere Seife zur Körperpflege herstelle. Joscelin brauchte auch dringend neue Kleider. Heute abend trug er den braunen Wollrock, den er auf dem Pferdemarkt angehabt hatte. Er war mehr als abgetragen. Vielleicht würde es ihr Gewissen wegen der abgezweigten dreißig Silbermark erleichtern, wenn sie als vorbildlich fleißige Hausfrau ein paar neue für ihn nähte.

Er verzog das Gesicht. Die Soße, in der er die Krabben stippte, war sauer. Wieder griff er nach dem Becher. Dann sagte er: »Corbette scheint für alles zuständig zu sein. Ich habe den Eindruck, daß er nicht nur Burgvogt, sondern auch Verwalter von Rushcliffe ist. Jedesmal, wenn ich nach dem Schlüssel für eine Truhe verlange, hat man mir gesagt: ›Den hat Corbette.‹ Und wenn ich irgendeine Frage stelle, bekam ich zu hören, daß nur er sie mir beantworten könne. Das beunruhigt mich. Er scheint hier wie ein König zu herrschen, und alle tanzen nach seiner Flöte.«

Er wischte sich die Finger an der Serviette ab, lehnte sich zurück und musterte Corbette unter halb gesenkten Lidern. Auch Linnet beobachtete den Burgvogt. Er war in eine lebhafte Unterhaltung vertieft. Sein Gesprächspartner war ein untersetzter, beleibter Mann, der in seinem dunkelbraunen Wollrock wie eine reife Pflaume aussah und ständig nervös zu dem Tisch auf der Empore blickte.

»Wer ist das?« fragte Joscelin im Flüsterton.

Linnet kannte ihn. »Es ist der Oberschreiber Fulbert.«

»Wie ist er?«

Sie runzelte die Stirn, legte den Kopf zur Seite und bemühte sich um ein unbefangenes Urteil. »Ein höflicher Mann mit angenehmen Umgangsformen, der eine gute Handschrift hat. Aber er ist weich wie ungebrannter Ton.«

Joscelin nickte nachdenklich.

Das Gespräch zwischen Corbette und dem Schreiber wurde hitzig. Fulbert schüttelte den Kopf und warf einen ängstlichen Blick zu Joscelin hinüber. Eine Frau mischte sich mit scharfen Worten ein. Wahre Fettrollen brachten die Nähte ihres blausilbernen Kleids fast zum Platzen. Ihr Busen wogte wie ansteigende Flut, der Hals sprengte beinahe die Bernsteinkette, und die an sich hübschen Züge ihres Gesichts versanken in puddingähnlichen Fleischwülsten.

Trotz ihrer gereizten Stimmung mußte ihr Anblick auf Linnet erheiternd wirken, denn um ihre Mundwinkel zuckte es verräterisch. »Den blauen Samt, den sie trägt, hatte Giles eigentlich gekauft, um sich davon einen neuen Sonntagsrock schneidern zu lassen. Doch als wir nach dem Streit die Burg verließen, war er nicht aufzufinden. Ich bezweifle, daß der Stof Giles so prächtig gestanden hätte, wie er jetzt Mabel de Corbette steht.«

»*Das* ist Corbettes Frau?« fragte Joscelin verwundert.

Man sah, daß er Corbettes aufgedunsenes Gesicht mit dem aristokratischen Profil seiner Frau verglich. Boshaft bemerkte sie: »Ich habe gehört, daß sie früher mal so schön wie ihre Tochter Helwis gewesen sein soll.«

»Soll das eine Warnung sein?«

»So weit würde ich nicht gehen, Sir Joscelin«, sagte sie spöttisch. »Im übrigen verlasse ich mich auf Ihren gesunden Menschenverstand.«

Halb ärgerlich, halb amüsiert knurrte er brummig und musterte die Frau noch einmal genauer. »Das wird auch ihr einziges Samtkleid bleiben. Von morgen an wird sie so arm sein, daß sie sich mit Kleidern aus selbstgesponnener Wolle begnügen muß.«

Sie wies einen Diener an, Joscelins Becher wieder zu füllen. Doch er deckte die Hand darüber. »Wollen Sie mich so betrunken machen, daß ich unter den Tisch falle und dort die Nacht verbringe?«

»Ich dachte, Sie hätten es darauf abgesehen. Sie haben die letzten drei Becher so schnell geleert wie ein echter Säufer.«

Er lächelte freudlos. »Sonst hätte ich von dieser Mahlzeit keinen Bissen heruntergekriegt. Aber hier im Saal haben sich schon lauter Schluckspechte versammelt, die mit Leichtigkeit ein ganzes Bierhaus leertrinken könnten.« Spöttisch beobachtete er Halfdan Siggurdsson, der sich mit einem anderen aus der Wachmannschaft im Armdrücken maß. Neben die aufgestützten Arme der beiden Gegner hatte man brennende Kerzenstümpfe gestellt. Von seinen nicht mehr ganz nüchternen Freunden angefeuert, griff Halfdan mit der freien Hand zum Lederbecher und jagte sich mit geübtem Schwung das Bier in die Kehle.

Unvermittelt stand Joscelin auf, verließ die Empore und mischte sich im Saal unters Volk. Dieses unkonventionelle Benehmen brachte ihm überraschte, mißtrauische, feindselige, aber auch neugierige und anerkennende Blicke ein. Raymond und Giles Montsorrel hätten sich zu dieser Abendstunde in ihre Privatgemächer im Obergeschoß zurückgezogen und ihre Männer sich selbst überlassen. Aber im Augenblick hielt es der neue Lord für angezeigt, wie ein guter Gärtner das Unkraut auszurupfen und die Nutzpflanzen zu hegen und zu pflegen. Die Söldner nahmen die Unterschiede in Rang und Herkunft ohnehin nicht so genau.

Joscelin ging dicht an Corbette vorbei. Inzwischen hatte der Burgvogt sein lebhaftes Gespräch mit dem Schreiber beendet und verbeugte sich geziemend vor seinem neuen Lord. Auch seine Frau zollte ihm höfliche Aufmerksamkeit. Ja, sie klapperte sogar mit den Wimpern in seine Richtung. Da sie jedoch doppelt so alt und so schwer wie ihre Tochter war, erzielte sie damit bei Joscelin eine völlig andere Wirkung. Er mußte sich auf die Lippen beißen, um nicht in schallendes Gelächter auszubrechen. Raschen Schritts begab er sich zum Bogenmeister der Burg und verstrickte ihn in eine Unterhaltung. Es drehte sich darum, ob er es für möglich hielt, Pfeile für walisische Langbogen herzustellen, die Joscelin als zusätzliche Waffe einzuführen gedachte.

Das Geschrei der Soldaten, die den Wettkampf im Armdrücken verfolgten, übertönte die Antwort des Bogenmeisters. Joscelin runzelte die Stirn, hob den Kopf und schaute über den langen Tisch zu den lärmenden Männern hin. Halfdan war auf der Siegerstraße. Gleich würde er die Fingerknöchel seines Gegners in das geschmolzene Fett des brennenden Kerzenstummels drücken. Im Takt zu ihren Anfeuerungsrufen trommelten die Männer mit den Fäusten auf den Tisch, daß die Platte bebte und die Bierbecher auf und ab tanzten. Die Kerzenflamme flackerte und erlosch, als Halfdan unter vollem Einsatz seiner überlegenen Kraft das Handgelenk des Gegners in das kochendheiße Wachs zwang und es dort festhielt. Es war, als drückte er einem Stück Vieh das Brandzeichen auf.

Der Unterlegene biß keuchend die Zähne aufeinander. Von dem heißen Fett stieg Qualm auf und machte die Luft noch stickiger, als sie schon war. Grinsend ließ Halfdan sein Opfer los und strich unter allgemeinem Beifall seinen Gewinn ein. Keiner hatte Lust, dem bärenstarken Halbdänen eine böse Miene zu zeigen. Er rollte die mächtigen Schultern, stellte sich in Positur und sah sich stolz im Kreise um. Alle lächelten ihn an, mehr oder weniger gezwungen. Dann fiel sein Blick auf Joscelin, der keine Miene verzogen hatte.

»Wollen Sie mich als nächster herausfordern?« fragte Halfdan und streckte ihm die fleischige Hand entgegen. Das Handgelenk war mit blauen Runenzeichen tätowiert. »Oder haben Sie Angst, Normanne?«

Schweigen senkte sich über die Männer. Es war so mit Spannung geladen, daß es einem lauter vorkam als das vorangegangene Geschrei. Bald lächelte keiner mehr.

»Du hast ein großes Mundwerk, aber wenig Verstand«, sagte Joscelin verächtlich. »Aus dir spricht der Alkohol. Du würdest mir nicht eine Minute lang standhalten.« Damit drehte er sich um und wollte gehen.

Halfdans drohende Blicke lagen bleischwer auf seinem Rücken. Plötzlich brüllte er los: *»Ergyaskr!«*

Die Männer stießen erschrocken hörbar die Luft aus. Halfdan hatte sich nicht damit begnügt, den neuen Lord von Rushcliffe zum Armdrücken herauszufordern. Er nannte ihn vor allen Ohren einen Feigling!

Joscelin blieb stehen und wägte stumm das Risiko ab. Er konnte so tun, als verstände er die altertümliche Norwegersprache nicht. Er konnte der eitlen Prahlerei auch mit dem Ausdruck der Verachtung begegnen. Zudem war er verwundet und müde, und die Aussicht, sich heute abend mit einem Mann von Halfdans massigem Körperbau zu messen, behagte ihm durchaus nicht. Doch wenn er einfach über die Beschimpfung hinwegging, würde das üble Folgen haben. Er fühlte sich auf dem Prüfstand. Da durfte er sich keine Blöße geben. Langsam drehte er sich um und trat der lauernden Gefahr entgegen.

Halfdan grinste wie eine wasserspeiende Figur am Springbrunnen. Seine Gefährten benahmen sich allerdings merklich vorsichtiger. Einer zündete mit der Tischleuchte wieder die Kerzenstummel an und verzog sich dann schleunigst ins Dunkel.

Joscelin setzte sich Halfdan gegenüber. »Du kannst vor deinem Tod noch einen Wunsch äußern«, sagte er leise. *»Duathamathr.«* Dann stützte er den Ellbogen auf und hielt die flache Hand hin.

Joscelins selbstbewußtes Auftreten stürzte Halfdan sichtlich in Verwirrung. Er hatte auch nicht damit gerechnet, daß Joscelin der alten Sprache mächtig war. Der Hüne wischte sich die Hand an der Hose ab und stärkte sich mit einem weiteren Schluck Bier. Nahezu vier Liter hatte er schon in sich hineingegossen. Dann stemmte er den Ellbogen fest auf die zernarbte Eichenplatte und umschloß Joscelins Hand mit seiner riesigen Pranke.

Halfdan begann zu drücken. Joscelin drückte dagegen. Dabei grinste er dem Soldaten in das rote, sommersprossige Gesicht. Dieses Spiel war ihm nicht fremd. Er hatte bei Feldzügen oft Wettkämpfe um Geld mit seinem Onkel Conan ausgetragen, und wenn sie kein Geld mehr hatten, nahmen sie eben Steine als Einsatz. Körperkraft allein genügte nicht, es war auch Geschicklichkeit vonnöten. Joscelin war sich außerdem sicher, daß das viele Bier in Halfdans Bauch seine Reaktionen beeinträchtigen würde.

Einige Zeit verging, und noch immer hatte keiner einen Vorteil errungen. Vor Anstrengung traten Halfdans gewaltige Muskeln hervor. Doch er konnte Joscelins Arm höchstens einen Zoll weit zurückdrängen. Mit angehaltenem Atem preßte er so angestrengt wie eine Frau in den letzten Stadien der Wehen. Aber alle seine Bemühungen führten nicht zum Erfolg.

Als er schließlich den Atem ausstieß und wieder Luft schöpfte, übte Joscelin seinerseits unerbittlichen Druck aus, und Halfdans Arm wurde zurückgebogen.

Mit verzerrtem Gesicht stieß der Soldat einen heulenden Schrei aus. Vor Anstrengung zitterte der steifgehaltene Arm. Halfdans Ruf als starker Mann stand auf dem Spiel. Doch es half ihm alles nichts. Seine Hand kam in Kontakt mit der Kerzenflamme und landete in dem geschmolzenen heißen Wachs. Das war zuviel für Halfdan. Mit einem Wutschrei machte er sich aus Joscelins Griff frei und sprang auf die Beine.

»Unehelicher Sohn einer Hure!« brüllte er, warf sich über den Tisch und packte Joscelin an der Gurgel. Der Druck auf den Kehlkopf schien Joscelins Schicksal zu besiegeln. Dieser Berserker war imstande, ihm ebenso leicht das Genick zu brechen wie einem Stück Geflügel. In höchster Not schmetterte er Halfdan das Knie hart zwischen die Beine. Dann zog er das Messer aus dem Stiefelschaft, das jeder Söldner, der etwas auf sich hielt, immer bei sich hatte, und stieß es dem Hünen von unten her in den Leib.

Halfdan krümmte sich und fiel nach vorn. Als Joscelin das Messer herauszog, sackte Halfdan gänzlich zusammen und verströmte salziges roten Lebensblut. Wie ein von Jägern erlegter Bär krachte er auf die Tischplatte, die sich rot färbte, und rollte in die Binsenlichter. Die Flammen erloschen.

Milo tauchte neben Joscelin auf. Auch er hatte sein Messer gezogen. »Mylord, sind Sie heil geblieben?«

Joscelin schaute auf den noch zuckenden, leblosen Körper zu seinen Füßen und nickte knapp. Sein Hals war ihm wie abgeschnürt, und in der verwundeten Schulter wütete der Schmerz. Aber er war am Leben geblieben und hatte einen unauslöschlichen Eindruck bei den Männern hinterlassen, denen vor Staunen beinahe die Augen herausquollen.

Er gab dem toten Halfdan einen Tritt mit der Stiefelspitze und befahl: »Schafft das hier raus! Morgen früh könnt ihr ihm ein Grab ausheben.« Dann machte er auf dem Hacken kehrt und ging zur Empore zurück. Jeder Schritt bereitete ihm Schmerzen, aber er gab sich Mühe, möglichst lässig dahinzuschlendern, um seine ganze Verachtung zum Ausdruck zu bringen. Er ließ sich auf dem Sessel des Lords nieder, legte das Messer wie ein echter Landfahrer auf den Tischrand und hielt Umschau über sein Reich. Unten wurden nach dem ersten betroffenen Schweigen wieder einzelne Worte gewechselt, und bald war es so laut wie vorher. Ein paar Männer packten Halfdan an den Fersen und schleiften ihn aus dem Saal – wie einen Kadaver, den man den Jagdhunden vorwirft.

»Jetzt plündern sie ihn bestimmt schon aus«, sagte Joscelin angeekelt mit leiser Stimme. »Die können ja alles gebrauchen.« Seine finstere Miene veranlaßte einige Leute mit schlechtem Gewissen, den Kopf einzuziehen und sich entschlossen dem Bier zuzuwenden.

»Es war unvorsichtig, sich da hinunter zu wagen«, warf Linnet ihm vor. »Um ein Haar wären Sie getötet worden.«

»Es mußte sein«, erwiderte er und rieb sich verstohlen den Hals. Diesmal wies er den Diener, der ihm den Becher nachfüllen wollte, nicht zurück. »Ich muß wissen, wie es um Rushcliffe bestellt ist. Dazu gilt es, die wichtigsten Männer kennenlernen und jeden, der uns Schaden bringt, auszumerzen. Wenn man mich erst als einen Mann kennt, der wenig Wert auf Förmlichkeiten legt, wird man auch offener zu mir sein. Das erleichtert mir meine Aufgabe.«

»Vor allem haben Sie sich als ein Mann bekanntgemacht, der immer ein Messer im Stiefelschaft trägt«, sagte sie spitz.

»Als ein Mann, der stets auf Widerstand gefaßt ist und genügend Verstand und Willenskraft besitzt, um ihn aus dem Weg zu räumen«, antwortete er. Er sagte es leichthin, aber es klang überzeugt. Lächelnd brachte er einen Toast auf Linnet aus. »Sie sind eine Frau von ähnlichem Geblüt. Ich trinke auf unser Hochzeitsbett. Es wird seine siebzig Silbermark wert sein.«

Auch Linnet erhob ihr Glas und errötete geziemend, doch nicht allein deshalb, weil es sich für eine Frau so gehörte.

## 14

Als erstes brachte man am nächsten Morgen Giles' Bestattung hinter sich. Es war eine kurze, unbehagliche Zeremonie. Denn obwohl der Leichnam in ausreichend viel Salz eingepackt worden war und man die inneren Organe entfernt hatte, war durch das warme Wetter die Verwesung schon fortgeschritten, und er stank stärker als ein zu lange abgehangener Fasan. Die Trauergemeinde saß in der Kapelle wie unter einem Bahrtuch und litt unter dem Geruch des Todes. Aus den Weihrauchbecken stieg der Dampf und vermischte sich in süßlichen Schwaden mit dem Gestank des verwesenden Fleischs.

Helwis de Corbette fiel in Ohnmacht und mußte hinausgetragen werden. Linnet hatte sie in Verdacht, daß sie den Ohnmachtsanfall nur vorgetäuscht hatte, um an die frische Luft zu kommen. Sie glaubte auch nicht daran, daß Helwis wirklich gestern auch nur in der Nähe von Giles' Sarg gewesen war. Ihrer Meinung nach hatte sie nur frommes Benehmen geheuchelt, um ihren anderen Pflichten aus dem Weg zu gehen.

Der aschfahle Priester der Familie, Pater Gregory, nahm die Zeremonie vor, und zwar in auffallender Eile. Dann wurde der Sarg in die Familiengruft getragen und neben Raymond de Monsorrel in die Erde gesenkt. Linnet dachte: Jetzt liegen Vater und Sohn im Tode nebeneinander, so friedlich, wie sie es im Leben nie gewesen sind. Während der ganzen Zeit hatte sie das Gefühl, daß sich ein Knochenfinger in ihr Rückgrat bohrte. So bald, als es die Sitte erlaubte, zog sie sich mit einer Entschuldigung zurück und begab sich zu ihren Patienten im Schlafgemach.

Während sie Verbände wechselte und Heilgetränke verabreichte, schwor sie sich, jede Erinnerung an Giles und seinen Vater aus dem Umkreis der lebenden Burgbewohner auszutilgen. Doch dazu war es nötig, der Toten versöhnlich zu gedenken und sie angemessen zu ehren. Nachdem sie sich eingehend mit ihren Pflegebefohlenen abgegeben und über ihren Zustand unterrichtet hatte, überließ sie sie den Händen der Dienerinnen. Sie selber zog sich in eine Fensternische des Zimmers zurück und ließ den Schreiber Fulbert holen. Als er mit seinen Gänsefedern, Tintenfaß und Pergament eintraf, diktierte sie ihm einen Brief an einen bekannten Gipsbildhauer in Nottingham. Er sollte Reliefbilder der beiden Toten anfertigen und sie in weißer Pracht auf zwei Denkmälern anbringen. Niemand durfte ihr mangelnde Pietät vorwerfen. Sie würde auch dafür zahlen, daß Gebetsmessen gelesen wurden. Weiß Gott, die beiden hatten sie dringend nötig.

Joscelin hatte die Männer unten auf dem Hof antreten lassen und hielt Musterung ab. Auf den ersten Blick bildeten sie einen schäbigen Haufen Abschaum aus der Gosse. Sie waren mürrisch, abwehrend und eingeschüchtert. Als er sie so beobachtete, wie sie von einem Bein aufs andere traten und sich im Flüsterton berieten, fragte er sich, ob es nicht am besten wäre, sie allesamt zu entlassen. Dann könnte er nach Nottingham reiten und neue Rekruten anwerben. Doch rechtzeitig fiel ihm ein, daß schlechte Anführer auch die beste Truppe auf der Welt verderben können. Er hatte auch gar nicht die Zeit, in den Elendsvierteln von Nottingham nach verwendbaren Männern zu suchen.

Mit gespreizten Beinen, die Hände in die Hüften gestemmt, hielt er eine kurze Ansprache. Er sagte ihnen klipp und klar, was er von seinen Soldaten erwartete und was sie von ihm erwarten durften. Dann führte er ihnen vor Augen, was mit ihnen geschehen würde, wenn sie die strengen Regeln, unter denen sie fortan zu leben hatten, überträten.

»Ich gebe euch eine Probezeit von einem Monat«, sagte er. »Danach garantiere ich allen Männern, die sich bewährt haben, die Anstellung für den Rest des Jahres. Wer den Anforderungen nicht genügt, wird entlassen. Noch Fragen?«

Dann übergab er den Befehl an Milo. Die Blicke der Männer folgten ihm. Einige behielten ihre mürrische, abweisende Haltung bei. Andere zeigten Anzeichen eines neu erwachten Interesses.

Milo trat vor den Haufen, einen fast zwei Meter langen Eschenspeer in der Hand. »Wenn ich rede, habt ihr zu schweigen und zuzuhören!« begann er mit Donnerstimme. »Weiß jemand, was das hier ist? Nein, das Ding ist nicht dazu da, daß ihr euch darauf stützt, um nicht umzufallen und einzuschlafen. Und auch nicht, um euch daran hochzuziehen und die Titten eines Küchenmädchens zu beäugen. Du da! Hör auf zu grinsen und komm her! Zeig mir, wie du mit diesem Ding hier einen Schwertangriff abwehrst!«

Joscelin mußte sich eines Grinsens erwehren. Er überließ seinem Hauptmann das Feld und begab sich in die kleine Kammer neben dem großen Saal, wo die Pergamentrollen mit den Rechnungen, die Kerbhölzer und die Kassenberichte aufbewahrt wurden. Den Schlüssel zu der eisenbeschlagenen Kiste hatte ihm Corbette gestern abend, wenn auch äußerst widerwillig, ausgehändigt. Er schloß sie auf, entnahm ihr die obenauf liegenden Pergamentrollen, den Beutel mit den Kerbhölzern und den Abakus*. Dann trug er dem herumlungernden Diener auf, ihm eine Wachstafel nebst Griffel zu holen.

Joscelin löste die Verschnürung des Beutels und legte ein Kerbholz nach dem anderen auf den Tisch.

»Soll ich Sir Armand holen, damit er Ihnen hilft, Sir?« fragte der Diener.

»Ich kann das auch ganz gut ohne die Hilfe des Burgvogts entziffern.« Während er in den Pergamentblättern herumsuchte, warf er dem Diener unter halb gesenkten Lidern einen kühlen Blick zu. »Aber ich hätte gern einen Krug Bier. Nach dem Zustand der Männer gestern abend im Saal zu schließen, muß doch hier erst kürzlich gebraut worden sein.«

»Ja, Sir.« Der junge Mann eilte davon. Sein freundlicher Diensteifer war eine angenehme Abwechslung nach all der dumpfen Gleichgültigkeit, auf die Joscelin bisher gestoßen war.

Der Diener kam auch bald mit dem Verlangten zurück und goß Joscelin einen Humpen mit dem zähflüssigen gelbbraunen Ale voll. »Etwas Besseres bekommen Sie zwischen Newark und Nottingham nirgends, Mylord«, erklärte er voller Stolz. »Und ich sage das nicht nur deshalb, weil meine Tante die Braumeisterin ist.«

Joscelin probierte einen großen Schluck. Das Bier hatte tatsächlich einen angenehm bitteren Malzgeschmack. »Du hast recht«, sagte er lächelnd und prostete ihm mit dem Lederbecher zu. »Sag deiner Tante, das hat sie gut gemacht! Sie versteht sich auf ihr Handwerk.« Dabei strich er spielerisch mit den Fingerspitzen über die glatten Holzkugeln, die auf den straffgespannten Leinenfäden des Abakus saßen.

* Rechenbrett

Da er den Diener noch nicht entlassen hatte, sah der ihm neugierig zu. Dann räusperte er sich und fragte, auf den Abakus zeigend: »Können Sie wirklich mit diesem Dingsda umgehen, Sir?«

»Wenn man erst mal das Prinzip verstanden hat«, erwiderte Joscelin lässig, »dann ist es gar nicht schwer. Ich habe es als Knabe bei den Mönchen in Lenton gelernt. Wir zählten damit die Schafe, die zur Schur kamen.«

Der Diener machte ein erstauntes Gesicht. »Aber Sie sind doch ein Krieger, Sir!«

»Ja, trotzdem habe ich mehr als nur einen Pfeil im Köcher. Es ist natürlich gut, wenn jemand anders das für einen erledigt. Aber da ich lesen, schreiben und rechnen kann, bin ich auch in der Lage zu erkennen, ob der andere ehrlich ist. Wie sollte ich sonst dahinterkommen, wenn er mich betrügt?«

Der Mann trat unbehaglich von einem Bein aufs andere, als wäre ihm der Boden unter den Füßen zu heiß. Zögernd sagte er: »Sir, ich weiß, es steht mir nicht zu, so etwas zu sagen, und ich habe ja gestern abend erst gesehen, wie gut Sie mit allem fertigwerden, aber der Burgvogt ist mächtig ärgerlich über das, was Sie hier treiben.«

Gerade auf eine solche freiwillig gegebene Auskunft hatte Joscelin gehofft. »Er wird bald noch ärgerlicher werden«, sagte er scharf und lehnte sich in dem geschnitzten Holzstuhl zurück. »Wie heißt du?«

»Heinrich, Sir.« Joscelins Haltung machte ihm Mut, und er ließ seiner natürlichen Redelust freie Bahn. »Ich wurde nämlich in dem Jahr geboren, als der König den Thron bestieg, und meine Mam hat mich ihm zu Ehren auf diesen Namen taufen lassen.« Nicht ohne Stolz fügte er hinzu: »Mein Dad ist hier erster Kammerdiener, und mein älterer Bruder tritt in seine Fußstapfen. Ich bediene in der Halle, und meine Mam und meine zwei Schwestern auch.«

Joscelin schnippte mit dem Zeigefinger an eine der glänzenden cremefarbenen Kugeln und sah zu, wie sie sich auf dem vibrierenden Faden drehte. »Dann kriegst du ja eine Menge zu sehen und zu hören, wie? Ich meine von allem, was sich hier abspielt.«

»Ja, Sir, mehr, als mir lieb ist.« Er schaute bedrückt zum großen Saal hinüber. »Aber ich bin kein Klatschmaul. Ich weiß, wann ich den Mund zu halten habe.«

Joscelin betrachtete ihn amüsiert und sagte nachdenklich: »Das glaube ich dir. Dabei kommt mir eine Idee. Du könntest mir als Mittelsmann zu den Leuten hier dienen. Vor Milo haben sie zuviel Respekt, und mich direkt anzusprechen, wie ich es gern hätte, wird nicht immer möglich und praktisch auch nicht ausführbar sein.«

»Sie meinen, so eine Art Vertrauensmann?«

»Wenn du es so nennen willst, ja. Aber hier auf der Burg, nicht draußen auf dem Lande. Ich zahle dir auch acht Pennys pro Tag, also genauso viel wie einem Fußsoldaten.«

Heinrichs sommersprossiges, offenes Gesicht strahlte. Die Antwort war ihm an den blitzenden Augen abzulesen. Seine ganze Haltung zeigte, wie sehr er sich über das Angebot freute. Dennoch ließ er sich Zeit zum Überlegen, und dadurch stieg er noch in Joscelins Achtung.

»Meine Mam wird stolz auf mich sein«, sagte er heiser.

Joscelin lächelte. »Wer ist deine Mam?«

»Sie arbeitet am großen Suppenkessel und stellt die Betten zum Lüften ans Feuer.«

»Ach so.« Er grinste, denn er erinnerte sich gut an die schmächtige kleine Frau mit den Knopfaugen, die sich, nur mit ihrem Schöpflöffel und einer rasiermesserscharfen Zunge bewaffnet, auch den muskelstrotzenden Milo zwei Schritt vom Leibe zu halten wußte. Sie hatte den Elan, den er bei seinen Leuten schüren mußte, um seine ehrgeizigen Pläne verwirklichen zu können.

Nachdem Heinrich stolzgeschwellt davongestürmt war, machte sich Joscelin, wieder ernst geworden, mit einem Seufzer an die Arbeit. Nach und nach bildeten sich bedenkliche Falten auf seiner Stirn. Mehrmals berichtigte er seine Berechnungen und fing wieder von vorn an. Die Kugeln auf dem Abakus schossen hierhin und dorthin, seine Stirnfalten vertieften sich, und seine Lippen wurden immer schmaler.

Wie aus den Pergamentblättern hervorging, waren in der vergangenen Woche dreißig Oxhoft* Wein geliefert worden. Davon waren aber nur noch acht vorhanden. In der Abwesenheit des Lords und seiner Männer war lediglich eine Rumpfbesatzung von Angestellten und Dienstpersonal auf der Burg verblieben, von denen sich wohl die Hälfte mit Bier oder Apfelwein begnügte. Und doch sollten fast viertausend Liter getrunken worden sein. Es sah ganz danach aus, als habe da jemand mit Vorbedacht ein fettes Kalb geschlachtet.

Joselin nahm eine angezündete Wachskerze zur Hand, ließ seine Berechnungen vorerst liegen und stieg in das große Kellergewölbe unter dem Saal. Jetzt wollte er die Sache durch Augenschein klären.

Nahe der Tür standen drei Fässer Apfelwein. Dahinter fand er die Weinfässer, die den Stempel des Winzers in Angevon trugen. Es waren sieben. An einem achten war er im Saal vorbeigekommen. Eine von Heinrichs Schwestern füllte gerade daraus Krüge für die Tafel auf der Empore ab. Was er nun mit eigenen Augen sah, stimmte mit seinen Berechnungen überein.

* 300 Liter

Joscelin hielt die Kerze hoch und ging weiter. Da standen Fässer mit gepökeltem Rind- und Schweinefleisch, Heringen und Makrelen. Räucherwürste und Schinken baumelten an der Decke neben Kräuterbündeln, Zwiebelsträngen und drei Rosinenkuchen, die als Heilmittel gegen Fieber benutzt wurden. Man brach kleine Stücke davon ab und gab sie als Krümel in Wein oder Apfelwein. Ferner standen dort Krüge voll Honig und Viertelfässer Talg. Neben Eschenstäben, Fellen, Binsenbündeln zum Weben und für die Fußböden lag ein zerbrochenes Wagenrad. Offenbar war auch der Stellmacher in Rushcliffe kein Meister seines Fachs. Das ganze Durcheinander im Kellergewölbe stellte dem Burgvogt ein schlechtes Zeugnis aus. Es fehlte ein gewissenhafter Lagerverwalter. Hier wurde der Dreck gewissermaßen unter den Teppich gekehrt.

Joscelin spähte im Lichtkreis der Kerze umher, und sein Magen zog sich zusammen. Denn wenn hier einmal Ordnung geschaffen und alles, was nicht mehr zu gebrauchen war, ausgeräumt wurde, würde nicht mehr viel übrig bleiben.

Eine Burg benötigte eine große Menge an Vorräten, um ihre Besatzung auch über längere Zeiträume hinweg ohne Zufuhr von außen ernähren zu können. Als Söldner wußte er nur zu gut, wie wichtig es war, sich an diesen Grundsatz zu halten. Wenn das Pökelfleisch, der Stockfisch und der Wein zur Neige gehen, dann leidet auch die Moral. Ist kein Brot mehr vorhanden, dann ist man am Ende.

Leise fluchend bahnte er sich zwischen Taurollen und einer kaputten Aalreuse einen Weg zum Getreidespeicher. Hier sah es besser aus. Es war reichlich Korn eingelagert worden, und es schien von guter Qualität zu sein. Er untersuchte sämtliche Behälter. Tief steckte er den Arm in die goldgelbe Ernte, um sich zu vergewissern, daß man nicht etwa nur eine dünne Schicht guten Korns auf eine Unterlage von Streu gekippt hatte. Doch alles war in Ordnung. Da fiel ihm ein, daß der Bestand in keiner Weise mit den Aufzeichnungen übereinstimmte. Das deutete nicht nur auf schlechte Buchführung hin, sondern war schlichtweg Betrug. Während er sich die Bescherung noch ansah, kam ihm der gestrige Abend in den Sinn. Er sah wieder Corbette bei seiner heftigen Auseinandersetzung mit dem Schreiber Fulbert vor sich. Zorn packte ihn. Er stürmte aus dem Kellergewölbe ins Erdgeschoß und von dort über die Wendeltreppe in das Schlafgemach.

Die Verwundeten sahen ihm erstaunt nach, weil er ohne ein Wort an ihnen vorbeischritt.

»Jetzt geht es jemandem an den Kragen«, murmelte Malcolm. »Ich habe ihn noch nie so wütend gesehen.«

Joscelin ging geradewegs auf die Nische zu, wo Linnet und Fulbert über einem Pergament saßen. In ungezügelter Wut schleuderte er das vernichtende Beweismaterial auf Fulberts Schreibpult. Der Behälter mit den Gänsekielen flog quer durchs Zimmer und prallte gegen das Waschbecken. Das Tintenfaß schwappte über, und die Tinte floß auf die Schönschrift des Pergaments.

Linnet sah verdattert hoch. »Was ist denn los?«

»Da mußt du diesen Haufen Scheiße fragen!«

Fulbert fiel die Kinnlade auf die Brust. Sein Nacken, der aus dem makellos weißen Cambray-Hemd ragte, wurde feuerrot. Er faßte sich mit der schwabbligen Hand an den Rockkragen, als hätte sich eine unsichtbare Schlinge um seinen Hals gelegt. »Ich weiß nicht, wovon Sie sprechen, Mylord«, stotterte er, sah Joscelin kurz an und blickte sofort wieder zu Boden.

»Das ist doch wohl deine Handschrift auf diesen Abrechnungen, oder?«

Schweigen.

Joscelin schlug mit der Faust seines gesunden Arms

auf das Schreibpult, daß die übrigen Pergamentblätter in die Luft wirbelten und danach langsam zu Boden flatterten. »Gib Antwort!« donnerte er.

»Ich bin nur ein armer Schreiber, Mylord«, stammelte Fulbert. »Ich schreibe auf, was mir der Burgvogt sagt. Alles andere geht mich nichts an!«

Joscelin packte Fulbert an der Vorderseite seines dicken Samtrocks und riß den Schreiber vom Stuhl hoch. So standen sie dicht voreinander, Nase an Nase, Auge in Auge. »Deine feinen Kleider sprechen eine andere Sprache, Schreiber. Du bist besser angezogen als König Heinrich!« Dann schob er den Betrüger so grob von sich, als hätte er sich die Hände an ihm schmutzig gemacht.

Der Stoß brachte Fulbert auf die Knie. Statt wieder aufzustehen, verschränkte er die Hände über dem Kopf und fing zu weinen an. Er sah aus wie eine nackte Schnecke. »Ich hatte keine andere Wahl, Mylord!« blubberte er. »Wenn ich mich geweigert hätte, dann hätte Corbette meine Familie und mich Halfdan Siggurdson ausgeliefert. Lord Raymond war in seinen letzten Tagen nicht mehr im Vollbesitz seiner Sinne, und keiner konnte ihm verständlich machen, was hier vorging... Und wenn Corbettes Einfluß nicht ausreichte, sprang seine Tochter in die Bresche... wenn Sie verstehen, was ich meine.«

Linnet erhob sich und sagte: »Würden Sie mir in Gottes Namen sagen, was hier eigentlich vorgeht?«

»Diebstahl im großen Maßstab«, erklärte ihr Joscelin ungeduldig. »Das Kellergewölbe ist nahezu leer. Und wenn ich mich nicht sehr irre, ist auch viel weniger Getreide vorhanden, als in den Abrechnungen steht.«

Ihr entsetzter Blick kreuzte seinen und streifte dann flüchtig den weinenden Schreiber.

»Rufen Sie Ihre Männer, ich bin schuldig!« schluchzte der Schreiber und sank völlig in sich zusammen.

Joscelin stieß laut die Luft aus. Der Anblick des mitleiderregend schluchzenden Schreibers dämpfte seinen Zorn. Jetzt empfand er nur noch Abscheu. Er erinnerte sich daran, wie er als Kind aus nassem Sand Burgen gebaut und dann von oben darauf gepinkelt hatte, um sie zum Einsturz zu bringen. »Das weiß ich selber«, sagte er in ruhigerem, fast normalem Tonfall. »Aber wenn ich dich ins Verlies werfen lasse, hat keiner etwas davon, auch ich nicht. Ich habe große Lust, dich auf den Zinnen zu hängen. Aber vorher will ich noch einiges von dir wissen.« Er fuhr sich mit dem Daumen übers Kinn. »Du könntest vielleicht deine Haut retten, wenn du mir wahrheitsgetreu antwortest.«

»Ich sage alles. Alles, was Sie wissen wollen. Aber ich flehe Sie an, hängen Sie mich nicht! Ich habe eine Frau und vier Kinder, das jüngste ist noch ein Säugling. Ich bitte Sie um Gottes willen!«

Fulbert kroch über die Binsen auf ihn zu. Joscelin trat einen Schritt zurück, um zu verhindern, daß er seine Knöchel umfaßte. »Daran hättest du eher denken sollen«, sagte er eisig. »An wen wurden die gestohlenen Güter verkauft?«

»Corbette hat einen Verwandten in Nottingham, der Handel treibt. Die Sachen werden von Zeit zu Zeit im Boot flußabwärts oder auf dem Landweg auf Packpferden zu ihm gebracht. Guter Lord, ich flehe Sie an, schenken Sie mir das Leben! Ich werde Ihnen immer treu dienen, das schwöre ich!«

»Auf die gleiche Art, wie du deinen beiden früheren ehrenwerten Lords gedient hast, wie?« Aus verengten Augen betrachtete Joscelin das armselige Häufchen Mensch vor seinen Füßen. Er hatte durchaus das Recht, ihn zu hängen. Zumindest hatte dieser willenlose Tintenkleckser es verdient, nackt ausgepeitscht und ohne Essen für eine Woche ins Verlies gesteckt zu werden. Doch plötzlich kam Joscelin eine andere Idee, die den Kerl möglicherweise vor sich selbst retten konnte.

»Ich kann dich nicht mehr gebrauchen«, sagte er. »Zu deiner eigenen Sicherheit und damit ich in Ruhe schlafen kann, darfst du hier nicht bleiben. Ich weiß aber, daß mein Vater, William de Rocher, dringend einen Schreiber in Arnsby sucht. Er kann zwar einigermaßen lesen und schreiben, aber er greift nicht gern zum Gänsekiel, und sein Augenlicht ist nicht mehr das, was es einmal war. Du wirst unter Bewachung zu ihm reisen und ihm wahrheitsgemäß deine bisherige Laufbahn schildern. Dafür gebe ich dir ein Empfehlungsschreiben mit auf den Weg.«

Fulbert stieß einen lauten Entsetzensschrei aus und sah Joscelin angstbebend an.

»Du kannst wählen: entweder Arnsby oder der Galgen. Entscheide dich, aber schnell! Meine Geduld ist am Ende.«

»Wa-wann muß ich abreisen, Mylord?«

»Sobald du deine Siebensachen gepackt hast.«

Fulbert setzte sich auf. Die Tränen waren versiegt. Aber er zitterte noch am ganzen Leibe und schaute die Wand so traurig an, als könnte er von ihr sein zukünftiges Schicksal ablesen.

»Wenn du William de Rocher ehrlich dienst, hast du nichts zu befürchten«, sagte Joscelin kurz angebunden. »Geh jetzt! Und kein Wort zu irgend jemandem, wenn du dir diese Gnade verdienen willst!«

»Ich schwöre beim Grab meiner Mutter, daß ich zu keinem Menschen darüber sprechen werde!« Unter vielen Verbeugungen, das Gesicht weiß wie Molke, verließ Fulbert das Zimmer.

Joscelin stieß die Luft zischend durch die Zähne. Dann sammelte er die verstreuten Kerbhölzer auf und legte sie behutsam wieder in den Beutel. Man merkte aber, wie schwer es ihm fiel, sich zu beherrschen.

Linnet nahm den Pergamentbogen auf, den er Fulbert unter die Nase gehalten hatte. »Ich verstehe immer noch nicht, was hier gespielt wird. Was soll das heißen: das Kellergewölbe ist fast leer?«

Corbette hat Vorräte, die für die Burg lebenswichtig sind, in die eigene Tasche gewirtschaftet und anderweitig verhökert. Und Fulbert hat die Bestandslisten gefälscht, damit es auf den ersten Blick so aussieht, als wäre alles korrekt. Komm! Ich zeige es dir.«

Auf dem Weg zum Keller blieb Joscelin einen Augenblick bei zwei Söldnern stehen, die dienstfrei hatten und sich einen mörderischen Kampf auf dem Damebrett lieferten. »Ihr müßt euer Spiel eine Zeitlang unterbrechen. Ich will, daß ihr den Burgvogt sucht und ihn ins Turmzimmer bringt. Setzt ihn dort fest, bis ich Zeit habe, mich mit ihm zu beschäftigen!«

»Mit Vergnügen, Sir.« Guy de Montauban zeigte grinsend seine weißen Zähne und stand auf, um den Auftrag unverzüglich auszuführen.

Joscelin entzündete eine Kerze und stieg, von Linnet gefolgt, die Steintreppe in den dunklen Keller hinab. »Was haben Sie mit Corbette vor?« fragte sie ihn.

»Ihn aufhängen. Ich weiß nur noch nicht, ob im Ort oder im Burghof. Wenn er tot am Galgen baumelt, wird jeder merken, daß ich mich nicht hinters Licht führen lasse und daß bei mir die Strafe auf dem Fuß folgt.«

»Und seine Frau und seine Tochter?«

»Sie haben mit ihm gemeinsame Sache gemacht und verdienen auch nichts Besseres«, sagte er und sah sie verstohlen von der Seite an. Obwohl sie mit normaler Stimme gesprochen hatte, war ihm ein kritischer Unterton nicht entgangen. »Oder wollen Sie um ihr Leben bitten?«

Sie schlug die Augen nieder. »Sie müssen tun, was Sie für richtig halten«, sagte sie leise. »Aber ich glaube, wenn Sie die Frauen hängen, werden Sie an Achtung und Unterstützung einiges einbüßen. Die Leute werden Helwis de Corbette in ihrer ganzen Schönheit unter dem Galgen erblicken und dann mitansehen, was der Strick davon übrig läßt. Und man wird es Ihnen sehr übel nehmen.«

Er massierte sich den Nacken. »Ja, daran habe ich auch schon gedacht. Außerdem weiß ich wirklich nicht, ob ich es über mich bringen werde, den Befehl dazu zu geben. Mein Vater würde sagen, daß ich weich bis ins Mark bin.«

»Was wollen Sie also tun?«

»Sie von der Burg jagen. Sollen sie sehen, wie sie sich durchschlagen! Es gibt genügend Truppen in Nottingham, bei denen sie Arbeit finden können. Es ist mir gleich, was aus ihnen wird. Hauptsache, sie kommen mir nicht mehr unter die Augen.«

Am Fuß der Treppe nahm er ihren Arm und führte sie in die Tiefe des Gewölbes. Er roch ihr Parfüm, spürte ihren Körper, und wieder durchrieselten ihn die Gefühle, die gestern beinahe zu einer Katastrophe geführt hätten. Mein Gott, es würde ihm schwerfallen, in den geforderten drei Trauermonaten Abstand von ihr zu halten.

Er hob die Kerze hoch und zeigte ihr den gewölbten Lagerraum. Die Unordnung, die dort herrschte, war ein beredtes Zeugnis für die schlampige Haushaltsführung. Sie schnalzte mit der Zunge, ging als erste hinein und schaute sich um.

»Und die woanders gelagerten Bestände?« erkundigte sie sich.

»Ich habe sie schon dazugerechnet. Trotzdem sind wir erbarmungswürdig knapp an Vorräten.« Er zog sie zwischen den Säulen hindurch und zeigte ihr die Weinfässer, das Pökelfleisch und das Getreide. »Sehen Sie, wie weit auseinander die Fässer stehen? Wenn man sich dicht nebeneinander aufstellt, erkennt man erst, wie wenig vorhanden ist.«

Sie wechselten einen vielsagenden Blick. Ohne es auszusprechen, dachten beide daran, daß ein Krieg bevorstand, auf den sie überaus schlecht vorbereitet waren. Kaum Vorräte, eine zahlenmäßig schwache Besatzung ohne Moral und Dorfbewohner, die entweder feindlich gesinnt oder denen sie gleichgültig waren.

Auf der Kellertreppe waren schwere Schritte zu hören, und gleich darauf zuckte Fackelschein über die Wände. »Wer da?« fragte er scharf.

»Heinrich, Mylord. Ich wußte, daß Sie hier unten sind. Ich habe gesehen, daß Sie die Tür aufgeschlossen haben.« Der Diener bog um die Ecke am Fuß der Treppe. »Eben ist ein Kurier eingetroffen. Sagt, er kommt vom Ju... Justituarius.« Das ihm unbekannte Wort machte ihm Schwierigkeiten. »Meine Schwester hat dem Herrn einen Platz auf der Empore angewiesen und ihm ein Erfrischungsgetränk gebracht.«

»Hat er seinen Namen genannt?«

»Ja, Sir. Brien FitzRenard oder so ähnlich.« Auch Heinrich schaute sich im Keller um, und ihm schien nicht die geringste Kleinigkeit zu entgehen.

Joscelin nickte, setzte sich in Bewegung und sagte zu Heinrich, indem er die Brauen hochzog, was mehr aussagte als sein Tonfall: »Du brauchst mir nur zu beweisen, daß ich dir vertrauen kann, und du wirst gut belohnt werden.«

»Ich habe nichts gehört oder gesehen, Sir.« Heinrich hielt die Fackel so, daß die Treppe gut beleuchtet war. Dann bewies er, daß er schnell von Begriff war, denn er fügte hinzu: »Um diese Jahreszeit sind wir immer knapp an Vorräten.«

Er übertreibt es, dachte Joscelin und tauschte wieder einen Blick mit Linnet. Aber sei's drum, der Mann bemüht sich wenigstens, mir gefällig zu sein.

Heinrichs Schwester hatte FitzRenard auf der Empore Glühwein serviert. Aber er war aufgestanden und wanderte jetzt ruhelos durch den Saal. Seine Kleidung war staubbedeckt, und er machte ein finsteres Gesicht. Doch als er Joscelin erblickte, entspannte er sich ein wenig und lächelte.

»Tut mir leid, daß ich Sie bei der Arbeit gestört habe«, sagte er, indem er auf Joscelins Rock deutete.

Erst jetzt merkte er, daß Spinnweben und kleine Mörtelbrocken sich darin verfangen hatten. Er wischte sie oberflächlich mit der Hand ab. »Ich habe im Kellergewölbe Ratten gejagt – zweibeinige.«

»Aha.« FitzRenard nickte verständnisvoll und mitfühlend. Auf den großen Gütern der Barone gab es nur allzu viele unehrliche Angstellte. Wie nun erst auf einem, das seit mindestens zwei Jahren ohne eine feste Hand auskommen mußte!

Joscelin nahm den Becher Wein, den Linnet ihm reichte. »Was führt Sie nach Rushcliffe?«

»Sie wissen doch, daß Robert von Leicester zur Normandie gesegelt ist, um dem König mit Geld und Soldaten Hilfe zu leisten? Nun, Leicester hat das getan, was wir schon halb und halb vermutet hatten. Er hat sich den Rebellen angeschlossen. Statt zum König ist er geradewegs zu seinen eigenen Ländereien geritten und hat sich für die Sache Jung-Heinrichs erklärt. Inzwischen hat man die Küstenwache alarmiert, die Posten an den Provinzgrenzen wurden aufgerufen, und alle Barone werden aufgefordert, dem König den Treueid zu leisten. Wer sich dem Eid entzieht, wird den Rebellen zugerechnet, und seine Ländereien verfallen der Krone. Ich reite nach dem Norden mit dem Beglaubigungsschreiben des Justitiarius in der Tasche, um ihnen den Eid abzunehmen und sie zu den Waffen zu rufen.«

Mit ruhiger Stimme, in der jedoch ein starker Besitzerstolz mitschwang, erklärte Joscelin: »Jeder, der in dieses Gebiet eindringt, wird durch die Schärfe meines Schwertes auf dem kürzesten Weg zur Hölle fahren.«

FitzRenard sah ihn erstaunt an. In den fünf Jahren, seit er ihn kannte, hatte Joscelin sich nie ein Bedauern darüber anmerken lassen, daß er ein unehelicher Sohn ohne Land war, der gezwungen war, sich allein mit Hilfe seiner Waffen und seines scharfen Verstandes durchs Leben zu schlagen. Die Wechselfälle des Schicksals hatte er mit einem Achselzucken lächelnd hingenommen. Aber vielleicht war das nur ein Schutzschild, hinter dem er stumm seine Erbitterung und seinen brodelnden Ehrgeiz verbarg. FitzRenard befand sich in einer ähnlichen Lage. Als vierter Sohn der mächtigen walisischen Marcher-Familie hatte auch er kein Erbe zu erwarten und mußte sich selbst den Lebensunterhalt verdienen. Daher konnte er gut verstehen, wie überwältigend stark der Wunsch nach eigenem Besitz sein konnte.

»Ist mein Vater noch in London?«

»Nein. Tatsächlich haben wir einen Teil des Wegs gemeinsam zurückgelegt. Er brachte nämlich sein Weibsvolk nach Arnsby.« Brien warf Joscelin einen wissenden Blick zu. »Ihre Brüder haben ihn nicht begleitet, mit Ausnahme des jüngsten. Es war nicht ratsam, sich nach ihnen zu erkundigen. Womöglich hätte mich diese Frage das Leben gekostet. Soviel ich heraushörte, haben sie sich mit Leicester der Rebellion angeschlossen.«

»Ja, das stand zu erwarten«, sagte Joscelin kurzangebunden und wechselte sofort das Thema. »Wollen Sie über Nacht hier bleiben, oder sind Sie schon woanders angemeldet?«

»Ich muß nach Newark weiter. Aber ich habe gehofft, Sie würden mir heute nacht ein Bett und morgen früh ein frisches Pferd zur Verfügung stellen. Mein Grauschimmel lahmt nämlich. Auf dem Rückweg kann ich ihn dann abholen und Sie für Ihr Entgegenkommen entschädigen.« Brien sah sich aufmerksam im Saal um. »Ich hatte keine Ahnung, saß Rushcliffe so groß ist. Sie haben jetzt festen Boden unter den Füßen.«

»Von wegen«, gab Joscelin zurück. »Ich stecke bis zum Hals in der Scheiße.«

Brien lächelte nur. So leicht ließ er sich nicht täuschen. Mochte Joscelin auch Grund zur Klage haben, so war doch der Besitzerstolz in seiner Stimme so wenig zu überhören, wie der stolze Blick, mit dem er seine zukünftige Braut betrachtete, zu übersehen war.

Durch die Vorhalle kam ein Soldat in den Saal, blickte sich suchend um und ging dann schnellen Schritts auf ihre Gruppe zu. Joscelins Kopf fuhr in die Höhe. Er glich einem Jagdhund, der Witterung aufnimmt. »Was ist, Guy?«

Montauban mußte schnell gelaufen sein. Er keuchte und preßte die Hand an den Leib. Er hatte Seitenstechen. »Corbette ist fort, Sir. Die Wachen am Tor sagen, daß er mit Frau und Tochter vor einer Stunde weggeritten ist.«

»Und Sie haben sie nicht aufgehalten?«

»Nein, Sir. Sie dachten, daß Sie Corbette die Abreise befohlen hätten, weil er sein ganzes Hab und Gut auf drei Packpferde verladen hatte und alle Männer von Ihrem heftigen Wortwechsel mit ihm wußten.«

Joscelin fluchte gedämpft. Er konnte den Wachen keine Schuld geben. Er hatte ja keinen Befehl erteilt, ihn festzunehmen, und so war ihr Verhalten nur logisch. »In Ordnung, Guy. Sag den Pferdepflegern, sie sollen die Tiere satteln! Noch sollte es möglich sein, ihre Spur zu verfolgen.«

»Ja, Sir.« Montauban grüßte und eilte davon.

Brien sah ihn fragend an. »Irgendwelche Schwierigkeiten?«

»Der Burgvogt hat mindestens anderthalb Jahre lang Rushcliffe fast restlos ausgeplündert. Er weiß, daß ich ihm auf die Schliche gekommen bin, und hat sich davongemacht. Wahrscheinlich hat er sich noch auf Rushcliffes Kosten die Taschen vollgestopft. Ich hätte ihn gestern abend festnehmen und nicht warten sollen, bis ich einwandfreie Beweise gefunden hatte.«

Brien stellte seinen Becher auf dem nächsten Tisch ab. »Wenn Sie mir ein Pferd leihen, komme ich mit.«

»Von mir aus gern«, sagte Joscelin. Dann wandte er sich an Linnet, die ihn bestürzt ansah. »Was ist los?«

»Sie sind so verbeult und zugerichtet wie die Strohpuppe auf einem Turnierplatz!« rief sie. »Denken Sie doch an Ihre Schulter! Wenn Sie sich auf den Sattel quälen und Ihr Schlachtroß reiten, wird die Wunde wieder aufbrechen. Sie müßten den Arm sowieso in eine Schlinge legen.«

Er zuckte mit der linken Schulter. »Sie wird schon so lange halten, bis das Nötige erledigt ist.«

»Das könnte Milo für Sie übernehmen. Er ist heil und gesund.«

»Ich trage die Verantwortung. Manche Dinge kann man einem anderen überlassen, dieses nicht.« Beruhigend fügte er hinzu: »Ich verspreche Ihnen, ich werde vorsichtig sein.«

Ihr Kinn verkantete sich. »Dann lassen Sie mich wenigstens den Verband auspolstern!« verlangte sie hartnäckig. »Wenn Sie nicht an sich selber denken wollen, dann tun Sie es mir zuliebe!«

Joscelin wollte ihr erwidern, daß das nicht nötig sei, aber Linnet kam ihm zuvor. »Sie müssen sowieso noch mal ins Schlafgemach kommen, um Ihre Hauberge zu holen. Es geht auch ganz schnell.«

Er preßte die Lippen aufeinander. Doch gleich darauf lächelte er nachgiebig. Belustigt nahm er zur

Kenntnis, daß sie ihn übertölpelt hatte. Nicht ohne Anerkennung sagte er: »Wenn Sie ein Mann wären, hätten Sie einen gefährlichen Ritter abgegeben!«

Linnet errötete und strebte zur Treppe.

»Sie waren also schon in Kämpfe verwickelt?« fragte Brien.

»Wir hatten ein Gefecht. Ich erzähle Ihnen davon, wenn wir losgeritten sind.« Mit interessiertem Blick folgte er Linnets schwingenden Hüften.

## 15

Für die erfahrenen Söldner war es ein leichtes, Corbettes Spur aufzunehmen. Sie waren es gewöhnt, wie die Wölfe im Rudel zu jagen. Die Beute war noch in der Nähe. Sie witterten sie schon.

Corbette mußte die Landstraße genommen haben. Joscelin brauchte sich nur über die Richtung klar zu werden. Nach Newark oder nach Nottingham? Hatte der Flüchtige die zweite Möglichkeit gewählt, so mußte er durch den Ort reiten. Dort aber war er herzlich unbeliebt. Joscelin schickte Guy de Montauban dahin. Er sollte die Bewohner ausfragen. Da er nur ein paar Worte der anglodänischen Mundart beherrschte, würde Heinrich ihn begleiten, um den Dolmetscher zu machen und die Leute zu beruhigen. Sie bekamen einen Beutel Silber mit. Das Geld würde die Zungen lösen. Indessen schlug Joscelin in raschem Trab die Richtung nach Newark ein. Er vermutete, daß sich Corbette dafür entschieden hatte.

Nach zwei Meilen bestätigte sich der Verdacht. Inmitten einer Schafherde weidete hier ein lahm gewordenes Pony. Es hatte noch das Zaumzeug eines Packpferdes, und der verschwitzte Leib wies Spuren des Bauchgurts auf. Als es die Pferde der Soldaten erblickte, wieherte es erfreut und kam lahmend auf sie zu. Das Pony hatte eine auffallende Stirnblässe, an der Joscelin es leicht wiedererkannte. Es war eins der kräftigen Cleveländer, die die Reise von London nach Rushcliffe mit ihren Vorräten auf dem Rücken mitgemacht hatten.

Wind kräuselte das Gras. Vor einer zerbröckelnden Steinmauer stand ein junger Hagedornbusch. Ein kleiner bunter Fetzen hing an den Dornen. Joscelin stieg ab, ging hin und sah, daß es ein blaues Kopftuch aus Seide war. In seiner Nähe fand er ein mit Frauenkleidern vollgestopftes Leinenpolster.

»Sie mußten einen Teil ihres Gepäcks wegwerfen«, bemerkte er mit Befriedigung zu Brien. »Wir sind auf der richtigen Fährte. Jean, du reitest in den Ort zurück und holst Sir Guy!« Danach befestigte er das Kleiderbündel am Schwanzriemen seines Hengstes und stieg wieder in den Sattel.

Eine Meile weiter zweigte ein schmaler Fahrweg von der Straße ab. Er führte zu einem der kleinen Gehöfte, die zu Rushville gehörten. Auf einer Seite des Wegs lagen dichte Waldungen, auf der anderen Seite war freies Feld. In einer geschützten Senke des leicht gewellten Ackerlands stand das Gehöft – ein Langhaus im alten sächsischen Stil, eine Scheune und mehrere kleinere Gebäude.

Das Haupthaus stand in Flammen.

Ein leichter Wind kam und ging. Rauch überdeckte den frischen Geruch der grünen Felder. Im Zickzack stiegen von dem Feuer Hitzewellen hoch, so daß es aussah, als stände das brennende Haus unter Wasser.

»Habe nicht den Eindruck, daß hier jemand fahrlässig mit dem Herdfeuer umgegangen ist«, sagte Brien und schnellte den Helm vom vorderen Sattelbaum los.

Joscelin hörte an seiner Stimme, daß Brien unter starker Anspannung stand. Alle dachten natürlich ständig an Leicesters Rebellion. Doch dies hier konnte eigentlich noch nicht das Werk der Rebellen sein – es sei denn, es stand im Zusammenhang mit dem gestrigen Gefecht nahe der Straße. Vielleicht hatten sie das Gehöft aus kleinlicher Rache angezündet. Nach kurzem Zögern ruckte Joscelin am Zügel und trieb Whitesocks vorwärts.

Als er näher herankam, wurde der Rauch dichter, und der Hengst begann nervös zu tänzeln. Dann kamen sie zu einem Pferdekadaver, der quer über dem tief eingefahrenen Weg lag, und da wäre ihm der Hengst beinahe durchgegangen. Diesmal war es ein Reitpferd, eine hübsche Rappstute. Sie hatte sich ein Vorderbein gebrochen, und wahrscheinlich aus diesem Grunde hatte ihr jemand die Kehle durchgeschnitten. Ein dichter Fliegenschwarm hockte summend auf dem dunkel gewordenen Blut um ihr Maul. Ihr Fell trug noch den Abdruck des Zaumzeugs und Sattels.

Joscelin gelang es, Whitesocks zu beruhigen. Aber auch ihm sträubten sich die Nackenhaare, und er spürte einen kalten Schauer. Zu dem Brandgeruch gesellte sich jetzt das knatternde geräusch lodernder Flammen. Teilweise war das Langhaus schon völlig ausgebrannt, und rote Feuerzungen leckten an den noch erhaltenen Holzwänden. Neben dem Fahrweg lag mit dem Gesicht nach unten ein Toter. Es war Armand de Corbette.

Man hatte ihm die feinen Kleider ausgezogen, so daß er nur noch die leinene Unterhose am Körper trug. Quer über seine Leiche zogen sich drei diagonal verlaufende klaffende Hiebwunden, als wäre er eine Makrele, die gebraten werden sollte. Ein Auge stand offen. Das andere war nicht zu sehen, mit dem lag er auf der blutgedüngten Erde. Joscelin stieg ab, behielt aber die Zügel in der Hand, hockte sich hin und fuhr mit der Hand vorsichtig über die Wundränder.

Brien verzog angeekelt das Gesicht. »Was tun Sie denn da?«

Joscelin verrieb das feuchte Blut zwischen Daumen und Zeigefinger. »Ich versuche, der Sache auf den Grund zu kommen. Sehen Sie sich diese Wunden an! Wer sie ihm geschlagen hat, der muß ein gutes Schwert und viel Kraft haben. Sie dürften von einem Schwert stammen. Eine Streitaxt hätte tiefere und breitere Wunden hinterlassen. Und ein Dolch hätte nicht solchen Schaden anrichten können.«

Unter dem blutigen Fleisch sah Brien das gelbe Fett in der Sonne glänzen. Er wandte den Kopf ab. »Es kann uns doch gleich sein, auf welche Weise er getötet wurde.«

Joscelin richtete sich auf und zog sein Schwert. »Es kann uns nicht gleich sein. Denn nun wissen wir, daß es ein wohlhabender Mann gewesen sein muß, der dies getan hat. Oder einer, der seit Jahren ein erfolgreicher Krieger ist. Kein anderer kann sich ein Schwert leisten.« In dem Handgelenk ließ er sein Schwert kreisen. »Aber nur ein Mann, der seine Dienste gegen Geld leistet, würde einen Toten seiner Kleidung berauben. Ich habe es in manchem früheren Winter auch schon getan, wenn ein zusätzlicher Mantel oder Rock mich vor dem Erfrieren bewahrte.«

»Sie glauben also, daß es Söldner gewesen sind?«

»Ich halte es für wahrscheinich.« Joscelin stieg wieder auf und ritt langsam, aufmerksam um sich spähend, auf den Palisadenzaun zu, der das brennende Gehöft umgab. Knapp links von ihm ertönte ein erstickter Seufzer. Whitesocks warf den Kopf in die Höhe und schnaufte erschreckt. Er beruhigte das Pferd. Vor dem Palisadenzaun zog sich ein schlammiger Graben hin, an dessen Rand Riedgras wuchs. »Kommt raus, damit ich euch sehen kann!« rief er im Befehlston.

Zwei Frauen tauchten auf. Sie hatten sich da versteckt, wo das Riedgras am dichtesten wuchs. Die eine war jung und hochschwanger, die andere war Ende dreißig, sah aber noch gut aus. Ihre Kleider waren an den Säumen durchnäßt und beschmutzt. Die junge Frau jammerte hysterisch und umklammerte den geschwollenen Leib. Ihre Gefährtin jedoch fand, nun da sie entdeckt worden waren, sei Angriff die beste Verteidigung.

»Bleiben Sie uns mit Ihren dreckigen Pfoten vom Leibe!« schrie sie und schwang vor den Augen der verdutzten Männer ein Hackmesser. »Ihr heidnischen Hurensöhne! Fahrt zurück in die Hölle, aus der ihr gekommen seid!«

Rasch antwortete ihr Joscelin in der Sprache der Einheimischen: »Keiner wird euch ein Leid tun. Ich bin Joscelin de Gael. Die Krone hat mich als euren neuen Lord eingesetzt. Was ist hier geschehen? Wo sind eure Männer?«

Über dem erhobenen Messer bohrten sich die Augen der Frau in seine. Die Klinge trug Spuren, als habe sie gerade Gemüse geschnitten. Sie musterte das nackte Schwert in seiner Hand. Dann glitt ihr Blick über die wild aussehenden Männer des Reitertrupps und blieb an Brien haften. Er schien ihr als einziger etwas Respekt einzuflößen. »Rushcliffe hat in letzter Zeit viele neue Lords gehabt«, sagte sie. Aus ihren blassen Augen sprach Verachtung.

»Das wird jetzt anders«, sagte Joscelin in der Hoffnung, daß sich ihre Abneigung gegen die früheren Lords nicht auf ihn übertragen werde. »Denn ich werde von Rushcliffe nicht mehr fortgehen, weder im Guten noch im Bösen. Wenn ihr es im Guten mit mir versuchen wollt, dann müßt ihr mir helfen.«

Ihre Miene blieb abweisend, ihr Blick verlor nichts von seiner Härte. Sie verzog den Mund und schwieg trotzig. Erst nach einer Weile bequemte sie sich zum

Sprechen. »Es sind bewaffnete Männer gekommen. Sie sprachen in fremder Zunge. Aber es war nicht französisch, wie man es auf der Burg spricht. Wir sahen sie kommen. Und wir hörten sie auch. Sie verfolgten den Burgvogt. Der schrie wie ein angestochenes Kaninchen. Ein Glück, daß unsere Männer zur Mühle gegangen sind, um das Korn mahlen zu lassen. Sonst wären sie jetzt sicherlich auch tot.« Sie legte den Arm um die Jüngere, die ihr ängstliches Jammern eingestellt hatte und nur noch leise vor sich hin schluchzte und schniefte.

»Meg und ich streuten hier draußen dem Geflügel Futter aus, als wir den Krach hörten. Wir guckten zum Weg hinüber, und da sahen wir, wie der Burgvogt und seine Angehörigen von den ausländischen Soldaten angegriffen und ausgeraubt wurden. Ich sagte zu Meg, sie soll alles fallen lassen, und dann rannten wir los und versteckten uns im Graben.« Sie schauderte. »Wir hörten sie schreien und laut prahlen. Madame Corbette kreischte und fluchte. Sie warf ihnen alle Schimpfwörter unter der Sonne an den Kopf. Aber die lachten bloß. Ich war überzeugt, daß sie uns finden würden. Sie waren ja schon ganz nahe.« Ihre Augen glänzten wie vor ungeweinten Tränen. »Als nächstes merkten wir, daß das Gehöft brannte. Wovon sollen wir jetzt leben? In zwei Monaten ist die Pacht fällig, und unsere ganzen Vorräte sind vernichtet.«

Joscelin fiel ihr ungeduldig ins Wort. »Mach dir deswegen keine Sorgen! Ich werde dafür sorgen, daß ihr nicht verhungert. Wie viele Soldaten habt ihr gesehen?«

»Ich weiß nicht, ich hab ja nur kurz hingeguckt.« Mühsam zählte sie an den Fingern ab: »Ungefähr zwanzig, aber nur die Hälfte war beritten. Sie schnappten sich das Streitroß des Burgvogts und den Zelter von Madam. Die hätten auch unseren alten Ackergaul mitgenommen. Zum Glück sind Rob und Will heute morgen mit ihm zur Mühle hin.« Trüben Blicks blickte sie über den Kopf der Jüngeren hinweg auf die niedergebrannten Gebäude. »Das gehörte mal meinem Vater. Er hat es mit eigener Hand gebaut, mitten im Brachland. Uns sind natürlich auch Gerüchte von Streitigkeiten zu Ohren gekommen, aber wir dachten, das ist nur müßiges Biergeschwätz. Wir sagten uns: König Heinrich wird sich von seinen Söhnen schon nichts bieten lassen.« Ihr Kinn begann zu zittern. Sie preßte die Lippen aufeinander und sah Joscelin erbittert an.

»Ich garantiere im Namen des Königs Sicherheit und Gerechtigkeit auf allen Ländereien von Rushcliffe«, sagte Joscelin mit Nachdruck. »Wenn hier Räuberbanden, gleich welcher Partei, ihr Unwesen treiben, so werde ich mit ihnen abrechnen, und zwar schnell.«

»Ja, Mylord«, sagte sie skeptisch.

Er bezwang den aufsteigenden Zorn. Die hiesigen Bauern waren Nachfahren aus den alten norwegischen Ansiedlungen unter dänischem Recht. Sie hatten jeden Grund, die normannische Oberherrschaft zu hassen. Vor hundert Jahren hatte Wilhelm der Eroberer die Gegend »befriedet«, indem er alle Einheimischen, die männlichen Geschlechts und über fünfzehn Jahre alt waren, abschlachten und die Siedlungen dem Erdboden gleich machen ließ. Es dauerte lange, bis sich die Überlebenden von Rushcliffe von dem Massaker und den Verwüstungen erholten. Und danach mußten sie die Herrschaft von vier Generationen der hochmütigen Familie Montsorrel erdulden. Raymond und Giles machten dem berühmten Adelshaus am wenigsten Ehre. Aus einstmals freien Bauern wurden leibeigene Pächter. Sie vom Sattel eines Streitrosses aus zu regieren und jeden niederzumachen, der sich ihnen in den Weg stellte, war für sie ein Kinderspiel.

»Geht zur Burg!« sagte er den Frauen. »Dort fragt ihr nach Lady Linnet und sagt ihr, daß ich euch geschickt habe. Heinrich wird euch begleiten.« Er gab dem Diener, der mit weit aufgerissenen Augen zugehört hatte, einen Wink.

Die ältere Frau sah ihn lange Zeit scharf an. Dann nickte sie kurz – das Höchste an Zustimmung, zu dem sie sich durchringen konnte. Plötzlich veränderte sich der Ausdruck in ihren Augen. Sie starrte an ihm vorbei auf etwas hinter seinem Rücken. Die Schwangere fing an zu schreien, und ihre Knie gaben unter ihr nach.

Joscelin fuhr herum. Aus den Waldungen kam eine sehr zusammengewürfelte Abteilung von Reitern und Fußsoldaten auf sie zu. Der Anführer ritt den hübschen gescheckten Hengst des toten Burgvogts. Sein verwüstetes Gesicht erinnerte an einen gefallenen Engel. Eine Narbe verlief vom linken Mundwinkel zum verstümmelten linken Ohr. Als er das Pferd vor Joscelin zügelte, grinste er tückisch.

»Sei mir gegrüßt, Neffe!« sagte Conan de Gael und hob spöttisch das blanke Schwert.

»Wir haben in Nottingham gehört, daß du jetzt Herr auf Rushcliffe bist«, sagte Conan immer noch grinsend. Er lagerte im Gras, auf einen Ellbogen aufgestützt. »Du hast vielleicht ein Glück, du Bastard! Entschuldige, wollte dich nicht beleidigen.«

Joscelin ließ sich durch die lässige Freundlichkeit seines Onkels nicht täuschen. Dessen grüne Augen waren hart wie Stein, und obgleich der Söldnerführer zum Zeichen des guten Willens das Schwert abgenommen hatte, steckte immer noch ein Messer in seinem Stiefel, und sicherlich war ein zweites im Ärmel verborgen. »Du wirst verstehen, daß ich dir nicht alles glaube«, sagte Joscelin und deutete mit dem Kopf auf die

Rauchsäule, die von dem niedergebrannten Gehöft aufstieg. Im Laufe des voraufgegangenen Scharmützels hatten Conans Männer den Zugochsen der Bauernfamilie geschlachtet. Jetzt rösteten sie die Fleischstücke über einer Feuergrube. Die beiden Frauen hatten sich zurückgezogen. Aber Joscelin meinte weiterhin ihre haßerfüllten Blicke im Rücken zu spüren. Sie glaubten bestimmt, daß er ein noch böserer Teufel als seine beiden Vorgänger auf Rushcliffe war.

»Ach, komm, Josce! Das war nicht meine Schuld.«

»Wirklich nicht?«

Conan zog das Fleischmesser aus dem Gürtel, stand auf, ging zur Feuergrube und probierte ein Stück, um zu sehen, ob es schon durch war. Die Frauen beobachteten ihn mit mißgünstigen Blicken. Conan hob das Messer, auf dessen Spitze ein brutzelndes, blutiges Stück Ochsenfleisch gespießt war und winkte ihnen höhnisch zu. »Auf der Straße stießen wir auf deinen Burgvogt und seine Angehörigen. Natürlich wußte ich da noch nicht, daß er zu dir gehörte. Und man braucht doch immer Geld, weil man essen und sich kleiden muß – das weißt du ja selber. Wenn dir ein fettes Mastkalb zuläuft, das vor Reichtum stinkt, dann schreit es geradezu danach, geopfert zu werden. Außerdem war deutlich zu sehen, daß er ein Dieb auf der Flucht war.«

Der Söldner riß mit den Zähnen einen Bissen von dem leicht angekohlten Stück ab und begann kräftig zu kauen. »Die beiden Frauen, die er bei sich hatte, rannten kopflos wie die Hühner in das Langhaus und verbarrikadierten die Tür von innen. Eine muß mit dem Kleid ins Herdfeuer gekommen sei, denn gleich darauf brannte das Haus lichterloh. Die Flammen waren bereits so heiß, daß wir keine mehr retten konnten. Sehr bedauerlich. Die jüngere war nämlich ein leckeres Weib.«

Joscelin sah Conan vorwurfsvoll an. »Ich habe die Leiche des Burgvogts gesehen«, sagte er. »Früher hättest du einen Toten nicht noch obendrein verstümmelt.«

Conan spuckte ein Knorpelstück aus. »Das hat Godred getan.« Er zeigte auf einen bärtigen jungen Soldat, der dicht bei der Feuergrube saß und mit einem Stock mürrisch in der glühenden Asche stocherte. »Er kann die Normannen ohnehin nicht ausstehen. Aber nach der Behandlung, die wir in Nottingham von ihnen erfuhren, mußte es zu Rachetaten kommen.«

»Was meinst du damit: die Behandlung, die ihr in Nottingham erfuhrt? Was hattet ihr da überhaupt zu suchen? Ich dachte, du wärst in der Normandie.«

»Wir sind im Spätfrühjahr rübergekommen, kurz vor Pfingsten. Überall brodelte es, und Männer unseres Handwerks müssen sich nun mal mit ihrem Schwert verkaufen… es sei denn« – fuhr er spöttisch fort – »wir lachen uns eine reiche Erbin an. Wir traten in den Dienst von Robert Ferrers, dem großen Earl von Derby und Lord der Stadt Nottingham.« Wieder spuckte er einen Knorpel ins Gras. »Schon mal bei ihm gedient, Josce?«

»Nein. Übrigens mag er vielleicht einigen Lehensbesitz in Nottingham haben, aber die Burg selbst gehört der Krone. Mein Arbeitgeber in Nottingham war immer der Sheriff FitzRanulf.«

Brien mischte sich ein. »Ich habe gehört, daß Ferrers ein unzuverlässiger Zahlmeister sein soll.«

»Unzuverlässig? Ha! Wenn wir alle miteinander vier Shilling in der Woche von ihm erhielten, konnten wir uns glücklich schätzen. Als ich ihm deshalb Vorwürfe machte, schmiß er uns raus. Er sagte, er könne für die Hälfte unseres Lohns Flamen bekommen. Wir könnten von Glück reden, daß er uns nicht wegen unserer Anmaßung ins Verlies geworfen habe. Dieser arrogante, feige Windpisser kann froh sein, daß ich ihm nicht den Bauch aufgeschlitzt habe!« Conan wischte das blutige Messer im Gras ab.

»Statt dessen hast du dir meinen Burgvogt vorgenommen«, sagte Joscelin.

»Du wolltest ihn doch loswerden, nicht wahr? Also müßtest du mir dankbar sein.«

»Wüßte nicht, warum«, knurrte Joscelin.

»Hat Ferrers Sie für einen besonderen Zweck engagiert?« fragte Brien.

»Nein. Wir sollten nur seine Truppe in dieser Gegend verstärken. In Nottingham hat man uns in ein paar verfallenen Häusern neben einem stinkenden Moor einquartiert, und gleich nebenan waren die Gerber. Ich muß sagen, ich habe schon bessere Senkgruben gesehen.«

»Aber er hat gesagt, er werde Sie durch Flamen ersetzen?«

Achselzuckend erwiderte Conan: »Durch Flamen, Bretonen oder wen immer er zum billigsten Lohn bekommen kann. Natürlich müssen sie erst nach England übersetzen, wie wir es auch getan haben. Das wird eine richtige Invasion, wie? Wenn Sie mich fragen, werden sie in Etappen kommen, je nachdem, wie es euren aufständischen Earls gelingt, welche aufzutreiben und rüberzuschicken. Sie versprechen ihnen Berge von Reichtümern, die ihre kühnsten Träume übersteigen. Wohlgemerkt, die wenigsten davon werden ausgebildete Berufssoldaten sein – vielmehr in der Hauptsache arbeitslose Weber und Färber.«

»Und Sie haben die Vorhut gebildet, ja oder nein?« fragte Brien.

Mißtrauisch kniff Conan die Augen halb zu. »Sie sind aber verdammt neugierig.« Die blonden Augenbrauen zogen sich drohend über der kräftigen geraden Nase zusammen.

»Brien ist Adjutant und Kurier des Justitiarius«, erklärte Joscelin und sah belustigt, daß Conan betroffen die Augen aufriß. »Er ist darauf vereidigt worden, so viele Informationen wie möglich über das Treiben der aufständischen Barone zu sammeln.«

»Mich braucht ihr nicht danach zu fragen«, brummte Conan. »Ich kann euch mehr über die Latrinengewohnheiten der Gerber von Nottingham erzählen als über das, was William Ferrers vorhat. Er hat uns nur gesagt, daß er uns durch Flamen ersetzen wird. Aber wo er die herkriegt, darüber hat er keinen Ton verlauten lassen. Und wir gehören auch nicht zur Vorhut von irgend jemandem. Ich weiß nur, daß drüben mächtig die Werbetrommel gerührt wird.«

Joscelin betrachtete Conan mit einem Gemisch aus Enttäuschung und Neugier. »Und was treibt dich wirklich nach England? Dein Platz ist doch eigentlich in der Normandie.«

Conan sog an den Zähnen. Dann polkte er mit den Fingernägeln darin umher, um einen Fleischbrocken zu lockern, der sich da festgesetzt hatte. »Es ist so: Ich werde nicht mehr jünger. Nächstes Weihnachten bin ich achtundvierzig, obwohl man mir das nicht ansieht. Eines Tages wird mir alle meine Erfahrung nichts gegen das Schwert eines Jüngeren nützen, und dann sterbe ich gern. Aber vorher muß ich noch einige Familienangelegenheiten in Ordnung bringen.«

Diese Worte waren ausdrücklich an Brien gerichtet. Der verstand den Wink, erhob sich und ging zum Feuer, um sich ein Stück Ochsenfleisch abzuschneiden.

Als er nicht mehr in Hörweite war, sagte Conan: »Ich bin gekommen, um mit deinem Vater... und Morwenna Frieden zu schließen.«

»Da wirst du es schwer haben. Mein Vater spricht nie von ihr. Wenn ich das Gespräch auf dieses Thema bringe, dann schaut er mich immer an, als hätte ich ihm absichtlich einen Dolchstoß versetzt.«

Conan gab einen Grunzlaut von sich. »Als deine Mutter starb, war er außer sich. Er hatte ihr das Kind gemacht, bei dessen Geburt sie gestorben ist. Und als sie vorher die Treppe hinuntergefallen war, war er nicht zur Stelle, um sie festzuhalten. Er fühlt sich schuldig an ihrem Tod, und davon kann ihn niemand abbringen. Weiß Gott, ich habe es monatelang versucht, nachdem es passiert war. Schließlich hat er mich hochkantig rausgeworfen. Er war entschlossen, bis zum Ende seiner Tage ein härenes Büßergewand zu tragen.«

»Er hat seinem Schuldbewußtsein einen Schrein errichtet«, sagte Joscelin tonlos. »In der Nähe seiner Jagdhütte in den Wäldern um Arnsby baute er eine Kapelle aus weißen Steinen aus Caen, in der die sterblichen Reste meiner Mutter beigesetzt wurden. Täglich läßt er Messen für sie lesen und zündet Kerzen an, und der Grabstein ist aus bestem Chellaston-Alabaster.«

Kopfschüttelnd sah Conan auf Joscelin. Es war schwer zu sagen, ob er darüber entzückt oder entsetzt war.

»Als ich die weiße Kapelle zum erstenmal sah, habe ich geweint«, sagte Joscelin. »Er hatte sie gebaut, nachdem ich von zu Haus weggelaufen war, um Söldner zu werden. Ich habe den Verdacht, daß es zum Teil auch ein Schrein für mich sein sollte. Er hatte nicht mehr geglaubt, daß er mich jemals wiedersehen würde.« Er sah zu Boden und stocherte mit der Stiefelspitze im Gras.

»So wäre es auch gekommen, wenn ich mich deiner nicht angenommen hätte!« erinnerte Conan mit lauter, übertrieben herzlicher Stimme. »Als du in meinem Lager ankamst. warst du noch grüner hinter den Ohren als die Grasflecke hinten auf dem Kleid einer Hure!«

»Ja, nicht wahr?« Joscelins Seitenblick sprach Bände. Er durchschaute seinen Onkel. Conan war von Joscelins Erzählung tief betroffen, hatte sich aber, statt ernsthaft darauf einzugehen, in eine grob scherzhafte Bemerkung geflüchtet.

»Du bist aber schnell erwachsen geworden.«

Joscelin zog die Brauen hoch. »Mir blieb ja nichts anderes übrig.«

Mit zwei Fingern rieb Conan über die entstellende Narbe. »Ja, so war es wohl«, sagte er in freundschaftlicherem Ton. »In dem Monat vor unserer Abreise habe ich übrigens deine Frau Breaca getroffen. Sie hat mir zwei Tage lang in Rouen Unterkunft und Verpflegung geboten.«

»Sie ist schon lange nicht mehr meine Frau«, sagte Joscelin und bohrte wieder im Gras. Unter der Stiefelspitze beugten sich die steifen, glänzenden Halme und richteten sich anschließend wieder auf. Dann fragte er Conan: »Ist sie glücklich?«

»So glücklich wie ein Sperling mit drei hübschen Grünschnäbeln im Nest, die sich sehen lassen können – zwei kleinen Mädchen und einem Jungen, der noch in der Wiege liegt. Sie trug mir auf, dir schöne Grüße zu überbringen, falls ich dir wieder einmal begegnen sollte. Und ich soll dir auch sagen, daß sie dich und Juhel immer in ihre Gebete einschließt.«

Joscelin biß sich auf die Lippen. Nach Juhels Tod hatte er Breaca nicht mehr an sich fesseln können. Sie war an einem Scheideweg angelangt. Sie sehnte sich nach einem Dach über dem Kopf und nach mehr Sicherheit, als er ihr bieten konnte. Es war ein Jahr schwerer Entscheidungen gewesen. Er war zu einem tüchtigen, abgehärteten Soldaten geworden, der sich Verdienste erworben hatte und gewissenhaft seine Pflichten erfüllte. Sie dagegen hatte Abschied vom Leben der Söldner genommen und sich mit einem Gastwirt aus Rouen zusammengetan.

»Ich denke oft an sie und schließe sie auch immer in meine Gebete ein«, sagte er leise. »Wenn sie gefunden hat, wonach sie sich sehnte, dann freue ich mich darüber.« Er spürte einen Schmerz hinter den Augen, und die Kehle wurde ihm eng. Darum wechselte er abrupt das Thema. »Suchst du jetzt eine neue Aufgabe?«

Argwöhnisch fragte der Onkel: »Wieso?«

»Weil ich knapp an Männern bin. Ich habe schon daran gedacht, nach Nottingham zu reiten und welche anzuwerben. Aber vielleicht wäre das etwas für dich und deine Männer? Du hast dir ja schon einiges Silber aus Rushcliffe angeeignet.«

Diese Anspielung ließ Conan nicht auf sich sitzen. Er hielt seinen Geldbeutel an der Verschnürung hoch und ließ ihn vor Joscelins Nase baumeln. »Was soll denn das heißen? Sieh her, er ist so schlaff wie die Titten eines alten Weibes!«

»Du willst mir doch nicht weismachen, daß mein Burgvogt, als er euch in die Arme ritt, außer seinen Unterhosen nichts bei sich gehabt hat!« spottete Joscelin. »Wenn ich den Wald hinter uns absuche, finde ich bestimmt nicht nur heruntergefallene Vogelnester!«

Immer noch starrte Conan ihn an. Aber jetzt hatte er Mühe, ernst zu bleiben. Seine Lippen zuckten, und schließlich mußte er über beide Backen grinsen. Joscelin ging es nicht anders. Sein Ärger verflog. Plötzlich fand er das alles sehr lustig, und seine grünen Augen strahlten vor Vergnügen.

Conan gab sich geschlagen. »Du bist ein echter Sohn deines Vaters«, brummte er.

»Und ein echter Neffe meines Onkels«, erwiderte Joscelin.

# 16

»Guck mal, Mama, was machen die denn da?« Robert krabbelte im Sattel hoch und zeigte auf das Gerüst, das um die hohe, achteckige Burg Arnsby errichtet war. Auf den Laufstegen und unten auf der Erde waren zahlreiche Männer damit beschäftigt, das steinerne Ungeheuer mit einem weißen Sommeranstrich zu versehen.

»Sie kalken die Mauern, um sie vor Wind und Wetter zu schützen«, sagte Joscelin, der vor ihnen ritt, über die Schulter. Gleichzeitig mäßigte er das Tempo ein wenig, damit Linnets Zelter aufschließen konnte. »Vor Einbruch des Winters werden wir das in Rushcliffe auch so machen.«

Robert lutschte an der Unterlippe und dachte über die Antwort nach. Linnet hatte in den Wochen nach Giles' Tod mit Freuden beobachtet, daß ihr Sohn erstaunlich schnell an Selbstbewußtsein gewann. Das kam, weil er nun mehr Freiheit genoß und nicht wegen jeder Kleinigkeit böse angesehen, als Schwächling bezeichnet oder geschlagen wurde. Robert hatte begonnen, die Eierschalen abzuwerfen. Zuerst noch vorsichtig unter häufigen Rückzügen. Doch von Tag zu Tag wurde er mutiger.

Auf dem Turnierplatz hatte ihn Joscelin auf ein altes Packpferd gesetzt und ihm die Grundbegriffe des Reitens beigebracht. Er fertigte ihm auch eine kleine Lanze mit stumpfem Vorderende und ein Holzschwert an. Sein Onkel Conan de Gael spielte mit Robert Ritter und Räuber und ließ sich zu dessen großer Verblüffung und Freude von ihm besiegen, wobei Conan unter geheuchelten Schmerzen verröchelte.

Und Robert, vor seines Vaters Tod ein stilles, in sich gekehrtes Kind, hatte angefangen, Fragen zu stellen. Sie kamen ihm wie ein Sturzbach über die Lippen.

Warum ist der Himmel blau? Warum haben die Menschen kein Fell wie die Kaninchen? Woher wußte der Schäfer Job, wann es regnen würde? Wo bleibt das Meer, wenn die Ebbe einsetzt?

»Warum sind wir eigentlich hergekommen?«

Linnet drückte einen Kuß auf Roberts blonde Haare. »Das habe ich dir doch schon gesagt. Um Sir Joscelins Vater zu besuchen.«

»Warum?«

»Weil ich etwas mit ihm zu besprechen habe«, sagte Joscelin. »Hier, komm, setz dich zu mir auf den Sattel und quäle deine Mutter nicht länger mit tausend Fragen! Wenn du willst, kannst du auch die Zügel in die Hand nehmen.«

Er hatte es kaum ausgesprochen, da kletterte Robert auch schon eilfertig aus den Armen der Mutter in seine und saß so sicher im Sattel, als wäre er darauf geboren.

Sie näherten sich jetzt dem offenen Burgtor. Die Pferdehufe klapperten über die soliden Planken der Zugbrücke. Die großen eisernen, an Ketten hängenden Flaschenzüge waren mit Kalkfarbe bekleckert, und auf der Brücke lagen weiße Flecke, die wie große Flatschen von Vogelkot aussahen. Roberts kleine Hand zeigte hierhin und dahin, und unentwegt stellte er mit seiner hohen Piepsstimme weitere Fragen. Joscelin beugte sich über ihn und beantwortete sie geduldig. Bei diesem Anblick spürte Linnet einen Stich im Herzen. Das machte ihr übliches Schuldgefühl, vermischt mit Liebe und tiefreichenden anderen Gefühlen in ihrer innersten Seele.

Conan holte sie auf der Zugbrücke ein. »Ach, sieh mal an!« sagte er leise. »Man braucht ihm nur ein Kind zu geben, und schon wird er weich wie Butter.«

Ein gewisser Unterton in seiner Stimme veranlaßte Linnet, den Kopf zu heben und ihn fragend anzusehen.

»Es ist wahr«, antwortete sie, »mein Sohn fühlt sich zu ihm hingezogen. Und in London habe ich ihn oft mit seinem jüngsten Bruder zusammen gesehen.«

Neugierig betrachtete sie den Söldnerführer. Er trug einen etwas auffallenden Rock aus schottischem Plaid und ritt immer noch Corbettes scheckigen Rappen. An den tätowierten Unterarmen klirrten kupferne und silberne Ringe. Bei seinem Anblick kam einem leicht das Wort »übelbeleumdet« in den Sinn. Und doch hatte er, ohne zu murren, mit eigenen, vom Kriegshandwerk narbigen Händen beim Wiederaufbau des Bauerngehöfts zugepackt und gutes Silber gezahlt, um Messen für die beiden Frauen lesen zu lassen, die in den Flammen umgekommen waren. »Sie müssen Joscelin doch gut kennen.«

Conan zuckte die Achseln. In dem pelzverbrämten Überrock sah er besonders breitschultrig und kräftig aus. »Ja und nein, Mylady. Er kam als fünfzehnjähriger dickköpfiger, stolzer und halbverhungerter Junge zu mir.« Ein spöttisches Lächeln umspielte den Mundwinkel, von dem die große Gesichtsnarbe ausging. »Ich habe ihn in meine Obhut genommen und ihm beigebracht, wie man sich seiner Haut wehrt, auch mit Zähnen und bloßen Fäusten, wenn man überleben will.«

»Und mit dem Messer im Stiefelschaft«, ergänzte sie lächelnd.

»Das darf man nie vergessen«, lachte Conan. Vor seinen Augen wurde Joscelin vom dunklen Toreingang aufgesogen und tauchte dann jenseits im hellen Sonnenschein des Burghofs auf. »Sein eigener Sohn war, als er starb, ungefähr in Roberts Alter«, fügte er leise hinzu. »Im Troß einer Söldnertruppe führen Mutter und Kind ein hartes Leben. Es ist gut, daß Joscelin jetzt einen festen Standort und eine Familie gefunden hat. Sein Inneres ist voller Sehnsucht. Und so ergeht es auch seinem Vater.«

Jetzt tauchten auch sie in das Dunkel und kamen auf der anderen hellen Seite wieder hervor. Linnet spürte die Wärme allerdings nicht, und sie merkte auch nicht, daß sie in der Sonne blinzeln mußte, denn ihr war ein kalter Schauer über den Rücken gelaufen. »Soll das heißen, daß er mal verheiratet war?«

»Nicht offiziell mit Priester und Trauzeugen. Breaca hielt nicht viel von solchem Zeremoniell und Brimborium. Aber sie lebten über fünf Jahre zusammen, und sie schenkte ihm ein Kind. Nach dessen Tod ist sie noch eine Zeitlang mit uns umhergezogen, aber zwischen ihr und Joscelin war es aus. Sie hat dann in Rouen einen Witwer geheiratet und führt mit ihm ein Gasthaus.«

Linnet mußte schlucken und fühlte sich plötzlich etwas schwindlig. Conan ritt jetzt dicht neben ihr und hielt sie mit seiner starken, schwieligen Hand am Oberarm. »Ich möchte, daß Sie das für sich behalten, Mädchen. Nicht einmal sein Vater weiß darüber Bescheid, und Joscelin würde mich umbringen, wenn er annehmen müßte, daß ich mich in seine Privatangelegenheiten einmische. Aber ich dachte, es ist ganz gut, wenn Sie es erfahren.« Dann ließ er sie los, sprang leichtfüßig vom Pferd und stand schon an ihrem Steigbügel bereit, ihr herabzuhelfen.

Er verdient es auch, umgebracht zu werden, dachte Linnet. Muß er mir ausgerechnet in diesem Augenblick diese Eröffnung machen! Ich muß doch meinen ganzen gesellschaftlichen Takt aufbringen, um dem unangenehmen Vater meines Verlobten höflich entgegenzutreten! Und mit Schaudern dachte sie daran, wie viele unausgesprochene Geheimnisse später um ihr Ehebett schweben würden, von ihrem Schuldgefühl genährt, bis sie in einer Nacht, die dunkler war als andere Nächte, hervorbrechen und alles zerstören würden.

Robert nahm ihre Hand, und Joscelin erschien neben ihr. Er warf einen skeptischen Blick auf Conans übertrieben wirkende Unschuldsmiene und fragte sie: »Was hat er Ihnen erzählt?«

Er sprach in leichtem Ton und mit einem Lächeln. Dennoch fühlte sie sich an Giles erinnert, der immer sofort mißtrauisch geworden war, wenn sie sich mal mit einem anderen Mann unterhielt. »Ich...« Die Worte blieben ihr im Hals stecken, und dann fiel ihr vor Angst nichts mehr ein, was sie hätte sagen können.

»Ich habe ihr nur den freundschaftlichen Rat gegeben, meinem Neffen ein pflichtbewußtes Weib zu sein«, sprang Conan geläufig ein. »Wenn es ihr eben die Sprache verschlagen hat, so liegt das daran, daß sie mich nicht wörtlich wiedergeben kann, ohne undelikat zu werden.« Er blinzelte ihr zu, klopfte Joscelin kräftig auf die Schulter und besah sich dann die Burg. »In zwanzig Jahren hat sich hier kein Stein geändert! Mir hat die Burg immer gefallen – sie ist gut und solide, und es muß Spaß machen, sie bei einer Belagerung zu verteidigen.«

Die Pferde wurden in die Ställe geführt. Linnet drückte die feuchten Hände an ihrem Rock und gewann ihre Fassung wieder. Nun muß ich mit einer neuen Lüge leben, dachte sie, aber es ist noch nicht mal die größte. Sie verschloß das, was sie von Conan erfahren hatte, in ihrem Herzen. Diese Lüge würde im Verein mit all den anderen, genährt von ihrem Schuldbewußtsein, zu ihrer großen Angst beitragen.

Agnes de Rocher zog den Schlußfaden durch das schmale Loch des geklöppelten Rocksaums und schlug die Enden ins Muster. Dann betrachtete sie unzufrieden ihr Werk. Die Spannung war unregelmäßig, je nachdem, in welcher Stimmung sie sich an die Arbeit begeben hatte. Der Saum war mal breiter, mal schmaler ausgefallen, krumm und schief wie ihre ungebärdigen Gedanken. Es sollten herbstliche Farben sein – Golden, Braun und ein weiches Grün. Doch sie wirkten verschwommen und durch das Fehlen kräftiger Kontraste langweilig.

Sie legte die hölzernen Täfelchen auf den Tisch und sicherte sie mit einem anderen Stück des Saums. Sie hatte glatte, mit goldenen Ringen geschmückte Hände, wie es der Frau eines Barons zukam. Sie waren aber auch fett und klobig. An den Rändern der Ringe quoll das Fleisch wie halb aufgegangener Hefeteig hervor. Nach Martyns Geburt war ihre Figur aus dem Leim gegangen. Ihr Körper war weich und schlaff, ein verbrauchtes Gefäß. Sie war froh, daß William ihr keinen Spiegel geschenkt hatte wie einer seiner Mätressen. Denn sie scheute sich davor, auf dem polierten Stahl ihr Spiegelbild zu erblicken. Sie meinte, dann würde aus der zitternden Oberfläche des Spiegels die wahre Agnes de Rocher hervortreten und aller Welt verraten, daß ihre Hände mit Blut besudelt waren.

Fast fünfundzwanzig Jahre lang hatte sie das Geheimnis für sich bewahrt. Wie ein ungeborenes Kind bewegte es sich von Zeit zu Zeit unter ihrem Herzen, was ihr mal Vergnügen, mal Mißbehagen bereitete. Obwohl es mit den Jahren ins Unförmige wuchs, fühlte sie sich nicht gedrängt, es einem Priester zu beichten. Eher würde sie das blutige Geheimnis ihrem Ehemann offenbaren, um triumphierend ihre Rache auszukosten. Doch bisher hatte sie dieser Versuchung doch widerstanden.

Manchmal trat ihr im Geist die Gestalt Morwenna de Gaels vor Augen. Das üppige braune Haar hing ihr tief in den Rücken. Den Saum des grünen Samtkleids schleppte sie über die Binsenmatten des Fußbodens nach, und ihr gerundeter Bauch versprach neues Leben – ein Versprechen, das jedoch nie Erfüllung finden sollte. Noch oft, wenn sie den Fuß auf die Wendeltreppe setzte, die in den großen Saal hinabführte, hörte sie Morwennas Todesschrei. Morwenna, Biest und Hure, hatte sich nicht damit begnügt, mit William das Bett zu teilen. Sie beanspruchte alles von ihm – seine Ehre, Pflicht und Zuneigung. Nichts sollte für seine rechtmäßige Gattin übrigbleiben. Ja, selbst die tote Morwenna hatte in ihrer Gier das alles in dieses makellos weiße Grabmal mitgenommen, das er für sie errichtet hatte. Erbost packte Agnes die Schere und zog mit der Spitze einen Strich quer über den Tisch, der wie eine schmale weiße Narbe aussah.

Solange ihre Schwägerin sich im Haushalt nützlich machte, konnte sie solchen Gedanken seltener nachhängen. Maudes heiteres, neugieriges Wesen und ihr nie stillstehendes Mundwerk sorgten dafür, daß Agnes kaum Zeit fand, vor sich hinzubrüten. Aber Maude hatte einen Vorwand gefunden, um sich einen Urlaub zu gönnen. Sie war auf Besuch bei einer früheren Dienerin in einem bei Newark gelegenen Konvent und wurde frühestens in zwei Tagen zurückerwartet. Agnes wußte, daß Maude ihre Gesellschaft als Qual empfand und deshalb immer bemüht war, ihr zu entrinnen.
Ein leises Geräusch von der Tür her veranlaßte Agnes, aufzuspringen und die Schere unter der Hand zu verbergen. Sie senkte ein wenig die Lider, um die junge Frau mit dem Kind, die hinter ihrer Zofe in der Türöffnung standen, besser ins Auge fassen zu können. Sicherlich kannte sie sie, aber woher?

»Lady Linnet de Montsorrel«, meldete die Zofe und trat zur Seite, so daß die Besucherin Agnes' geheiligtes Privatgemach betreten konnte. William hatte sein Zimmer an der entgegengesetzten Seite der Burg und würde nie in ihrs eindringen, wenn er nicht dazu gezwungen war. Er nannte es den Koben, und das nur halb im Scherz – der Aufenthaltsraum für die alte Sau.

Agnes' dichte Augenbrauen schossen in die Höhe

und senkten sich wieder. Jetzt erinnerte sie sich, und senkrechte Falten bildeten sich auf ihrer Stirn. Maude hatte sich auf Verlangen eine Zeitlang um Linnet de Montsorrel gekümmert, und zwar in den Tagen nach dem Tod ihres Mannes. Ein durchgehendes Pferd hatte sich über ihn gewälzt. Als Giles de Montsorrels Witwe war sie Agnes gleichgültig. Aber die Galle stieg in ihr auf, wenn sie daran dachte, daß sie mit dem unehelichen Sohn der Hure verlobt war und ihm eine Erbschaft mitbrachte, die ihn mit einem Schlag vom Söldner zu einem begüterten Baron erhob.

»Das ist wirklich ein unverhofftes Vergnügen«, sagte sie mit steifem Mund und legte die Schere sorgfältig so auf die Tischplatte, daß der zackige Strich, den sie eingeritzt hatte, nicht zu sehen war. »Wollen Sie nicht Platz nehmen?« Auf eine lässige Handbewegung von ihr beeilte sich eine andere Dienerin, Kissen auf einen Armsessel zu legen.

Agnes betrachtete Linnet mit kaltem Blick von Kopf bis Fuß. Die Haube der Frau aus hellblauer Seide wurde durch einen geflochtenen Ring in einer etwas dunkleren Farbschattierung gehalten. Dies brachte ihre schönen graublauen Augen besonders gut zur Geltung. Ihr Überrock aus schottischem Köperstoff war im englischen Stil geschnitten, so daß das weiche grüne Kleid und ein Stück des Untergewands aus flachsblauem Leinen sichtbar blieben. An dem vergoldeten Gürtel hingen eine Geldtasche und ein elegant gearbeitetes Nadelkästchen. Der Kleidersaum bestand aus einer Klöppelstickerei, wie Agnes sie eben hergestellt hatte, war aber aus besserem Stoff als die, die auf dem Tisch lag. Das verstärkte noch ihre Antipathie. Es wäre ihr leichter gefallen, Linnet de Montsorrel mit geheuchelter Höflichkeit zu empfangen, wenn sie nicht so hübsch ausgesehen und nicht so fabelhaft gekleidet gewesen wäre. Agnes hatte stets einen Widerwillen gegen Frauen gehabt, die mit Schönheit oder gutem Geschmack begabt waren.

»Vielen Dank, Lady Agnes.« Linnet ging auf den Sessel zu. Robert blieb wie angewurzelt stehen und schaute sehnsüchtig zur Tür zurück.

»Sind Sie allein gekommen?«

Die Zofe ging an einen Wandschrank und entnahm ihm zwei hübsch glasierte Tonbecher.

»Nein, Mylady«, sagte Linnet zögernd. Sie fühlte sich unter Agnes' kaltem, fast fischartigem Anstarren unbehaglich. »Sie müssen wissen, daß Joscelin seinen Vater sprechen will.«

Agnes nickte verächtlich. »Ich habe es geahnt, daß es nicht lange dauern wird, bis er nach Arnsby angeschlichen kommt wie ein hungriger Wolf in den Schafstall. Und dann würde er natürlich auch Sie mitbringen – seinen Hauptgewinn.«

»Er hat mich mitgebracht, weil es die gute Sitte so verlangt«, entgegnete Linnet im gleichen eisigen Ton wie Agnes und setzte sich auf die vordere Kante des angebotenen Sessels. Robert kletterte auf ihr Knie und umarmte sie fest. »Jetzt wird mir klar, daß das ein Fehler war.«

»Oh, von meiner Seite aus durchaus nicht«, sagte Agnes hämisch. Ihre Röcke rauschten auf den Binsenmatten, als sie sich umwandte. Wie im Krampf öffneten und schlossen sich ihre Fäuste. »Seit fast dreißig Jahren muß ich diese Demütigung erdulden. Meine Söhne gelten in Williams Augen gar nichts, aber für den unehelichen Sohn der willigen Hure würde er Himmel und Hölle in Bewegung setzen! Ich weiß sehr gut, warum Joscelin hergekommen ist.«

Die Verbitterung der älteren Frau erschreckte Linnet. »Sie sind wahrscheinlich überarbeitet, Lady Agnes. Joscelin will mit seinem Vater darüber verhandeln, ob er sich von ihm Vorräte für Rushcliffe leihen kann.«

»Diese Ausrede wird er zweifellos allen erzählen. Aber nicht jeder ist so leichtgläubig und nimmt ihm die Lüge ab. In Wirklichkeit ist er hergekommen, weil seine Brüder sich Leicesters Rebellion angeschlossen haben. Er denkt, er könnte nun Arnsby als sein Erbe beanspruchen.«

»Das ist eine Verleumdung, Lady Agnes. Selbst wenn Joscelin von seinem Vater Arnsby verlangte, würde dem doch entgegenstehen, daß es hier im Haus noch einen Sohn gibt, und ich weiß, daß er Martyn sehr lieb hat.«

»Martyn ist noch ein Kind, keine neun Jahre alt«, gab Agnes heftig zurück. »Von ihm hat er nichts zu befürchten.«

»Dennoch weiß ich, daß Joscelin nicht daran denkt, seinen Brüdern ihr Erbe wegzunehmen«, widersprach Linnet. Danach konnte sie nicht mehr an sich halten. Sie mußte Agnes einen Stich versetzen, und so sagte sie: »Die schaffen es notfalls auch allein, sich um ihr Erbe zu bringen.«

Agnes wurde blutrot und gab einen glucksenden Laut von sich.

»Es gibt aber noch einen Grund, warum wir hergekommen sind. Joscelin hat seinen Onkel Conan de Gael mitgebracht. Der will mit Lord William Frieden schließen.«

Alle Farbe wich aus Agnes' Gesicht. Rasende Wut ließ sie totenblaß werden. Die losen Enden ihrer Haube zitterten. Ihre Hände griffen wie haltsuchend in die Luft. »Sie wagen es, in mein Privatgemach zu kommen und den Namen dieses verlogenen, in der Hölle gezeugten Zuhälters auszusprechen?« Die Wut verschlug ihr beinahe die Stimme.

Linnet sprang auf, weil sie befürchtete, daß Agnes sie körperlich angreifen würde. Hastig trat die Zofe, die ihr eben einen Becher Met reichen wollte, zur Seite und verschüttete das Getränk. Linnet nahm Robert auf den Arm und ging entschlossen zur Tür. Mit aller Würde, zu er sie sich aufraffen konnte, sagte sie: »Ich gehe wohl besser.«

»Zuvor habe ich Ihnen noch etwas zu sagen«, erklärte Agnes mit äußerster Schroffheit und trat drei Schritte auf Linnet zu. Dabei verfing sich die lose Sohle ihres Hausschuhs im Saum ihres Unterkleids, und sie stürzte schwer zu Boden. Ihre Haube löste sich, und die bräunlich-grauen, spärlichen Zöpfe fielen ihr wie Rattenschwänze über die Schultern. Ihr schriller Aufschrei ging den Anwesenden durch Mark und Bein.

Von Schreck erfüllt, stellte die Zofe schnell die Becher weg und beugte sich über ihre Herrin. Linnet blieb zögernd auf der Türschwelle stehen. Sie war nur von dem Wunsch beseelt, sich eiligst zu entfernen. Aber das ließ sich jetzt nicht mit ihrem Gewissen vereinbaren. Vielleicht hatte Agnes sich etwas gebrochen? Oder sie war vom Schlag getroffen worden?

Sie stellte Robert auf die Beine und sagte zu ihm: »Glaubst du, du kannst den Weg in den Saal zu Conan und Joscelin zurückfinden?«

Robert sah seine Mutter groß an und zog an ihrer Hand. »Du kommst mit!«

»Ich kann nicht mitkommen. Lady Agnes braucht Hilfe. Geh zu Joscelin und bleibe so lange bei ihm, bis ich zurückkomme! Ja?«

Robert vergrub die Zähne in die Unterlippe und nickte.

»Du bist ein guter Junge. Geh jetzt! Schnell!« Linnet umarmte ihn kurz und schob ihn dann sanft von sich. Es war erstaunlich, wie rasch der Name Joscelin für das Kind an Bedeutung gewonnen hatte. Man brauchte ihn nur auszusprechen, und hundert verborgene Türen öffneten sich plötzlich vor ihm. Hier war er an einem Ort, den er nicht kannte, und doch löste er sich bereitwillig von den Röcken seiner Mutter, weil er zu Joscelin geschickt wurde.

Linnet erteilte der geängstigten Dienerin kurze Anweisungen und untersuchte dann Agnes daraufhin, ob sie sich etwas gebrochen hatte. Glücklicherweise war das nicht der Fall. Agnes konnte aufstehen und ließ sich zu Bett bringen. Die Bettücher verbreiteten einen schalen Geruch, und auf dem verschmierten Nachttisch lagen Krümel. Linnet flößte Agnes einen Becher Met ein. Grau im Gesicht, nippte die Frau gehorsam, und in kurzer Zeit bekam sie wieder Farbe.

Ihr Blick wurde wieder klar. Sie faßte Linnet ins Auge und sagte müde: »Mein Gott, ich beneide Sie um Ihre Unschuld. Vor langer Zeit war ich auch einmal so unschuldig. Ich sehe es an Ihren Augen, Sie halten mich für eine Verrückte, nicht wahr?«

»Ich halte Sie für krank«, sagte Linnet voll Mitleid.

Agnes schniefte und sah mit düsterem Blick auf das Stuckbild an der Wand, auf dem ein Liebespaar dargestellt war, das sich im Garten am Damebrett gegenübersitzt. »William will mich in ein Nonnenkloster stecken. Ich kann ihm keine Kinder mehr gebären, und er empfindet mich nur noch als eine Last.« Sie kniff die Augen zusammen. Mit den grauen Haaren, die ihr ins Gesicht hingen, erinnerte sie Linnet an eine Wölfin. »Aber ich will, daß er diese Last bis an sein Lebensende mit sich herumschleppen muß, und dann soll er von mir aus mit seiner kostbaren Hure in der Hölle braten!«

Als Linnet sich zum Gehen anschickte, machte Agnes keinen Versuch, sie zurückzuhalten. Sie saß im Bett, wiegte den Oberkörper vor und zurück und hielt den Metbecher in der Hand, als wäre er ein Säugling. Dabei murmelte sie unaufhörlich etwas vor sich hin.

Mehr als zwanzig Jahre waren nach der letzten Begegnung von William de Rocher und Conan de Gael vergangen. Damals hatten sie beide die Schwerter geschwungen, und William hatte Conan kämpfend von einem Turm zum anderen, von Zimmer zu Zimmer und schließlich an der Wache vorbei zu den Toren von Arnsby hinausgejagt. Dann hatte er sie ihm vor der Nase zugeschlagen und ihm bei Strafe des Hängens verboten, jemals zurückzukehren.

Jetzt standen sie sich von Angesicht zu Angesicht gegenüber. Sie waren gleich groß. Die blauen Augen des einen Mannes maßen die grünen des anderen.

»Wirst du mich jetzt aufknüpfen?« fragte Conan in seiner üblichen frechen Art und hatte die Hand am Schwertgriff.

William sog scharf die Luft durch die Zähne, als hätte er einen Schlag in die Magengrube erhalten. »Reize mich lieber nicht!« warnte er. Dann packte er mit beiden Händen seinen Waffengürtel und preßte ihn. Es sah aus, als hätte er sie gern um Conans Kehle gelegt.

Conan schnalzte mit der Zunge am Gaumen. »Du bist ungerecht gegen mich, William! Aber das warst du ja schon immer. Du hast mir stets die gemeinsten Motive unterschoben. Doch keine Sorge, ich habe nicht die Absicht, deine Gastfreundschaft für längere Zeit in Anspruch zu nehmen. Ich sehne mich ebenso wenig nach deiner Gesellschaft wie du dich nach meiner.«

Stumm starrte William den Söldnerführer an.

»Er arbeitet für mich«, sagte Joscelin ruhig. »Jetzt, da sich dunkle Wolken über uns zusammenziehen, brauche ich erfahrene Männer, denn Rushcliffes Besatzung besteht aus lauter Holzköpfen und Schwachsinnigen, wie man sie bei einem Narrenfest nicht zahlreicher versammelt finden könnte.«

»Und du bist selber ein Narr, wenn du ihn engagiert hast!« fuhr William ihn an.

»Ich schneide mir doch nicht selber die Nase ab, nur um mein Gesicht zu ärgern!« gab Joscelin trotzig zurück. »Hältst du es etwa für besser, wenn er sich und sein Schwert den Rebellen verkauft?«

Eisenherz knirschte mit den Zähnen, die ihm noch geblieben waren.

Conan fand den Wortwechsel so amüsant, daß er lächelte und Fältchen um seine Augenwinkel entstanden. »Ich nehme an, das wäre ihm recht«, sagte er zu Joscelin. »Dann könnte ich nämlich auf seinen Ragnar aufpassen, nicht wahr?«

Joscelin warf ihm einen warnenden Blick zu und machte eine abwehrende Handbewegung. Doch ungerührt fuhr Conan fort zu lächeln. Die lange Narbe verwandelte es in höhnisches Grinsen.

»Ist er wirklich dein Onkel?« fragte Martyn. Ungebeten und unbemerkt hatte er sich zu den drei Männern gesellt. Jetzt staunte er Conan mit der gleichen Neugier an wie den Tanzbären auf dem Jahrmarkt von Smithfield.

Joscelin lachte und zerzauste seinem jüngeren Bruder die kurzgeschnittenen braunen Locken. »Leider ja, aber laß dich durch sein Äußeres nicht täuschen! In Friedenszeiten ist er eine wahre Landplage. Aber ich kenne nur wenige, die ich auf dem Schlachtfeld lieber an meiner Seite hätte.«

»Nett von dir, daß du das endlich mal zugibst«, sagte Conan brummig. Doch Joscelin merkte, daß er sich geschmeichelt fühlte.

William legte seinem jüngsten Sohn schwer die Hand auf die Schulter und fragte gereizt: »Warum bist du nicht beim Training zum Schwertkampf?«

Furchtlos erwiderte Martyn seinem Vater: »Mein altes Holzschwert ist zerbrochen. Da hat mich Sir Alan weggeschickt, um ein neues zu holen.«

»Und du bist jetzt auf dem Weg?«

»Ja, Papa. Aber ich dachte, ich muß aus Höflichkeit herkommen und unsere Gäste begrüßen.«

Williams Lippen zuckten verräterisch. Mit Mühe verbiß er sich ein Lächeln. »Daß du aus Höflichkeit gekommen bist, bezweifle ich stark. Ich sehe dir doch die Neugier an der Nase an! Nun aber los! Beeil dich! Sonst wird dir Sir Alan wegen deines Herumbummelns die Leviten lesen.« Er tätschelte dem Jungen kurz die Schulter und schickte ihn dann fort.

Kaum hatte sich Martyn entfernt, da kam Robert mit wehendem blonden Haarschopf durch den großen Saal gelaufen. Keuchend warf er sich in Joscelins Arme. Der hob ihn hoch.

»Wo ist deine Mutter? Weiß sie, daß du hier bist?«

Robert nickte, lehnte den Kopf an Joscelins Hals und schlang die Arme um seinen Nacken. Joscelin fühlte, wie schnell das Herz des Kindes klopfte. »Sie hat mich ja hergeschickt«, sagte Robert. »Ich soll bei dir bleiben. Die Lady, die wir besucht haben, hat sich gar nicht nett benommen. Ich habe sie gleich nicht gemocht. Sie ist aber auf einmal hingefallen, und Mama hat ihr wieder auf die Beine geholfen. Deshalb ist sie noch bei ihr.«

Über den blonden Kopf des Kindes hinweg schaute Joscelin zu William hinüber.

»Agnes ist in letzter Zeit sehr schwierig geworden«, sagte sein Vater ungeduldig und mit deutlichem Abscheu. »Sie brütet nur noch vor sich hin, beschäftigt sich in Gedanken mit Ragnar und Ivo und schmiedet Pläne, wie sie sich wieder in meine Gunst einschmeicheln können.«

Joscelin tätschelte Robert und schwieg. Was hätte er auch sagen können? Agnes war immer davon besessen gewesen, Ragnars Stern einen strahlenden Ort am Firmament Arnsbys zu sichern. Und er war für sie ein böser Komet, der seinen Halbbruder zu überstrahlen drohte. Unter den augenblicklichen politischen Gegebenheiten war es kein Wunder, daß Agnes Gift und Galle spuckte, weil der Rivale ihres ältesten Sohnes auf die Burg gekommen war.

»Wenn Martyn im nächsten Frühjahr bei de Luci den Dienst als Knappe antritt«, sagte William, »setze ich ihr eine Pension aus und bringe sie bei den Nonnen in Southwell unter.«

»Hättest du schon vor Jahren tun sollen, Mann«, bemerkte Conan unverblümt. »Ich war immer der Meinung, daß sie nicht alle Tassen im Schrank hat.«

Williams Mund zuckte. »Ich habe ihre Anwesenheit als meine Buße angesehen«, sagte er. »Mehr als die Hälfte meines Lebens habe ich sie ertragen wie ein härenes Büßergewand.«

Und sie hat umgekehrt um ihrer Söhne willen dich ertragen, dachte Joscelin. Auch das ist eine Art Buße gewesen. Und solange die Zukunft ihrer Söhne noch ungewiß war, schien es ihm unwahrscheinlich, daß sie einwilligen würde, bei den Nonnen zu leben.

Um die Aufmerksamkeit seines Idols wieder auf sich zu lenken, piepste Robert: »Auf der Treppe habe ich noch eine andere Lady gesehen. Die war aber nett! Und sie hat nach Blumen geduftet.«

»Wirklich?« sagte Joscelin geistesabwesend.

»Ihre Haare waren noch länger als Mamas«, plapperte Robert drauflos. »Sie reichten ihr fast bis zu den Knien. Und sie hat ein hübsches grünes Kleid mit Puffärmeln angehabt.«

Seine Worte plumpsten wie Steine in einen Teich. Tiefes Schweigen folgte ihnen. Die Männer waren schockiert. William wurde aschfahl im Gesicht.

»Meine Güte!« flüsterte Conan, bekreuzigte sich und starrte schaudernd das Kind an.

»Hat sie etwas zu dir gesagt?« Unwillkürlich schaute Joscelin zum Fuß der dunklen Turmtreppe hinüber.

Dann hob er den Kopf und suchte den langen Galerieumgang und die Doppelreihe der Geländer aus Eichenholz mit den Augen ab. Aus den hohen Fenstern über der Empore fiel heller Sonnenschein in den Saal und vergoldete die Speerspitzen, an denen über dem Kamin die Banner der Familie hingen und leicht im warmen Luftzug des Feuers flatterten. Sein Herz klopfte schnell und unregelmäßig am Körper des Kindes.

»Nein«, sagte Robert. »Aber sie hat gelächelt und ist mit mir die Treppe runtergegangen, damit ich mich im Dunkeln nicht fürchten muß. Jetzt ist sie aber weg.«

Die Männer tauschten vielsagende Blicke. Aber niemand wagte es, laut werden zu lassen, was ihm durch den Kopf schoß.

»Nein«, sagte William mit heiserer Stimme, »das kann nicht wahr sein.«

»Vielleicht war es eine von deinen Dienerinnen«, sagte Conan, aber sein zuversichtlicher Tonfall klang hohl und überzeugte keinen. »Oder vielleicht hat der Junge irgendwo etwas gehört und es fantasievoll ausgeschmückt.« Wie vorher Joscelin ließ er jetzt den Blick zum Fuß der dunklen Turmtreppe schweifen, wo sie damals seine Schwester, in die Falten ihres grünen Kleids verwickelt, aufgefunden hatten. Dann schloß er eine Weile die Augen und schlug sie erst wieder auf, um sich an William Eisenherz zu wenden. »Du hast mich vorhin gefragt, warum ich hergekommen bin. Ich möchte Morwenna in ihrem Grabmal nachträglich die letzte Ehre erweisen. Damals hattest du mich rausgeworfen und gesagt, du würdest mich wie einen gemeinen Dieb hängen, wenn ich jemals wieder den Fuß auf Arnsby-Land setzen sollte. Aber das ist schon sehr lange her. Inzwischen sind wir alt geworden. Ich will meinen Frieden mit der Vergangenheit schließen, bevor es für uns alle zu spät ist.«

»So etwas wie Frieden gibt es nicht«, antwortete William heiser und heftete den Blick auf den Fuß der Treppe zum Turm.

## 17

Die Kapelle, die Morwenna de Gael geweiht war, lag am Waldrand in der Nähe der Stadt Arnsby, nur getrennt durch den Mühlbach, über den eine gewölbte alte Steinbrücke führte. Vor der Kapelle weideten Schafe. Sie hielten das mit Gänseblümchen und rosafarbenem Klee geschmückte Gras kurz.

Sinnend betrachtete Linnet den Schrein zu Ehren von Joscelins Mutter. Die Nachmittagssonne fiel auf den weißen Caen-Stein und verlieh ihm einen goldenen Schimmer. Bogenfenster mit erlesenen Steinreliefs und Butzenscheiben verdunkelten den Blick nach draußen. Die solide Holztür, mit hübschen schmiedeeisernen Bändern beschlagen, war geöffnet und durch einen Holzkeil festgeklemmt. Ein Streifen Sonne lockte über die Steinfliesen der Schwelle ins Innere. Wie schön und still! dachte sie. Welch ein Gegensatz zu dem unruhigen Gespenst, das nach Meinung der Burgbewohner durch Arnsbys Flure spukte.

Sie wandte sich um und sah, wie Joscelin den kleinen Robert von der Kruppe des Pferdes hob und auf dem federnden Rasen absetzte. Joscelin hatte ihr erzählt, was Robert gesehen haben wollte. »Er hat uns damit fast zu Tode erschreckt«, hatte er gesagt, wobei er das Gesicht zu einer Grimasse verzog. »Conan sagt, daß es wahrscheinlich eine der Dienerinnen gewesen ist, und an diese Auslegung klammern wir uns alle, aber...« Er breitete hilflos die Arme aus. »Aber sonderbar ist es doch, sehr sonderbar.«

Robert kniete im Gras. Er hatte einen Marienkäfer

in der Hand. Die Sonne glänzte in seinem Haar. Sein offenes Gesicht leuchtete vor Freude. Was immer er auf der Treppe gesehen oder zu sehen geglaubt hatte, ihn hatte es nicht berührt. Nur die Erwachsenen spürten dahinter ein dunkles Geheimnis. Aber das lag möglicherweise an ihrem schlechten Gewissen. An Agnes de Rocher dachte Linnet mit gemischten Gefühlen zurück: Mitleid, gepaart mit Abneigung. Die Frau war ein Opfer ihres Hasses und ihrer Verbitterung.

Joscelin stand an ihrem Steigbügel und hob die Arme, um sie herunterzuheben. »Warum machen Sie so ein böses Gesicht?« fragte er.

»Hat nichts zu bedeuten.« Ihre Stirnfalten glätteten sich. »Ich dachte an die Frau Ihres Vaters. Gott sei Dank, daß sie…« Sie glitt in seine Arme, wobei sie sich so drehte, daß sie seine verletzte Schulter nicht berührte.

»Sie hat Sie aus der Fassung gebracht, nicht wahr?« Er hatte Linnet auf dem Boden abgesetzt. Doch seine Hände ruhten noch an ihrer Taille.

Sie fühlte den leichten Druck der Finger an ihrem Körper. Ein Schwächegefühl wandelte sie an. Ihr war, als berührte er nicht ihr Kleid, sondern ihren nackten Körper. Sie selber hielt ihn an den Ärmeln seines Oberrocks und spürte den Wollstoff unter den Händen, seine ruhigen Atemzüge und seinen funkelnden Blick.

»Mehr, als mir lieb war«, gab sie mit rotem Gesicht und erhöhtem Puls zurück. Es fiel ihr schwer, sich auf das zu konzentrieren, was er sagte, weil seine Nähe sie erregte. »Sie sagte, daß Sie Arnsby in einer bestimmten Absicht besucht hätten. Sie wollten ihrer Meinung nach Ihren Vater daran erinnern, daß er einen volljährigen Sohn hat, der ihm und der Krone treu geblieben ist. Und mich hätten Sie nur mitgebracht, um Ihren Erfolg recht augenfällig zu machen.«

Er schürzte die Lippen und legte den Kopf etwas schief, während er mit einer Hand träge kleine Kreise an ihrem Nacken beschrieb. »Nun, an beidem würde ich nichts Schlechtes finden.«

»Es war ihr Tonfall, der Ihren Motiven etwas Schlechtes unterlegte. So als wären Sie nur gekommen, um sich zu bereichern.« Sein Oberschenkel berührte ihren, und ein angenehmer Schauer durchrieselte sie.

»Und dabei weiß sie noch nicht einmal, wie nahe sie der Wahrheit gekommen ist«, sagte er leise und offenbar doppelsinnig. Denn er näherte seinen Mund dem ihren und verschloß ihn mit einem innigen Kuß.

Entzückt warf sich Linnet so ungestüm an seine Brust, daß er leicht ins Schwanken geriet. In diesem Augenblick drängte sich Robert zwischen sie. Er wollte ihnen unbedingt den Marienkäfer zeigen, und er war wohl auch eifersüchtig, weil sie sich umarmt hielten. Joscelin ließ sie los. Linnet wäre beinahe über ihren Sohn gefallen. Er hatte sie aus dem Gleichgewicht gebracht. Aus leuchtenden grauen Augen schaute Robert zu ihnen auf.

»Guck mal, Mama!« rief er und hielt den Marienkäfer in der offenen Hand. Der Käfer breitete die Flügel aus und schwirrte davon. »Jetzt ist er weg!« Und schon jagte Robert ihm über den Rasen nach.

Joscelin atmete tief ein und umklammerte mit beiden Händen den Gürtel. Es war eine typische Haltung seines Vaters, aber er ahmte ihn völlig unbewußt nach. »Manchmal«, sagte er, »ist es schwer zu beachten, was die Ehre von einem verlangt. Wenn da nicht Martyn wäre, hätte ich vielleicht wirklich so ehrvergessen gehandelt, wie sie es sich vorstellt.« Er lächelte schmerzlich. »Und wenn Ihnen nicht so viel daran läge, die drei Monate Trauerzeit innezuhalten, dann hätte ich schon längst Anspruch auf einen Platz in Ihrem Bett erhoben.«

Dabei sah er sie so schmachtend an, daß sie zu zittern anfing. Sie geriet in Versuchung, ihm zu sagen, daß sie die drei Monate Trauerzeit schon längst nicht mehr für so wichtig hielt wie anfangs. Doch etwas veranlaßte sie, lieber zu schweigen. Es war ihm bekannt, daß Giles ihr nie getraut hatte, und sie wollte ihm keinen Grund geben, sich zu fragen, ob sie Giles nicht doch Ursache für sein Mißtrauen gegeben hatte. Er soll ruhig merken, daß ich der Versuchung widerstehen kann, dachte sie. Aber entscheidend war es, daß sie es sich selbst beweisen wollte, um ihr Schuldgefühl loszuwerden.

»Es ist nicht so, daß ich etwas dagegen habe«, flüsterte sie rasch. »Aber ich möchte lieber abwarten, ob ich von Giles vielleicht schwanger bin. Außerdem sollen die Leute sehen, daß Sie ein würdiger Gefolgsmann des Justitiarius sind und kein Abenteurer, der mich vom Sarg meines Mannes reißt und zum nächsten Priester schleppt.«

»Die Leute sehen doch immer nur das, was sie sehen wollen«, sagte er seufzend, trat aber höflich beiseite, um ihr den Weg zur offenen Kapelle freizumachen.

Während sie darauf zuging, spürte sie seinen brennenden Blick im Rücken. Sie zwang sich, nicht schneller zu gehen und sich nicht umzuschauen. Robert rief Joscelin zu, er habe schon wieder einen Marienkäfer gefangen, erhielt aber nur eine kurze, zerstreute Antwort. Und dann schlossen die dicken Wände der Kapelle sie von allen Geräuschen von draußen ab. So stand sie in der Stille der blassen Steinbögen, die sich in zwei Abteilungen zur Decke mit ihren eingemeißelten Kurven und Rauten emporwölbten.

Ihr Atem beruhigte sich. Eine friedliche Stimmung überkam sie. Sie kniete nieder und bekreuzigte sich. Dann erhob sie sich und schritt langsam durch das Kirchenschiff auf das Grabmal von Morwenna de Gael zu.

Durch die bunten Butzenscheiben schien die Sonne rote, grüne und lilafarbene Diamanten auf Linnets Schulter und auf das Bahrtuch aus Stein über dem Sokkel auszustreuen. In weißem, fast durchscheinenden Alabaster lag das Abbild von Williams Geliebter über ihren sterblichen Resten, die schlanken Hände wie zum Gebet gefaltet. Behutsam berührte Linnet die glatten Falten ihres Gewands. In der Arbeuge hielt sie das in eine Decke gehüllte Kind, bei dessen Geburt sie gestorben war. Jemand hatte kürzlich einen Kranz aus Ringelblumen auf die starre, jungfräulich weiße Haube gelegt, die nun einen bernsteinfarbenen Schatten auf die glatte weiße Stirn warf. Das Gesicht war patrizierhaft mit einer römischen Augenpartie und strenger, gerader Nase – wie die Bildhauer üblicherweise Gesichter darstellten, auch wenn sie nicht die mindeste Ähnlichkeit mit der darunter begrabenen Person hatten. Um den Mund spielte der Hauch eines Lächelns. Wahrscheinlich war dem Künstler hier nur der Meißel abgerutscht, oder er war einen Augenblick lang nicht bei der Sache gewesen. Doch gerade dieses angedeutete Lächeln verlieh dem Gesicht etwas Persönliches.

Noch etwas weiter brannten vor dem Altar pyramidenförmig angeordnete Kerzen für Morwennas Seelenheil. Seite an Seite knieten Eisenherz und Conan vor dem gekreuzigten Christus. Die meisten der flackernden kleinen Bienenwachskerzen mußte ein Priester angezündet haben, der sich jetzt aber aus dem schweigenden Raum zurückgezogen hatte. Wie Lanzen standen einige lange Kerzen, die so dick waren wie der Arm eines Kriegers, auf dem Altar, und dazwischen erhob sich ein Kreuz der orthodoxen Kirche aus teilweise vergoldetem Granat, die Erinnerung an den Kreuzzug eines früheren de Rocher. Dies alles erweckte den Eindruck von Reichtum, aber nur als unbedeutender Hintergrund zu dem makellos weißen Grabmal.

Lautlos gesellte sich Linnet zu den beiden Männern und entzündete ebenfalls eine Kerze. In schweigendem Gebet für das Seelenheil der Morwenna de Gael bewegte sie die Lippen. Danach betete sie für sich selbst. Stumm bat sie um Mut und Vergebung. Noch einmal beugte sie das Knie und richtete sich dann wieder auf. Dabei bemerkte sie, daß die Hände William de Rochers von Blütenstaub überpudert waren, als habe er Blumen gepflückt.

## 18

*September 1173*

Draußen war es stockdunkel und regnete. Fluchend fuhr Joscelin aus dem Schlaf und hörte Wasser gegen die Fensterläden klatschen. Er hob die Schafsfelle, unter denen er gelegen hatte, von sich und setzte sich fröstelnd auf. Die Nachtkerze war ausgegangen. Er tastete umher, stieß auf die Truhe und fand gleich darauf das Zunderkästchen. Als es ihm gelungen war, mit zwei Feuersteinen und abgeschälten kleinen Holzstükken ein Licht anzuzünden, erschien Heinrich gähnend mit einem wild flackernden Leuchter in der Hand.

»Bitte um Entschuldigung, Mylord«, sagte er und machte sich an der Nachtkerze zu schaffen. Bald brannte sie ruhiger. »Sie sind ja vor mir aufgewacht. Sie können vor dem Wegreiten noch etwas zu sich nehmen. Meine Mutter kocht eine Suppe für Sie und die Männer. Heute morgen braucht man etwas Warmes im Magen.«

Joscelin verzog mürrisch das Gesicht. In seiner Zeit als Söldner war mancher Tag ähnlich angebrochen – mit sauschlechtem Wetter vor der Morgendämmerung, wo jeder normale Mensch den Kopf wieder unter die

Decken gesteckt und weitergeschlafen hätte. Auch wenn Kettenhemden, Helme und Waffen bei der Reise in Wachsleinen eingepackt waren, würden sie innerhalb von Stunden zu rosten anfangen, und der kalte Dauerregen würde durch die Kleidung bis auf die Haut und in Mark und Bein dringen. Doch sie hatten leider keine Wahl. Die Schotten waren in voller Stärke an der Grenze aufmarschiert und drangen rasch nach Süden vor. Der Verrat des Bischofs von Durnham hatte ihnen den Weg freigemacht. Also mußte Joscelin ihnen mit seinen Männern entgegenreiten und sie an Plünderungen hindern. Der Befehl von de Luci war gestern mittag eingetroffen. Joscelin sollte sich mit seiner Truppe zunächst zur Musterung nach Nottingham begeben.

Der Regen prasselte mit voller Kraft an die Fensterläden. Heinrich begann mit den Zähnen zu klappern. »Kann nicht behaupten, daß es mir leid tut, hier zu bleiben, Mylord«, sagte er. »Glauben Sie, daß der Feind bis nach Derby kommt?«

Joscelin zog ein eingewachstes Wams über das Leinenhemd und darüber das Lederwams eines Schäfers. »Wenn wir schnell handeln, glaube ich es nicht. Aber der Earl von Leicester sammelt seine Truppen auf der anderen Seite der Meerenge zur Invasion. Wenn er gleichzeitig mti den Schotten zuschlägt, wird es unangenehm. Darum hat de Luci ja auch angeordnet, daß wir so schnell wie möglich vorrücken sollen.«

»Ich werde dafür beten, daß Sie den Sieg davontragen und heil zurückkommen, Mylord«, sagte Heinrich mit Inbrunst und schlug mehrere Male das Kreuz.

Als Joscelin in den großen Saal kam, hatten sich seine und Conans Männer schon mißmutig um die Feuerstelle gedrängt. Sie schlürften Suppe aus der Schüssel, verschnürten Kreuzbänder, zogen die Gürtel fest, gähnten und kratzten sich ausgiebig. Joscelin hatte keinen Appetit, aber er wußte, daß er einen langen, nassen Tag im Sattel vor sich hatte und etwas essen mußte. Deshalb ließ er sich von Frau Winifried eine Portion Suppe einfüllen.

»Alles Gute, Mylord, und Gott sei mit Ihnen!« sagte sie und reichte ihm eine Schüssel mit heißer Brühe. Sie starrte ihn so lange aus ihren glänzenden schwarzen Augen an, bis er den ersten Löffelvoll geschluckt und ihr versichert hatte, daß die Brühe gut schmecke. Milo nannte sie zwar die alte Hippe am Futterkessel, aber nur, weil sie eifersüchtig über das Essen wachte und ihm nicht gestatten wollte, wann immer er wollte, davon zu kosten.

Joscelin mischte sich unter die Männer und wechselte mit diesem und jenem ein paar kurze Worte. Conan beobachtete ihn und verbarg ein Lächeln im ergrauenden blonden Bart. »Kommt mir vor, als wäre es erst gestern gewesen, daß du noch auf meine Befehle parieren mußtest«, bemerkte er.

»Sind mehr als fünf Jahre her«, gab Joscelin scharf zurück.

Conan hob versöhnlich die Hand. »Pax!* Schließlich bezahlst du mich ja. Hauptsache, dein Amt steigt dir nicht so zu Kopf, daß er nicht mehr durch das Loch im Rock paßt. So lange werde ich dir auch nicht dreinreden.«

»Und solange du deine Zunge im Zaum hältst, komme ich nicht in Versuchung, sie dir abzuschneiden!« sagte Joscelin barsch. »Wenn du die Brühe ausgelöffelt hast, kannst du Befehl zum Aufsitzen geben. Ich will beim ersten Tageslicht unterwegs sein.«

Conan verzog den Mund. »Daß du frühmorgens immer so schlechte Laune haben mußt!« sagte er, setzte

* (lat.) Friede

die Schüssel an den Mund und trank den Rest seiner Brühe.

Joscelin zog die Brauen zusammen, ignorierte aber die Bemerkung. Jemand zupfte ihn am Wams. Er drehte sich um. Robert stand vor ihm. Die Haare waren noch vom Schlafen verwuschelt. Den Rock hatte er sich verkehrtherum angezogen und außerdem die Innenseite nach außen gekehrt. So hatte Juhel früher oft morgens vor ihm gestanden. Nur daß er schwarzhaarig gewesen war und die dunklen, schmalen Augen eines Fauns gehabt hatte.

Joscelin hockte sich hin. »Du gehörst noch ins Bett, junger Mann!«

»Ich wollte dich sprechen. Wollte dir sagen, du sollst nicht weggehen!«

Joscelin nahm Roberts eiskalte Hände in seine, nahm den vor Kälte zitternden Jungen in die Arme und setzte ihn sich aufs Knie. »Darüber haben wir doch schon gestern abend gesprochen, nicht wahr?« sagte er freundlich. »Ich muß aber weg, wenigstens eine Zeitlang. Der Mann, der mir aufgetragen hat, mich um deine Mutter und dich zu kümmern, braucht mich jetzt.«

»Aber wenn du zu ihm gehst, kannst du dich nicht mehr um uns kümmern.«

»Dafür bleibt Milo ja hier. Du kennst doch Milo. Der paßt schon auf, daß dir nichts Böses zustößt. Und Malcolm ist ja auch hier. Seine Wunde ist fast verheilt, er kann nur noch nicht so lange Strecken zu Pferde sitzen. Und ich verspreche dir, daß ich nicht lange wegbleiben werde.«

Robert schwieg eine Weile, aber nicht etwa, weil er mit dem Gesagten einverstanden gewesen wäre. Joscelin konnte fast sehen, wie es in seinem Kopf arbeitete, wie die Maschine in einer Mühle. Trotzig schob der Junge das Kinn vor und sagte: »Mama will auch nicht, daß du fortgehst.«

»Aber sie weiß, daß ich weg muß.«

»Sie hat gestern abend geweint. Sie dachte, daß ich schon schlafe, aber ich habe es gehört. Zu Ella hat sie gesagt, sie weiß nicht, was sie machen soll, wenn du tot bist.« Robert warf die Arme um Joscelins Hals und drückte ihn so fest an sich, als wollte er ihn nicht mehr loslassen. »Ich will nicht, daß du tot bist.«

Joscelin mußte schlucken. »Ich werde nicht sterben. Dafür hat mir das Leben noch zuviel zu bieten.«

Der Junge begann zu zittern, schüttelte energisch den Kopf und sagte wieder: »Ich will aber nicht, daß du weggehst.«

Joscelins rechte Hand schob sich tief unter die wärmenden Schichten verschiedenartiger Kleidungsstücke und brachte ein Lederband zum Vorschein, an dem ein geschnitztes kleinen Kruzefix aus Olivenholz hing. »Sieh es dir an! Seit ich sechzehn war, trage ich es immer bei mir. Jemand hat es mir geschenkt, der mir sehr nahestand, und ich habe es nie abgenommen. Es beschützt mich in der Schlacht.«

Dies war eine faustdicke Lüge, denn in der Schlacht verließ sich Joscelin ausschließlich auf seine eigenen Fähigkeiten und seine blitzschnellen Reflexe. Aber das Kind glaubte noch an Magie und Talismane. Breaca hatte ihm das Kreuz unter dem Sternenhimmel an der Straße nach Falaise geschenkt, als sie beide auf einem Ziegenfell ruhten. Sie hatte halb verächtlich und halb ehrfürchtig gesagt, es wäre aus einem Stück vom echten Kreuz hergestellt worden.

Robert berührte das dunkle, rohgeschnitzte Holz und schien ein wenig getröstet zu sein, denn Joscelin merkte, daß er ruhiger wurde. »Hat es dich wirklich beschützt?«

»Das kann ich beschwören«, sagte Joscelin in feierlichem Ton. »Aber du kannst seine Kraft noch stärker machen, wenn du jeden Tag nach der Messe für mich betest.«

Robert nickte. Seine Angst war vorerst verflogen, und nun wandte er seine Aufmerksamkeit anderen Dingen zu.

»Und wenn ich zurückkomme, dann möchte ich sehen, daß du ganz allein auf deinem Pony rund um den Turnierplatz im Galopp reiten kannst.«

»Das kann ich jetzt schon beinahe!«

»Ich weiß, aber ich werde auch nicht lange fortbleiben. Und wenn du uns draußen noch beim Wegreiten nachwinken willst, dann geh und zieh dir etwas Wärmeres an!« Er umarmte Robert noch einmal, stellte ihn dann auf die Beine und richtete sich ebenfalls auf. Denn eben kamen Linnet und eine Zofe in den Saal. Ella nahm sofort Robert an die Hand, machte ihm milde Vorwürfe und brachte ihn weg, damit er sich ordentlich anzog.

Joscelin verstaute das alte Holzkreuz wieder unter der Kleidung und widmete sich dann Linnet. Sie hatte Schatten unter den Augen, als habe sie schlecht geschlafen, und sie war bleich, was dadurch noch besonders auffiel, daß sie ein Untergewand aus ungefärbter Wolle trug. Zu dieser frühen Morgenstunde trug sie weder Haube noch Schleier, und ihre Haare hatte sie zu einem einzigen dicken Zopf geflochten. Er dachte an das, was Robert ihm erzählt hatte, und fragte sich, wie er es anstellen sollte, ihr die Angst zu nehmen. Es war kaum ratsam, es wie bei Robert zu versuchen und ihr Breacas Kruzifix zu zeigen.

Die Männer verließen bereits den Platz am behaglichen Kamin und den inzwischen geleerten Schüsseln. Die Zeit brannte Joscelin auf den Nägeln. Es gab noch so viel zu sagen, doch Worte waren schwer zu finden.

Schließlich sagte er lächelnd: »Ich habe immer noch ein Messer im Stiefelschaft, und links von mir wird Conan reiten.« Er faßte nach ihrem honigbraunen Zopf. »In einer Woche sind die drei Monate Trauerzeit um. Wenn ich heimkehre, feiern wir Hochzeit. Nehmen Sie sich etwas von dem Silber, kaufen Sie guten Stoff, und machen Sie daraus ein schönes Kleid!«

Sie biß sich auf die Lippen und fühlte, wie ihr Herz unter seiner Hand einen Sprung machte, als hätte er sie erschreckt.

»Linnet?«

Errötend sah sie ihn an und drehte sich dann rasch ab. »Ich habe mir schon etwas von dem Silber genommen. Um es genau zu sagen: dreißig Mark.«

Er hatte ihr gerade den Arm um die Taille legen wollen, ließ es jetzt aber sein. »Was? Woher?«

Sie holte tief Luft. »Aus der Schatzkiste... nein, warten Sie, und hören Sie mich an! Ich habe das Geld in London an mich genommen. Nach Giles' Tod und bevor de Luci Sie zum Treuhänder gemacht hat. Als wir beide es dann gezählt haben, hatte ich die dreißig Mark schon auf die Seite gebracht. Ich hatte doch nicht gewußt, was aus Robert und mir werden würde. Schließlich hatte er es geerbt, und ich wollte wenigstens etwas davon für ihn verwahren.«

Joscelin wußte nicht, ob er lachen oder ärgerlich werden sollte. Auf jeden Fall war er beunruhigt. Wenn sie so clever war, mußte er gut auf sie aufpassen. »Aber warum erzählen Sie mir das?« fragte er mißtrauisch. »Wenn Sie mir nichts gesagt hätten, wäre ich nie auf diese Idee gekommen.«

Unter langen Wimpern schaute sie zu ihm auf. »Weil ich Sie inzwischen besser kennengelernt und Vertrauen zu Ihnen gefaßt habe. Sie würden sich nie dazu hergeben, Roberts Erbe anzurühren.«

Innerlich fluchte Joscelin und mußte sie wider Willen bewundern. Wie klug sie es angestellt hatte, ihm die Waffen aus der Hand zu nehmen! Jetzt konnte er sie nicht mehr in berechtigter Empörung ausschimpfen. Und bei seiner Heimkehr würde die Sache schon so gut wie vergessen sein oder im milderen Licht erscheinen. »Das glaube ich allerdings auch nicht«, sagte er unsicher.

»Dann sind Sie nicht ärgerlich auf mich?«

»Das habe ich nicht gesagt.« Und damit zog er sie an sich und küßte sie lange und feurig.

Hinter ihm räusperte sich Conan laut. »Soll ich den Männern sagen, daß wir noch eine Weile hierbleiben?«

Joscelin hob den Kopf und sah sich um. Sein Onkel grinste ihn unverschämt an. »Nein, gib Befehl zum Aufsitzen! Ich komme sofort.« Noch einmal küßte er Linnet, so heftig, wie draußen der Regen herabrauschte.

»Gott schütze Sie, Mylord«, sagte sie atemlos, als er sie endlich losließ. Er sah ihre vollen Lippen, ihre leuchtenden Augen und vermutete, daß ihr die Tränen jetzt locker saßen.

Es war das erstemal, daß sie ihn bei seinem Titel genannt hatte, der ihm offiziell noch gar nicht zustand. Aber vielleicht hatte sie das in voller Absicht getan, um seinen Unmut zu dämpfen. Nein, das traute er ihr nicht zu. Dafür hatte sie auf seine Küsse zu spontan und leidenschaftlich reagiert. »Wenn ich je Grund hatte, schnell heimzukehren, dann ist es diesmal der Fall«, sagte er, warf den Mantel über und schritt zur Tür.

## 19

»Himmelherrgott noch einmal«, schnaufte Eisenherz. Dann blieb ihm nach dem ersten Schluck, den er von dem harmlos aussehenden Getränk in seinem Becher genommen hatte, die Luft weg. »Was ist denn das für ein Zeug?«

»Nun erzähl mir nur nicht, du hättest noch nie

*Usquebaugh** getrunken!« spottete Conan, goß sich selber großzügig ein und reichte dann die Flasche an Joscelin weiter. Sie war ein Teil der mageren Beute, die sie an diesem Tag einem Trupp Männer aus Galway abgenommen hatten. Die Schotten hatten inzwischen den Rückzug über die Tee-Flüsse angetreten, hart verfolgt von de Lucis in aller Eile aufgestellter Armee.

Eisenherz fuhr sich über die Kehle. »Meine Güte, das schmeckt ja barbarisch!«

Conan grinste. »Warte es ab, William! Der Usquebaugh der Schotten ist genauso wie ihre Frauen. Zuerst wirken sie rauh, aber dann steigen sie dir mächtig ins Blut.«

»Das hängt davon ab, wo bei dir der Verstand sitzt.«

»An der gleichen Stelle wie bei dir.« Conan setzte sich rittlings auf einen Feldschemel, und die Kupferringe rasselten an seinen tätowierten Unterarmen. »Als wir vorhin das Lager aufschlugen, habe ich gesehen, wie du dir die Augen nach diesem Wäschermädchen ausgeguckt hast.«

Eisenherz stieß einen verächtlichen Laut aus und probierte vorsichtig noch einen Schluck von dem scharfen hellgelben Gebräu. Diesmal brannte es nicht ganz so stark in der Kehle. Und dann breitete sich eine wohltuende Wärme in seinem Bauch aus, strömte in die Adern und tat gut gegen die abendliche Kälte. Der Herbst war im Anzug, und hier im Norden fing er früher an. Hier an der schottischen Grenze färbten sich die Blätter und Farne bereits goldgelb.

Er schaute ins Feuer, bis dessen Hitze ihm zum Blinzeln brachte. Er sah ein, daß er schon zu alt war, um ins Feld zu ziehen. Wenn er mit den Jüngeren Schritt

* Whisky

halten wollte, taten ihm alle Knochen im Leibe weh, und er wurde gereizt. Er hatte seine Grenzen erkannt, aber es fiel ihm schwer, sich damit abzufinden. Vielleicht war es doch besser, das Wäschermädchen auf seinen Mantel zu legen und sich an ihrem weichen Körper zu ergötzen. Aber er hatte eine Abneigung gegen Lagermädchen, die aus einer tiefen Furcht herrührte. So hob er den Becher wieder an die Lippen. Diesmal trank er einen ordentlichen Schluck und forderte auch gleich Joscelin auf, ihm die Flasche zu reichen.

Sein Sohn warf Conan einen verstohlenen Blick zu, gab die Flasche aber weiter, ohne einen Ton zu sagen.

Doch Eisenherz fühlte sich angegriffen. »Was ist denn los?« polterte er. »Glaubst du vielleicht, ich kann nichts vertragen? Du lieber Gott, in der Nacht, als du zur Welt kamst, habe ich Conan unter den Tisch getrunken und bin, verdammt noch mal, selber fast nüchtern geblieben. Er kann dir das bestätigen.«

»Usquebaugh ist aber nicht Wein, Papa. Wenn du diese Flasche restlos austrinkst, kommst du hinten nicht mehr hoch.«

William hätte ihm gern das Gegenteil bewiesen, hielt sich aber wohlweislich zurück. Joscelin schien aus Erfahrung zu sprechen. Er schnitt Conan eine Grimasse und fragte Joscelin: »Als ob ich das nicht wüßte! Aber woher weißt du das?«

Joscelin wurde ernst. »Mir ist es in einem von Krankheiten heimgesuchten Lager an der Straße nach Rouen so gegangen«, sagte er. »Ich habe da so lange getrunken, bis ich alles vergessen habe.« Er stand auf, entfernte sich vom Feuer und überprüfte, ob die Pferde ordnungsgemäß angebunden waren. Bei einem erbeuteten Galway-Pony, das neben den Packpferden und Schlachtrössern stand, hielt er an. Es war eine junge, gutartige Fuchsstute mit einer Silbermähne und weißem Schwanz. Eisenherz wußte, daß Joscelin sie für Robert de Montsorrel vorgesehen hatte. Er wußte alles – mehr, als ihm lieb war – über die Frau und ihr Kind, denn Joscelin sprach über nichts anderes mehr – ein liebeskranker Narr. Eisenherz fühlte den Usquebaugh brennen. Wie ein rotglühender Stein lag er in seinem Magen. Vielleicht waren es auch nur der blasse Neid und der Bodensatz schlimmer Erinnerungen, die ihn innerlich verzehrten.

Der Rauch des Lagerfeuers sprühte Funken in die Dunkelheit. Ein Soldat spielte leise auf der Knochenflöte, es war die Melodie »Der Vogel auf dem Dornenstrauch«. Conan holte Nähzeug heraus und begann seine Hose zu flicken. Nebenan würfelten zwei Soldaten um Viertel-Pennys. Joscelin kam zum Feuer zurück, warf noch einige Zweige darauf und setzte sich wieder.

William nahm einen Zug aus dem Becher und streckte einen zitternden Finger gegen seinen Sohn aus. »In einer Nacht wie heute habe ich deine Mutter kennengelernt. Hat Conan dir die Geschichte schon erzählt?«

»Du bist betrunken«, sagte Conan scharf. »Morgen früh wirst du alles bereuen, was du jetzt erzählst.«

»Nein, hat er nicht«, beantwortete William die Frage selber und verzog die Lippen. »Es ist ja auch kein Ruhmesblatt für ihn.«

»So wahr mir Gott helfe«, sagte Conan heiser, »ich habe meinen Frieden mit ihr und dir gemacht. Ich lasse es nicht zu, daß du die alte Geschichte wieder aus dem Grab hervorholst, nur weil du zuviel getrunken hast! Wozu soll das dienen?«

William zog die Schultern hoch und wandte sich an Joscelin, ohne Conan Beachtung zu schenken. »Ich saß an einem Feuer wie diesem hier und trank irgendso ein Giftzeug aus der Normandie, das sich fälschlicherweise

Wein nannte, und aß grobes Bauernbrot, als ein junger bretonischer Söldner zu mir trat und mich um ein Engagement anflehte.« Er blinzelte boshaft und wiederholte mit Betonung: »Ja, er flehte mich an.«

Conan verhielt sich ganz still. Im Schein des Lagerfeuers sah man, wie sich ein Muskel in seiner hohlen Wange spannte.

Joscelin legte William warnend eine Hand auf den Arm. »Papa, wenn du darüber sprechen willst, dann tu es morgen, wenn du wieder nüchtern bist!«

»Wenn ich nüchtern bin, habe ich keine Lust, darüber zu sprechen. Jetzt hör mir zu! Es ist an der Zeit, daß du alles erfährst.« Er schüttelte Joscelins Hand ab, hob den Becher und prostete Conan zu. »Zufälligerweise hatte ich gerade Bedarf an Männern. Deshalb wollte ich ihn nehmen, falls er sich mit dem Schwert als nützlich erweisen sollte. Bis dahin ließ ich ihn an meinem Lagerfeuer Platz nehmen und teilte mit ihm das Mahl. Was war ich doch damals für ein weichherziger Narr! Stell dir das vor! Ebenso gut hätte ich auch gleich einen Wolf zum Abendessen einladen können!«

»Ich war froh, daß ich mich aufwärmen konnte, und du warst froh, daß du Gesellschaft hattest«, sagte Conan, der allmählich ärgerlich wurde, aber noch ruhig blieb. »Dann fragte ich dich, ob du auch meine Schwester im Troß gebrauchen könntest. Und du? Du hast dir sofort eingebildet, daß sie eine Hure wäre!«

»Das lag an der komischen Art, wie du mich gefragt hast. Und außerdem war sie ohne Haube und Haarschleier ans Feuer gekommen.«

»Sie war noch Jungfrau. Deshalb brauchte sie keinen Haarschleier zu tragen.«

Eisenherz lachte spöttisch. »Bei Gott, ich bin doch kein Dummkopf! Kein Mann, der seine Sinne beisammen hat, würde seiner Schwester gestatten, mit unbedecktem Haar durch ein Heerlager zu spazieren, schon gar nicht, wenn sie noch Jungfrau ist. Das kam ja einer unverhüllten Aufforderung zur Vergewaltigung gleich. Ich wußte genau, was du vorhattest, Conan. Du hast Morwenna vorgeschoben, um in meine Truppe aufgenommen zu werden. Eine nette, saubere ›Jungfrau‹ würde mit Sicherheit auf einen Mann wirken, der seit langer Zeit von zu Haus fort war und keine Lust hatte, sich mit den Lagerschlampen abzugeben. Das ist doch die Wahrheit, oder?«

Conan kaute auf seiner Lippe herum. »Sie *war* noch Jungfrau«, sagte er mit belegter Stimme. »Und es war ihre Idee, den Schleier wegzulassen, nicht meine. Wir hatten uns deswegen vorher noch gestritten. Sie sagte, sie habe es satt, ewig hinter den Söldnern herzuziehen und nie zu wissen, woher sie etwas zu essen bekomme. Und darum hatte sie beschlossen, sich einen Ernährer zu suchen. Ich dagegen suchte wirklich eine Anstellung. Ich hoffte, daß wir so eine Zeitlang unsere größten Sorgen loswerden würden. Sie hätte ja als Wäschermädchen oder in der Küche arbeiten können. Aber Morwenna war das nicht genug. Sie wollte mehr.«

Eisenherz stürzte den letzten Rest des Usquebaugh hinunter. »Du hast es ihr nicht verwehrt, ihre Zöpfe zu öffnen, und hast auch das Silbergeld nicht abgelehnt, das ich dir für ihre Entjungferung zahlte.«

»Nein, da hast du recht«, gab Conan widerstrebend zu. »Ich habe sie dir verkauft. Ich war ja schon selber so etwas wie eine Hure. Wollte Gott, ich hätte mich in jener Nacht von deinen Fahnen ferngehalten.«

»Amen«, sagte Eisenherz grollend und blickte auf den Sohn, den er auf diesem langen Feldzug gezeugt hatte. Aus dem Feuerschein schauten ihn die schönen, klaren Augen Morwennas an. Er erinnerte sich an ihr Lachen, ihren Eigensinn und ihre Frechheit, die so gar nicht zu seinem Frauenideal paßten. Er dachte daran, wie er in ihren dunklen, schweren, kühlen Haaren gewühlt hatte, an die unersättliche Gier ihres Körpers, die ihn so überrascht hatte, denn sie war wirklich noch Jungfrau gewesen. Und aller Usquebaugh in der Welt hätte ihm kein Vergessen schenken können. Seine Augen brannten und wurden feucht. Brust und Kehle wurden ihm eng. In der Ferne heulte ein Wolf. Eisenherz sprang auf und schwankte in die Richtung der klagenden Töne, als würde er von ihnen gerufen.

Conan barg eine Weile den Kopf in den Händen. Dann blickte er auf und sagte traurig: »Ich hätte dem Mann aus Galway den Usquebaugh nicht abnehmen sollen.«

Der Bug des Langboots erklomm eine Welle und plumpste auf ihrer Rückseite wie ein bockendes Pferd wieder in die Tiefe. Salzwasser spülte aufs Deck und in die Takelage. Ein strammer Wind ließ das Segel knattern und trieb das Schiff auf die Nebelküste von Ostanglien zu. Für September sei das ein gutes Segelwetter, sagte der flämische Schiffskapitän, und aus den Falten seines lederartigen Gesichts sprach hämisches Vergnügen. Die Mannschaft stimmte ihm grinsend zu. Die Soldaten, die sie gegen guten Lohn über die Meerenge von Flandern nach England verfrachteten, hockten geduckt und elend, wo immer sie Schutz vor Wind und See fanden. Entweder fluchten sie, oder sie beteten, je nachdem, wie ihnen zumute war.

Ivo fluchte und betete nicht. Die Seekrankheit hatte ihn am Wickel. Er hing über der Reling und erbrach, bis nichts mehr herauskam. Krämpfe wühlten in seinen Magenmuskeln und machten ihm die Kehle rauh. Er hatte die Augen geschlossen, damit er das Wasser nicht zu sehen brauchte, das sich unter ihm hob und senkte wie der Leib einer Schlange. Wenn er zwischendurch einmal etwas Schlaf fand und die Seekrankheit nicht spürte, dann wurde er im Traum von Bildern Ertrinkender und schleimiger Meeresungeheuer verfolgt, die ihm das Mark aus den Knochen saugten, so wie ihm das auf und ab geworfene Schiff allmählich das Innere nach außen stülpte.

Ragnar tauchte neben ihm an der Reling auf. »Zum Teufel, kotzt du immer noch?« fragte er verächtlich.

Ivo schluckte und unterdrückte ein Rülpsen. Ragnar war anfangs auch seekrank gewesen, hatte sich aber schnell erholt. Er war sonnengebäunt und strotzte vor Energie. Mit dem langen rotblonden Haar, das schon längst hätte geschnitten werden müssen, und dem Rotbart unter dem Kinn ähnelte er mehr denn je einem seiner norwegischen Vorfahren. Ihr Blut mußte auch in Ivas Adern rollen, wenn er es auch nicht spürte.

Ragnar streckte den Arm aus. »Sieh dorthin! Die Küste kommt in Sicht. Zur Abenddämmerung werden wir an Land gehen.«

Ivo stöhnte. *Zur Abenddämmerung*. Ebenso gut hätte Ragnar auch sagen können: zu Anfang nächster Woche. Er schlug die Augen auf und erblickte über der bewegten See in der Ferne einen dunklen Fleck. Das konnte das Land sein. Oder es war nur eine Gewitterwolke, die sich über dem Meer herabsenkte. »Nie wieder setze ich den Fuß in ein Boot.« Kaum hatte er den Satz ausgesprochen, da mußte er sich schon wieder übergeben.

Ragnar überließ seinen Bruder sich selbst und wandte sich ab. Vor und neben ihnen segelten weitere Langboote und Galeeren von verschiedener Größe und Seetüchtigkeit der Küste zu. Manche beförderten die Soldaten, mit denen Robert von Leicester König Heinrich England entreißen wollte. Andere waren mit Pferden und Vorräten beladen. Hugh Bigod, der Earl von Norfolk, hatte dieser Armee seine Unterstützung angeboten, und die Boote näherten sich jetzt dem von ihm beherrschten Küstenstrich.

Leicesters Feldzug in der Normandie war alles andere als glücklich verlaufen. Seine bretonischen Bundesgenossen wurden besiegt, und der mit ihm verbündete Edelmann Hugh, Earl von Chester, war in Gefangenschaft geraten und in Dol unrühmlich ins Gefängnis geworfen worden. Zu einem gewissen Zeitpunkt sah es so aus, als würden sich Heinrich und seine Söhne auf einen Waffenstillstand einigen, aber die Verhandlungen wurden wieder abgebrochen. Im Laufe der neu aufgenommenen Feindseligkeiten beschloß Leicester, sein Operationsgebiet nach England zu verlegen.

Ragnar hatte auf normannischem Boden an einigen Gefechten teilgenommen. In deren Verlauf hatte er sein Schwert in das Blut mehrerer Bauern und eines weggelaufenen Schweins getaucht. So lernte er die Freuden des Plünderns, Schändens und Zerstörens und die darauf folgende bittere Ernüchterung kennen. Die einzige Möglichkeit, diese trübe Stimmung zu überwinden, bestand darin, daß man sich erneut in das mörderische Getümmel stürzte und alles Vergangene vergaß.

Auf den Dünen wurde ein Leuchtfeuer angezündet, das die Schiffer sicher zur Küste leiten sollte. Zur Begrüßung fuhren ihnen kleine Fischerboote entgegen. Ragnar beobachtete, wie sie näherkamen, und schmeckte das Meerwasser auf den Lippen. Es schmeckte so salzig wie Blut.

# 20

Zitternd vor Aufregung stand Robert an diesem nebligen Septemberabend an der Seite seiner Mutter, als sich der Burghof von Rushcliffe mit Männern, Pferden und Gepäckwagen füllte.

»Mama, da ist Joscelin!« rief er und zeigte auf den wohlbekannten kastanienbraunen Hengst mit den charakteristischen Blässen an den Fesseln.

Auch Linnet zitterte vor Erwartung. Das Herz stieg ihr in die Kehle. Drei Wochen lang hatten sie nichts von ihm gehört. Nur hin und wieder hatten Händler, die den Humber flußabwärts und dann über die Kanalstraße nach Nottingham zogen, beunruhigende Gerüchte mitgebracht. Bei mehreren Gelegenheiten hatten sie berichtet, die schottische Armee wäre dreißigtausend Mann stark und jeder einzelne wäre ein Wilder in Tierfellen.

»Bestenfalls sind es dreitausend Mann«, hatte Malcolm gesagt, als Linnet lindernde Salbe auf seine Narbe strich, um den Juckreiz zu bekämpfen. »Ich behaupte keineswegs, daß sie keine erfahrenen Krieger und keine Wilden sind, aber sie führen leichtere Waffen, weil sie nur aufs Plündern aus sind. Den normannischen Reitern sind sie nicht gewachsen. Ich muß das wissen, ich stamme ja selber aus Galway.«

Seine Zuversicht färbte ein wenig auf Linnet ab, und sie ging ihrer normalen Tätigkeit nach, als wäre die Burgbesatzung nur zu einem harmlosen Jagdausflug unterwegs und jagte nicht Hunderte von Meilen weiter nördlich in wilder Verfolgung hinter schottischen Stammeskriegern her. Um sich von trüben Gedanken abzulenken, hatte sie sich mit Eifer ihrer Näharbeit gewidmet. Sie hatte ihr scharlachrotes Hochzeitskleid aus Stoff von Lincoln mit schwarzem Besatz geschneidert, dazu für Joscelin zwei Hemden und einen dunkelgrünen Wollrock. Neben ihr war Robert mit einem neuen Rock gleicher Farbe angetan, einer Miniaturausführung dessen, was sie für Joscelin angefertigt hatte. Die Farbe brachte Roberts blonde Haare besonders eindrucksvoll zur Geltung. Bei Joscelin würde sie prächtig zu seinen grünen Augen passen.

Nun war er heimgekehrt und würde diesen Rock anlegen. Doch nur für kurze Zeit. Denn vor vier Stunden war Brien FitzRenard fast völlig erschöpft hier angekommen, hatte Essen und Unterkunft und für den nächsten Morgen ein frisches Pferd gefordert. Dann schwankte er zu dem eilig für ihn bereiteten Bett in einer Wandnische und fiel fast auf der Stelle in tiefen Schlaf. Vorher hatte er ihr aber noch mitgeteilt, daß er Befehle für Joscelin mitgebracht habe, die er ihm gleich nach seinem Eintreffen aushändigen müsse. Mit einem mulmigen Gefühl im Bauch ahnte sie, daß diese Befehle von ihm verlangen würden, zu neuen Kämpfen aufzubrechen.

Sie sah, wie Joscelin aus dem Sattel sprang, und bemerkte, als er sich zu Fuß näherte, daß er sich unbehindert bewegte. Er schien unverletzt zurückgekommen zu sein. Robert tanzte von einem Bein aufs andere wie ein Jagdhund, der an seiner Kette zerrt. Sie sah, wie Joscelins Lippen zuckten, bückte sich, flüsterte etwas in das Ohr ihres Sohnes und gab ihm einen leichten Schubs. Mit einem Stich im Herzen beobachtete sie, wie er seinem Helden entgegen eilte. Er kreischte vor Freude auf, als Joscelin ihn auffing und auf den Arm nahm.

»Ich habe jeden Tag gebetet, wie du mir gesagt hast«, sprudelte er heraus, »und ich kann jetzt auf dem Pony Galopp reiten, und rate mal, was mit den Kaninchen passiert ist! Eins davon hat fünf Junge bekommen, und sie haben alle kein Fell!«

»Und er kann schon seinen Namen schreiben«,

schloß Linnet lachend den Kurzbericht. Joscelin nahm sie in den freien Arm und gab ihr einen stürmischen, kratzenden Kuß. »Ich habe die Waschzuber mit heißem Wasser füllen lassen. Du kannst also gleich baden. Und im Schlafzimmer steht gewürzter Glühwein bereit.«

»Du verwöhnst ihn zu sehr, Mädchen«, unterbrach sie eine rauhe Stimme. Linnet wandte in Joscelins Arm den Kopf. Vor Schreck weiteten sich ihre Augen. Sie konnte ihre Bestürzung nicht ganz verbergen, als sie William de Rocher vor sich erblickte. Da sie nur Augen für Joscelin gehabt hatte, war ihr zunächst entgangen, daß auch sein Vater mit von der Partie war. Tiefe Falten zogen sich über die Züge des alten Mannes. Das Weiße um die steinharten grauen Augen war blutunterlaufen.

»Das bezweifle ich, Mylord«, entgegnete sie mit eiskalter Höflichkeit. William de Rochers hochmütiges, arrogantes Wesen nahm sie wie immer sofort gegen ihn ein. Er betrachtete sie wie ein Händler, der eine zweifelhafte Ware begutachtet. Und der sollte nun ihr Schwiegervater werden! »Es gehört doch zu den Pflichten einer Burgherrin, ihren Lord bei seiner Heimkehr gebührend zu empfangen.«

Eisenherz schnaufte unbeeindruckt. »Sie haben also seit dem Sommer gelernt, was Ihre Pflichten sind?« brummte er spöttisch.

»Und dazu brauchte ich sie nicht mal zu schlagen«, sagte Joscelin und stellte sich zwischen Linnet und seinen Vater. »Möchtest du denn keinen Pokal mit gewürztem Glühwein und keinen Waschzuber voll heißem Wasser haben? Es gibt nichts Besseres, um die Strapazen der Landstraße wegzuspülen. Ich bin jedenfalls begierig darauf. Und wenn mich das verwöhnen sollte, kann ich auch damit leben.«

»Pah!« machte Eisenherz und stakste auffällig humpelnd geradewegs in den großen Saal.

»Kümmern Sie sich nicht darum, was er sagt!« beruhigte Joscelin seine Braut. »Das naßkalte Wetter ist ihm in die Gebeine gefahren. Er hat Schüttelfrost, und das macht, daß er so gereizt wird wie ein räudiger Bär. Wenn er nicht so verdammt stolz wäre, würde er alles, was Sie ihm bieten, mit Freuden in Empfang nehmen. Es war kein leichter Feldzug. Conan und mein Vater haben immer noch keinen dauernden Frieden geschlossen. Sie schieben sich gegenseitig die Schuld an Ereignissen zu, die vor dreißig Jahren geschehen sind. Da will ich mich nicht einmischen.« Er betrachtete Linnet und dann das Kind in seinen Armen.

In verändertem Ton sagte er zu Robert: »Du hast aber zu meiner Begrüßung einen schönen neuen Rock angelegt.«

»Eigentlich sollte er das erst zu unserer Hochzeit tun«, sagte Linnet. »Aber er wollte ihn unbedingt gleich anziehen, und heute wollen wir ja auch feiern. Wer weiß, wann wir das nächstemal dazu Gelegenheit haben!«

Joscelin horchte auf. »Wie kommen Sie darauf?«

»Vor wenigen Stunden ist Brien FitzRenard eingeritten. Er hat Schriftstücke für Sie mitgebracht, die bestimmt nichts Gutes bedeuten.«

Joscelin stöhnte leise, wandte sich ab und ging zur Halle. Auf der Schwelle war er mit Linnet allein. Da sagte er: »Lassen Sie uns gleich heute heiraten!«

Im ersten Moment empfand sie bei diesen Worten einen gelinden Schreck. Doch bald darauf wurde ihr warm ums Herz. »Wenn das Ihr Wunsch ist, dann ist es auch der meine«, sagte sie ernst. Aber ihre Miene verriet ihm, daß sie ihm nichts vorspielte.

»Der Earl von Leicester ist mit einer ganzen Armee an der Ostküste gelandet«, gab Brien FitzRenard mit düsterer Miene bekannt und zog sich einen Schemel an den großen, ovalen Waschzuber heran. »Bigod von Norfolk hat ihm jede erforderliche Hilfe zugesagt.«

»Bigod?« wunderte sich Joscelin. »Der muß doch schon siebzig sein, wenn er überhaupt noch lebt!« Seine Arme ruhten bequem auf dem Zuberrand. Das Wasser war so heiß, daß er es gerade noch darin aushalten konnte, und man hatte zerstoßenes Salz darin aufgelöst, ein erprobtes Mittel gegen Muskelschmerzen nach langem Reiten.

Brief kniff sich müde in den Nasenrücken. »Das ist ein ewiger Rebell. Wenn sich irgendwo ein Konflikt zusammenbraut, ist er immer zur Stelle und schürt eifrig die Feindseligkeiten. Ich führe Schriftstücke im Gepäck mit, die Sie lesen müssen... und Sie auch, Mylord de Rocher.« Eisenherz saß auf einer Truhe und hatte sich mürrisch, aber durch seinen großen Durst gezwungen, dazu herabgelassen, Linnets gewürzten Glühwein zu trinken. »Der Konnetabel* Hugh de Bohun zieht gerade eine Armee zusammen. Sie soll Leicester den Weg durch die Midlands und damit zu seinen Verbündeten verlegen. Sie haben Befehl, sich ihm sobald wie möglich zur Verfügung zu stellen.«

Joscelin kostete den Glühwein und sah zu, wie Linnet und ihre Dienerinnen Handtücher am Herd wärmten und saubere Kleider für ihn bereitlegten. Linnet war eben dabei, ein Hemd auseinanderzufalten. Jetzt hielt sie inne und sah ihn erschrocken an.

»Unsere Pferde sind völlig erschöpft«, wandte Eisenherz ein. »Drei Wochen lang haben wir sie bei der Verfolgung der schottischen Armee hügelauf, hügelab getrieben! Meinen Sie, wir könnten Blut aus einem Stein herausquetschen?«

»Wenn wir den Feind jetzt nicht aufhalten, wird es

* hoher Kron- und Reichsbeamter

danach nur noch schwerer werden«, sagte der übermüdete Brien. »Ich brauche Sie, Mylord, wohl nicht daran zu erinnern, daß Leicester den Hauptstoß gegen Arnsby und Rushcliffe richten wird, sowie er in dieser Gegend festen Fuß gefaßt hat.«

Eisenherz leerte seinen Becher und stakste zum Herd, um ihn wieder füllen zu lassen. Robert ging ihm vorsichtig aus dem Weg und lief zu Joscelins Waschzuber. Der strich dem Jungen durchs Haar, das so fein wie Distelwolle war. Er konnte sich nicht mehr an die anarchischen Zustände in König Stephans Regierungszeit erinnern, denn als sie zu Ende ging, war er selbst noch ein kleiner Junge gewesen. Aber er hatte viel darüber von seinem Vater gehört und selber die bleibenden Folgen der großen Verwüstungen erlebt. Deshalb hatte er eine gesunde Angst davor, daß sich solche Zustände wiederholen könnten.

Seufzend bat er Brien: »Lassen Sie mir vierundzwanzig Stunden Zeit, um zu heiraten und danach meine Truppen in Marsch zu setzen! Mein Vater hat recht, wenn er sagt, daß die Pferde Ruhe brauchen. Aber ich bin sicher, daß ich in der Umgebung frische Pferde auftreiben kann.«

Brien bat Joscelin und Linnet mit einer beredten Handbewegung um Entschuldigung. »Ich weiß, daß ich viel von Ihnen verlange. Aber wenn wir jetzt Leicesters Widerstand brechen können, haben wir, glaube ich, eine Chance, einen Friedensschluß zu erreichen.

Als Brien in den Saal hinuntergegangen war, machte Joscelin seinem Vater den Vorschlag: »Wenn du hierbleiben willst, übernehme ich deine Männer.«

Aber da kam er schön an. »Ich habe mich noch nicht aufs Altenteil zurückgezogen!« wies er ihn schroff ab. »Ich gebe zu, daß ich ungern schon wieder durchs Land jage. Aber Ragnar und Ivo kämpfen auf Leicesters Seite, und daran ist nichts mehr zu ändern. Ich habe ihnen jede Freiheit gelassen, aber das ist nur zum Schlechten ausgeschlagen. Jetzt sollen sie spüren, was es heißt, sich meinen Unwillen zuzuziehen.«

Joscelin biß sich auf die Zunge und fuhr fort, sich gründlich abzuseifen. Dem Vater in dessen augenblicklicher Stimmung zu widersprechen, war zwecklos. Eisenherz wollte nun einmal Ragnar und Ivo seinen Unwillen spüren lassen. Nun, das würde sich wohl kaum viel davon unterscheiden, wie er sonst mit ihnen umsprang.

Danach trocknete Joscelin sich ab, stieg aus dem Zuber und zog die neuen Kleider an, die Linnet für ihn bereitgelegt hatte – ein weiches Leinenhemd, ein senffarbenes Untergewand aus gleichem Stoff und den dunkelgrünen Wollrock. Alles war neu. Und wenn Linnet auch nicht mehr die Zeit gehabt hatte, sie durch Stickereien zu schmücken, hatte sie doch geklöppelte Säume anbringen können. Jedenfalls waren dies die besten Kleider, die er je besessen hatte.

»Feiner Zwirn«, knurrte Eisenherz.

»Du sagst es«, antwortete Joscelin und lächelte Linnet an.

Eisenherz bedachte beide mit bösen Blicken, wandte sich ungeduldig ab, zog den Rock aus und schnürte den Gürtel auf. »Wozu sollte ich das Badewasser ungenutzt lassen? Es ist ja immer noch so heiß, daß man ei Ei darin kochen könnte. Legen Sie mir auch frische Handtücher bereit, ja?«

Linnet erstarrte. Sie schloß halb die Augen. Ohne sich um sie zu kümmern, zog Eisenherz sich weiter aus und warf die Sachen auf den Fußboden. Linnet riß sich zusammen. Mit ruhiger, kalter Stimme trug sie der Zofe auf, sich um die Handtücher zu kümmern und frische Kleidung für Eisenherz herauszusuchen. Unter dem Vorwand, die Vorbereitungen für das Abendessen überwachen zu müssen, entfernte sie sich mit einigen entschuldigenden Worten.

Eisenherz sah ihr mißmutig nach und sagte: »Sie ist ein hergelaufenes Weibsbild.«

»Nein«, sagte Joscelin, nicht wenig verärgert. »Aber sie hatte von dir die Nase voll. Auch noch die Badefrau zu spielen, wie die Pflicht verlangt, war ihr einfach zuviel. Wenn man sie dazu gezwungen hätte, dann hätte sie dich ganz sicher ersäuft.«

Robert machte einen großen Bogen um Eisenherz. »Wo ist Mama hingegangen?« erkundigte er sich nervös.

Joscelin hob ihn hoch. »Sie will mit der Köchin sprechen. Möchtest du mit mir zu den Ställen gehen und dir ansehen, was ich für dich den ganzen Weg vom Norden her mitgebracht habe?«

Robert nickte nachdrücklich mit dem Kopf.

Indessen ging Eisenherz nackt, wie er war, kopfschüttelnd zum Herd und holte sich noch einen Becher Glühwein, bevor er in den Zuber stieg.

Linnet hatte Giles an einem schwülheißen Septembertag geheiratet. Die Ernte war in die Scheunen eingefahren, und über der Tenne schwebten ständig Stäubchen von Spreu. Sie hatte einen Brautkranz aufgehabt, aus dem zwei Kornähren als Fruchtbarkeitszauber ragten. Jungfräulicher Boden war zu pflügen und Saat auszustreuen, in der Hoffnung auf eine gesegnete Ernte.

Nun war es wieder September, und das Korn lag aufgestapelt in den Scheunen. Doch diesmal herrschte feuchtes Wetter unter einem grauen Himmel. Absichtlich hatte sie darauf verzichtet, einen Brautkranz zu flechten.

Der Tisch auf der Empore war mit Rushcliffes bestem Silbergeschirr gedeckt. Linnet nippte aus dem schön gravierten Liebesbecher. Mit dem Toast nahm sie Abschied von ihrer unglücklichen ersten

Ehe und trank auf eine glücklichere Ehe mit Joscelin.

Die Trauung war so kurz verlaufen wie eine Verlobung. Pater Gregory hatte als Vertreter der Kirche bezeugt, daß beide Partner willens waren, die Ehe einzugehen. Dann brauchten sich Joscelin und Linnet nur noch das Treueversprechen abzugeben, was durch die Übergabe eines geweihten Rings besiegelt wurde. Der Pater schlug über sie das Kreuzeszeichen, und damit waren sie Mann und Frau. Das ganze Ritual hatte nicht länger gedauert, als eine Kerze brauchte, um eine Viertelmarke herabzubrennen. Heute abend stand die endgültige Vereinigung bevor. Danach konnte sie nur noch der Tod trennen. Und morgen würde Joscelin wieder fortreiten, um mit dem Tod zu flirten. Sie wollte diesen Gedanken verdrängen, aber im Unterbewußtsein quälte er sie weiter.

In seinem neuen grünen Barchentrock bot Heinrich einen prächtigen Anblick. Er stand mit einem Weinkrug hinter ihr und Joscelin, um den Liebesbecher immer wieder nachzufüllen. Als er sich vom Tisch entfernte, warf ihr Joscelin einen tiefen Blick voll glühenden Verlangens zu, der ihr wie eine heiße Hand auf der nackten Haut brannte.

Sie schluckte nervös. Giles war in der Hochzeitsnacht betrunken gewesen, hatte an ihr herumgefummelt, ihr knappe Anweisungen gegeben und reichlich geflucht: *Mach die Beine breit, verdammt noch mal! Noch mehr und hoch damit! Du liegst ja da wie ein Kohlkopf! Hör auf zu schreien, es tut doch gar nicht weh!*

Joscelin legte seine Hand auf ihre. Mit der freien Hand nahm er ihr den neugefüllten Liebesbecher ab und legte den Mund an die Stelle, an der ihre Lippen ihn berührt hatten. Ein Trankopfer vor dem Akt des Pflügens. *Es tut nicht immer weh. Es macht auch Vergnügen.*

Sie merkte, daß Conan sie und Joscelin mit wohlwollendem Behagen beobachtete. Er hob prostend den Becher und flüsterte seinem Tischnachbarn Brien Fitz-Renard etwas zu, worauf der Kurier des Justitiarius lachte und sie neckend ansah. Schließlich stand die Hochzeitsnacht bevor, und Conan wollte sein Bestes tun, daß sie nach alter Tradition ablief. Eisenherz war schon im Zustand fortgeschrittener Trunkenheit. Nur dann und wann hob er den Kopf und murmelte etwas von ehelichen Pflichten.

Seine Augen hatten sich selbständig gemacht, er schielte. Mit schwerer Zunge brummte er vor sich hin: »Nimm sie im Bett richtig ran! Was ihr braucht, sind Töchter. Wenn sie später heiraten, könnt ihr euch die Söhne selber aussuchen. Dann habt ihr euch nicht mit... mit Idioten rumzuplagen.«

Joscelin warf einen verzweifelten Blick auf seinen Vater und flüsterte Linnet zu: »Meine Güte, wie lange soll es denn noch dauern, bis er so betrunken ist, daß er endlich den Mund hält?«

Linnet konnte ihren Schwiegervater nur mit Abscheu betrachten. Je mehr der Pegel in seinem Weinbecher sank, desto unflätiger benahm er sich. Bittend legte sie die Hand auf Joscelins Arm. »Ich weiß«, flüsterte sie, »daß wir es deinem Vater schuldig sind, für Nachwuchs in der Burg zu sorgen. Aber ich ertrage es nicht länger, hier zu sitzen und seine Redensarten anzuhören.« Ihre Finger verkrampften sich angstvoll. »Pflicht oder nicht Pflicht, ich weiß, daß ich es nicht fertigbringen werde, mich bei dem Zeremoniell am Hochzeitsbett nackt vor ihm auszuziehen.«

»Das ist auch nicht nötig«, sagte er beruhigend und legte seine Hand auf ihre. »Wir brauchen uns nicht nackt vor Zeugen zu zeigen. Du hast mich schon nackt gesehen und kannst selber beurteilen, daß an mir alles stimmt und nichts schadhaft ist. Und ich müßte ja verrückt sein, wenn ich dich wegen irgendeines leichten körperlichen Fehlers zurückwiese. Außerdem«, fuhr er mit einem bitterbösen Blick auf Conan fort, »meinst du etwa, ich habe Lust, mir splitternackt die spöttischen Bemerkungen von betrunkenen Zeugen anzuhören? Ein Mann hat mehr zu verbergen als eine Frau. Ob steif oder schlaff, sie werden ihre zotigen Witze darüber reißen.«

Linnet fiel ein Stein vom Herzen. »Ich danke dir. Als ich Giles geheiratet habe, war es das Zeremoniell am Brautbett, was mir in der Hochzeitsnacht am widerlichsten war. Mir war, als würde ich mit einem wilden Tier zusammen in einen Käfig gesperrt, und alle Gäste sahen grinsend zu.«

»Vor mir brauchst du dich nicht zu fürchten.«

»Ha, das weiß ich.« Sie zerkrümelte ein Stück vom süßen Honigkuchen auf dem Teller, neben dem ihr Tischmesser lag. »Du bist es ja auch nicht, wovor ich mich fürchte.«

Er beugte sich zu ihr und sagte leise: »Hör mir gut zu! Jetzt wird uns gleich der letzte Gang aufgetragen. Wir haben uns ja auch schon dumm und dämlich gegessen. Du ziehst dich mit der Entschuldigung zurück, du müßtest noch kurz nach Robert sehen, und bleibst dann oben. Ich bleibe noch eine Weile hier sitzen und unterhalte mich mit ihnen, damit sie keinen Verdacht schöpfen. Dann wandere ich langsam zur Latrine und komme auch nicht wieder. Bis sie merken, was vorgeht, sind wir beide im Schlafzimmer und schieben den Riegel vor. Dann kann keiner rein.«

Sie nickte. Als die Diener mit dem Nachtisch aus der Küche kamen, stand sie auf. Hereingetragen wurden süßer Milchbrei mit Rosinen und Eigelb, Torten, Quarkspeisen, Pastetchen und Schüsseln mit frischen Kräutern. Es war ihr bewußt, daß die Männer ihr lüsterne Blicke nachsandten. Jetzt stellten sie sich wohl vor, wie sie nackt mit aufgelöstem Haar aussehen würde. Sie hörte die rüden Redensarten, die sie Joscelin ins Gesicht sagten, und seine gutmütigen Antworten. Ihr Gesicht wurde flammend rot, und das Herz schlug ihr bis zum Hals. Als sie den Eingang zur Turmtreppe erreichte, sah sie sich noch einmal kurz um. Joscelin legte sich gerade ein Stück Muskatnußtorte auf den Teller, unterhielt sich unbekümmert mit Conan und wiegte ihn in falscher Sicherheit. Leichtfüßig stieg Linnet die schwachbeleuchtete Treppe empor, deren viele Windungen sie den Blicken der Männer im Saal entzogen.

Joscelin ließ den schweren Riegel innen vor der Tür herab. »Jetzt können sie am Türschloß rütteln, soviel sie wollen«, sagte er. »Und ich glaube nicht, daß sie sich die Mühe machen werden, eine Axt zu holen, nur um die Tradition aufrechtzuerhalten.«

Linnet seufzte erleichtert auf. »Nimm es mir nicht übel, aber das Zeremoniell am Bett hätte ich nicht ertragen.«

»Du hast es einmal ertragen«, sagte er, »das muß genügen.« Dann setzte er sich auf den Sessel vor dem Kamin. Jetzt würden sich seine heißen Wünsche endlich erfüllen. Und es war sein Recht, es zu fordern. Doch es wäre ein schwerer Fehler gewesen, so direkt darauf loszusteuern. Während er sich gemächlich die Kreuzbänder aufschnürte, fragte er sich, warum sie so große Angst vor seinem Vater hatte. Zugegeben, Eisenherz war auch in seinen besten Stunden nicht unbedingt ein angenehmer Mensch. Andererseits war er auch nicht schlimmer als andere Barone. Und bestimmt hatte sie von ihm weniger zu befürchten als von den Männern, die bis dahin ihr Leben bestimmt hatten.

»Hat Robert schon geschlafen?« fragte er freundlich.

Ihre Miene hellte sich auf. »Ja. Ich glaube, er war nach der ganzen Aufregung todmüde. Übrigens hat er sich Hals über Kopf in das Pony verliebt, das du ihm mitgebracht hast.«

»Hab ich mir schon gedacht, daß es ihm gefallen wird«, sagte Joscelin zufrieden. Er war gerührt, wenn er daran dachte, wie Roberts schmales Gesicht vor Freude aufgeleuchtet hatte, als er ihm die schottische Stute schenkte.

»Weißt du schon, welchen Namen er ihr gegeben hat?«

Joscelin schüttelte den Kopf.

»Giles hat einmal gesagt, daß Leicesters Frau mit ihren langen Zähnen wie ein Pferd aussieht. Robert muß das aufgeschnappt haben. Er hat sie nach der Gräfin genannt: Petronilla.«

Joscelin verschlug es die Sprache. Allerdings hatte Petronilla tatsächlich Ähnlichkeit mit einem Pferd, wenn ihr Teint auch eher eisengrau als dunkelbraun war. Verglichen mit ihr, sah das Galway-Pony entschieden besser aus. Petronilla – daran hatte Joscelin zu schlucken. Ironisch bemerkte er: »Ich weiß nicht, ob das eine Beleidigung für das Pferd oder für die Gräfin sein soll.«

»Ist es wahr, daß sie in Männerkleidung an der Seite ihres Gatten in die Schlacht zieht?«

»Ja, mehr oder weniger. Diesmal begleitet sie ihn bestimmt.« Plötzlich wurde er argwöhnisch. »Du denkst doch nicht etwa daran, ihrem Beispiel zu folgen, oder?«

»Es würde mir möglicherweise leichter fallen, als hier rumzusitzen und auf dich zu warten«, sagte sie und löste ihre Zöpfe.

Er ging zu ihrer Truhe, nahm den Elfenbeinkamm heraus und setzte sich zu ihr aufs Bett. »Ich werde dir die Haare kämmen«, sagte er in schmeichelndem Ton.

»Wenn du extra die Zofe rufst, müßtest du die Tür entriegeln. Und das willst du doch nicht? Außerdem habe ich das schon oftmals getan.«

Seine Nähe machte sie zuerst nervös, aber das legte sich bald. Halb aus Neugier, halb aus Mutwille fragte sie ihn: »Sagst du das zu meiner Beruhigung, oder soll das eine Beichte sein?«

»Was wäre dir denn lieber?« antwortete er im gleichen Ton. Dann packte er ihre Haarflut und fing an, sie auszukämmen. Im Schein des Kaminfeuers leuchteten die Flechten auf und setzten dem sanften Honigbraun rotgoldene Lichter auf. Die langsamen Kammbewegungen ließen den Duft nach Rosmarin und Kamille aufsteigen, der höchst angenehm auf seine Sinne wirkte. »Wenn du allerdings glaubst, ich hätte zwischen gebrochenen Frauenherzen und Schlafzimmern das Leben eines Wüstlings geführt, dann irrst du dich gründlich.«

»Und so was will ein berühmter Turniersieger sein?« fragte sie leise. Willig gab sie den sanften Kammstrichen nach. Er sah, wie die Adern an ihrem Hals pochten, und aus den dunklen Ecken des Zimmers stiegen bittersüß seine Erinnerungen an Breaca auf.

»Ich gebe ja zu, daß ich gelegentlich eine reife Frucht aus Nachbars Garten gepflückt habe, die gar zu verlockend über dem Zaun hing. Aber wenn ich es nicht getan hätte, dann hätte es ein anderer getan.« In Gedanken versunken, setzte er seine Tätigkeit fort. Ihre schimmernden Haare knisterten leise wie das Feuer. »Außerdem«, fuhr er fort, »hatte ich lange eine Lebensgefährtin. In dieser Zeit spürte ich nie das Verlangen nach verbotenen Früchten. Breaca hätte mich sonst auch bestimmt entmannt.«

Interessiert sah sie zu ihm auf und sagte im Flüsterton: »Conan hat mir einiges aus deiner Vergangenheit erzählt.«

»Das habe ich mir schon gedacht. Wahrscheinlich verfolgte er damit einen bestimmten Zweck. Er wollte, daß dein Herz vor lauter Mitleid für mich schmilzt.«

»Es war, nachdem er dich mit Robert zusammen gesehen hatte. Ich glaube, er hat sich für dich gefreut. Er hat mir allerdings nur wenig erzählt. Nur daß dein Sohn tot ist und daß du mit seiner Mutter auseinandergekommen bist.«

Das alles klang in diesem Gemach wie eine Botschaft aus weiter Ferne, die ihn nur noch wenig anging, denn jetzt sollte ja für ihn ein neues Leben beginnen. »Er starb an der Ruhr«, sagte er. »Diese Krankheit konnte auch in den saubersten Feldlagern ausbrechen. Er wurde nur vier Jahre alt. Breaca wäre auch beinahe daran gestorben. Er liegt auf einem Friedhof an der Straße nach Rouen begraben, und ich mußte erst den Priester bestechen, damit er Juhel auf geweihtem Grund beisetzen ließ – das uneheliche Kind eines Söldners, das ohne kirchliche Weihen gestorben war. Es hat mich mein ganzes Silbergeld gekostet.«

Er legte den Kamm weg, schob langsam ihre Haare auf eine Seite und begann ihr Kleid am Rücken aufzuknöpfen. »Sein Tod hat mich hart getroffen. Eine Zeitlang war ich so außer mir, daß mir alles gleichgültig wurde. Der Sommer, in dem Juhel starb, war meine erfolgreichste Turniersaison. Ich gewann alles Geld zurück, was ich dem Priester gezahlt hatte, und dazu noch einen Überschuß, der es mir erlaubte, eine eigene Söldnertruppe aufzustellen. So brauchte ich nicht mehr Conans Befehlen zu folgen.«

»Dein Sohn hieß Juhel?«

»Ja. Ein bretonischer Name. Wir nannten ihn nach Breacas Vater.« Er spürte, wie sie unter seinen betriebsamen Fingern zitterte. Aber vielleicht war es auch seine Hand, die zitterte, weil er nur noch mit äußerster Anstrengung seine Triebe zu zügeln vermochte. »Er war klein wie seine Mutter, aber flink und aufgeweckt wie ein Eichhörnchen. Das ist nun schon acht Jahre her.«

Wieder drehte sie sich zu ihm um. Ihr fragender Blick drückte ihre Überraschung aus.

»Ich war bei seiner Geburt erst knapp sechzehn.«

»Und Breaca?«

Die Knöpfe waren auf. Er zog ihr das Kleid über die Schultern. Sie erhob sich, ließ es an sich herabgleiten und danach auch das Untergewand, so daß sie im Hemd vor ihm stand.

»Sie war zweiunddreißig, hätte schon meine Mutter sein können«, sagte er in leiser Selbstironie.

»Warum erzählst du mir das alles?«

»Meinst du, ich könnte das über längere Zeit geheimhalten, solange wir Conan im Haus haben? Er würde es dir bröckchenweise beibringen. Und dann würde ich immer an deinem Verhalten mir gegenüber merken, welche Einzelheit er diesmal geruht hat, dir zu erzählen. Darum habe ich dir lieber gleich alles berichtet. Nun stehen wenigstens keine Lügen mehr zwischen uns.«

Ihre Wimpern senkten sich und warfen federleichte Schatten auf die Wangenknochen.

»Oder doch?« Mit den Fingerspitzen hob er ihr Kinn an und zwang sie, ihm in die Augen zu sehen.

»Nein«, sagte sie mit belegter Stimme, »nein.« Und doch stand noch vieles zwischen ihnen. Aber sie fand nicht den Mut, ihm ihre eigene Vergangenheit zu beichten.

Er faßte sie an den Schultern, schob langsam ihr Hemd darüber und schaute sie mit verzehrenden Blikken an. Sie starrte auf die Binsenmatten.

»Mein Gott«, flüsterte er, und nun zitterten ihm wirklich die Hände. Daran spürte sie, wie erregt er war und wie sehr er sich beherrschen mußte. Ein kalter

Luftzug wehte über ihre nackte Haut und ließ sie ein wenig erschauern. Ihre Nippel richteten sich auf und wurden hart, und sie bekam eine Gänsehaut. Seine wettergebräunte Hand streichelte ihre weiße Haut, und sein Mund suchte ihren.

Minuten vergingen. Im allmählichen Nachgeben regten sich ihre Sinne und fanden Gefallen an intimeren Zärtlichkeiten. Der übriggebliebene Wein wurde getrunken, Joscelins Kleidungsstücke fielen auf den Fußboden, es folgten Linnets Hüftgürtel und Strümpfe. Ihre Hände wurden in dem Maße kühner und kühner, wie ihre beiderseitige Erregung und Lust anstieg. Schweiß trat auf Linnets Stirn. Längst war ihr nicht mehr kalt. Joscelins heißer, drängender Körper preßte sie auf das Federbett. Sein Herz klopfte mächtig an ihren Rippen. Ihre Hände glitten über seine feuchte Haut, die glatten Muskeln und die angespannten Sehnen. Sie streichelte auch seine glühende, gierige Männlichkeit, die an ihre Oberschenkel stieß, und reizte ihn, wie er sie vorher gereizt hatte.

Er stöhnte vor Lust, ergriff ihre Hand, unterbrach das Küssen und flüsterte ihr begehrliche Worte ins Ohr.

Zuerst widerstrebend, dann von der eigenen wachsenden Erregung getrieben, führte sie sein Glied in sich ein.

Da klopfte jemand laut an die Tür. Es hörte sich so an, als tat er es mit einem ihrer besten Silberpokale. »Aufmachen, Joscelin, du Spielverderber!« hörte man Conans wütendes Schreien. »Du hast dich von uns nicht zu Bett bringen lassen. Das gehört sich aber so!«

Linnet unterdrückte einen Schreckensruf und schaute angstvoll über Joscelins Schulter hinweg auf die wackelnde Tür. Hoffentlich würde der Riegel standhalten!

Joscelin stieß einen Fluch durch die Zähne.

»Joscelin!« Wieder wurde gegen die Tür gehämmert, die jetzt bedenklich wackelte. Dann ertönte ein Fluch. Durch das dicke Eichenholz hörte man die Stimmen Milo de Selseys und Heinrichs. Die beiden versuchten, Conan von der verriegelten Tür wegzulocken. Der heulte: »Das ist nicht fair! Du brichst die Tradisch... Tradischon!«

Heinrich machte dem Wütenden das verlockende Angebot, er werde ein neues Faß Wein anzapfen. Schritte tappten. Linnet hörte, wie Heinrich sagte: »So ist's recht, Sir Conan. Unten im Saal ist es viel schöner als hier auf dem zugigen Korridor.«

»Spielverderber!« Und noch ein letztes Bummern an die Tür. Dann entfernten sich die Stimmen, und es trat wieder Stille ein. Seufzend legte Joscelin den Kopf an Linnets Hals und murmelte: »Wenn Conan einen in der Krone hat, ist er ein richtiger Teufel. Es liegt daran, daß wir gerade eine Schlacht hinter uns haben und gleich wieder in die nächste ziehen. Frauen und Wein, des Söldners Sonnenschein.«

Sie hörte die Selbstironie heraus, strich ihm über das schweißfeuchte Haar und flüsterte: »Tu dir keinen Zwang an!«

Er schwieg noch eine Weile, dann hob er den Kopf und lachte leise vor sich hin. »Conan hatte recht. Ich wurde nicht richtig ins Bett gebracht... noch nicht.«

Er war noch in ihr, vorübergehend etwas schwächer. Doch nun spürte sie seine wiederkehrende Erregung.

»Ob Conan noch einmal zurückkommt?« fragte sie und legte die Beine um seine Hüften.

»Kaum«, sagte er atemlos. »Aber wenn er es wagt, dann bringe ich ihn um!«

Linnet spitzte die Ohren. Lauschte etwa jemand draußen an der Tür? Doch nichts war zu hören als die intimen Laute ihres Liebesspiels – Joscelins hastiger werdendes Stöhnen, die gleitende Berührung von Haut an Haut, ihre eigene flehende Stimme. Unbeeinflußt von ihren Gedanken, hob und senkte sie das Becken und fühlte eine so lustvolle Spannung, daß sie zu zerspringen glaubte.

Joscelins Lippen lagen auf ihrer Brust. Sein Kopf stieß an ihr Kinn. Sie biß die Zähne aufeinander und wollte keinen Ton von sich geben, aber ihre spitzen Schreie brachen sich doch Bahn. Joscelins Stöhnen an ihrer Brust schwoll an – und brach jäh ab. Sein Körper streckte sich, und dann hob er den Kopf. Sie schloß die Augen, packte ihn, und seine zitternde Ekstase traf sich mit ihrer eigenen.

Langsam wurden Joscelins Atemzüge ruhiger, und er begann wieder ihr Kinn, ihren Hals und ihre Brüste zu streicheln und zu küssen. Erschauernd genoß Linnet die Gefühle, die ihren Körper durchrieselten. Welch ein Unterschied zwischen seinen zärtlichen Liebkosungen und Giles' lüsternem, feuchten Betatschen, das ihr nur Schmerzen bereitet hatte. Aber sie durfte sich von diesen unseligen Erinnerungen nicht die herrlichen Empfindungen, die Joscelins Körper ihr schenkte, verderben lassen. Und so drängte sie sich hingebungsvoll an ihn, verbarg ihr Gesicht an seiner schweißfeuchten, salzigen Haut, und ihre Hände krallten sich in seine Haare, während sie sich abermals dem Höhepunkt der Lust näherte, die sie Vergangenes vergessen lassen würde.

## 21

Maude de Monsart fuhr mit beiden Händen glättend über ihr zerknautschtes Reitkleid aus schwerem flämischen Köperstoff. Ihren ruhigen braunen Traber führte ein Pferdepfleger weg, um ihn zu tränken und abzureiben. Die beiden Soldaten, die sie von Arnsby herbegleitet hatten, hatten sich schon auf den Weg zur Wachstube gemacht, wo sie sich am behaglichen Kohlenfeuer wärmen konnten, bevor es wieder zurückging.

»Haben Sie schon Nachrichten von ihm erhalten, meine Liebe?« fragte sie Linnet.

Seufzend schüttelte Linnet den Kopf. »Seit Dienstag nichtmehr. Da hat mir Joscelin ein paar Felle geschickt, die er zu einem günstigen Preis in einer Gerberei in Leenside erwerben konnte, und hat mir geschrieben, daß er am nächsten Morgen von Nottingham aufbrechen wird. Aber das war auch schon alles. Und Sie?« Dabei nötigte sie Maude über den Burghof und die Vordertreppe hoch in den großen Saal.

»William schickte einen Boten. Der sollte ihm den dicken Mantel und wachsgestärkte Leinenhemden nachbringen. Das muß ungefähr zur selben Zeit gewesen sein, als Joscelin an Sie geschrieben hat. Mein Bruder hat auch bei bester Laune kaum das Bedürfnis, ein paar freundliche Worte zu äußern.«

»Das stimmt«, sagte Linnet und dachte ärgerlich an ihren Hochzeitstag.

Maude sah sie neugierig an.

Linnet berichtete ihr von William de Rochers beleidigendem Verhalten. »Und dann hatte er noch die Stirn, so lange im Waschzuber zu baden, bis das Wasser fast kalt geworden war!« sagte sie unwirsch. »Ich hatte ihm danach Giles' alten pelzverbrämten Schlafrock angeboten. Und was hat er gemacht? Er behielt ihn sogar an, als er sich die Haare schneiden und sich rasieren ließ, der scheinheilige Kerl!« Doch während sie diese Begebenheit schilderte, mußte sie gegen ihren Willen darüber lachen. Nachträglich konnte sie der Sache eine komische Seite abgewinnen.

Maude kringelte sich vor Vergnügen. »William hat eben einen Ruf zu wahren. In Wirklichkeit ist er gar nicht so hart, wie die Leute denken. Dieser Mythos stammt noch aus der Zeit kurz nach Morwennas Tod. Damals hätte er jedem, der ihm nahekam, am liebsten den Kopf abgerissen. Sie müssen das so sehen, meine Liebe: Statt nach Arnsby zurückzukehren, hat er es vorgezogen, hier auf Rushcliffe zu bleiben, bevor es zum Rendezvous mit den Truppen des Konnetabels ging.«

Linnet nahm das schweigend zur Kenntnis und dachte: Mir hat er damit kaum einen Gefallen getan, ich hätte gern darauf verzichtet.

Maude schaute zu den hohen Fenstern empor. »Ich kann ihm das auch nicht übelnehmen. Das ist hier eine schöne Burg.«

Linnet folgte ihrem Blick. Raymonds früherer Besitz war von einer überraschend eleganten, kraftvollen und ungekünstelten Linienführung. Das reichte bis zu den romanischen Fenstern und den Bögen, die das Ganze trugen und wie schmückende Stickerei auf einem schönen, aber strengen Gewand wirkten. »Giles' Großvater hatte an einem Kreuzzug teilgenommen und dabei einen Emir gefangen genommen«, sagte sie, »und das ganze Lösegeld in diesen Bau gesteckt.« Dann führte sie Maude die Treppe hinauf ins Frauengemach.

Obwohl Maude nach dem Treppensteigen noch ganz außer Atem war, schaute sie sich auch hier interessiert um. Das große Zimmer war sonnendurchflutet, und an den weiß gekalkten Wänden hingen flämische Gobelins. »Ach, ist das schön! Dagegen ist Arnsby ein flacher, eckiger Steinklotz und hiermit verglichen ausgesprochen häßlich. Was für ein schöner großer Kamin! Und ein überhängendes Schutzdach haben Sie auch!«

Während Maude alles betrachtete und sich begeistert dazu äußerte, verhielt Linnet sich schweigsam. Schließlich ließ sich die Ältere schwer auf ein gutgepolstertes Sofa plumpsen – ein orientalisches Möbelstück, das der Kreuzfahrer Montsorrel auf einem Gepäckwagen heimgebracht hatte. Irgendwann schien sie zu merken, daß Linnet sich in einer eigenartigen Stimmung befand. Fragend schaute sie zu ihr auf. »Leben Sie denn nicht gern hier, meine Liebe?«

Ohne daß es ihr selbst auffiel, runzelte Linnet die Stirn. »Es sind gewisse Erfahrungen, die mich hier bedrücken«, sagte sie nach einigem Zögern. »Meine Hochzeit mit Giles und was danach kam.«

Maude nickte verständnisvoll. »Aber das ist ja nun alles vorbei. Jetzt sind Sie wieder Ehefrau geworden, und damit kommen auch neue Eindrücke. Ich nehme doch an, daß Joscelin Sie gut behandelt?«

Errötend setzte sich Linnet ans andere Ende des Sofas. »Ich kann mich nicht beklagen. Er ist sehr gut zu mir.«

»Nach der Farbe in Ihren Wangen zu urteilen«, sagte Maude lachend, »muß er schon sehr gut zu Ihnen sein!«

Linnet lächelte, aber es kam nicht ganz von Herzen. Zugegeben, er benahm sich sehr gut zu ihr, aber wenn sie ihm erst einmal erzählte, was sich zwischen Raymond de Montsorrel und ihr abgespielt hatte, würde es damit vielleicht aus sein. Als sie im Nachspiel zu dem zweiten Liebesakt eng umschlungen beieinander lagen, hatte sie die Beichte schon auf der Zunge gehabt. Aber nach den ersten zögernden Worten hatte sie nur noch ein gleichgültiges Gemurmel aus seinem Mund vernommen. Ihr Mann war schon dreiviertel im Schlaf gewesen. Da hatte sie endgültig den Mut verloren.

Warum soll ich es ihm überhaupt erzählen? dachte sie. Es ist doch alles längst vorbei. Vergangen ist vergangen. Doch immer wieder meldete sich eine leise Stimme in ihrem Hinterkopf: *Wenn du wüßtest, was ich getan habe, würdest du aufhören, mich zu lieben.* Nicht mal einem Priester hatte sie diese Sünde bisher gebeichtet. Also würde sie nach dem Tod in die Hölle kommen – und mit Sicherheit würde sie dort Raymond treffen.

Maude lachte nicht mehr. Mitfühlend legte sie Linnet die Hand aufs Knie. »Haben Sie irgendeinen Kummer?«

Linnets Augen waren feucht. Sie sah wie durch einen Schleier. »Nein«, log sie und blinzelte, um wieder klar zu sehen. »Es ist nichts.«

Der Vorhang an der Tür zum Frauengemach bewegte sich, beulte sich nach innen und wurde dann von dem kichernden Robert zur Seite geschoben. Er war auf der Flucht vor Ella.

»Du kommst sofort hierher, Master Robert!« rief die Zofe, »und wäschst dir die dreckigen Hände!« Sie schnappte ihn sich, kitzelte ihn so lange, bis er sich vor Lachen nicht mehr wehren konnte, und schleppte ihn quer durchs Zimmer zum Waschbecken.

Maude verdrehte den Hals und beobachtete, wie das Kind sich lauthals beschwerte und sich unter Grimassen abschrubben ließ. »Ich habe nie eigene Kinder gehabt«, sagte sie wehmütig. »Meine Familie bestand aus Williams Sprößlingen.«

Der Anblick von Maudes freundlichem Gesicht, ihrem traurigen, warmen Lächeln brachte Linnet auf eine Idee. Maude schien ihr gerade im passenden Alter zu sein. »Robert hat keine Großeltern«, sagte sie. »Vielleicht würden Sie gern seine Großmutter sein?«

Maude machte ein Gesicht, als wäre ihr gerade ein Platz im Himmel angeboten worden. In ihren kleinen Augen mit den Tränensäcken blitzte es auf. Ihre Stimme bebte vor Freude. »Es gibt nichts, was ich lieber wäre. Martyn verläßt nach Weihnachten Arnsby und wird Knappe bei de Luci, und dann wird es ohne ein Kind auf der Burg einsam werden. Aber wenn ich weiß, ich kann jederzeit hier zu Besuch kommen und etwas Besonderes für Robert sein – oh, vielen Dank!

Sie haben mir ein wunderbares Geschenk gemacht.« Und sie umarmte Linnet stürmisch.

»Für uns ist das genauso schön wie für Sie«, antwortete Linnet gerührt. Der Duft nach abgestandenem Lavendel und Mandelpaste stieg ihr in die Nase. »Meine Mutter starb, als ich erst neun Jahre alt war. Und sonst gab es keine Frau, mit der ich sprechen konnte. Höchstens mal Richard de Lucis Gattin oder die Gräfin Petronilla.«

»So heißt mein Pferd!« trompetete Robert munter wie ein Eichhörnchen dazwischen. »Aber ich nenne es immer Petra. Malcolm bringt mir jetzt bei, mit ihr über Baumstämme zu springen.« Und er machte gleich selber einen Luftsprung, um es vorzuführen. »Joscelin hat gesagt, wenn er nach Hause kommt, zeigt er mir, wie man beim Quintanrennen mit der Lanze nach der Holzpuppe sticht. Und er hat mir auch ein paar Glöckchen für das Pferd versprochen. Joscelin ist jetzt mein Papa.«

»Ja, ich weiß, mein Liebling«, sagte Maude. »Darum sind wir beide jetzt auch verwandt.« Sie entnahm ihrem Umhang eine Schachtel voll viereckiger klebriger Dattelbonbons und schenkte sie dem Kind. »Iß aber nicht zuviel auf einmal! Sonst wirst du krank, und dann ist deine Mutter böse auf mich.«

Die Schnitzerei auf der kleinen Schachtel interessierte Robert mehr als der Inhalt. Maude stopfte ihm einen der dunkel schimmernden Bonbons in den Mund und erkundigte sich nach seinen Kaninchen.

»Die grasen in einem Laufstall«, sagte Linnet. »Den hat der Tischler extra für sie gebaut, damit sie gefahrlos herumhoppeln können und nicht an den frischen Salat herankommen.«

»Die Jungen waren zuerst ganz rosa und noch blind, aber jetzt haben sie auch ein schwarzes Fell gekriegt«, sagte Robert mit vollem Mund. »Der Bote hat gesagt, er hätte gern einen Mantel aus Kaninchenfell. Aber Malcolm hat ihm Bescheid gegeben, daß die Kaninchen meine Lieblingstiere sind.«

Linnet packte Robert am Arm. »Was für ein Bote, mein Süßer?«

»Der ist gerade angekommen, als wir Petra den Sattel abnahmen. Er war ganz staubig, und sein Pferd hatte Schaum vorm Maul. Heinrichs Schwester hat ihm was zum Trinken gebracht.«

Linnet sprang auf. Plötzlich begann ihr Herz zu jagen, und ihr Mund wurde ganz trocken. Sie hatte erst zwei Schritte zur Tür hin gemacht, als Malcolm und Milo auf der Schwelle erschienen. Sie führten einen vom Reisestaub bedeckten, zerzausten und sichtbar erschöpften jungen Soldaten herein.

Maude blieb mit aschfahlem Gesicht stehen und krampfte die Hände ans Kleid. »Bringst du Nachrichten?« fragte sie den Boten. »Schnell, sag mir alles!«

Der Bote trat einen Schritt vor und beugte das Knie. Es war einer von Conans Bretonen, ein untersetzter junger Mann, noch ein halbes Kind, dem der erste Flaum um das kantige Kinn sproß. »Sie brauchen sich keine Sorgen zu machen, Mylady«, sagte er, »ich bringe sehr gute Nachrichten.« Sie bedeutete ihm aufzustehen. »Unsere Truppen sind in der Nähe von Bury St. Edmunds bei einem Ort namens Fornham auf Leicesters Armee gestoßen. Ganz sumpfig war das Gelände da, kein günstiges Schlachtfeld. Aber wir stellten sie trotzdem zum Kampf und machten sie nieder. Wer uns entwischte, den bearbeiteten die Bauern mit Mistgabeln und Speeren. Der Earl wurde gefangen genommen und seine Gräfin auch.« Er kramte in seinem Beutel und förderte ein zerknittertes, durchweichtes Päckchen zutage. »Ein Brief vom Lord. Er läßt Ihnen sagen, er ist wohlauf, und Sie können ihn übermorgen zurückerwarten.«

Linnet nahm dem Söldner das Päckchen aus den breiten Händen. Farbe kehrte in ihre Wangen zurück. »Und er ist heil? Nicht verwundet worden?«

»Er hat nichts abgekriegt, Mylady.» Der junge Mann grinste, und man sah, daß er kürzlich einen Schneidezahn eingebüßt hatte. Mit heiterem Gleichmut sagte er: »Es war das reinste Kinderspiel. Wir spießten sie auf wie Fische, die man aus der Tonne holt. Zum Schluß taten uns die armen Teufel leid. Wir ließen sie entkommen, und sie rannten schnurstracks in die Sümpfe. Wird ihnen nicht viel geholfen haben. Wahrscheinlich ersaufen sie darin. Oder sie werden von den Aalfischern und Vogelstellern geschnappt.« Die Stimme versagte ihm. Er mußte husten.

Maude schenkte rasch einen Becher aus dem Weinkrug auf dem Beistelltisch ein und brachte ihn zu ihm hin. Dann fragte sie atemlos: »Weißt du, was aus den beiden Halbbrüdern des Lords, Ragnar und Ivo de Rocher, geworden ist?«

Der Söldner trank schnell einen Schluck und dann gleich noch einen. »Nein, Mylady. Ich weiß nur, daß sie nicht mit dem Earl und seiner Frau gefangen genommen wurden. Sir William hat eine Belohnung für den ausgesetzt, der sie ihm sicher zurückbringt, und ist bei Fornham geblieben, um abzuwarten, ob sie kommen werden. Lord Joscelin hat ihm gesagt, er soll mit nach Haus kommen, weil das feuchte Wetter ihm nicht gut tut, aber er ließ sich nicht davon abbringen. Sagt, seine Söhne gehören nach Haus, und ihm ist es egal, wie sie ankommen, tot oder lebendig.«

Linnet entfaltete den glatten cremefarbenen Pergamentbogen und sah auf die feste braune Tintenschrift. Joscelin konnte mit der Feder fast ebenso gut umgehen wie ein Berufsschreiber, nur daß er im Gegensatz zu einem gelernten Mann der Schriftkunst die Buchstaben etwas weit auseinanderzog und dadurch viel Platz verschwendete. Sie stellte sich vor, wie er am Tisch saß, eine Hand in den braunen Haaren, die andere eifrig den Gänsekiel führend. Die Vorstellung gefiel ihr. Sie schwelgte geradezu darin. So brauchte sie nicht daran zu denken, wie er, auf dem Rücken von Whitesocks sitzend, das bluttriefende Schwert geschwungen hatte.

»Ich leide mit ihnen«, hatte Maude gesagt, nachdem der Bote wieder fort war. »Mit William und meinen beiden Neffen. Wenn Ragnar und Ivo nun tot sind? Wie soll William mit dieser Last auf der Seele weiterleben? Kann ja sein, daß er sie in der Hitze der Schlacht selber getötet hat! Sie sehen zwar erwachsen aus, aber im Grunde sind es doch nur zwei eifersüchtige kleine Jungen.« Und sie betupfte sich mit dem Ärmel die Augen.

Robert wollte Maude aber unbedingt den Laufstall mit seinen Kaninchen zeigen. Bereitwillig begleitete sie ihn und riet Linnet davon ab, auch mitzukommen. »Du bleibst hier und liest deinen Brief«, sagte sie. »Ich weiß, wie selten man einen solchen friedlichen Augenblick genießen kann.«

Und so war Linnet zur Fensternische gegangen und hatte sich dort mit dem Pergament niedergelassen. Kreisförmig fiel die späte Septembersonne herein und wärmte ihr die Füße in den weichen Lederschuhen. Zu hören war nur das leise geführte Gespräch zweier Dienerinnen, die am Kamin klöppelten.

Als Kind hatte Linnet bei einem Hauspriester die Grundbegriffe des Lesens und Schreibens erlernt – allerdings konnte sie nicht fließend lesen. Mühsam buchstabierte sie ein Wort nach dem anderen und nahm es wie ein Juwel in ihrem Geist auf.

*Joscelin de Gael schickt seiner Lady und vor Gott geliebten Frau seine Grüße.*

*Wenn Du dies liest, wirst Du schon erfahren haben, daß ich unversehrt aus der Schlacht gegen die Armee des Earls von Leicester zurückkehre. Mit den Streitkräften der Rebellen wurde bis zum Vorfrühling ein Waffenstillstand geschlossen. Das läßt uns Zeit, uns über viele noch unausgesprochene Sehnsüchte zu unterhalten und manches gemeinsam zu unternehmen.*

*Wir werden übermorgen in Nottingham eintreffen. Ich werde im Stadthaus meines Vaters übernachten und, sobald ich alles mit dem Sheriff geregelt habe, heimreiten. Bis dahin bin ich mit dem Herzen bei Dir.*

*Mit eigener Hand geschrieben am zehnten Tag nach Michaelis im Jahr des Herrn 1173.*

*Geliebte Frau.* Die beiden Worte wärmten sie wie Sonnenschein. Sie schalt sich eine Närrin, weil ihr dabei die Tränen kamen. Seit ihrer Kindheid hatte sie außer in Roberts Augen nie Liebe erwecken können. Einmal hatte sie den Irrtum begangen zu glauben, daß Raymond de Montsorrel in sie verliebt wäre, daß seine sanften Hände und die einschmeichelnde Stimme seine Zuneigung zu ihr bewiesen. Aber für ihn war es nur ein Spiel gewesen. Es war Balsam für seine Eitelkeit und bestätigte ihn in seiner Prahlerei, daß keine Frau, ob Lady oder Hure, ihn je abgewiesen habe. Erst jetzt hatte Linnet erfahren, wie ganz wahre Liebe war.

Noch lag Sonnenlicht auf dem Pergamentbogen, als sie ihn wieder zusammenfaltete und ihre Fingerspitzen eine Weile auf Joscelins Handschrift ruhen ließ.

# 22

»Wir haben uns wohl verirrt, was?« fragte Ivo mit kläglicher Stimme.

Die Hände um die nassen, schlüpfrig gewordenen Zügel geklammert, wandte sich Ragnar im Sattel und schnauzte ihn böse an: »Mein Gott, wirst du endlich aufhören zu winseln? Du lebst doch noch, oder?«

Seit Tagesanbruch regnete es ununterbrochen. Der Wald war in dämmrig grünes Zwielicht getaucht. Wasser rann vom Helm herab und durchweichte den gefütterten Umhang. Die Halsberge starrte vor dreckigem Rost, und bei jedem Schritt des ermüdeten Pferdes scheuerten Ragnars Oberschenkel im Sattel.

Bei diesem regnerischen Wetter war Leicesters Armee quer durchs Land auf die festen Burgen des Earls von Midland zumarschiert und hatte auf dem sumpfigen Gelände nahe der Ortschaft Fornham eine vernichtende Niederlage bezogen. Earl Robert hatte sich zu sehr auf seine flämischen Rekruten verlassen – lang aufgeschossene Männer und Jungen, von denen die meisten arbeitslose Weber waren. Hugh de Bohuns Ritter hatten sie zusammengehauen. Von Wut und Angst gejagt, hatte sich Ragnar einen Fluchtweg freigeschlagen und Ivo hinter sich hergeschleppt. Nun erstreckten sich die Wälder um Bury und Thetford meilenweit vor ihnen, und nur selten fand sich darin die Behausung eines Köhlers oder das Anwesen eines Gemüsebauern. Und soviel Ragnar wußte, lauerten außerhalb der trüben grünen Deckung der Wälder Hugh de Bohuns Männer, um jeden, der noch nicht durch das Schwert gefallen oder in den Sümpfen ertrunken war, niederzumachen.

»Jetzt lahmt auch noch mein Pferd«, klagte Ivo. »Meinst, daß wir bald irgendwo ein Obdach finden?«

Gequält schloß Ragnar die Augen und schluckte

schwer. Bald würde er Ivo ein Obdach bieten – anderthalb Meter tief mit einer behaglichen Decke aus fauligem Laub. Dieser Idiot war ihm ungefähr so nützlich wie ein durchlöcherter Wasserkürbis. Er hatte keine Kraft in den Armen und keinen Grips im Schädel. Selbst ein toter Schellfisch war seiner Gesellschaft vorzuziehen. Darum gab ihm Ragnar auch keine Antwort, sondern munterte sein Pferd zu schnellerer Gangart auf. Sollte Ivos Pferd wirklich lahmen, dann würde er vielleicht zurückbleiben, und Ragnar brauchte sich nicht mehr um ihn zu kümmern.

Seine Augen brannten. Alles verschwamm zu einem unbestimmten Grün. Er war ein Rebell, ein Vogelfreier, der sich in den Wäldern des Tieflands jämmerlich zu Tode frieren würde. Der erste zündende Funke der Rebellion, der ihn allein aus Sympathie auf die Seite Jung-Heinrichs geführt hatte, war längst erloschen. Da hatte er noch gehofft, seinen Vater zutiefst zu verletzen und ihm gleichzeitig zu zeigen, was er wert war. Jetzt fühlte er nur noch eine grollende Leere im Inneren. Er verzehrte sich nach Achtung und Bewunderung, und je mehr sie ihm vorenthalten wurden, um so mehr hungerte und dürstete er danach.

»Ragnar, warte doch!« Verloren klang Ivos jammernder Schrei durch den graugrünen Regenvorhang.

Wütend trat Ragnar seinem Hengst in die Weichen. Das Tier stolperte über eine Baumwurzel. Gleich darauf scheute es vor einem Specht, der unter krächzenden Warnrufen tief über den Weg vor ihnen flog. Ragnar mußte sich am Sattelknopf festhalten, um oben zu bleiben. Mit der Schulter prallte er an einen Baumstamm und fluchte, weil es teuflisch weh tat. Er zügelte das unruhige Pferd und vernahm niedergeschlagen Hufschläge hinter sich. Ivo hatte wieder zu ihm aufgeschlossen.

»Ragnar...«, sagte Ivo verzweifelt.

Ragnar holte Luft und wollte ihn anbrüllen. Aber da preßte sich ein eiserner Ring um seine Brust, und sein Magen stülpte sich um. Denn im Umwenden sah er, daß ein grinsender englischer Krieger an der Spitze von einem halben Dutzend Bewaffneter Ivo mit der Lanze bedrohte.

»Wenn du nach dem Schwert greifst«, sagte der Engländer auf französisch mit schwerem Akzent, »dann hoffentlich nur, um dich zu ergeben. Bei der geringsten falschen Bewegung dringt dir meine Lanze in die Eingeweide, Normanne!«

Ragnar schauderte es. Schon war er versucht, dem Soldaten einen Vorwand zu liefern, ihn zu erstechen. Dann wäre alles ganz leicht. Ein Stoß, und es wäre vorbei. Die Priester plapperten einem doch forwährend vor, wie schön es im Jenseits ist. Aber konnte man sich darauf verlassen? Langsam faßte er den Griff des geliehenen Schwertes und zog ihn vorsichtig aus der mit Wolle gepolsterten Scheide.

»Um Himmels willen, Ragnar, übergib es ihm!« kreischte Ivo mit schreckgeweiteten Augen. Sein Blick glitt wild zu den Männern, die sie umzingelt hatten und immer näher rückten, und er stammelte: »Ihr könnt ein schönes Stück Lösegeld für uns bekommen. Wir sind die Söhne von William de Rocher, der als Eisenherz bekannt ist... ja, wir sind seine Erben.« Angstvoll fuhr er sich mit der Zunge über die Lippen.

Ragnar schleuderte Ivo einen Blick äußerster Verachtung zu und warf das Schwert auf das faulige Laub vor den Hufen des Schlachtrosses, als würfe er einem Bettler eine kleine Münze zu.

Der Engländer grinste noch stärker und sagte in freudiger Überraschung: »Die Söhne des großen Eisenherz, wie? Ich wüßte gern, wieviel euer berühmter Sire bereit ist, für die Rückkehr der beiden verlorenen schwarzen Schafe zu zahlen. Ihr könnt nur hoffen, daß er mehr herausrückt, als ihr wirklich wert seid, denn sonst mache ich mir vielleicht gar nicht die Mühe, das Lösegeld einzuziehen.«

»Er wird alles zahlen, was ihr verlangt«, versicherte Ivo eifrig dem Engländer. »Nicht wahr, Ragnar, das wird er doch tun?«

Ragnar zog die hellbraunen Augen zusammen. »O ja«, murmelte er. »Er wird zahlen.«

Es war ein regnerischer Abend kurz vor Oktober. Ein scharfer, kalter Wind jagte Wolkenbänder nach Norden. Und er blies William de Rocher ins Gesicht, als er und seine Männer vor dem Bierhaus des Ortes hielten, wohin sie ihr englischer Führer gebracht hatte.

»Ist es das hier?« fragte William. Ein Schimmer von Hoffnung, gepaart mit abgrundtiefer Verzweiflung, machte, daß seine Stimme grob und zornig klang.

Der Führer schaute ihn von der Seite an. »Ja, Mylord. Es sieht zwar nicht besonders aus, aber unter dem Fußboden ist ein Keller voll schönster Äpfel.«

Am Kinn von Eisenherz zuckte ein Muskel. »In dem Apfelkeller sind meine Söhne?«

»Da sind sie am besten aufgehoben. Wenn sie uns kein gutes Silber wert wären, würden sich schon längst die Raben von Hallows Wood an ihnen gütlich tun.« Der Engländer stieg gewandt vom Pferd.

»Hüte deine Zunge!« warnte ihn Eisenherz. »Glaube ja nicht, du könntest dir Frechheiten herausnehmen, nur weil ihr zufällig etwas habt, was ich zurückhaben will.«

Der andere musterte ihn von oben bis unten. »Das habe ich ja nicht so gemeint, Mylord. Aber Sie sind als ein Mann des offenen Wortes bekannt, und da werden Sie wohl die Wahrheit vertragen können. Viele aus Leicesters Armee erleben es nicht mehr, daß sie gegen Lösegeld ausgetauscht werden.«

Auf einmal spürte William brennenden Neid auf den lässigen Hochmut und die jugendliche Anmut des Engländers. Vorsichtig schwang er das steif gewordene Bein über die Hinterpausche des Sattels. Der Boden unter den Füßen war matschig, und überall lag zertretenes Laub. Blätter wirbelten von den Ulmen über den Rasen wie verlorene Seelen, die ins Dunkel verschwinden. Auch jetzt fielen ihm welche vor die Füße. Der Regen platschte ihm ins Gesicht, so daß er die Augen zukneifen mußte. Pfützen glänzten in den Vertiefungen und Löchern des festgetretenen Schlamms, der die Dorfstraße bildete. Aus dem Bierhaus dröhnte lautes Gelächter, und jemand sang mit unschöner, rauher Stimme eine englische Ballade von einer Jungfrau und einem Schmied. Durch das aus Weidenruten geflochtene Tor torkelte ein betrunkener Dorfbewohner und bewegte sich schwankend die Straße entlang auf die Häuser zu, die den Dorfanger umgaben.

»Sie feiern immer noch ihren Sieg über Leicesters Armee«, sagte der Führer mit verständnisvollem Lächeln. »Da hat die Gemeinde hier noch für Generationen Gesprächsstoff – wie Opa die flämischen Horden mit nichts anderem als der Mistgabel zuschanden machte.«

»Meine Söhne«, sagte Eisenherz eisig. »Ich will meine Söhne haben. Auf der Stelle!«

Das Lächeln des Soldaten erlosch. »Selbstverständlich«, sagte er gelassen. »Hier entlang, Mylord.« Er deutete auf die Tür des Bierhauses wie ein Diener, der einen großen Lord in eine prächtige Halle einweist. Eisenherz mußte an sich halten, um ihn nicht mit einem Schlag in den Matsch zu befördern.

Ragnar döste in dem engen kalten Gefängnis. Richtig schlafen konnte er hier nicht. Da er ihnen respektlos und mit Verachtung begegnet war, hatten sie ihn grob behandelt und mit Fußtritten traktiert, so daß er sich kaum bewegen konnte. Aber dafür war ja sowieso kaum Platz.

In dem leichen Schlummer hatte er einen Traum gehabt. Er handelte von einer Hexe in Gestalt einer schönen dunkelhaarigen Frau mit leuchtenden grünen Augen, zu denen ihr Samtkleid gut paßte. Plötzlich verwandelte sie sich. Das Fleisch schmolz von ihrem Gesicht, bis nur ein grauenhafter Totenkopf übrig blieb. Die Hand, die sie zum Fluch gegen ihn erhob, bestand aus weißen Knochen. Der Totenkopf flüsterte: *Sieh mich an!* Bis ins Mark erschrocken, zwang er sich, ihr zu gehorchen, hob den Blick zu den leeren Augenhöhlen, und plötzlich starrten ihn daraus die Augen seiner Mutter an.

Mit einem Ruck wachte Ragnar auf. Rasselnd fuhr die Luft durch seine Kehle, und sein Herz donnerte gegen die Rippen wie die Hufe eines durchgehenden Pferdes. In der Dunkelheit hing klebrig der Geruch nach Äpfeln. Bald würden sie überreif sein und verfaulen. Ivo, der dicht an seiner Seite lag, wimmerte im Schlaf. Ihn hatten sie kaum mißhandelt, weil er sich gefügig stellte und ihnen keine Veranlassung gab.

Über ihren Köpfen bestand die Außenwelt aus einer gedämpften Kakofonie von schweren Schritten, durcheinanderschreienden Stimmen und rohem Gelächter. Sie feierten auf Teufel komm raus. Ragnar bedachte die Fehler, die er gemacht hatte, und wie er sie wiedergutmachen würde, sobald er aus diesem Loch freikam. In der Dunkelheit tastete er umher und fand den Brotlaib, den sie vorhin heruntergelassen hatten. »Im übrigen könnt ihr euch an die Äpfel halten«, hatten seine Gefangenenwärter lachend gesagt. Er schlug die Zähne in das braune Gebäck, das nach Sägemehl schmeckte, und dachte an das feuchte goldbraune Honigbrot, das seine Tante an Festtagen zu backen pflegte. Bei diesem Gedanken lief ihm das Wasser im Munde zusammen, und so konnte er dieses sogenannte Brot wenigstens kauen. Von irgend etwas mußte er sich ja am Leben erhalten.

Mit Mühe schluckte er den Bissen hinunter. Plötzlich hörte er auf zu kauen und hob den Kopf. Der Lärm über ihnen hatte auf einmal nachgelassen. Dann hörte er, wie der schwere Tisch über der Falltür zum Keller beiseite geschoben wurde. »Ivo!« flüsterte er und stieß seinem Bruder den Ellbogen in die Seite. Ivo fuhr hoch und erkundigte sich mit ängstlicher Stimme, was los sei.

Der Riegel wurde zurückgeschoben. Dann sprang die Falltür auf und gab in dem von Binsenlichtern kärglich erhellten Viereck den Blick auf einen geschwärzten Dachbalken frei, von dem drei Wurstringe und ein Bündel Reisig herabhingen. Doch gleich darauf zeigten sich oben Männer, die sich über das Loch beugten und nach unten spähten.

Selbstzufrieden erklang die Stimme des englischen Soldaten, der Ragnar und Ivo gefangen genommen hatte und für ihre gegenwärtige üble Lage verantwortlich war. »Wie ich Ihnen gesagt habe, sind sie gesund und sicher aufgehoben. Wie Äpfel in der Tonne.« Und er schnaufte vergnügt.

»Ragnar? Ivo?« Die Stimme von Eisenherz hörte sich an, als hätte er mit rostigen Nägeln gegurgelt. »Ich bin hier und hole euch jetzt nach Haus. Weiß Gott, ihr seid beide das Lösegeld nicht wert. Aber ich kenne die Pflicht gegen mein eigen Fleisch und Blut.«

Pflicht! Als Ragnar dieses Wort hörte, wäre er daran fast erstickt. Wie oft hatte man es ihm vorgehalten, als wäre es ein Heilmittel gegen alle Übel der Welt! Bei Gott, er würde es seinem Vater zeigen, wo seine Pflicht lag!

»Vater?« antwortete er, erhob sich mühsam und

schaute zu der breitschultrigen Gestalt empor, die das erleuchtete Viereck jetzt fast ganz ausfüllte. »Ich habe versucht, zu dir zu reiten, aber dieser Auswurf der Gosse hat Ivo und mich gefangen gehalten und hier in den Keller gesteckt, um Lösegeld zu erpressen.«

»Ihr seid noch viel schlimmer als der Auswurf der Gosse!« schrie der englische Soldat erbost. »Wir hätten euch zerstückeln und im Wald liegenlassen können, den Füchsen und Raben zum Fraß.«

»Mit dir als Gesellschaft!« stieß Ragnar hervor. Er ballte die Fäuste, holte tief Luft und stellte sich aufrecht. »Vater, du hast recht mit dem gehabt, was du über den Earl von Leicester und Jung-Heinrich gesagt hast. Sie sind nicht die Spucke eines ehrlichen Mannes wert.«

Jetzt strengte sich auch Ivo an, auf die Beine zu kommen. Selbst bei dieser armseligen Beleuchtung konnte Ragnar sehen, daß seine Augen so groß wie Kerzenuntersätze waren. »Aber du hast doch gesagt... Au!« Ragnar hatte ihm den Ellbogen ins Zwerchfell gestoßen, und Ivo krümmte sich.

Oben brachte man eine Holzleiter und ließ sie durch die offene Falltür herab. »Was ist los mit ihm?« erkundigte sich Eisenherz.

»Magenkrämpfe«, sagte Rangar. »Er hat zu viele Äpfel gegessen.«

Ivo stöhnte und würgte, während Ragnar schon langsam die Leiter hinaufstieg. Seine Glieder schienen aus brüchigem Holz zu bestehen. Als sein Vater ihm die Hand nach unten reichte und ihn ins Licht emporzog, verzerrte er das Gesicht, weil ihm die plötzliche Helle weh tat. Er brauchte sich gar nicht zu verstellen. Nach der dunklen Enge im Apfelkeller kam ihm der von Binsenlichtern beleuchtete Schankraum des Bierhauses so strahlend hell und weitläufig vor wie ein Palast, nur daß die Höflinge hier alle wie

Raufbolde und Bettler aussahen. Und sein Vater kam ihm in den regendurchnäßten, schäbigen Kleidern wie der König dieser Bettler vor. Das graue Haar wies wild abstehende weiße Strähnen auf, und das Fleisch saß aufgeschwemmt auf den kräftigen Gesichtsknochen.

Der Anblick traf Ragnar wie ein körperlicher Schlag. Mein Gott, den er da vor sich sah, das war nicht mehr der Gott seiner Kindheit und Jugend mit den stählernen Muskeln, sondern ein alter Mann.

»Ich wußte, daß ihr wieder zur Besinnung kommen würdet«, sagte Eisenherz mit verächtlich gekräuselter Oberlippe. »Nur schade, daß es so lange gedauert und so viel gekostet hat.«

»Ja, Vater«, sagte Ragnar, den Blick zu Boden gesenkt, während er sich zu sammeln versuchte.

»Glaube ja nicht, du könntest mir etwas vormachen! Es liegt nicht in deiner Natur, weich zu werden. Ebensogut könnte sich ein Wolf in einen Schoßhund verwandeln. Sieh mich an!«

Ragnar hob den Kopf und sah seinem Vater in neu erwachtem Trotz in die Augen. Nein, er konnte sich nicht verstellen.

Doch gerade das zauberte ein schwaches Lächeln auf Williams Miene. »So ist es schon besser. Ich weiß doch, daß du Rückgrat hast.« Dann wandte er sich Ivo zu, der eben ohne fremde Hilfe aus dem Keller stieg. Er packte ihn am Kragen und schleppte ihn ins Licht. »Im Gegensatz zu deinem Bruder! Der hat immer Quark statt Mumm in den Knochen gehabt!«

Gebeugt und zitternd wie ein Ochse vor dem Schlachthaus stand Ivo da und dachte nicht einmal daran, sich zu rechtfertigen. Ragnar würgte es in der Kehle. Sein Kinn verkantete sich. In seinem ganzen Leben hatte er noch nie einen solchen Haß empfunden. Und doch fühlte er, daß sich der Haß in reuige Liebe auflösen könnte, wenn sein Vater ihm nur einen kleinen Beweis von Zuneigung gäbe.

Doch unverändert hart befahl Eisenherz: »Geht raus und wartet auf mich! Ihr findet draußen gesattelte Pferde für euch und eine Begleitmannschaft.«

Die Schankwirtin reichte ihnen mit höhnischem Ausdruck im fetten Gesicht zwei abgetragene Umhänge von Bauern. Die schönen pelzverbrämten Umhänge, mit denen die Brüder hier angekommen waren, hatte sie für die Mitgift ihrer Tochter sorgsam versteckt.

»Stehen wir unter Bewachung?« fragte Ragnar heiser.

»Nein«, sagte Eisenherz.

»Dann sind wir also frei und können hingehen, wohin wir wollen?«

»Wo wolltet ihr denn schon hin?« Eisenherz band zwei schwere Beutel voll Silbergeld vom Gürtel und übergab sie dem Soldaten, der vor dem Feuer stand. »Ein Nomadenleben bei den Turnierserien führen, wo es kaum mehr als harte Brotkrusten zu gewinnen gibt? Wenn du mich jetzt verläßt, Ragnar, bist du für mich tot und erledigt. Noch einmal werde ich nicht nach dir suchen. Warum sollte ich auch! Ich habe ja noch einen Sohn daheim und einen zweiten, an dessen Treue ich noch nie zu zweifeln brauchte!«

Ragnar biß die Zähne aufeinander. Doch er konnte sich nur mit größter Anstrengung beherrschen. Wie gern hätte er seinem Vater in gleicher Münze geantwortet und wäre dann hinausgestürmt! Doch er hatte seine Lektion gelernt. Es hatte keinen Sinn, sich die Nase abzuschneiden, um sein Gesicht zu ärgern. So nahm er der Frau den Umhang aus der Hand und legte ihn sich um die Schultern. Der ausgefranste Saum hing ihm unordentlich um die Knie, und die Verschlußspange war aus einem Hühnerknochen gemacht. »Ich weiß, wo ich stehe, Vater«, sagte er mit äußerlicher Ruhe. Doch seine Stimme klang bitter. »Und ich hoffe zu Gott, daß du es auch weißt.«

Und ging in die dunkle Regennacht hinaus zu den wartenden Soldaten.

## 23

Der Wochenmarkt in Nottingham ist fast so lebhaft wie der in Cheapside, London, dachte Joscelin, als er an den überfüllten Ständen der Fleischer am Flesher Gate und in der Blowbladder Lane vorbei auf die Buden und Läden auf dem Hügel zuging, die sich entlang der Straße bis zur Sankt Marienkirche und Hologate hinzogen. Dicht gedrängt wie Heringe im Faß priesen die Händler mit lauter Stimme ihre Waren an, während die Handwerker hinter Tischen mit ihrem Werkzeug geschäftig hantierten.

Am Stand eines Kurzwarenhändlers kaufte Joscelin einen kleinen Satz Pferdeglöckchen, die er Robert versprochen hatte. Als er sie im Beutel verstaute, klingelten sie fröhlich an ihrem Ledergehänge. Er dachte daran, wie Juhel aus sehnsüchtigen dunklen Augen vor einer Händlerbude in Paris solche hübschen Kinkerlitzchen bestaunt hatte. Damals hatte er nur Geld für das tägliche Brot und Feuerholz aufbringen können.

Jetzt dachte er an ein Geschenk für Linnet. Die Münzen in seinem Beutel stammten nicht aus Roberts väterlicher Erbschaft. Die hatte er sich durch eigene Leistungen im Kampf gegen Leicesters Männer verdient. Den Todesstreich eines Gegners abwehren, ihn gefangennehmen und Lösegeld für ihn verlangen – das war noch immer die einträglichste Art, Krieg zu führen. Auf solche Weise hatte er diesmal einen guten Verdienst erzielt.

Es gab genügend Gold- und Silberhändler, die ihm kunstfertig gearbeitete Ringe und Broschen, Ohrringe und Anhänger feilboten. Er wußte, daß Linnet nur wenig Schmuck besaß. Doch was er hier sah, sagte ihm nicht sonderlich zu. Es war ihm zu alltäglich. Jede Frau, die es sich leisten konnte, besaß eine runde Brosche mit einer Geheimschrift auf der Rückseite: *Amor vincit omnia** oder *Vous et nul autre***. Als Breaca damals schwanger wurde, hatte er ihr eine billige Bronzebrosche gekauft. Diese Erinnerung war noch so stark in ihm, daß er den Blick von dem Laden abwenden mußte. Dann pries ihm ein Goldschmied eine Reliquie an, ein Kreuz, in dem zwischen Silber und Bergkristall ein Knochensplitter der Heiligen Jungfrau selbst eingelegt war. Jedenfalls behauptete der Mann das. Viel wahrscheinlicher, dachte Joscelin, stammt der Knochensplitter von einem Schweinekadaver aus der Abfallgrube, die der Händler an der Rückfront seines Hofs in dem weichen Sandstein ausgeschachtet hat. So fiel es Joscelin leicht, das Angebot abzulehnen.

Seine Wahl fiel schließlich auf einen hübsch geschnitzten Holzkamm, dessen Griff mit Perlmutt eingelegt war. Der Mann, der ihm den Kamm verkaufte, hieß Gamel und war ein ehemaliger Söldner, der seinen Lebensunterhalt jetzt dadurch verdiente, daß er Würfel und kleine Schmuckstücke für die Soldaten der Garnison herstellte, in der er früher selbst gedient hatte. Ein Schwerthieb hatte ihm damals das Bein unterhalb des Knies abgetrennt. Er hatte das Wundfieber überstanden und stapfte jetzt nicht eben elegant, aber entschlossen auf einem Holzbein umher. Nun lag das Holzbein abgeschnallt neben ihm auf den Binsenmat-

* (lat.) Liebe siegt über alles

** (afrz.) Du und kein anderer

ten des Bierhauses »The Weekday«, wo er durstig den großen Humpen entgegennahm, den Joscelin für ihn ausgegeben hatte.

»Gott segne Sie, Sir.« Seine Augen leuchteten vor Freude, und als er einen langen Zug nahm, hüpfte sein Adamsapfel an dem mageren Hals auf und ab.

Joscelin nahm neben ihm an dem vollbesetzten Tisch Platz. »Wie geht es mit dem Bein?« Die rauchige, lärmende Atmosphäre der schmierigen kleinen Taverne erweckte in ihm für Augenblicke die romantische Erinnerung an frühere Zeiten. Er hatte Gamel nicht einmal gekannt, als der noch zwei gesunde Beine gehabt hatte. Aber nur wenige Monate nach der schweren Verwundung hatte er ihn im Wachzimmer des Schlosses getroffen, wo er für die kleine Tochter eines Kameraden eine Wiege schnitzte.

Gamel grinste. »Nicht schlecht, nicht schlecht. Ich werde mich hüten zu jammern, sonst geben Sie mir kein Bier mehr aus. Wissen Sie was? Im vergangenen Monat wäre es mir beinahe verloren gegangen. Der Schankwirt hatte sich einen neuen Wachhund zugelegt, und der knabberte gern an dem Holzbein, wenn ich mich hier nichtsahnend ausruhte. Hat es ganz schön hergerichtet – mächtige Löcher von seinem Gebiß. Sollten Sie sich mal ansehen!«

»Ich habe ja den Hund gesehen«, sagte Joscelin voll Mitgefühl. Im Hof lag das Mordsvieh an der Kette, sah aus wie eine Mischung aus Boxer und Wolfshund, war aber größer als beide und erweckte wirklich den Eindruck, als würde er erst zubeißen und dann bellen.

»Wenn es nach mir ginge, würde er bald von der Bildfläche verschwinden«, murmelte Gamel und trank wieder einen großen Schluck Bier. Mit einem verlegenen Seitenblick auf Joscelin sagte er: »Habe gerüchteweise gehört, daß Sie jetzt ein Baron sind.«

Joscelin lächelte über Gamels Neugier und breitete

die Hände aus. »Wie käme ich dazu, ein solches Gerücht zu bestreiten?«

Gamel nuckelte an einem Zahn. »Gute, schöne Ländereien, die Sie da erworben haben.«

»Und dazu eine gute, schöne Frau.« Joscelin betrachtete den Kamm in seinen Händen. Er hatte Linnet ein Geschenk machen wollen, das für sie beide eine persönliche Bedeutung hatte, und dies war für diesen Zweck genau das Richtige, denn es weckte Erinnerungen an ihre Hochzeitsnacht.

»Dann möge Gott Ihnen auch gute, schöne Kinder schenken«, sagte Gamel und hob prostend den Humpen. Als er ausgetrunken hatte, hielt er das leere Gefäß in die Höhe und winkte der Bedienerin. »Wiegen schnitzen ist meine Spezialität...« Er brach ab. Vier Soldaten hatten schwankend das Bierhaus betreten und riefen laut nach der Bedienung. Einer vertrat der Frau den Weg, die gerade zu Gamel und Joscelin wollte.

»Komm, Süße«, sagte er höhnisch. »Erst werden die Soldaten bedient, dann kommen die Krüppel.« Er packte sie am Arm und zog sie herum.

Joscelin wollte etwas sagen, aber Gamel stieß ihn an, um ihm zu bedeuten, er solle den Mund halten. »Lassen Sie's sein! Es ist besser, sich nicht mit Robert Ferrers Männern anzulegen, besonders wenn sie betrunken sind.«

»Du willst ihm das durchgehen lassen?« Joscelin maß den krakeelenden Soldaten mit Abscheu. Er kannte den Typ. Gab man solchen Leuten ein Schwert, dann glaubten sie das Recht zu haben, jeden, der ihnen begegnete, herumzukommandieren. Gab man ihnen etwas zu trinken, wurden sie unberechenbar. Dem Aussehen nach hatten sie schon allerhand in sich hineingeschüttet.

»Geht nicht anders. Es sind zu viele von der Sorte.

Seit kurzem wimmelt es von ihnen in der Stadt. In keinem Bierhaus diesseits von Sneiton hat man noch seine Ruhe.«

Joscelin fuhr sich über das Kinn. Robert Ferrers, der Earl von Derby, war als Parteigänger Leicesters bekannt. Wäre dessen Armee bis in die Midlands gekommen, dann wäre Ferrers ihm zu Hilfe geeilt, daran bestand kein Zweifel. Obwohl die Ferrers ausgedehnten Grundbesitz in Nottingham besaßen, war die Stadt der Krone treu geblieben und zeigte auch jetzt kein Anzeichen von Wankelmut. Nachdem Leicester gefangen und ein Waffenstillstand abgesprochen war, hatte sich bei Ferrers' Männern Enttäuschung und Haß in gefährlichem Ausmaß angestaut.

»Sie werden nicht mehr lange bleiben«, sagte Gamel achselzuckend. »Wenn erst die ganzen Männer des Königs, wie Sie einer sind, herkommen, werden sie ihr Unwesen nicht mehr ungestraft treiben können.«

»Kann die Garnison mit diesen Unruhestiftern nicht fertigwerden?«

»Na ja, es hat schon ab und zu eine nette Straßenschlacht gegeben. Danach herrscht immer eine Weile Ruhe, bis der Ärger wieder von vorn anfängt. Wenn Beschwerden kommen, stellt Earl Ferrers sich taub. Deshalb hat sich der Wirt ja auch den neuen Wachhund angeschafft.«

Leise Verwünschungen vor sich hin murmelnd, näherte sich die Bedienerin den beiden, um ihre Becher nachzufüllen. Einer von Ferrers' Männern stellte ihr ein Bein, aber sie ging ihm, die Lippen fest aufeinandergepreßt, aus dem Weg. Zwei Händler tranken schnell aus und gingen. Joscelin beschloß, ihrem Beispiel zu folgen.

»Schnall dir das Bein an!« sagte er zu Gamel. »Ich bringe dich zum Schloß zurück.«

Der alte Mann griff nach dem Holzbein. Doch einer

der Soldaten kam ihm zuvor. Er schoß heran und schnappte ihm das Holzbein weg. »Guckt mal, Leute, was ich hier habe!« krächzte er. »Einen Kloben Feuerholz!« Er ging auf den Kamin zu, wobei er Gamels Holzbein von einer Hand in die andere warf.

Joscelin stand auf. »Gib es sofort zurück!« sagte er ruhig.

»Und wenn nicht?« fragte der Soldat, warf das Holzbein in die Luft und fing es absichtlich erst im letzten Augenblick auf. Joscelin sah die vielen Pickel im Gesicht des jungen Mannes und die paar einzelnen Härchen, die ihm am Kinn sprossen, und wurde ausgesprochen zornig.

»Dann lebst du nicht mehr lange.«

Der junge Soldat wurde rot, schob die Unterlippe beleidigt vor und warf Gamels Holzbein ins Feuer.

Im nächsten Moment war der Teufel los. Joscelin warf sich auf den Soldaten, und dessen drei Kameraden warfen sich auf Joscelin. Gamel kroch auf allen vieren zum Kamin, um das Holzbein zu retten, bevor es zu stark verkohlte. Die Bedienerin lief auf die Straße, rief um Hilfe und begegnete dem Wirt, der gerade auf dem Markt Lebensmittel eingekauft hatte. Sofort machte er seinen Hund los, wickelte sich das breite Lederband fest ums Handgelenk und stürzte sich in die dunkle Schankstube. Ihm folgte Conan, der Joscelin suchte.

Die nächsten fünf Minuten vergingen in einem hektischen Tohuwabohu. Der Hund knurrte böse und biß, ohne Unterschiede zu machen, jeden, den er erwischen konnte. Der Wirt bearbeitete die Soldaten mit einem dicken Bauernknüppel. Conan nahm ihm den Knüppel ab und drosch dank seiner größeren Kraft und Erfahrung mit noch stärkerer Wirkung auf Ferrers' Männer ein. Joscelin wand sich unter dem Haufen wild um sich schlagender Arme und Beine hervor. Dabei hatte er die Faust fest am Kragen des jungen Mannes, der Blut, Zähne und Flüche ausspuckte. Er flog als erster von Derbys Männern auf die Straße, und seinen Kameraden erging es gleich darauf nicht besser. Sie hielten sich auch nicht damit auf, Beschimpfungen vom Stapel zu lassen. Dafür sorgte schon der Hund.

»Wie in den alten Zeiten!« rief Conan voll Freude und lehnte sich schweratmend auf den Knüppel.

Joscelin griff sich keuchend an die geprellten Rippen, warf ihm einen vielsagenden Blick zu und wandte sich dann an Gamel, der auf das Holzbein pustete und die am schlimmsten angekohlten Stellen mit dem Ärmel abbürstete. »Ist es sehr schlimm? Oder kannst du es noch retten?«

»Es muß gehen, bis ich mir ein neues geschnitzt habe«, antwortete Gamel, nicht sonderlich beeindruckt. Im Gegenteil, langsam breitete sich ein breites Grinsen auf seinen lederartigen Gesichtszügen aus. »Mir war es fast die Sache wert, als ich das Gesicht gesehen habe, das er gemacht hat, wie Sie auf ihn zusprangen. Dieses kleine Schweinchen!«

Joscelin setzte sich auf eine Bank und nahm dankbar den Bierkrug entgegen, den der Wirt ihm brachte. Nun, da die Gefahr vorüber war, wagten sich mehrere neugierige Gäste in das Bierhaus The Weekday, und Gamel wurde sofort zum Helden des Tages.

Joscelin hatte seinen Onkel damit beauftragt, den Gepäckwagen für die letzte Etappe der Heimreise zu beladen. Jetzt fragte er ihn: »Ist alles zur Abfahrt bereit?«

»Deswegen bin ich ja hergekommen«, sagte Conan und rieb sich den Nacken. »Die Vorderachse des Wagens hat einen Riß. Kann sein, daß sie so lange durchhält, bis wir in Rushcliffe ankommen. Kann aber ebensogut ganz zusammenbrechen, wenn wir gerade meilenweit von jeder menschlichen Behausung entfernt sind. Ich habe den Wagen zu einem Stellmacher am Warser Gate bringen lassen. Aber die Reparatur wird mindestens bis zum Nachmittag dauern.«

Joscelin fluchte. Erst über die schlechte Nachricht und dann auf den Stellmacher von Rushcliffe, den er einen schieläugigen, unfähigen Idioten nannte.

»Werden wir noch eine Nacht in Nottingham bleiben?«

»Wenn nötig, fahren wir auch bei Mondschein«, sagte Joscelin. »Ob Feuer oder Überschwemmung, ich will heute nacht im Bett meiner Frau liegen.«

Conan zog die Brauen in die Höhe und lachte leise. »Ein bißchen ungeduldig, wie?«

Joscelin sah seinen Onkel schief an. »Mehr als das. Dies waren die längsten acht Tage meines Lebens.«

Der Hund des Wirts kam mit stolz erhobenem Schwanz in das Bierhaus getrottet. Neugierig schnüffelte er an Gamels Holzbein. Doch der Geruch des verkohlten Holzes stieß ihn ab. Verächtlich hob er das Bein an einem Tisch und sprang danach zur Hintertür hinaus, um seine Hütte aufzusuchen.

## 24

Der fliegende Händler Matthew schnürte seine Ladung auf, breitete ein orangefarbenes Wolltuch auf den Binsenmatten aus und stellte seine Ware zur Besichtigung durch die Kunden darauf. In den letzten zehn Jahren war Ruscliffe immer ein fester Punkt auf seiner regelmäßigen Handelsroute zwischen Newark und Nottingham zu Michaelis und zu Ostern gewesen. Er war ein kräftig gebauter, rotbäckiger Mann Anfang dreißig, der sich gewöhnlich bester Gesundheit erfreute. Doch vor kurzem hatte er sich eine Erkältung zugezogen, die er nicht los wurde, und heute fühlte er sich wie eine aufgewärmte Leiche. Wie ein festes Eisenband drückte der Schmerz auf seinen Kopf und drohte ihn zu zersprengen, und seine Glieder fühlten sich an, als wären sie aus heißem Blei. Gegen die Hustenanfälle, die sein Geschäft nur beeinträchtigen konnten, kämpfte er mit aller Kraft, aber vergeblich an.

Mit zitternden Fingern griff er in einen Lederbeutel und holte eine Auswahl von Ringen und Ansteckbroschen heraus, manche aus einfacher Bronze, andere mit Emailüberzug. In einem anderen Beutel waren schwere Glas- und Keramikperlen. Daraus konnten sich die Frauen selber für Festtage Halsketten anfertigen, indem sie sie auf eine gewachste Leinenschnur reihten.

Eine Wäscherin auf der Burg blieb mit ihrem kleinen Mädchen stehen und sah ihm zu, wie er die Waren ausstellte. Dann begann sie mit ihm um eine kleine Nähschere in einem Lederbehälter zu feilschen. Zu ihrem grenzenlosen Erstaunen machte sich der Händler kaum die Mühe, um den Preis der Schere zu streiten, sondern nahm schon ihr zweites Angebot mit mattem Lächeln an. Das machte ihr Mut, und sie kaufte gleich noch ein halbes Dutzend Millefioriperlen, um daraus ein Halsband für ihre Tochter zu basteln.

»Du hast wohl deinen Killerinstinkt verloren, Matthew?« fragte ihn Heinrich, als die Wäscherin mit triumphierendem Blick weitergegangen war. Ihr kleines Mädchen hüpfte aufgeregt neben ihr her.

Der Händler fuhr sich durchs wirre Haar und schnaufte laut. »Ehrlich gesagt, fühle ich mich nicht gut. Muß mir an dem letzten Ort, wo ich war, ein Fieber zugezogen haben.«

»Ich lasse von meiner Mam heißen Apfelwein mit Honig für dich zubereiten«, bot Heinrich ihm an. »Oder vielleicht macht dir Lady Linnet sogar gewürzten Glühwein, wenn ich sie nett darum bitte.«

Trotz seiner wütenden Kopfschmerzen entging dem Händler nicht der gönnerhafte Ton in Heinrichs Worten. Ihm fiel auch der elegante Schnitt seines Rocks und der vergoldete Gürtel um seine Hüften auf. »Du hast wohl hier dein Glück gemacht, was?«

Henrys breites Lächeln verwandelte seinen Mund in einen Halbkreis zwischen zwei Grübchen. »Ich bin jetzt Lord Joscelins stellvertretender Hausverwalter. Ich muß dafür sorgen, daß alles seinen geregelten Gang geht. Irgendwelche Beschwerden sollen nicht mehr in dunklen Ecken, sondern offen und frei geäußert werden. Lord Joscelin sagt, mit dem Kopf allein kommt man nicht weiter, es gehören auch Rückgrat und Beine dazu.«

»Er ist also ein besserer Herr als die letzten beiden?«

Heinrich rieb sich die kleine Boxernase. »Mach dir selber ein Bild davon! Er wird heute zum Abendgebet wieder zu Haus sein. Für dich ist es ein Glück, daß du gerade hier bist, da die Männer eben von einem triumphalen Sieg zurückgekehrt sind. Sie haben alle Geld im Beutel, und die Frauen werden es reichlich ausgeben wollen. Außerdem wird heute abend ein großes Festmahl stattfinden. Man bekommt schließlich nicht jeden Tag gerösteten Schwan in Chaudronsoße und Marzipankuchen vorgesetzt, wie?«

Matthew würgte es in der Kehle. Chaudronsoße wurde aus dem Blut und den Eingeweiden des Tiers zubereitet. Sie galt als Delikatesse. Aber im Augenblick brauchte nur jemand von ganz gewöhnlichem Essen zu reden, und schon mußte er sich übergeben. Die Vorstellung der dunklen, fast schwarzen Soße war zuviel für seinen rebellischen Magen.

Heinrich merkte, wie schlecht es Matthew ging. »Am besten, du legst dich eine Weile hin«, sagte er, ernst geworden. »Deine Kunden laufen dir schon nicht weg.«

Matthew nickte. Er hatte nicht mal mehr die Kraft zur Widerrede. Elend und schwach wie ein ausgewrungenes Geschirrtuch, fing er an, mit fahrigen Bewegungen seine Sachen wieder einzupacken. Heinrich half ihm dabei. Plötzlich ertönte hinter ihnen ein ungehöriger lauter Pfiff. Er richtete sich auf und schnellte herum.

Robert wedelte ihm mit einer Knochenflöte unter der Nase. »Guck mal, was mir der Koch geschenkt hat! Pater Gregory sagt, er bringt mir bei, ein Lied darauf zu spielen!«

»Lieber zu früh als zu spät«, sagte Heinrich. Doch die Sache gefiel ihm nicht. Er nahm sich vor, mit Saul, dem Koch, ein ernstes Wort zu reden. Das war überfällig, denn der Mann benahm sich neuerdings unverantwortlich, geradezu sadistisch.

»O ja. Möglichst hoch, bevor Papa nach Haus kommt. Dann kann ich ihm das Lied schon vorspielen.« Robert entlockte der Flöte noch einen gräßlichen Triller. Dann legte er neugierig den Kopf schief. »Was machst du denn da?«

»Ich helfe Matthew, seine Waren einzupacken. Er kann heute nicht verkaufen, er ist zu krank.«

»Kann ich auch mithelfen?« Bevor Heinrich antworten konnte, hatte sich Robert auf das Wolltuch gekniet und griff nach einem kleinen Häufchen aus Knochen geschnitzter Kreuze.

Er legte die Kreuze in den dazugehörigen Lederbeutel, zog die Verschnürung zu und reichte sie dem Händler.

»Ich halte es für besser, wenn du das Matthew und mir überläßt, Master Robert«, sagte Heinrich. Robert durfte sich auf keinen Fall im Dunstkreis der schlechten Keime aufhalten, die von Matthew ausgingen. Das Kind war zwar den Sommer über deutlich gewachsen und kräftiger geworden. Trotzdem sah er immer noch so aus, als könne ihn ein Windstoß umwerfen, und seine Mutter würde jeden über kleiner Flamme braten, der es zuließ, daß er sich in Gefahr begab.

Der Händler griff nach dem Beutel mit farbigen Perlen. Aber seine Hand war so unsicher, daß er sie falsch hielt und alles herauskullerte. Die bunten Farben und die Millefiorimuster übten eine unwiderstehliche Anziehungskraft auf Robert aus. Ohne sich um Heinrichs Warnung zu kümmern, bückte er sich und begann, sie aufzulesen. Ein neuer Hustenanfall packte Matthew. Er wurde von Krämpfen geschüttelt. Und obwohl er sich ein Tuch vors Gesicht hielt, sprühte der Speichel reichlich umher.

»Du gehst jetzt!« befahl Heinrich mit scharfer Stimme dem Jungen. Er hatte Angst um ihn.

Robert schob das kleine Kinn trotzig wie ein Maulesel vor. Heinrich sah ihn böse an. Der Junge schlug die Augen nieder. Dann sah er zu, wie Matthew sich laut die Nase am Ärmel ausschneuzte. »Wollte sowieso nicht mehr hierbleiben«, sagte er, machte auf dem Hacken kehrt und rannte aus dem Saal. An den schrillen Flötentönen konnte man seinen Weg verfolgen. Sie gingen allen auf die Nerven.

Es war schon sehr spät, und Joscelin war immer noch nicht eingetroffen. Nagende Angst befiel Linnet. Ruhelos ging sie im Schlafzimmer hin und her. Im Frühherbst konnte man die Strecke zwischen Nottingham und Rushcliffe bequem zwischen Morgengrauen und Abenddämmerung bewältigen. Und er hatte doch gesagt, er werde heute ankommen.

Sie griff unter ihren Rock und holte seinen Brief hervor, den sie an einer Lederkordel befestigt hatte. Mit dem zusammengefalteten Pergament in der Hand ging sie zum Kamin und hockte sich zitternd vor die glühenden Holzscheite. Ihre Phantasie spielte ihr alle möglichen schrecklichen Unfälle vor, die Joscelin auf dem Heimweg zugestoßen sein konnten.

Der Wind heulte im Schornstein, und die Flammen zischten in die Höhe. Davon abgesehen herrschte erstickende Stille. Unten im Saal kam der Haushalt für diesen Abend zur Ruhe. Der Burgherr war nicht, wie versprochen, zum Abendläuten eingetroffen. Man hatte die guten Leinentischtücher und das glasierte Tongeschirr wieder abgedeckt und den größten Teil des aufgetragenen Essens in die Küche zurückgebracht – gelierende Rostbraten und Ragouts, welk gewordene Salate, die in Öl und Essing schwammen, Birnen in gewürztem Weinsirup. Die ganze Mühe war umsonst gewesen. In ihrer Sorge um Joscelin war es ihr schwergefallen, so zu tun, als nähme sie von allem etwas und genösse jeden Gang. Auch Robert hatte kaum etwas gegessen. Weinend verlangte er zu erfahren, wann Joscelin endlich komme. Schließlich war ihre Geduld erschöpft, und sie schrie ihn an. Er bekam einen gelinden Tobsuchtsanfall und wurde ins Bett gebracht.

Sie erhob sich vom Kamin, um nach ihm zu sehen. Er lag ganz zusammengerollt in dem Wiegenbettchen, hatte den Daumen in den Mund gesteckt und atmete leicht und regelmäßig. Sanft berührte sie ihn an der Wange. Sie war gerötet, schien aber nicht übermäßig heiß zu sein. Die Röte rührte wohl noch von seinem vorangegangenen Tobsuchtsanfall her. Jetzt hätte Linnet selber schreien können. Sie ging ins Schlafzimmer zurück. Im Vorbeigehen sah sie sich in dem verzerrenden Metallspiegel, der an einem freien Stück der Wand hing. Auch er war ein Erbstück des Kreuzfahrers Montsorrel. Sie hatte den Spiegel immer gehaßt, aber nie den Mut gefunden, ihn herunterzunehmen und sich von einem so seltenen und kostbaren Gegenstand zu trennen.

Im Spiegel sah sie ihr zitterndes Gesicht. Bleich wie

ein Gespenst, mit riesengroßen Augen. Im schwachen Kerzenlicht wirkte das strahlende Blau ihres Kleids viel dunkler, fast wie ein Nonnengewand. Sie hob die Arme, hakte die Brosche auf, die die Haube hielt, nahm den Kranz ab und zog das hellblaue rechteckige Leinentuch aus dem Haar. So sehe ich schon ein wenig besser aus, dachte sie, flocht die Zöpfe auf und schüttelte die weichen honigbraunen Haare, bis sie ihr Gesicht einrahmten. So betrachtete sie sich kritisch eine Weile. Dann stieß sie einen ärgerlichen Seufzer aus, verhängte den verhaßten Spiegel mit der Haube und wandte sich ab, um Vorbereitungen fürs Schlafengehen zu treffen.

Die Bettücher, die sie um ihren nackten Körper legte, waren kalt. Sie dachte an Joscelins warmen Körper und das beruhigende Gefühl, sicher in seinen Armen zu liegen. Wieder überkam sie die Angst. Vielleicht sollte sie einen Boten nach Nottingham schicken, um festzustellen, wo er jetzt war. Doch der gesunde Menschenverstand sagte ihr, daß so etwas eine Dummheit wäre. Man schickte einen Boten nicht aus einer gefühlsmäßigen Aufwallung mitten in der Nacht hinaus, sondern nur im äußersten Notfall.

Ruhelos warf sie sich von einer Seite auf die andere, gepeinigt von ihrer Hilflosigkeit und Enttäuschung. Doch schließlich fiel sie, den Brief immer noch fest in der Hand, in einen leichten, unruhigen Schlaf.

Ein Traum suchte sie heim. Er war erschreckend erotisch und täuschend wirklich. In dem schweren grünen, mit Gold durchwirkten Seidenkleid, das sie bei ihrer ersten Hochzeit getragen hatte, lag sie auf dem Bett. Ein Mann begann mit ihr ein Liebesspiel. Seine Hand fuhr ihr unter den Rock. Seine langen, heißen Küsse machten sie willenlos.

»Ist das schön?« flüsterte er an ihrem Mund.

»Joscelin«, murmelte sie und drängte sich an ihn. Sie

wollte die Hände in sein dichtes dunkles Haar wühlen. Statt dessen traf sie nur auf einige Büschel über einer breiten, knochigen Stirn. Sie schlug die Augen auf und sah das wollüstige, grausame Lächeln Raymond de Montsorrels. Da schrie sie laut. Dann saß sie auf einmal aufrecht im Bett. Helles Kerzenlicht fiel ihr ins Gesicht, und sie warf sich schreckhaft zurück.

Rasch glitt die Herze zur Seite. Jemand trug sie zur Truhe und steckte sie auf den Kerzenhalter. Sie sah Regentropfen auf einem nassen Umhang glitzern, Metall an Gürtel und Gürtelschnalle blinken. Dunkles Haar lockte sich unter einer phrygischen Wollmütze. Ihr Herz machte Sprünge wie ein an Land gespülter Fisch.

»Ich wollte dich nicht erschrecken«, sagte Joscelin. »Ich dachte, du schliefst schon fest.«

Sie merkte, daß sie nackt vor ihm lag und er sie bewundernd und mit Verlangen betrachtete. Sie kniete sich hin, nahm den Schlafrock vom Oberbett und schlüpfte hinein. »Ich bin erst vor kurzer Zeit ins Bett gegangen, und dann hatte ich gleich einen Alptraum. Ich habe mir solche Sorgen um dich gemacht, weil ich nicht wußte, wo du bliebst.«

Er warf Mütze und Umhang lässig auf die Truhe. »Wir sind erst spät von Nottingham aufgebrochen. Ich hatte Giles' alten Gepäckwagen, und der erlitt einen Achsenbruch.« Er zog sie an sich, umfaßte ihren Kopf und gab ihr einen langen, forschenden Kuß.

Linnet schloß die Augen und schmiegte sich an ihn. Seine Lippen und Hände waren kalt, doch die Berührung wärmte sie. »Möchtest du etwas essen?« flüsterte sie zwischen den Küssen.

»Ich möchte nur dich.« Er schlug ihren Schlafrock auf und nahm ihre Brüste in beide Hände. Sie gab einen leisen Laut von sich, den er mit einem weiteren Kuß ersticktc. Dic Knic wurden ihr schwach.

Seine Lippen folgten den tastenden Fingern, und kalte Haarsträhnen trafen ihre Kehle und den Oberkörper. »Du bist ja ganz naß!« kicherte sie.

»Ja«, antwortete er mit gedämpfter Stimme. »Draußen ist ja auch ein Sauwetter.« Sie fielen beide quer über das Bett. Sie fand sein Gewicht und den harten Druck seiner Hüften auf ihren herrlich. Ihre Hand schlüpfte streichelnd in seine Unterhose. Sein Glied war heiß und hart, so geladen, als würde es gleich explodieren. Sie konnte nicht mehr an sich halten, so sehr verlangte es sie nach ihm. Sie legte sich bereit, ihn zu empfangen, ihr ganzer Körper glühte, fieberhafte Lust überkam sie, und halb schluchzend flüsterte sie: »Bitte, mach es jetzt!«

Die feuchte Wolle kitzelte an ihrer Haut. Der Druck seines heißen, glatten Körpers und der Griff der kalten Hände – diese gegensätzlichen Empfindungen steigerten nur noch ihr Lustgefühl. Es dauerte nicht lange, und sie gelangte zu einem wilden Höhepunkt, kurz bevor er mit starken Stößen zu seinem Orgasmus gelangte.

Danach entspannte er sich und sagte lachend: »Lieber Gott, laß mich immer so einen Empfang erleben, wenn ich nach Haus komme!« Er küßte sie zart auf beide Lider, setzte sich auf und legte den Rest seiner Kleidung ab. Im Kerzenlicht betrachtete Linnet seinen Körperbau. Er hatte nicht so starke Muskeln und war auch nicht so breit gebaut wie Conan. Tatsächlich war er eher drahtig wie sein Vater. Hier und da entdeckte sie kleine Narben, Erinnerungen an sein Söldnerleben. Aber es waren keine neuen hinzugekommen, und das nahm ihr eine große Sorge ab.

Doch sie hatte auch andere weibliche Pflichten, und so fragte sie ihn: »Also, was möchtest du jetzt?« Nach jedem Beischlaf hatte Giles immer einen mächtigen Hunger bekommen, und sie wußte, das Joscelin trotz seiner schlanken Figur große Mengen verdrücken konnte.

»Schon wieder? Laß mir ein wenig Zeit, mich zu erholen, Weib!«

»Du weißt genau, was ich meine!« Sie stieß ihm mit dem Ellbogen in die Seite und grinste wie ein Kobold. »Außerdem schaffst du es vielleicht gar nicht zum zweitenmal, wenn du dich nicht vorher stärkst.«

Seine Augen blinzelten. »Wetten, daß?«

Linnet ließ sich zurücksinken und stellte ein Bein auf. Er sah den Oberschenkel durch den aufgeschlagenen Schlafrock glänzen und schnaufte: »Na schön, ich bitte um Gnade. Du kannst mir jetzt etwas zu essen bringen!«

Etwas später sah Linnet ihm zu, wie er dicke Scheiben von dem gerösteten Schwanfleisch zu weißem Kuchenbrot hinunterschlang. »Wir haben hier von der Schlacht gehört. Und die Kaufleute und fliegenden Händler brachten jede Menge Gerüchte mit. Was meinst du, gibt es jetzt Frieden?«

Joscelin schluckte den letzten Bissen hinunter. »Schwer zu sagen. Der König liegt mit seinen Söhnen noch in der Normandie im Kampf. Aber wenigstens wir haben bis zum nächsten Frühjahr einen Waffenstillstand. Wenn kein Gras mehr wächst, gibt es unterwegs auch kein Futter mehr für die Schlachtrösser. Ich habe allerdings auch schon Winterfeldzüge mitgemacht. Aber wenn irgend möglich, vermeidet man sie lieber.« Er schnitt sich noch eine Scheibe vom Bruststück des Schwans ab, und solange er daran aß, herrschte Schweigen. Dann wischte er sich die Hände an einer Serviette ab und hob den Becher. »Die Earls von Leicester und von Chester sind zwar in Gefangenschaft geraten, aber es gibt noch genügend andere Unruhestifter – zum Beispiel Norfolk und dann auch Ferrers. Seine Männer machen ganz Nottingham unsicher. Sie sind eine echte Plage.«

Linnet wartete, bis er ausgetrunken hatte, und füllte den Becher dann neu. Robert Ferrers war sie einmal begegnet – ein auffallend gutaussehender junger Mann, der allerdings etwas klein geraten war und daher so kampflüstern und angriffslustig war, wie man es oft bei Männern findet, die fehlende Körpergröße irgendwie ausgleichen wollen. Er gehörte zu Nottinghams größten Landbesitzern, und sie wußte, daß es für ihn eine Quelle ständigen Ärgers und Neids bildete, nicht obendrein im Besitz des Schlosses zu sein, das fest in den Händen der Krone geblieben war.

»Ich habe mich noch aus einem anderen Grund verspätet«, sagte Joscelin, stand auf, wischte sich die Krümel von dem frischen Rock, den er angelegt hatte, und kam dann ins Bett, auf dem noch sein vorhin hastig abgeschnallter Gürtel lag. Am Gürtel hingen das Messer und ein Beutel. Er schnürte ihn auf, entnahm ihm einen Gegenstand und gab ihn ihr. »In der Taverne The Weekday habe ich einen alten Bekannten aus meiner Garnisonszeit getroffen.«

Leichter Unmut stieg in Linnet auf. »Du hast dich verspätet, weil du in eine Taverne gingst, um dort mit Bekannten zu reden?«

»Eine Gruppe von Derbys Taugenichtsen wollte sich mit ihm einen derben Spaß erlauben. Na, ich habe sie davon überzeugt, daß es besser für sie ist, das Lokal zu räumen, wobei Conan, der Schankwirt und sein Wachhund ein wenig nachgeholfen haben. Danach habe ich Gamel noch nach Haus gebracht und ihm dies hier abgekauft – für dich.« Er legte ihr das Kästchen mit dem schön geschnitzten Holzkamm in die Hand. Der Kamm bestand aus poliertem Buchenholz und war mit kleinen Bändern aus Perlmutt eingelegt.

»Ich dachte, es wird dir gefallen«, fügte er leise hinzu. »Eine Erinnerung an unsere Hochzeitsnacht.«

Eben noch war Linnet ärgerlich gewesen, als sie hörte, daß er fröhlich in einer Taverne getrunken hatte, während sie sich um ihn ängstigte. Jetzt schämte sie sich dessen schon. Sie drehte das Geschenk in den Händen und merkte, wie in ihr Tränen der Rührung aufstiegen. Mit etwas unsicherer Stimme sagte sie: »Ein schöner Kamm.« Giles hatte nie daran gedacht, ihr etwas zu schenken, abgesehen von ihrer Verlobung, aber auch da hatte er mit dem golddurchwirkten Gürtel eher Eindruck auf ihren Vormund als auf sie machen wollen. »Er gehört zur Garnison, sagtest du?«

»Früher mal. Beim Schwertkampf verlor er ein Bein und wurde danach Holzschnitzer, um seinen Lebensunterhalt zu verdienen. Auf dem Wochenmarkt hat er einen kleinen Stand hinter der Sankt Marienkirche in Richtung auf Hologate zu. Gamel schnitzt sich auch sein Holzbein selber.« Er nahm wieder am Tisch Platz, um sich den mit Rosinen gewürzten Honigkuchen zu Gemüte zu führen. »Ich habe ihm den Auftrag erteilt, Schnitzereien an zwei neuen Sesseln für die Empore anzufertigen, und er hat mir versprochen, für uns eine Wiege zu machen, wenn es soweit ist.«

Linnet wollte sich gerade erkundigen, ob sie sich solchen Luxus erlauben könnten, als ihr der Bericht des Boten über die Schlacht bei Fornham wieder einfiel. »Hast du viele Lösegelder eingestrichen?«

Er sah sie halb unmutig, halb amüsiert an. »Soll ich dir eine Aufstellung unserer Vermögensverhältnisse zeigen? Ich versichere dir, ich habe mit ihm gehandelt, bis ich einen günstigen Preis herausgeschlagen habe – zugegeben, nicht so günstig wie die Preise, die du in London erzielt hast.«

Sie wurde feuerrot, hielt aber seinem Blick ruhig stand. »Und wie war das mit den Lösegeldern?«

Joscelin seufzte. »Die Einnahmen reichen aus, um Conan und seine Männer bis Ostern zu halten. Wir brauchen nichtmal die Pachten der Dorfbewohner zu erhöhen. Das Geld reichte aus, um zwei neue Sessel und Pferdeglocken für meinen Stiefsohn zu kaufen.« Er strich sich die Krümel von den Händen, trank den Wein aus und sagte leise: »Und es reicht auch aus, um das zurückzuzahlen, was uns mein Vater im Sommer geliehen hat. Er hat jetzt Geld und Trost nötig. Ich hätte nicht im Traum daran gedacht, daß meine Einkünfte mit dem Schwert jetzt zum Lösegeld für meine Brüder beitragen mußten.«

Linnet fuhr mit dem Zeigefinger über die Holzzähne des Kamms. Sie mochte zwar Joscelins Vater nicht, doch war sie allmählich dahintergekommen, daß sein grober Hochmut ihm wie das strahlende Wappen auf einem zerhackten, einstmals stolzen Schild dazu diente, die vielen Jahre der Einsamkeit und des Kummers zu verdecken. »Meinst du, daß er sie finden wird?«

»Wenn sie nicht im Sumpf versunken sind, glaube ich es schon. Die Schlacht verlief chaotisch und war in viele Einzelgefechte zerrissen. Wir hatten das bessere Gelände für uns, und das Rückgrat von Leicesters Armee, bestehend aus unausgebildeten Flamen – mit Speeren ausgerüsteten Webern. Als sie nachgaben und ins Laufen kamen, war alles schnell vorüber. Ein paar Einheimische haben die Gräfin Petronilla aus einem Graben gezogen. Sie war schon halb ertrunken. Leicester war auf der anderen Seite des Grabens, aber sein Pferd hatte sich beim Sprung darüber verschätzt und ein Vorderbein gezerrt. Daher konnte man auch ihn mühelos gefangen nehmen.« Er fuhr sich durch das inzwischen trocken gewordene Haar, das ihm in wirren Locken vom Kopf abstand. Dann kam er wieder ans Bett.

»Am nächsten Tag habe ich meinem Vater bei der Suche unter den Toten und Gefangenen geholfen. Wir haben aber keine Spur von Ragnar oder Ivo gefunden. Wenn sie lebend davongekommen sind und nur ein wenig Verstand im Schädel haben, werden sie versuchen, sich nach Norfolk durchzuschlagen.«

Sie stand von dem Schemel am Herd auf.

»Sollten wir einmal neben Robert noch Söhne bekommen, dann sei Gott vor, daß wir sie so erziehen, wie mein Vater uns erzogen hat! Als wir an den langen Reihen der Toten vorbeigingen, behielt er eine ausdruckslose Miene bei, aber ich dachte jeden Augenblick, es würde ihm zuviel, und sein wahres Gesicht würde zum Vorschein kommen. Weißt du, ich habe ihn nur ein einziges Mal weinen sehen, und da hatte ihm der ungewohnte Usquebaugh die Tränen in die Augen getrieben.«

Er hielt Linnet die Hand hin, und sie kam durch das schummrige Licht von der Feuerstelle auf ihn zu und legte die Arme um ihn.

## 25

Linnet hörte fröhliches Kinderkreischen, ließ ihre Näharbeit im Stich und begab sich an ein vorhangloses Fenster. Hier hatte sie Ausblick auf den grasbewachsenen Umgang zwischen dem inneren und dem äußeren Burghof. Untern spielte Joscelin mit Robert. Sie jagten sich, duckten sich und sprangen flink zur Seite, und wenn einer den anderen einfing, umarmten sie sich herzlich. Bei diesem Anblick wurde ihr Herz so von Liebe überströmt, daß es kaum zu ertragen war und ihre Augen sich mit Tränen füllten.

Jenseits der Burgmauern hatte sich der Wald in ein Meer rotgoldener Blätter verwandelt, durch die ein frischer Wind wehte. Mit großem Behagen sah sie, wie die üppigen Farben durcheinandergerieten und sich mischten. Nun hatte sie Joscelin den ganzen langen Herbst und Winter hindurch für sich allein. Keine gefährlichen Feldzüge, keine längeren Trennungen – Zeit genug, um einander besser kennenzulernen. Der Gedanke an die kurzen, kalten Tage und die noch kälteren langen, langen Nächte beunruhigte sie nicht. Ihr Zimmer ging nach Süden und hatte daher das meiste Licht. Sie hatten einen Kamin darin und konnten immer Felle über die Bettdecken ausbreiten, wenn ihre Körperwärme nicht ausreichte. Der Gedanke machte sie lächeln, und in ihrem Schoß wurde es warm.

Hinter ihr räusperte sich jemand. Sie schrak hoch und drehte sich um.

Auf der Schwelle stand Heinrich. »Entschuldigen Sie die Störung, Madam«, sagte er, »aber Matthew, der Händler, Sie wissen schon, nach dem Sie gestern abend kurz gesehen haben... nun, es geht ihm schlechter, und ich meine, man müßte Pater Gregory an sein Lager rufen. Meine Mam hat ihm, wie Sie verordnet hatten, Schleim aus Weidenrinde eingegeben. Aber er hat alles wieder ausgespuckt, und sein Fieber ist immer mehr gestiegen.«

»Es geht ihm also sehr schlecht?« fragte Linnet besorgt.

»Ja, leider, Mylady.« Heinrich zupfte sich bekümmert am Ohrläppchen. »Meine Mam hat ihn sich genauer angeguckt. Er hat überall am Oberkörper und auf dem Bauch rote Flecken, so groß wie Silberstücke. Sie meint, es ist wahrscheinlich Fleckfieber.«

»Ich komme gleich runter – und ja, laß schon mal Pater Gregory rufen!« All ihre Freude war verflogen wie zarter Morgennebel, und eilig folgte sie Heinrich hinunter in den Saal.

Nachdem Linnet den kranken Händler untersucht hatte, waren ihre Befürchtungen einerseits stärker, andererseits geringer geworden. Tatsächlich sah Matthew aus, als würde er bald sterben. Er atmete abgerissen und röchelnd. Die einzige Farbe im Gesicht waren zwei hellrote Fieberstreifen auf den Wangenknochen und die schmutzig dunklen Augenränder. Ein Blick auf die von Heinrich erwähnten Flecken zeigte ihr jedoch, daß sie keinen Eiter enthielten und nicht so bösartig aussahen, wie es bei tödlichen Fällen von Fleckfieber üblich war. Wenn einer das überlebte, blieb er gewöhnlich von tiefen Narben verunstaltet. Doch Matthews Flecken waren ohne Eiter und deuteten eher auf einen Ausschlag hin.

Man konnte nichts weiter für ihn tun, als ihn leicht zuzudecken, ihn in einer Ecke des Saals von den anderen zu isolieren und zu versuchen, ihm aus Mutterkraut und Weidenrinde hergestellte Heilgetränke einzuflößen, damit das Fieber herunterging.

»Ich muß Robert warnen«, sagte sie, als sie den Händler Pater Gregorys geistlicher Obhut überließ. »Er darf auf keinen Fall in seine Nähe kommen. Offenbar gehen giftige Keime von ihm aus.«

Heinrich biß sich auf die Lippen und sah schnell weg. Er wußte ja, daß diese Warnung wahrscheinlich schon zu spät kommen würde.

Das Fieber bei dem Händler ging jedoch nicht herunter. Seine Lungen schienen sich mit Flüssigkeit zu füllen, und am nächsten Morgen in aller Frühe verstarb er. Das Wort »Fleckfieber« verbreitete sich rasend schnell von Mund zu Mund. Frauen sammelten Kräuter und verbrannten sie, um die Krankheit zu bannen. Die weise Frau im Dorf wurde urplötzlich von zahlreichen ratsuchenden Kunden bestürmt. Ebenso erging es Pater Gregory. Auf einmal wollten alle bei ihm beichten. Ihm war, als ergössen sich die Beichten eimerweise in sein Ohr, bis er gar nicht mehr mitkriegte, was er da alles zu hören bekam. Die Menschen hängten sich Reliquien und Heiligenbilder, Blumensträuße und Talismane in solchen Mengen an den Gürtel, daß jeder freie Platz ausgefüllt war. Überlebende früherer Epidemien aus verschiedenen Generationen erzählten schauerliche Geschichten.

An dem Tag, als Matthew auf dem Friedhof beigesetzt wurde, fühlten sich die Wäscherin und ihre Tochter krank, und schon am Abend lagen sie auf ihren Strohmatten, hatten hohes Fieber und schier unerträgliche Kopfschmerzen. Mit einem Gepäcktransport von Newark kam die Nachricht, daß auch dort das Fleckfieber wüte und außerdem mehrere Dörfer zwischen der Stadt und Rushcliffe betroffen seien. Das einzige Gute war, daß die meisten Opfer die Krankheit anscheinend überwanden. Echte Gefahr drohte nur den Alten, den ganz Jungen oder Leuten, die schon an einer anderen Krankheit litten. Matthew hatte bereits ein Brustleiden gehabt, als er sich das Fleckfieber zuzog, und Linnet glaubte, daß dies zu seinem Ende beigetragen hatte.

Müde und besorgt schickte Linnet die Zofe Ella ins Bett und setzte sich im Schlafzimmer aufs Sofa, um den Saum des Rocks fertig zu nähen, den sie gerade für Joscelin anfertigte. Er war im Vorzimmer und besprach mit Milo, Heinrich, Malcolm und Conan geschäftliche Angelegenheiten. Diese Männer waren rasch zum inneren Kern in der Verwaltung von Rushcliffe zusammengewachsen. Conan war als Soldat für die Besatzung und die Wachen verantwortlich. Milo vereinte in seiner Person die Pflichten eines Burgvogts und eines Hausverwalters, und Malcolm war sein Adjutant. Heinrich garantierte dafür, daß beim Dienstpersonal alles glatt ablief.

Diese Aufgabenverteilung schien gut zu funktionieren. Es war noch kein halbes Jahr vergangen, seit Joscelin die Zügel in die Hand genommen hatte, aber im Verhalten der Burgbewohner war schon ein deutlicher Unterschied zu früher zu spüren. Jeder hatte jetzt das

Gefühl, daß es auch auf ihn ankam. Sie wußten, wenn sie stolz auf ihre Leistung sein konnten, würde der neue Lord auch auf sie stolz sein und es ihnen entsprechend lohnen.

Als die Männer gegangen waren, kam Joscelin ins Schlafzimmer. Er reckte die Arme über den Kopf, um die steif gewordenen Muskeln zu lockern. »Meine Brüder sind gegen Lösegeld freigekauft worden«, berichtete er. »Anscheinend hatte man sie in dem Wald ganz in der Nähe des Schlachtfeldes gefangen genommen, und dann haben einige entschlossene Dorfbewohner sie in den Apfelkeller ihres Bierhauses eingesperrt.« Er senkte die Arme, legte sie ihr von hinten um die Taille und küßte sie auf die Wange.

»Und was werden sie nun tun?«

»Dasselbe wie immer«, sagte er achselzuckend, ließ sie los und setzte sich auf das Doppelbett. »Sie werden sich gegenseitig anknurren. Aber mein Vater wird am lautesten knurren, und Ragnar wird ein Loch zurückstecken müssen – zumindest für einige Zeit. Sobald er merkt, daß mein Vater nicht mehr so scharf auf ihn aufpaßt, wird er die Gelegenheit benutzen und neues Unheil anrichten, mit Ivo im Gefolge.«

Linnet gähnte, ließ die Näharbeit liegen und setzte sich zu ihm aufs Bett. Sie spürte eine Schwere in den Gliedern. Ihr war auch etwas kalt. Sollte sich ihre monatliche Blutung anmelden? Nein, erst in mindestens einer Woche würde es soweit sein. Sie dachte über die eigenartigen Beziehungen zwischen Joscelin, seinem Vater und seinen Brüdern nach und fragte ihn schließlich: »Warum bist du mit fünfzehn Jahren von zu Haus ausgerissen und in die Normandie gegangen?«

Er war gerade dabei, die Stiefel aufzuschnüren, hielt inne und sagte langsam: »Wenn ich nicht ausgerissen wäre, hätte ich entweder Ragnar umgebracht oder er mich. Unser Vater mußte uns immer daran hindern, aufeinander loszugehen. Einmal hat er uns beide ins Verlies geworfen, aber in getrennte Zellen. Drei Tage lang hat er uns dort schmoren lassen. Aber das hatte nur zur Folge, daß wir ihn danach ebenso haßten wie uns. Die einzige Möglichkeit, mich aus dem Teufelskreis zu befreien, bestand darin, von zu Haus auszureißen. Als ich wieder heimkam, tat ich es zu meinen eigenen Bedingungen und nicht zu denen meines Vaters, und inzwischen war ich auch noch stärker geworden als Ragnar.« Er zog einen Stiefel aus, dann den anderen, und stützte die Unterarme auf die Beine. »Ragnar versucht jetzt ebenfalls, aus dem Teufelskreis auszubrechen. Aber je mehr er sich abstrampelt, um so fester verwickelt er sich darin.«

»Und wenn er sich doch befreien sollte?« fragte Linnet.

Joscelin preßte die Lippen aufeinander. »Dann stehe Gott uns allen bei!«

Hinter dem Vorhang, der Roberts Wiegenbettchen von ihrem Bett trennte, ertönten Klagelaute. »Mama, mein Bauch fühlt sich so komisch an, und ich habe Kopfschmerzen«, jammerte der Junge. Im nächsten Augenblick kam er wie ein kleines Gespenst in ihr Zimmer geschlichen. Linnet stieß einen leisen Schrei aus und stürzte auf ihn zu. Doch Joscelin kam ihr zuvor, hob das Kind hoch und brachte es ans Bett.

»Er glüht wie ein Ofen«, sagte er zu Linnet, und die beiden tauschten einen ahnungsvollen Schreckensblick.

»Es ist schon gut, mein Süßer«, sagte Linnet beruhigend und übernahm den leichten Körper. »Mama gibt dir etwas ein, und dann geht es dir gleich besser.«

Noch während sie das sagte, begann Robert zu zittern. Er hatte Schüttelfrost. »Ich habe von Papa, von meinem alten Papa geträumt, und ich bekam Angst.«

»Pst!« machte sie, drückte einen Kuß auf die gerötete Stirn ihres Sohns und fuhr in tröstendem Singsang fort: »Du brauchst keine Angst zu haben. Im Traum kann dir kein Leid geschehen. Du bleibst hier bei Joscelin sitzen, und ich hole dir etwas zum Trinken. Es schmeckt zwar nicht besonders, aber es hilft deinem armen Kopf.« Sie legte Robert wieder in Joscelins Arme, stand auf und ging rasch zum Herd.

Joscelin fühlte, wie rasch Roberts Herz an die zarten Rippen pochte, vernahm seine schnellen, flachen Atemzüge und wurde sich wieder einmal schmerzlich bewußt, wie schrecklich es ist, wenn man nicht helfen kann.

Im frühen Dunkel eines feuchten Oktobermorgens döste Joscelin unruhig in dem Armsessel neben dem großen Bett. Dort schliefen gut zugedeckt Linnet und Robert. Aber der Junge stöhnte leise und wälzte sich herum. Er hatte immer noch hohes Fieber.

Regen trommelte gegen die Fensterläden, aber in Joscelins Halbschlaf wurde daraus Hufgetrappel auf dem von der brennenden Sommerhitze ausgedörrten, harten Boden eines Söldnerlagers.

Er saß auf einem braunen Hengst, dessen beste Tage schon hinter ihm lagen und der am Hinterbein an Spat erkrankt war. Das schäbige Zaumzeug war abgewetzt und nicht minder die Scheide, in der das einfache Schlachtschwert steckte. Im Traum sah Joscelin sich selbst, die Sommerbräune auf Wangen, Nase und Stirn, die blitzenden Augen mit dem stahlharten Blick und die raubtierhaft schlanke Figur, die verriet, daß er oft Hunger litt.

Eine Frau kam angerannt und blickte neben seinem Steigbügel hilfesuchend zu ihm auf. Sie war schlank und dunkeläugig, das feinknochige blasse Gesicht war von scharfen Sorgenfalten gefurcht. Er hatte Weingeschmack auf der Zunge, mußte also getrunken haben.

Aber betrunken war er nicht. Er stieg ab und folgte ihr auf ihr Drängen in ein Wachstuchzelt, das aus mehr Flicken als aus Stoff bestand. Als er sich bückte, um durch die Öffnung einzutreten, traf ihn der Gestank nach Fieber und Erbrochenem wie eine Faust. Sein Instinkt wehrte sich dagegen, daß er hineinging. Aber überwältigende Liebe und Angst trieben ihn vorwärts.

Der kleine Junge auf dem Strohlager atmete noch, aber sein Kopf war der eines Toten. Die von der Mutter geerbten dunklen Augen lagen tief in den Höhlen, die Lippen hatten sich blau verfärbt. Er wandte den Kopf und blickte Joscelin an. »Papa«, sagte er mit aufgesprungenen, trockenen Lippen. Die Frau stieß einen leisen, kaum vernehmbaren Wehlaut aus. Auch sie blickte Joscelin aus toten Augen an und wandte ihm dann langsam den Rücken.

»Nein!« brüllte er – und dann wachte er durch den eigenen Aufschrei auf.

Linnet hob den Kopf vom Kissen. Er sah sie nur verschwommen.

»Ein schlechter Traum«, sagte er und bemühte sich, das Bild von Juhels wachsbleichem Gesicht zu verdrängen. Es gelang nicht ganz. Es verblaßte zwar etwas, verschwand aber nicht. Ein geisterhafter kleiner Schatten blieb.

Linnet stützte sich auf einen Ellbogen, schaute nach ihrem Kind und legte prüfend die Hand an seinen Nakken. »Die Weidenbirke hat das Fieber gestoppt, aber nicht beseitigt. Er muß sie bald wieder einnehmen. Inzwischen hole ich ihm etwas zu trinken.« Sie setzte sich auf, strich sich die Haare aus den Augen und preßte die Hände an ihren Hinterkopf.

»Das mache ich«, schlug er vor. »Apfelsaft von der Presse?« Die Apfelbäume waren vor kurzem abgeerntet worden, und man hatte schon begonnen, Apfelwein zu brauen.

»Ja.«

Der dumpfe Ton ihrer Stimme ließ ihn zögern. Die Haare waren ihr wieder in die Stirn gefallen, und er konnte ihr Gesicht nur undeutlich sehen. »Linnet?«

Sie kreuzte die Arme vor der Brust. Nicht weil sie sich vor ihm schämte, sondern weil ihr kalt war. »Es ist besser, wenn du Ella den Apfelsaft gibst und nicht mehr herkommst«, sagte sie mit klappernden Zähnen. »Sie hat schon einmal Fleckfieber gehabt.«

Wie ein Feuerstoß schoß die Angst durch Joscelins Adern. Erschrocken fragte er: »Was sagst du da?«

»Ich dachte, du weißt es schon.«

Jäh überfiel ihn heftiger Zorn. »Dann kannst du dir auch denken, daß du so etwas nicht von mir verlangen darfst.«

»Dann bitte ich dich darum.«

»Nein!« sagte er laut. »Das wäre zuviel verlangt. Als Juhel im Sterben lag, hat Breaca mich auch weggeschickt. Sie sagte, das sei Frauensache, und ich solle inzwischen sehen, wie ich das nötige Silbergeld für Feuerholz verdienen könnte. Und als er im Sterben lag und sie an blutigem Ausfluß litt, ließ sie mich nicht mehr in seine Nähe.« Seine Stimme verriet, daß Linnet alte Wunden in ihm aufgerissen hatte. »Beim gekreuzigten Christus!« stieß er hervor. Dann kam er ans Bett zurück, nahm sie in die Arme und gab ihr einen langen, wilden Kuß, unbeirrt ihrer Fieberhitze und den kaltem Schweiß auf ihrem Gesicht.

»So!« sagte er in geheimen Triumph und ließ sie los. Sie rang nach Luft. »Wenn ich mich anstecken soll, dann ist es jetzt geschehen. Ich hole den Apfelsaft und den Weidenbirkenschleim. Und wehe dir, wenn du mir noch einmal widersprichst!«

## 26

Ragnar stellte den linken Fuß vor, lehnte sich auf den Schild und hämmerte herausfordernd mit dem Schwertgriff auf den rohledernen Schildrand. Die Schwertklinge war aus Walfischbein. Sein Gegner hieß Hamo und war einer der Ritter seines Vaters, der sich bereit erklärt hatte, mit ihm einen Übungskampf in der Hofecke auszufechten.

In Ragnar kam die ganze angestaute Spannung und sein Zorn an die Oberfläche. Er wünschte sich, es wäre ein echter Kampf, und er könnte mit Stahl zuschlagen und Blut fließen sehen. Der kreisrunde Kampfring war mit angekohltem Holz auf den Boden gemalt. Soldaten, Ritter und Angestellte standen herum, gaben Ratschläge und stießen Anfeuerungsrufe aus. Ragnar merkte, wie sie sich auf den Kampf freuten. Er warf einen schnellen Blick nach oben. Ja, seine Mutter und seine Tante schauten aus dem Fenster des Frauengemachs zu. Er würde ihnen das gewünschte Schauspiel bieten und ihnen beweisen, daß er ein echter Krieger war. Doch sein Motiv war nicht der Wunsch, bewundert zu werden. Ihm ging es um die Anerkennung durch den biberhaarigen Mann, der eben seinen Grauschimmel gezügelt hatte und, eine Hand in die Hüfte gestemmt, nachdenklich der Begegnung zuschaute.

Vorsichtig wie ein anschleichendes Raubtier ging Ragnar um Hamo herum und suchte nach einer schwachen Stelle, an der er angreifen konnte. Dann sprang er vor. Hamo fuhr blitzschnell herum und parierte mit dem Schild.

»Vorwärts, Ragnar, mach ihn fertig!« rief jemand aus der Menge. Zwei, drei andere stimmten ein, was Ragnar mit Vergnügen vermerkte. Auch wenn er wegen seiner Beteiligung an Leicesters Aufstand in Ungnade gefallen war, blieb er doch immer noch der Erbe. Sein Vater hatte ihm verziehen und ihn wieder in den Schoß der Familie aufgenommen. Manche glaubten schon, daß William Eisenherz es nicht mehr lange machen würde, und Ragnar tat nichts, um diese Ansicht zu entkräften. Sollten sie in ihm nur Williams natürlichen Nachfolger sehen!

Hamo tänzelte, duckte sich ab und brachte gelegentlich einen guten Schlag an, traf aber nur Ragnars Schild. Doch sein puterrotes Gesicht und der peifende Atem deuteten an, daß sich bei ihm schon die Anstrengung bemerkbar machte. Ragnar bewegte sich leichtfüßig, elegant und tödlich entschlossen auf dem Fußballen.

»Komm aus der Ecke raus, Hamo, oder er macht dich fertig!« rief ein Ritter, dessen Sympathien dem älteren und schwereren Mann galten.

Mit frohlockend blitzenden Augen sprang Ragnar ihn wie ein Löwe an und führte triumphierend einen Schlag, der im echten Schwertkampf Hamo das Leben gekostet hätte. Auch so ließ er Schwert und Schild fallen, sank auf die Knie und gab sich besiegt. Ragnars Triumphschrei widerhallte im Burghof, und manchem richteten sich die Nackenhaare auf. Die Klinge aus Walfischknochen hoch erhoben, drehte sich Ragnar im Kreis und nahm die bewundernden Blicke der Frauen am Fenster entgegen. Freudestrahlend suchte er den Blick seines Vaters. Doch der achtete gar nicht mehr auf ihn. Eisenherz kehrte ihm den Rücken zu und lieh sein Ohr dem Söldnerführer Conan de Gael, der eben von einem schweißbedeckten Renner gesprungen war und mit einem Wortschwall auf den Burgherrn einredete.

»Du mußt unbedingt kommen, es ist sehr wichtig...«, sagte Conan. Plötzlich unterbrach er seinen Redefluß, drehte sich um und musterte Ragnar vom Kopf bis zu den Zehen. »Lernst du jetzt kämpfen?« fragte er freundlich.

Erneut wünschte Ragnar, daß sein Übungsschwert eine echte Stahlklinge hätte. Er sah seinen Vater an, aber die Miene des alten Mannes war so verschlossen, als wäre sie aus Stein gemeißelt. Kein Wort des Beistands für Ragnar kam über die harten, schmalen Lippen. Doch das hatte Ragnar auch im Grunde nicht erwartet. Die Seele seines Vaters glich ja einer öden Wüste. Spöttisch antwortete er Conan: »Das kann ich schon längst. Aber vielleicht möchtest du mir noch eine Lektion erteilen?«

Conan zog die Augenbrauen in die Höhe. Auch er warf einen Blick auf William und traf auf die gleiche steinerne Reaktion. Er hob die breiten Schultern und sagte: »Warum nicht? Ich muß sowieso noch warten, bis man mir ein frisches Pferd gesattelt hat, und wer rastet, der rostet. Außerdem wird es schnell vorbei sein.« Er überließ William sich selbst und trat zu Hamo. »Erlaubst du?« Damit übernahm er von dem Ritter das Übungsschwert und wog es in der Hand, während seine Armringe lustig klingelten.

Ragnar bebte vor Zorn über die unbekümmert lässige Art des Söldnerführers. Der Mann war fast so alt wie sein Vater und hatte mehr Narben als eine Wildkatze. Das blonde Haar wurde über der Stirn schon schütter, und sein gesteppter Überrock wölbte sich vorn über einem Bäuchlein. Er fand es widerwärtig, daß man einen Kerl wie Conan de Gael überhaupt in den Burghof von Arnsby einließ.

Inzwischen versammelte sich eine größere Menge. Alle witterten ein dramatisches Ereignis. Martyn drängelte sich in die vorderste Reihe. Conan sah ihn und blinzelte ihm grinsend zu. Martyn blinzelte zurück und streckte dann Rangar frech die Zunge heraus.

Ragnar war darüber so beleidigt, daß er ohne jede Warnung rasch und wild unter lautem Geheul angriff. Ein Hagel von Schlägen trieb Conan zurück. Doch nach dem ersten, fast unwürdigen Rückwärtssatz fing er mit dem erhobenen Schild Hamos die wütenden Schläge Ragnars auf. Er beschränkte sich weiterhin auf die Verteidigung und wartete darauf, daß der junge Mann den ersten Schwung einbüßen würde. Wieder und wieder stürmte Ragnar ungestüm auf ihn ein und versuchte, den entscheidenden Schlag anzubringen. Conan parierte jedoch geschickt. Ungerührt vernahm er die höhnischen Schreie der Zuschauer und die Anfeuerungsrufe für Ragnar, die ihn aufforderten, kurzen Prozeß mit Conan zu machen.

»Los, du Hurensohn, gib auf!« stieß Ragnar durch die Zähne hervor und drängte Conan an den Rand des schwarz markierten Rings.

»Vergeude nicht unnötig deine Puste, Junge!« gab Conan zurück. »Das ist eine der wichtigsten Regeln im Kampf.«

Ragnar verdoppelte seine Anstrengungen. Noch wirkten seine Bewegungen leicht und geschickt, doch sein Kopf war rosarot angelaufen und schweißüberströmt, und sein Oberkörper hob und senkte sich unter den schweren Atemzügen. Conan entging das nicht. Allerdings war auch er rot geworden und schwitzte erheblich. Er wartete noch einen Augenblick. Dann fintierte er einen fast ungeschickt aussehenden Ausfall auf Ragnars Beine. Sofort reagierte der und senkte den Schild, um den erwarteten Stoß abzufangen. Doch da richtete sich Conan blitzschnell auf, änderte die Schlagrichtung, und die stumpfe Klinge des Schwerts sauste auf Ragnars ungedeckten Nacken herab.

»Du bist tot«, sagte Conan keuchend, nahm den Schild herunter und trat zurück.

Eine unbehagliche Stille folgte. Die Zuschauer wollten ihren Augen nicht trauen. Es war alles so schnell gegangen. Ragnar stand bebend da und spannte die Muskeln zu einem erneuten Angriff. »Mach dich nicht lächerlich!« sagte Conan aus dem Mundwinkel zu ihm. »Man muß auch lernen, eine Niederlage hinzunehmen.«

»Von solchem Gesindel wie dir nehme ich keine Lehren an!« Ragnar spuckte wütend aus, warf das Schwert zu Boden und verließ den Kampfring, nicht ohne Conan im Vorbeigehen noch anzurempeln.

Conan gab Übungsschwert und Schild dem Ritter zurück, von dem er beides geliehen hatte, und sah nachdenklich Ragnar nach, der auf den Saaleingang zuschritt. Die Zuschauer begannen auseinanderzugehen.

»Der Haß hat ihm die Sinne verblendet«, sagte Conan zu William. »Im übrigen ist der junge Mann ein guter Kämpfer.« Gerade wurde ihm ein frisches Pferd gebracht.

»Du hast ihn auch so gereizt, daß er der Vernunft die Zügel schießen ließ«, gab William kühl zur Antwort.

Der Söldnerführer setzte den Fuß in den Steigbügel. »Das würde ein Feind im Ernstfall genauso machen«, entgegnete er. »Er ist so angespannt wie die Flaschenzüge an einer geladenen Steinschleudermaschine. Paß nur auf, daß du ihm nicht gerade in die Quere kommst, wenn er sich entlädt!«

»Ich brauche deinen Rat nicht«, knurrte Eisenherz. »Ich weiß selbst, wie ich mit meinem Sohn fertigwerde. Ragnar kann dich nicht leiden, und ich kann ihm das nicht einmal übelnehmen.«

Conan seufzte tief auf. Er sah ein, daß zwischen William und ihm noch immer ein Riß klaffte. Vielleicht hatte er sogar schon zu Morwennas Lebzeiten bestanden.

»Kommen wir zur Sache!« sagte William kurzangebunden und mit finsterer Miene. »Warum hat man dich zu mir geschickt? Wie kommt ihr darauf, daß ich irgend etwas für Joscelin tun könnte?«

»Wenn ihm Frau und Kind sterben sollten, dann braucht er dich dringend. Du hast ähnlichen Kummer durchgemacht. Ich möchte nicht ruhig mitansehen, wie er vor die Hunde geht, wie es dir und mir ergangen ist. Du kannst von mir denken, was du willst, aber ich habe immer das Wohl deines Jungen im Auge gehabt. Schließlich bin ich mit ihm auch verwandt. Die de Gaels waren nicht immer Söldner und Taugenichtse. Mein Großvater hatte Landbesitz und war von guter Herkunft. Er hat alles, was ihm gehörte, in einem unglückseligen Rechtsstreit verloren. Ich will, daß Joscelin es weiter bringt. Ich wünsche ihm ein besseres Leben, als es dir und mir vergönnt war.« Conan hielt inne und sog scharf die Luft ein. Er war erregt, seine Gesichtsfarbe wirkte dunkler als sonst, denn er ahnte drohendes Unheil. »Kann sein, daß ich das alles gar nicht hätte sagen sollen. Aber vielleicht ist es auch an der Zeit, nicht länger mit der Wahrheit hinter dem Berg zu halten.«

Schweigend ritten sie von der Burg. Für William war das ein normales Verhalten, doch nicht für Conan, der gewöhnlich so munter und geschwätzig wie ein Eichelhäher war.

Nach geraumer Zeit erkundigte sich William: »Sind die Frau und das Kind wirklich todkrank?«

»Ich weiß es nicht«, sagte Conan müde. »Aber Lady Linnet läßt so wenig Menschen wie möglich an sich und ihn heran. Keiner soll unnötig die verderblichen Keime einatmen. Ich weiß nur, daß Joscelin kaum noch gegessen und geschlafen hat, seit sie erkrankt ist. Und heute morgen hat er Pater Gregory rufen lassen.«

»Weiß er überhaupt, daß du mich abgeholt hast?«

Conan schüttelte den Kopf. »Seit seine Frau und sein Stiefsohn in tödlicher Gefahr sind, nimmt er von nichts anderem mehr Notiz.«

William preßte den Mund zusammen. Dann brummte er: »Er ist mit der Dirne erst seit dem Herbst verheiratet. Da willst du mir doch nicht weismachen, daß ihm ihretwegen gleich das Herz bricht!« Eine Antwort Conans wartete er nicht ab, sondern ritt schnell weiter. Der begriff, daß der Alte kein weiteres Gespräch mit ihm führen wollte.

Vor einer halben Stunde hatte Stephen ihm die Schüssel mit Suppe ins Schlafzimmer gebracht. Jetzt hatte Joscelin sie noch immer nicht angerührt. Trübsinnig starrte er auf das inzwischen gelierende Essen. Kleine Fettringe bildeten sich am Rand und legten sich um die in Würfel geschnittenen Gemüsestücke, die aus der Supper herausguckten. Eigentlich war sein Magen so robust, daß er jede Art von Nahrung ohne Murren vertrug. Aber jetzt zog er sich schon beim bloßen Gedanken daran zusammen. Joscelin ließ die Schüssel und den nicht angebrochenen Brotlaib auf den Herdsteinen stehen und griff nach der Flasche Wein, die Stephen ebenfalls gebracht hatte. Den konnte er jedenfalls trinken, ohne daß er sich übergeben mußte.

Auf schleppenden Füßen ging er wieder ans Bett und setzte sich in den Armsessel, der in den zwei durchwachten Nächten – oder waren es schon drei? – zu seiner Gefängniszelle und seiner Stütze geworden war. Seit er den Fortgang des ansteckenden Fiebers mitansehen mußte, hatte die Zeit jede Bedeutung für ihn verloren. Pater Gregory hatte Mutter und Kind aufgesucht und ihnen bei dieser Gelegenheit auch Absolution erteilt. Das sei als Vorsichtsmaßnahme und als Tröstung gedacht, hatte er gesagt. Aber Joscelin hatte es kaum getröstet. Für ihn war die Absolution der Beweis, daß man mit ihrem Ableben rechnen mußte.

Seine Augen fühlten sich heiß an und schmerzten vor Schlafmangel. Aber wenn er die Lider schloß, wenn er in seiner Wachsamkeit auch nur einen Moment nachließ, dann würde auf leisen, schnellen Füßen der Tod geschlichen kommen und ihm Robert und Linnet rauben, so wie er ihm Juhel geraubt hatte. Und selbst wenn der Tod nicht kam, würden ihn wieder schreckliche Träume heimsuchen.

Er schaute auf Mutter und Kind, die nebeneinander in dem großen Bett schliefen. Waren Roberts Atemzüge nach der letzten Einnahme von Mutterkraut wirklich leichter geworden? Oder spielte ihm seine Fantasie einen Streich? Linnet warf sich leise stöhnend herum, das Haar von Schweiß gedunkelt, Gesicht und Hals von den roten Fieberflecken gezeichnet. Sie zog an der Decke und murmelte etwas vor sich hin. Ihr Körper hob und senkte sich, und sie fuhr sich mit der Zunge über die trockenen, blassen Lippen.

Joscelin beugte sich über sie, nahm ihre heiße Hand in seine und strich ihr über die Stirn.

Ihre Lider hoben sich, und sie sah ihn aus glasigen Augen starr an. Doch er merkte, daß sie ihn gar nicht wahrnahm. »Raymond«, sagte sie keuchend. »Raymond, wenn nun jemand kommt! Bitte nicht!«

»Beruhige dich«, flüsterte er. »Raymond ist ja nicht hier.« Dann ging er kurz weg, wrang ein Tuch in kaltem Wasser aus und legte es ihr auf die Stirn. »Das hast du nur geträumt.«

»Nein«, sagte sie, zog die Brauen zusammen und wehrte sich schwach. »Kein Traum.« Unter den durchgeschwitzten Leinentüchern bewegte sie den Körper auf und nieder, als läge sie mit einem Liebhaber im Bett. »Nein, bitte nicht, es ist zu gefährlich. Ich... aaah!« Ein Krampf ergriff sie, und Joscelin zweifelte nicht mehr daran, daß sie sich einbildete, der Liebhaber wäre in sie eingedrungen. Kalte Schauer liefen Joscelin über den Rücken. Sein Inneres zog sich zusammen, als sie sich wand und spitze Schreie ausstieß, denn das waren trotz der Fieberqual keine Schmerzenslaute, sondern Lustschreie. Raymond de Montsorrel! In seinem eigenen Ehebett setzte ihm ein Phantom Hörner auf!

»Linnet, in Gottes Namen, er ist doch tot!« rief Joscelin, kniete sich vor dem Bett hin und drückte ihren zappelnden Körper auf die Matratze. »Lieber Himmel, wach auf, ich kann das nicht mehr hören!«

Mit angespannten Muskeln wehrte sie sich gegen ihn. Die Lippen öffneten sich und gaben die Zähne frei. War es Hohn? War es ein Seufzer? Dann schnappte sie nach Luft und wurde schlaff.

Joscelin war nahe daran, auch zu weinen. Langsam ließ er sie los. »O mein Gott«, sagte er mit schwacher Stimme und vergrub den Kopf in den Händen.

Ihr Blick heftete sich an die Decke, als sähe sie dort bewegte Bilder. Und in heiserem, flehenden Ton fuhr sie fort: »Ich will dich auf andere Weise befriedigen. Es ist sicherer. Wenn Giles uns hier überrascht, schlägt er uns beide tot. Ich weiß, du hast es auch gern, wenn ich es auf die andere Art mache.«

Mit großer Anstrengung überwand er den Wunsch, ihr den Mund zuzuhalten und sie so zum Schweigen zu bringen. Um nicht völlig die Beherrschung zu verlieren, sprang er auf und ging ins Vorzimmer. Dort drückte er die Schläfe an die kalte Steinwand und kämpfte gegen den aufsteigenden Brechreiz. Jetzt fiel ihm wieder der zornige Klatsch ein, den er früher oft in der Kaserne von Nottingham gehört hatte.

Raymond de Montsorrels Ruf als Frauenverführer war legendär gewesen. Dabei sah er alles andere als anziehend aus – Stirnglatze, gebogene Reiterbeine und eine riesige, unförmige Nase. Doch das alles hatte seine Anziehungskraft auf Frauen in keiner Weise beeinträchtigt. Seine Fähigkeiten versteckten sich in der Unterhose. So wollte es wenigstens der Klatsch wissen.

Eine der Garnisonshuren hatte sich gerühmt, Montsorrel habe sie am Himmelfahrtstag im Stehen an der Wand der Sankt Marienkirche vorgenommen, und das Ausmaß seiner Männlichkeit habe selbst einen Bullen in den Schatten gestellt. Und Linnet hatte ihn...

Joscelin preßte die Faust gegen die Wand, um über den seelischen Schmerz hinwegzukommen. Er durfte nicht aus dem Bauch heraus denken. Er mußte kühlen Kopf bewahren.

Ja, war es denn bei Breaca und ihm nicht ähnlich gewesen? Auch sie zählte doppelt so viele Jahre wie er, war erfahren in der Liebe und frönte gern der Sinnenlust, während er noch völlig unschuldig gewesen war. Wer wagte es da, den ersten Stein zu werfen? Trotz der niederschmetternden Erfahrung, die er eben gemacht hatte – er hatte kein Recht dazu. Du lieber Gott, Linnet rang mit dem Tod, und er hatte nichts anderes zu tun, als sich darüber zu grämen, daß sie mit Raymond de Montsorrel geschlafen hatte! Er empfand Abscheu vor sich selbst. Eben wollte er wieder an ihr Bett zurückkehren, als er seinen Vater auf der Türschwelle stehen sah.

»Conan hat mir alles berichtet«, sagte Eisenherz und kam herein. »Nun, diesmal war es richtig von ihm, sein großes, dummes Maul aufzumachen. Hör auf, mich so anzuglupschen und mach Platz! Ich habe zweimal Fleckfieber gehabt, beide Arten.« Zum Beweis deutete er auf die vielen kleinen Narben am Kinn. »Wäre beinahe daran gestorben. Hat man mir wenigstens erzählt, denn ich erinnere mich an nichts mehr. Ich war ja damals erst vier Jahre alt. Wo sind sie? Hier entlang?«

Joscelin nickte. Er fühlte sich wie vor den Kopf geschlagen. Anscheinend war wieder diese Migräne im Anzug, die ihn immer völlig lahmzulegen pflegte. Verdammter Conan, dachte er. Doch gleichzeitig war er unendlich froh über das eigenmächtige Vorgehen des Mannes. Auf unsicheren Füßen folgte er seinem Vater ins Schlafzimmer.

Eisenherz stand schon am Bett. Noch immer flüsterte Linnet kaum verständliche Worte vor sich hin.

»Was sagt sie?« fragte Joscelin erschreckt und trat eilig näher.

Eisenherz warf Joscelin einen nachdenklichen Seitenblick zu. »Daß du nicht mit ihr schlafen kannst, weil sie ein Kind erwartet.«

»Was?«

»Stimmt das?«

»Ich... ich weiß nicht. Sie hat mir, bevor sie krank wurde, nichts gesagt.« Joscelin ließ sich in den Sessel fallen und verschränkte die Hände. »Es ist noch zu früh, etwas darüber zu sagen, und wir hatten ja so selten Gelegenheit, zusammen zu sein.« Wie viele Gelegenheiten hatte es zwischen ihr und Raymond de Montserrat gegeben? Sein Blick suchte den Jungen. Die Fieberröte auf der Stirn war gewichen. Er schien ruhig und tief zu schlafen. Wie ähnlich er seiner Mutter sah! Er hatte kaum etwas von einem Montsorrel an sich, höchstens die Form der Wangenknochen und die Kinnpartie. War es denn wichtig, von welchem Montsorrel sie stammten? In seinem Schädel begann es zu hämmern. Er konnte keinen vernünftigen Gedanken mehr fassen. Er schloß die Augen, sah kleine Farbflekken hinter den Lidern einen verrückten Tanz aufführen, und stöhnte leise.

»Du brauchst Schlaf«, sagte Eisenherz nachdrücklich. »Wenn du dich so kaputt machst, richtest du mehr Schaden als Gutes an. Alles, was du tun kannst, kann ebensogut eine Zofe erledigen. Jetzt geh!«

Joscelin standen die Haare zu Berge, wenn er daran dachte, was sie im Fieber vor einer Zofe oder seinem Vater ausplaudern könnte. Energisch schüttelte er den schmerzenden Kopf. Dazu kam die Erinnerung an den Tod von Juhel und den Verlust von Breaca. »Nein«, sagte er heiser, »ich kann nicht!«

Eisenherz legte ihm die Hand auf die Schulter und sah ihm streng in die Augen. »Du mußt. Ich weiß nicht, wie weit bei deinen Männern die Ergebenheit zu dir geht. Aber wenn es not tut, gebe ich ihnen den Befehl, dich zu ergreifen und in Fesseln zu legen. Eins steht fest: Milo und Conan werden nicht zögern, mir zu gehorchen.«

»Das wirst du nicht wagen!« entgegnete ihm Joscelin. Er war kalkweiß geworden und die ersten Wellen von Übelkeit überschwemmten ihn.

Statt einer Antwort begab sich Eisenherz zur Tür und holte tief Luft, um seine Befehle hinauszubrüllen.

»Um Himmels willen, du verstehst gar nichts!« rief Joscelin ihm mit versagender Stimme nach. Seine Kehle war ihm jetzt wie zugeschnürt. Die Anstrengung verstärkte noch die Schmerzen, die in seinem Schädel wüteten. »Ich habe schon einmal Weib und Kind gehabt und beide verloren, und als es drauf ankam, war ich nicht bei ihnen!«

Eisenherz fuhr zurück, als hätte die wahnsinnige Angst in Joscelins Stimme ihm einen körperlichen Schlag versetzt. Er machte zwei Schritte auf seinen Sohn zu. Dann blieb er stehen. Seine Hände öffneten und schlossen sich. Es schien, als müßte er die Worte wie schwere Steine aus seinem Inneren heben. Mühsam brachte er sie über die Lippen. »Ich war auch nicht bei deiner Mutter, als sie starb. Das war für mich das Schlimmste von allem. Als man mich zu ihr rief, war sie schon tot. Aber ihr Körper war noch warm. Man konnte glauben, sie lebte noch.«

Er lachte bitter. »Man erzählte später, ich hätte versucht, mich aus Liebe zu ihr umzubringen. Aber das stimmt nicht. Ich wollte mich umbringen, weil ich mich haßte.« Er faßte mit beiden Händen in den Gürtel, atmete schwer und fragte: »Du hast von Frau und Kind gesprochen. Wann war das! In den sieben Jahren, von denen du mir nie etwas erzählt hast? Als du von einem Turnier zum anderen gezogen bist?«

Joscelin nickte. In seiner Selbstversunkenheit war ihm gar nicht aufgefallen, daß sein Vater ausnahmsweise einmal freiwillig von seinen sonst beharrlich gehüteten Kummer- und Schuldgefühlen gesprochen hatte. »Breaca hat mich unter ihre Flügel genommen – und dann in ihr Bett. Im Winter 1163 brachte sie Juhel zur Welt. Dein Enkelsohn würde jetzt also zehn Jahre alt sein.«

»Und was geschah dann?«

Joscelin biß sich auf die Lippen. »Er bekam im Lager das Fieber und war noch nicht stark genug, um die Krankheit zu überstehen. Mit seinem Tod erlosch auch das Feuer zwischen seiner Mutter und mir... vielleicht war es schon früher ausgegangen. Ich will aber Linnet und Robert nicht auch noch verlieren.« Mit gesenktem Kopf und geschlossenen Augen stand er wie ein Bild des Jammers da. Die Kopfschmerzen waren jetzt so stark geworden, daß er nicht mal mehr das schwache Kerzenlicht ertragen konnte. Sie setzten ihn völlig matt.

»Du wirst sie nicht verlieren«, sagte Eisenherz barsch. »Soweit ich das beurteilen kann, hat das Kind das Schlimmste bereits überstanden. Und die Frau wird auch durchkommen. Sie hat eine eiserne Natur.«

»Nein, Vater. Ich werde sie auch verlieren. Das Glück hat sich gewendet.«

»Rede nicht solchen Unsinn! Aber du kannst nicht mehr klar denken – das ist das einzige Unangenehme. Ich höre an deiner Stimme, daß du wieder Migräne hast.« Seine harten Gesichtszüge mildeten sich blitzartig. »Conan hat sich eingebildet, ich könnte die rechten

Worte finden, um dir über deinen Schmerz hinwegzuhelfen. Da hat er meine Fähigkeiten leider überschätzt. Ich kann nur sagen, daß ich jetzt hier bin und du mir volles Vertrauen schenken mußt. Überlaß mir heute nacht die Pflege deiner Frau und deines Stiefsohns, und ich verspreche dir, daß ich sie nicht im Stich lassen werde.«

Joscelin wollte seinem Vater widersprechen und ihm begreiflich machen, daß die beiden unmöglich zu retten wären. Aber die Kopfschmerzen, die anfangs noch mit ihm gespielt hatten wie die Katze mit der Maus, schlugen jetzt ihre spitzen Krallen in seinen Schädel. Die Welt verwandelte sich in brennenden roten Schmerz. Nur noch vage nahm er wahr, daß er etwas ganz anderes gesagt hatte, als er hatte sagen wollen.

Eisenherz ging zur Tür und befahl mit lauter Stimme die Dienerinnen zu sich.

Linnet wurde sich bewußt, daß irgend etwas auf ihr lag. Dieses Etwas preßte sie heiß und erstickend gegen die Matratze. Sie bekam keine Luft mehr. Sie wehrte sich und wollte es wegschieben. Aber da wurde es nur noch schlimmer. Ihr war, als grüben sich mit grausamem Griff harte Finger in ihr Fleisch. Ihr Becken verkrampfte sich. Sie hatte das Gefühl, als dränge jemand in sie ein. Nach Luft ringend, schlug sie die Augen auf. Zuerst sah sie nur nächtliches Dunkel, das allein von der Flamme einer einzigen Kerze neben dem Bett ein wenig aufgehellt wurde. Auf dem Sessel schien jemand zu sitzen. Sie erkannte die Umrisse eines Mannes. Jetzt erhob er sich und beugte sich über sie. Gleichzeitig wurde das Gewicht, das auf ihrer Brust lastete, so schwer wie Blei.

»Hör auf, dich gegen mich zu wehren«, flüsterte eine Stimme – die Stimme von Raymond de Montsorrel. »Ich bin ja doch stärker als du.«

Sie wollte schreien. Doch als sie den Mund aufriß, drang kein Ton aus ihrer Kehle. Statt dessen drückte jemand einen gierigen, feuchten Kuß auf ihre Lippen. Sie fühlte Bartstoppeln. Dann umgab sie wieder Dunkelheit. Sie schien sich im Kreis zu drehen. Sehen konnte sie nichts mehr, sie war blind. Nur Stimmen hörte sie noch. Raymond, der ihr lüsterne Worte ins Ohr raunte. Giles, der aufgebracht tobte und sie eine Hure nannte. Joscelin... Joscelin sagte: *Um Himmels willen, wach auf! Ich kann das nicht mehr mitanhören.* Und noch eine andere Stimme, näher und voller Verzweiflung.

»Los, mach doch, Weib, verdammt noch mal, du sollst atmen! Glaubst du etwa, ich kann das die ganze Nacht durchmachen!«

Jemand blies ihr durch den Mund Luft in die Lungen. Das Gewicht auf ihrer Brust wurde leichter, und sie wirbelte nicht mehr im Kreis. Die Stimmen verhallten. Ihre Lungen füllten sich mit kalter Luft. Beim nächsten Atemzug schmeckte sie Usquebaugh auf den Lippen.

Es kostete sie eine gewaltige Anstrengung, die Lider zu heben. Noch immer spendete eine einzige Nachtkerze spärliches Licht im Zimmer. Noch immer beugte sich dieser Mann mit den dunkel glühenden Augen über sie. Er hatte silbergraue Haare und Augenbrauen und ein hageres Gesicht, dessen Höhlungen im Schatten lagen. Allmählich dämmerte es bei ihr. Es war William de Rocher. Jetzt legte er ihr seine schwielige Hand auf die Stirn. Er tat es mit überraschender Zartheit. Sie wollte wegzucken. Aber selbst dafür war sie zu schwach. Schon bald hatte sie Mühe, die Augen offen zu halten, und nach kurzem Widerstreben ließ sie sie zufallen.

»Hm, immer noch heiß«, hörte sie Eisenherz sagen. »Wird aber langsam besser. Ihr Kopf war verdreht.

Deshalb bekam sie keine Luft mehr. Hier, Mädchen, kümmere dich um deine Herrin!«

»Ja, Sir.«

Linnet hörte Wasser in eine Schüssel plätschern, und bald danach legte ihr jemand ein kaltes Tuch auf die Stirn. Wie angenehm das war! Der Sessel am Bett knarrte, Eisenherz hatte Platz genommen. Wie kommt es, daß er hier ist, fragte sie sich matt, und wo sind Joscelin und Robert? Aber das Nachdenken fiel ihr noch zu schwer. Bald hüllte sie der Schlaf in seine dicke, weiche Decke, und sie überließ sich ihm gern.

Eisenherz sah zu, wie Linnet einschlief und die Zofe leicht das Daunenbett über ihr glatt strich. Es dauerte noch Stunden bis zur Morgendämmerung, die jetzt kurz vor Winteranfang spät anbrach. Immerhin durfte er damit rechnen, daß der schlimmste Teil seiner Nachtwache vorüber war. Ob sie auch wieder zu atmen angefangen hätte, wenn er nur ihren Kopf anders gelegt hätte? Das konnte niemand sagen. Die Technik der Mundbeatmung, die er angewendet hatte, war ihm von seinem Großvater beigebracht worden. Der hatte sie auf dem langen Marsch von Antiochia nach Jerusalem von einem griechischen Arzt gelernt.

Schon einmal hatte sich William ihrer bedient. Das war, als einer seiner Schildknappen ein Schwimmbad im Trent genommen hatte und dabei in Schwierigkeiten geraten war. Als man ihn aus dem Fluß zog, war er schon blau angelaufen und atmete nicht mehr. William hatte die Beatmungsmethode angewandt und ihm Luft in den Mund geblasen. Tatsächlich hatte der junge Mann nach einiger Zeit wieder Lebenszeichen von sich gegeben und sich bald völlig erholt.

Joscelin hatte gefürchtet, Linnet könnte in dieser Nacht für immer einschlafen. War das eine Vorahnung gewesen? Morwenna hatte die Gabe des zweiten Gesichts gehabt, und Joscelin hatte viel von ihr geerbt.

Aber es hatte sie auch nicht retten können. Morwenna hatte ebenfalls oft unter schrecklichen Kopfschmerzen gelitten. Der Priester hatte behauptet, in ihrem Kopf säßen Dämonen. Er wollte sie austreiben. Agnes sagte unverblümt zu einer ihrer Mägde: »Ich glaube, sie ist eine Hexe.« Allerdings sagte sie es nie wieder, denn William hatte geschworen, ihr die Zunge abzuschneiden, wenn sie solche Lüge noch einmal verbreitete.

Aber er wußte, daß sie ihre Meinung nicht geändert hatte. Manche ungebildeten Leute würden die lebensrettende Beatmung, die er heute nacht angewendet hatte, vielleicht auch für Hexenkunst halten. So wie sie Katzen und böse Geister für den Tod von Kindern verantwortlich machten.

»Du mußt mich sofort rufen, wenn im Zustand deiner Herrin eine Änderung eintritt«, sagte er zu der Zofe. Dann begab er sich steifbeinig ins Vorzimmer, wo Joscelin mit Robert auf einem provisorischen Bett schlief. Dem Kind ging es sichtlich besser. Morgen früh beim Aufwachen würde er wahrscheinlich mächtigen Hunger haben. Was für ein dünner, kleiner Hänfling er war! Die Krankheit hatte ihn zu einem blassen Schatten gemacht. Doch trotz allem war er zäh wie Kletterefeu.

Sinnend betrachtete Eisenherz den Mann, an den Robert sich gekuschelt hatte. Selbst im Schlaf zeichnete sich die Migräne durch die tiefen Falten ab, die von Joscelins dunklen Augenbrauen ausgingen. William fielen Joscelins Worte ein, die er vorhin gesprochen hatte: *Mit Frau und Kind von Turnier zu Turnier.* Bisher war er so beschäftigt gewesen, daß ihm ihr Sinn gar nicht so recht zu Bewußtsein gekommen war.

Eisenherz bückte sich und nahm die mit Usquebaugh gefüllte Weinflasche vom Herdrand. Sieben Jahre lang hatte er damals nichts von Joscelin gehört. In dieser Zeit war er also, ohne es zu ahnen, Großvater geworden. Aber dann war ihm der Enkel, den er nie gesehen hatte, wieder genommen worden. Ach, Joscelin glich ihm so sehr! Hoffentlich lag auf ihm nicht derselbe Fluch, der ihn verfolgte!

## 27

### *Weihnachten 1173*

Eine luftgefüllte Schweineblase segelte wie ein Fußball durch die Luft, fiel mit dumpfem Schlag auf die Empore und brachte einen Zweig Immergrün und ein Geweih, das den Tischschmuck beschwerte, ins Rutschen. Die Blase tippte auf und platschte in eine Schüssel mit Kutteln an einem der niedrigeren Tische im Saal. Einer der Schmausenden fischte sie heraus und schleuderte sie zurück. Wie ein Komet mit einem Schwanz klebriger weißer Essensreste schwebte sie über der Empore und landete vor Pater Gregorys Füßen. Das feingeschnittene Gesicht des Priesters verzog sich vor äußerstem Abscheu, und er stieß den Fußball mit der Schuhspitze weiter.

Bedeutend mehr Interesse zeigte ein Bluthund, der unter dem Tisch hervorschoß und begeistert die Kutteln ableckte, die noch an der Blase klebten. Ein Diener kam hinzu. Als er den Ball an sich nehmen wollte, hob der Hund die Schnauze und ließ ein drohendes Knurren hören. Dann packte er die Blase fest mit beiden Vorderpfoten und biß in das verknotete Ende. Es gab einen lauten Knall. Die kläglichen Reste des Fußballs flogen in die Luft und fielen dem Hund auf den Rücken. Jaulend und mit angelegten Ohren zog er sich so eilig unter den Tisch zurück, daß er Pater Gregory glatt von der Bank riß.

Conan bückte sich und hob den unglücklichen Priester mit kraftvollen Armen hoch. Die ungebärdige Menge im Saal johlte vor Freude und Anerkennung über das Schauspiel, das ihr geboten wurde.

»Am Dreikönigsabend schlägt die Kirche immer Purzelbäume!« sagte Conan lachend und setzte Pater Gregory unsanft wieder auf die Bank. »Keine Angst, Sie haben noch das ganze Jahr über Zeit, sich an uns dafür schadlos zu halten. Denken Sie nur daran, was Sie durch den Kirchenzehnten, den Sankt Petrus-Penny und Bußgelder einnehmen werden! Ist es nicht so, Josce?«

»Wenn du meinst.« Joscelin, prächtig angetan in einem dunkelroten Wollrock mit golddurchwirktem Seidenbesatz, prostete seinem Onkel mit Met zu. Das Kleidungsstück war ein Weihnachtsgeschenk von Linnet. Robert hatte genau das gleiche in Miniaturausgabe erhalten und wollte seitdem überhaupt nichts anderes mehr anziehen.

Joscelins gleichgültiger Ton verdroß Conan. Er schnitt ihm eine rüde Grimasse und sagte: »Meine Güte, du wirst allmählich ebenso sauer wie dein Vater. Stimmung, Stimmung! Wir feiern den Dreikönigsabend!«

»Mit meiner Stimmung ist nicht viel los«, sagte Joscelin. Ein Kochlehrling tanzte unter Luftsprüngen an der Empore vorbei. Er hatte ein Frauenkleid an, und die Haube saß ihm schief auf den blonden Locken. Man feierte den Dreikönigsabend ausgelassen wie jedes Jahr. Man durfte sich alle Freiheiten herausnehmen, sich so unverschämt aufführen, wie man wollte, und alle üblichen Regeln brechen. Bis auf Mord war alles erlaubt. Normalerweise hätte sich Joscelin von der allgemeinen Fröhlichkeit mitreißen lassen. Er hätte sich zwar nicht überschwenglich aufgeführt, doch wenigstens gute Miene zum bösen Spiel gemacht. Er wußte, daß er ausgelassen sein sollte, doch heute abend kam er einfach nicht in Stimmung. Es war, als schwebte eine düstere Wolke über seinem Kopf. Ihm brummte noch der Schädel von der eben überstandenen erneuten Migräne. Er bekam sie jetzt öfter als früher. Kaum eine Woche verging, ohne daß er von heftigen Kopfschmerzen geplagt wurde und die flackernden Farbenkreise vor seinen Augen tanzten.

Seit Ende Oktober war er nie richtig zur Ruhe gekommen. Linnet wäre beinahe am Fleckfieber gestorben und hatte ihm im Delirium etwas offenbart, was er lieber nicht gehört hätte. Sie selber konnte sich nur an den ersten Krankheitstag erinnern, danach war in ihrem Gedächtnis alles ausgelöscht. Deshalb wußte sie auch nicht, was sie im Fieber ausgesprochen hatte und daß sich dadurch vieles geändert hatte. Vergebens versuchte er, in den allgemeinen Jubel einzustimmen. Statt dessen mußte er mit den Dämonen in seiner Seele kämpfen. Manchmal warf sie ihm einen erstaunten, fast verletzten Blick zu, der ihm unmißverständlich klar machte, daß er sie enttäuschte.

»Ach, komm, Josce, sei doch... sei doch nicht so ein Miesepeter!« sagte Conan. Er sprach schon ein wenig schleppend. Denn er hatte reichlich dem süßen, schweren Met zugesprochen, den ihnen Brien FitzRenard zur Weihnachten als Dank für Joscelins Hilfe im vergangenen Jahr geschickt hatte. »Wir spielen... wir spielen jetzt Blindekuh!« Er stemmte sich hoch, trat einen Schritt zurück, schwankte ein wenig und stand dann gerade. »Wenn ihr wollt, könnt ihr mir als erstem die Augen verbinden. Heinrich, her mit deiner Kapuze!«

Joscelin machte schon den Mund auf, um zu sagen, daß er keine Lust zu Blindekuh oder einem anderen lauten, dummen Spiel habe, das sein Onkel vorschlage. Aber angesichts der guten Laune ringsum und der erwartungsvollen, freudigen Miene Roberts klappte er den Mund wieder zu und gab Conans freundschaftlichem Drängen nach.

Unten im Saal wurde ausreichend Platz freigemacht.

Conan setzte sich Heinrichs blaue Barchentkapuze verkehrtherum auf, so daß er nichts mehr sehen konnte. Man stellte ihn in die Mitte und drehte ihn mehrmals wie einen Kreisel herum, damit er die Orientierung verlor. Dann erhielt er einen derben Stoß. Der Sinn des Spiels bestand darin, daß er als »blinde Kuh« mit verbundenen Augen einen anderen fangen mußte, der dann an seine Stelle trat. Die Gejagten durften ihn ihrerseits pieken und schubsen oder sonstwie ärgern und mußten nur acht geben, sich dabei nicht fangen zu lassen.

Conan wirbelte mehrmals wie ein tapsiger Bär mit den Armen durch die Gegend, bekam aber nur leere Luft zu fassen. Dazu brummte er zur allgemeinen Erheiterung auch wie ein Bär. Kichernd rannte Robert unter den ausgestreckten Armen des Söldnerführers hindurch und trat ihm dabei vors Schienbein. Conan machte einen Sprung, Robert ließ ihn ins Leere laufen und rannte dann, vor Vergnügen quietschend, in Joscelins sichere Arme.

»Hast du gesehen, Papa?«

Conan merkte sich die Richtung, aus der er die Stimme des Jungen gehört hatte, und machte einen schnellen Ausfall. Ebenso schnell wirbelte Joscelin herum und brachte Robert aus seiner Reichweite. Mit den Fingerspitzen streifte Conan noch den weichen roten Wollärmel Joscelins. Der wich seitwärts aus, packte den lachenden Milo und schubste ihn Conan in die Arme. Der Söldnerführer hielt ihn in bärenhafter Umklammerung fest. Jetzt brauchte er nur noch zu raten, wen er gefangen hatte.

Er tastete das bärtige Gesicht ab. »Scheint kein Mädchen zu sein«, murmelte er. »Es sei denn, sie steht auf dem Kopf.«

»Sie glauben ja gar nicht, was die Mädchen am Dreikönigsabend alles anstellen, Sir Conan«, sagte Milo mit künstlich hoher Stimme. Die Zuschauer bogen sich vor Lachen.

»Da kannst du recht haben«, sagte Conan. »Die würden mich bestimmt zum Narren halten.« Er tastete die Schultern und den Oberkörper seines Gefangenen ab, bis er an das prächtige versilberte und vergoldete Kreuz stieß, das Milo an einer Kordel um den Hals trug. »Das kenne ich doch von irgendwoher, es ist größer als alles, was Pater Gregory an sich hat!« krächzte der Söldnerführer zweideutig. »Das kannst nur du sein, Milo de Selsey!« Damit riß er sich mit einem Triumphschrei die Kapuze vom Kopf.

Das Spiel ging mit immer größerem Krach und unter vielen Grobheiten weiter. Die Leute tauschten Kleidungsstücke, um die Blindekuh irrezuführen. Doch als Heinrich schließlich Robert einfing und ihm die Kapuze überzog, mäßigte man allgemein die Ruppigkeiten. Joscelin ließ sich von Robert fangen, aber er machte es ihm nicht leicht. Sonst hätte sich der Junge gekränkt gefühlt.

Nun bekam Joscelin die Kapuze über den Kopf gestülpt. Und auf einmal merkte er, daß er Spaß an dem Spiel gefunden hatte. Es erinnerte ein wenig an den Turnierplatz, wo man alle Sinne einsetzen mußte, um den eigenen Körper im Griff zu haben, und man keinen Gedanken mehr an seine Gefühle und Sorgen verschwenden durfte.

Er rieb die Hände aneinander und kam endlich in ausgelassene Stimmung. »Na denn!« sagte er. »Jetzt hole ich mir mein Kaninchen!«

Jemand puffte ihn gegen den Unterschenkel, und gleich darauf hörte er Robert kichern. Die Kapuze roch nach Wolle und Schafsöl. Nicht einmal das Licht der Wandleuchten und Kerzen drang hindurch. Er verschloß die Ohren gegen die vielen Zu- und Gegenrufe, achtete wenig auf die Stöße und Knüffe, die er erhielt, und verließ sich nur auf seinen Instinkt. So teuflisch ihm auch die Migräne zugesetzt hatte, jetzt zog er aus einer

Nebenwirkung seinen Vorteil. Sie hatte nämlich seine Sinne geschärft. Es war ihm, als besitze er jetzt auch den sechsten Sinn. Denn auf einmal ahnte er im voraus, von welcher Seite man ihn knuffen oder schlagen wollte. Und er wußte schon beim ersten Wort, wer da rief.

Zweimal hätte er beinahe Milo und dann Heinrich gefangen. Absichtlich ließ er Robert entkommen, der sich ihm unter vergnügtem Geschrei entwand. Auch Conan fiel ihm beinahe zum Opfer. Sein Onkel konnte sich nur durch brutale Gewalt retten. Joscelin stolperte ins Leere. An einer Seite der Empore stimmten die Musiker das Weihnachtslied des Verliebten an.

*Ein junger Mann ritt wie im Bann*
*Ins Oberland hinein.*
*Hat dort gefreit um eine Maid,*
*Ein schönes Jungfräulein.*
*Er sah ihr keck ins Brustversteck*
*Sprach werbend auf sie ein:*
*»Du liebes Kind, komm mit geschwind!*
*Ich lieb nur dich allein.«*

Etwas Weiches streifte ihn. In den Wollgeruch mischte sich plötzlich ein Hauch von Sommerkräutern und Rosenblättern. Schnell drehte er sich um, packte zu und zog einen schlanken Leib in seine Arme, und nun wurde der Duft des Sommers stärker. Gerade wollte er zu einer Litanei frecher Anzüglichkeiten anheben und raten, wer es sein mochte, da riß ihm sein Opfer die Kapuze vom Kopf, stellte sich auf die Zehenspitzen und küßte ihn auf den Mund.

Der ganze Saal jubelte. Beifallspfiffe ertönten.

»Na, so was«, sagte Robert und verzog das Gesicht.

Linnet und Joscelin schauten sich fröhlich und mit beginnendem Verlangen in die Augen und küßten sich wieder.

*Der erste Kuß war ein Genuß,*
*Warn beide nicht aus Stein.*
*»Der Liebe Macht hat es vollbracht,*
*Will immer treu dir sein.«*
*Sie ritten aus zu ihm nach Haus.*
*Er gab ihr süßen Wein.*
*Frisch zugepackt! Schon warn sie nackt*
*Im trauten Kerzenschein*

Errötend, lachend und von dem genossenen Met etwas schwindlig, hing Linnet an Joscelin und erwiderte jeden seiner Küsse. Jetzt waren sie in ihrem Schlafzimmer. Dann ließ sie sich aufs Bett fallen. Ganz weich wurde ihr Blick – vor Sehnsucht, Verlangen und dem Wunsch, daß heute nacht alles, was seit zwei Monaten zwischen ihnen stand, verschwinden würde.

Seit sie mit knapper Not das Fleckfieber überstanden hatte, war Joscelin wie verwandelt. Mit einer Ausnahme: In den kleinen Robert war er nach wie vor vernarrt. Vielleicht war das Band zwischen Mann und Kind sogar noch enger geworden. Nur seine Haltung ihr gegenüber war verändert. Er verhielt sich jetzt so zurückhaltend wie in den Londoner Tagen, als er nichts als ein Söldnerführer gewesen war, der widerwillig seine Pflicht erfüllte, und sie eine hochgeborene Lady, die für ihn unerreichbar war. Hin und wieder ertappte sie ihn dabei, wie er sie unter gerunzelter Stirn, fast mit staunendem Ärger ansah. Aber wenn sie ihn fragte, was los sei, schüttelte er nur den Kopf, lächelte und behauptete, es wäre nichts gewesen. Allmählich gewöhnte sie sich an, nicht weiter in ihn zu dringen.

Aber jetzt war er weder in düstere Gedanken vertieft noch ihr entrückt. Seine Augen blitzten fröhlich und voll Verlangen. Wenn er einen Kummer hatte, so war er doch im Augenblick gebannt, und sie würde alles tun, daß es so bliebe. Sie hob die Hände und löste Haube und

Zöpfe. Dann beugte sie sich zu ihm, und er atmete den feinen Kräuterduft ein, der sie umgab. Ihre Lippen trafen sich und trennten sich, um sich wieder zu treffen. Er wühlte mit den Händen in ihrer schweren kühlen Haarflut und ließ sie dann langsam an ihrem Körper herunterrieseln.

Unten in der Halle tobte das Fest der zwölften Nacht nach dem Weihnachtsabend weiter. Die Feiernden tanzten zu heidnischen Tönen, denen nur ein winziges christliches Feigenblatt beigefügt war.

Linnet war jetzt nackt und schmiegte sich ohne Scham an Joscelin. Sie bot ihm ihre Brüste, die weidenschlanken Hüften und Schenkel, den weichen Schoß der Frau dar. Er legte sich auf sie, und mit geschlossenen Augen und geöffneten Lippen hob sie in ihrer Vorfreude das Becken, um ihn zu empfangen. Die Zeit verging, und aus der Vorfreude wurde Ungeduld. Flüsternd strich ein kalter Luftzug zwischen ihren Körpern hindurch. Joscelin fluchte leise, stemmte sich von ihr hoch und rollte sich auf den Rücken.

Linnet schlug die Augen auf. Verwundert, bekümmert blickte sie ihn an. »Was ist los?« Sie sah seine Männlichkeit, die eben voll bebender Bereitschaft hochgeragt war, schlaff werden und schrumpfen. Und sie sah ihm an, daß er es ebenfalls merkte und darüber zornig war.

»Nichts«, sagte er steif, rutschte noch etwas weiter weg und deckte sich zu. »Ich bin nur müde und habe zuviel Met getrunken.«

Linnet glaubte ihm kein Wort. Die Wirkung von Ermüdung und zuviel Trinken konnte doch nicht gerade jetzt, im entscheidenden Augenblick eingesetzt haben! Er vermied ihren Blick und starrte schweigend zu der kobaltblauen Decke empor, an die silberne Sterne gemalt waren.

Die Enttäuschung tat ihr körperlich weh. Ihre Augen

füllten sich mit Tränen. Sie stieg aus dem Bett und holte einen Kamm aus der Truhe, um ihre Haare zum Schlafengehen bereit zu machen. Es war zufällig der Kamm aus poliertem Buchenholz, den er ihr aus Nottingham mitgebracht hatte. Als sie ihn hob und durch ihr Haar zog, gleißte das eingelegte Perlmutt in allen Farben des Regenbogens. Seit Joscelin ihr den Kamm geschenkt hatte, hatte er das Kämmen nur ein-, zweimal übernommen, und sie war zu stolz gewesen, um ihn von sich aus darum zu bitten.

Rasch flocht sie die Haare zusammen, befestigte sie mit einem weichen Lederband und kehrte ins Bett zurück. Er lag immer noch auf dem Rücken, hatte aber inzwischen die Augen geschlossen. »Ist es etwas, was ich getan oder unterlassen habe?« fragte sie mit würgender Kehle. »Dann sag es mir in Gottes Namen! Mir wäre es lieber, du prügeltest mich mit deinem Gürtel, als daß du mich so behandelst!«

Er schwieg, und die Stille dehnte sich so lange, daß sie schon annahm, er würde ihr überhaupt keine Antwort geben. Vielleicht hatte sich der Kummer, den sie nicht kannte, so tief in ihn eingefressen, daß er ihn nicht mehr in Worte fassen konnte. Doch schließlich wandte er den Kopf und schlug die Augen auf. »Raymond de Montsorrel«, sagte er müde. »In diesem Zimmer und auf diesem Bett.«

Linnet stieß einen Laut aus, als hätte er sie tatsächlich geschlagen. Eine Zeitlang drehte sich das ganze Zimmer um sie, und sie dachte, sie würde in Ohnmacht fallen. Ihr Magen hob sich. Sie klammerte sich an die Bettdekke. »Wer hat dir das erzählt?« fragte sie mit schwacher Stimme.

»Du meinst, wer es sonst noch weiß? Nun, ich nehme an, das Geheimnis wurde gut bewahrt, denn ich habe auf der Burg noch niemand davon tuscheln hören. Du selber hast es mir erzählt, als du im Fieberwahn lagst.«

Er unterbrach sich und fuhr dann fort: »Nein, so war es nicht. Du hast die Szene vor meinen Augen nachgespielt, hast ihn angefleht, es nicht zu tun und ihm doch gleichzeitig deinen Körper geboten. Und dann hast du gesagt, es sei eigentlich zu gefährlich und du wolltest ihn statt dessen auf eine andere Weise befriedigen, die du nicht näher erläutert hast. Aber es war leicht zu erraten, was du gemeint hast.«

»Oh, lieber Gott«, flüsterte Linnet gebrochen. Sie ließ den Kopf hängen und zitterte am ganzen Körper. »Und ich habe mir eingebildet, das wäre endgültig vorüber und begraben. Ich schwöre dir, wenn ich es ungeschehen machen könnte, würde ich es tun.«

Sein Kinn wurde hart. »Dann ist es also wahr? Ich hätte dich schon früher danach fragen sollen. Aber ich habe mich vor der Gewißheit gescheut. Solange es nicht bestätigt war, konnte ich mich der Illusion hingeben, daß es nur eine Ausgeburt des Fieberwahns war.«

Linnet rang die Hände um Bettdecke und Überzug, bis die Knöchel weiß hervortraten. »Ja, ich habe mit ihm geschlafen.« Sie begann zu schluchzen. »Er war ganz anders zu mir als Giles, so nett und freundlich. Und da... da dachte ich, daß er mich wirklich liebte. Aber tatsächlich wollte er Giles nur beweisen, daß er in allen Dingen besser war als er und daß er nur den kleinen Finger krumm zu machen brauchte, um auch seine Frau zu erobern.«

»Du hast mit ihm geschlafen, weil er nett und freundlich zu dir war?«

Linnet schluckte schwer, aber der erstickende Kloß in ihrem Hals schien nur noch größer zu werden. »Ja... ich meine, nein... ich weiß es wirklich nicht mehr.« Sie sah den Abscheu in Joscelins Gesicht und wurde von panischer Angst befallen. Dies war noch schrecklicher, als sie es sich vorgestellt hätte. Viel schlimmer als alle Schläge, die sie von Giles' Händen entgegennehmen mußte. »Giles war weg«, sagte sie. »Vermutlich zum Turnier in Frankreich. Ich weiß es nicht mehr. Ich weiß nur, daß er nicht auf Rushcliffe war. Raymond war gut zu mir. Er unterhielt mich, schrie mich nie an und wurde nicht ein einziges Mal ungeduldig. Woher sollte ich wissen, daß er mich in eine Falle locken wollte? Ich war ja noch nicht mal vierzehn Jahre alt. Eines Abends kam er in mein Zimmer. Er wollte mit mir über das Festessen sprechen, das er zur Feier von Giles' Heimkehr geben wollte. Das sagte er jedenfalls. Er hatte ein Fläschchen Wein mitgebracht. Nicht unseren üblichen Hauswein, sondern eine Mischung von Bordeaux und Genf, mit Gewürzen. Ich habe den Geschmack noch immer auf der Zunge.«

Ihr Magen stülpte sich um, und sie hätte sich beinahe übergeben. »Als ich endlich merkte, was er vorhatte, war es zu spät. Ich konnte ihn nicht mehr davon abhalten. Und so wahr mir Gott helfe, ich hatte auch gar nicht den Wunsch. Als ich am nächsten Morgen wieder zur Besinnung kam, hatte ich schreckliche Kopfschmerzen. Er war nicht mehr da. Aber ich hatte nicht vergessen, was wir getrieben hatten.«

Sie wagte einen Seitenblick in Joscelins Gesicht. Aber seine Miene war so undurchdringlich wie Stein. »Ich ließ mir von den Zofen ein Bad bereiten und schrubbte mir fast die Haut ab. Aber auch das half nichts. Ich habe mich nie getraut, diese Sünde Pater Gregory zu beichten, sondern habe sie für mich behalten. Aber damit war die Sache noch lange nicht beendet.« Sie stand mit einem Ruck auf, zog ihren Schlafrock an und ging hin und her durchs Zimmer wie in einem Käfig. Joscelin dagegen schwieg weiter, beobachtete sie und lag im übrigen so unbeweglich da wie ein Götzenbild.

Sie rieb die Handflächen aneinander. Sie waren glatt von kaltem Schweiß. Viel lieber hätte sie sich körperlicher Folter unterworfen als dieser seelischen Marter.

Doch sie mußte Joscelin ihre Schande gestehen. Im Vorbeigehen sah sie ihr verzerrtes Spiegelbild: ein verängstigtes wildes Wesen, Verdammnis in den Augen. Nie würde sie dieses Bild je vergessen können. »Raymond sagte, ich müsse ihm zu Willen sein, wann immer es ihm paßte. Sonst würde er Giles erzählen, was in seiner Abwesenheit geschehen war. Von da an lebte ich in größter Angst. Denn ich wußte, daß Giles mich umbringen würde, wenn er alles erfuhr.«

Endlich regte sich etwas in Joscelins Gesicht. »Wie lange hast du das ertragen?«

»Wohl etwas länger als ein Jahr. Bis man sehen konnte, daß ich schwanger war. Von da an ließ er mich in Ruhe. Zum Glück stach ihm schon Corbettes Tochter Helwis ins Auge, die inzwischen zur Frau gereift war. Nun reizte es ihn, auch ihr die Unschuld zu nehmen.«

Wie eine Riesenschlange lag eine unausgesprochene Frage zwischen ihnen. Linnet wurde das Atmen schwer. »Ich bin ziemlich sicher, daß Robert Giles' Sohn ist. In dem Monat, in dem ich schwanger wurde, war Raymond fast dauernd abwesend. Und wenn er da war und mich belästigte, konnte ich ihn davon überzeugen, daß es genauso schön für ihn wäre, auf andere Weise befriedigt zu werden.«

Wieder dieser schmerzliche Ausdruck auf Joscelins Zügen.

»Ich saß in der Falle, begreifst du das denn nicht?« schrie sie und schlug mit der Faust aufs Bett. »Nur der Gedanke, daß es eine Todsünde sein würde, hat mich davon abgehalten, mich von den Zinnen in die Tiefe zu stürzen! Und du liegst da und verurteilst mich, ohne auch nur eine Ahnung davon zu haben, was ich in dieser Zeit gelitten habe!«

Er schüttelte den Kopf. »So ist es nicht. Ich verstehe sehr gut, daß du Raymond de Montsorrel unschuldig zum Opfer gefallen bist. Der Fehler liegt bei mir. Ich sehe dich immer mit dem alten Lüstling im Bett. Wenn ich dieses Bild doch nur los würde!«

Linnet fand das ungerecht, und sie raffte sich zu einer energischen Antwort auf. »Ich stelle mir ja auch nicht vor, wie du mit dieser anderen Frau im Bett gelegen hast!«

»Ja, ich weiß, ich weiß«, sagte er verwirrt. »Glaubst du, ich hätte mir das alles nicht in den vergangenen Wochen wieder und wieder im Kopf herumgehen lassen? Ich habe mir eingeredet, daß die Sache nichts zu bedeuten habe, daß man die Vergangenheit ruhen lassen müsse. Ich habe ja meinen Vater als lebenden Beweis vor Augen. Aber es scheint, als könnte ich bei allem guten Willen nicht darüber hinwegkommen.«

Linnet ließ den Kopf hängen und fing an zu weinen. Schluchzend sagte sie: »Und jetzt verachtest du mich.«

Ihre Verzweiflung rührte Joscelins Herz. Dies war nicht mitanzusehen. Er zog sie an sich und nahm sie in die Arme. Und doch konnte er ihr nicht sagen, daß es für ihn keine Bedeutung hätte, denn das wäre eine Lüge gewesen. Darin war er Giles ähnlich: er war genauso empfindlich, wenn seine Eifersucht, sein Mißtrauen geweckt oder sein Stolz berührt wurde. Doch während er sie in den Armen hielt, gab er sich das Versprechen, daß dies alles nicht ihre Ehe zerstören durfte.

»Nein«, sagte er zärtlich, »ich liebe dich doch. Bei jener ersten Begegnung auf der Landstraße, als du dich um deines Kindes willen gegen Giles und mich aufgelehnt hast, als ich sah, wie mutig du warst, da habe ich mein Herz an dich verloren. Ich will verdammt sein, wenn uns Raymond de Montsorrel noch aus dem Grab heraus Schaden zufügen darf. Morgen verbrenne ich dieses Bett und bestelle ein neues, das allein uns gehören wird.«

Linnet hob das tränenüberströmte Gesicht, in dem Skepsis und neue Hoffnung miteinander rangen.

»Heute nacht kannst du einmal wie die Frau eines echten Söldners schlafen«, sagte er. »Auf Fellen an der Feuerstelle.« Damit zog er ohne ein weiteres Wort die Oberdecke aus Kaninchenfellen vom Bett und riß seinen Umhang vom Kleiderhaken. Er nahm Linnet an die Hand und zog sie zum ummauerten Kamin. In Windeseile hatte er den Umhang auf dem Fußboden ausgebreitet. Sie mußte sich darauf legen, und dann deckte er sie mit den Kaninchenfellen zu.

Später drängte sie sich an ihn und suchte an seinem Körper Trost und Beruhigung. Er legte den Arm um ihre Taille. Ihr warmer Atem blies an seinen Hals. Unter seiner Hand fühlte sich ihre Haut wie Seide an, und als er die weichen Schenkel berührte, spürte er ihr wachsendes Verlangen. Er verdrängte jeden Gedanken an Raymond de Montsorrel und dachte statt dessen an eine Sommernacht unter dem gestirnten Himmel, an das Stampfen der Hufe, wo die Pferde festgemacht waren, und an die melancholischen Töne, die ein Soldat seiner Knochenflöte entlockte.

Im gleichen langsamen Rhythmus wie seine Gedanken bewegten sich seine Hände weiter. Linnet begann schneller zu atmen, blieb aber sonst ganz still. Er fühlte, wie ihr Körper unter seiner Berührung erregt wurde. Er breitete ihr die Beine auseinander, kniete sich vor sie hin und reizte sie so lange mit dem Finger, bis sie jede Zurückhaltung aufgab und spitze Schreie ausstieß. Ihre Lust machte seinen Schaft hart und groß, und mit einem Schrei drang er tief in sie ein, um sie für immer von Raymond de Montsorrel zu befreien.

## 28

Der Damhirschbock hob den Kopf in den Wind und witterte. Während seine Kiefer in gleichmäßigem Rhythmus auf Streifen von Birkenrinde kauten, spitzte er die Ohren und äugte scharf. Irgend etwas störte die ruhige Waldatmosphäre. Aber noch war ihm unklar, was es sein mochte und ob es eine Gefahr darstellte. In der frostigen Februarluft dampfte sein Atem, und unter den zierlich gespaltenen Hufen lag Pulverschnee. Nadelscharfe kleine Flocken fielen aus der tief hängenden grauen Wolkendecke und erschwerten es dem Hirsch, Witterung aufzunehmen. Daher blieb er nervös und äugte in östliche Richtung, wo es am hellsten war und woher die Störung zu kommen schien. Die anderen Hirschböcke in der Herde hatten jetzt auch aufgehört zu äsen und spähten wie er nach Osten. Sie richteten die Ohren auf und wedelten unruhig mit den kurzen Schwänzen.

Unter leisem Hufgetrappel jagte plötzlich eine Gruppe von Hirschkühen an den Junggesellen vorbei, verhielt kurz, schaute nach Osten zurück und raste dann zwischen den Bäumen weiter. Schwach, aber deutlich vernehmbar trug jetzt der Wind den tödlichen Ruf des Jagdhorns durch das Schneegestöber heran, und nun witterte der Hirschbock auch den kräftigen, schreckenerregenden Geruch von Menschen und Hunden.

Innerhalb von Sekunden leerte sich die Lichtung, und die Hirsche flohen in das dunkle Herz des Waldes von Sherwood. Doch zurück blieben ihre Hufabdrükke, und der Schnee fiel nicht dicht genug, um sie auszulöschen.

Schwer atmend nach der Anstrengung der Jagd, aber mit blitzenden Augen saß Ragnar hoch zu Roß. Welch ein Erlebnis, beim Erlegen dieses prachtvollen rotbraunen Hirschbocks dabei gewesen zu sein! So merkte er zunächst nicht, daß ihn jemand ansprach. Doch war es nicht geraten, Robert Ferrers, dem Earl von Derby, keine Aufmerksamkeit zu schenken, zumal es sein Jagdrevier war und er ihn eingeladen hatte. Dies auf Empfehlung eines seiner Ritter, der zufällig ein Trinkgefährte Ragnars war.

»Entschuldigen Sie, Mylord, ich habe Ihre Frage nicht verstanden. Ich war in Gedanken noch bei der Jagd.«

»Das habe ich gemerkt«, sagte Ferrers und kräuselte amüsiert die Lippen. Auch er hatte schmale, walddunkle Augen, und seine Gesichtszüge waren boshaft scharf. »Ich habe Sie gefragt, wie es Ihrem Vater, dem Lord, zur Zeit geht.«

Jetzt war Ragnar auf der Hut. »Es geht ihm gut, Mylord«, antwortete er förmlich. Denn Robert Ferrers war nicht der Mann, der sich mit einem verhältnismäßig fremden Ritter in müßigem Geplauder erging.

Ferrers nickte und spielte mit einem losen Faden der Satteldecke. »Er ist offenbar ehrenvoll aus den Kämpfen des vergangenen Jahres hervorgegangen.«

Ragnar warf Ferrers einen halb zornigen, halb fragenden Blick zu. Wollte der andere ihn hofieren oder ihn ködern?

Die Hundepfleger riefen ihre Tiere mit Peitschenhieben zur Ordnung. Zwei Träger banden den Damhirsch mit dem Kopf nach unten an einen Stock. »Reiten Sie ein Stück mit mir!« befahl Ferrers und lenkte sein Pferd aus dem Waldstück, wo sie das Wild gestellt hatten. Hier war der Schnee überall zertrampelt worden und gab den aufgerissenen Boden und blutbespritztes, faulendes Laub frei. Als seine Knappen ihm folgen wollten, hielt er sie mit einer Handbewegung zurück.

Wieder umgab sie der Hochwald mit grauschimmerndem fahlen Licht. Von den Ästen hingen spitze Eiszapfen herab. Vergessen war die Hitze der Jagd, und Ragnar fühlte erst jetzt, wie eisig kalt es geworden war. Solch ein Wetter war oft der Vorbote des nahen Frühlings.

Ferrers sah Ragnar forschend an. »Wie mir zu Ohren kam, haben Sie sich mit Sir William wieder versöhnt?«

»Ja, Mylord«, sagte Ragnar mißtrauisch.

»Und wie stehen Sie mit Ihrem Halbbruder, der die vermögende Witwe geheiratet hat? Verkehren Sie miteinander?«

Ragnar schluckte. Sein Pferd trabte geruhsam, und der Hufschlag war so gleichmäßig wie sein Herzschlag. »Wir haben uns zuletzt im vergangenen Sommer in London getroffen. Seitdem habe ich ihn nicht mehr gesehen.«

»Sehr schade«, sagte Robert Ferrers mißbilligend, »daß Ihr Vater nicht versucht hat, Linnet de Montsorrel für Sie zu gewinnen statt für ihn. Ich habe das eigentlich erwartet, denn Sie sind ja sein Erbe.« Er behielt Ragnar scharf im Auge.

Ragnar sagte nichts dazu. Zwar haßte er Joscelin und war noch immer empört über die Art, wie sein Vater diesen von ihm so geliebten Bastard seinen rechtmäßigen Söhnen vorgezogen hatte, doch der fehlgeschlagene Aufstand hatte ihn gelehrt, vorsichtig zu sein. Er trug sein Herz nicht mehr auf der Zunge und verbarg seinen Haß. So konnte er ein ebenso gerissenes Spiel treiben wie Ferrers.

»Vielleicht hat Ihr Vater für Sie auch schon eine Ehefrau in Aussicht genommen?«

»Nicht daß ich wüßte, Mylord.« Du lieber Himmel, wollte Ferrers ihm etwa seine Schwester oder eine andere Frau ihres Kalibers anbieten? Bei diesem Gedanken drehte sich ihm der Magen um.

Ferrers stieß einen Seufzer aus. Seine dünne, scharfe Nase wurde noch spitzer – Anzeichen aufkommender Verärgerung. Ein großer, silbergrauer schottischer Hirschhund schloß zu ihm auf und trabte neben dem Pferd unter den Bäumen einher. Der Schnee fiel jetzt dichter, die Flocken waren pennygroß und fühlten sich trocken an. Es sah danach aus, als würde der Schnee liegenbleiben, falls nicht plötzlich Tauwetter einsetzte. »Ich verstehe, daß Sie mißtrauisch sind«, sagte der Earl. »Immerhin hat eine Horde unwissender Bauern Sie zwei Tage und zwei Nächte in einem Apfelkeller gefangen gehalten. Das muß Ihren Unternehmungsgeist wohl einigermaßen gebremst haben. Aber es ist nicht nötig, mit mir Versteck zu spielen.«

Und ob es nötig ist! dachte Ragnar. Doch Ferrers mußte ihm angesehen haben, daß er neugierig geworden war, denn er lächelte und beugte sich im Sattel vertraulich zu ihm. »Bald ist der Waffenstillstand dieses Winters beendet. Zwar ist Robert von Leicester im Gefängnis, aber er war nur eine Welle in der großen Flut. Was wird König Heinrich machen, wenn im Frühjahr Frankreich, Flandern und Schottland gegen ihn zu den Waffen greifen? Was gewonnen wurde, kann bald wieder verloren gehen.«

Ragnar sah in die glitzernden schmalen Augen – Wieselaugen, lüsterne Raubtieraugen. Was gewonnen wurde, kann bald wieder verloren gehen? Er blickte sich um. Hinter ihnen ritten Männer den Weg entlang, andere Jagdgäste, Stallmeister, Treiber und Waldhüter. Sie hielten sich zurück, wahrten den Abstand, wirkten aber wegen des stärker werdenden Schneefalls besorgt. »Was wollen Sie von mir, Mylord?«

Ferrers legte Daumen und Zeigefinger an die Mundwinkel. »Ich glaube, daß wir uns in Zukunft gegenseitig von Nutzen sein können. Es wäre natürlich dumm, wenn Sie gleich zu meinen Fahnen eilten, wie Sie es bei Leicester getan haben. Das brächte uns beiden nichts ein... Anders wäre es schon, wenn Sie der Lord von Arnsby wären.«

»Sie meinen, wenn mein Vater sterben sollte?« fragte Ragnar mit rauher Stimme. Was wollte Ferrers ihm vorschlagen? Vor seinem geistigen Auge sah er sich selbst mit dem Dolch in der Hand an einer dunklen Wendeltreppe stehen oder eine Phiole voll Gift in eine Weinflasche gießen.

Ferrers merkte, daß seine Andeutung ihn stutzig gemacht hatte. Rasch legte er ihm beruhigend die Hand auf den Ärmel. »Selbstverständlich erst, wenn sein Leben erfüllt ist«, sagte er. Doch seine Augen redeten eine andere Sprache.

Was der Earl ihm zwischen den Zeilen zu verstehen gab, war verlockend für Ragnar und stieß ihn gleichzeitig ab. Es war wie damals in Leicesters Lager, als er eine Frau vergewaltigt hatte – die Erregung des keuchenden Ringens, das mit ihrer Unterwerfung endete, der letzte gewaltige Stoß und danach die Ernüchterung und der Abscheu vor sich selbst.

»Wir reden später darüber«, sagte Ferrers, wandte das Pferd und gesellte sich zu seinem Gefolge. Der Hund blieb immer treu an seiner Seite. Ragnar rührte sich nicht von der Stelle, bis die beiden Träger mit dem toten Damhirsch an der Stange an ihm vorbeikamen. Schnee fiel auf das rotbraune Fell und schmolz alsbald durch die noch vorhandene Körperwärme. Schwarze Blutklumpen tropften langsam aus dem Maul auf den Waldboden. Ragnar unterdrückte einen Schrei, wandte sich von dem Anblick des Todes ab, spornte sein Pferd und ritt den Jagdgefährten nach. Ihn verlangte nach ihrer Gesellschaft und dem Austausch belangloser Scherze, die seine finsteren Gedanken verscheuchen würden.

»Ein Nonnenkloster!« sagte Agnes zornig zu Ragnar. »Vorher soll er in der Hölle schmoren!« Sie sprach leise, aber ihr glühender Haß wirkte dadurch um so gefährlicher. Ihre Zofe hatte sich in den letzten Tagen schon an diese geflüsterten Unterhaltungen gewöhnt und versuchte, sich möglichst unsichtbar zu machen.

Agnes verließ ihren Platz in der Fensternische, von wo aus sie William samt seinem Gefolge in die Richtung der Straße nach Nottingham hatte fortreiten sehen. »Dazu kann er mich nicht zwingen. Ich lasse mich nicht wie einen alten Putzlappen wegwerfen.«

Ihr Sohn war zu ihr gekommen, um sich von der Schneiderin für einen neuen Rock Maß nehmen zu lassen. Sie benutzte dazu eine Schnur und markierte die einzelnen Maße durch Knoten. Es dauerte ihm alles zu lange, er wurde schon ungeduldig.

Agnes betrachtete seinen breitschultrigen, kraftvollen, gutgewachsenen Körper, das leuchtende rotblonde Haar und den starken Knochenbau. William wollte Ragnar eine Ehefrau verschaffen und sah sich schon nach einem geeigneten Mädchen um. Agnes glaubte, seine Beweggründe zu kennen, und das flößte ihr Furcht ein. Denn bald würde Martyn als Knappe im Haus Richard de Lucis seinen Dienst antreten, und dann würde ihr Nest leer sein. Dann war sie für William zu nichts mehr nutze. Ihren Platz im Haushalt würde Ragnars junge Frau einnehmen. Eifersucht und Angst zehrten an ihr. Wenn er sie in ein Nonnenkloster versetzte, würde sie das Mädchen nicht im Auge behalten können – wie sie es bei Morwenna getan hatte.

Verärgert entriß sie der Schneiderin die Meßschnur und bedeutete ihr zu gehen. »Ich mache es selber!« sagte sie barsch. »Du siehst inzwischen in den Truhen nach, was für Stoffe wir vorrätig haben.«

»Ja, Madam.« Die Frau verriet keine Gemütsbewegung. Sie knickste und zog sich zurück.

Agnes trat näher an Ragnar heran. Männliche Hitze ging von ihm aus. Ihr war bekannt, daß er gestern nacht im Ort gewesen war, um im Bierhaus zu spielen und sich eine Dirne zu suchen. Seine Haut roch noch nach abgestandenem Bier und billigen Frauen. In einschmeichelndem Ton fragte sie ihn: »Du würdest mich doch nicht ins Nonnenkloster stecken, wenn du hier der Herr wärst, oder?«

Er zuckte leicht zusammen und streifte sie mit einem Seitenblick, als hätte sie etwas Schockierendes gesagt. »Selbstverständlich nicht, Mutter.«

Agnes lächelte und gab ihm einen Kuß auf die Wange. Früher war seine Haut dort glatt und seidenweich gewesen, jetzt kitzelten Bartstoppeln ihre Lippen. »Ich wußte, daß du das sagen würdest, mein guter Sohn.«

Ein leichter Schauer überlief ihn. Sie merkte es und dachte zuerst enttäuscht, ihr Kuß wäre die Veranlassung. Aber da sagte er plötzlich: »Robert Ferrers wird Nottingham überfallen.«

Während ihre Hände an der Schnur herumfummelten, stieg ihr eine starke Röte über den faltigen Hals ins Gesicht, und sie fuhr sich mit der Zunge über die Lippen. »Wann?«

Ragnar zuckte die Achseln. »Heute, morgen oder übermorgen. Genau weiß ich es nicht. Aber es wird geschehen, wenn Vater da ist. Gestern abend hat mir einer von Ferrers' eigenen Männern eine Warnung überbracht. Deshalb bin ich auch ins Bierhaus gegangen. Seit ich zu Mariä Lichtmeß an Ferrers' Jagd teilgenommen habe, stehe ich wieder mit den Rebellen in Verbindung. Sie werden die Stadt einnehmen und, wenn alles gut geht, auch das Schloß.« Er kreuzte die Arme und lehnte sich an einen bemalten Steinpfeiler. In seinen Augen blickten heiße Wünsche. »Es wurde ein Übereinkommen getroffen. Sollte ich plötzlich Herr auf Arnsby werden, müßte demjenigen, der mir zu dieser Stellung verholfen hat, eine ansehnliche Belohnung zukommen.«

Agnes war keine Geistesgröße. Aber sie besaß eine angeborene Schläue. Und man brauchte ja kein Gelehrter sein, um zu begreifen, was Ragnar damit angedeutet hatte. »Du hast jemand angeheuert, der deinen Vater ermorden soll?« flüsterte sie ebenso erschreckt wie erfreut.

»Es ist eher eine stillschweigende Vereinbarung. Wenn ich gewollt hätte, dann hätte ich ihn doch eben daran hindern können, nach Nottingham zu reiten, nicht wahr?« Er sah sie herausfordernd an. »Er hat sich nie Zeit für mich genommen, es sei denn, um mir lauthals sein Mißfallen auszudrücken. Jetzt gehört Arnsby mir, samt allem, was dazu gehört, ob Baum, Stein oder das Vieh auf den Weiden.« Mit besitzergreifender Gebärde strich er über die blutroten Ornamente des Pfeilers.

Agnes biß sich auf die Lippen und zog das Band mit den Knoten durch die Hände. »Und was ist, wenn dein Vater heil und gesund zurückkehrt?«

»Dann wird er es nie erfahren – oder willst du es ihm etwa sagen?«

Verächtlich rümpfte Agnes die Nase. »Was hätte ich denn für einen Grund, nachdem er mich in all den Jahren so schmählich behandelt hat? Ich habe dir immer den Rücken gestärkt, und so wird es auch bleiben. Aber laß dir eins gesagt sein – kein Wort darüber zu Ivo! Er ist wie ein schwaches Rohr im Wind. Ihm kannst du nicht trauen.«

»Mit Ivo werde ich immer fertig«, sagte er leise.

Nach einer Weile fragte sie: »Und was ist mit dem Bastard und seiner Frau? Ich habe William sagen hören, daß er sich mit ihm in Nottingham treffen will.«

Ragnar lächelte tückisch. »Was ihn angeht, so habe ich verlauten lassen, daß der Lord von Rushcliffe mir ein Dorn im Auge ist und daß ich den, der diesen Dorn entfernt, reichlich belohnen werde.« Mit großmütiger Herablassung fügte er hinzu: »Die Frau und das Kind sollen aber ungeschoren bleiben. Erstens hege ich keinen Groll gegen sie, und zweitens habe ich mit ihnen ein wertvolles Faustpfand in der Hand, da ich als Blutsverwandter des Verschiedenen ein natürliches Interesse an dem weiteren Schicksal seiner Ländereien habe.« Damit ging er ans Fenster, stellte einen Fuß auf den Steinsitz in der Nische und legte den Arm übers Knie.

So hatte Agnes ihn noch nie erlebt, so beherrscht und berechnend. Sie zweifelte nicht daran, daß er mit Ivo und jedem anderen, der sich ihm in den Weg stellte, fertigwerden würde. Doch zugleich spürte sie mit erschreckender Klarheit, daß ihre Liebe zu ihm nun nicht mehr frei von Ängsten war.

## 29

Auf dem Hügel in Nottingham, der sich von der Derby Road in Chapel Bar bis zu den Häusern der Kaufleute in der Long Row, zum Wochenendmarkt und zum Geflügelmarkt hinzog, besaß William Eisenherz drei Häuser. Eins hatte er an einen Weinhändler vermietet. Das zweite stand augenblicklich leer. Dort würde aber bald der Sohn des Weinhändlers mit seiner jungen Frau einziehen, sobald die Hochzeit in seiner Geburtsstadt Lincoln stattgefunden hatte.

Williams eigenes Stadthaus wurde von einem älteren Ehepaar instand gehalten. Der Mann hieß Jonas, führte alle notwendigen Reparaturen selber aus und erledigte auch für andere Leute alle möglichen Gelegenheitsarbeiten. Seine Frau Tilly hatte ebenfalls eine Nebenbeschäftigung. Sie erledigte für die wohlhabenden

Kaufleute weiter unten in der Row die Wäsche. So qualmte im Hinterhof dauernd ein großer Kessel voll Leinenzeug und dampfender Lauge.

Linnet stand in der Haustür und sah den übelriechenden Qualm himmelwärts ziehen. Der Gestank bereitete ihr Übelkeit. Drinnen im Haus war es auch nicht viel besser. Denn auf dem Herd im großen Zimmer brodelte ständig ein zweiter Kessel und erfüllte das ganze Haus mit dem Geruch von gekochtem Kohl und Zwiebeln. Seit drei Tagen litt sie nun schon an Magenbeschwerden. Heute morgen vor der Abreise hätte sie sich beinahe übergeben, als ihr Stephen eine Portion aufgewärmter Räucherheringe vorsetzte. Normalerweise aß sie dieses Gericht gern. Aber heute konnte sie kaum ein Stück Brot ohne Brechreiz herunterkriegen.

Sie hatte schon die Vermutung gehabt, sie könne schwanger sein. Joscelin hatte sie aber noch nichts davon gesagt, da es eben nur eine vage Vermutung war. Seit ihre Monatsblutung ausgeblieben war, war erst eine knappe Woche vergangen, und in ihrer ersten Ehe hatte es lange gedauert, bis sie schwanger wurde. Trotz der Übelkeit mußte sie lächeln, als sie an das neue Bett mit seinen Leinendecken, dem Schafsfell und der schottischen Wolldecke dachte. Es stand jetzt im größten Privatzimmer. Gemeinsam hatten sie der Verbrennung des Montsorrel-Familienbetts zugesehen, wofür eigens ein großer Scheiterhaufen im Burghof errichtet worden war. Danach verfolgten sie gespannt den Bau des neuen Betts, das dem Namen de Gael Ehre machen sollte.

Joscelin war oben im Schloß. Er wollte alte Bekannte aus seiner Garnisonszeit besuchen und hatte angedeutet, daß er erst am frühen Nachmittag zurück sein werde. Robert war ganz außer sich gewesen, weil er nicht mitgehen durfte. Aber Joscelin versprach, ihn morgen zu den Marktständen zu führen, und diese Aussicht hatte den kleinen Jungen einigermaßen besänftigt.

Jetzt spielte er in einer Ecke des Gartens mit einem jungen gelben Kater, den Joscelin auf dem Wochenmarkt an der Sankt Marienkirche gekauft hatte. Er sollte das leidige Ratten- und Mäuseproblem lösen. Linnet sah ihrem Sohn mit zärtlichen Gefühlen zu. Seit einiger Zeit mußten Joscelin und sie ihr Zimmer mit einem verletzten Eichhörnchen teilen, das Robert von einem Ausritt auf dem Pony mitgebracht hatte. Und in der vergangenen Woche hatte er eine Haselmaus aus der Küche gerettet, die der Koch, im Fell gebacken, als Delikatesse für die Empore servieren wollte. Auch sie wohnte jetzt im Zimmer. Ihr Rohrkäfig hing neben dem des Eichhörnchens in dem Alkoven, wo Robert schlief. Niemand hatte mehr davon gesprochen, daß die Haselmaus für die Tafel geschlachtet werden sollte.

Gerade wollte sie wieder ins Haus gehen, als Eisenherz von seiner Besorgung bei einem alten Wollhändler ganz oben in der Organ Lane nahe der Stadtmauer zurückkam.

»Tochter«, begrüßte er sie kurzangebunden.

Linnet neigte zur Antwort den Kopf und ging pflichtbewußt ins Haus, um ihm Wein zu bringen, falls er es wünschte. Seit ihrer Krankheit im Herbst hatte sich ihr Verhältnis ein wenig verändert. Sie hatte erfahren, daß Eisenherz zum Zeitpunkt der Krise beim Fieber um Joscelins willen nach Rushcliffe gekommen und so lange dort geblieben war, bis ihre Genesung als sicher galt. Es war eine stillschweigende, aber verläßliche Unterstützung gewesen. Seitdem sah sie in ihm keine Bedrohung mehr. Vorbei war auch die Zeit, da sie sich in seiner Gegenwart immer einen Ruck geben mußte, um ihre Angst vor ihm zu verbergen. Ja, er hatte seine Fehler, häßliche und unausrottbare Fehler zudem, aber im übrigen war er wie ein unerschütterlicher Felsen, auf den sie bauen konnte.

Joscelins Vater hatte seinerseits seine feindliche Haltung ihr gegenüber aufgegeben, und manchmal schien es beinahe, als wollte er ihr mit ungeschickter Zärtlichkeit entgegenkommen. Er sprach nicht mehr in dunklen Andeutungen zu Joscelin über die Ausübung ehelicher Rechte und Prügel für die Frau. Zwar ließen sie und Eisenherz sich nie auf lange Gespräche ein, aber sie führten sich auch nicht mehr wie Hund und Katze auf.

»Joscelin noch nicht zurück?« erkundigte sich Eisenherz. Der Geruch des Qualms aus Tillies Kessel veranlaßte ihn, die lange Nase zu rümpfen. Dazu bemerkte er: »Man weiß nie, ob es Tillies Wäsche oder ihr Essen ist.«

»Nein. Er hat gesagt, es kann spät werden.«

»Nehme an, er will sich mit alten Kameraden unterhalten.«

»Ja«, sagte sie mit verhaltenem Lächeln.

Eisenherz rieb die Hände aneinander und betrachtete sie unter gesenkten Lidern. Dann sagte er abrupt: »Du siehst so grün wie unreifer Käse aus. Fehlt dir etwas?«

»Nein, Vater.« Linnet zog sich etwas von dem brodelnden Suppenkessel zurück. »Nur eine kleine Magenverstimmung.«

»Ha!« Er musterte sie weiter, nicht das Gesicht, sondern ihren Körper.

Linnet wurde rot und faßte sich rasch an den Unterleib, um sich zu vergewissern, daß er so flach wie immer war, abgesehen von der leichten Wölbung, die ihre frühere Schwangerschaft hinterlassen hatte. Aber damit hatte sie sich verraten.

Doch Eisenherz ging nicht weiter darauf ein. »Dann mußt du dich ausruhen«, sagte er freundlich. »Trockenes Brot und Wein sind das beste Heilmittel.« Er deutete mit dem Kopf nach oben. »Leg dich eine Stunde im Obergeschoß hin! Ich passe so lange auf den Jungen auf.

Linnet zögerte noch. Aber ein neuer stinkender Dampfstoß brachte ihren Magen in Unruhe, und sie nahm seinen Vorschlag mit anmutigem Lächeln an.

»Das gefällt mir nicht«, sagte Ranulf FitzRanulf, der Sheriff von Nottingham. Vom Fenster des hohen Turms schaute er auf Nottinghams südliches Hinterland hinab – auf die Flüsse Leen und Trent, auf das weite grüne Überschwemmungsgebiet dazwischen und jenseits davon auf die Dörfer Briggford, Wilford und Cliftun. »Zu viele von Ferrers' Männern halten sich in der Stadt auf. Sie haben bestimmt nichts Gutes im Sinn.« Und er knabberte mit den Zähnen an seinem Daumennagel, der schon bis aufs Fleisch abgenagt war.

Neben seinem früheren Arbeitgeber betrachtete auch Joscelin das Bild ländlichen Friedens. Die Bäume entlang des Flußufers trugen erstes zartes Grün, und die Wiesen bildeten einen üppigen Teppich von blumenübersätem Gras und dazwischen den hellen oder dunklen Flecken weidender Kühe. Träge graue Rauchsäulen stiegen von den Dächern der Gerbereien am Ufer des Leen auf. Ein Frachtboot schleppte sich flußaufwärts zu dem Umschlagplatz am Fuß des Schloßfelsens. »Ja, als ich im letzten Herbst hier war, bin ich vielen Soldaten Ferrers' begegnet«, sagte er.

FitzRanulf wandte den Blick seiner wasserblauen Augen auf Joscelin. »War das zur Zeit der Schlacht bei Fornham?« Sein linkes Auge schielte ein bißchen. Dies führte bei seinen Gesprächspartnern leicht zu der Täuschung, er könnte ihnen nicht ins Auge sehen. Dabei war der Sheriff von Nottingham so geradeaus und unverblümt, wie ein Mann nur sein kann. »Sie warteten nur auf einen geeigneten Augenblick, um sich wie die Geier auf die Stadt zu stürzen. Aber dazu ist es nicht mehr gekommen. Als die Nachricht von Leicesters Niederlage eintraf, verschwanden sie allmählich.«

»Und jetzt sind sie wieder da.«

FitzRanulf betrachtete seinen abgekauten Daumennagel und nahm sich dann den Zeigefinger vor. »Der Waffenstillstand des Winters ist beendet. Zur Verteidigung des Schlosses reichen meine Männer aus, aber nicht für die ganze Stadt. Dort besitzt Ferrers zu viel Einfluß. Wenn es ernst wird, müssen die Bürger sich selber wehren. Wie lange wollen Sie noch hier bleiben?«

»Höchstens noch zwei, drei Tage. Wir sind ja nur hier, um Vorräte einzukaufen. Allerdings wird mein Vater wahrscheinlich einige Männer zur Bewachung seines Hauses zurücklassen, weil es in unmittelbarer Nähe von Ferrers' Haus liegt.«

»Ihr Vater ist auch hier?«

»Ja. Aber aus anderen Gründen. Vermutlich wird er auch ein paar Tage länger bleiben als ich. Soviel ich weiß, will er Ihnen noch seine Aufwartung machen.«

FitzRanulf nickte und grinste dann unverschämt. »Das Schlimmste, was der Justitiar mir je angetan hat, war, daß er Ihnen Linnet de Montsorrel zur Ehefrau gab«, brummte er. »Ich habe dadurch auf einen Schlag die besten Soldaten eingebüßt, die ich je hatte. Und nun bläst uns der Wind scharf ins Gesicht. Na, wenigstens kann ich mich jetzt auf Rushcliffes Treue verlassen. Solange dort die Montsorrels saßen, war es ungeheuer schwer, sie zur Zusammenarbeit mit uns zu bewegen. Es war ungefähr so, als wollte man Wasser in Wein verwandeln. Der alte Raymond konnte so schwierig sein wie kein anderer.«

»Ja, ich weiß.«

FitzRanulf legte den Kopf schief. Joscelins letzte Bemerkung hatte ihn hellhörig gemacht. Aber Joscelin war weit davon entfernt, ihm die besonderen »Schwierigkeiten« auseinanderzusetzen, die Raymond de Montsorrel ihm hinterlassen hatte. Um den Sheriff vom Thema abzulenken, sagte er: »Ich muß nach Rushcliffe zurück. Aber wenn Sie es wünschen, kann ich Ihnen einige Männer hier lassen – gutausgebildete Söldner in voller Ausrüstung.«

»Und wer übernimmt die Kosten?« fragte FitzRanulf, der in Geldangelegenheiten genauso gewitzt war wie auf allen anderen Gebieten.

»Sie stehen bei mir bis Mitte des Sommers unter Vertrag. Sie brauchen ihnen nur Verpflegung und Unterkunft zur Verfügung zu stellen. Sollte ich sie plötzlich brauchen, kann ich sie immer noch anfordern. Bis Rushcliffe ist es ja nur ein Tagesmarsch.«

»Sehr zuvorkommend«, sagte FitzRanulf. »Ich nehme Ihr Angebot dankend an. Ich werde doch eine goldene Gans, die mir über den Weg läuft, nicht wegjagen. Wenn Sie mal einen Gegendienst von mir wünschen, brauchen Sie es nur zu sagen!«

Nach dem Besuch beim Sheriff begab sich Joscelin in das Quartier der Besatzung, um sich auch bei den Soldaten zu zeigen. Sie begrüßten ihn mit einem großen Humpen des mit Recht gerühmten Schloßbiers, dazu Brot und frischem Käse. Einer von ihnen, den man wegen seines gewaltigen Bauchs Odinel le Gros* nannte, stützte die Ellbogen auf den Tisch und feuchtete sich mit der Zunge die Lippen an. Dann fragte er hintersinnig: »Je, Josce, stimmt das alles wirklich, was man sich über Raymond de Montsorrel erzählt hat?«

Joscelin blieben Brot und Käse fast im Halse stek-

* (frz.) der Dicke

ken. Mit Hilfe des Biers schluckte er es hinunter und gab sich dann betont gleichgültig.

»Ach, komm, tu nicht so scheinheilig!« sagte Odinel kichernd, und seine dunklen Augen glitzerten. »Du weißt schon, was ich meine. Es heißt, daß er auf seinen Gütern sämtliche Frauen zwischen dreizehn und fünfzig Jahren gebumst hat. Ich wette, wo du auch hinreitest, wirst du uneheliche Kinder finden, die ihm verdammt ähnlich sehen. Kannst du dich nicht mehr an die Dirne erinnern, die wir hier hatten und die er an der Wand der Sankt Marienkirche gepudert hatte? Sie hat gesagt, sein Pimmel sei so lang gewesen wie der eines Bullen! Man hätte ihn nach seinem Tod aufbewahren sollen wie die Finger eines Heiligen!« Zustimmung heischend, sah er sich im Saal um. Dann erging er sich in weiteren obszönen Redensarten.

Wie aus weiter Ferne hörte Joscelin das Gelächter der Soldaten. Vor seinen Augen wallten rote Nebel. Schweiß brach ihm aus. Dennoch stürzte er sich nicht auf Odinel und drückte ihm nicht die Kehle zu, um ihn zum Verstummen zu bringen. Denn damit hätte er ja öffentlich zugegeben, daß das Gespenst Raymond de Montsorrels ihn immer noch heimsuchte. Für ihn war die Angelegenheit mit der Verbrennung des Bettes erledigt gewesen.

Als er sich seiner Stimme wieder sicher war, sagte er zu Odinel: »Du hast eine ausschweifende Phantasie. Raymond de Montsorrel war nichts als ein gewöhnlicher Lüstling. Und was die Huren angeht, so erzählen sie immer weit übertriebene Geschichten über die Adligen, die mal zwischen ihren Beinen gelegen haben.« Auf Odinel gemünzt, fuhr er fort: »Damit wollen sie sich wichtig machen. Die Leute sollen ihnen zuhören.«

Odinel zwinkerte mit den Augen. Er war unsicher geworden. Es trat ein kurzes unbehagliches Schweigen ein. Joscelin fragte sich, was in aller Welt er hier bei den Soldaten der Garnison zu suchen hatte. Sein Titel, die golddurchwirkte Seidenborte an seinem Rock und die mit Beryll und Bernstein besetzte Brosche an der Schulter, die den Umhang zusammenhielt, richteten eine Schranke zwischen ihm und den Männern auf. Ohne es zu wollen, war er ihnen entrückt. Hier galt er jetzt als Außenseiter, als einer von »denen da oben«. Da er früher einmal selber hier gedient hatte, beachtete man ihn halb bewundernd, halb neidisch. Wenn er weg war, würden sie sich über ihn die Mäuler zerreißen, wie sie es eben über Raymond de Montsorrel getan hatten. Andererseits tat er niemandem einen Gefallen, wenn er noch länger blieb.

Rasch verabschiedete sich Joscelin zur beiderseitigen Erleichterung. Als sich die Tür hinter ihm schloß, atmeten die Soldaten auf. Es war, als hätten sie die ganze Zeit, da er im Saal gewesen war, in strammer Haltung dagestanden.Jetzt durften sie sich endlich gehen lassen. Vor der Tür schloß Joscelin einen Moment die Augen und atmete tief ein – wie ein soeben freigelassener Gefangener – und schritt dann den Hügel hinunter auf den Wochenendmarkt zu. Blieb nur noch die Frage: Wohin sollte er jetzt gehen?

Schließlich machte er sich auf den Weg zur Taverne »The Weekday«. Dazu mußte er durch die Stadt, denn sie lag in der Nähe des Marktkreuzes. Dort würde er Conan finden. Er wanderte durch die engen Straßen und Gassen hinab bis zum Broad Marsh und an der anderen Seite die Steigung wieder hoch. Der Menschenstrom, der sich mitten durch die Byard Lane wälzte, war wie so oft auf ein Hindernis gestoßen. Diesmal lag ein toter Hund auf der Straße, und verschiedene Anwohner dieser Abkürzungsstraße diskutierten lebhaft über die Frage, wer verpflichtet sei, das Hindernis zu beseitigen. Joscelin stampfte durch den Matsch neben der Straße und schob sich an dunklen Hausfluren vorbei, die in überbevölkerte Wohnungen mit einer Kochstelle als Mittelpunkt des Lebens und einem Rauchabzug im Dach führten. Kurz vor dem oberen Ende der Steigung ging eine Treppe zu Behausungen, die man aus dem weichen Sandstein herausgeschlagen hatte. Auf diesem Sandstein war die ganze Stadt erbaut.

Ein Schuhmacher saß vor seinem Haus. Auf einem Tischchen lagen sein Handwerkszeug und die bereits zugeschnittenen Lederstücke. Daneben war das Häuschen eines Färbers. Der Inhaber hatte einen Stoff in den Kessel mit orangefarbenem Wasser getaucht und bearbeitete ihn mit den Fäusten. Als Joscelin vorbeiging, hörte er mit der Arbeit auf und gaffte ihn an. Zwischen der Färberei und dem Bierhaus »The Weekday« gab es einen Laden, der dem Waffenschmied Rothgar gehörte. Hier blieb Joscelin stehen, um sich einen langen Degen näher anzusehen.

»Bester lombardischer Stahl, Sir«, sagte der Inhaber, legte sein Handwerkszeug weg und trat zu ihm.

Joscelin kannte Rothgar schon aus der Kinderzeit. Damals hatte Eisenherz ihn manchmal hergeführt, und er hatte voller Entzücken alles bestaunt. Rothgars inzwischen verstorbene Frau hatte ihm gezuckerte Feigen geschenkt und ein großes Getue um ihn gemacht. Rothgar hatte ihm erlaubt, die Waffen in die Hand zu nehmen und sie auszuprobieren.

Der Degen, den er in die Hand genommen hatte, war mit einer fast einen Viertelmeter langen zweischneidigen Klinge ausgestattet. Der Griff war mit einfachem, aber griffigem Hirschleder umwickelt. Joscelins eigener Degen stammte noch aus seiner frühesten Söldnerzeit und war erheblich abgenutzt. Er hatte ihm schon mehrmals einen neuen Griff verpaßt. Doch die Klinge wurde immer dünner, und der Schliff hielt sich nie länger als eine Woche.

»Wieviel?«

»Acht Schilling«, verlangte Rothgar, ohne zu zögern, und wischte sich das Handgelenk an seinem üppig sprießenden Schnurrbart ab. »Allein für das Material habe ich vier Schilling bezahlt, und dazu müssen Sie meine Arbeitszeit und mein Können rechnen.«

Joscelin prüfte die Klinge vorsichtig am Daumenballen. »Ich gebe dir fünf. Dafür würde ich ihn in der Normandie an jeder Straßenecke bekommen.«

Rothgar schnalzte mit der Zunge. »Das mag sein. Aber die Normandie liegt ja viel näher an der Lombardei. Deshalb ist der Stahl dort auch billiger. Wenn Sie da einkaufen wollen, müssen Sie aber eine lange Reise auf sich nehmen.« Der Schmied zupfte an den langen, silbergrauen Barthaaren der Oberlippe. »Ich werde Ihnen mal was sagen. Weil Sie und Ihr Vater immer gute Kunden bei mir waren, lasse ich Ihnen den Degen für sechseinhalb.«

»Sechs«, sagte Joscelin. »Und da ich gerade hier bin, gebe ich bei dir noch ein stumpfes Schwert für meinen Stiefsohn in Auftrag.«

Rothgar zupfte immer noch an seinem Bart. »Sie verstehen zu handeln, Mylord. Aber da Sie mir noch einen Auftrag geben, bin ich einverstanden. Sechs Schilling also.«

»Auf die Hand«, sagte Joscelin und legte die Münzen auf den Pfosten, der dafür vorgesehen war.

Rothgar zählte sie nach und schob sie in die Handfläche. »Sie müssen den Jungen aber herbringen, damit ich Maß nehmen kann.«

»Heute nachmittag?«

»Ja, paßt mir gut.« Rothgar schob den Knebel seiner Gürteltasche auf. Plötzlich hob er den Kopf und horchte. »Was ist denn das für ein Lärm?«

Joscelin schoß auf die Straße. Nach dem dunklen Laden war er im ersten Augenblick vom hellen Tageslicht geblendet. Aus der Richtung der Hologate Road hörte er Geschrei und Waffenklirren. Dann folgten noch lautere Entsetzensrufe und Wehgeschrei. Flammen loderten auf.

Rothgar spähte Joscelin über die Schulter, in der Hand noch den Schmiedehammer. »Mein Gott, was ist denn da los?«

»Kann ich auch nicht sagen. Jedenfalls nichts Gutes. Am besten, du schließt den Laden und verdrückst dich mit deinen wertvollen Waren. Als Waffenschmied wird man dich als ersten ausrauben. Ich geh in »The Weekday«, wo ich wahrscheinlich meinen Söldnerführer antreffen werde.«

Rothgar nickte ernst, rief ohne Zögern seinen Lehrling und fing sofort an, die ausgestellten Waffen zusammenzupacken.

Schnellen Schritts überquerte Joscelin die schmale, matschige Straße und ging weiter den Hügel hinauf zum Bierhaus. Überall aus den Läden und Häusern quollen Menschen mit besorgten Mienen und verlangten laut zu wissen, was eigentlich los sei. Vom Marktplatz oben auf dem Hügel flohen andere Bürger herab.

Keuchend kam ein Händler an und blieb im vollen Lauf stehen. Er hatte sich eine fette Gans unter den Arm geklemmt, die mit den gelben Füßen wild um sich schlug. Keuchend rief er: »Sie plündern alles aus! Rettet euch, es sind Derbys Männer!«

Joscelin stemmte sich gegen den in Panik geratenen Strom von Menschen und drängte sich zu »The Weekday« durch. Der immergrüne Busch, der sonst an einer waagerecht angebrachten Stange über dem Eingang hing und das Haus als Taverne auswies, lag jetzt zertrampelt im Straßenschlamm draußen vor der Tür. In stickigen Wolken stieg Qualm von den brennenden Binsenmatten auf, die über den Herd geworfen worden waren, um das ganze Haus in Brand zu setzen. Der Hinterhof war leer, vom Wachhund des Wirts war nichts zu sehen. Nur die Hundehütte und seine Kette waren noch da.

Joscelin ging auf die Straße zurück. Immer noch fluteten die Menschen vom Marktplatz herab, um sich in die Kirchen zu flüchten. Auch von einer ganzen Reihe von Häusern der Kaufleute an der King's Road, die zur Sankt Marienkirche führte, stiegen Rauchsäulen auf. Auf den Reetdächern leckten die Flammen. Niemand hielt sich damit auf, Eimerketten zu bilden, um zu löschen. Wenn Leben und Gesundheit auf dem Spiel stand, mußte man die Häuser dem Feuer überlassen.

Joscelin blieb stehen und wurde von der aufgeregten Menge umhergespült wie ein Stein in stürmischer See. Dann erblickte er die Soldaten. Die Fackeln in ihren Händen spiegelten sich auf den Helmen und Kettenhemden. Wie Glühwürmchen rannten sie in den Häusern und Läden aus und ein, setzten Reet- und Strohdächer in Brand, rissen die schützenden Steine von den Herden und verstreuten die glühenden Holzkloben. Bald würden alle Häuser und Geschäfte von den wütenden Flammen verzehrt sein.

Jetzt traf er auf zwei Tote, die auf der Straße lagen. Einer war die Stadthure. Ihr auffallend buntes Kleid war blutbesudelt. Der andere war Gamel. Noch immer lag sein Arm um ihre Taille. Er hatte sie wohl schützen wollen. Die Tischlerwerkzeuge aus seinem Beutel lagen auf der Straße verstreut, und sein Holzbein war in einem unnatürlich schiefen Winkel abgespreizt.

Entsetzt hockte sich Joscelin hin. Er brauchte nicht lange, um festzustellen, daß für die beiden jede Hilfe zu spät kam. Er schlug über jeden das Zeichen des Kreuzes, drückte Gamel die blicklos starrenden Augen zu und richtete sich auf. Angst überkam ihn, doch der Zorn war stärker. Wo in Gottes Namen war Conan?

In allen Stadtvierteln läuteten die Kirchenglocken. Da fielen ihm Linnet und Robert ein, und ihm wurde fast übel. Sein Vater war geschäftlich unterwegs, und was sollten die wenigen Dienerinnen im Haus ausrichten? Seine Frau und sein Kind waren in höchster Gefahr! Die Stadthäuser seines Vaters standen fast genau über dem des Earls von Derby. Das rettete sie vielleicht davor, angezündet zu werden. Dafür würde es aber gerade in diesem Gebiet von Derbys Männern nur so wimmeln.

Er setzte sich in Bewegung. Im Laufschritt bahnte er sich einen Weg durch die enge Straße, auf der die Menschen zur Sankt Petruskirche eilten, wo sie hofften, Sicherheit zu finden. Der Boden war schlammig. Immer wieder rutschte er aus und schlitterte ein Stück. Hinter ihm brach Panik aus, als das bis an den Rand mit Pech gefüllte Kiefernholzfaß eines Schreiners in die Luft flog und brennende Reste auf die Menge herabregneten. Ein Kügelchen landete auf seiner Hand, und ehe er es abstreifen konnte, hatte es ihm schon ein Loch in die Haut gebrannt. Er wurde geschubst und gestoßen und von der großen Menschenwoge beinahe mit in die Sankt Petruskirche geschwemmt. Doch schließlich gelang es ihm, in geduckter Haltung zur Seite zu entschlüpfen. Er überquerte die Straße und gelangte in eine enge, stickige Gasse, durch deren krumme Windungen er die Rückfront der Häuser am Wochenendmarkt erreichte.

Auch hier ging es chaotisch zu. Seine Angst wurde immer größer. Denn es sah so aus, als sei der Angriff auf die Stadt an vielen Stellen zugleich erfolgt.

Umtost von dem ohrenbetäubenden Lärm des Plünderns und Brennens hockte er sich in einem Garten nieder, um sich einen Moment auszuruhen und wieder zu Atem zu kommen. Er fragte sich, ob der Sheriff einen Teil seiner Männer in die Stadt schicken oder sich darauf beschränken würde, das Schloß zu verteidigen. Vielleicht klammerte er sich an die Hoffnung, daß das Vorgehen von Ferrers' Männern nur ein jäher Ausbruch von galligem Haß sein mochte und nicht bedeutete, sie würden Stadt und Schloß seiner Herrschaft unterwerfen wollen.

Die Hand am Griff des neu erworbenen Degens, richtete Joscelin sich auf und setzte seinen Weg durch den Garten fort. Auf einmal schoß eine riesige schwarze Sau um die Hausecke und galoppierte genau auf ihn zu. Die Ohren hingen ihr über die kleinen Augen. Um ein Haar hätte sie ihn über den Haufen gerannt. Im letzten Augenblick konnte er noch zur Seite springen. Dafür sah er sich jetzt zwei Fußsoldaten gegenüber, die die Sau verfolgten. Sie schwangen lange Messer, um sie abzustechen. Grunzend raste die Sau zum Hof hinunter, wälzte sich über den schadhaften, verwitterten Zaun und verschwand dahinter in der lärmerfüllten Gasse.

Die Fußsoldaten und Joscelin standen sich mit gezückten Eisen gegenüber und musterten sich gegenseitig.

»Ich habe keinen Streit mit euch«, sagte Joscelin. »Laßt mich in Frieden meines Weges ziehen, und ich werde euch eures Weges ziehen lassen!«

Die beiden Männer tauschten schnelle Blicke aus und wandten dann ihre Aufmerksamkeit wieder Joscelin zu. Siedend heiß fielen ihm der golddurchwirkte Saum seines Rocks, sein vornehmer Umhang und die kostbare Spange ein. Sie stellten für die beiden eine viel größere Versuchung dar als die vage Aussicht auf eine geröstete Schweinekeule, zumal die Sau inzwischen bereits auf halbem Wege nach Broadmarsh angelangt sein mußte.

»Wir wollen auch gar keinen Streit mit dir anfangen«, sagte der Ältere. »Aber du könntest uns als Zeichen des guten Willens deinen Umhang mit der Spange überlassen.«

»Den Gürtel mit der Geldtasche auch«, sagte der andere. Seinem raschen Kennerblick war es nicht entgangen, daß Joscelins Geldtasche vielversprechend gewölbt aussah, und er sah auch die eingearbeitete Vergoldung an seinem Gürtel.

Ein Soldat ging ein Stück nach rechts, der andere nach links. Mit erhobenem Degen rannte Joscelin auf den linken zu. Doch der vereitelte den Angriff, indem er das zum Stoß bereite Handgelenk Joscelins packte. Gleichzeitig schloß sich Joscelins freie Hand um das Handgelenk des Gegners. Diesen festen Griff nutzte Joscelin aus, um den Mann auszuhebeln und ihn gegen seinen Kameraden zu schleudern, der ihm schon zu Hilfe eilte. So kam Joscelin frei und rannte weiter, so schnell ihn seine Füße trugen. Hinter sich hörte er die Schritte der Verfolger. Aber er hatte einen kleinen Vorsprung gewonnen und war außerdem schneller als sie. So war er ihnen schon ein gutes Stück voraus, als er am Marktplatz ankam.

Auch hier wurden die Häuser geplündert und anschließend mit den Fackeln in Brand gesetzt. Gegenüber sah Joscelin Soldaten, die volle Fässer aus dem Keller eines Weinhändlers rollten. Hilflos mußte der Händler und seine ganze Familie das mitansehen. Hoch vom Schlachtroß aus leitete ein Soldat mit Halsberge die Aktion. In der Hand hielt er eine Pferdepeitsche.

Joscelin hörte hinter sich Triumphgeheul. »Da ist er, der Hurensohn! Auf ihn mit Gebrüll!«

Joscelin sah sich um. Die beiden Soldaten, denen er eben erst entkommen war, rannten aus der Tür eines Hauses in der Cuckstool Row auf ihn zu. Joscelin gab Fersenpanier. Ihm war klar, daß sie ihn töten würden, wenn sie ihn fingen.

Auf dem Marktplatz lagen umgestürzte Buden und Stände wild durcheinander. Dazwischen bewegten sich die Plünderer wie Geier um einen Wolfskadaver. Joscelin nutzte die umgestürzten Buden zur Deckung, rannte gebückt von einer zur anderen und gelangte auf diese Weise quer über den Platz zur Organ Lane. Kurz vor der niedrigen Trennmauer zwischen dem Hauptmarkt und dem Getreidemarkt bedrohte ihn ein Plünderer mit einem kurzen Messer, gab jedoch sofort den Weg frei, als der viel längere Degen Joscelins vor ihm aufblitzte, und machte sich eilig auf die Suche nach leichterer Beute.

Joscelin war so damit beschäftigt, den Plünderer nicht aus den Augen zu lassen, daß er den hinter einer der überfallenen Buden liegenden Leichnam zu spät sah. Er stolperte darüber und fiel der Länge nach hin. Im ersten Moment war er so erschrocken, daß er sich nicht zu rühren vermochte. Er rang nach Luft – und glaubte zu ersticken. Der Kleidung des Toten haftete nämlich ein entsetzlicher Geruch an. Offenbar hatte er, als er den Tod fand, seine Berufskleidung getragen und zu Lebzeiten in einer der zahlreichen Gerbereien an der Brücke über den Leen gearbeitet. Fäkalien, Fäulnis, ranziges Hammelfett und die scharfe Gerbsäure vereinigten sich zu einem so fürchterlichen Gestank, daß Joscelin der Mageninhalt hochkam. In der Ferne hörte er die rasch näherkommenden Verfolger. Jeden Augenblick konnten sie an der Bude vorbeikommen und würden ihn dann vor sich liegen sehen – ihren Messerstichen wehrlos preisgegeben.

Ohne sich Rechenschaft darüber zu geben, was er tat – denn dann wäre er bestimmt zurückgeschreckt – riß er sich Umhang und Gürtel vom Leib und stopfte sie unter den niedrigen Tisch. Dann wälzte er den Toten auf den Rücken, zog ihm den zerlöcherten Umhang und den fleckigen Rock aus und schlüpfte in die stinkenden Lumpen. Eine schmierige, von Läusen wimmelnde Kapuze, die mit einem Knebel zu schließen war, und ein derber Knotenstock vervollständigten seine Aufmachung. Keinen Augenblick zu früh war er mit dem Umziehen fertig. Denn gerade, als Joscelin sich von dem Leichnam entfernte, bogen die beiden Plünderer um die Bude.

Jetzt kam Joscelin etwas zugute, was er vorher als großes Pech angesehen hatte. Der vorangegangene Sturz hatte ihn so mitgenommen, daß er nicht so rüstig ausschreiten konnte, wie es seine Gewohnheit war. Wäre er dazu imstande gewesen, hätte er sich sofort verraten. So aber tapste er notgedrungen schlurfend vorwärts wie ein alter Bauer.

»Ho!« rief einer der beiden Soldaten. »Du da, hast du einen Edelmann hier langrennen sehen? So einen langen Kerl in dunkelrotem Umhang?«

Joscelin schüttelte den Kopf und murmelte eine Antwort in dem rauhen anglodänischen Dialekt des Landes. Dabei gestikulierte er mit dem Arm, so daß der scheußliche Gestank seiner Kleidungsstücke den Männern entgegenschlug. Joscelin vertraute darauf, daß sie das davon abhalten würde, sich ihm weiter zu nähern. Und das hätten sie tun müssen, wenn sie ihn umbringen wollten.

»Meine Güte, der stinkt ja, als wäre er schon seit einer Woche tot!« sagte der andere Soldat angeekelt. »Hast du verstanden, was er gesagt hat?«

Sein Kamerad schüttelte den Kopf. Er war aus dem Gebrabbel genausowenig schlau geworden. »Der spricht ja den schlimmsten Dialekt, den ich je von einem Einheimischen gehört habe. Komm weiter, wir vergeuden hier nur unsere Zeit! Wenn ich noch einen Augenblick länger hier bleibe, muß ich kotzen. Suchen wir auf der anderen Seite!«

In kalten Schweiß gebadet, sah Joscelin die beiden weitereilen. Geräuschvoll stieß er die angehaltene Luft aus und atmete vorsichtig ein. Der Geruch, der aus der Kleidung stieg, kam ihm nur noch halb so schlimm vor. Anscheinend konnte man sich sogar daran gewöhnen. Mit großer Wahrscheinlichkeit hatte er ihm das Leben gerettet.

Er wandte sich ab und ging weiter quer über den Marktplatz in Richtung auf das Stadttor in Chapel Bar.

Die ausgeplünderten, brennenden Häuser in der Long Row bildeten eine unregelmäßige Grenze zum Markt. Noch immer klammerte sich Joscelin an die Hoffnung, daß man die Häuser seines Vaters nicht angezündet habe, weil sie zu nahe an dem Haus des Earls von Derby standen. Dennoch schossen ihm Schreckensbilder durch den Kopf, während er die schlammige Ausfallstraße entlangging.

Wie Wein aus einer umgefallenen offenen Flasche ergoß sich aus einer dunklen Gasse, die von der Stadtmauer bis zum Markt verlief, ein Trupp Soldaten, die es anscheinend eilig hatten. Bevor er ihnen ausweichen konnte, hatten sie ihn schon umringt. Doch sofort zogen sie sich unter Ausrufen des Abscheus wieder zurück.

Da erkannte Joscelin die Männer und nahm die Hand vom Degengriff. »Conan!« brüllte er. »Wo in Gottes Namen habt ihr denn gesteckt?«

Sein Onkel stemmte die Hände in die Hüften und besah ihn fassungslos von oben bis unten. »Das könnte ich dich auch fragen.« Er verzog die vernarbte Lippe bis nahe ans linke Nasenloch. »Beim Arsch des Propheten, du stinkst ja schlimmer als ein leichenübersätes Schlachtfeld!«

»Ich mußte mir die Kleider eines toten Gerbers anziehen«, erwiderte Joscelin in aller Kürze. »Sonst hätten mich zwei üble Kerle abgeschlachtet. Ich dachte, ihr wärt in ›The Weekday‹.«

»Da wären wir auch gewesen, aber dann hörten wir, daß Godrics Onkel ein Bierhaus in der Cherry Tree Lane hat. Wir waren gerade bei ihm eingekehrt, als ein Haufen randalierender Derby-Männer vorbeikam und sich mit uns anlegte. Wir schlugen sie ziemlich schnell in die Flucht. Dann merkten wir aber, daß unsere kleine Meinungsverschiedenheit belanglos war gegenüber dem, was ringsum vorging. Jetzt sind wir auf dem Weg zum Haus deines Vaters.«

Joscelin jagte schon wieder, so schnell er konnte, den Hügel hinauf. »Wir haben keine Zeit zu verlieren. Ich glaube zwar nicht, daß Derbys Leute sich an Linnet und Robert vergreifen werden. Sie sind für sie viel zu wertvoll als mögliche Geiseln. Aber ich will unbedingt verhindern, daß er sie überhaupt in seine Gewalt bekommt.«

Conan trabte neben ihm her. Noch immer verzog er das Gesicht wegen des Gestanks aus Joscelins Kleidern. »Die Ritter deines Vaters schützen doch das Haus, oder?«

»Mein Vater mußte geschäftlich zu einem Wollhändler in der Organ Lane«, antwortete Joscelin. »Da hat er den meisten Männern Urlaub gegeben wie ich euch. Soviel ich weiß, ist nur die Dienerschaft im Haus geblieben.«

Als Joscelin und Conan bei den drei Häusern William de Rochers ankamen, herrschte dort trügerische Ruhe. Ringsum war es still. Nur gegenüber brannte eine Garküche. Sonst waren in diesem Viertel nur geringe Schäden zu sehen. Aber der erste Eindruck täuschte. Die Eingangstür des vordersten Hauses hing wie betrunken schief in den Angeln, und im Flur lagen die ausgeplünderten Leichen des Knappen von Eisenherz und seines Hausmeisters Jonas. Alle Zimmer waren leer. Alles Wertvolle war geraubt worden, und niemand antwortete auf Joscelins Rufe.

Darauf stürzte er in den Garten. Sie hatten Tillies Wäschekessel umgekippt, und überall lag zerknüllte und zerfetzte Leinenwäsche auf der schmutzigen Erde verstreut. Unter einem niedrigen Tisch kauerte mit angelegten Ohren Tillies Kater und zischte und fauchte ihn an. Neben Werkzeugen zur Waffenpflege, die seinem Vater gehörten, stand auf einer Bank eine mit Wasser gefüllte Schüssel, in die Streifen ungegerbter Felle zum Einweichen gelegt worden waren. Auf der Erde lag der blau-goldene Schild seines Vaters. Von der beschädigten Fellbespannung am Rand verlief ein großer Riß bis in die Mitte. Blutspuren auf der Erde verrieten, daß hier Verwundete oder Tote weggeschleppt worden waren.

Mit einer Schmiedezange zerrte er an dem verbeulten Haltegriff des Schilds, bis ihm die Hände weh taten. Waren sie zu spät gekommen? Das durfte nicht sein! Das war unmöglich. Das konnte er nicht zulassen.

Und dann hörte er Geschrei aus den Gärten auf der anderen Seite der schmalen Gasse. Und den schrillen Hilferuf einer Frau.

Er ließ die Zange fallen, schob den Arm unter die kurzen Haltegriffe des Schilds und rannte los.

## 30

Sobald Linnet ins Schlafzimmer des Obergeschosses gegangen war, nahm Eisenherz seinen Schild und verschiedene Werkzeuge und brachte sie nach draußen zu einer Bank an der Gartenmauer.

Er stemmte das Bein gegen den Schild, nahm eine kleine Schmiedezange zur Hand und fing an, die Nägel herauszuziehen, die die schmale Rohlederbespannung festhielten. Oben war ein Stück Leder beschädigt und mußte ersetzt werden. Es war eine Arbeit, die er sich schon für den Winter vorgenommen hatte. Doch dann hatte er sie immer wieder aufgeschoben, und nun, da der Waffenstillstand beendet war, wurde es höchste Zeit.

Robert hörte auf, mit dem jungen Kater zu spielen, und kam über den Hof geschlendert, um Eisenherz bei der Arbeit zuzusehen.

»Was machst du denn da?«

Eisenherz schnaufte, weil das Nägelziehen recht anstrengend war. »Ich will... für das beschädigte... Stück

Leder da oben... ein neues einziehen. Siehst du, hier!« Er legte den schwieligen Zeigefinger auf die Stelle. »Das ist das Andenken an ein schottisches Kurzschwert. Hat mich beinahe damit erwischt, der Hurensohn.«

Robert nickte. Die großen grauen Augen verrieten, wie beeindruckt er war. »Kann ich dir helfen?«

»Warum nicht?« sagte Eisenherz rauh. »Du siehst doch den Krug da drüben. Den bringst du mir her, ja? Darin habe ich diese Nacht ein Stück Rohleder eingeweicht, damit es sich jetzt leichter zurechtschneiden und annageln läßt.«

Vorsichtig hob Robert den polierten gelben Krug hoch und brachte ihn angeschleppt. Das kleine Gesicht zeigte äußerste Konzentration. Der alte Mann fühlte einen süßen, angenehmen Stich im Herzen, der die Mauern, die er vor einem Vierteljahrhundert gegen die ganze Welt in sich aufgerichtet hatte, lächerlich erschienen ließ. Genau so hatte er einmal Joscelin als kleines Kind, das ihm nicht von der Seite wich, spielerisch beigebracht, daß ein Krieger stets seine Waffen zu pflegen hatte. Das war der Frühling seines Lebens gewesen. Jetzt, da die kalten Jahre des Winters nahten, spürte er diesen Frühling wieder. Doch wenn er daran dachte, daß er den ganzen Sommer ungenutzt hatte verstreichen lassen, dann hätte er weinen können. Die Reue kam zu spät. Schon fielen die letzten grünen Blätter vom Baum seines Lebens.

Robert brachte ihn in die Wirklichketi zurück, als er fragte: »Und was machen wir jetzt?«

»Du nimmst das Rohleder aus dem Krug und wringst es so gründlich aus, wie du kannst.«

»Ist es so richtig? Herrje, es ist ja ganz glitschig! Und es stinkt auch!« Robert verzog angeekelt das Gesicht.

Williams Lachen kam tief aus der Brust. »Wenn es hart ist, kann man es nicht annageln.« Er sah, wie die Sehnen am Handgelenk des Kindes hervortraten. Robert wirkte so schmächtig wie ein abgehäutetes Kaninchen. Doch er war auch von einer angeborenen Zähigkeit. Immer noch lachend, kramte Eisenherz in seinem Werkzeugkasten. Er merkte, daß die Schere fehlte.

»Laß es sein! Das meiste Wasser hast du ja schon herausgequetscht. Geh ins Haus und sage Tillie, sie soll dir eine Schere geben!«

Robert zog los. Eisenherz nahm das zerknüllte Lederstück und wrang es noch einmal mit seinen kräftigen, narbigen Händen aus. Dann legte er es zum Trocknen auf ein Tuch. In diesem Augenblick hörte er Tillie laut schreien. Und gleich darauf kreischte Robert noch lauter auf. Das brachte Eisenherz auf die Beine.

Der kleine Junge kam, die Schere in der Hand, in den Garten gestürmt. Er hatte die Augen vor Entsetzen weit aufgerissen. Tillie folgte ihm, über ihre Röcke stolpernd. »Soldaten, Sir!« rief sie warnend. »Soldaten mit nackten Schwertern in den Händen! Sie kommen von Ferrers' Haus herauf! Das bedeutet Unheil, ich weiß es!«

Am Fuß der Treppe, die ins obere Stockwerk führte, tauchte Linnet auf. »Was ist denn los?« Ihr Gesicht war vom Schlaf noch gerötet, und keine Haube bedeckte die goldbraunen Zöpfe.

Eisenherz wollte etwas erwidern. Doch da verdunkelte sich der Hauseingang. Zwei Soldaten im Lederanzug regulärer Truppen schwangen Streitäxte. Ein dritter fuchtelte mit einer dänischen Handaxt herum.

Jetzt schrie auch Linnet, brach aber sofort ab und legte die Hand auf den Mund. Eisenherz riß Schild und Schwert von der Bank und trat den Eindringlingen entgegen.

»Verlaßt mein Haus«, rief er drohend, »oder, bei Gott, ich schlage euch tot!«

Einer der Soldaten lachte und kam schweren Schritts entschlossen auf Eisenherz zu. »Du bist ein dummer alter Mann«, sagte er. »Und Gott brauchst du nicht anzurufen. Der schläft gerade.«

Linnet machte, daß sie davonkam. Eisenherz trat zur Seite, um sie vorbeizulassen, behielt aber die Soldaten unentwegt im Auge. Aus dem Mundwinkel flüsterte er ihr zu: »Die Keller nebenan. Sie sind eure einzige Rettung.«

Linnet warf einen angstvollen Blick zurück, nahm Robert an die Hand, rannte dann tiefer in den Garten hinein und zur Hintertür hinaus. So kamen sie auf den schmalen Verbindungsweg zwischen den beiden Häusern. Tillie und Ella folgten ihr keuchend auf dem Fuß. Sie griff nach dem Eisenring an der Tür des Nachbarhauses und drehte ihn. Doch die Tür ließ sich nicht bewegen. Da warf sie sich mit der Schulter dagegen. Es tat bis auf den Knochen weh, und sie zog sich blaue Flecken zu, aber es brachte nichts ein. Im Laufe der Zeit waren die Türangeln immer mehr abgesackt, und der untere Türrand hatte sich in die staubige Erde eingegraben. Tillie und Ella halfen ihr. Die Angst beflügelte ihre Kräfte, und schließlich gab die Tür widerwillig so weit nach, daß sich die Frauen und das Kind durchzwängen konnten. Nun standen sie im Garten des Weinhändlers.

Ächzend löste Tillie den Schlüsselring vom Gürtel, der ihren dicken Bauch umspannte. Bald hatte sie den passenden Schlüssel gefunden, den für die solide Hintertür des Hauses.

»Lord William hat gesagt, wir sollen uns in den Kellern verstecken!« stieß Linnet keuchend hervor. Mit weit aufgerissenen Augen überschaute sie den Garten. Jeden Augenblick, dachte sie, können sie kommen und uns fangen. Aus der Richtung von Williams Haus hörten sie das Klirren von Stahl auf Stahl, laute, heisere Rufe und dann einen schrillen Schmerzensschrei. Tillie steckte zitternd den Schlüssel in das Schloß, drehte ihn um und schob die Tür auf.

Im Haus war es dunkel, und es roch muffig, weil es seit Wochen nicht bewohnt war. Überall nackte Wände. Der Händler hatte alles ausgeräumt, was mitzunehmen war. Nur ganz wenige Möbel hatte er stehenlassen. Auf dem Herd stand ein leerer, sorgfältig gereinigter eiserner Kessel. Davor hatte man Feuerholz bereitgelegt.

»Zum Keller geht's hier lang«, sagte Tillie schnaufend und verschwand hinter einer freistehenden Holzwand in den Lagerraum. Von den schweren Holzbalken, die das Obergeschoß trugen, hingen an Haken Kräuterbündel und geräucherte Schinken herab. Neben einem Paar alter Holzschuhe standen zwei Eimer auf dem Fußboden, und auf einem Tisch waren einige Kochtöpfe. Dort fanden sie auch einen eisernen Kerzenhalter, der eine noch ungebrauchte Wachskerze trug. Tillie stürzte darauf zu und brachte mit Hilfe des danebenliegenden Zunders eine schwache Flamme zustande. Sie hielt das Licht in die Höhe, rannte zu einer niedrigen Tür am hinteren Ende des Zimmers und sagte zu Ella, sie solle die Eisenriegel aufziehen. Mit Linnets Hilfe schaffte sie es. Die Riegel waren zwar schwer, aber gut geölt und ließen sich ziemlich leicht bewegen. Schon schwang die Eichentür auf. Das flackernde Kerzenlicht warf seine Schatten riesengroß auf die groben Sandsteinstufen, die in den dunklen Schlund hinunterführten.

Robert blieb zurück. »Ich will da nicht runtergehen«, wimmerte er und klammerte sich an seine Mutter. »Ich fürchte mich im Dunkeln. Da sind bestimmt Ungeheuer drin und schnappen nach mir!«

Linnet hockte sich hin und tätschelte ihn. »Hier kannst du nicht bleiben. Und es gibt da auch gar keine Ungeheuer. Sir William würde sie doch nie in seinen Keller lassen, nicht wahr?« Über Roberts Schulter winkte sie den Frauen zu, die Treppe hinunterzugehen. Tillie übergab ihr den Schlüsselring und begann den Abstieg auf den hufeisenförmigen Torbogen zu, hinter dem der erste Keller lag.

Linnet fuhr Robert übers Haar. »Hör zu, ich trage dich. Dann kannst du dein Gesicht an meiner Schulter verstecken.«

Robert wimmerte vor Angst und sträubte sich. Doch Linnet nahm ihn einfach auf die Arme, denn jetzt war keine Zeit mehr für beruhigende Liebkosungen. Sie konnte nur hoffen, daß er nicht anfangen würde zu schreien.

Vom Garteneingang her kam ein schabendes Geräusch, und fast gleichzeitig hörten die Frauen ein dumpfes Klopfen. Man hämmerte mit Waffen an die Tür.

Tillie stand schon unten am Fuß der Treppe. Man sah das Weiße in ihren Augen schimmern. Sie zischte: »Schnell, Mylady!«

Linnet ging die Treppe hinab. Robert hing wie eine Klette an ihr. Mit der freien Hand wollte sie die Tür hinter sich zuziehen, hielt aber gleich wieder inne. Denn jetzt kam Eisenherz torkelnd in den Lagerraum, das Gesicht vor Anstrengung und Schmerzen verzerrt. Da schob sie die Tür weiter auf. Er war völlig außer Atem und brachte kein Wort heraus. Mit der Hand bedeutete er ihr, die Treppe hinunterzugehen. Auch ihr hatte es die Sprache verschlagen. Sie sah das Blut auf seiner Schulter. Rasch gab sie ihm den Schlüssel und eilte den anderen Frauen nach. Als sie unten ankam, hörte sie, wie oben die Tür zukrachte und der eiserne Schlüssel im Schloß knirschte.

Die muffige, kalte Dunkelheit umschloß sie wie eine Gruft. Auf einem Weinfaß hatte Tillie eine Lampe entdeckt. Sie zündete die Kerze darin an, kam zurück und leuchtete Eisenherz die Treppe herunter. Er mußte sich schwer auf das an einer Seite angebrachte Seil stützen, und als er unten ankam, brach er schwertatmend vor den Fässern zusammen.

»Denkt nicht, daß ich euch im Stich gelassen habe!« keuchte er. »Wir haben die ersten drei getötet, Jonas und ich... und auch die beiden, die danach gekommen sind...« Er schloß die Augen und preßte die Hand auf die blutende Schulterwunde.

»Wo ist Jonas?« fragte Tillie angstvoll. Mit zitternder Hand stellte sie die Lampe ab.

Eisenherz schluckte schwer. »Tut mir leid, Tillie, ich konnte nichts mehr für ihn tun. Es war mir unmöglich, ihm zu helfen, weil zwei Soldaten über mich herfielen. Ich hab's aber trotzdem versucht. Weiß Gott, ich hab's versucht. Dann rannte einer der Schweinehunde im Garten hinter euch her, und ich mußte ihm nach. Ich habe ihn auch erwischt... aber er mich auch. Man denkt doch nicht, daß man im eigenen Haus ein Kettenhemd tragen muß.«

»Laß mich das ansehen!« Kniend tastete Linnet nach dem breiten Riß in seinem Lederwams, der auch den Rock und das Hemd zerfetzt hatte.

»Keine Zeit«, japste er. »Sie wollen bestimmt plündern, und bei einem Weinhändler sucht man zuerst im Keller.«

Linnet fuhr zurück und sah ihn fragend an. »Warum hast du uns dann gesagt, wir sollen in den Keller flüchten?«

Wieder schluckte Eisenherz. »Das Gewölbe erstreckt sich unter dem ganzen Haus und noch ein Stück weiter. Hinter dem Teil, wo sie das Fleisch lagern, zweigt ein Durchgang ab. Der alte Korbmacher von nebenan hat sich da unten einen Arbeitsraum eingerichtet und ist bis in meinen Keller durchgebrochen. Wir haben uns deswegen noch mächtig gestritten. Soviel ich weiß, ist das Loch noch vorhanden, nur notdürftig mit einer dünnen Holzwand abgetrennt. Es müßte möglich sein, darunter durchzukriechen. Gib mir deinen Arm, Mädchen!«

Linnet half Eisenherz, der sich mühsam auf die Beine

stemmte und sie dabei fast mit zu Boden gerissen hätte. Als er endlich stand, mußte er sich noch eine Weile zum Ausruhen an die Fässer lehnen.

Robert hatte Linnets Röcke nicht einen Augenblick losgelassen. »Hier, mein Junge«, sagte Eisenherz zu ihm. »Du bist jetzt mein Knappe und wirst mein Schwert für mich tragen.« Er hielt ihm die Waffe hin. Das Kerzenlicht fiel auf die scharfe Schneide der Klinge und die Muskeln am sehnigen Arm des alten Mannes.

Vorsichtig kam Robert dem Befehl nach. Seine Hand an dem ziselierten Griff wirkte unverhältnismäßig winzig.

Plötzlich wurde oben heftig an der Tür zur Kellertreppe gerüttelt.

Eine rauhe Stimme rief: »Abgeschlossen! Nimm die Axt, Greg!«

»Hier entlang!« sagte Eisenherz in dringlichem Ton und führte sie zwischen den Fässern weiter. Oben wakkelte die Tür unter den Axtschlägen, und man hörte deutlich, wie das Holz zersplitterte.

Linnets Besorgnis um Eisenherz wuchs, denn sein Atem ging jetzt rasselnd. Sie hatte auch einen kurzen Blick auf die tiefe Wunde geworfen und war sicher, daß er verbluten würde, wenn er nicht sehr bald behandelt wurde.

Jetzt kamen sie um eine Ecke. Dahinter senkte sich unvermittelt das Dachgewölbe, und sie mußten sich bücken. Doch dann schien es nicht mehr weiterzugehen. Im Kerzenlicht sah man an den Wänden noch die Spuren des Meißels, wo das Gewölbe früher einmal ausgeschachtet worden war. Zur Linken schien es noch dunkler zu werden. Aber gerade darauf steuerte Eisenherz zu. Und siehe da, hier begann der schmale, düstere Verbindungsgang. Linnet warf einen Blick zurück. Hinter ihr war alles dunkel, aber das Hämmern an der Tür ging weiter. Dann ertönte ein

Triumphgeheul. Die Soldaten hatten die Tür aufgebrochen.

Gebückt schlichen die Flüchtlinge durch den Verbindungsgang in den Vorratsraum des Nebenhauses. »Wenn doch nur Joscelin hier wäre!« sagte Robert traurig. »Wird er noch kommen und uns retten, Mama?« Auch er blickte sich häufig mit den großen Augen eines gehetzten Tieres um. Das schwere Schwert zog ihm den Arm herunter.

»Wenn er kann, kommt er bestimmt«, sagte Linnet. Sie wußte ja, daß er ins Schloß gegangen war. Wahrscheinlich war die Besatzung noch nicht alarmiert worden, und bis es dazu kam, konnte es leicht zu spät sein. »Aber vorläufig, mein Süßer, müssen wir uns selber helfen.«

»Mama, warum können wir denn nicht...?«

»Pst!« mahnte sie sofort. »Sonst hören sie uns!«

Bevor sie die Fackeln der Soldaten erblickten, hörten sie plötzlich aus dem ersten Keller ihre Stimmen und die knirschenden Schritte auf dem Sandboden.

»Der hat aber hier unten nicht viel Wein gelagert«, beklagte sich eine rauhe Männerstimme. »Scheint nicht sehr fleißig gewesen zu sein, dieser Weinhändler. Komm mal näher mit dem Licht, Greg! Ich will sehen, was auf diesem Faß draufsteht. Ha, Rheinwein!« Deutlich war die Gier nach dem begehrten Getränk herauszuhören. Dann vernahm man unmißverständliche klirrende und schabende Geräusche. Sie hatten ein Faß angezapft und den Wein in irgendein Gefäß laufen lassen. Im Durchgang hielten alle den Atem an. Tillie schirmte das Kerzenlicht mit der vorgehaltenen Hand ab und kehrte den Geräuschen den Rücken zu. Wortlos nahm Eisenherz Robert das Schwert wieder ab.

Zwischen zwei Schlucken fragte einer der Plünderer: »Meinst du, es lohnt sich, sich da oben mal umzusehen?«

»Das machen wir gleich. Meine Güte, das Zeug schmeckt aber gut!«

Schritte näherten sich dem Verbindungsgang, und Eisenherz packte den Schwertgriff fester.

»He, Thomas, guck dir das mal an! Hier ist ein Durchgang! Bring die Fackel her!«

Die Flüchtlinge überlegten. Sollten sie weiterfliehen oder sich zum Kampf stellen? In diesem Augenblick hallte eine andere, zornige und befehlsgewohnte Stimme durch den ersten Keller.

»Hab ich mir doch gedacht, daß ihr zwei Schluckspechte euch über den Wein hermacht!« Es folgte ein lauter Schlag, und ein Topf zerschellte auf dem Boden. »Macht, daß ihr nach oben kommt! Die Männer, die ich in de Rochers Haus geschickt habe, liegen alle erschlagen, und wir haben noch keine Spur von dem alten Fuchs, der Frau und dem Kind gefunden. Ich erwarte, daß ihr sie aufspürt, verstanden?«

»Ja, Sir. Wir haben ja nur das Gewölbe durchsucht. Kann doch sein, daß sie irgendwo hier unten stecken!«

»Ach ja?« sagte der Hauptmann ironisch. »Ihr wolltet wohl sämtliche Fässer leertrinken, um zu sehen, ob sie sich vielleicht in einem Faß versteckt haben. Denkt ihr vielleicht, ich bin von gestern und durchschaue euch nicht? Los, raus hier! Und meldet euch bei Simon! Der teilt die Suchtrupps ein.«

»Ja, Sir.«

Schnelle Schritte entfernten sich. Das Fluchen des Hauptmannes wurde leiser. Anscheinend war er seinen Männern gefolgt. Stiefel knirschten auf den Scherben des zerbrochenen Tonkrugs.

Linnets Lungen schienen zu bersten. Sie stieß die angehaltene Luft aus und atmete wieder tief ein. Stöhnend rutschte Eisenherz langsam an der Wand zu Boden. Er mußte das Schwert loslassen. Klirrend fiel es zur Seite. Ein blauer Funke blitzte kurz an der Schneide auf und verglühte sofort wieder. Linnet hockte sich neben ihren Schwiegervater. Seine Lider zuckten.

»Geh weiter!« sagte er krächzend. »Ich kann nicht mit euch Schritt halten.« Ein dünnes Lächeln stahl sich auf seine Lippen. »Ich weiß nicht mal, ob ich überhaupt noch aufstehen kann. Wenn es möglich ist, mußt du Hilfe holen. Wenn nicht... sieh zu, daß du dich in Sicherheit bringst! Ich habe ja noch meinen Dolch.«

Linnet biß sich auf die Lippen. Nach kurzer Überlegung nickte sie. »Gib mir die Lampe!« sagte sie zu Tillie. Als die Frau der Aufforderung nachgekommen war, stellte sie die Lampe neben dem Verwundeten auf die Erde.

»Laß mich allein!« brummte er. »Ihr habt keine Zeit mehr.«

»Genügend Zeit, um es dir etwas bequemer zu machen«, versetzte sie. »Und widersprich mir jetzt nicht! Du hast mir einmal das Leben gerettet. Also mußt du mir auch gestatten, mich ein wenig zu revanchieren.«

Eisenherz schnaufte. »Ich habe dir aber nicht das Leben gerettet, damit du jetzt anfängst, Dummheiten zu machen.« Vergebens versuchte er, ihre Hand wegzuschieben. Dann gab er nach und ließ ihr ihren Willen.

Linnet hob Rock und Unterrock hoch, um an das gute Leinenhemd zu kommen. Dann packte sie links und rechts der seitlichen Naht zu, riß erst nach oben und dann nach beiden Seiten. Doch der Stoff gab nicht nach. Sie mußte ihr Messer zu Hilfe nehmen. Damit trennte sie ein gehöriges Stück Stoff ab, das sie als Verband um Williams Wunde legte. Darüber band sie ihren weichen, gefälteten Gürtel. Dafür nahm sie Eisenherz dessen härteren Ledergurt ab, legte ihn sich um die Taille und steckte das Messer in die leere Degenscheide.

»Du mußt mit der Hand kräftig auf den Verband drücken«, sagte sie zu ihm, »auch wenn es sehr weh tut. Aber nur so kannst du die Blutung stoppen. Ich glaube übrigens, daß es nicht mehr so stark blutet wie vorher. Der Druckverband scheint schon gewirkt zu haben.« Sie nahm die Lampe auf und ging in den ersten Keller zurück, wobei sie vorsichtig vermied, auf Tonscherben und in die dunkel schimmernden Weinlachen zu treten. Auf einem schmalen Wandabsatz standen noch zwei Tonkrüge. Sie holte einen herunter, füllte ihn aus dem angezapften Faß, ging damit zurück und stellte ihn neben Williams gesundem Arm ab.

Er sah ihr mit düsterem Grinsen zu. »Wofür soll das gut sein? Soll ich meine Sorgen darin ertränken?«

In scharfem Ton erwiderte sie: »Um die Schmerzen zu stillen und den Blutverlust zu ersetzen!«

Eisenherz hob mit zitternder Hand den Krug, setzte den gezackten Rand an die Lippen, prostete ihr zu: *»Waes hael«*, und trank einen Schluck. »Jetzt geh aber, Mädchen! Mach, daß du hier wegkommst! Es hat keinen Sinn für dich, einen alten Trunkenbold sterben zu sehen.«

Linnet mußte vor Rührung blinzeln. »Du kannst so viel trinken, wie du willst«, sagte sie, »aber wage es ja nicht zu sterben!« Dann beugte sie sich über ihn, drückte ihm einen stürmischen Kuß auf die Wange, richtete sich auf und befahl Tillie energisch voranzugehen.

Eisenherz sah das kleine Licht in Richtung auf den dritten Keller verschwinden und hob wieder den Krug an die Lippen. Der Blutverlust hatte ihn tatsächlich ungewöhnlich durstig gemacht. Außerdem war er müde. Vom Fußboden des Kellers stieg ihm die Kälte ins Gebein. Wie lange würde das Sterben dauern? Er schloß die Augen. Dann fiel ihm ein, daß er den Wein austrinken sollte. Der Krug schien immer schwerer zu werden. Er hob ihn hoch, schluckte, mußte husten, schluckte wieder und ließ den Arm erschöpft sinken.

Obwohl das Steingewölbe auch im vierten Keller, dem Lagerraum für Fleischwaren, kühl war, herrschte hier ein unangenehm starker Fettgeruch, der Linnet den Magen umdrehte. Im Mund fühlte sie Speichel und mußte sich abwenden, um ihn auszuspucken. Tillies flackernde Kerze erhellte den Raum, um den sich Eisenherz und seine Nachbarn einmal heftig gestritten hatten.

»Wir brauchen irgendwas, um die Holzverkleidung aufzubrechen«, sagte Tillie. »Hier drin sind wir nicht sicher. Sie werden uns schon bald nachkommen, diese ekelhaften Geier. Mein armer Jonas...« Ihr Doppelkinn bebte.

»Tillie, es tut mir so leid...«, begann Linnet. Was auch immer sie sagen würde, es konnte Tillie nicht trösten. Doch die Frau fiel ihr ohnehin ins Wort.

»Hören Sie, Missis Linnet, es ist ja sehr nett von Ihnen, daß Sie mich trösten wollen, aber es hat nun keinen Sinn mehr. Das bringt ihn auch nicht mehr zurück.« Tillie biß die Lippen aufeinander und blinzelte heftig. »Er ist tot. Und wir müssen zusehen, daß wir unser eigenes Leben retten.«

Linnet nickte beschämt. Sie ahnte, daß sich die Frau absichtlich so resolut gab, um sich nicht von ihrer Trauer überwältigen zu lassen. Linnets Blick fiel auf zwei abgehäutete Schafe, die auf einem Mauervorsprung lagen, und sie mußte zweimal schlucken, ehe sie wieder sprechen konnte. »Wir könnten es mit dem Schwert versuchen«, schlug sie vor.

»Dann wird aber die Klinge abbrechen, Mylady.«

»Das glaube ich nicht. Wir müssen den Griff dazwischenklemmen. Siehst du, so!« Und sie klemmte den Knauf, der die Form einer abgeplatteten Faust hatte, hinter eins der Holzbretter und drückte die Klinge nach unten. Zunächst geschah gar nichts. Linnet stellte den Fuß gegen einen anderen Mauervorsprung, um die Hebelwirkung zu verstärken. Mit lautem Krach splitterte das Holz. Ein Nagel löste sich und fiel klappernd zu Boden. Tillie packte das lose Brett mit den kräftigen Händen der geübten Wäscherin und riß es ab.

Skeptisch betrachtete sie die entstandene Lücke und fuhr sich über die wohlgerundeten Hüften. »Scheußlich eng«, sagte sie.

Woraufhin Linnet noch einige Bretter lockerte und Tillie und Ella sie abrissen. Die Frauen hielten die Kerze an die entstandene Öffnung. Nun konnten sie sehen, daß dahinter ein verstaubter kleiner Keller lag, der mit Bündeln von Binsen und Schilf, mit geflochtenen fertigen und halbfertigen Körben in allen möglichen Formen vollgestopft war. Dahinter führte eine Treppe zu einem im Dunkeln liegenden Ausgang.

»Die Werkstatt des alten Andrews«, stellte Tillie fest und legte ihr rundliches Gesicht in bedenkliche Falten. »Die Tür führt auf seinen Hof, da, wo die Weinstöcke sind. Wer weiß, ob wir dort sicherer aufgehoben sind. Nur gut, daß die Tür beinahe zugewachsen ist. Von außen sieht man sie kaum. Außerdem ist Andrews kein reicher Mann. Bei dem ist für Plünderer kaum etwas zu holen.«

Linnet dachte an den Wortwechsel zwischen dem Hauptmann und den Soldaten im ersten Keller und sagte sich: Beute zählt für sie ja erst in zweiter Linie. Vor allem waren sie hinter Eisenherz, Robert und ihr her, weiß Gott, aus welchem Grund. Daß sie so hilflos war, entfachte ihren Zorn und verlieh ihr neuen Mut.

»Halt die Lampe hoch!« befahl sie Tillie. »Ich klettere als erste durch. Danach könnt ihr mir Robert durchreichen. Hier, mein Süßer, nimm jetzt wieder das Schwert!«

Das Loch war wie ein lichtloses Fenster in einer Steinwand. Sie mußte ihre Röcke anheben und unter den Gürtel schieben, um durchklettern zu können. Die Luft auf der anderen Seite war durch die Abfälle von Andrews' Handwerk so stickig, daß sie niesen mußte. Sie unterdrückte das zwar, indem sie sich die Nase zuhielt. Trotzdem kam es ihr vor, als könnte man es meilenweit hören.

»Gib mir das Schwert durch die Öffnung!« rief sie Robert gedämpft zu. »Aber mit dem Griff nach vorn! Hier drin ist es ganz dunkel, und ich will mir nicht noch die Finger aufschneiden.«

Es gab ein kratzendes, schabendes Geräusch. Im unsicheren Licht von Tillies Lampe sah Linnet den ziselierten Griff aufblitzen, faßte zu und zog das Schwert in das neue Versteck. Wie ein geschmeidiges Äffchen kam Robert gleich hinterher. Sie half ihm und merkte, daß er zitterte. Doch er sagte keinen Ton und wimmerte auch nicht mehr.

Auf einmal flog Andrews' Kellertür auf. Helles Tageslicht strömte über die zwölf Treppenstufen herein und blendete Linnet und Robert. Das geschah so plötzlich und unerwartet, daß sie keine Zeit mehr hatten, wegzurennen und sich in irgendeinem Winkel zu verstecken.

»Ich habe euch doch gesagt, daß ich keine Wertsachen verborgen habe!« jammerte die brüchige Stmme eines älteren Mannes. »Seht doch selber nach! Das ist hier meine Werkstatt.«

»Keine Wertsachen? Na, hör mal, das würde ich nicht sagen. Sieht ganz so aus, als ob du hier zwei kleine Vögel im Nest versteckt hast.«

Linnet hatte sich inzwischen an das Tageslicht gewöhnt. Sie sah einen breitschultrigen, in Leder gekleideten Soldaten oben an der Treppe stehen. Grinsend blickte er auf sie herab. Ein hagerer Alter zappelte in seinem Griff. Der Soldat hatte ihn an der eingerissenen braunen Barchentkapuze gepackt und hochgehoben.

Angst und Empörung klangen aus der krächzenden Stimme des Alten. »Die hab ich noch nie gesehen!« beteuerte er. »Mit denen hab ich nichts zu tun.«

»Na, wunderbar«, sagte der Soldat fröhlich. »Dann wirst du wenigstens keinen Anteil an der Belohnung verlangen, die für ihre Ergreifung ausgesetzt worden ist.« Er ließ den Alten los, drehte sich um und schrie: »Kommt her, Jungs, und seht euch an, was ich gefunden habe!« Immer noch grinsend kam er die Treppe herunter. Als er das dunkle Loch in der Bretterwand hinter ihr und Robert sah, bekam er ganz große Augen. Ihr Herz sank. Nun würde er natürlich weiter nachforschen und die beiden Dienerinnen entdecken. Und zuletzt auch Eisenherz. Aber es war zu spät, um seine Aufmerksamkeit abzulenken. Er hatte bestimmt schon seine Schlüsse gezogen.

Robert zitterte jetzt am ganzen Leib. Bei jedem Schritt, den der Soldat ihnen näherkam, riß er entsetzt die Augen noch weiter auf.

»Mylady«, sagte der Mann, »Sie werden sich und das Kind meiner Obhut übergeben.« Jetzt setzte er den linken Fuß auf die letzte Stufe. Linnet faßte das Schwert mit beiden Händen und griff ihn an. Die Klinge beschrieb einen Bogen und traf ihn zwischen Oberarm und Ellbogen. Sie drang zwar nicht ins Fleisch, doch der Schlag tat weh und brachte ihn aus dem Gleichgewicht. Fluchend richtete er sich wieder auf und griff nach seinem Schwert. Da schlug Linnet erneut zu. Diesmal drang ihm die Klinge unter der locker sitzenden ledernen Helmkappe in den Hals.

Schreiend faßte er sich an die Kehle. Zwischen den Fingern sprudelte das Blut hervor. Linnet ließ das Schwert fallen, packte Robert und schob ihn zur Holzwand. »Schnell zurück! Du bleibst bei Tillie und Ella, bis ich zurückkomme!«

Ohne abzuwarten, bis die Frauen drüben ihn zur anderen Seite zogen, stapelte Linnet in fieberhafter Eile Körbe aufeinander und bedeckte die Öffnung mit Binsenbündeln, während zu ihren Füßen der Soldat mit ungläubiger Miene seine letzten Atemzüge tat.

Oben an der Treppe erschienen vier weitere Soldaten. Einer schrie: »Hast wohl ’nen Schatz gefunden, was, Rob?« Dann verging ihm das Lachen, und auch seine Augen weiteten sich ungläubig, als er erfaßte, was sich da unten abgespielt hatte. »Rob!« schrie er heiser. »Verdammtes Biest, was hast du mit ihm gemacht?«

An dem Toten vorbei wich Linnet zum anderen Ende des Kellers zurück. Die Soldaten verfolgten sie mit den Blicken und bemerkten nicht die hinter der windschiefen Pyramide aus Körben und Binsen verborgene Öffnung. Mit drohend erhobenen Knüppeln und Schwertern kamen sie die Treppe herunter. Linnet trat ihnen entgegen und sagte mit fester Stimme: »Ich bin Lady Linnet de Gael, die Schwiegertochter von William Eisenherz. Wenn ihr mir ein Leid antut, wird es euch schlecht ergehen.«

Sie sahen, wie die Soldaten beredte Blicke austauschten. Ihr Sprecher kam als erster unten an und hockte sich neben den Gefallenen, um nachzusehen, ob er noch Lebenszeichen von sich gab. Als er die Finger von der tödlichen Halswunde zurückzog, waren sie voll Blut. Über den Toten hinweg starrte er Linnet an, und seine Miene drückte äußersten Widerwillen aus. Sie sagte: »Die Soldaten haben meinen Schwiegervater erschlagen. Da habe ich sein Schwert genommen und mich verteidigt.«

Er sprang auf die Füße, war mit zwei Schritten bei ihr und schlug ihr ins Gesicht. »Du verlogene Hure!« schrie er sie wutbebend an. »Nie im Leben hätte Rob dich angerührt! Frauen gegenüber war er immer weich wie Wachs!« Er hob die Hand, um sie wieder zu schlagen. Doch einer der anderen reagierte schneller und hielt ihn zurück.

»Ruhig, Alex! Lord Ferrers hat gesagt, wer ihm die

Frau und ihr Balg bringt, dem zahlt er gutes Geld. Aber er kann auch sehr tückisch werden. Es macht ihm zwar nichts aus, eine Fau zu Tode zu prügeln. Aber wenn wir ihm dieses Weib hier nicht unversehrt übergeben, dann landen wir todsicher am Galgen. Sollen wir ihretwegen sterben? Was hätten wir davon?«

Der Soldat, den er Alex nannte, wehrte sich noch eine Zeitlang gegen die Hand, die sein Gelenk umklammert hielt. Dann riß er sich los und stürmte, die anderen beiseite schiebend, aus dem Keller.

»Wo ist der Junge?« wollte der Soldat wissen, der ihn daran gehindert hatte, Linnet einen zweiten Schlag zu versetzen. Sein Gesicht war wie aus Stein gemeißelt und verriet nicht die geringste Gemütsbewegung. Er würde immer so handeln, wie es zu seinem Vorteil war. Das sah Linnet ihm an.

»Mit seinem Stiefvater im Schloß«, log Linnet und sah ihm dabei fest in die Augen. »Ihr werdet ihn nie bekommen.«

Er zog ein griesgrämiges Gesicht. Die Antwort gefiel ihm nicht. Doch er mußte ihr glauben. »Raus jetzt mit euch!« sagte er zu den beiden anderen. »Bingt sie in Lord Ferrers' Haus! Alex und ich kommen mit Robs Leichnam nach.«

Sie packten Linnet an den Ellbogen und schleppten sie die Treppe hinauf in den Hinterhof des Korbmachers, der im vollen Tageslicht dalag. Dort banden sie ihr mit einem Lederriemen die Hände auf den Rücken und zogen eine Seilschlinge durch ihren Gürtel, um sie daran hinter sich her zu ziehen. Linnet leistete keinen beherzten Widerstand, sondern wehrte sich nur zum Schein. Das hatte aber immerhin zur Folge, daß die beiden sie ziemlich ruppig behandelten. Sie ließ es ruhig geschehen, denn je eher sie von dem Keller wegkamen, um so besser.

So zerrten sie sie auf die Seitengasse zu. Von dem alten Korbmacher war nichts mehr zu sehen. Er hatte die Beine in die Hand genommen, als die Soldaten im Keller beschäftigt waren.

Ferrers' Männer zogen Linnet vom Hof. Da kamen auf einmal andere Soldaten im Laufschritt aus der Richtung von William de Rochers Haus mit gezogenen Schwertern durch die Gasse auf sie zu. Linnet sah sie und stemmte die Hacken gegen die Erde. Ihr Herz schlug wie ein Schmiedehammer. »Joscelin!« schrie sie. »Joscelin, Conan, Hilfe!«

Der Soldat, der sie an der Leine hielt, fluchte und wollte sie mit dem Schwertknauf schlagen. Linnet trat ihm, so hart sie konnte, in die Eier. Sie hatte zwar nur weiche Hausschuhe an. Aber sein gefüttertes Wams war etwas verrutscht, bot ihm also keinen Schutz, und er krümmte sich vor Schmerzen.

Von der Gewalt des Fußtritts wurde Linnet nach vorn gerissen und verlor das Gleichgewicht. Da ihre Hände gefesselt waren und sie der Strick um die Taille zusätzlich behinderte, konnte sie sich nicht halten und fiel kopfüber in den Straßendreck.

Doch ehe Linnets Bewacher sich aufrichten und verteidigen konnte, hatte ihm Joscelin schon den Todesstreich versetzt. Er stürzte neben Linnet nieder. Sie schrie auf und wälzte sich weg. Noch einmal schlug das blutgerötete Schwert zu und durchschnitt den Strick, mit dem sie an den Mann gebunden war, der jetzt in den letzten Zuckungen lag. Sie kam auf die Knie. Joscelin half ihr auf die Beine, band ihre Handgelenke los, und dann lag sie in seinen Armen.

Während der Gefechtslärm verstummte, klammerte sie sich zitternd an ihn. Einer von Ferrers' Männern hatte zur Organ Lane fliehen können, alle anderen lagen tot in ihrem Blut. Linnet spürte den Hauch des Todes, als hätte bei den Erschlagenen schon die Verwesung eingesetzt. Der Gestank drang ihr in die Nase. Ihr Magen regte sich. Ihr wurde entsetzlich übel. Dann merkte sie aber, daß es nicht die Toten waren, von denen der schreckliche Geruch ausging, sondern die verpesteten Lumpen, die Joscelin am Leibe trug.

»Bei dir alles in Ordnung?« Er hielt sie ein wenig von sich ab, um ihr Gesicht besser zu sehen. Dann entdeckte er die Schwellung, die der Faustschlag des Soldaten verursacht hatte, und fuhr sanft mit der Hand darüber. »Wo sind die anderen?«

Linnet behauptete ja, es sei alles in Ordnung, was nicht ganz stimmte. Doch sie mußte stark bleiben und würde es schon schaffen. Das stinkende Zeug, das er trug, machte ihren Magen weiterhin rebellisch. Sie preßte die Lippen aufeinander und sagte dann: »Wir hatten uns in den Kellern versteckt. Die anderen sind noch immer da. Dein Vater wurde verwundet – eine schwere Verwundung, glaube ich. Aber im Dunkeln da unten war das schwierig zu beurteilen. Die Soldaten… ich habe gehört, was sie sagten. Sie hatten Befehl, uns gefangen zu nehmen.«

Joscelin strich ihr über die zerzausten Haare. »Sie schwärmen überall umher. Wenn sie mit dem Plündern und Brennen fertig sind, werden sie sich auf alles stürzen, was sich bewegt. Kann sein, daß nicht mal Conans starke Truppe sie abschreckt. Wir müssen so schnell wie möglich zum Schloß.«

Immer wieder mußte Linnet schlucken, um den Brechreiz zu unterdrücken. »Ich führe dich jetzt zu deinem Vater. Wir mußten ihn in dem Verbindungsgang zwischen den Kellern zurücklassen – er konnte nicht mehr gehen. Ich habe ihn, so gut es ging, verbunden und ihm einen Krug Wein dagelassen, gegen den Durst und die Schmerzen. Er hat mir sein Schwert gegeben, und ich habe damit einen Mann getötet. Nein, versuche nicht, mich zu trösten! Sonst muß ich mich noch übergeben.« Dann machte sie sich von ihm los und ging auf unsicheren Beinen wieder zum Hinterhof des Weinhändlers. Dabei blickte sie starr geradeaus, um sich den Anblick der Toten zu ihren Füßen zu ersparen.

Joscelin erteilte Conan noch einige Befehle und schickte einen Soldaten auf die Suche nach einem Handkarren zum Abtransport des Verwundeten. Dann folgte er Linnet.

## 31

»Wenn ich schon sterben muß«, sagte Eisenherz schlecht gelaunt, »dann will ich auf Arnsby in dem Bett sterben, in dem ich gezeugt wurde und geboren bin, und nicht auf einem pockenverseuchten geborgten Notlager in diesem gottverlassenen Ort!«

Linnet säuberte das Messer, mit dem sie ihn gerade rasiert hatte, und leerte dann die Schüssel mit dem schaumigen Schmutzwasser in die Abflußrinne. Williams Eigensinn brachte sie schier zur Verzweiflung. *Dieser gottverlassene Ort* war in Wirklichkeit ein behagliches Privatgemach im Schloßturm, das ihm der Sheriff uneigennützig überlassen hatte, obwohl er dadurch selber Unannehmlichkeiten in Kauf nehmen mußte. Das Bett war alles andere als ein pockenverseuchtes Notlager. Es war ein prächiges Möbelstück, in dem zur Not sechs Personen Platz finden konnten, mit frischen Leinentüchern und Bezügen aus feinstem flämischem Stoff. Eisenherz lag hier seit drei Tagen. Anfangs hatte er, grau im Gesicht, alles geduldig über sich ergehen lassen. Doch im Verlauf dieser Zeit hatte er sich in eine fieberhafte Unruhe hineingesteigert, und keiner konnte ihm mehr etwas recht machen.

»Du bist viel zu lebenslustig, um schon ans Sterben zu denken, Vater«, sagte sie mit Bedacht. »Du müßtest nur stilliegen und nicht so viel jammern, dann hättest du auch weniger Schmerzen.«

»Nur durch die Schmerzen merke ich ja, daß ich überhaupt noch am Leben bin!« gab er zurück und bewegte sich unruhig auf dem Kissen. Der linke Arm lag in einer Lederschlinge. Die Wunde war mit mehreren Lagen Leinenstoff verbunden. Linnet hatte sie, so gut sie es vermochte, genäht, und der Sheriff ließ Eisenherz von seinem eigenen Arzt behandeln. Wenn man dem guten Doktor glauben konnte, so litt Eisenherz vor allem daran, daß er ständig Gift und Galle spuckte. Die Verwundung hatte diese Neigung nur noch verstärkt. Als Linnet ihn so reden hörte, mußte sie sich auf die Lippen beißen, um nicht laut herauszulachen. Als wenn er ihr damit, daß ihr Schwiegervater ständig schlechte Laune hatte, etwas Neues sagte! Zu ihrer Erleichterung hatte der Arzt wohlweislich keinen Aderlaß angeordnet. Denn dann hätte sie ihn darauf aufmerksam machen müssen, daß Eisenherz ihrer Ansicht nach schon mehr Blut verloren hatte, als ihm gut tat.

Nur um den Anschein zu wahren, hatte der Arzt ein, zwei Blutegel auf Williams Arm gesetzt. Im übrigen verschrieb er ihm die Einnahme von Stechpalmen- und Mennigsaft als Mittel gegen seine gallige Laune und verordnete dem Verwundeten eine strenge Diät: Ochsenblutbrühe und eine Art Brei aus Milch und eingebrocktem Schwarzbrot, über dem Eisenfeilspäne von einer Schwertklinge zu streuen waren. Kein Wunder, daß William jedesmal protestierte, wenn er sie oder ihre Zofe mit Suppenschüssel und Löffel nahen sah.

Als Linnet jetzt an sein Bett trat, beklagte er sich: »Ich habe eine üble Vorahnung. Ich muß unbedingt zurück nach Arnsby.«

»Was ist das für eine üble Vorahnung?«

»Ich weiß nicht. Wenn ich es wüßte, würde ich mir

nicht so große Sorgen darum machen. Ich weiß nur, daß ich nach Haus muß.«

»Statt dessen könntest du doch Joscelin hinschicken«, schlug sie ihm vor.

Ungeduldig schüttelte Eisenherz den Kopf. Die beiden senkrechten Falten zwischen den Brauen gruben sich tiefer in die Stirn. »Nein, Joscelin kann da gar nichts tun. Ich habe es satt, hier rumzuliegen, das bunte Kruzifix an der Wand anzustarren und das Giftgebräu dieses Pißgesichts von einem Wundarzt zu schlucken. Ich bleibe noch einen Tag. Aber dann mache ich mich auf den Weg, auch wenn ich auf allen vieren hier rauskriechen muß.« Das viele Reden hatte ihn mitgenommen. Er geriet außer Atem, und seine Haut glänzte vor Schweiß. Linnet wischte ihm die Stirn ab und murmelte einige besänftigende Worte. Als ihm die Augen zufielen, verließ sie ihn und suchte Joscelin auf.

Sie fand ihn in einer Ecke des großen Saals. Er saß auf einem umgedrehten Halbfaß und war damit beschäftigt, in aller Ruhe die vielen Kerben und Schrammen am Schwert seines Vaters abzuschleifen. Dazu benutzte er einen kleinen Schleifstein, den er in der anderen Hand hielt.

»Du mußt zu deinem Vater gehen«, sagte sie, »und ihn zur Vernunft bringen. Er droht, daß er nicht länger das Bett hüten, sondern nach Arnsby heimreiten will.«

Joscelin legte vorsichtig das Schwert beiseite und wischte sich die Hände an einem Lappen ab. »Ich weiß. Das hat er mir gestern schon am späten Abend gesagt. Wird dir nicht übel, wenn du ein Schwert siehst?«

Sie warf einen flüchtigen Blick darauf. Die Schneide glänzte und war wieder makellos. »Ich kann es ansehen, ohne etwas dabei zu empfinden, wenn du das meinst«, sagte sie. »Aber ich tue es trotzdem nicht gern.«

»Wenn man einmal das Machtgefühl beim Töten eines Feindes gespürt hat, wird man es nie wieder los.«

Ein leichter Schauer lief ihr über den Rücken. Über die glänzende Waffe hinweg, von der eine dumpfe, ruhige Kraft auszugehen schien, blickten sie einander in die Augen. Joscelin stand auf, reichte ihr die Hand und führte sie durch den Saal auf den Schloßhof.

»Wo ist Robert?«

»Conan hat ihn zu den Falken hinter den Ställen mitgenommen.« Wie um sich zu entschuldigen, fuhr er fort: »So sehr ich den Jungen lieb habe, aber manchmal geht er mir auf die Nerven.«

»Als wir uns in den Kellern versteckt hatten, hat er immerzu nach dir gefragt«, sagte sie. »Und als du dann kamst, hat er in dir einen Gott gesehen, der sein Rufen erhört hat.«

Sie gingen über die beiden Höfe zu dem kleinen Gemüsegarten, der sich in einem stillen Winkel bei einem der Küchengebäude befand. »Ich bin aber kein Gott. Meine Beine sind so erdgebunden wie die jedes anderen Menschen. Und wenn er glaubt, ich hätte überirdische Kräfte, wird er eines Tages schwer enttäuscht werden. Er hängt sich so sehr an mich, daß ich manchmal das Gefühl habe, er will mich mit Haut und Haaren fressen. Ich muß eine Zeitlang Ruhe vor ihm haben.«

»Und jetzt komme auch noch ich und belaste dich mit anderen Dingen«, sagte sie. Beim Betreten des Gärtchens wehten sie Düfte von zahlreichen, im Sonnenschein badenden Kräutern an.

Joscelin drückte ihre Hand. »Du kannst mich mit allem belasten, was du willst«, sagte er und ließ sie auf der Rasenbank unter einem Rosenstrauch Platz nehmen. Der Strauch trieb gerade die ersten Blüten, die so rosig waren wie die Zehen eines Säuglings. Und dazwischen flogen fleißige Bienen aus den Stöcken des Schlosses summend umher.

In den engen Grenzen des Schlosses, wo von allen Seiten Anforderungen an sie gestellt wurden, hatten sie bisher noch keine Gelegenheit gehabt, allein miteinander zu sprechen.

»Auch wenn du noch ein anderes Mäulchen füttern müßtest?« fragte sie lächelnd.

Zuerst begriff er gar nicht, was sie meinte. Doch dann begannen seine Augen zu strahlen, und dieser Glanz verbreitete sich über das ganze Gesicht. Er küßte sie stürmisch. Allmählich wurden die Küsse zärtlicher. Er zog sie fest an sich und sagte: »Das ist für mich keine Last, sondern ein Geschenk. Wie lange weißt du es schon?«

»Erst seit wenigen Tagen. Vermutet habe ich es aber schon während der Vorbereitungen zur Reise nach Nottingham, und bald wurde die Vermutung immer stärker. Ich glaube nicht, daß ich jetzt noch meine Tage bekommen werde. Das Kind wird mitten im Winter zur Welt kommen, glaube ich, so zwischen Weihnachten und Mariä Lichtmeß. Ich habe es noch keinem anderen erzählt. Nur dein Vater scheint etwas gemerkt zu haben. Er hat einen scharfen Blick dafür, auch wenn er immer so tut, als beachtete er uns Frauen überhaupt nicht. Ich habe schon daran gedacht, ob wir ihn überreden könnten, im Bett zu bleiben, wenn wir ihm ausmalen, wie schön es für ihn sein würde, noch seinen ersten Enkel zu erblikken. Aber wahrscheinlich würde er mich doch nur anschreien, und dabei könnten womöglich die Stiche an der Wunde wieder aufreißen. Er ist wirklich so störrisch wie ein Maulesel.«

»Na, etwas milder wird ihn der Gedanke schon stimmen«, sagte Joscelin nachdenklich. »Aber da er sowieso schon etwas gemerkt hat, hat er inzwischen genügend Zeit gehabt, sich an den Gedanken zu gewöhnen. Es ist also kaum wahrscheinlich, daß wir ihn dadurch noch beeinflussen können.«

»Und wenn wir ihm sagen, daß wir das Kind nach ihm benennen wollen?«

»Er würde antworten, das sei wohl nicht mehr als recht und billig. Insgeheim würde er sich allerdings geschmeichelt fühlen. Aber an seinem Entschluß würde es wohl kaum etwas ändern. Nun, wenn er unbedingt nach Arnsby zurück will, dann soll er es tun. Vielleicht kann ich ihn dazu überreden, sich den größten Teil der Reise in einer Sänfte tragen zu lassen. Für die letzte Meile müssen wir ihm dann ein braves Pferd bereithalten. Denn flach auf dem Rücken liegend in Arnsby anzukommen, wird er nicht mit seinem Stolz vereinbaren können.«

»Aber er ist immer noch nicht außer Lebensgefahr«, wandte Linnet ein. »Er hat eine Menge Blut verloren. Und wenn das Fieber wieder einsetzt, ist er zu geschwächt, um es zu überstehen. Ein Tag in der Sänfte ist durch die unvermeidlichen Erschütterungen ausgesprochen gefährlich für ihn. Er sagt, er will zu Haus in seinem Bett sterben. Und so wird es dann auch kommen, und obendrein wird seine Frau sich daran noch weiden.«

»Es ist seine Entscheidung«, sagte Joscelin mit einem Seufzer. »Ich glaube, er ist ohnehin todgeweiht. Und wenn ich ihm noch diesen letzten Wunsch erfüllen kann, werde ich es tun.«

»Du wirst also nichts dagegen unternehmen?«

»Ich kann es noch einmal mit ihm besprechen. Wenn er aber dazu entschlossen ist, werde ich mich nicht dagegen stellen.«

Linnet stand auf und ging zu der kleinen steinernen Sonnenuhr, die wie eine Radnabe in der Mitte eines kreisrunden Beets duftender Kräuter lag. Die Sonne stand fast genau über ihnen und warf deshalb keinen Schatten auf die Uhr. Linnet legte die Hand auf den warmen Stein. Ein Leben nähert sich seinem Ende, dachte sie, und ein neues Leben ist im Entstehen. So schließt sich der Kreis. Aber dazwischen dreht sich das Rad des Lebens mit all seinem Licht und Schatten.

Als Joscelin hinter sie trat, drehte sie sich um und fiel in seine Arme. Die Gegenwart gehörte Joscelin und ihr, und sie durften keinen Augenblick verschenken.

## 32

Ragnar lag auf dem Heuboden über den Ställen von Arnsby, neben sich das Küchenmädchen Hulda. Auf einen Ellbogen gestützt, sah er ihr zu, wie sie ihre Haare ordnete. Nur die Strohhalme, die sich in dem Kleid aus im Haus gesponnener Wolle verfangen hatten, ließen sich nicht wegwischen. Aus ihren hellblauen skandinavischen Augen warf sie ihm einen verdeckten Seitenblick zu. Abgesehen von den vollen weißen Brüsten waren die Augen das Schönste an ihr. Die Nase war groß und dick, die Lippen zu dünn und die Hüften zu breit. Jedenfalls war sie ein kräftiges Mädchen, immer für Sex zu haben und dort, wo es drauf ankam, eng gebaut und feucht.

Die Burgsoldaten holten sich Hulda häufig zum Liebesspiel. Nicht nur, weil sie stets bereit war, gegen kleine Münze mit ihnen zu schlafen. Zu ihrer Beliebtheit trug bei, daß sie unfruchtbar war. Man konnte seinen Samen in sie ergießen, ohne Gefahr zu laufen, daß einen später eine weinerliche Frau mit angeschwollenem Bauch am Rocksaum zupfte und finanzielle Beihilfe forderte. Aus diesem Grund kniff sogar Agnes bei Huldas fleißig betriebener Tätigkeit im Heu beide Augen zu und schimpfte nur, wenn sie darüber ihre Küchenarbeit vernachlässigte.

Sie flocht ein Lederband um den blonden Zopf und sagte lauernd: »Ich habe vom Koch gehört, daß Ihr Vater nach Nottingham gereist ist, um Ihnen eine Braut zuzuführen.«

Ragnar reckte sich und sagte nichts. Rotgoldene

Haarbüschel sprossen in seinen Achselhöhlen und lugten auch aus der noch nicht wieder geschlossenen Unterhose hervor.

»Ist das wahr?« bohrte Hulda unbeirrt weiter. »Wollen Sie wirklich heiraten?«

Ihre neugierigen Augen brachten ihn zum Lächeln. Mit dem Sohn des Lords zu schlafen, verlieh einem Mädchen schon ein gewisses Ansehen. Aber wenn sie außerdem aus seinem eigenen Mund gewisse Auskünfte erhielt, ließ sich das noch besser verwerten.

»Wenn es an der Zeit ist«, sagte er achselzuckend und fischte seinen Rock aus dem Heu. »Hier ist ein Penny für dich. Den kannst du ausgeben, wenn der nächste Hausierer herkommt.«

Den Penny nahm sie gern, ließ aber unverdrossen die Unterlippe hängen, weil er ihre Neugier nicht befriedigt hatte. Er preßte die Lippen zu einem Strich zusammen. Die Schlampe sollte sich ja nicht einbilden, daß er sie noch obendrein mit interessanten Neuigkeiten versorgte!

Er gab ihr einen schmerzhaften Klaps auf das Hinterteil und sagte: »Geh jetzt wieder in die Küche! Du bist lange genug weggewesen!«

Sie quietschte auf, rieb sich die Backen und sagte vorwurfsvoll: »Sie haben mich doch von meinen Pflichten abgehalten und mich hier so lange beschäftigt.«

Ragnar lachte rauh. »Wenn du lieber einen kurzen Ritt erleben willst, mußt du Ivo aufsteigen lassen.«

»Vielleicht mach ich das«, sagte sie, mit dem Fuß auf der obersten Leitersprosse. Im Stall entstand Bewegung. Es wurde laut. Sie sah kurz nach unten und sagte dann zu Ragner: »Ich kann ihn gleich mal fragen. Soll ich?«

Ein scharf gerittenes Pferd schnaufte laut im Stall. Während der Pfleger ihm den Sattel abnahm, drehte es sich nach rechts und nach links und stampfte mit den

Hufen auf. Hulda kletterte nach unten und maß Ivo, der gerade von dem schwitzenden Rennpferd abgestiegen war, mit verführerischen Blicken. Die Hände hatte sie auf den Rücken gelegt.

»Wo ist Ragnar?« fragte er sie barsch. Sie verdrehte die Augen zum Heuboden. Ivo schob sie beiseite und setzte selber den Fuß auf eine der untersten Sprossen.

»Ragnar, komm in Gottes Namen runter, es gibt Neuigkeiten!« Dabei schnaufte er noch lauter als sein scharf gerittenes Pferd, und sein Gesicht war gerötet.

Ragnar kam an die Falltür. »Ach ja?«

Sein Bruder schaute zu ihm hinauf. Verschwitzte kastanienbraune Haare hingen ihm in die Stirn. »Ich bin einem unserer Kuriere auf der Straße begegnet. Er wird bald hier sein. Ich bin vor ihm angekommen, weil sein Pferd schon müde war. Ragnar, es handelt sich um Vater! Er wurde in einem Gefecht verwundet, und sie bringen ihn nach Haus.«

Jetzt schoß auch Ragnar das Blut in den Kopf, so daß seine braunen Augen einen Goldschimmer bekamen. »Wen meinst du mit ›sie‹?« wollte er wissen. »Mach Platz, ich komme runter!«

Ivo hüpfte beinahe vor Aufregung. »Es ist Joscelin und dieses Weib von ihm. Der Kurier sagt, sie haben unterwegs in Rushcliffe angehalten, um das Balg und sein Kindermädchen abzusetzen. Joscelins Frau hat darauf bestanden, Vater auf dem ganzen Weg nach Arnsby zu betreuen. Sein Zustand soll sehr schlecht sein. Und sie kommen jetzt obendrein noch aus der Kapelle dieser Hure. Vater wollte unbedingt als erstes dahin gebracht werden. Ragnar, er liegt im Sterben!«

Ragnar schritt von den Ställen zur Burg. Hulda schenkte er nicht mehr die geringste Beachtung. Hochgefühl durchströmte ihn. Sie war ein Nichts, ein unbedeutender Fleck auf der Erde. Ivo auf seinen kürzeren Beinen mußte rennen, um mitzukommen. »Ferrers hat

Nottingham angegriffen! Anscheinend wurde Vaters Haus geplündert. Vater konnte aber mit den Frauen in die Keller des Nachbarhauses entkommen.«

»Wobei wurde er dann verwundet?«

»Auf der Flucht, bei einem Schwertkampf. Ein tiefer Riß in der linken Schulter.«

Ragnar knurrte. Er hatte zwar mehr erwartet. Dennoch war das eine ausgezeichnete Nachricht. Joscelin brachte den sterbenden Alten heim. Sie würden direkt in die weitgeöffneten steinernen Arme von Arnsby reiten und nie mehr hinauskommen. Er warf einen schnellen Blick auf den neben ihm laufenden Bruder und fühlte sich an eine Ratte erinnert. »Du bist Vater also nicht auf der Straße entgegengeritten, um ihn zu begrüßen?«

»Nein, ich bin sofort hergekommen, um dir alles zu berichten.«

Ragnar lächelte schief. Als jüngerem Sohn stand Ivo nur ein geringer Teil der Erbschaft zu. Und er würde mittellos bleiben, falls er nicht reich einheiraten konnte. Aber welcher Vater würde, wenn er bei Sinnen war, einen solchen Dummkopf ohne Rückgrat als Schwiegersohn haben wollen? Also würde er arm bleiben und zeitlebens von der Gnade des Haushaltsvorstands abhängig sein. Ragnar fand es amüsant zu erleben, auf welcher Seite Ivo die Butter zum Brot suchen würde.

»Überbringe jetzt unserer Mutter die Botschaft, ja? Wenn es Vater so schlecht geht, wie du sagst, muß sie das große Schlafzimmer bereit machen.« Und wurmstichiges Stroh, Galläpfel und tödliches Nachtschattengewächs darin verteilen, dachte er. Maude war nicht da. Sie besuchte wieder einmal eine ihrer zahlreichen Freundinnen in einem Konvent und wurde nicht vor Ende der Woche zurückerwartet. Ohne Maude hörte seine Mutter besonders schlecht auf das, was man ihr sagte.

Ivo wirkte mürrisch und verdrossen. »Was hast du vor?« erkundigte er sich.

Ragnars Mund öffnete sich. Die weißen Zähne blitzten. »Ich stelle ein Empfangskomitee auf, was sonst?«

## 33

»Verdammt noch mal, Weib, laß mich in Ruhe!« schnauzte Eisenherz seine Schwiegertochter an. »Ich habe dir doch gesagt, daß mir nichts fehlt!«

»Und ich habe ja gar keinen Ton gesagt!« wehrte sich Linnet entrüstet.

»Aber wie du mich andauernd anguckst! Beim Arsch des Propheten, ich konnte schon reiten, als ich noch Windeln trug. Mein ganzes Leben habe ich im Sattel verbracht, und ich möchte lieber im Sattel sterben, als wie ein altes Weib in der Sänfte getragen zu werden!«

Linnet preßte die Lippen aufeinander und verkniff sich eine Widerrede. Eisenherz sah schrecklich aus. Seine Augen lagen tief in den Höhlen. In Morwennas Kapelle hatte sie ihn dazu gebracht, einen Becher des Heiltrunks aus Mutterkraut zu trinken. Aber er hatte sich geweigert, sich weiter in der Sänfte tragen zu lassen, so wild, daß er einem Schlaganfall nahe schien. Er setzte seinen Willen durch. Von dem Stein an der Kapellentür aus bestieg er trotz seines gebrechlichen, todgeweihten Körpers den grauen Hengst. Mit einem dicken, schmerzenden Kloß in der Kehle hatte sie zugesehen, wie er mit dem widerspenstigen Pferd zurechtkam. Nur mit äußerster Mühe hatte sie sich zurückhalten können, kein zorniges Wort über seine Dummheit zu äußern. Auch Joscelin hatte nichts gesagt. Er hielt nur das Pferd, bis sein Vater zitternd im Sattel saß.

Jetzt ritt er auf der anderen Seite seines Vaters, nach außen hin gleichmütig. Er hielt sich aber bereit, ihn aufzufangen, wenn er fallen sollte. Sie hätte ihn für mitleidlos und kalt halten können, wenn er ihr nicht unter vier

Augen seine Gefühle offenbart hätte. Mit trübem Blick aus dem schmalen Fenster auf den Burghof von Rushcliffe hatte er gesagt: »Er haßt alles Getue und will nicht bemitleidet werden. Ja, er wird sterben. Daran läßt sich nichts ändern. Aber ich denke nicht daran, seinen Stolz zu brechen.«

Und dieser Stolz bewog William de Rocher jetzt, sich der steinernen normannischen Burg hoch zu Roß zu nähern. Sein Vater hatte sie erbaut, um die Ländereien zu schützen, die von den de Rochers beim großen Eroberungszug in Beschlag genommen worden waren. Wie der erste William de Rocher kam er jetzt auf einem Schlachtroß dahergeritten, das blinkende Schwert um die Hüfte geschnallt, mit sehnsüchtig glänzenden Augen. Aber sein Vorfahr hatte damals noch dreißig Jahre Zeit gehabt, in denen er die erste Feste aus Holz errichtet, die Tochter eines anglodänischen Fürsten geheiratet und die nächste Generation gezeugt hatte. Die Zeit, die Eisenherz noch verlieb, war nur nach Stunden zu messen.

An den Mauern von Arnsby stand immer noch das Baugerüst, wenn auch an anderer Stelle. Immer noch waren Maurer, Zimmerleute und Anstreicher mit Instandsetzungsarbeiten beschäftigt. Auf den Zinnen flatterte die Fahne der de Rochers. Auf blauem Hintergrund der feuerspeiende goldene Drache des Jahrs von Hastings. Die Burgtore waren weit geöffnet. Das weiße Band der sonnigen Landstraße verlor sich im Burghof.

Der graue Hengst witterte den vertrauten Stall. Er schlug aus und zerrte am Gebiß. Eisenherz war nahe daran, die Gewalt über ihn zu verlieren. Kraft hatte er ja nur noch in einem Arm, und der war durch das Fieber mager geworden und geschwächt.

Rasch griff Joscelin in den Zügel. »Brrr, schön ruhig«, mahnte er das Pferd. Das stellte die Ohren auf, und unter dem schweißbedeckten Fell lief ein Zittern über sein Fell, aber es gehorchte.

Bis auf zwei scharlachrote Fieberflecken auf den Wangenknochen war Williams Gesicht aschgrau. Mit heiserer, rasselnder Stimme, die seinen nahen Tod ankündigte, sagte er: »Laß nur! Das schaffe ich allein.«

»Vater...«

»Du sollst loslassen, sage ich dir!«

Joscelin ließ die Zügel fahren, schob das Kinn vor und schaute weg. Linnet blutete das Herz. Sie litt um beide Männer. Sie versuchte, Joscelins Blick auf sich zu lenken. Als es ihr endlich gelang, meinte sie zu spüren, daß in seinen Augen ungeweinte Tränen brannten. An seinem Hals zuckte es. Das war mehr, als sie ertragen konnte, und sie wandte sich ab.

Im Burghof hatte sich nach der Ankunft des Kuriers ein Empfangskomitee versammelt. Neben einer Trage aus geflochtenen Stricken standen zwei Diener bereit. Auch Lady Agnes war in ihrem besten roten Wollkleid mit seidener Haube erschienen. Neben ihr trat Martyn von einem Fuß auf den anderen. Sein Gesicht war frisch geschrubbt, die Haare waren noch feucht. Stirnrunzelnd hatte bei der Annäherung des Reitertrupps Ivo die Hand auf die Schulter des Jungen gelegt, die andere Hand lag am Schwertgriff.

Nun trat Ragnar vor und übernahm von seinem Vater den Zügel – Ragnar, der in einem neuen Rock aus grasgrünem Samt prächtig anzusehen war. Golddurchwirkte Klöppeleien mit eingenähten kleinen Perlen in Spiralform säumten Ärmel, Borte und Kragen. Den Rock selbst schmückten kleine Blumenmuster mit Goldfäden. Über die schmalen Hüften hatte er Williams Ersatzgürtel geschnallt, den sein Vater nie anlegte, weil er nach seiner Ansicht eher zu einer Schloßhure paßte. Kniehohe Lederstiefel mit Goldmuster und eine hellgelbe Hose vervollständigten seinen prachtvollen Aufzug.

Schweratmend sah Eisenherz auf seinen Erben hinab

und fragte grollend: »Warum hast du dich wie eine Marzipantorte ausstaffiert?«

»Zu Ehren deiner Heimkehr, Vater«, antwortete Ragnar. In seinen weitaufgerissenen Augen spiegelte sich der Goldschmuck seiner Kleidung. »Um dir den Respekt zu erweisen, der dem Vater gebührt.«

»Das nennst du Respekt?« Speichel trat dem alten Mann auf die Lippen. Seine Schultern bebten, und das machte nicht nur der erhöhte Pulsschlag des Fiebernden. Er sah sich unter seinen schweigend dastehenden Angehörigen um und begegnete dem bösen, triumphierenden Blick seiner Frau. »Wenn ich tot bin, könnt ihr auf meinem Grabe tanzen!« sagte er heiser. »Aber solange ich noch Atem in mir habe, sollt ihr nicht Spott mit mir treiben!« Er riß den Grauschimmel herum und gab ihm die Sporen. Wiehernd machte das Pferd einen Satz und galoppierte an.

»Vater!« Joscelin wollte Whitesocks ebenfalls wenden, aber andere Reiter auf ihren Pferden standen ihm im Weg. So mußte er hilflos mitansehen, wie der Grauschimmel auf den Torweg zusprengte.

Das Tor war verschlossen. Gleich nach dem Einzug hatte man die massiven Eichentüren zugemacht, und jetzt wurde auch das quietschende Fallgitter heruntergelassen und bohrte sich in die dafür vorgesehenen Schlitze in der großen Steinmauer. Jäh bremste der Hengst ab. Eisenherz war zu schwach, um den heftigen Ruck abzufangen, wurde aus dem Sattel geschleudert und fiel wie eine mit Stroh ausgestopfte Flickenpuppe zu Boden.

Linnet lenkte ihre Stute zur Seite, und jetzt hatte Joscelin endlich genügend Platz, um Whitesocks zu wenden und zum Tor zu galoppieren. Der Grauschimmel tobte mit erhobenem Kopf und rollenden Augen durch den Burghof. Er ließ sich von dem Pferdeknecht nicht einfangen. Joscelin sprang ab und kniete neben seinem Vater nieder. Eisenherz atmete noch. Aber es war nur sein großer Wille, der ihn am Leben und bei Bewußtsein erhielt.

»Sag den Wachen, sie sollen die Tore öffnen!« brachte er, von Hustenanfällen unterbrochen, heraus. »Sag ihnen, ich führe hier den Befehl!«

Die beiden Diener brachten, von Ragnar begleitet, die Trage.

Joscelin faßte die vier Männer vom Wachdienst am Tor scharf ins Auge. Sie erwiderten seinen Blick mit einer Kälte, die ihm durch und durch ging. Er kannte sie nicht. Sie hielten die Hände griffbereit über den Schwertern, und daran erkannte er, daß sie keines anderen Befehlen gehorchen würden als Ragnars.

Mit gespieltem Bedauern schüttelte Ragnar den Kopf und sah sich um. »Das Fieber hat ihm den Verstand geraubt. Mutter, es wird am besten sein, wenn du ihn in dein Gemach bringen läßt und dort seine Pflege übernimmst. Man hat ihn offenbar völlig vernachlässigt, und nun ist er dem Tode nah.«

Eisenherz gab einen erstickten Laut von sich. Joscelin sprang auf die Beine und stand Ragnar gegenüber, der hämisch grinste. »Wie lange hast du das schon geplant?«

»Geplant? Was denn? Ich bin ein pflichtbewußter Sohn. Seit ich im vergangenen Herbst heimgekommen bin, habe ich keinen einzigen Fehltritt begangen. Die Tore sind aus gutem Grund geschlossen.«

Eisenherz wurde auf die seilverspannte Trage gelegt. Er stöhnte. Agnes de Rocher vernahm es, und ihr Mund verzog sich vor Freude.

Joscelin ließ kein Auge von Ragnar. »Aus welchem Grund?« fragte er streng.

»Mein Vater ist so krank und schwach, daß er sich nicht mehr bewegen kann. Unter so gefährlichen Umständen ist es meine Pflicht, die Tore zu schließen. Weißt du, daß die Schotten wieder über die Grenze eingedrungen sind? Und die Flamen können jeden Tag zur Norfolk-Küste segeln.«

»Als wir ankamen, standen die Tore aber weit auf«, sagte Joscelin durch die Zähne.

Ragnar lächelte ihn mitleidig von oben herab an. »Und wie könnte ich mich besser vor meinen Feinden schützen, als indem ich sie gefangen nehme? Du hast meinen armen Vater todkrank gemacht. Deshalb nehme ich dich im Namen König Heinrich des Jüngeren wegen Hochverrat und versuchtem Vatermord fest.«

Joscelin begann zu zittern. »Du stinkendes, intrigantes, verräterisches *Nichts*!« Er spie die Worte aus, sprang Ragnar an und warf ihn im Burghof zu Boden. Bevor es den vier Torwachen gelang, ihn von seinem Bruder wegzuziehen, hatte er ihm die Nase zu einer blutigen Masse zerschlagen. Joscelins Soldaten konnten nicht eingreifen. Ragnars Männer waren weit in der Überzahl. Die sonst tätigen Torwachen, die bisher immer Eisenherz die Treue gehalten hatten, zauderten. Sie waren unsicher, wem sie helfen sollten. Vielleicht hatte Ragnar seine Befehlsgewalt überschritten, und sicherlich war Joscelin der Lieblingssohn von Eisenherz, doch Eisenherz war ein sterbender Mann, und in Zukunft mußten sie darauf bauen, daß ihnen Ragnar den Lohn zahlte.

Ragnar kam wieder auf die Beine. Blut tropfte ihm aus der Nase auf Mund und Kinn und ruinierte den schönen grünen Samt. Joscelin strampelte im harten Griff der vier Torwachen und schrie: »Dazu hast du kein Recht!«

Mit belegter, verzerrter Stimme antwortete Ragnar: »Selbstverständlich habe ich das Recht. Ich werde es dir beweisen. Morgen zur Mittagsstunde lasse ich dich auf den Zinnen hängen. Danach wird man deine Leiche geißeln, ihr die Haut abziehen und sie an Arnsbys Tore nageln!« Ein erstickter Laut veranlaßte ihn, zur Seite zu schauen. Da sah er, wie Linnet in das vorgehaltene Taschentuch würgte.

Mit einer knappen Handbewegung befahl er den Wachen: »Bringt ihn weg und sperrt ihn ins Verlies!« Hastig fuhr er sich mit dem Rockärmel über die blutende Nase. »Mutter, ich überlasse es dir, dich um meinen Vater und Lady Linnet zu kümmern.«

Agnes sah Ragnar so bewundernd an, als wäre er in einer leuchtenden Wolke vom Himmel herabgestiegen. Langsam versank sie in einem tiefen Knicks vor ihm. Offenen Mundes starrte Ivo sie an und dann seinen Bruder. Unter seiner starren Hand zuckte Martyns Schulter.

»Ich lasse es nicht zu, daß er Joscelin hängt!« brach es aus dem Kind heraus. »Nein, das lasse ich nicht zu! Er hat nichts verbrochen! Du willst ihn nur aus dem Weg schaffen, weil er besser ist als du!« Schreiend warf er sich auf Ragnar und hämmerte mit den Fäusten auf ihn ein.

Ragnar versetzte Martyn eine Ohrfeige, die den Jungen zurückschleuderte. »Halt den Mund, Lümmel! Und rede nie wieder über Dinge, von denen du keine Ahnung hast! Ivo, schaff ihn mir aus den Augen!«

Wie betäubt packte Ivo den jüngeren Bruder, der immer noch krakeelte und mit den Füßen um sich trat, am Kragen und schleppte ihn weg. Die Wachen nahmen Joscelin Schwert, Dolch und Börse ab. Dann zerrten sie ihn mit roher Gewalt zur Burg. Dabei halfen sie ihm mit der stumpfen Seite der Speere nach.

Linnet rief laut seinen Namen und ritt auf die Wachen zu. Doch sogleich versperrte man ihr den Weg, riß ihr die Zügel aus den Händen und zog sie vom Pferd. Agnes de Rocher packte ihren Arm mit tückischem Griff und kniff sie ins Fleisch. »Du willst doch wohl nicht dahin, wo er hingebracht wird«, zischte sie Linnet ins Ohr. »Das Verlies ist kein geeigneter Ort für eine wohlerzogene Edelfrau. Du kommst zu mir ins Frauengemach.

Da zeige ich dir, wie man einen Kranken richtig pflegt.« Und sie sandte Eisenherz einen Blick voller Schadenfreude nach.

Linnet sträubte sich, schluchzend vor Abscheu, und wollte sich losreißen. Aber Agnes hielt sie eisern fest. Gehängt werden! Und die Leiche sollte mit Peitschen geschlagen werden! Brennende Übelkeit stieg Linnet in die Kehle. Während Linnet noch mit Agnes rang, mußte sie sich plötzlich wieder erbrechen. Doch Agnes ließ sie keine Sekunde lang los. Nur ihre braunen Augen musterten aufmerksam Linnets schlanken Leib und verengten sich dann mißtrauisch zu schmalen Schlitzen.

»Du willst ihn doch nicht morgen wirklich hängen lassen?« fragte Ivo nervös, ohne an die am Spieß gebratenen kleinen Vögel auf dem Stück Brot vor ihm einen Blick zu verschwenden.

Achselzuckend nahm Ragnar ein Brot vom Teller, den ihm der Knappe hingestellt hatte. Er saß auf der Empore im Armsessel seines Vaters. Ein weißes Leinentuch lag auf dem schweren Eichentisch. Man hatte das beste Geschirr gedeckt – versilberte und vergoldete Gläser zu teurem goldfarbenen Wein im verzierten Kristall einer byzantinischen Flasche. Den blutbeschmierten Rock hatte er mit einem vertauscht, der ein Schachbrettmuster in zwei Nuancen von Blau aufwies. Himmelblaue Strümpfe und die enganliegende mitternachtsblaue Hose vervollständigten die Zusammenstellung. Die Wirkung war nicht ganz so überwältigend wie die des grünen Anzugs, zeigte aber immer noch seinen Rang an und brachte seinen starken, knochigen Körper und das dichte rotblonde Haar aufs beste zur Geltung.

Ragnar brach das Brot und schlug gierig mit den Zähnen in das duftende weiche Gebäck ein. »Was soll ich denn sonst mit ihm machen?«

»Er ist immerhin unser Bruder.«

Ragnar hörte auf zu kauen und sah ihn mißtrauisch an. »Du willst mich doch nicht kritisieren?«

Ivo kam sich vor wie ein Kaninchen unter den alles erfassenden Augen eines Falken. Er zwang sich, ein Stück Brot zu nehmen, und sagte: »Ich kann Joscelin auch nicht leiden. Aber ich hasse ihn auch nicht, wie du es tust. Ganz gleich wer seine Mutter war, er ist von unserem Blut.«

Ragnar begann wieder zu kauen. Sein Hals bewegte sich beim Schlucken. Seine Stimme klang gefährlich. »Ist mir noch nie aufgefallen, daß dein Blut dicker als Wasser ist.«

Ivo zerkrümelte das Brot und schaute dann blinzelnd auf die Unordnung auf seinem hölzernen Untersatz. »So weit hast du es noch nie getrieben. Ich habe Vater auf dem Burghof beobachtet. Er hat alles gehört, was du gesagt hast.«

Ragnars Miene verdüsterte sich. Er warf sein Brotstück auf den Tisch und holte sich mit dem Messer einen der kleinen Vögel vom Spieß. Bernsteinfarben tropfte das Fett aufs Tischtuch. »Das war meine Absicht«, sagte er schneidend. »Er sollte jedes Wort hören. Ich wollte ihm einen Vorgeschmack auf die Hölle geben, in die er bald fahren wird.«

Ivo stürzte den Wein hinunter. Wie lange dauerte es noch, betrunken zu werden?

»Wenn du mit meinen Regierungsmethoden nicht einverstanden bist«, sagte Ragnar in nasalem Tonfall, denn das geronnene Blut verstopfte ihm die Nasenlöcher, »kannst du selbstverständlich zu den Turnieren reisen oder Joscelins Angedenken hochhalten, indem du Söldner wirst. Allerdings wüßte ich bei Gott nicht, wer dich und dein Schwert in Dienst nehmen wollte! Ich warne dich. Wenn du nicht bereit bist, mit mir an einem Strang zu ziehen, dann verschwinde lieber gleich!«

Ivo biß sich auf die Unterlippe. »Und wenn ich dazu bereit bin?«

»Dir hat doch Vaters Landhaus bei Melton immer so gut gefallen. Das kannst du haben und die Jagdhütte dazu, und außerdem werde ich dir eine reiche junge Ehefrau verschaffen. Aber nur, wenn du mir bedingungslos gehorchst. Ich will nicht, daß du in deiner üblichen Art zu Hinz und Kunz rennst, ihnen Geschichten erzählst und dich aufspielst.«

Ivo nahm sein Glas, stand auf und ging zu dem geräumigen Kamin, um den man die Tische zum Mahl aufgestellt hatte. Wärme durchdrang seinen Körper. Das Landhaus war erst vor sechs Jahren gebaut worden. Es hatte einen gemauerten Kamin und ein Privatgemach, in das der Lord sich zurückziehen und seinem eigenen Vergnügen, was immer es sein mochte, nachgehen konnte. Die Fenster im Südzimmer waren aus echtem Glas, und die Decke war nach französischer Manier mit goldenen Knöpfen auf einem sattgrünen Hintergrund verziert. Sein Vater legte zwar auf Luxus keinen Wert. Doch manchmal galt es, einflußreiche Gäste zu bewirten, und dann machte es sich bezahlt, wenn man ihnen etwas Besonderes bieten konnte. Außerdem war ein Landhaus mit viel weniger Kosten zu unterhalten als eine Burg.

Das Gesicht vom Feuer gerötet, wandte Ivo sich um und sah, daß Ragnars Blick noch immer auf ihn gerichtet war. »Es ist gut«, sagte er. »Du kannst dich auf meinen Gehorsam verlassen.« Doch vor seinem geistigen Auge erschien das grausige Bild eines Mannes, der von den Zinnen im Wind hin und her baumelte.

Ragnar lächelte. Zwischen Daumen und Zeigefinger hielt er ein weißes Stück Hühnerbrust. »Du wirst mir für das, was ich dir schenke, vor Zeugen Treue schwören. Morgen im Burghof.« Mit starken weißen Zähnen biß er das Fleisch in der Mitte durch, und gleich darauf verschwanden beide Brocken in seinem Mund.

Plötzlich wurde das Bild des am Strick hängenden Mannes vor Ivos Augen schärfer, und in trüber Vorahnung erkannte er, daß er es selber war, der am Ende von Ragnars Strick baumelte und vergebens nach Luft schnappte.

»Hol jetzt Vaters Schreiber!« sagte Ragnar und wischte sich die Finger an einer Serviette ab. »Ich habe Briefe zu verschicken.«

## 34

In Maudes Zimmer brannte eine einzige Kerze am Bett des Sterbenden. Der Priester hatte seines Amtes gewaltet und legte nun das Fläschchen mit dem geweihten Öl und die Hostien des Abendmahls in ein Kästchen aus geschnitztem Zedernholz.

Von einem niedrigen Schemel aus der Ecke, wo sie mit Ella und Martyn hockte, beobachtete ihn Linnet bei seinen Verrichtungen. Agnes stand lauernd neben dem Priester, und Linnet kam es vor, als wäre sie ein Dämon, der nur auf den Tod von Eisenherz wartete, um seine Seele zu entführen. Hier war sie in ihrem düsteren Reich. Ragnar hatte die Zimmer, die Eisenherz bewohnt hatte, in Beschlag genommen, um seine Autorität zu unterstreichen, und Agnes hatte darauf bestanden, Williams Pflege zu übernehmen.

Ihn pflegen! Ihr Herz sank, als sie Agnes wie einen Wasserspeier über seinem Bett grinsen sah. Ein Alptraum nahm seinen Anfang. Sie durfte nicht zulassen, daß er weiterging. Doch sie saß in der Falle. Wie sollte sie ihn beenden?

Der Priester murmelte, es sei jetzt Gelegenheit für die Angehörigen, dem Sterbenden die letzte Ehre zu erweisen. Dann wandte er sich zum Gehen. Linnet erhob sich, ging zur Tür und sprach den Geistlichen mit leiser Stimme an, wobei sie die Hand auf seinen Ärmel legte.

»Pater, ich flehe Sie an, legen Sie bei Ragnar Ihr Wort ein! Machen Sie ihm klar, daß sein Vorhaben gottlos ist!«

Der Priester sah mit schlecht verhehltem Mißfallen auf ihre Hand an seinem Ärmel. Rasch zog sie sie zurück.

»Meine Tochter, was sein wird, wird sein, und ich kann es nicht ändern«, sagte er in scheinheiligem Ton. »Lord Ragnar handelt in gerechter Sache.«

Linnet wischte sich die Hand am Kleid ab und wünschte, sie hätte ihn nie berührt. »Gerechte Sache!« sagte sie mit erstickter Stimme. »Sie nennen es eine gerechte Sache, wenn er seinen eigenen Bruder ermordet!«

»Meine Tochter, die Treue zu Ihrem Ehemann ehrt Sie, ist aber nicht angebracht. Sie müssen in sich gehen und sich Gottes Willen unterwerfen.«

»Ich werde mich Gottes Willen stets unterwerfen, Pater«, gab sie zurück. Ihre Augen blitzten in dem kalkweißen Gesicht. »Vielleicht sollen auch Sie in sich gehen. Möglicherweise ist unter der Angst um Ihren Geldbeutel doch noch ein Herz verborgen.«

Der Priester richtete sich auf und faßte sie voller Abscheu ins Auge. Sie hielt seinem hochmütigen Blick stand. Schließlich wandte er sich ab, machte auf dem Hacken kehrt und stakste aus dem Zimmer.

Linnet stieß den angehaltenen Atem aus, ließ die Schultern hängen und drehte sich um. Agnes sah sie boshaft an und sagte leise: »Es gibt keinen Ausweg mehr.« Ein kalter Schauer lief Linnet über den Rücken. Jetzt war ihr klar, daß die Frau leicht wahnsinnig war. Gott sei Dank, daß sie genügend Voraussicht gehabt hatte, Robert nicht nach Arnsby mitzunehmen. Aber wenn man Joscelin hängt, wie lange würde ihr kleiner Sohn dann noch in Sicherheit sein?

Eisenherz stöhnte. Agnes fuhr wie ein Raubtier herum. Sie schlurfte ans Bett und beugte sich über ihren graugesichtigen Ehemann. Man hatte ihm mehrere Kissen mit Daunenfüllung unter den Kopf gelegt. Er sah ganz abgezehrt aus. Es war, als wären ihm alle Lebenssäfte entzogen worden, bis nur noch Haut und Knochen übriggeblieben waren. Trotz aller Widrigkeiten glänzte noch ein Funke Leben in den trüben Augen, die er nicht auf die über ihn gebeugte, schadenfrohe Frau richtete, sondern auf Linnet und seinen jüngsten Sprößling. Unter Anspannung der letzten Kräfte hob er zitternd die Hand und winkte sie zu sich.

Linnet näherte sich dem Bett und stellte sich Agnes gegenüber auf. Ihre Haut kribbelte. Martyn kam zögernd heran, bis er neben ihr stand. Seiner Mutter gönnte er keinen Blick. Als Linnet den Arm um ihn legte, fühlte sie, wie seine Schultern zuckten.

Eisenherz streckte die Hand nach ihr und dem Jungen aus. Linnet ergriff sie. Wie dünn sie geworden war! Sie spürte die Hitze des wütenden Fiebers.

»Du hast recht behalten«, flüsterte er. »Ich hätte lieber in Nottingham auf den Tod warten sollen.«

Linnet schluckte schwer. Bitterkeit wallte in ihr auf. Sie wollte ihm zustimmen, unterließ es aber. Es hätte ja keinen Zweck mehr gehabt. Und in Anwesenheit seines jüngsten Sohns und seiner wahnsinnigen, feixenden Frau war es angeraten, ihm nur liebevolle Pflichterfüllung zu bezeigen. Sie sah auf die narbige, durchscheinende Hand zwischen ihren beiden glatten Händen. »Du konntest doch nicht wissen, wovor dich deine üble Vorahnung warnen wollte«, sagte sie leise. »Wir hätten dich vielleicht gar nicht von Rushcliffe weglassen dürfen.«

Agnes stieß einen Laut des Mißfallens aus. Linnet sah sie nur noch durch einen Tränenschleier.

Eisenherz schloß die Augen. Linnet sah, wie er alle seine Kräfte zusammennahm, um weitersprechen zu können. »Der Schreiber...«, sagte er. »Ich habe ihm mein Testament diktiert.« Er schlug die Augen auf und sah sie bedeutungsvoll an, als wolle er ihr eine wichtige Botschaft übermitteln. »Der Schreiber«, sagte er noch einmal. Er konnte nur noch stammeln, doch sein Blick blieb klar.

Zuerst war Linnet verwirrt. Doch dann fiel ihr ein, daß der Schreiber von Eisenherz kein anderer als Fulbert war, den Joscelin vor dem Galgen bewahrt und hierher geschickt hatte. So verdankte Fulbert zwar Joscelin das Leben, aber der Mann hatte leider so wenig Rückgrat wie ein Mandelpudding. Dennoch klammerte sie sich an diese winzige Hoffnung und faßte neuen Mut.

Agnes schnaufte wieder. »Du brauchst gar nicht so ein gieriges Gesicht zu machen, Mädchen«, sagte sie höhnisch. »Dir hat er nichts hinterlassen. Der dumme Kerl hat nur der Kirche Geld gestiftet und ein paar Leibeigene freigelassen.« Mit falschem Lächeln fuhr sie, zu Eisenherz gewandt, fort: »Die Schenkung an das Nonnenkloster erübrigt sich ja nun wohl, nicht wahr?«

Ein zynisches Lächeln spielte um Williams Lippen. »Sei dir da nur nicht so sicher, Frau! Ragnar läßt dich bestimmt nicht hier wohnen, es sei denn, hinter Schloß und Riegel.«

»Ragnar und ich sind uns völlig einig«, sagte Agnes kalt.

»Einig? Und wessen Meinung soll gelten? Deine oder seine?«

Agnes fuhr empört auf. Doch er wandte sich wieder Linnet zu. »Was auch geschieht, du mußt gut auf dich aufpassen«, flüsterte er. »Mein Segen gilt dir und Joscelin. Gib ihn an ihn weiter, wenn du kannst! Ich wollte ihm noch so vieles sagen... so vieles...«

Linnet beugte sich über Eisenherz und küßte ihn auf die trockenen, heißen Lippen. Sie spürte die Gegenwart des Todes so deutlich, als stände er neben ihr. Vor gar nicht langer Zeit hätte sie es nicht über sich gebracht, Eisenherz auf den Mund zu küssen. Doch darüber war sie hinweg. Sie wollte ihm zu verstehen geben, daß er nicht allein war. Sie jedenfalls würde am Flußufer stehen und ihm ein letztes trauriges Lebewohl nachrufen.

Nun war Martyn an der Reihe. Er kniete am Bett nieder, und Eisenherz legte seinem jüngsten Sohn die Hand auf das hellbraune Haar. Martyn zuckte zusammen, hatte sich aber gleich wieder in der Gewalt. Er hatte die Lippen fest zusammengepreßt, doch der faule Geruch des Todes stieg ihm in die Nase. Linnet sah, daß Eisenherz nicht mehr sprechen konnte. Und der Junge hatte es schwer, seinen Ekel vor dem Tod zu überwinden und auszuharren.

Plötzlich platzte er heraus: »Wenn du stirbst, wird Ragnar Joscelin umbringen!«

Williams Lider wurden starr. Dann sanken sie herab. Sein Atmen war nur noch ein Keuchen. Der Kummer ließ ihn schaudern. Rasch zog Linnet den Jungen vom Bett weg. Sie winkte den Zofen. Sie wollten ihn hinausbringen. Aber er riß sich von ihr los, bekreuzigte sich und rief: »Und ich schwöre bei Jesus Christus, daß ich Ragnar töten werde!«

Agnes marschierte um das Fußende des Bettes und schlug ihrem Sohn mit voller Kraft ins Gesicht.

»Und ich tue es doch!« schrie er. »Ich schwöre es!« Trotzig streckte er das Kinn vor. Der weiße Handabdruck auf seiner Wange rötete sich langsam.

Seine Mutter zitterte vor Wut. Vom Bett kam ein Laut, der sich fast wie ein grimmiges Lachen anhörte. Agnes wirbelte herum. Ihre Hände schlossen und öffneten sich hektisch. Die aufgestaute Wut ließ ihren Kopf puterrot werden.

»Das hältst du wohl für lustig, wie?« zischte sie Eisenherz an. »Dann will ich auch noch ein letztes Mal über dich lachen. Laß dir von deiner Hure erzählen, von deiner geliebten Morwenna! Du möchtest doch gern wissen, wie sie zu Tode kam, nicht wahr?«

Agnes beugte sich über ihren Mann und näherte ihren Mund in grotesker Parodie einer Liebesbezeugung dem Mund ihres Mannes. Linnet, die gerade gehen wollte, blieb wie angewurzelt stehen. Eine eisig kalte Vorahnung überkam sie. Der Sterbende wandte sich ab. Doch Agnes folgte ihm mit dem Kopf wie eine Schlange.

Langsam, um jedes Wort auszukosten, sagte Agnes und sah Eisenherz unverwandt an: »Die ganzen Jahre über hast du gedacht, sie wäre die Treppe hinuntergefallen, weil sie über ihren Rocksaum gestolpert wäre. Du weißt, daß ich alles gesehen habe. Ich stand ja dicht hinter ihr. Sie war hochschwanger und kam leicht aus dem Gleichgewicht. Ein Stoß hat genügt. Ein leichter Stoß ins Kreuz, und schon stürzte sie mit dem Bauch voran kopfüber hinunter. Als sie unten ankam, war sie noch bei Bewußtsein. Darum habe ich ihr den Gewichtstein des Webstuhls auf den Kopf fallen lassen. Da rührte sie sich nicht mehr. Sie erholte sich später zwar ein wenig, kam aber nie mehr richtig zu Verstand. Von da an war dein Leben die reine Hölle, und ich habe es dazu gemacht!« Ihre Stimme sank zum Flüstern herab. »Mein Gott, das hat sich gelohnt!« Ihre Lippen öffneten sich. Sie grinste.

Eisenherz hob die rechte Hand und packte sie an der Kehle.

»Du Gifthexe!« keuchte er. »Ich werde dir zeigen, wie es wirklich in der Hölle aussieht!«

Agnes wehrte sich mit Händen und Füßen. Aber der Mann, dessen Körperkraft einmal selbst einem Schwertstich widerstanden hatte, schloß den tödlichen

Griff nur noch enger. Vor Entsetzen war Linnet im ersten Augenblick wie gelähmt. Als ihre Glieder ihr wieder gehorchten, rannte sie zum Bett, um die beiden auseinanderzubringen. Sie stemmte Hüfte und Schulter hinter Agnes, die dem Ersticken nahe war, und packte Eisenherz am Handgelenk. Sie spürte, wie er vor Wut zitterte. Vergeblich mühte sie sich ab, seinen Griff aufzubrechen. Sie schrie ihn an, er solle loslassen.

Plötzlich weiteten sich seine Augen. Er sah durch die beiden Frauen hindurch, als erblicke er etwas, das nur er sehen konnte. Keuchend rief er: »Morweenna!« Dann lösten sich seine Finger. Der Arm fiel kraftlos zur Seite. Und er tat keinen Atemzug mehr.

Ächzend und nach Luft ringend fiel Agnes zu Boden. Linnet überließ sie den Zofen, nahm Martyns Arm und zog den Jungen weg.

Er war blaß und zitterte am ganzen Leibe. Aus kummervollen Augen blickte er verwirrt zu ihr auf. Linnet drückte verständnisvoll seine schmale Schulter – zu schmal, um die Bürde zu tragen, die ihm auferlegt war.

Sie zog ihn zur Tür und flüsterte ihm zu: »Wir müssen Joscelin retten. Deine Mutter und die Zofen achten gerade nicht auf uns. Das ist unsere einzige Chance. Bring mich zur Kapelle! Danach holst du mir den Schreiber Fulbert!«

Er schaute sie unsicher an.

»Fulbert hat Joscelin sein Leben zu verdanken. Ich werde ihn daran erinnern, daß er ihm dafür einen Gefallen schuldig ist. Nur durch ihn können wir einen Brief abschicken. Kann Ragnar lesen und schreiben?«

»Ein bißchen... nur seinen Namen«, sagte Martyn noch immer schreckensbleich. Er bewegte die Lippen. »Er diktiert alles dem Schreiber.«

»Gut. Jetzt schnell!« Sie schob ihn zur Tür. Ein rascher Blick über die Schulter zeigte ihr, daß Agnes ihr

Verschwinden nicht bemerken würde, da sie immer noch um jeden Atemzug ringen mußte. Und die Zofen waren alle mit Gezeter um sie bemüht.

Sobald sie aus dem Zimmer mit seinem Geruch des Todes und den eben erlebten schrecklichen Szenen waren, gewann Martyn die Fassung wieder. Am Fuß der Treppen hatte man eine Wache aufgestellt. Sie durften jedoch ohne weiteres passieren, nachdem der Junge dem Soldaten im Befehlston gesagt hatte, seine Mutter hätte ihm aufgetragen, in der Kapelle eine Kerze anzuzünden und zu beten. Linnet vermied die forschenden Blicke des Postens und bot mit niedergeschlagenen Augen ein Bild züchtiger Bescheidenheit. Sollte er ruhig glauben, sie hätte jeden Mut verloren!

Ein leichter Luftzug machte sich unten an der Treppe bemerkbar. Wie üblich roch es nach nassen Steinen. Doch heute mischte sich darin ein feiner Kräuterduft. Dem Wachposten mußte es auch aufgefallen sein, denn er drehte sich um, sah gespannt auf die Wendeltreppe hinter sich, stieg sogar einige Stufen hoch und spähte um den untersten Pfosten. Linnet schauderte es, denn sie dachte an Morwenna de Gael und erinnerte sich an Roberts Geschichte von der grünen Lady, der er hier begegnet sein wollte. Flüsternd beschwor sie Morwennas Geist: »Wenn du mich hören kannst, dann bitte ich dich, deinen Sohn und dein ungeborenes Enkelkind zu retten.«

Doch sie vernahm nur das Echo ihrer eigenen Worte und das laute Flackern der Fackeln in den Wandringen.

In der Kapelle entzündete Linnet eine Kerze, beugte in Richtung des Altars das Knie und senkte dann den Kopf zum Gebet. Sie bat um die innere Kraft, während der nächsten Stunden Ruhe zu bewahren. Martyn verließ sie, um Fulbert zu holen.

Als Linnet auf dem harten Steinfußboden weiterging, hörte sie ein Geräusch aus einer der Wandnischen. Mit klopfendem Herzen drehte sie sich um, halb in der Erwartung, die lichtumwallte Erscheinung Morwenna de Gaels zu erblicken. Doch es war ein Mann, der sich in der dunklen Ecke erhob und auf den hinteren Teil der Kapelle zuschritt.

»Wer ist da?« fragte sie und stand ebenfalls auf. Obwohl der Mann daraufhin etwas zögerte, sie also gehört haben mußte, gab er keine Antwort. Kerzenlicht fiel auf seine Haare, die anscheinend kastanienrot waren. Als er wieder hinausging, fiel kurz ein Streifen Licht auf seinen Kopf. Und da erkannte sie ihn. Für wen oder um was mochte Ivo de Rocher hier gebetet haben? Hatte er Bedenken wegen des geplanten Brudermords? Sie fragte sich, ob sie es wagen sollte, ihn anzusprechen und um seine Hilfe zu bitten.

Da wurden vor der Kapelle unsichere Schritte laut. Einige Herzschläge lang verstummten sie wieder. Dann aber kamen sie in das dunkle Gotteshaus.

»Mylady?« redete sie der Schreiber im nervösen Flüsterton an. »Hier drin ist es nicht geheuer. Ich habe gerade Lord Ivo gesehen. Wenn er nun etwas ausplaudert?«

»Das wird er nicht tun«, sagte sie mit einer Überzeugung, die sie selber nicht teilte. Sie ging mit dem Schreiber weiter ins Innere der Kapelle, bis sie vor dem Altar standen. Das Kreuz warf einen langen Schatten, der sie scharf voneinander trennte.

Fulbert fuhr sich mit der Zunge über die Lippen und warf ängstliche Blicke zur Eingangstür. »Ich kann nicht lange bleiben. Ich soll das Schreibzeug aus meinem Zimmer holen.«

»Ich muß dir wohl dankbar sein, daß du überhaupt gekommen bist«, sagte Linnet mit unverhohlener Abneigung. »Vor nicht langer Zeit hat Lord Joscelin dir in seiner Güte den Strick um deinen elenden Hals erspart. Ist es zuviel von dir verlangt, wenn du ihm jetzt deinerseits einen Gefallen erweist?«

Fulbert hörte auf, sich die Lippen zu befeuchten, und bearbeitete sie jetzt mit den Zähnen. »Selbstverständlich bin ich bereit zu helfen, Herrin. Ich wüßte nur nicht, wie.«

»Weil du deine Geschäfte lieber im Dunkeln betreibst als im Tageslicht!« sagte sie grob und sah, wie Fulbert auf seine unruhig trippelnden Füße schaute. »Es ist doch ganz klar, was du zu tun hast. Du schreibst an Sheriff FitzRanulf in Nottingham und an die Besatzung auf Rushcliffe, daß sie sofort herkommen sollen. Es gehört ja zu deinen Aufgaben, den Kurieren die versiegelten Pergamente auszuhändigen, und Ragnar wird heute viele Briefe verschicken. Da wird es dir nicht schwerfallen, noch zwei einzuschmuggeln.«

An Fulberts ersticktem Ausruf merkte sie, daß er schwer daran zu schlucken hatte. Und sie sah, wie er aufgeregt die rosafarbenen fetten Hände rang.

Wie war es möglich, daß er mit diesen ungefügten Werkzeugen eine so wunderschöne, erlesene Handschrift zustandebrachte? Tauchte er sie in eine verborgene Wunderquelle?

Der Schreiber fuhr fort, umherzutippeln, vor sich hinzumurmeln und auf seine Füße zu sehen.

Da fragte sie ihn rauh: »Ja oder nein?«

Er warf ihr unter verhangenen Lidern einen raschen Blick zu und flüchtete zur Tür hinaus.

Linnet sank das Herz. Der Mann war und blieb ein Feigling. Sie hatte ihm an den Augen abgelesen, was er vorhatte. »Gott möge dir verzeihen, denn ich verzeihe dir nicht!« sagte sie laut. Als sie ihre eigene Stimme hörte, preßte sie erschrocken die Lippen aufeinander. Mein Gott, dachte sie, ich rede ja schon wie Agnes de Rocher! Sollte ich eines Tages auch so werden wie sie? Doch eins wußte sie genau: Wenn Joscelin morgen sterben sollte, dann war es ihr gleich, was aus ihr wurde und was mit ihr geschehen würde.

## 35

Mit der Fackel in der Hand stieg Ragnar in die unterirdischen Räume der Burg hinab. Die Wachen, an denen er vorbeikam, grüßten stramm, doch ihre Augen verrieten Nervosität. Er hatte zwar jetzt die Befehlsgewalt, doch nicht uneingeschränkt, denn sein Vater lebte ja noch. Und was er morgen vorhatte, traf durchaus nicht auf allgemeine Zustimmung.

Ragnar begegnete den verstohlenen Seitenblicken mit dem Anschein äußerster Gleichgültigkeit. Aber hinter dieser Maske verbarg er beginnende Unsicherheit über ihre unentschiedene Haltung. Denn damit straften sie seine Meinung Lügen, er hätte alles im Griff. Und das machte ihn nervös. Nun, sagte er sich, wenn mein Vater und Joscelin erst mal tot sind, kommt alles ins Lot. Er würde seine tiefe Verbitterung überwinden, und seine Seele würde gesunden.

Im Kellergewölbe schlug ihm die Hitze der Fackel ins Gesicht, als er an Fässern und Tonnen voller Vorräte vorbeischritt und zu den Zellen kam. Hinter stark gesicherten Türen mit kleinen vergitterten Guckfenstern zur Beobachtung der Gefangenen waren Joscelins Männer und jene Ritter seines Vaters eingesperrt, die sich der Übernahme der Befehlsgewalt durch Ragnar widersetzt hatten. Davor saßen an einem Tisch als Wachen zwei flämische Söldner, die ihm von Robert Ferrers zur Verfügung gestellt worden waren. Es waren rauhe Typen ohne Manieren. Aber wenigstens schienen sie den Umgang mit Waffen zu beherrschen, was der Hälfte ihrer Landsleute abging. Und sie führten jeden Befehl ohne Zögern aus.

Am hinteren Ende des Gewölbes, wo es am dunkelsten war, kam Ragnar zu der verriegelten Falltür, die ins Verlies führte. Breitbeinig stand er auf den schweren Eichenplanken mit ihren schmiedeeisernen Verstärkungen und stellte sich vor, wie sechs Meter tief unter ihm Joscelin in die kohlrabenschwarze Finsternis starrte und nicht einmal ahnte, wo sich die Falltür befand.

Das Verlies war eine tiefe, fensterlose Grube, die ursprünglich für einen doppelten Zweck ausgeschachtet worden war, nämlich zur Aufbewahrung von Wurzelgemüse und zur verschäften Haft für aufsässige Gefangene, deren Moral gebrochen werden sollte. Jetzt wurde es nur noch gelegentlich für Gefangene benutzt. Tagelang ohne Essen in knöcheltiefem Wasser stehen, das machte auch die starrköpfigsten Gefangenen kirre – falls sie nicht schon vorher einer Lungenentzündung erlagen.

Ragnar konnte ein leichtes Zittern nicht unterdrükken. Er spürte Joscelins Gegenwart, und ihm war, als wären sie durch eine unsichtbare Nabelschnur verbunden. Er konnte kaum der starken Versuchung widerstehen, die Falltür zu öffnen und hinunterzuspähen. Was machte Joscelin? Was empfand er angesichts des sicheren Todes am folgenden Tag?

In Gedanken versetzte sich Ragnar an einen heißen Sommertag in seiner Jugendzeit zurück. Joscelin war damals fünfzehn gewesen, starkknochig und schlaksig. Er war gerade im Stimmbruch, und wenn er etwas sagte, hörte er sich wie ein verrosteter Zinnbecher an. An diesem Tag hänselte Ragnar ihn, spottete und höhnte, folgte ihm überallhin und ließ ihn nicht in Ruhe. Schließlich verlor Joscelin die Geduld. Er stürzte sich auf den Quälgeist und schlug ihn blutig. Ragnar machte ein großes Getue, weit übertrieben angesichts der wirklich erlittenen Verletzungen. Mit dem Erfolg, daß der Vater seinen unehelichen Lieblingssohn nach Strich und Faden verdrosch. Noch immer spürte Ragnar den Triumph dieses Tages. Damals meinte er, daß es die blauen Flecke wert gewesen war, die er davongetragen hatte.

Natürlich hatte sich das Blatt bald gewendet. Als Joscelin von zu Haus weggelaufen war, hatte ihr Vater Ragnar die Schuld gegeben und ihn noch schrecklicher verprügelt. Dieser dumme alte Karl! Die Fackel spuckte, und Harz tropfte auf Ragnars Füße. Er dachte daran, wie er morgen Rache nehmen würde. Doch als er sich vorstellte, wie Joscelin am Ende des Seils zappelte, kam nur kurz ein Siegesgefühl auf. Dann schlug ihm das Bild auf den Magen. Sein brennender Wunsch, die Sache zu Ende zu bringen, lag im Streit mit dem Gefühl äußersten Widerwillens. Eine leise Stimme in seinem Inneren warnte, daß er sich, was immer er tat, von Joscelin nicht befreien könne.

Die Fackel in seinen Händen wurde ihm schwer. Sein Arm zitterte stark. »Sei verflucht!« zischte er giftig in das Dunkel unter ihm. Rasch entfernte er sich.

Im großen Saal war der Schreiber aus seinem Zimmer zurückgekommen und arbeitete wieder emsig mit dem Gänsekiel. Es herrschte eine gespannte Atmosphäre, vergleichbar der Stimmung, in der man den Ausbruch eines Gewitters erwartet. Ragnar sträubten sich die Nackenhaare. Vorsichtig stellte er die Fackel in einen leeren Wandhalter und begab sich zu dem Schreiber.

Er legte die schmalen Finger auf den Tisch und beugte sich über die Pergamentbogen. »Wann bist du fertig?«

»Bald, Lord Ragnar, ... se-sehr bald.«

Ragnar sah, daß Fulberts Hand zitterte. Er schaute sich die beschriebenen Bogen an. Wenigstens die Handschrift sah sauber und flüssig aus, auch wenn der

Mann ein schnatterndes Wrack war. Nun ja, heute brauchte er ihn noch, aber er konnte ihn bald ersetzen. Das war ein Leichtes. In Nottingham gingen von diesen Leuten dreizehn auf ein Dutzend. »Beeil dich!« sagte er. »Und sorge dafür, daß die Boten sofort abreiten, wenn du fertig bist!«

»Ja, Mylord.« Fulbert gab quakende Laute von sich wie ein Frosch. Er vermied es geflissentlich, Ragnar anzuschauen. Jetzt strich sein Blick über Ragnars Schulter hinweg.

Der drehte sich um. Hinter ihm stand mit ernster, finsterer Miene Pater Ralf. Er spielte mit dem silbernen Kreuz, das an einem Band von seinem Gürtel hing.

»Sir William ist tot«, verkündete der Priester. »Sie sollten jetzt in das Gemach Ihrer Mutter kommen, Mylord. Anscheinend hatte er, als er schon in den letzten Zügen lag, einen plötzlichen Anfall und hat Lady Agnes angegriffen. Sie hat nach Ihnen gefragt.«

Ragnar blickte zu Boden und lockerte vorsichtig die Hände, die er bei Pater Ralfs Eröffnung zu Fäusten geballt hatte. Also jetzt war er wirklich »Mylord«, und auf der Burg durfte ihm niemand mehr widersprechen. »Sagen Sie ihr, ich komme, sobald ich kann!« Wo blieb sein Triumph? Statt dessen beschlich ihn schwarze Verzweiflung.

Von schrecklicher Angst getrieben, beendete Fulbert die Arbeit an den Briefen, die ihm Ragnar zu schreiben befohlen hatte. Er drückte den Ring, den der junge Mann seinem Vater im Burghof vom Finger gezogen hatte, in das flüssige Wachs und siegelte sie. Mit zitternden Händen schob er alle bis auf zwei zur Seite. Er wollte sich die Sache noch einmal gründlich überlegen. Doch mit jedem Augenblick des Zauderns rann ihm die Zeit unter den Fingern weg. Es gab nur zwei

Möglichkeiten. Entweder warf er die beiden zuletzt geschriebenen Briefe ins Kaminfeuer und übergab die anderen den Kurieren – oder er machte es umgekehrt.

Er dachte an den Tag des Jüngsten Gerichts. Auf einer Waagschale lagen seine Sünden, auf der anderen seine guten Taten. Er dachte an Lady Linnets vorwurfsvolle graue Augen. Er dachte an das Höllenfeuer, wurde sich seiner Feigheit bewußt und hörte auf, über alles nachzudenken.

Schnell griff er nach den Blättern zu seiner Linken, faltete sie geschickt zusammen, brachte die Siegel an und versah sie außen mit der formellen Anschrift. Doch es waren völlig leere Seiten. Die gab er den Kurieren, die zu Robert Ferrers von Derby und zu Leicesters und Norfolks Aufenthaltsorten reisen sollten. Die beiden zuletzt geschriebenen Briefe vertraute er zwei Männern an, die über die schnellsten Pferde verfügten. Die Knie wollten ihm den Dienst versagen. Zum Glück stellte ihm niemand unangenehme Fragen. Schließlich war es ein Gebot der Höflichkeit, den Sheriff von William de Rochers Ableben in Kenntnis zu setzen. Und wenn Lord Ragnar einen Brief nach Rushcliffe schicken wollte, so war das seine Sache.

Als der letzte Bote zur seitlichen Ausfallpforte hinausgeritten war und der Straße zusteuerte, ging Fulbert ans Schreibpult zurück und nahm die Briefe zur Hand, die er in Ragnars Auftrag geschrieben hatte. Darin forderte er die Rebellen auf, nach Arnsby zu kommen. Fulbert ging an den Kamin und warf sie ins Feuer. Als er sich vergewissert hatte, daß sie von den Flammen verzehrt waren, begab er sich zu Frau und Kindern, weckte sie und ließ sie in aller Eile ihre Habseligkeiten packen. Bei Tagesanbruch würden die Tore geöffnet werden, um Lieferanten einzulassen. Bevor Ragnar Wind von seinen Machenschaften bekam, wollte er, wie es in einem beliebten Volkslied hieß, schon über alle Berge sein.

# 36

Im Verlies starrte Joscelin nach oben. Er hörte Schritte, die sich entfernten. Nicht der kleinste Lichtschimmer verriet ihm, wo die Falltür war. Aber er hatte das bestimmte Gefühl, daß eben Ragnar über ihm hin und her gegangen war. Er wollte ihn schon anrufen und versuchen, ihn zur Vernunft zu bringen. Doch der bloße Gedanke an Ragnars höhnisches Lächeln ließ ihn schweigen. In seinem Herzen wußte er, daß keine Vernunftgründe Ragnar von seinem Entschluß abbringen würden. Diesmal hatte Ragnar einen sorgfältig ausgetüftelten Plan verfolgt. Er hatte den Vorteil seiner Lage blitzschnell erkannt und sie für seine Zwecke ausgenutzt.

Joscelin hatte oft genug mitangesehen, wie Menschen gehängt wurden. Er wußte also genau, wie es ablaufen würde. Er konnte nur hoffen, daß die Schlinge richtig geknüpft war und der Strick nicht gegen die Burgmauer schnellen würde. Dann würde der Tod sofort in dem Moment eintreten, in dem ihm der scharfe Ruck nach dem Fall das Genick brach. Wenn nicht, würde es ein langer Kampf gegen das Ersticken werden. Er würde verzweifelt nach Luft schnappen. Seine Haut würde anschwellen und sich verfärben, seine Blase und Därme sich entleeren. So oder so war es ein würdeloser Tod.

Ob Ragnar Linnet zwingen würde, dem Schauspiel zuzusehen? Dieser Gedanke bohrte sich wie ein Speer in sein Herz. Er rang die Hände in der völligen Finsternis und stapfte durch das kalte, schlammige Wasser, bis er gegen die Wand prallte und sich Beulen holte. Wieder und Wieder warf er sich in verzweifelter Wut gegen das unnachgiebige steinerne Hindernis.

Zuletzt ließ er sich erschöpft an der Wand heruntergleiten. Bei jedem Atemzug sog er den feuchten Modergeruch ein, wie von Erde, die eine Leiche umschließt. Seine Brust wogte stürmisch, Kälteschauer erschütterten seinen Körper. Er dachte daran, sich das Leben zu nehmen. Wenn Ragnar dann morgen kam, um ihn zum Galgen schleppen zu lassen, hätte er ihn um seinen Sieg betrogen. Er konnte so lange mit dem Kopf gegen die Wand rennen, bis er bewußtlos niedersank und im schlammigen Wasser zu seinen Füßen ertrank. Oder er konnte sich auch mit dem scharfen Dorn an der Gürtelschnalle die Pulsadern aufschneiden. Als er bedachte, welche Bedeutung eine solche Tat für Ragnar haben würde, atmete er ruhiger. Ragnar hätte zwar immer noch gesiegt, aber anders, als er es gewünscht hatte.

Ewige Finsternis! Joscelin wußte, daß er für immer und ewig zur Verdammnis verurteilt war, wenn er Selbstmord beging. Und wenn schon! In der ewigen Verdammnis würde er Ragnar verfolgen. Langsam glitt seine Hand zum Gürtel. Er hakte ihn auf und fuhr mit dem Daumen über den Dorn an der Schnalle, die mit einem Wolfskopf verziert war.

Da vernahm er eine Bewegung über sich an der Falltür. Schritte knirschten. Dann fiel etwas Schweres auf die Tür. Er zog den Ledergürtel durch die Hand, hin und her, fuhr sich mit der Zunge über die Lippen und starrte nach oben. Leise und vorsichtig wurden die stählernen Riegel zurückgeschoben. War schon der Morgen da? Nein, sicherlich nicht. Vielleicht wollte Ragnar sein Gewissen entlasten und bot ihm die Tröstung durch einen Priester an, bevor er ihn hinaus zum Galgen führte.

Die Falltür öffnete sich. Joscelin erblickte den matten Glanz eines Binsenlichts und den dunklen Umriß eines Mannes. Der Mann vermied jedes Geräusch. Nur einmal schnaufte er leise. Er mußte da oben an irgend etwas arbeiten. Und dann schlängelte sich ein dickes Hanfseil zu ihm herab, bis das untere Ende in Höhe seines Schlüsselbeins baumelte.

Einen schrecklichen Augenblick lang dachte Joscelin, sie wollten ihn gleich hier im Verlies hängen, schnell und ohne Zeugen. Aber dann sagte ihm sein Verstand, daß es das nicht sein konnte. Wenn sie ihn jetzt hängen wollten, hätten sie eine Leiter und mehr Lampen mitgebracht. Und Männer, die ihn festhielten, wenn man ihm die Schlinge um den Hals legte. Nein, wer immer ihm das Seil herabgelassen hatte, der meinte es gut mit ihm.

Absichtlich leise atmend und den Blick nach oben gerichtet, lauschte er gespannt. Und hörte, wie sich gedämpfte Schritte entfernten. Die Falltür blieb offen. Das Seil hatte aufgehört zu baumeln und hing jetzt unbeweglich vor seinem Gesicht. Ringsum Stille, bis auf das leise Plätschern des Wassers, das an den Wänden herabtröpfelte. In dem schwachen Oberlicht sah er die nassen Steine glänzen und seinen Atem in der Luft verdampfen. Er schnallte sich wieder den Gürtel um und rieb sich die von kaltem Schweiß glitschig gewordenen Hände am Rock ab. Es würde eine lange Klettertour werden, ehe er den oberen Rand des Verlieses erreichte. Wenn er abrutschte und hinunterfiel, würde er sich alle Knochen brechen, denn so hoch stand das Wasser hier unten ja nicht, daß es seinen Aufprall nach dem Sturz abschwächen konnte.

Noch einmal wischte er sich die Hände trocken, bekreuzigte sich und schickte murmelnd ein Stoßgebet zum Himmel. Dann sprang er hoch, packte das Seil mit beiden Händen und schlang die Füße darum. Wie eine Raupe am Baum kletterte er am Seil empor. Von den harten Hanffäden brannten ihm bald die Handflächen. Die Arme begannen weh zu tun. Hatte ihm vorher die Angst den kalten Schweiß austreten lassen, so ließ ihn die Anstrengung erneut schwitzen. Doch jetzt war der Schweiß salzig und warm und rutschig. Er brannte ihm in den Augen, und jeder Griff ums Seil war gefährlich. Hand über Hand, mit Knien und Schenkeln nachhelfend, kam er dem matten Licht, das durch die Falltür einfiel, Zoll um Zoll näher. Wenn man ihn jetzt entdeckte und das Seil über ihm kappte!

Als er sich endlich über den oberen Rand stemmte, waren seine Handflächen aufgescheuert und voll Blasen. Alle Muskeln taten ihm weh. Vor seinen Augen wogte roter Nebel. Sonst konnte er nichts erkennen. Siedendheiß fiel ihm ein, daß er nach der anstrengenden Kletterei zu laut atmete. Das konnte ihn verraten. Dann würde er eine leichte Beute der Wachen werden. Keuchend kam er auf die Knie und versuchte, keinen Laut mehr von sich zu geben.

Allmählich klärte sich sein Blickfeld. Und er sah: Der Mann, der ihm das Seil herabgelassen hatte, hatte ihm auch eine brennende Kerze auf dem Halter und ein Kurzschwert hingelegt. Das war eine gebräuchliche Waffe der Engländer, sie stand in der Mitte zwischen Dolch und Schwert. Das Kurzschwert erwies sich als gut und scharf und machte es ihm leicht, das Seil von dem Faß voll Sand abzuschneiden, an dem sein Befreier es mit einem Doppelknoten befestigt hatte, damit es Joscelins Gewicht aushielt. Er warf das Seil wieder ins Verlies hinab. Es dünkte ihn eine halbe Ewigkeit, bis er es unten im Wasser aufklatschen hörte. Noch immer schlug ihm das Herz in der Brust rasend schnell. Doch das Atmen fiel ihm jetzt leichter, und die starken Muskelschmerzen hatten nachgelassen.

Joscelin steckte das Kurzschwert in den Gürtel, schloß die Falltür über dem Verlies und schob die eisernen Doppelriegel wieder vor, so daß für einen nicht allzu aufmerksamen Betrachter alles wieder wie vorher aussah. Wer hatte ihm wohl diese einmalige Möglichkeit gegeben, doch noch dem Tod zu entgehen? Der erste Besucher war mit Sicherheit Ragnar gewesen. Er hatte ihn körperlich und seelisch nah gefühlt – sein Fleisch und seine Knochen und den finsteren, unerbittlichen Haß. Aber der zweite? Es gab verschiedene Burginsassen, die für ihn die Falle gesprengt haben konnten. Immerhin war er der Lieblingssohn von Eisenherz und allen Leuten wohlbekannt gewesen. Aber Ragnars flämische Wachen hätten sie wohl kaum vorbeigelassen.

Es war ein Geheimnis und würde möglicherweise für immer eins bleiben. Denn sein Befreier wünschte offenbar, nicht bekannt zu werden. Das konnte er ihm wahrlich nicht übel nehmen. Joscelin nahm die Kerze und blies sie aus. So könnte man ihm noch immer morgen das Lebenslicht ausblasen. Die Gefahr war noch nicht vorüber, es sei denn, ihm gelänge die Flucht und er wäre imstande, seine Männer aus den Zellen zu befreien.

Vorsichtig bewegte sich Joscelin weiter durch das Kellergewölbe, tastete sich an Fässern und Bündeln, Waschzubern und zugenähten Säcken entlang. Jeder Schritt war sorgfältig zu berechnen, denn nun war es wieder stockfinster. Und wenn er irgendeinen Gegenstand umwarf, würden sofort die Wachen kommen und alles untersuchen.

Er kam an einen der Steinbögen, die das Kellerdach stützten. Er zählte die Schritte bis zum nächsten Bogen. Zehn. Und wieder zehn bis zum nächsten. Ihm war bekannt, daß die Ausmaße der Keller ungefähr denen des darüberliegenden Saals entsprachen. Wenn er den Säulenbogen folgte, würde er also schließlich an die Treppe kommen.

Wieder zehn Schritte, wieder ein Bogen. An den Fingerspitzen fühlte er in den Sandstein geritzte Linien. Bei näherer Untersuchung zeigte sich, daß hier jemand ein provisorisches Brett für das Moriskenlochspiel gebastelt hatte. Er fand das äußere Quadrat, die beiden inneren Quadrate und dazwischen in angemessenen Abständen die neun Löcher. Vermutlich war es das Werk eines Wachpostens, der sich irgendwann einmal damit die langweiligen Dienststunden vertreiben wollte. Also mußte er schon ganz in der Nähe der Zellen sein.

Mit angespannten Sinnen schlich Joscelin bis zum nächsten Säulenbogen. Nach weiteren fünf Schritten kam er an einige Fässer. Das mußte der Wein für den Saal sein. Den stellte man, weil häufig Nachschub geholt wurde, immer gleich hinter dem Eingang bereit. Hinzu kam, daß er jetzt auch die Umrisse der Fässer vage erkennen konnte. Und richtig – hinter dem nächsten Säulenbogen hingen an Haken zwei Kerzenlampen in der Wand und strahlten ein verschwommenes goldgelbes Licht aus. Er vernahm Stimmen, das Klappern eines Würfelbechers und das Klirren einer Waffe an ein Kettenhemd.

Tief geduckt schlich er hinter den in einer Reihe aufgestellten Fässern weiter, bis zwischen den Säulen ein kurzer Tisch sichtbar wurde. Zwei Wachposten saßen sich am Tisch gegenüber. Joscelin betrachtete ihre Ausrüstung und dachte: Söldner. Hier war noch mehr Licht. Mitten auf dem Tisch stand eine halb abgebrannte Kerze, an der auf allen Seiten herabgetropftes Wachs zu erkennen war. Auf einem Holzbrett lag ein angeschnittenes Brot, und daneben stand ein Bierkrug. Im Augenblick wurde nicht getrunken, denn die beiden Söldner brauchten einen Becher zum Würfeln.

Joscelin sah, daß beide Männer Schwerter trugen. Ihre Eschenspeere hatten sie an die Zellenwände gelehnt. Die Zellen hatten dicke Eichentüren mit vergitterten kleinen Guckfenstern im oberen Viertel. Aus einem schaute Guy de Montauban. Er sah dem Würfelspiel zu.

»Wie lange ist es noch bis zum Morgengrauen?« fragte Montauban die Wachen.

»Eine Stunde, vielleicht nicht mal mehr«, antwortete einer. Er hatte dichte, dunkle Bartstoppeln am Kinn und sprach mit starkem flämischen Akzent. »Du bist wohl scharf darauf, dir das Hängen und das Auspeitschen anzusehen, was?«

»Das ist doch kaltblütiger Mord. Wenn ihr dabei mitmacht, unterzeichnet ihr euer eigenes Todesurteil.«

Der Flame lachte, schüttelte die Becher und ließ die zwei kleinen beinernen Würfel auf den Tisch kullern. »Aus deinem Maul kommt doch nur lauter heiße Luft. Na, kannst dich wenigstens dran wärmen.« Freudig erregt rieb er sich die Hände. »Wieder eine Sieben, Joachim. Jetzt hast du deinen Gürtel an mich verloren.«

Der andere Posten nahm ärgerlich stöhnend sein Wehrgehänge ab und schnallte sich den hübsch gearbeiteten Gürtel vom dicken Leib.

Lautlos richtete Joscelin sich hinter den Fässern auf. Guy de Montaubans Augen weiteten sich vor Überraschung. Er hatte ihn entdeckt. Gleich darauf fing er an, wie ein Besessener zu schreien, zu jaulen und zu kreischen. Der Posten, der die Sieben gewürfelt hatte, sprang auf und ging zur Zelle, um nachzusehen, was da los war. Joscelin rannte um die restlichen Fässer herum und griff den anderen Posten an.

Dem Mann blieb nicht mal mehr die Zeit, sich zu wehren. Er hatte noch den Gürtel in der Hand, drehte sich zu Joscelin um und riß vor Staunen den Mund auf. Joscelin zielte nicht auf seinen Körper, denn den schützte ja das Kettenhemd. Er hatte es auf die Beine abgesehen, die nur mit Wollhosen und -strümpfen bekleidet waren. Das Kurzschwert war rasiermesserscharf und schnitt wie eine Fleischeraxt durch Stoff, Fleisch und Knochen. Das Blut spritzte nur so. Mit einem Schmerzgeheul sackte der Flame zusammen. Sein Kamerad vor Guy de Montaubans Zellentür riß das

Schwert aus der Scheide, drehte sich um und ging auf Joscelin los.

Joscelin warf das Kurzschwert weg, weil er damit gegen das viel längere Schwert des Flamen sowieso nichts hätte ausrichten können, sprang über den blutenden Soldaten und schnappte sich einen der abgestellten Speere. Sofort ging er wieder zum Angriff vor. Er stach mit der scharfen Spitze auf den zweiten Gegner ein. Hinter ihm krachte der Verwundete laut schreiend auf den Boden.

Der andere Flame konnte Joscelins Stiche zweimal parieren. Er warf noch einen raschen Blick über die Schulter, um zu sehen, wie weit es bis zur Treppe war. Dann rief er: »Gnade! Ich ergebe mich! Ich ergebe mich!« Und ließ seine Waffe fallen.

Ohne den Speer zu senken, kommandierte Joscelin in barschem Ton: »Die Zellen aufriegeln!« Dabei schwenkte er drohend die Speerspitze.

Der Flame gehorchte. In aller Eile hob er die schweren Holzbalken aus den Löchern.

»Jetzt kümmere dich um deinen Freund!« sagte Joscelin zu ihm. »Sonst verblutet er. Du mußt ihm das Bein abbinden. Nimm den Gürtel, auf den du so scharf bist!«

Indessen stießen die Gefangenen die Zellentüren auf und kamen heraus. Sie waren frei!

Guy de Montaubans Augen funkelten vor wildem Zorn, in den sich die Freude über die unerwartete Befreiung mischte. »Lord Joscelin! Wie ist Ihnen die Flucht gelungen?«

»Jemand hat die Falltür über dem Verlies geöffnet und hat mir ein Seil heruntergelassen. Ich weiß nicht, wer es gewesen ist. Seinen Namen hat er nicht genannt, sondern ist sofort wieder verschwunden. Hast du jemand hier vorbeigehen sehen?«

»Kurz vor Mitternacht kam Ragnar hier vorbei.«

Montauban spuckte den Namen wie ein verfaultes Stück Fleisch aus. »Er stolzierte hier entlang, als gehörte ihm die ganze Welt.«

»Sonst keiner?«

»Nicht daß ich wüßte. Ich muß wohl eine Zeitlang eingeschlafen sein. Das Klappern der Würfel hat mich erst wieder geweckt. Und du, Yves?« Er wandte sich an einen krummbeinigen Mann mit rötlichen Haaren. »Hast du jemand gesehen?«

Yves rieb sich die scharfe, mit Sommersprossen bedeckte Nase. »Da ist noch einer gekommen. Aber sein Gesicht konnte ich nicht sehen. Er trug einen Umhang und eine kurze Kapuze. Ich glaube, sie war blau. Die Posten haben ihn nicht angehalten. Sie kannten ihn wohl.«

»Ivo«, flüsterte Joscelin überrascht. »Und ich habe ihn immer für Ragnars Spießgesellen gehalten.« Aber vielleicht hatte Ivo inzwischen Ragnar den Gehorsam aufgekündigt. »Wie viele Männer sind wir?« Rasch zählte er sie ab. Sechs Männer seines Vaters, sechs von ihm und er selbst. Also dreizehn. Er schnitt eine Grimasse und dachte: die Unglückszahl von Jesu Abendmahl.

Montauban hatte inzwischen die vorhandenen Waffen gezählt. »Wir haben zwei Schwerter, zwei Dolche, zwei Speere, ein Kurzschwert und zwei Kettenhemden«, sagte er.

Joscelin deutete auf eine Anzahl Eschenschäfte für Speere, die an der Wand lehnten. »Die Speerschäfte da drüben können wir als Knüppel verwenden. Wir brauchen ja nicht alle Soldaten in der Burg bekriegen. Nur die Söldner, die zu Ragnar halten. Und die werden vermutlich auch nur halbherzigen Widerstand leisten.« Dabei warf er einen vielsagenden Blick auf die beiden Flamen. »Vor allem müssen wir Ragnar stellen. Fällt er, dann bricht jeder Widerstand zusammen.«

Montauban fuhr sich über die Lippen. »Wollen Sie ihn tot haben?«

Joscelin sog den Atem scharf durch die Zähne. Alles in ihm drängte ihn, ja zu sagen. Doch er beherrschte sich. Er fürchtete den Rachedurst in seinem Herzen, der so finster war wie das Verlies, in das Ragnar ihn geworfen hatte. »Nur wenn es gar nicht anders geht«, erwiderte er. »Besser, wir nehmen ihn lebendig gefangen und lassen ihn vom Justitiarius aburteilen.« Mit bedrückter Miene schloß er: »Sonst bin ich ja auch nicht besser als er.«

## 37

Schweigend sah Linnet zu, wie Agnes de Rocher einige Kleidungsstücke aus einer Truhe nahm und sie zu dem Bett brachte, auf dem Eisenherz lag. Die Hände waren über der Brust gekreuzt, das bibergraue Haar in der Mitte gescheitelt, gekämmt und geölt. So hatte ihn Linnet im Leben nie gesehen. Er hatte die Haare immer mit der Hand zu einer wilden Löwenmähne nach hinten gestrichen. Zum Kamm hatte er nur ganz selten gegriffen.

Im Tod sahen die scharf eingegrabenen Gesichtsfalten milder aus. Doch wirkte er mit dem eingesunkenen Fleisch und der farblosen Haut kadaverhaft, dem Lebenden kaum noch ähnlich. Und Agnes genoß ihren Triumph über ihn in vollen Zügen. Sie benahm sich wie eine erregte Braut. Ihr Gesicht strahlte, und die Augen blitzten, als sie ihren Pflichten am Totenbett nachging.

Zwei von den flämischen Soldaten Ragnars hatten Linnet zurückbegleitet und ihr gesagt, wenn sie sich noch einmal entfernte, werde man sie in Fesseln legen. Inzwischen hatte sich Agnes von dem fast tödlich verlaufenen Würgegriff erholt. Allerdings hatte sie die Stimme noch nicht wiedererlangt und konnte sich vorläufig nur durch heiseres Flüstern verständlich machen. Außerdem hatte sie die Seidenhaube mit einer umfangreicheren Haube aus Leinen vertauscht, die auch Hals und Schultern bedeckte, so daß keine Würgemale mehr sichtbar waren.

Linnet mußte auf einem Schemel Platz nehmen und Agnes zusehen, wie sie ihren Mann für die offizielle Aufbahrung in der Kapelle zurechtmachte, wie sie den Toten so zärtlich wusch, als wäre er ihr Geliebter, und sich mit obszöner, besitzergreifender Lust an dem ausgemergelten, schwieligen Leib zu schaffen machte. Dabei stülpte sich Linnet der Magen um. Zweimal hatte sie schon zu dem Ausguß in der Zimmerecke laufen müssen, aber sie hatte nur etwas Galle herausgebracht. Und wenn sie zurückkam, lächelte und streichelte Agnes den Toten und summte ihm ein Lied vor.

»Jetzt bist du mein«, flüsterte Agnes und führte den in Rosenwasser getauchten Lappen mit langen, glatten Bewegungen über den nackten Körper. »Jetzt geschieht das, was ich will, und du kannst mir nie mehr widersprechen.«

Ihr Tonfall war für Linnet fast unerträglich. Sie hegte schon die Befürchtung, Agnes würde in ihrem Wahnsinn auch ihre Kleider abstreifen und zu dem Toten ins Bett springen.

Indessen fuhr Agnes unbeirrt damit fort, die Kleidungsstücke auszuschütteln. Dabei lösten sich aus den Falten brüchige kleine Fetzen von Lorbeer- und Salbeiblättern. »Morgen bist du an der Reihe, die Leiche deines Mannes herzurichten«, sagte sie hämisch. »Die wird aber keinen angenehmen Anblick mehr bieten. Ich habe mal in Newark Menschenhaut an das Tor eines Judenhauses angenagelt gesehen. Man konnte gar nicht mehr erkennen, daß sie einmal einem Menschen gehört hatte. Sie war ganz vergilbt geworden und verschrumpelt. Sie muß wohl nicht ordentlich gegerbt worden sein.«

Bei diesen Worten überkam Linnet die Übelkeit so plötzlich, daß sie nicht mehr zum Ausguß laufen konnte und ihre Haube benutzen mußte.

Agnes schnalzte mit der Zunge. »Dir geht es wohl schlecht, meine Liebe, nicht wahr?« sagte sie mit gespielter Besorgnis in der heiser raspelnden Stimme. »Wann erwartest du denn das Kind?«

»Es ist Ihr unmögliches Benehmen, wodurch mir schlecht wird«, sagte Linnet und entfernte die beklekkerte Haube. Jesus und die Heilige Jungfrau mögen mir helfen, dachte sie. Das kann ich nicht mehr ertragen.

»Sie haben ein zu weiches Herz. So ging es mir auch einmal. Vielleicht sehen Sie sich in mir wieder?« Agnes legte den Kopf schief und sah Linnet so berechnend an, daß sie einen Schreck bekam. »Sie sind doch schwanger, nicht wahr? Ich habe so viele Kinder ausgetragen, daß ich die Symptome genau kenne.«

Linnet stand auf, ging an den Ausguß und warf die Haube hinein. »Das geht Sie überhaupt nichts an«, sagte sie und hoffte, mit einer Kälte zu sprechen, die Stärke und nicht zitternde Angst verriet.

»O doch«, murmelte Agnes. »In Ihrem Leib wächst der Same von Morwenna de Gaels Enkel heran. Falls Sie das Kind nicht auf eigenen Wunsch verlieren, werden wir etwas dagegen unternehmen müssen. Sie brauchen gar nicht dauernd zur Tür zu schielen. An der Treppe steht ein Wachposten, der Anweisung hat, Sie nur durchzulassen, wenn ich Sie begleite. Kommen Sie, helfen Sie mir, meinen Mann für die Kapelle anzukleiden! Er kann nicht in diesem Hemd dort erscheinen. Das wäre nicht anständig.«

Linnet wich vor Anges' ausgestrecktem Zeigefinger

zurück. Sie war bis ins innerste Herz erschrocken. Bald stieß sie mit dem Rücken an die Wand. Weiter zurück ging es nicht mehr. Agnes grinste und winkte ihrer Zofe.

Linnet glitt an der Wand hinab und landete auf einer niedrigen, verstaubten Truhe. Sie durfte auf keinen Fall ohnmächtig werden! Sie und ihr ungeborenes Kind befanden sich ja in höchster Gefahr. Wie aus weiter Ferne hörte sie Agnes der Zofe Befehle erteilen. Das Mädchen mußte William mal anheben, mal herunterlassen, mal vorziehen, mal zurückschieben, damit Agnes ihm höfische Kleidung anlegen konnte, die er zu Lebzeiten verabscheut hatte.

Krächzend sagte sie zu Linnet: »Es wäre auch nicht anständig, wenn Sie mich mit unbedecktem Haar in die Kapelle begleiten. In der Truhe finden Sie eine andere Haube. Die setzen Sie auf. Sie müssen doch anständig gekleidet vor dem Priester erscheinen.«

Vor Linnets Augen drehten sich farbige Kreise. Das Zimmer schwankte mal hierhin, mal dorthin. Gern hätte sie Agnes getrotzt. Aber sie wußte, ihre einzige Fluchtchance lag darin, daß sie aus diesem Zimmer herauskam und Ragnar dazu überredete, sie an einem anderen Ort gefangen zu halten, wenn er sie als nützliche Geisel behalten wollte.

Benommen drehte sie sich um, kniete sich auf den Boden und hob den Deckel der Truhe an, auf der sie gesessen hatte. Vor ihr lagen zusammengelegte Hemden und Leinenunterkleider für den Sommer, die noch einen schwachen Kräuterduft ausströmten. Eine Haube fand sie nicht. Sie kramte tiefer und entdeckte schließlich ein rechteckiges meergrünes Seidentuch und ein hellblaues Leinentuch, an dem noch eine kleine Brosche zum Verschließen in der Form eines Bronzepferdchens hing.

Linnet wählte die zweite Haube. Doch als sie sie

herausnehmen wollte, blieb die Brosche an dem darunterliegenden Kleidungsstück hängen. Also nahm sie beide heraus, um sie dann vorsichtig zu trennen. Dabei sah sie ganz unten in der Truhe ein grünes, silberdurchwirktes Samtkleid liegen. Die Silberfäden waren schon blind geworden. Sie hielt es hoch. Es war in dem Stil angefertigt, der zu ihrer Kleinmädchenzeit modern gewesen war. Und es war ein Umstandskleid.

»Lieber Gott«, flüsterte sie und blickte sich scheu nach Agnes um. Aber die ältere Frau war immer noch damit beschäftigt, den toten Eisenherz einzukleiden. Es sah nicht danach aus, als habe sie beabsichtigt, daß Linnet das Kleid entdecken sollte.

War dies einmal Morwennas Truhe gewesen? Hatte sie jemals die blaue Haube mit der Pferdchenbrosche getragen? Gehörte die meergrüne Seidenhaube zu dem grünen Kleid?

Langsam und mit bebenden Fingern legte sie die blaue Seidenhaube an und befestigte sie unter dem Kinn mit der Brosche.

Agnes drehte sich um, und ihre kleinen Augen weiteten sich, als sie die offene Truhe sah. »Die doch nicht!« krächzte sie ärgerlich. »Die daneben!« Dabei zeigte sie auf eine viel größere Truhe vor der Wand, winkte aber gleich darauf ab. »Ist ja egal. Maude trägt sie sowieso nie.«

»Sie gehört Maude?«

»Ich habe Ihnen gesagt, das ist egal«, sagte Agnes gleichgültig.

Linnet nahm das grüne Kleid aus der Truhe, schüttelte es aus und hob es hoch. »Dann ist dies also ihr Kleid?«

Wenn Agnes hätte schreien können, so hätte sie es getan. Offenen Mundes starrte sie auf das zerdrückte grüne Kleid mit den zusammengeknoteten, herabhängenden Ärmeln und den reichen Silberborten. Ihr Gesicht verfärbte sich zu einem krankhaften Gelb. Dann holte sie mit verzerrter Miene krampfhaft Luft und schnaufte: »Ich habe doch Befehl gegeben, es zu verbrennen! Maude, dieses dumme, sentimentale Biest! Ich hätte nie zulassen dürfen, daß sie hierbleibt, um William und den unehelichen Balg nach dem Tod der Hure zu trösten. Gib es her!« Mit ausgestreckten Armen trat sie auf Linnet zu, um es ihr zu entreißen.

Mit einem Seitwärtsschritt entkam ihr Linnet. Seit sie das grüne Kleid in der Hand hatte, war ihre Angst verflogen. »Sie haben Morwenna getötet, aber damit sich selber zerstört, nicht wahr? Sie hatten nicht bedacht, daß Ihr Mann sie dadurch ewig jung und frisch im Gedächtnis behalten würde.«

»Her mit dem Kleid, Hure!« Agnes schoß auf sie zu. Wieder konnte Linnet ihrem Zugriff entgehen. Die verblichenen Silberfäden glitzerten, und der grüne Samt glänzte im Licht auf. Agnes prallte gegen die große Truhe. Darauf stand ein kleiner, offener Korb mit ihrem Klöppelmaterial, Unter den Wollknäueln holte sie die Nähschere hervor und packte sie wie eine Waffe. »Du Hure!« schimpfte sie haßerfüllt mit versagender Stimme. »Diesmal wirst du mir ihn nicht wieder wegnehmen!«

Linnet sprang zurück, um dem Stich mit der Schere zu entgehen. Sie trat zur Seite und duckte sich. Dann versuchte sie, das Bett zwischen sich und Agnes zu bringen. Doch Agnes war schneller, und Linnets Fluchtversuch in Richtung auf das Bett steigerte nur noch Agnes' Wut. »Bleib weg von ihm!« zischte sie und stach auf Linnet ein. Doch die spitzen Klingen der Schere trafen nur das alte grüne Samtkleid und schlitzten es vorn von der Brust bis zur Hüfte auf. Immerhin fehlte nur wenig, und sie hätte Linnet erstochen.

Der stürmische Angriff der Witwe riß ihr fast das Kleid aus den Händen. Doch sie hielt es fest und hob es schützend hoch, als Anges wiederum zustach. »Da hast du es!« rief sie, stülpte es Anges über den Kopf und rannte zur Tür. Verzweifelt zerrte sie an dem schweren Riegel. Denn sowie sich Anges von dem Kleid befreit hatte, würde sie wieder auf sie losgehen.

Schluchzend vor Angst hieb sie mit der Handkante auf den Riegel ein und merkte, daß er nachgab. Sie riß die Tür auf und wollte die Treppe hinunter zu dem Posten fliehen. Doch der Weg war versperrt.

Ragnar packte mit stählernem Griff ihren Oberarm, wirbelte sie herum und zog sie zurück ins Zimmer. Er war nicht allein. Ivo, vier Ritter und der Priester folgten ihm. »Wo wollen Sie denn hin?« fragte Ragnar.

»Ihre Mutter hat eben versucht, mich zu erstechen!« keuchte Linnet und wehrte sich heftig, aber vergeblich gegen seinen Griff. »Sie hält mich für Morwenna de Gael!«

Agnes hatte sich inzwischen von dem grünen Kleid freigemacht und hielt die Schere immer noch bedrohlich nahe vor Linnet, bereit zum Zustechen.

»Sie ist eine Hure!« Mit gerötetem Gesicht spie Agnes diese Worte heraus. »Und sie ist schwanger. Ich dulde aber keinen Sprößling eines de Gael unter meinem Dach!«

Ragnar hob die Augenbrauen. »Mutter, im Augenblick ist sie noch von Nutzen für uns. Sie hält den Schlüssel zu den Ländereien von Rushcliffe in der Hand. Es hat also keinen Sinn, sie zu töten.«

Agnes wurde dunkelrot. Sie preßte die Lippen aufeinander und klammerte sich an die Schere.

Ragnar deutete auf ihren Handarbeitskorb. »Leg die Schere wieder da rein!« sagte er in ruhigem Ton. »Wir können das alles später besprechen, nach dem Hängen. Mein Vater hat vor seinem Tode für dich einen Platz im Nonnenkloster gekauft. Vielleicht können wir an deiner Stelle eine jüngere Witwe dort hinschicken.«

Agnes preßte die Lippen weiter zusammen, legte die Schere aber gehorsam zwischen die Wollknäuel im Korb und sagte: »Ich habe doch nur dein Wohlergehen im Sinn.«

»Das weiß ich, Mutter«, sagte Ragnar mit so viel Wärme in der Stimme, wie man es ihm kaum zutraute. Dann ließ er Linnets Arm los, ging ans Bett und schaute auf den reglosen Leichnam hinunter, auf das weinrote höfische Gewand und die schwieligen, schlachtengewohnten, harten Hände, die jetzt wie zum Gebet gefaltet waren.

»Er sieht sich gar nicht mehr ähnlich«, murmelte er und fuhr sich mit der Hand nervös über Mund und Kinn. Linnet merkte, daß seine Ruhe erkünstelt war. Unter den Augen hatte er dunkle Ringe, und die Mundwinkel waren herabgezogen. Sie dachte: Die beabsichtigte Mordtat sucht ihn schon jetzt heim wie ein Rachegespenst.

»Er ist es wirklich nicht«, sagte Linnet kalt. »Das könnte auch ein aufgedonnerter Kadaver von der Schlächterbank sein.«

»Lassen Sie diese unverschämten Reden!« fuhr Ragnar sie böse an. »Oder ich sperre Sie in Einzelhaft in den Keller!«

»Haben Sie das mit jedem vor, der Ihnen widerspricht?« gab Linnet zurück. »Einsperren, zum Schweigen bringen... ermorden?«

Ragnar ballte die Fäuste, fuhr herum und machte drohend zwei Schritte auf sie zu.

»Ragnar, nicht!« sagte Ivo mit unsicherer Stimme. »Nicht hier im Zimmer, wo Vater...« Hilflos wies er auf das Bett mit dem Toten.

Ragnar blieb stehen. Seine Halsschlagader pochte heftig, und die schmalen Augen funkelten gefährlich wie die eines Wolfs. Doch Linnet ließ sich nicht mehr einschüchtern. Sie erwiderte seinen Blick mit gleicher Intensität.

Abrupt wandte er ihr den Rücken zu. Die Fäuste blieben geschlossen, als er Agnes mit zornbebender Stimme fragte: »Ist mein Vater für die Kapelle bereit?«

»Ja, mein Herz«, sagte Agnes. »Sieh doch! Ich habe ihn, wie es sich geziemt, in Hoftracht gekleidet und ihm Ringe an die Finger gesteckt.«

Ragnar lächelte freudlos. »Wenn du ihn geziemend gekleidet hättest, dann würde er nicht so aussehen«, sagte er. »Er müßte seinen ältesten Waffenrock und seinen abgetragenen Umhang anhaben.«

Agnes sah ihn verständnislos an. »Macht nichts«, sagte Ragnar kopfschüttelnd. »Du hast dein Bestes getan.« Und er küßte sie auf die Wange.

Agnes wollte etwas erwidern. Doch da hörte man plötzlich Schwertergeklirr. Und dann drang der erstickte Schrei des Wachpostens vom Fuß der Treppe herauf.

Ragnar zog sein Schwert, ging zur Tür und schickte einen der Ritter als Späher nach unten. Der Mann flitzte hinaus und die Treppe hinab. Fast gleich danach hörten die Menschen im Zimmer Stahl auf Stahl klirren. Und wieder ein Schrei! Ragnars Mann kam die Treppe herauf und wankte zur Tür herein. Blut strömte aus einer Schulterwunde.

»Tür verriegeln!« brachte er keuchend heraus. »Ihr Bruder und seine Männer sind frei! Und sie sind bewaffnet!« Mit einem Fußtritt schloß er die Tür hinter sich und lehnte sich schwer dagegen.

Aschfahl im Gesicht, hob Ragnar den Sperrbalken vom Boden auf. Linnet sah einen Schimmer Hoffnung. Sie rannte hin, um zu verhindern, daß er den Balken durch die Eisenringe schob. Mit seitwärts ausgestreckten Armen stellte sie sich davor. Doch Ragnar stieß sie mit voller Kraft um. Sie prallte mit Hüfte und Schulter schmerzhaft auf dem Boden auf, rollte sich aber flink weiter aufs Stroh und kriegte ihn am Saum des Rocks zu fassen. Ragnar schwang den Balken und schlug ihr ein Ende seitlich vor den Kopf.

Vor Linnets Augen tanzten schwarze Sterne. Sie spürte, wie ihr warmes Blut über die Wange rann. Ihre Finger öffneten sich ein wenig, und Ragnar konnte sich losreißen. Mit verschwimmendem Blick sah sie, wie er gerade dabei war, den Balken durch die Ringe zu schieben, als Joscelin und Guy de Montauban die Tür weit aufstießen.

Der verwundete Ritter wurde zu Boden geschleudert. Vor Schmerzen schreiend, wälzte er sich auf dem Boden, die eine Hand an der blutenden Schulter. Ragnar ließ den Balken fallen und sprang wie ein flüchtender Hirsch zurück. Erneut riß er das Schwert aus der Scheide. Denn um den Balken aufzuheben, hatte er es vorher wieder einstecken müssen. Der Stahl blitzte auf, und er duckte sich in gespannter Kampfhaltung vor Joscelin.

Der schnelle Lauf über die Treppe hatte Joscelin ausgepumpt. Nach den vorausgegangenen Entbehrungen war er ohnehin am Ende seiner Kräfte. Neben der Tür erblickte er Linnet. Sie richtete sich halb auf und riß den Mund auf, als wolle sie ihm etwas zurufen. Aber sie brachte keinen Ton heraus und sackte wieder zu Boden. Eine Gesichtshälfte, die Haube und ihr Kleid waren blutüberströmt. In kochendem Zorn warf sich Joscelin mit einem heulenden Schrei auf Ragnar. Doch in seiner hitzigen Erregung war der Angriff ungezielt. Ragnar hatte es leicht, ihn zu parieren. Ruhigen Blutes ging er zum Gegenangriff über. Die Schwertklinge traf mit schrillem Ton auf das schlechtsitzende Kettenhemd, das Joscelin im Keller dem einen Flamen abgenommen hatte. Er führte auch das Schwert des Flamen, dessen abgenutzter Griff nicht fest genug in der Hand lag.

Im Zimmer blitzten und klirrten die Waffen. Der Priester trat geschickt über Linnet hinweg und verdrückte sich durch die Tür. Ivo ließ sich ohne Gegenwehr von Guy de Montauban entwaffnen.

Ragnars kraftvoller Angriff zwang Joscelin zum Rückzug. Der Bruder gönnte ihm keinen Augenblick Ruhe, faßte das Schwert mit beiden Händen und schwang es wie eine Streitaxt. Er drängte Joscelin in eine Ecke. Keuchend rief er ihm zu: »Du wirst Seite an Seite mit deinem seligen Vater in der Kapelle aufgebahrt werden! So und nicht anders hast du es verdient!«

Im Rückwärtsgang prallte Joscelin an eine Truhe. Das ist meine letzte Bewegung auf Erden, dachte er. Doch auch Ragnar verlor das Gleichgewicht, als er sich mit den Füßen in einem grünen Samtkleid verhedderte, das auf dem Boden lag. So ging sein Schlag fehl. Statt Joscelin den Schädel zu spalten, fuhr das Schwert mit voller Wucht in die Truhe, und Ragnar landete, vom eigenen Schwung mitgerissen, auf den Knien. Die Waffe steckte verklemmt im Holz. Bevor er sich aufraffen und das Schwert freimachen konnte, sprang Joscelin ihn an, riß ihn zu Boden, preßte ihm die Luft aus den Rippen und drückte seinen Kopf auf die Binsenmatten.

Doch Ragnar stieß ihm ein Knie zwischen die Beine, und Joscelin taumelte zurück. Das gab Ragnar die Gelegenheit, aufzuspringen, das Schwert aus der Truhe zu reißen und es wieder in beide Hände zu nehmen. Erneut griff er Joscelin an.

Wie gewaltige Hammerschläge traf seine Klinge auf Joscelins flämisches Schwert. Ragnar ließ nicht locker. Er wollte ihm das Eisen zur Seite schlagen und ihm dann die Klinge ins Herz stoßen. Und der erschöpfte Joscelin hatte große Mühe, sich seiner notdürftig zu erwehren. Die letzten vierundzwanzig Stunden hatten seinem Körper zuviel abverlangt, als daß er den Kampf noch siegreich bestehen konnte. Wie in Trance verteidigte er sich, so gut es ging. Doch schon verschwamm ihm alles vor den Augen.

Ragnar spürte Joscelin schwächer werden. Jetzt sammelte er alle Kräfte zum letzten, entscheidenden Streich, der den Gegner töten sollte. Doch in der Sekunde vor dem Triumph stürzte Martyn ins Zimmer. Ihm folgte Fulbert, der Schreiber, der von der ungewohnten Anstrengung keuchte wie ein Dudelsack.

»Soldaten!« schrie Fulbert mit knallrotem Gesicht und hielt sich die Brust, wo ihn Seitenstiche quälten. »Sie verlangen Zutritt... der Burgvogt läßt ihnen gerade die Zugbrücke herunter!«

Martyn warf sich zwischen seine beiden Brüder. »Halt!« rief er totenblaß. »Haltet ein! Ihr dürft euch nicht gegenseitig umbringen!«

»Aus dem Weg, Kleiner!« befahl Ragnar und ließ Joscelin keine Sekunde aus den Augen. »Du hast gehört, was der Schreiber gesagt hat. Meine Verbündeten sind eingetroffen! Entweder kämpfen wir es jetzt aus, oder du baumelst zu aller Unterhaltung am Galgen. Was ist dir lieber?«

Joscelin sah Ragnar aus trüben Augen an. Er hatte keinen Funken Kraft mehr im Körper. Nichts hätte er jetzt lieber getan, als das gewichtige Schwert fallenzulassen. Doch eher wollte er hier den Gnadenstreich durch die unbarmherzige Klinge in Empfang nehmen, als vor einer Menge gaffender Zeugen am Strick zu hängen.

»Kämpfen wir es aus!« sagte er heiser und hob den zitternden Schwertarm.

»Laß mich los!« schrie Martyn seine Mutter an, die ihn von den beiden Männern wegziehen wollte.

Fulbert war ein zitterndes Angstbündel. Doch er überwand sich, trat entschlossen vor und sagte schnaufend zu Ragnar: »Sie haben mich mißverstanden. Es sind der Sheriff von Nottingham und Brien FitzRenard als Vertreter des Justitiarius, die eingetroffen sind. Jetzt sind sie schon im Burghof.«

Jäh veränderte sich Ragnars Miene. Ungläubig starrte er den Schreiber an. Fulbert vermied seinen Blick und zog sich eilig zurück.

»Lüge und Betrug!« schrie Ragnar erbost.

Ivo schob Montaubans Schwert beiseite und trat ans Fenster. Er riß die Läden weit auf, stellte sich auf die Zehenspitzen und beugte sich hinaus, um den Burghof überblicken zu können. »Nein, es ist wahr!« sagte er. »Ich kann de Lucis Banner und das Leopardenwappen von FitzRenard sehen.« Halb ängstlich und halb erleichtert warf er einen Blick über die Schulter auf die Anwesenden.

Mit rasendem Wutgeheul fegte Ragner seinen Bruder Martyn beiseite, als wäre er nur eine Feder, und griff Joscelin an. Sein Schwert zuckte durch die Luft wie eine Folge von Blitzen. Joscelin parierte die Schläge, duckte sie ab und wich zurück. Doch Ragnars überlegene Kraft ließ ihm keinen Ausweg. Schließlich war kein weiterer Rückzug möglich, denn hinter ihm gähnte die dunkle Turmtreppe.

»Zur Hölle mit dir, du Hurensohn!« Ragnar fletschte die Zähne wie ein boshafter Dämon und hob das Schwert.

Joscelin fintierte nach einer Seite und warf sich nach der anderen. Als er auf dem Boden aufschlug, zog er an dem grünen Samt, auf dem Ragnar stand. Er spürte einen schweren Schlag auf dem Kettenpanzer und einen reißenden Schmerz. Auf der obersten Treppenstufe kämpfte Ragnar um sein Gleichgewicht. Joscelin kam auf die Knie und hängte sich an Ragnars Waffenrock, um ihn wieder ins Zimmer zu ziehen. Doch der hatte so viel Übergewicht, daß sich Joscelin an dem

Stoff fast die Knöchel aufriß und die Haut aufsprang. Ragnars Sturz war nicht mehr aufzuhalten. Joscelin wurde noch bis zur ersten Steinstufe mitgerissen. Dann stemmte er den Fuß gegen den Pfosten der Wendeltreppe und den Rücken gegen die Wand. Das bewahrte ihn davor, ebenfalls die Treppe hinunterzustürzen.

Es war, als liefe die Zeit auf einmal im Schneckentempo ab. Alle Geräusche klangen verzerrt und hohl. Eine Rüstung rutschte über den Stein. Der dumpfe Klang eines Körpers, der sich oftmals überschlug. Blumenduft. Dann Stille.

Joscelin konnte sich nur ganz langsam bewegen. Ihm war, als wären alle seine Glieder aus Blei. Schmerzen an der Schulter und am Rücken. Er schien aber nicht zu bluten. Dabei wußte er, daß das Schwert allein durch die Kraft des Aufpralls die Halsberge zersplittert haben mußte. Zumindest mußte er schwere Prellungen davongetragen haben. Wahrscheinlich auch ein paar Knochenbrüche. Und Ragnar?

Wie ein alter Mann stieg er vorsichtig die Treppe hinab zu seinem Bruder. Im Fackellicht glänzte Ragnars rotgoldenes Haar. Als er ihn umdrehte, tropfte dem Gestürzten Blut aus Ohren und Nase. Seine Augen standen offen, aber von der braunen Iris mit den goldenen Pünktchen war kaum etwas zu sehen. Blicklos starrten sie in die schwarze Leere einer verlorenen Seele.

»Lieber Gott«, flüsterte Joscelin und senkte den Kopf. Und hinter sich hörte er Agnes' heiseres Schreien.

# 38

Linnets Stirn war kalt und feucht. Eine leise murmelnde Stimme sprach ihr Trost zu. Es war Maude. Linnet lag auf einer weichen Farnkrautmatratze. Federkissen stützten ihren Kopf. Aus dem Inneren des Zimmers glaubte sie eine leise geführte Unterhaltung von zwei Männern zu hören.

Da erst wagte sie es, die Augen aufzuschlagen. An einer Schläfe fühlte sie pochende Schmerzen. Der ganze Kopf brummte ihr. Mit verschleierten Augen sah sie sich um. Wo war sie? Dies waren nicht ihre Privatzimmer auf Rushcliffe. Es war aber auch nicht das Zimmer von Agnes. Die Wände waren kahl und weißgestrichen, so grell, daß es den Augen weh tat. Einen Augenblick lang glaubte sie, in einem Kloster zu sein. Aber nicht einmal ein Kruxifix hing an den schmucklosen Wänden. Unter den Händen spürte sie eine dicke Wolldecke von der Art, wie sie nahe der schottischen Grenze üblich waren. Auch Joscelin und sie hatten so eine Decke auf ihrem Ehebett.

»Wo bin ich?« flüsterte sie. Ihr Mund war trocken, und das Sprechen fiel ihr schwer.

Maude beugte sich über sie und sagte erleichtert: »Wenigstens bist du endlich aufgewacht. Ich habe mir schon Sorgen gemacht. Du hast einen Tag und eine Nacht durchgeschlafen. Du bist auf Arnsby, im Zimmer meines Bruders.«

Beim Schlucken bekam Linnet einen Hustenanfall. »Durst«, brachte sie krächzend heraus, und die Kopfschmerzen überfielen sie mit rasender Gewalt. Maude half ihr zum Sitzen auf und setzte ihr einen Becher mit Wasser verdünntem Wein an die Lippe.

»Langsam, meine Liebe, langsam«, sagte sie.

Linnet trank und ließ sich wieder in die Kissen sinken. Mal sah sie alles klar, dann wogten wieder Nebel vor ihren Augen. Sie hob die Hand und legte sie vorsichtig an die schmerzende Schläfe. Man hatte ihr die Haare ein Stück abgeschnitten, und sie fühlte dicken Schorf unter den Fingerspitzen.

Maude gab ihr noch einen Schluck zu trinken und erklärte: »Der Quacksalber sagt, an der Luft würde es schneller heilen als unter einem Verband.«

Linnet runzelte die Stirn. Sie schluckte und sagte dann: »Jetzt erinnere ich mich. Ich wollte verhindern, daß Ragnar die Tür zumachte, und da hat er mich mit dem Holzbalken geschlagen.« Ihr Blick ging in weite Fernen, und sie setzte sich auf. »Und dann hat er mit Joscelin gekämpft, und Joscelin war unterlegen. Ich wollte eingreifen, konnte mich aber nicht mehr bewegen. Weiter kann ich mich an nichts erinnern, nur daß Ragnar und Joscelin kämpften, und an die offene Tür…« Ihr wurde übel, und sie preßte die Finger an die Lippen.

»Es ist alles in Ordnung, meine Liebe, keine Sorge!« Maude nahm Linnet in ihre berühmte, fast erstickende Umarmung.

Doch Linnet sah den bekümmerten Ausdruck in Maudes Augen. Erschrocken machte sie sich von ihr frei. »Was ist geschehen? Sag es mir!«

Maude blinzelte und fuhr sich mit der fetten Hand über die Augen. »Joscelin ist heil und gesund«, sagte sie mit vor Erregung bebender Stimme. »Du brauchst nicht zu denken, daß ihm etwas zugestoßen ist. Ich hole ihn gleich, dann kannst du dich selber davon überzeugen. Ich trauere nur um meinen Bruder… es ist eine Tragödie.« Sie schniefte laut. »William und dann auch Ragnar. Ich weiß, daß er es nicht anders verdient hat, aber er war immerhin mein Neffe… und Agnes hat seitdem kein Wort mehr gesprochen. Sie liegt regungslos auf ihrem Bett, und eine Gesichtshälfte ist gelähmt. Weißt du, sie hatte einen Schlaganfall, die arme Seele.«

In Linnets Kopf drehte sich alles. »Ragnar ist tot?«

»Er stürzte bei dem Kampf die Treppe hinunter und hatte einen Schädelbruch. Kurz danach sind wir angekommen. Williams Burgvogt hat uns die Tore geöffnet, als ihm das Beglaubigungsschreiben des Justitiarius vorgezeigt wurde – er hatte keine Wahl. Der arme Mann tut mir beinahe leid. Conan und Brien FitzRenard, die als erste in der Burg waren, haben Ragnar tot vorgefunden. Joscelin war auf der Treppe vor dem Zimmer von Agnes erschöpft zusammengebrochen.«

Linnet biß sich auf die Unterlippe und strengte ihr Erinnerungsvermögen an. Nebelschwaden zogen durch ihr Hirn wie über einen Herbsttag, an dem die Landschaft ständig einen anderen Anblick bietet. »Aber wie hast du davon erfahren?«

»Ich habe auf dem Weg hierher auf Ruscliffe übernachtet. Euer rothaariger junger Schotte Malcolm berichtete mir, daß William eine tiefe Schwertwunde erhalten habe und lebensgefährlich darniederliege. Und daß ihr beide, Joscelin und du, ihn nach Arnsby gebracht hättet. Dann kam der Kurier mit eurem Hilfeersuchen, und wir sind sofort aufgebrochen. Offenbar hat Williams Schreiber, der früher in euren Diensten stand, sein Leben aufs Spiel gesetzt, um die Briefe abzuschicken.«

Linnet lächelte schwach. »Und ich dachte schon, ich hätte keinen Erfolg bei ihm gehabt. Ich hatte ihn nämlich gebeten, mir zu helfen. Er sagte zwar, er werde sehen, was möglich sei, konnte mir dabei aber nicht in die Augen blicken. Ich muß ihm jetzt Abbitte leisten.«

»Nun«, sagte Maude und tätschelte ihr die Hände, »er badet sich förmlich in seinem Ruhm.« In diesem Augenblick näherte sich Joscelin dem Bett, und Maude erhob sich.

Joscelin hatte nur Augen für seine Frau. Maude zog sich mit einer Entschuldigung taktvoll zurück. Vorher umarmte sie Linnet herzlich und drückte ihrem Neffen einen liebevollen und verständnisvollen Kuß auf die stopplige Wange.

Als sie gegangen war, schauten sich Linnet und Joscelin lange an. Dann lagen sie einander plötzlich in den Armen und küßten sich innig. »Mein Gott«, sagte Linnet, »ich habe wirklich gedacht, du würdest sterben!«

»Ich auch«, murmelte er in ihre Haare an der unverletzten Kopfseite. »Es war Ivo, der mich gerettet hat.«

»Ivo!«

Er löste sich von ihr und zeigte ihr die aufgerissenen Handflächen. »Ivo hat mir einen Strick ins Verlies geworfen, an dem ich hinausklettern konnte. Er sagt, er hätte nicht mitansehen können, wie ich an einem anderen Strick gehangen hätte.«

»Und ich dachte, er haßt dich.«

»Die Sorge um sein Seelenheil war stärker. Brüderliche Rivalität ist eine Sache, kaltblütiger Mord eine andere.«

Schaudernd legte Linnet die Wange an seinen Waffenrock. Sie genoß die Nähe des Mannes, den sie schon verloren geglaubt hatte. »Und jetzt ist Ivo Lord von Arnsby?«

»Nur für kurze Zeit.«

Linnet hob den Kopf und warf einen schnellen Blick auf sein müdes, unrasiertes Gesicht. »Du willst ihm das Recht doch nicht etwa bestreiten?«

»Nein. Er sagt, er will sich vielleicht einem Kreuzzug anschließen. Wenn er Vaters Jagdhütte und das Landhaus bei Melton haben kann, will er zugunsten von Martyn auf Arnsby verzichten. Das ist nicht so verwunderlich, wie es scheint. Ivo hat immer im Schatten eines anderen gestanden. Er traut es sich einfach nicht zu, jetzt Verantwortung zu übernehmen.«

Joscelin seufzte tief und strich seiner Frau übers Haar. »Ich will weiter nichts, als nach Rushcliffe zurückkehren, Robert wiedersehen, und eine ganze Woche lang mit meiner Frau im Bett liegen.«

Nach einer Weile nahm er ihre Hand und fügte leise hinzu: »Ich möchte vergessen... Warum verlangen wir eigentlich immer das Unmögliche?«

Ihr stieg ein Kloß in die Kehle. Sie konnte nichts sagen. Schweigend führte sie seine schwielige Hand an ihren Schoß, in dem ein vielversprechendes neues Leben heranwuchs.

## Epilog

*Frühling 1174*

Die Kapelle prangte in Weiß und Gold. Seite an Seite lagen zwei Reliefbilder aus Alabaster. Eins stellte eine Frau mit gewinnendem Lächeln dar. Heute war sie mit einer Krone aus echtem Safran geschmückt. Das andere zeigte einen kraftvollen Mann in Kettenhemd und Waffenrock mit einem Schwert an der Hüfte. Die Hände waren gefaltet, doch nicht zum Gebet. Vielmehr hielten sie einen Schild mit dem rotgoldenen Wappen seiner Familie.

Martyn fuhr mit dem Zeigefinger über die glänzenden Falten und Krausen des Alabastergewandes. »Er sieht genau wie Papa aus«, sagte er mit Kennermiene. »Hier wird er glücklich sein, das weiß ich.«

Robert ahmte ihm nach, indem er seine kleine Hand auf den gepanzerten Schuh des Reliefs legte.

Joscelin betrachtete, eine Hand leicht auf Martyns Schulter gelegt, das Grabmal von Eisenherz. Er hatte lange in Nottinghams Zunft von Gipsbildhauern nach einem Künstler suchen müssen, der es verstand, Williams Reliefbild so zu gestalten, wie er es wünschte. Nicht in frommer Büßerhaltung oder in streng stilisiertem Gewand, das den wirklichen Menschen, der er zu Lebzeiten gewesen war, verhüllte. Er wollte, daß das Grabmal Eisenherz den ruhelosen, kühnen Krieger zeigte und nicht Eisenherz den Heiligen, der er nicht gewesen war. Schließlich war dem ausgewählten Künstler das Werk einigermaßen nach Wunsch gelungen. Allerdings waren die Haare seines Vaters nie so durch einen Kamm gebändigt gewesen, wie es auf dem Relief dargestellt war.

Auch Ragnar hatte ein Grabmal erhalten, in der Kapelle von Arnsby. Es war streng konventionell ausgeführt worden und ähnelte zum Glück seinem Bruder gar nicht. Das gleiche galt für Agnes' Grabmal, das allerdings noch nicht ganz fertiggestellt war, denn sie war erst in der Woche vor Lichtmeß an einem zweiten Schlaganfall gestorben.

Joscelin hatte nicht die Absicht, lange in der Vergangenheit zu verweilen. Linnet gestattete ihm zwar gern diese Augenblicke der Einsamkeit und inneren Einkehr, würde ihn aber schelten, wenn er darüber ins Brüten geriete. Jetzt hörte er ihre Schritte. Er drehte sich um und sah sie durch das Kirchenschiff auf sich zukommen. Sie hatte den dicken Wintermantel angelegt, denn trotz des Sonnenscheins war die Luft noch sehr frisch, und sie mußte darauf bedacht sein, ihre süße Last vor Unbill zu schützen. Dennoch war ihr Gang voll Anmut, und als er sie so leichtfüßig daherschreiten sah, fühlte er sein ganzes großes Glück.

Bald würden all die anderen kommen und die Kirche füllen, wenn die Messe für das Seelenheil von William de Rocher und Morwenna de Gael gelesen wurde. Joscelin war froh, daß er eine kurze Zeit allein in Ruhe und Frieden vor seinen engsten Angehörigen hatte verweilen dürfen, vor den Grabmälern seines Vaters und seiner Mutter. Und nun durfte er ihnen ihre drei Monate alte Enkeltochter vorstellen. Sie war dunkelhaarig, hatte grüne Augen und hieß – Morwenna.

**Band 12289**

**Elizabeth Chadwick**

## Schicksalsgefährten

**Ein historischer Liebesroman aus bedrängnisvoller Zeit**

Kurz nachdem Claire ihre Jugendliebe Raoul de Montvallant geheiratet hat, bricht ein blutiger Religionskrieg über Südwestfrankreich herein. Entsetzt über die verbreitete Korruption in der Kirche, fühlt sich die junge Frau zur Lehre der Katharer hingezogen. In deren Gefolge begegnet Raoul Bridget, der Hüterin eines Geheimnisses, das der Papst mit aller Macht auslöschen will. Simon de Montford führt den Kreuzzug an, der sich im Jahr 1209 gegen die Katharer richtet. Er verwüstet Städte und Dörfer und trachtet nicht nur nach Raouls ererbten Ländereien, sondern auch nach der schönen Claire - denn sie hat die heftigsten Begierden in ihm entfacht...